全国高等教育自学考试指定教材

外国文学史

（2023 年版）

（含：外国文学史自学考试大纲）

全国高等教育自学考试指导委员会　组编

主编　孟昭毅

图书在版编目(CIP)数据

外国文学史:2023年版/孟昭毅主编.—北京:北京大学出版社,2023.12
ISBN 978-7-301-34170-4

Ⅰ.①外… Ⅱ.①孟… Ⅲ.①外国文学–文学史–高等教育–自学考试–教材 Ⅳ.①I109

中国国家版本馆CIP数据核字(2023)第123267号

书　　　名	外国文学史(2023年版) WAIGUO WENXUESHI(2023 NIAN BAN)
著作责任者	孟昭毅　主编
责 任 编 辑	朱丽娜
标 准 书 号	ISBN 978-7-301-34170-4
出 版 发 行	北京大学出版社
地　　　址	北京市海淀区成府路205号　100871
网　　　址	http://www.pup.cn　　新浪微博:@北京大学出版社
电 子 邮 箱	编辑部 pupwaiwen@pup.cn　　总编室 zpup@pup.cn
电　　　话	邮购部 010-62752015　发行部 010-62750672　编辑部 010-62759634
印 刷 者	河北滦县鑫华书刊印刷厂
经 销 者	新华书店 787毫米×1092毫米　16开本　20印张　460千字 2009年3月第1版 2023年12月第2版　2024年7月第2次印刷
定　　　价	59.00元

未经许可,不得以任何方式复制或抄袭本书之部分或全部内容。
版权所有,侵权必究
举报电话:010-62752024　电子邮箱:fd@pup.cn
图书如有印装质量问题,请与出版部联系,电话:010-62756370

组编前言

21世纪是一个变幻难测的世纪,是一个催人奋进的时代。科学技术飞速发展,知识更替日新月异。希望、困惑、机遇、挑战,随时随地都有可能出现在每一个社会成员的生活之中。抓住机遇,寻求发展,迎接挑战,适应变化的制胜法宝就是学习——依靠自己学习、终生学习。

作为我国高等教育组成部分的自学考试,其职责就是在高等教育这个水平上倡导自学、鼓励自学、帮助自学、推动自学,为每一个自学者铺就成才之路。组织编写供读者学习的教材就是履行这个职责的重要环节。毫无疑问,这种教材应当适合自学,应当有利于学习者掌握和了解新知识、新信息,有利于学习者增强创新意识,培养实践能力,形成自学能力,也有利于学习者学以致用,解决实际工作中所遇到的问题。具有如此特点的书,我们虽然沿用了"教材"这个概念,但它与那种仅供教师讲、学生听,教师不讲、学生不懂,以"教"为中心的教科书相比,已经在内容安排、编写体例、行文风格等方面都大不相同了。希望读者对此有所了解,以便从一开始就树立起依靠自己学习的坚定信念,不断探索适合自己的学习方法,充分利用自己已有的知识基础和实际工作经验,最大限度地发挥自己的潜能,达到学习的目标。

欢迎读者提出意见和建议。

祝每一位读者自学成功。

全国高等教育自学考试指导委员会
2022年8月

目 录

外国文学史自学考试大纲

大纲前言 ··· 2
Ⅰ 课程性质与设置目的 ··· 3
Ⅱ 课程内容与考核目标 ··· 4
Ⅲ 有关说明和实施要求 ··· 27
附录：题型举例 ·· 29
大纲后记 ··· 30

外国文学史

编写说明 ··· 33

西 方 文 学

第一章 古代文学 ·· 37
　第一节 概述 ··· 37
　第二节 古希腊神话 ·· 43
　第三节 荷马史诗 ··· 46
　第四节 古希腊戏剧 ·· 49
第二章 中古文学 ·· 55
　第一节 概述 ··· 55
　第二节 但丁 ··· 61
第三章 文艺复兴时期文学 ··· 65
　第一节 概述 ··· 65
　第二节 塞万提斯 ··· 69
　第三节 莎士比亚 ··· 72

第四章　17 世纪文学 ·· 80
第一节　概述 ··· 80
第二节　莫里哀 ·· 84

第五章　18 世纪文学 ·· 88
第一节　概述 ··· 88
第二节　歌德 ··· 94

第六章　19 世纪文学（上） ··· 99
第一节　概述 ··· 99
第二节　拜伦 ··· 106
第三节　雨果 ··· 110
第四节　普希金 ·· 116

第七章　19 世纪文学（中） ··· 121
第一节　概述 ··· 121
第二节　斯丹达尔 ··· 127
第三节　巴尔扎克 ··· 131
第四节　狄更斯 ·· 136
第五节　陀思妥耶夫斯基 ·· 140

第八章　19 世纪文学（下） ··· 146
第一节　概述 ··· 146
第二节　哈代 ··· 153
第三节　列夫·托尔斯泰 ·· 156
第四节　易卜生 ·· 161
第五节　马克·吐温 ·· 166

第九章　20 世纪文学（上） ··· 170
第一节　概述 ··· 170
第二节　高尔基 ·· 178
第三节　肖洛霍夫 ··· 181
第四节　海明威 ·· 185

第十章　20 世纪文学（中） ··· 189
第一节　概述 ··· 189
第二节　艾略特 ·· 199
第三节　卡夫卡 ·· 204
第四节　萨特 ··· 209

第十一章　20 世纪文学（下） ······································ 213
第一节　概述 ··· 213

第二节　贝克特 …………………………………………………………… 220
　　第三节　加西亚·马尔克斯 ……………………………………………… 222
　　第四节　索尔·贝娄 ……………………………………………………… 226
　　第五节　奈保尔 …………………………………………………………… 230

东 方 文 学

第一章　古代文学 ……………………………………………………………… 237
　　第一节　概述 ……………………………………………………………… 237
　　第二节　希伯来文学 ……………………………………………………… 243
　　第三节　迦梨陀娑 ………………………………………………………… 248
第二章　中古文学 ……………………………………………………………… 251
　　第一节　概述 ……………………………………………………………… 251
　　第二节　紫式部 …………………………………………………………… 256
　　第三节　《一千零一夜》 …………………………………………………… 260
　　第四节　萨迪 ……………………………………………………………… 264
第三章　近代文学 ……………………………………………………………… 268
　　第一节　概述 ……………………………………………………………… 268
　　第二节　夏目漱石 ………………………………………………………… 271
　　第三节　泰戈尔 …………………………………………………………… 277
第四章　现代文学 ……………………………………………………………… 281
　　第一节　概述 ……………………………………………………………… 281
　　第二节　普列姆昌德 ……………………………………………………… 283
　　第三节　纪伯伦 …………………………………………………………… 287
第五章　当代文学 ……………………………………………………………… 291
　　第一节　概述 ……………………………………………………………… 291
　　第二节　川端康成 ………………………………………………………… 295
　　第三节　纳吉布·马哈福兹 ……………………………………………… 300
　　第四节　库切 ……………………………………………………………… 306

后　　记 ………………………………………………………………………… 311
本书数字资源 …………………………………………………………………… 312

全国高等教育自学考试

外国文学史
自学考试大纲

（含考核目标）

全国高等教育自学考试指导委员会　　制定

大纲前言

为了适应社会主义现代化建设事业的需要,鼓励自学成才,我国在 20 世纪 80 年代初建立了高等教育自学考试制度。高等教育自学考试是个人自学,社会助学和国家考试相结合的一种高等教育形式。应考者通过规定的专业考试课程并经思想品德鉴定达到毕业要求的,可获得毕业证书;国家承认学历并按照规定享有与普通高等学校毕业生同等的有关待遇。经过 40 多年的发展,高等教育自学考试为国家培养造就了大批专门人才。

课程自学考试大纲是规范自学者学习范围,要求和考试标准的文件。它是按照专业考试计划的要求,具体指导个人自学、社会助学、国家考试及编写教材的依据。

随着经济社会的快速发展,新的法律法规不断出台,科技成果不断涌现,原大纲中有些内容过时、知识陈旧。为更新教育观念,深化教学内容方式、考试制度、质量评价制度改革,使自学考试更好地提高人才培养的质量,各专业委员会按照专业考试计划的要求,对原课程自学考试大纲组织了修订或重编。

修订后的大纲,在层次上,本科参照一般普通高校本科水平,专科参照一般普通高校专科或高职院校的水平;在内容上,及时反映学科的发展变化,增补了自然科学和社会科学近年来研究的成果,对明显陈旧的内容进行了删减,以更好地指导应考者学习使用。

全国高等教育自学考试指导委员会
2023 年 5 月

Ⅰ 课程性质与设置目的

《外国文学史》是汉语言文学(专升本)、汉语国际教育(专升本)等多个专业的一门课程。《外国文学史》主要是外国文学的发展史,即对外国文学发展的脉络和框架进行简洁、明晰的勾勒与描绘。西方文学突出四个高峰:古代文学、文艺复兴文学、19世纪文学、20世纪文学。东方文学重点是日本、印度、阿拉伯等国家和地区的文学。本课程加大了20世纪文学的比重,力求文学史意义上的完整性和系统性。

本课程的内容包括上下几千年,纵横几十国,无比灿烂和丰富的外国文学史上的各种现象。其中,文艺复兴时期的人文主义文学、17世纪的古典主义文学、18世纪的启蒙文学、19世纪(上)的浪漫主义文学、19世纪(中)(下)和20世纪(上)的现实主义文学,以及20世纪(中)的现代主义文学,20世纪(下)的多样性文学等为学习重点。从我国当前的实际情况出发,本课程侧重点在于学习西方文学发展各个历史时期出现的文学思潮、文学状况和成就及代表作家的作品在文学史上的意义,同时兼顾亚洲、非洲、拉丁美洲的文学。对其他地区的文学发展线索暂不涉及,待以后条件成熟,再进行补充。

本大纲所设置的内容均为考试范围。要求学习者在掌握《文学概论》《外国文学作品选》等课程所学知识的基础上,根据"洋为中用"的方针,理论联系实际,实事求是地分析纷繁复杂的外国文学史上的现象,扎实地掌握其发展规律、审美过程、人物性格的发展,努力提高自己的分析和阐释能力。与此同时,对重点作家和作品的思想倾向和艺术成就有较《外国文学作品选》更为深刻的理解,更为全面的掌握。

Ⅱ 课程内容与考核目标

西 方 文 学

第一章 古 代 文 学

第一节 概 述

一、学习的目的与要求

了解古代文学的分期、内容、特色和价值;把握古代文学在整个欧洲文学史上的地位。

二、课程内容

1. 古希腊文学
2. 古罗马文学

三、考核要求与考核知识点

1. 识记:古希腊、罗马文学是欧洲文化和文学的发源地;古希腊文学的三个分期及代表作家作品;古罗马文学的分期及主要代表作家作品;第一部文人史诗《埃涅阿斯纪》。

2. 理解:古希腊罗马文学和早期基督教文学是欧洲文学的两大源头;古罗马文学是古希腊和后世欧洲文学之间的桥梁;"伊索寓言";《埃涅阿斯纪》的思想内容及艺术特色。

3. 应用:古希腊文学的特征。

第二节 古希腊神话

一、学习的目的与要求

了解希腊神话的内容、价值和影响;掌握希腊神话的特征。

二、课程内容

1. 希腊神话的内容
2. 希腊神话的特点
3. 希腊神话的影响

三、考核要求与考核知识点

1. 识记:奥林波斯神系;英雄传说。

2. 理解:希腊神话的内容和艺术价值。
3. 应用:希腊神话的特点。

第三节 荷马史诗

一、学习的目的与要求

了解荷马史诗《伊利昂纪》和《奥德修纪》的成书、作者;掌握荷马史诗的主要内容、艺术特色和价值。

二、课程内容

1. 荷马史诗的内容
2. 荷马史诗的艺术成就

三、考核要求与考核知识点

1. 识记:《伊利昂纪》的主要英雄人物;《奥德修纪》的主人公。
2. 理解:荷马史诗。
3. 应用:荷马史诗的思想内容和艺术成就。

第四节 古希腊戏剧

一、学习的目的与要求

了解古希腊戏剧的起源、演变、内容和特点。

二、课程内容

1. 古希腊悲剧
2. 古希腊喜剧

三、考核要求与考核知识点

1. 识记:古希腊三大悲剧作家和喜剧作家及其代表作品。
2. 理解:古希腊戏剧的起源;古希腊悲剧和喜剧的基本特征。
3. 应用:古希腊戏剧中的命运观念和人本思想;三大悲剧诗人对希腊悲剧的发展做出的重要贡献。

第二章 中古文学

第一节 概述

一、学习的目的与要求

了解中世纪文学的分期、类型、特征和价值;掌握中古文学的主要特征和价值。

二、课程内容

1. 中古文学的历史文化背景
2. 中古文学概况

三、考核要求与考核知识点

1. 识记:中古各种类型文学的代表作品。
2. 理解:骑士文学;英雄史诗;市民文学;《罗兰之歌》;《列那狐传奇》。
3. 应用:中古文学的主要特征和价值。

第二节 但 丁

一、学习的目的与要求

了解但丁(1265—1321)的生平与主要创作;掌握《神曲》的思想内容和艺术特色。

二、课程内容

1. 生平与创作
2. 《神曲》

三、考核要求与考核知识点

1. 识记:但丁是"中世纪的最后一位诗人,同时又是新时代的最初一位诗人";《神曲》采用中世纪梦幻文学的形式,梦游"地狱""炼狱"和"天堂";诗集《新生》。
2. 理解:《神曲》的主题思想。
3. 应用:《神曲》的思想内容和艺术成就。

第三章 文艺复兴时期文学

第一节 概 述

一、学习的目的与要求

了解文艺复兴时期各主要国家人文主义文学的产生、发展和特征;掌握人文主义文学的基本特征,文艺复兴、人文主义、流浪汉小说、大学才子派、七星诗社等概念。

二、课程内容

1. 文艺复兴和人文主义
2. 人文主义文学在欧洲各国的发展状况
3. 人文主义文学的基本特征

三、考核要求与考核知识点

1. 识记:意大利、法国、西班牙和英国文学的代表作家及其代表作品。
2. 理解:文艺复兴;人文主义;流浪汉小说;大学才子派;七星诗社。
3. 应用:人文主义文学的基本特征;《十日谈》的思想内容;《巨人传》中的巨人形象。

第二节 塞万提斯

一、学习的目的与要求

了解塞万提斯(1547—1616)的生平与创作;掌握《堂吉诃德》的人物形象和艺术成就。

二、课程内容

1. 生平与创作
2. 《堂吉诃德》

三、考核要求与考核知识点

1. 识记:短篇小说集《惩恶扬善故事集》;《堂吉诃德》中的主要人物形象;小说在文学史上的地位和影响。
2. 理解:《堂吉诃德》的主题及艺术成就。
3. 应用:堂吉诃德和桑丘·潘沙的形象。

第三节 莎士比亚

一、学习的目的与要求

了解并掌握莎士比亚(1564—1616)的生平与创作成就及在文学史上的地位;掌握《哈姆莱特》的主题、人物形象和艺术成就。

二、课程内容

1. 生平与创作
2. 《哈姆莱特》

三、考核要求与考核知识点

1. 识记:莎士比亚戏剧创作成就及在文学史上的地位;其历史剧、喜剧、悲剧和传奇剧的代表作;四大悲剧。
2. 理解:喜剧的主题和主要特征;悲剧的主题和主要特征;夏洛克的形象。
3. 应用:哈姆莱特形象分析;《哈姆莱特》的思想价值和艺术成就。

第四章 17世纪文学

第一节 概 述

一、学习的目的与要求

了解17世纪文学的主要成就;掌握古典主义文学的基本特征及主要成就。

二、课程内容

1. 英国资产阶级革命文学
2. 法国古典主义文学

三、考核要求与考核知识点

1. 识记:弥尔顿的《失乐园》等三首长诗;高乃依与《熙德》;拉辛与《安德洛玛克》。
2. 理解:"三一律";《失乐园》中撒旦形象的双重性。
3. 应用:古典主义文学的基本特征。

第二节 莫 里 哀

一、学习的目的与要求

了解莫里哀(1622—1673)的生平与创作;掌握《伪君子》的主题、人物形象及艺术特色。

二、课程内容

1. 生平与创作
2. 《伪君子》

三、考核要求与考核知识点

1. 识记:莫里哀创作各时期的代表作品:《可笑的女才子》《伪君子》《吝啬鬼》《史嘉本的诡计》等。
2. 理解:《吝啬鬼》的主题与阿巴贡的形象。
3. 应用:《伪君子》的主题与艺术成就;答丢夫的形象。

第五章 18 世纪文学

第一节 概 述

一、学习的目的与要求

了解 18 世纪英、法、德三国的主要成就、特点;掌握启蒙文学的基本特征。

二、课程内容

1. 启蒙运动
2. 启蒙文学的发展概况
3. 启蒙文学的基本特征

三、考核要求与考核知识点

1. 识记:英国现实主义长篇小说的代表作家及其代表作品;法国启蒙文学的代表作家及其代表作品;德国民族文学的代表作家及其代表作品。
2. 理解:启蒙运动;哲理小说;感伤主义文学;正剧;狂飙突进运动;《阴谋与爱情》。
3. 应用:启蒙文学的基本特征。

第二节　歌　德

一、学习的目的与要求

了解歌德(1749—1832)的生平与创作;掌握《浮士德》的人物形象、思想和艺术特色。

二、课程内容

1. 生平与创作
2. 《浮士德》

三、考核要求与考核知识点

1. 识记:歌德在德国文学史上的地位;《少年维特之烦恼》是德国第一部具有世界意义的作品;浮士德人生探索的五个阶段。
2. 理解:维特的形象;浮士德精神;浮士德和靡菲斯特的辩证关系。
3. 应用:《浮士德》的思想意义;浮士德的形象。

第六章　19世纪文学(上)

第一节　概　述

一、学习的目的与要求

了解浪漫主义文学的主要成就;掌握浪漫主义文学的基本特征。

二、课程内容

1. 浪漫主义产生的背景
2. 浪漫主义文学的基本特征
3. 浪漫主义在欧美各国的发展概况

三、考核要求与考核知识点

1. 识记:德、英、法、俄、美、东欧等各国浪漫主义文学的代表作家及其代表作品。
2. 理解:浪漫主义;耶拿派;湖畔派;《德国,一个冬天的童话》;《草叶集》。
3. 应用:浪漫主义文学的基本特征。

第二节　拜　伦

一、学习的目的与要求

了解拜伦(1788—1824)的生平与创作;掌握《唐璜》的人物形象和艺术特点。

二、课程内容

1. 生平与创作
2. 《唐璜》

三、考核要求与考核知识点

1. 识记:拜伦的主要作品。
2. 理解:"拜伦式英雄"。

3. 应用:《唐璜》的人物形象和艺术特色。

第三节 雨　果

一、学习的目的与要求

了解雨果(1802—1885)的生平与创作;掌握《巴黎圣母院》的人物形象、人道主义思想和艺术特色。

二、课程内容

1. 生平与创作
2. 《巴黎圣母院》

三、考核要求与考核知识点

1. 识记:雨果的主要小说和诗歌作品。
2. 理解:《欧那尼》"决战";美丑对照原则;雨果的人道主义思想;《悲惨世界》。
3. 应用:《巴黎圣母院》的人物形象和艺术特色。

第四节 普　希　金

一、学习的目的与要求

了解普希金(1799—1837)的生平与创作;掌握《叶甫盖尼·奥涅金》的人物形象和艺术成就。

二、课程内容

1. 生平与创作
2. 《叶甫盖尼·奥涅金》

三、考核要求与考核知识点

1. 识记:普希金在文学史上的地位;普希金的诗歌和小说;《驿站长》是俄国文学史上第一部塑造"小人物"形象的作品;奥涅金是第一个"多余人"的典型。
2. 理解:达吉雅娜的形象。
3. 应用:《叶甫盖尼·奥涅金》的主人公形象、思想意义和艺术特色。

第七章　19世纪文学(中)

第一节　概　述

一、学习的目的与要求

了解现实主义文学在法、英、俄等国的发展概况;掌握现实主义文学的基本特征。

二、课程内容

1. 现实主义文学产生的背景
2. 现实主义文学的基本特征

3. 现实主义文学的发展概况

三、考核要求与考核知识点

1. 识记:法、英、俄等国现实主义文学的代表作家及其代表作品。
2. 理解:宪章派文学;"多余人";"自然派";"小人物";"新人"。
3. 应用:现实主义文学的基本特征;法、英、俄三国现实主义文学的特点。

第二节 斯丹达尔

一、学习的目的与要求

了解斯丹达尔(1783—1842)的生平与创作;掌握《红与黑》的思想内容、人物形象和艺术成就。

二、课程内容

1. 生平与创作
2. 《红与黑》

三、考核要求与考核知识点

1. 识记:斯丹达尔的主要小说;《拉辛与莎士比亚》。
2. 理解:《红与黑》在文学史上的地位;斯丹达尔的心理描写特点;"意大利性格"。
3. 应用:《红与黑》的思想内容、人物形象和艺术成就。

第三节 巴尔扎克

一、学习的目的与要求

了解巴尔扎克(1799—1850)的生平与创作;领会《人间喜剧》的思想内容和艺术成就;掌握《高老头》的人物形象、思想内容和艺术成就。

二、课程内容

1. 生平与创作
2. 《人间喜剧》
3. 《高老头》

三、考核要求与考核知识点

1. 识记:《人间喜剧》的分类、创作分期与主要作品。
2. 理解:《人间喜剧》的思想内容与艺术成就;"人物再现法";葛朗台的形象;伏脱冷和鲍赛昂夫人的形象。
3. 应用:高老头的父爱;拉斯蒂涅的形象及典型意义;《高老头》的艺术成就。

第四节 狄更斯

一、学习的目的与要求

了解狄更斯(1812—1870)的生平与创作;领会作者的人道主义思想;掌握《双城

记》的思想内容和艺术成就。

二、课程内容

1. 生平与创作
2. 《双城记》

三、考核要求与考核知识点

1. 识记:狄更斯三个时期的主要作品及创作特点。
2. 理解:狄更斯人道主义思想的主要特点。
3. 应用:《双城记》的主要人物形象、思想内容和艺术成就。

第五节　陀思妥耶夫斯基

一、学习的目的与要求

了解陀思妥耶夫斯基(1821—1881)的生平与创作;掌握《罪与罚》的人物形象、思想内容和艺术特色。

二、课程内容

1. 生平与创作
2. 《罪与罚》

三、考核要求与考核知识点

1. 识记:陀思妥耶夫斯基的主要作品。
2. 理解:复调小说;《穷人》;《卡拉马佐夫兄弟》。
3. 应用:《罪与罚》的思想内容和艺术特色;拉斯柯尔尼科夫的形象。

第八章　19 世纪文学(下)

第一节　概　　述

一、学习的目的与要求

了解该时期的文学发展状况和特征;领会该时期的现实主义、自然主义、象征主义、唯美主义等文学的基本特征及创作成就。

二、课程内容

1. 文学多元的时代背景
2. 多元文学的发展概况

三、考核要求与考核知识点

1. 识记:各个国家、各种文学思潮和流派的代表作家及其代表作品。
2. 理解:巴黎公社文学;自然主义;前期象征主义;唯美主义。
3. 应用:莫泊桑(1850—1893)中短篇小说的思想内容与艺术特色;契诃夫(1860—1904)的短篇小说和戏剧创作特色。

第二节 哈　代

一、学习的目的与要求

了解托马斯·哈代(1840—1928)的生平与创作;掌握《德伯家的苔丝》的内容、人物形象和艺术特色。

二、课程内容

1. 生平与创作
2. 《德伯家的苔丝》

三、考核要求与考核知识点

1. 识记:哈代的主要作品。
2. 理解:"威塞克斯小说"。
3. 应用:苔丝的形象及其悲剧的根源;小说的艺术特色。

第三节　列夫·托尔斯泰

一、学习的目的与要求

了解列夫·托尔斯泰(1828—1910)的生平与创作、在文学史上的地位;领会《复活》的男女主人公形象和作品的艺术特色;掌握《安娜·卡列尼娜》的人物形象、艺术成就;托尔斯泰的创作特色。

二、课程内容

1. 生平与创作
2. 《复活》

三、考核要求与考核知识点

1. 识记:托尔斯泰各个创作时期的主要代表作品。
2. 理解:心灵辩证法;托尔斯泰主义;忏悔贵族;《复活》的思想内容;玛丝洛娃的形象;聂赫留朵夫的形象;《复活》的艺术特色。
3. 应用:安娜的形象及其悲剧根源;《安娜·卡列尼娜》的艺术成就;托尔斯泰的创作特色。

第四节　易卜生

一、学习的目的与要求

了解易卜生(1828—1906)的生平与创作;领会其"社会问题剧"的内容和特色;掌握《玩偶之家》的思想内容、人物形象和艺术特色。

二、课程内容

1. 生平与创作
2. 《玩偶之家》

三、考核要求与考核知识点

1. 识记：易卜生的主要作品。
2. 理解："社会问题剧"；海尔茂的形象。
3. 应用：《玩偶之家》的思想意义和艺术成就；娜拉形象分析。

第五节　马克·吐温

一、学习的目的与要求

了解马克·吐温(1835—1910)的生平与创作；掌握《哈克贝利·费恩历险记》的主题思想、人物形象和艺术特色。

二、课程内容

1. 生平与创作
2. 《哈克贝利·费恩历险记》

三、考核要求与考核知识点

1. 识记：马克·吐温的主要作品。
2. 理解：《哈克贝利·费恩历险记》的主题思想。
3. 应用：《哈克贝利·费恩历险记》的人物形象和艺术特色。

第九章　20世纪文学（上）

第一节　概　　述

一、学习的目的与要求

了解现实主义文学在20世纪的发展及其特征；掌握各国现实主义文学的主要成就。

二、课程内容

1. 20世纪上半期的俄苏文学概况
2. 20世纪上半期欧美各国文学概况

三、考核要求与考核知识点

1. 识记：俄苏、法、英、德、美等国的主要代表作家及其代表作品。
2. 理解："白银时代"；长河小说；陌生化效果。
3. 应用：《美国的悲剧》的思想内容。

第二节　高　尔　基

一、学习的目的与要求

了解高尔基(1868—1936)的生平与创作、在文学史上的地位；掌握《母亲》的思想内容、人物形象以及在文学史上的地位。

二、课程内容

1. 生平与创作

2.《母亲》

三、考核要求与考核知识点

1. 识记:高尔基的主要作品。

2. 理解:高尔基早期创作特色。

3. 应用:《母亲》的思想内容、人物形象、在世界文学史上的地位。

第三节 肖洛霍夫

一、学习的目的与要求

了解肖洛霍夫(1905—1984)的生平与创作;掌握《静静的顿河》的思想内容、人物形象和艺术成就。

二、课程内容

1. 生平与创作

2.《静静的顿河》

三、考核要求与考核知识点

1. 识记:肖洛霍夫的主要作品。

2. 理解:《一个人的遭遇》在苏联文学史上的地位。

3. 应用:葛利高里的形象和悲剧意义;《静静的顿河》的艺术成就。

第四节 海明威

一、学习的目的与要求

了解海明威(1899—1961)的生平与创作;掌握《老人与海》的思想内容、人物形象和艺术特色。

二、课程内容

1. 生平与创作

2.《老人与海》

三、考核要求与考核知识点

1. 识记:海明威的主要作品。

2. 理解:迷惘的一代;冰山原则;硬汉子性格;《永别了,武器》的思想内容。

3. 应用:《老人与海》的象征意义和艺术风格;圣地亚哥的形象。

第十章 20世纪文学(中)

第一节 概　　述

一、学习的目的与要求

了解欧美现代主义文学各个流派的发展状况;领会现代主义文学的基本特征。

二、课程内容

1. 现代主义文学产生的背景
2. 现代主义文学的基本特征
3. 多种流派的发展状况与主要特征

三、考核要求与考核知识点

1. 识记:现代主义文学各流派的主要代表作家及其作品。
2. 理解:后期象征主义;表现主义;意识流小说;存在主义文学。
3. 应用:现代主义文学的基本特征。

第二节 艾　略　特

一、学习的目的与要求

了解 T.S.艾略特(1888—1965)的生平与创作以及在文学史上的地位;领会《荒原》的价值;掌握《荒原》的主要内容和艺术特色。

二、课程内容

1. 生平与创作
2. 《荒原》

三、考核要求与考核知识点

1. 识记:艾略特的主要作品。
2. 理解:《荒原》的象征意义。
3. 应用:《荒原》的主要内容和艺术特色。

第三节 卡　夫　卡

一、学习的目的与要求

了解卡夫卡(1883—1924)的生平与创作;掌握卡夫卡《变形记》的思想内容和艺术特色。

二、课程内容

1. 生平与创作
2. 《变形记》

三、考核要求与考核知识点
1. 识记：卡夫卡的主要作品。
2. 理解：卡夫卡式的小说；《城堡》的寓意。
3. 应用：《变形记》的异化主题和艺术特色。

第四节 萨 特

一、学习的目的与要求
了解萨特(1905—1980)的生平与创作；领会其小说的内容和境遇剧的含义；掌握《禁闭》的思想内容与艺术特色。

二、课程内容
1. 生平与创作
2. 《禁闭》

三、考核要求与考核知识点
1. 识记：萨特的主要作品。
2. 理解：《墙》的"自由选择"主题；境遇剧。
3. 应用：《禁闭》的思想内容和艺术特色。

第十一章 20世纪文学（下）

第一节 概 述

一、学习的目的与要求
了解欧美20世纪下半期文学的发展状况；领会欧美20世纪下半期文学的多元化特征。

二、课程内容
1. 20世纪下半期文学产生的背景。
2. 20世纪下半期的主要文学思潮。
3. 20世纪下半期各国文学概况。

三、考核要求与考核知识点
1. 识记：20世纪下半期欧美各国文学的主要代表作家及其代表作品。
2. 理解：荒诞派戏剧；"黑色幽默"；新小说派；魔幻现实主义；后殖民文学；"解冻文学"；"战壕真实派"。

第二节 贝 克 特

一、学习的目的与要求
了解贝克特(1906—1989)的生平与创作；领会《等待戈多》的主题和艺术特色。

二、课程内容

1. 生平与创作

2.《等待戈多》

三、考核要求与考核知识点

1. 识记:贝克特的主要作品。

2. 理解:《等待戈多》的象征意义。

3. 应用:《等待戈多》的艺术特色。

第三节 加西亚·马尔克斯

一、学习的目的与要求

了解加西亚·马尔克斯(1927—2014)的生平与创作;掌握《百年孤独》的思想内容和艺术特色。

二、课程内容

1. 生平与创作

2.《百年孤独》

三、考核要求与考核知识点

1. 识记:加西亚·马尔克斯的主要作品。

2. 理解:《百年孤独》的思想内容。

3. 应用:《百年孤独》的艺术特色。

第四节 索尔·贝娄

一、学习目的与要求

了解索尔·贝娄(1915—2005)的生平与创作;掌握《赫索格》的思想内容和艺术特色。

二、课程内容

1. 生平与创作

2.《赫索格》

三、考核要求与考核知识点

1. 识记:索尔·贝娄的主要作品。

2. 理解:赫索格形象。

3. 应用:《赫索格》的思想内容与艺术特色。

第五节 奈保尔

一、学习目的与要求

了解奈保尔(1932—2018)的生平与创作;掌握《河湾》的思想内容和艺术特色。

二、课程内容

1. 生平与创作
2. 《河湾》

三、考核要求与考试知识点

1. 识记:奈保尔的主要作品。
2. 理解:"印度三部曲"。
3. 应用:《河湾》的主题和艺术手法。

东方文学

第一章 古代文学

第一节 概述

一、学习的目的与要求

了解古代文学的基本特征、演变发展过程、在文学史上的地位和影响;把握古代文学的主要成就和基本特征。

二、课程内容

1. 古代文学特征
2. 古代文学概况

三、考核要求与考核知识点

1. 识记:四大文明古国的代表作品。
2. 理解:《亡灵书》;《吠陀》;《吉尔伽美什》。
3. 应用:古代文学的基本特征;印度两大史诗的思想内容。

第二节 希伯来文学

一、学习的目的与要求

了解希伯来文学的相关知识;把握希伯来文学的分类和代表作品及文学特色。

二、课程内容

1. 希伯来文学产生的历史背景
2. 希伯来文学的基本内容
3. 希伯来文学的主要特色

三、考核要求与考核知识点

1. 识记:希伯来文学的分类及代表作品。
2. 理解:《路得记》的和平主题;《以斯帖记》的爱国主题;《雅歌》的爱情主题。
3. 应用:希伯来文学的主要特色。

第三节 迦梨陀娑

一、学习的目的与要求

了解迦梨陀娑(约5世纪)创作的主要内容;掌握《沙恭达罗》的人物形象和艺术成就。

二、课程内容

1. 生平与创作
2. 《沙恭达罗》

三、考核要求与考核知识点

1. 识记:迦梨陀娑的诗歌和戏剧创作。
2. 理解:沙恭达罗和豆扇陀的形象。
3. 应用:《沙恭达罗》的艺术成就。

第二章 中古文学

第一节 概 述

一、学习的目的与要求

了解中古文学的发展概况;把握中古文学的主要成就和主要特征。

二、课程内容

1. 中古文学特征
2. 中古文学概况

三、考核要求与考核知识点

1. 识记:中古各国文学的代表作家和代表作品。
2. 理解:《万叶集》;"物语文学";"俳句";"柔巴依";"悬诗";《古兰经》。
3. 应用:中古文学的主要特征。

第二节 紫式部

一、学习的目的与要求

了解紫式部(978?—1015?)的生平与创作;掌握《源氏物语》的人物形象、主题思想和艺术特色。

二、课程内容

1. 生平与创作
2. 《源氏物语》

三、考核要求与考核知识点

1. 识记:《源氏物语》在世界文学史上的地位。
2. 理解:光源氏形象;贵族妇女群像。
3. 应用:《源氏物语》的主题思想和艺术特色。

第三节 《一千零一夜》

一、学习的目的与要求

了解《一千零一夜》的成书过程;掌握《一千零一夜》的思想内容和艺术特色。

二、课程内容

1. 思想内容
2. 艺术成就

三、考核要求与考核知识点

1. 识记:《一千零一夜》的文学地位,故事来源。
2. 理解:框架式结构;辛伯达形象。
3. 应用:《一千零一夜》的思想内容和艺术特色。

第四节 萨 迪

一、学习的目的与要求

了解萨迪(1208—1292)的生平与创作;掌握《蔷薇园》的思想和艺术特色。

二、课程内容

1. 生平与创作
2. 《蔷薇园》

三、考核要求与考核知识点

1. 识记:萨迪代表作《蔷薇园》和《果园》。
2. 理解:《蔷薇园》的人道主义思想。
3. 应用:《蔷薇园》的艺术特色。

第三章 近 代 文 学

第一节 概 述

一、学习的目的与要求

了解近代文学的主要内容和特点;把握各国文学的主要成就和基本特征。

二、课程内容

1. 近代文学特征
2. 近代文学概况

三、考核要求与考核知识点

1. 识记:日本各种文学流派;印度主要语言文学的代表作家作品。
2. 理解:"自然主义";"唯美主义(派)";"白桦派";"新思潮派"。
3. 应用:日本自然主义文学的特征;东方近代文学的基本特征。

第二节 夏目漱石

一、学习的目的与要求

了解夏目漱石(1867—1916)的生平与创作;把握作者的创作成就;掌握《我是猫》的人物形象和艺术特色。

二、课程内容

1. 生平与创作
2. 《我是猫》

三、考核要求与考核知识点

1. 识记:"爱情三部曲";"后三部曲"。
2. 理解:苦沙弥和猫的典型意义;《我是猫》的批判性。
3. 应用:《我是猫》的艺术特点。

第三节 泰戈尔

一、学习的目的与要求

了解泰戈尔(1861—1941)的生平与创作;领会泰戈尔深厚的民族主义情感和爱国热忱;把握泰戈尔的创作成就,《吉檀迦利》的思想内容;掌握《戈拉》的人物形象和艺术特色。

二、课程内容

1. 生平与创作
2. 《戈拉》

三、考核要求与考核知识点

1. 识记:泰戈尔的诗歌、小说和戏剧创作;泰戈尔与诺贝尔文学奖。
2. 理解:宗教抒情诗《吉檀迦利》的主要内容。
3. 应用:戈拉的形象及意义;《戈拉》的艺术特色。

第四章 现代文学

第一节 概述

一、学习的目的与要求

了解现代文学的基本特征及发展状况;把握各国文学的主要成就和现代文学的基本特征。

二、课程内容

1. 现代文学特征
2. 现代文学概况

三、考核要求与考核知识点

1. 识记：各国文学的代表作家作品。
2. 理解："新感觉派"；"旅美派"；"埃及现代派"。
3. 应用：现代东方文学的基本特征。

第二节　普列姆昌德

一、学习的目的与要求

了解普列姆昌德(1880—1936)的生平与创作；把握普列姆昌德的重要作品；掌握《戈丹》的思想内容与何利的形象。

二、课程内容

1. 生平与创作
2. 《戈丹》

三、考核要求与考核知识点

1. 识记：普列姆昌德各个创作时期的重要作品。
2. 理解：《戈丹》的思想内容。
3. 应用：何利的形象。

第三节　纪　伯　伦

一、学习的目的与要求

了解纪伯伦(1883—1931)的生平与创作；把握纪伯伦的主要作品、创作特色分期；掌握《先知》的思想内容。

二、课程内容

（一）生平与创作
（二）《先知》

三、考核要求与考核知识点

1. 识记：纪伯伦各个创作时期的重要作品。
2. 理解：纪伯伦创作的艺术风格。
3. 应用：《先知》的思想内容。

第五章　当　代　文　学

第一节　概　　述

一、学习的目的与要求

了解当代文学的特征及发展状况；把握当代文学的基本特征和各国重要作家的文学成就。

二、课程内容

1. 当代文学特征
2. 当代文学概况

三、考核要求与考核知识点

1. 识记:大江健三郎、马哈福兹、索因卡、戈迪默等作家及其代表作品。
2. 理解:"战后派"。
3. 应用:黑非洲文学的主要成就。

第二节 川端康成

一、学习的目的与要求

了解川端康成(1899—1972)的生平与创作;川端康成的主要代表作品;掌握《雪国》中男女主人公的形象,《雪国》的艺术特色和川端康成创作的美学特征。

二、课程内容

1. 生平与创作
2. 《雪国》

三、考核要求与考核知识点

1. 识记:川端康成的成名作《伊豆的舞女》;获诺贝尔奖作品《雪国》《古都》《千只鹤》。
2. 理解:岛村的形象;驹子的形象。
3. 应用:川端康成创作的美学特征;《雪国》的艺术特色。

第三节 纳吉布·马哈福兹

一、学习的目的与要求

了解纳吉布·马哈福兹(1911—2006)的生平与创作以及在埃及文学史上的地位;掌握"三部曲"的思想内容和艺术特色。

二、课程内容

1. 生平与创作
2. 《宫间街》"三部曲"

三、考核要求与考核知识点

1. 识记:《宫间街》"三部曲"。
2. 理解:纳吉布·马哈福兹在埃及文学史上的地位。
3. 应用:"三部曲"的思想内容和艺术成就。

第四节 库 切

一、学习目的与要求

了解库切(1940—)的生平与创作;掌握《耻》的思想内容和艺术特点。

二、课程内容

1. 生平与创作

2.《耻》

三、考试要求与考试知识点

1. 识记:库切的主要作品。

2. 理解:《耻》中的"耻"。

3. 应用:《耻》的主题和艺术特点。

Ⅲ 有关说明和实施要求

一、本大纲的使用说明

本大纲在每一章节都提出了具体的考核要求,并一一列举了考核知识点。凡属于"识记"部分的内容,要求学习者和应考者努力记忆,并能在各种情况下准确辨识。"理解"部分的内容,要求应考者和学习者不仅熟识其概念,还要理解其原理,并能够联系有关作品和文学现象在文学史上的作用和意义加以简略说明。"应用"部分的内容,强调综合能力的运用。要求做到能够运用有关理论和知识,分析外国文学史上的文学现象和作家作品中的重要问题。

二、本大纲的实施要求

1. 本大纲是《外国文学史》课程考试指导个人自学的依据。自学应考者根据本大纲所规定的自学内容和考核要求,在"识记""理解"和"应用"三个知识层次上认真学习,系统把握,并能融会贯通。除教材外,应借助必读书和参考书来辅助学习。但要注意,凡指定或自选的考试用书和参考用书,其内容与本大纲有出入的,要以本大纲规定的内容和考核要求为准。

2. 本大纲是本课程社会助学的依据。社会助学者应根据本大纲规定的课程性质、教学内容和教学目的,把助学重点放在对《外国文学史》内容的分析和梳理上。同时,要根据"识记""理解""应用"这三个不同认知层次的要求进行助学活动。在助学时,也可根据大纲规定的文学史上的文学现象、文学思潮、作家和作品篇目,讲授一些相关的外国文论知识,指导学习方法,以加深学习者对教材的理解,提高其分析和理解问题的能力。

3. 本大纲是本课程考试命题的依据。本课程考试命题的内容范围、能力层次和考试重点均以本大纲规定的考核目标为依据,其他必读书和参考书的内容同本大纲的有关规定不一致时,以本大纲为准。在命题时,每份试卷中"识记性"试题的比例应占40%;"理解性"试题应占30%,"应用性"试题应占30%。三者可在5%上下浮动。试题的难易度分为易、较易、较难、难四种。每份试卷中难度的分数比例一般为2∶3∶3∶2为宜。西方文学约占80%,东方文学约占20%。要注意,试题的难度与应试者的能力层次不是一个概念,在各个认知能力层次的试题中都存在着不同的难度,命题时要加以妥善处理。本课程的考试方式为闭卷、笔试,考试时间为150分钟。试题分量以中等水平考生在规定的时间内答完全部试题为度。计分采用百分制,60分为及格。

三、学习教材和主要参考书

（一）指定教材

全国高等教育自学考试指定教材《外国文学史》，全国高等教育自学考试指导委员会组编，孟昭毅主编，北京大学出版社 2023 年版。

（二）主要参考书目

欧美文学：

1. 《希腊的神话和传说》
2. 《伊利昂纪》
3. 《奥德修纪》
4. 《古希腊悲剧选》
5. 《神曲》
6. 《堂吉诃德》
7. 《哈姆莱特》
8. 《伪君子》
9. 《浮士德》
10. 《唐璜》
11. 《巴黎圣母院》
12. 《叶甫盖尼·奥涅金》
13. 《红与黑》
14. 《高老头》
15. 《双城记》
16. 《罪与罚》
17. 《赫索格》
18. 《德伯家的苔丝》
19. 《复活》
20. 《安娜·卡列尼娜》
21. 《哈克贝利·费恩历险记》
22. 《玩偶之家》
23. 《河湾》
24. 《母亲》
25. 《静静的顿河》
26. 《老人与海》
27. 《荒原》
28. 《变形记》
29. 《禁闭》
30. 《等待戈多》
31. 《百年孤独》

亚非文学：

1. 《沙恭达罗》
2. 《一千零一夜》
3. 《蔷薇园》
4. 《源氏物语》
5. 《先知》
6. 《我是猫》
7. 《吉檀迦利》
8. 《戈拉》
9. 《雪国》
10. 《戈丹》
11. 《宫间街》"三部曲"
12. 《耻》

附录:题型举例

一、单项选择题(在每小题列出的四个备选项中只有一个符合题目要求,请将其代码填写在题后的括号内。错选、多选或未选均无分。)

1. 被誉为"戏剧艺术的荷马"的古希腊悲剧诗人是 [ ]
   A. 埃斯库罗斯　　　　B. 索福克勒斯
   C. 欧里庇得斯　　　　D. 阿里斯托芬
2. 欧洲文艺复兴时期的人文主义文学最早出现在 [ ]
   A. 法国　　　　　　　B. 德国
   C. 西班牙　　　　　　D. 意大利

二、多项选择题(在每小题列出的五个备选项中至少有两个是符合题目要求的,请将其代码填写在题后的括号内。错选、多选、少选或未选均无分。)

1. 文艺复兴时期英国戏剧界的"大学才子"主要包括 [ ]
   A. 莎士比亚　B. 李利　C. 基德　D. 格林　E. 马洛
2. 下列作品表现个人奋斗主题的有 [ ]
   A.《红与黑》　　　　　B.《约翰·克里斯朵夫》
   C.《羊脂球》　　　　　D.《战争与和平》
   E.《德伯家的苔丝》

三、名词解释题

1. 骑士文学
2. "三一律"

四、简答题

1. 古典主义文学产生的基础。
2. 《钦差大臣》建立在误会基础之上的喜剧冲突的真实性。

五、综合论述题

1. 论述英国批判现实主义文学的特征。
2. 论述《复活》是"最清醒的现实主义"。

六、分析比较题

1. 分析拉斯蒂涅的形象。
2. 试比较19世纪中期英、法、俄、美四国文学的异同。

大纲后记

《外国文学史自学考试大纲》是根据《高等教育自学考试专业基本规范(2021年)》的要求,由全国高等教育自学考试文史类专业委员会组织制定。

本大纲由天津师范大学孟昭毅教授负责编写。参加本大纲编写的有甘丽娟教授、甄蕾副教授(天津师范大学)、史锦秀教授(河北师范大学)、亢西民教授(山西师范大学)、田全金教授(华东师范大学)、高玉秋教授(东北师范大学)、杨俊杰教授(北京师范大学)。

2023年3月,全国考委文史类专业委员会组织了本大纲的审稿工作。上海交通大学刘建军教授担任主审,参加审稿的还有北京大学张冰教授、南开大学王立新教授。

本大纲的编审人员付出了辛勤劳动,在此一并表示感谢。

全国高等教育自学考试指导委员会
文史类专业委员会
2023年5月

全国高等教育自学考试指定教材

外国文学史

全国高等教育自学考试指导委员会　组编

编写说明

《外国文学史》是全国高等教育自学考试指导委员会主持编写的汉语言文学专业本科阶段自学考试教材。本教材根据全国高等教育自学考试指导委员会新近主持制定的《汉语言文学专业〈外国文学史〉自学考试大纲》编写而成。

外国文学作家如云,作品灿若繁星,在此基础上编写的《外国文学史》教材,纵贯古今,横联世界,内容浩瀚,丰富多彩。本教材试图以极其有限的文字理清外国文学史发展的明晰线索,勾勒出其简洁的轮廓,使自学者能一目了然而又快捷有效地了解需要掌握的主要内容,便于学习和记忆。

本教材在体例编排与分析论述上主要有以下特点:

第一,本教材是在继承和借鉴众多传统教材和前人学术成果的基础上,根据当前自学考试所面临的具体情况,实事求是地编写的。它力图做到史论结合,东西兼顾,厚今薄古,突出重点。努力在传承中有超越,借鉴中有创新,注重科学性与实用性相结合,符合教与学的实际需要。

第二,本教材将外国文学史分为西方文学和东方文学两部分,又各列章节,结构匀称,比例合理。从自学者的学习实际出发,在既尊重外国文学史发展的客观真实,又便于自学者自学与掌握知识要点的基础上,西方文学部分删去了以往教材中的"果戈理"和"罗曼·罗兰"两节,增加了"索尔·贝娄"和"奈保尔"两节,东方文学部分增加了"库切"一节。

第三,本教材删去了各章概述部分中过多繁复的社会历史状况的介绍,删去了与文学发展关系不很密切的文艺理论部分的内容,增加了作品内容介绍与艺术特色总结上的作品中的重要文字,以便自学者能重点突出地掌握所学内容,能牢记作品的精髓,达到审美欣赏的目的。

本教材的编写是在全国高等教育自学考试指导委员会的主持下,经过长期的研讨、酝酿与准备,总结前人成果的基础上完成的。一批学历高、知识结构新、教学经验丰富、熟悉自学考试规律,而又年富力强的博士、教授、专家,反复研究,统一思想,几易其稿,去粗取精,终成定稿。尤其是外国文学专家、主审刘建军教授,在审阅全部书稿后,对全书的构架、体例与具体写作等方面,都提出了颇为中肯而又极富建设性的意见,为本教材的顺利完成做出了重要贡献。张冰教授和王立新教授在百忙中审阅全书,以专家和学者的缜密眼光提出许多宝贵的修改意见,使本教材逐渐完善。在此,谨向他们表示最诚挚的谢意。

本教材的编写成员有：北京师范大学　杨俊杰
　　　　　　　　　　天津师范大学　孟昭毅　甘丽娟　甄　蕾
　　　　　　　　　　华东师范大学　田全金
　　　　　　　　　　东北师范大学　高玉秋
　　　　　　　　　　河北师范大学　史锦秀
　　　　　　　　　　山西师范大学　亢西民

本教材和大纲通读全稿和修改工作由孟昭毅和甘丽娟完成。

参与本教材审定工作的专家：

主审：刘建军　（上海交通大学）

成员：张　冰　（北京大学）

　　　王立新　（南开大学）

本教材在编写时难免有百密一疏、挂一漏万之处。教材中的缺点和不足，敬请各位专家、学者和读者指出，便于我们今后进一步改进。

编　者

2023 年 5 月

西方文学

第一章 古代文学

西方古代文学包括古代希腊、古代罗马文学和早期基督教文学。它们是氏族社会向奴隶社会过渡时期、奴隶制时期的产物。

第一节 概 述

西方古代文学主要指古希腊文学和古罗马文学。古代希腊和古代罗马是欧洲文明的发祥地。当欧洲其他地区还处在原始的野蛮状态时，古希腊和古罗马就先行一步，比较早地进入人类文明的初期，相继由氏族社会过渡到奴隶社会，并且在奴隶制的社会条件下产生了高度发达的文化，为后来欧洲文学的发展奠定了基础。

一、古希腊文学

古希腊文学是历史上的"人类童年"时代发展得最完美的文学之一，充分展示了"人类童年"时代纯真的天性，在其后数千年欧洲文化的发展中产生了巨大的影响。

社会历史概况 古代希腊位于地中海东北部，包括巴尔干半岛南部（即希腊半岛）、爱琴海诸岛和小亚细亚西部沿海一带。由于海域和山峦的阻隔，古希腊的奴隶制城邦国家一般以一城为中心，四周是农村，范围极小。许多奴隶制城邦国家由原先的氏族部落直接转化而来。因此，它的政体内保存了较多的氏族制的民主因素。公元前8世纪，雅典开始了争取奴隶主民主制的斗争，到公元前6世纪末终于取得了胜利。公元前5世纪初，希波战争爆发，希腊人在马拉松战役和萨拉米战役中获得重大胜利。人民的爱国主义热情空前高涨，充满民族自信心和自豪感。此后，雅典的经济和政治蒸蒸日上。公元前5世纪中期，即伯利克里执政时期（公元前443—前429），雅典又进一步扩大民主权利，发展经济，组织海上军事同盟，成为当时希腊的政治、经济和文化中心。奴隶制经济的繁荣和公民民主政治的发展，达到了前所未有的高度。这种政治上的民主和言论上的自由，无疑为古希腊文学的发展创造了良好的社会环境。

由于海域大于陆地，山区多于平原，可耕地面积严重不足，古希腊在经济上以手工业和海外贸易为主。这种外向型的经济方式，以及动荡不安、变幻莫测的海上生涯，一方面为古希腊的文学创作提供了丰富的素材，奠定了扎实的生活基础；另一方面培育出古希腊人自由奔放、富于想象力、崇尚力量和敢于冒险的民族性格。这种幻想型和多血质型的民族性格，为古希腊的文学创作奠定了良好的心理基础。

古希腊的海湾、岛屿较多，航海业发达，因此同其他地区，特别是同埃及、巴比伦等东方文明古国容易发生商业、文化等方面的联系。这些东方国家对古希腊文学,并通过古希腊对古罗马文学的发展产生过积极的影响。古希腊、罗马文学发展后,又反过来给东方各国以影响。

古希腊文学的特征　第一,古希腊文学有着鲜明的人本色彩和命运观念。古希腊人尽情地展示着人类童年的自然天性,一切都是世俗的、活生生的,绝无宗教恐怖的压抑和彼岸天国的诱惑。古希腊人的命运观念很快随着他们对外在自然和内在自我的认识与把握而淡薄,没有积淀成沉重的民族包袱。

第二,古希腊文学的众多篇章程度不同地从多个侧面反映了当时的社会生活,为后人提供了第一手资料。也有相当一部分作品充满了神奇的想象、怪诞的夸张和优美的抒情,表现出浓厚的浪漫色彩。

第三,种类繁多,具有开创性。古希腊文学种类齐全。除神话、史诗外,还有悲剧、喜剧、寓言、故事、教谕诗、抒情诗、散文、小说等。

古希腊文学发展概况　古希腊文学一般分为3个时期:

第一时期(公元前12世纪—前8世纪),是古希腊由氏族制向奴隶制过渡时期,史称"荷马时代"或"英雄时代"。主要成就是神话和荷马史诗。

这时期除神话和史诗外,还出现了赫西俄德(约公元前8世纪—前7世纪)的教谕诗《工作与时日》(又译《田功农时》)。这是古希腊流传下来最早的一部以现实生活为题材的诗作。公元前8世纪,氏族社会开始瓦解,阶级分化日趋明显。氏族贵族利用权势,把农民的土地集中到自己手中。诗人以一个自耕农的身份讲述了农民一年到头的辛勤劳动,反映了当时贵族剥削农民的社会情况。诗中描写了农村的自然景色,风格清新自然,平易简洁。赫西俄德的另一首叙事长诗《神谱》,是最早的比较系统地叙述关于宇宙起源和神的谱系的作品,是研究古希腊神话的重要史料。

第二时期(公元前8世纪—前4世纪中叶),是奴隶制社会形成至全盛时期。公元前8世纪至公元前6世纪,氏族社会进一步解体,奴隶制城邦逐渐形成。这一时期,文学的主要成就是抒情诗和寓言。

古希腊的抒情诗源于民歌,是伴着音乐歌唱的,有多种体裁,主要有双管歌(或称哀歌)、琴歌和讽刺诗等,其中琴歌的成就最大。著名的代表诗人有萨福、阿那克瑞翁和品达。

萨福(公元前612—?)是古希腊最著名的女诗人。她出身于贵族家庭,曾创办过女子音乐学校。她写有颂歌、哀歌、圣歌、恋歌、婚歌等9卷诗歌,但大都散佚。萨福的诗歌以抒发个人情感、咏叹恋爱悲欢为主,也有的歌颂崇高的母爱和缅怀友人的情谊。感情真挚细腻,语言朴素自然,音乐性强。她善于用简洁的诗句,刻画女性复杂多变的心理。

阿那克瑞翁(公元前570—?)写过5卷诗,现存多为短歌和残句。他的诗主要歌颂生活的乐趣和欢乐的爱情,赞美贵族社会的游宴生活。风格清新,语言优美,形式完整,被称为"阿那克瑞翁体"。

品达(公元前518—前442?)写诗17卷,现存4卷《胜利颂》是他最著名的作品。诗中有对奥林匹克运动会优胜者的歌颂,有对希腊人在萨拉米战役中获得胜利的赞扬。诗中充满热情,风格庄重,辞藻华丽,形式完美,对近代欧洲诗歌也产生了较大影响。弥尔顿、歌德等都曾模仿他的风格。

《伊索寓言》相传为公元前6世纪的奴隶伊索(后被释放)所作,其中绝大部分是古希腊的民间口头创作,有些故事还可能来自非洲、亚洲等地。《伊索寓言》主要反映奴隶制社会劳动人民的思想感情,是劳动人民生活教训和斗争经验的总结。如《农夫和蛇》通过农夫救蛇而被蛇咬的故事,劝告人们不能怜惜蛇一样的恶人;《龟兔赛跑》劝诫人们不要骄傲;《驮盐的驴》教导人们要按照客观规律办事。《伊索寓言》往往用狮子、豺狼、毒蛇、鳄鱼和狐狸等凶狠狡猾的动物象征那些强权者,谴责他们为非作歹、残害弱小者的暴行。如《狼和小羊》中狼千方百计要吃掉小羊,毫不掩饰它的专横残暴。《伊索寓言》在艺术上善用拟人或对比手法,形象生动,比喻恰当,具有浓郁的民间文学色彩。它对后来的拉封丹、莱辛、克雷洛夫等作家产生了很大影响。

公元前5世纪至公元前4世纪中叶,是希腊奴隶制发展的全盛时期,史称"古典时期"。当时雅典是全希腊的政治、经济和文化中心。其代表性的文学成就是戏剧、散文和文艺理论。

古希腊散文并不是一种单独的文学样式,而是一些哲学、历史著作和演说辞。著名的历史著作有"历史之父"希罗多德(约公元前484—前425)的《希腊波斯战争史》,修昔底德(公元前460—前400)的《伯罗奔尼撒战争史》和色诺芬(公元前430—前355)的《长征记》。在雅典民主制条件下,许多政治家、哲学家都是著名的演说家,如苏格拉底(公元前470—前399)和狄摩西尼(公元前384—前322),他们的演说也是优美的文学散文,讲究和谐,注重节奏,强调修辞和文学技巧,对后世的雄辩术和散文影响很大。

在文艺理论方面,柏拉图和亚里士多德是杰出的代表。柏拉图(约公元前427—前347)出身雅典名门贵族,是雅典奴隶主贵族派的思想家。在政治上,他反对民主制,提倡贵族政治。在哲学上,他反对德谟克利特的唯物论,创立"理念论"。他认为现实世界是对理念世界的模仿,文艺是对现实的模仿,也即"模仿的模仿",文艺是不真实的。由此,他认为文艺是有害的,会培养人性中低劣的东西。另外,他强调文艺创作的源泉是灵感,他的"灵感说"(或"迷狂说")对后来的浪漫主义文学乃至现代主义文学都有影响。他一生撰写了40多篇哲学对话,其中最著名的有《理想国》《斐德若篇》《伊安篇》《会饮篇》等。这些对话涉及各种文艺和美学问题,对后世影响很大。

亚里士多德(公元前384—前322)是柏拉图的弟子,古希腊学术的集大成者,其代表作是《诗学》。他继承了柏拉图的模仿说,认为文艺的本质是模仿现实。但他认为现实世界本身是真实的,而不是柏拉图说的是理念的摹本,因而文艺是真实的。由此,他又肯定了文艺的认识作用和教育作用。他的理论为西方文艺理论中现实主义的发展奠定了基础。

第三时期(公元前4世纪中叶—前2世纪末),是古希腊奴隶制衰亡时期,亦称"希腊化"时期。这一时期,希腊沦为马其顿帝国的属地。随着马其顿帝国向埃及、波斯、印度等地扩张,古希腊文化很快在这些地区扩散,东西方文化出现交汇之势。但在希腊本土,古希腊文学已处于衰落局面。作品大多追求形式,讲究辞藻,主要成就是新喜剧和田园诗。

新喜剧是一种不同于古典时期旧喜剧的新型喜剧。它以描写爱情故事和家庭关系为主要内容,又称世态喜剧。剧中的主要角色是一些新的人物类型,如农夫、鞋匠、医师、食客、兵士、艺妓和家奴等。新喜剧情节曲折,风格雅致,讽刺生动,注重劝善说教。最著名的作家是雅典的米南德(约公元前342—前292)。据说,他写过100多部喜剧,但流传下来的只有《恨世者》和《萨摩斯女子》。他的喜剧通过爱情故事和家庭关系,反映社会日常生活,表现青年男女追求爱情婚姻自由的愿望,多以劝善规过为主题,提倡平等、仁慈,反对狭隘自私。其喜剧结构紧凑,情节曲折,人物性格鲜明。他的创作对罗马的戏剧产生了直接的影响,并通过罗马喜剧家普劳图斯和泰伦斯的改编,对后世欧洲的喜剧产生了一定的影响。

田园诗又称牧歌,主要作家是忒奥克里托斯(约公元前325—约前267)。他传下来的诗歌有29首。他的诗以描写西西里美好的农村生活和自然风光为主,意境优美,风格自然,质朴清新,对后世田园诗有很大影响。

公元前146年,罗马人打败马其顿,宣告了希腊化时期的结束。古希腊被罗马灭亡后,作为独立的希腊文学已不复存在。然而,由于罗马文学的中介作用,它的思想和艺术精髓却在后世欧洲文学中得到了继承和发展。自文艺复兴时期开始,历代西方资产阶级都将它奉为古代文学的典范,各自从中汲取有益的部分。人文主义文学吸取它重视现世人生和个性自由发展的思想;17世纪古典主义悲剧不仅重视它的题材,而且重视它的创作原则;18世纪法国启蒙文学主要吸取它重视理性的思想;此后的浪漫主义、现实主义,甚至现代主义也都喜欢用古希腊文学的人物原型进行创作。古希腊文学跨越了时代和地域,几乎渗透到全部欧洲文学之中。

二、古罗马文学

古罗马文学是在古希腊文学的影响下产生的。古罗马文学作为连接古希腊文学和欧洲近代文学的桥梁,在西方文学史上占有重要的地位。

社会历史概况 大约在公元前8世纪至前6世纪之间,罗马氏族公社制解体,奴隶制关系形成。公元前6世纪末,奴隶制的贵族共和政体建立。公元前4世纪,罗马社会进一步分化,贵族和富裕平民联合起来,形成了新贵族共和政体。为了他们的利益,罗马开始向外扩张,统一了意大利本土,并征服了西部地中海沿岸和意大利半岛上的大部分地区。公元前2世纪中叶,罗马终于成为一个强大的国家。罗马的对外扩张带来了大量的奴隶和财富。奴隶主对奴隶的残酷剥削和压迫，使二者之间的矛盾上升为罗马社会的主要矛盾，奴隶不断举行起义（著名的有西西里岛奴隶起义和斯巴达克起义）。在镇压奴隶起义的过程中，旧的共和政体被军事独裁所代替，政权落到拥有军队的将军手里。经过恺撒、庞培、克拉苏的前三头政治（公元前64—前44）和屋大维、安东尼、雷必达的后三头政治（公元前43—前27），最后于公元前27年，由屋大维建立了专制的元首政治，罗马从此进入帝国时期。

约在公元前3世纪中叶，随着国力的强大和经济的繁荣，罗马形成了横跨欧、亚、非三洲的帝国。它在武力与政治上超越并征服了希腊，但在文化上却被希腊征服，成为古希腊文化的直接继承者。罗马接受希腊文学之后，利用帝国的优势，把古希腊罗马文学迅速推向了地中海周围广大的地域，为西方文学增添了丰富的内涵。从此，罗马成为欧洲文化的中心。在希腊文学的影响下，罗马文学开始形成。

古罗马文学发展概况 在罗马历史的早期，古罗马文学主要是口头创作，包括神话、原始歌谣及民间戏剧等。罗马神话是在自己原有神话的基础上，吸收了希腊神话中的许多内容发展而来的。通过改换希腊神话中一些神的名称，罗马人塑造了自己心目中的神。如把奥林波斯之主宙斯改名为主神朱庇特，天后赫拉被称作神后朱诺，爱与美之神阿佛洛狄忒被称作维纳斯等。罗马最早流行的戏剧是阿特拉笑剧和模拟剧，由农村庆祝丰收时的欢乐朗诵和滑稽表演发展而来，尚处于民间的萌芽阶段。但它为后来共和国时期戏剧的发展奠定了基础。

古罗马文学的发展可分为3个时期：

第一时期（公元前3世纪—前2世纪），是罗马共和国时期，也是罗马文学的发展和繁荣时期。

古罗马文学的奠基者是一位获释的希腊奴隶利维乌斯·安德罗尼库斯（公元前280？—前204）。他把大量的希腊文学作品译介给缺少书面文学传统的罗马人，为他们创立自己的民族文学提供了条件。

这时期，在希腊新喜剧的影响下，罗马的戏剧首先繁荣起来，产生了普劳图斯和泰伦斯等戏剧家。

普劳图斯（公元前254？—前184）出身平民，在剧院当过木工和演员，长期从事戏剧活动。据说他写过130部剧本，流传至今的有20部。他的喜剧大都根据古希腊新喜剧改编，用的是希腊的题材，反映的却是罗马人的生活和一些现实社会问题。主要揭露了罗马上层社会生活的腐化和道德的败坏，妇女地位的低下和婚姻的不自由，具有一定的民主倾向。他的喜剧情节巧妙、滑稽可笑，富于动作性，语言生动自然，具有罗马民间戏剧生动活泼的特点，深受一般群众的欢迎。《孪生兄弟》（又译《双生子》）写一对孪生兄弟，由于他们的相貌酷似，便引起了一连串可笑的误会。该剧讽刺了当时罗马上层社会的无聊。《一坛黄金》通过写一个穷老头儿爱伏克里翁得到了一坛黄金后，终日惶惶不安的精神状态，展示了人在金钱面前暴露出来的本来面目。普劳图斯对后来的欧洲文学有较大影响,其喜剧成为后来许多作家取材的源泉。

泰伦斯(公元前190?—前159)是一个被释放的奴隶,曾在罗马受过贵族教育,并从事戏剧创作。他写过6部喜剧,都是根据希腊新喜剧改编的。《婆母》写青年潘菲路斯一直过着荒唐的生活,迫于父命与菲卢墨娜结婚。由于妻子婚前曾被一个醉鬼奸污,所以不能断定其子的父亲是谁。最后竟发现那个醉鬼就是潘菲路斯,他就是儿子的真正父亲。该剧的主题是宣扬妇女的克制忍让精神,并对她们表示出爱护与同情。《两兄弟》(《哥儿俩》)写米丘和狄米亚兄弟二人,兄教子从宽,弟从严。宽严两种教育方式所形成的结果不同,说明以宽容的教育方式收效大。泰伦斯的戏剧结构严密完整,风格严肃文雅,刻画人物内心矛盾比较细致,语言精练,人物性格鲜明。

第二时期(公元前2世纪末—公元1世纪),是共和国晚期和屋大维统治时期,也是罗马文学的"黄金时代"。这一时期,散文和诗歌都取得了较大的成就。

西塞罗(约公元前106—前43)是古罗马政治家、雄辩家、哲学家和散文作家。他流传至今的58篇演说辞在修辞上十分讲究,用句仔细推敲,词汇丰富多彩,成为后世演说家学习的典范。

卢克莱修(约公元前98—前55)是罗马共和国末期一位有独特见解的唯物哲学家。哲理长诗《物性论》是他流传下来的唯一著作,被认为是一部真正的艺术作品。主要阐述古希腊唯物主义哲学家伊壁鸠鲁的原子论,以及认识论和伦理学,是一部语言优美的诗体哲学著作。

屋大维执政以后的时代被称为奥古斯都时代。罗马文学走向了发展的最高峰,不仅出现了诗歌的繁荣,文艺理论也取得了新成就,代表作家是维吉尔、贺拉斯和奥维德。

维吉尔(公元前70—前19)是古罗马最伟大的诗人,在欧洲文学的发展中占有重要地位。他的主要作品有《牧歌》《农事诗》和《埃涅阿斯纪》(又译《伊尼德》)。

《埃涅阿斯纪》是维吉尔的代表作,是欧洲文人史诗的开端,也是世界文学史上第一部文人史诗。全诗共12卷,按故事的内容分为前后两部分。前半部分模仿《奥德修纪》,写埃涅阿斯的流浪;后半部分模仿《伊利昂纪》,写埃涅阿斯与图尔努斯之战。史诗以特洛伊王子埃涅阿斯历尽千辛万苦最终成为罗马开国之君的种种经历为中心内容,追述了罗马建国的光荣历史。主人公埃涅阿斯(伊尼亚斯)是阿佛洛狄忒与特洛伊王子、英雄安喀塞斯的儿子。特洛伊被希腊攻陷后,王子埃涅阿斯在母亲的保护下,率众逃出特洛伊,按神的旨意去建立一个新的国家。史诗一开始就写他在漂泊的第7年,来到迦太基,向女王狄多讲述了7年的漂泊生涯。狄多爱上了他,两人结为夫妻。后来天神命令他离开狄多,狄多因绝望而自杀。埃涅阿斯抵达意大利后,参拜神庙,由女先知西比尔带领游历地府,见到亡父的灵魂和阵亡的特洛伊英雄们,亡父向他预示了罗马的未来。后六卷写主人公到了拉丁姆地区,受到国王拉提努斯的款待,国王遵照神意决定把女儿嫁给他。这激怒了公主早先的求婚者图尔努斯,从而引发了一场战争。最终埃涅阿斯杀死了图尔努斯,取得了胜利,史诗就此结束。

史诗通过主人公的经历证明罗马人是神的后裔，颂扬了帝国的神圣和先王建国的艰辛。通过他游地狱的情节，歌颂了恺撒和屋大维的功绩，肯定了罗马帝国统治世界的使命，具有鲜明的政治倾向性。

史诗塑造了埃涅阿斯这一民族英雄和理想君王的美好形象，他敬神、爱国、勇敢、仁爱，为了民族的利益克制自己的感情，历尽艰险而不屈不挠。史诗音律谨严，语言简练，尤其是对人物心理描写细腻，在艺术上具有独特的成就。

贺拉斯（公元前65—前8）是杰出的讽刺诗人和抒情诗人，也是一位有重要影响的文艺理论家。《歌集》是他抒情诗的代表作，用希腊抒情诗的格律写醇酒、爱情、友谊等，题材广泛，内容丰富，被视为罗马抒情诗的典范。贺拉斯关于文学的诗体信简称为《诗艺》。在《诗艺》里，贺拉斯继承亚里士多德的模仿说，认为文艺创作应模仿自然。在文艺的社会功能方面，他提出"寓教于乐"的原则，颇有新意。他还强调文艺创作要合乎"情理"，强调形式的完美，要求作家遵从古典，勤学苦练。这些理论都被后来的古典主义作家视为经典。

奥维德（公元前43—公元18）是奥古斯都时代最后一位代表性的诗人。他的主要作品有爱情诗《爱经》、神话诗《变形记》。《变形记》共15章，包括250多个故事，从开天辟地写到罗马奥古斯都政体的建立，按时间顺序系统地整理了古希腊罗马的神话故事和历史传说，是古希腊罗马神话和英雄传说的汇编。整部作品采用故事套故事、人物讲故事的方式，将作品连接成为一个有机整体，结构巧妙，想象丰富，形象生动，成为后来许多作家创作的题材和灵感的来源。

第三时期（公元1世纪—5世纪），罗马奴隶制逐渐走向衰落，罗马文学也日趋衰落。这时期的文学作品缺乏真实的生活内容，雕琢粉饰，华而不实。比较有成就的是悲剧、讽刺文学和小说。其中，塞内加（公元前4—公元65）的悲剧继承了古希腊悲剧的传统，对欧洲文艺复兴和古典主义时期的悲剧创作产生了很大影响。尤维纳利斯（公元60—140）的作品选词简练、精细，往往能用三言两语勾勒出生动、鲜活的形象。他的讽刺诗语气尖利，棱角分明，时而淋漓尽致地嘲笑，时而表现出辛辣的幽默。阿普列尤斯（约公元124—175）的小说《金驴记》（又译《变形记》）讲述一个青年错吃女巫的药，变成一头驴子，经历了许多苦难后恢复原形的故事。作品通过他的所见所闻，广泛地描写了当时的社会生活，为文学史家所重视。

第二节　古希腊神话

古希腊神话是古希腊最早的文学样式，是希腊文化艺术的前提，不懂得希腊神话，就无法解释希腊文学，也无法理解西方文学。

希腊神话是古代希腊人民留给后世的一份丰富多彩的口头文学遗产。同其他民族的神话一样，它产生于人类社会发展的早期阶段，是古代人们原始思维方式的结晶。人类在同自然的斗争中,无法科学地认识自然,战胜自然,只有借助想象以征服自然力,支配自然力,把自然力加以形象化。希腊神话是一种先民的集体创作,后经数百年的口头流传,然后在荷马史诗、赫西俄德的《神谱》以及古希腊的诗歌、戏剧、历史、哲学等著作中记录下来。后人根据这些零散的材料整理成为目前通行的希腊神话故事。

一、希腊神话内容

希腊神话包括神的故事和英雄传说两大部分。

神的故事包括神的产生、神的谱系、神的活动、神的创造(天地开辟、人类起源、万物初生)等。按照赫西俄德《神谱》的说法:宇宙间最初只是混沌一团,首先出现的是混沌神哈俄斯、地母盖亚、地狱神塔尔塔洛斯和爱神厄洛斯。地母盖亚从自己身上生出天神乌拉诺斯,乌拉诺斯与盖亚结合生出六男六女十二提坦神,乌拉诺斯对自己的子女十分仇视,一生下来就将其关在地下,不让他们见光明。地母盖亚极为愤恨,鼓动子女们起来斗争,其中只有克洛诺斯起而反抗,打败了乌拉诺斯,救出了被囚的兄弟姐妹,做了天神。后来克洛诺斯以妹妹瑞亚为妻,为了防止子女造反,克洛诺斯把自己的孩子都吞进肚里。最小的儿子宙斯出生时被母亲瑞亚藏了起来。宙斯长大后,设计让克洛诺斯把他吞下的子女都吐了出来,联合他们推翻了克洛诺斯,成为新一代天神。

这些早期神话反映的是人类处于蒙昧时代的家庭关系,在两性关系和家庭形式上,有着明显的杂交和血缘婚姻的痕迹,如母子或兄妹结合。女神在政治斗争和家庭关系上,起着决定性作用,另外还保留着吃人之风的残余,这些都是母权社会形态的一种反映。

后来形成的以宙斯为中心的奥林波斯神系的生活则反映了氏族社会后期即父权制时期的生活和家庭关系。在这一组神话中,希腊诸神按父权制氏族的方式在奥林波斯山上建立起以宙斯为首的庞大家族,称为"奥林波斯神系"。其中有十二位主神,宙斯是众神之主,他的兄弟姐妹中,赫拉是天后,波塞冬是海神,哈迪斯是冥王,得墨忒耳是农神。他的子女分管天上、人间,阿波罗是太阳神,阿瑞斯是战神,雅典娜是智慧女神,阿尔忒弥斯是月亮神和狩猎女神,阿佛洛狄忒是美神和爱神,赫菲斯托斯是铁匠神,赫尔墨斯是神使。其他重要的神还有酒神狄俄尼索斯,命运女神"三个摩伊拉",文艺女神"九个缪斯"等。

关于人类的起源,古希腊人认为,天和地被创造出来后,大地上动物成群,但还没有一个具有灵魂的、能够主宰周围世界的高级生物。普罗米修斯知道天神的种子埋在泥土里,就用泥土按天神的样子捏成人形,并从动物的灵魂中摄取了善与恶封闭在人的胸膛里。雅典娜惊叹普罗米修斯的创造物,把灵魂和呼吸送给了这半生命的泥人,使他们成为大地的主人。这样,第一批人在世上出现了,他们繁衍生息,很快就遍布各地。

英雄传说起源于祖先崇拜,它是古希腊人对远古历史和对自然界斗争的一种艺术回顾。这类传说中的主人公大都是神与人的后代,半人半神的英雄,他们体力过人,英勇非凡,体现了人类征服自然的豪迈气概和顽强意志,成为古代人民集体力量和智慧的化身。英雄传说在世代相传中,形成了许多系统,主要有:赫拉克勒斯建立12件大功的故事,伊阿宋率众英雄盗取金羊毛的故事,俄狄浦斯的故事,特洛伊战争的故事,奥德修斯的故事,忒修斯的故事等。

这些故事充满了冒险精神和克服困难的英雄气概,体现了人们征服自然的愿望。相传,赫拉克勒斯是宙斯与底比斯王后阿尔克墨涅所生的儿子,他生下来就体力超凡,又因吮吸了赫拉的乳汁,脱离了凡胎。还是婴儿时,就捏死了赫拉派来伤害他的两条毒蛇。长大后,他拒绝了引诱他走享乐道路的女神,接受了"美德"女神的忠告,决心不畏艰险,终身为民除害造福。他赤手空拳扼死了危害人畜的巨狮;杀死了危害牲畜的九头蛇;追了一年,终于驯服了牝鹿;生擒了糟蹋庄稼的野猪;在一天内清除了30年没有打扫过的奥吉亚斯牛圈;驱赶了伤害人畜的怪鸟;驯服了为非作歹的公牛和吃人的牝马;等等。他每到一处,都为民除害,立下很多功绩。赫拉克勒斯的传说反映了古希腊人在与自然的斗争中表现出来的勤劳勇敢、机智刚强的优秀品质。

希腊神话中还有许多反映古希腊人民生产劳动的传说,如普罗米修斯盗取火种给人类而受罚的故事,曲折地反映了古希腊人在火的发明和应用过程中所经历的磨难。司农业的女神得墨忒尔和她的女儿珀耳塞福涅的故事反映出古希腊人对于一年时序的朴素解释;铁匠神赫菲斯托斯不但为众神修建了巍峨富丽的宫殿,为希腊大将阿喀琉斯制造了精致无比的盾牌,还用银子制造了两个会动的女孩替他来往送东西,表现了古希腊人丰富的精神世界。

希腊神话在世界各民族神话中发展得特别完美,而且有自己鲜明的特色。

二、希腊神话特点

希腊神话中的神是高度人格化的,神、人同形同性。他们不但具有人的形象和性格,而且具有人的七情六欲,世俗化的色彩极浓。他们过着近似人世的生活,只是更加随心所欲。他们没有古老神祇的恐怖感和神秘感,有时为争风吃醋打得不可开交,有时玩世不恭地搞各种恶作剧。他们不仅是自然力量的象征,而且是社会力量的表现,反映的是希腊社会的世俗生活。希腊神话中的神与凡人的区别仅仅在于神长生不死,具有无比的法术和智慧,有超乎凡人的神力。

希腊神话体现出浓郁的人本主义色彩。希腊神话"神人合一",神所经历的生活,实际上就是人的社会化的生活。对神的欣赏与赞美,实际上就是对人的欣赏与赞美。因此,希腊神话的文化心理背景是乐观主义的,充满了追求光明,酷爱现实生活,以人为本和肯定人类伟力的思想。更为突出的是希腊神话中对于来世的观念与态度。希腊神话中的冥界也充满了明朗与人间气息,不存在"末日审判"的恐怖与神秘。总之,希腊神话体现了人类童年时代的天真纯朴、活泼浪漫以及古希腊人渴望征服自然的顽强意志和美好理想。

在艺术表现上,希腊神话想象丰富,内容生动,故事优美。既有浪漫的夸张,又有现实的描写,表现了古希腊人丰富的想象力和极大的创造力。

三、希腊神话影响

希腊神话的地位和影响是无可比拟的,其思想性和艺术性都达到了相当的高度。它不仅对古希腊文学艺术的发展起了很大的作用,而且对欧洲文学艺术的发展产生了深远的影响。荷马史诗是在希腊神话的基础上创作出来的;古希腊悲剧诗人的绝大部分剧作,都取材于希腊神话;大量美术、雕塑作品也以它为素材。罗马维吉尔的《埃涅阿斯纪》从希腊神话中汲取了艺术营养;奥维德的《变形记》几乎是对希腊神话的全面转述,只是神祇的名字改为拉丁名字而已。文艺复兴时期的文学艺术,其题材的来源之一就是希腊神话。17世纪的古典主义悲剧,也有一部分取材于希腊神话。19世纪欧洲的浪漫主义作家,常常把希腊神话中的英雄作为歌咏的对象。20世纪的西方现代派作家,也以希腊神话为题材进行创作。在当代文艺学范围内,人们对神话的兴趣逐渐升华为一种研究旨趣、批评方法乃至理论体系,这就是当代外国文学批评理论中的重要流派之一——神话原型批评。

希腊神话对欧洲思想文化方面的影响更是源远流长。欧洲文学中热爱现实生活,积极追求自然和人性美,以人为本,强调人的力量等思想,以及不断进取的乐观主义精神,都能在希腊神话中找到它们的源头。现在,希腊神话中的许多人物形象和故事传说,已成为典故,植根于欧洲人民的日常生活和语汇中,并逐渐成为世界性用语。

第三节 荷马史诗

荷马史诗包括《伊利昂纪》(《伊利亚特》)和《奥德修纪》(《奥德赛》),是古希腊最早的两部史诗,相传由诗人荷马所作,故称荷马史诗。

一、荷马史诗内容

荷马史诗以特洛伊战争为背景。公元前12世纪末,在希腊半岛南部地区的阿开亚人和小亚细亚北部的特洛伊人之间发生了一次为时10年的战争,最后希腊人毁灭了特洛伊城。这次部落之间的战争结束后,在小亚细亚一带便流传着许多歌颂这次战争中氏族部落首领英雄事迹的短歌。在传诵过程中,英雄传说又同神话故事交织在一起。根据希腊神话,"不和的金苹果"是特洛伊战争的起因。传说阿喀琉斯的父亲帕琉斯和海中仙女忒提斯举行婚礼时,忘了邀请不和女神厄里斯。她那"不和的金苹果",导致了赫拉、雅典娜和阿佛洛狄忒为了抢得金苹果,争先向特洛伊王子帕里斯许诺,最后,获得金苹果的阿佛洛狄忒帮助帕里斯拐走天下最美的女人——斯巴达王墨涅拉俄斯的妻子海伦。希腊人为了夺回海伦,组成希腊联军,推迈锡尼王阿伽门农为统帅,发兵攻打特洛伊。战争历时10年,众神各助一方,胜负一直未决。最后奥德修斯巧设木马计,一举攻陷特洛伊城。希腊人洗劫了这座富有的城堡后,携带大批财宝和奴隶还乡。

大约公元前9世纪至前8世纪时,一位盲诗人荷马以这些短歌为基础,予以加工整理,最后形成基本具有完整的情节和统一风格的两部史诗——《伊利昂纪》和《奥德修纪》。那时的史诗仍然是一种民间的口头创作。到了公元前6世纪中叶,雅典城邦的执政者组织学者用文字来记录史诗。公元前3世纪至前2世纪,又由亚历山大城的几位学者进行最后编订,其版本就是流传至今的《荷马史诗》。作为希腊人口头创作的总汇,《荷马史诗》反映了集体创作的智慧和文人的创作才华。

《伊利昂纪》意为"伊利昂的故事",因为希腊人把特洛伊城又叫做伊利昂。全诗24卷,15693行。这是一部描写部落战争的英雄史诗。史诗以"阿喀琉斯的愤怒"开篇,主要写希腊联军中最勇猛的主将阿喀琉斯和统帅阿伽门农因争夺一个女俘而发生争吵,愤怒之下阿喀琉斯拒绝出战,结果希腊联军节节败退。紧急关头,阿喀琉斯的好友帕特洛克罗斯穿上阿喀琉斯的盔甲杀上战场,很快被特洛伊方面的主将赫克托尔杀死。好友的阵亡使阿喀琉斯悲痛万分,愤怒至极。为了替好友报仇,阿喀琉斯重返战场。他所向披靡,一时之间特洛伊方面尸积如山,赫克托尔也在一番激战中被阿喀琉斯杀死。之后,阿喀琉斯用战马拖着赫克托尔的尸体奔跑,以此来祭奠亡友。特洛伊老王普里阿摩斯乞求归还儿子的尸体,阿喀琉斯将尸体归还老王。全诗就在赫克托尔的葬仪中结束。

《奥德修纪》意为"奥德修斯历险记"。全诗也分24卷,12110行。这是一部反映氏族社会末期至奴隶社会初期人类向自然和社会进行斗争的史诗。史诗写特洛伊战争结束后,奥德修斯从特洛伊回国途中在海上漂流10年期间发生的故事。奥德修斯是伊大卡岛的国王,归国途中,他和伙伴们被飓风吹到伊斯玛洛城。途经食莲国时,有的伙伴吃了迷莲,忘记了返乡。后来他们到过风神岛和吃人的巨人岛,还游历了冥府,得到冥王指点后重新上路。最后漂流到女神卡吕普索的岛上,女神把奥德修斯扣留了7年,直到宙斯派神使命令女神放他返乡。最后奥德修斯来到菲埃克斯人的国土,受到国王的热情款待,席间他向国王讲述了自己9年漂泊期间惊心动魄的经历,国王听后大为感动,派人将他送回故乡。奥德修斯在海上漂流期间,一群觊觎他家财产的贵族子弟住在他家,任意挥霍他的资产,纠缠他的妻子珀涅罗珀,逼她改嫁,企图夺取王位。珀涅罗珀想尽办法应付,等待丈夫归来。他的儿子忒勒马科斯到希腊各地去寻找父亲。奥德修斯回国后在女神雅典娜的帮助下化装成乞丐,和儿子共谋计策,杀死了所有的求婚者及其帮凶,最后全家团圆。

荷马史诗的内容丰富,视野广阔地反映了由氏族社会向奴隶社会过渡时期希腊的社会生活和人们的精神面貌。对当时的社会形态、思想观念、宗教活动、田园耕作、体育竞技、家庭生活、商品交换、风俗礼仪等,都作了生动的描绘。被视为古希腊社会生活的百科全书。史诗中反映的社会组织细胞是父系氏族,由氏族结成胞族、部落,以至部落联盟。在政治生活上,实行原始军事民主制。经济方面,土地仍属公社所有,但土地私有制已在形成。手工业开始从农业分离,阶级分化日益明显,史诗中已出现家奴。

《伊利昂纪》展现了一幅惊心动魄的战争场景,其基本主题就是歌颂与异族战斗的英雄,歌颂氏族领袖的英雄品质。这些英雄大多是神的后裔或凡人之中的勇者。史诗热情地讴歌了他们机智勇敢、不怕牺牲、献身集体的英雄主义精神,同时对他们的个人主义也进行了谴责。

《奥德修纪》着重表现了一场争夺和维护私有财产的斗争。奥德修斯同求婚者的斗争,实际上是一场为保护私有财产而进行的斗争。诗人肯定了这场斗争的正义性。这说明当时为保护私有财产而采取任何手段都被视为合法,反映了希腊社会中以私有财产为基础的奴隶制关系开始形成。在处理家庭关系上,也反映出一夫一妻制已在希腊的家庭生活中开始巩固。

二、荷马史诗艺术成就

史诗塑造了众多的英雄形象,其中希腊英雄阿喀琉斯是最具鲜明个性的形象。他是神与人的长子,是男性美的典范。他的性格是立体多元的,集勇敢、义气、暴躁、凶狠、善良、诚挚于一身。为了部落集体的利益,他作战勇猛过人,表现出一种死而无怨的英雄主义精神。他把个人荣誉和尊严看作比生命还要重要和宝贵的东西,认为维护个人荣誉就是维护个人的人格乃至家族的荣誉。在他看来,与其默默无闻而长寿,不如在光荣的冒险中获得巨大而短促的欢乐。这种强烈的个人英雄主义,表现了他热爱生活,肯定和追求现世价值的积极乐观的人本思想。他珍视友谊,当好友帕特洛克罗斯阵亡后,他从个人的愤怒中猛醒过来,顿释私仇,再度上阵,为朋友报仇雪恨。他残忍又极富同情心,当赫克托尔的老父请求归还儿子的尸体时,他不仅答应了老人的请求,而且流下同情的眼泪。

赫克托尔是特洛伊的主将,老王普里阿摩斯的长子。他是一个十分感人的氏族领袖形象。他作战勇猛,指挥英明,视保家卫国为己任。与阿喀琉斯相比,赫克托尔更具责任感和集体主义精神。战场上他不畏惧对方比自己强悍,一心要战胜对方,把为部落而战死看成一种荣誉。赫克托尔的英雄主义更富于悲剧色彩,他明知自己不是阿喀琉斯的对手,打仗无胜算,但仍然誓死战斗。这种刚强、威武和特别重视战斗荣誉的英雄主义精神,正是荷马时代的风尚。古希腊人崇尚战争中英勇机智、不怕牺牲和献身集体的英雄主义精神。他仍视荣誉高于一切,谴责消极怠战的行为。史诗把战争当作既光荣又有利的事业,没有涉及战争的道义问题。

奥德修斯是被理想化了的早期奴隶主,一个英勇顽强、智慧过人的英雄形象。在特洛伊战争中,他是一个足智多谋的政治家和军事领袖,多次献计,屡建战功。海上漂泊期间,他靠勇敢、毅力和智慧战胜自然和各种艰险,闯过一道道难关,表现出古希腊人对自然的抗争和胜利。奥德修斯是一个性格复杂的人物,他不为荣华富贵所动,美女的诱惑也动摇不了他对妻子的感情,但他又不乏残酷、狡猾和自私。他巧扮乞丐刺探家中实情,对妻子起过疑心,在杀死所有求婚者之后又把与他们合伙的奴隶的耳朵、鼻子割掉以泄私愤。他财产观念颇重,从海上漂泊归来时先把财物藏起来才去见家人。史诗肯定了他为维护私有财产和一夫一妻这种新的社会制度所作的努力,体现了个人意识的觉醒。

在妇女形象方面,贤惠的安德洛玛刻,忠贞的珀涅罗珀,痴情的卡吕普索都描写得栩栩如生。史诗塑造人物的主要手法是把人物放在一定的情势中,以夸张的手法和色彩浓重的诗句,具体地描绘人物的语言和行动,表现他们的性格,有时侧面烘托的手法也运用得很成功。

史诗结构紧凑,安排巧妙。《伊利昂纪》写的是战争,突出的是"阿喀琉斯的愤怒"。十年战争只写最后51天的事,具体描写了4天的激烈战斗场面。史诗以阿喀琉斯的愤怒开篇,全篇围绕着阿喀琉斯的两次愤怒来组织材料。第一次因与阿伽门农争一女俘,愤怒退出战斗;第二次因赫克托尔杀死他的好友,愤怒杀回战场,为好友报仇。这样的布局构思有利于突出阿喀琉斯勇冠群雄的英雄形象和表现英雄主义的主题。《奥德修纪》写主人公的漂泊、还乡和复仇,突出海上冒险,把10年的历险浓缩在最后的40天之内,具体描写的也只有5天的事,其他一切都是通过奥德修斯的回忆表现出来的。围绕奥德修斯海上漂流这一主线,还有两条辅线:伊大卡岛上求婚者对珀涅罗珀的纠缠和忒勒马科斯外出寻父。这两条辅线对主线起到了重要的烘托作用。几条线索时有交错,线条清晰,情节复杂,矛盾集中。全诗从儿子外出寻父开始,最后以父子合力消灭求婚者结束,前呼后应,结构完整。

史诗的语言流畅自然、优美动听。比喻生动形象,往往借助自然界中的动植物来比喻人,后人赞誉为"荷马式的比喻"。诗中多处使用重复手法,词的重复、句子的重复乃至段落的重复,一咏三叹。这些重复的词句像交响乐里一再出现的旋律,增强了诗歌的感染力。另外,史诗中还常常使用固定的程式化的形容词和称谓,一位神或英雄往往有一个以上,甚至几十个修饰词或程式化用语。这种程式化的用语是适应口头文学的形式而产生的,能使人物形象更加鲜明,增加表达的感染力。

荷马史诗是欧洲文学中最早的经典作品,在世界文学史上享有崇高的地位。它是希腊城邦时期公民教育的重要材料,是人们研究古希腊史前社会的一部宝贵文献,对后世的欧洲文学产生了难以估计的深远影响。

第四节 古希腊戏剧

古希腊戏剧是欧洲戏剧的源头,是欧洲戏剧史上的第一座高峰,在思想和艺术上都达到了相当高的水平。古希腊戏剧包括悲剧、喜剧、萨图罗斯剧(一译"羊人剧")和模拟剧等,其中成就最高的是悲剧和喜剧。

古希腊戏剧起源于酒神祭祀。酒神狄俄尼索斯是掌管葡萄栽种、葡萄酒酿造的神。

从远古开始,希腊人每年春秋两季都要举行祭祀酒神的活动。悲剧起源于祭祀活动中的"酒神颂歌"。相传酒神在半人半羊神的伴随下漫游世界,"酒神颂歌"中的歌队就是由身披羊皮的一些人组成,与歌队长一问一答,讲述酒神在尘世所受的苦难和教人种葡萄的故事。因此,悲剧在古希腊语中意为"山羊之歌"。从公元前7世纪以后,酒神祭祀活动由农村传入城市,内容和形式也在不断变化,出现了一个"应和人",他以几种不同的身份和歌队长对答,有了对白和第一个演员。后来又有了第二个、第三个演员。到公元前5世纪,希腊悲剧的结构程式基本形成。

喜剧在古希腊语中意为"狂欢歌舞剧"。希腊喜剧起源于祭祀酒神的狂欢歌舞和民间滑稽戏。滑稽戏产生于墨加拉城邦民主制建立时期(公元前600年左右),后来流传到阿提刻,具有了诗的形式,成为喜剧。

古希腊戏剧与雅典奴隶主民主政治的发展有着密切关系。雅典奴隶主民主派在建立民主制的斗争中,把戏剧作为争取群众的重要工具。民主制确立后,雅典政府支持戏剧活动,兴建大型剧场,每年春季组织盛大的戏剧比赛,政府还发放戏剧津贴。戏剧演出成为雅典公民政治生活、文化生活中的一个重要内容,它随着民主政治的发展而发展,随着民主政治的衰落而衰落。古希腊戏剧反映了这一时期雅典的生活和斗争,表达了奴隶主民主派的愿望和要求。

一、古希腊悲剧

古希腊悲剧基本取材于神话、传说和荷马史诗,也有极少数以当代重大事件为题材。其内容丰富,主题严肃,有相当的哲理深度,虽然带有浓厚的命运观念或迷信色彩,但反映的却是当代的社会生活和斗争。无论是神与神之斗,还是人与神之争,实际都是现实中人与人之间斗争的反映。正如亚里士多德在《诗学》中指出的:"希腊悲剧不着意于悲,而重在严肃事件。它通过主人公的意外不幸遭遇引起怜悯与恐惧的情感,导致道德的净化。"在艺术形式方面,悲剧由话语和唱段组成。话语通常用三音段(或六音步)短长格表述,唱段则采用众多的抒情格写成。悲剧的布局一般包含开场白、入场歌、场、场次之间的唱段、终场等5部分,有的悲剧直接从入场歌开始。

公元前5世纪是古希腊悲剧的繁荣时期,出现了许多优秀的悲剧诗人和作品。有的剧作以反僭主专制、反侵略为主题;有的歌颂英雄行为和爱国思想;有的反映人的自由意志与命运的冲突。不少作品具有鲜明的政治倾向。以后,随着民主政治的衰落,戏剧也随之衰落。从公元前4世纪中叶希腊化时期开始,雅典人对悲剧的热情逐渐衰退。

古希腊大部分悲剧诗人的作品都已佚失,流传至今的只有埃斯库罗斯、索福克勒斯和欧里庇得斯三大悲剧诗人的作品。他们的创作标志着雅典奴隶主民主政治发展的三个阶段,也显示了希腊悲剧在不同发展阶段的思想与艺术特色。

埃斯库罗斯(约公元前525—前456)被誉为古希腊"悲剧之父"。他出身贵族,政治上拥护民主派。他是由氏族贵族奴隶主专政向奴隶主民主制过渡时期的诗人,经历过许多重大的历史事件,参加过反侵略的希波战争。埃斯库罗斯一生写过70部(一说90部)悲剧,生前曾获奖13次。但流传下来的悲剧只有7部。他的创作大多取材于神话传说,但都与现实和政治紧密相连。他的悲剧反对暴政,反对侵略,充满了爱国思想和民主精神,体现的是奴隶主民主派的观点,其代表作是《被缚的普罗米修斯》。

《被缚的普罗米修斯》是《普罗米修斯》三联剧的第一部,取材于希腊神话中普罗米修斯盗神火给人类的故事。宙斯仇视人类,为了惩罚普罗米修斯盗火给人类和向人类传授各种技艺,派火神赫菲斯托斯用锁链将他锁在高加索悬崖上,派恶鹰每天啄食他的肝脏。普罗米修斯向苍天和大地倾诉自己的愤怒,又向河神的女儿们讲述自己受到惩罚的原因和宙斯怎样恩将仇报。他拒绝了河神的劝告和神使的威胁,不肯说出那个会使宙斯丧失权力的秘密,最后在雷电中落入万丈深渊。剧中的普罗米修斯是反抗暴君的具有民主精神的英雄人物,为了人类的幸福他宁愿忍受一切苦难。宙斯是雅典僭主的典型,他背信弃义,淫邪专横,受到鞭挞。

埃斯库罗斯悲剧中的命运观念相当浓厚,表现为主人公相信命运,默默地忍受命运。他在显示人生黑暗面时并不悲观,作为一位虔诚的有神论者,没有把人间描写成地狱。事实上,他也看到希望,普罗米修斯已教会人谋生的本领,雅典娜像一位无私的法官那样裁夺人间是非,炽热的宗教热情促使剧作家把人的幸福寄托于神明引导的公正上。神的意志终究会发挥作用,对神意的信念,最终会把人们引向公正与和谐。

埃斯库罗斯对希腊悲剧艺术做出了巨大贡献。他把演员从一个增加到两个,加强了对话部分。他在演出技巧上做了不少改革,首先采用布景、道具,戏剧服装、演员面具也初步定型化。希腊悲剧的结构程式和艺术特色在他的剧中已基本形成。其悲剧风格庄严崇高、雄浑古朴,抒情气氛浓,诗句优美,但情节比较简单,动作少,人物性格没有什么发展。

索福克勒斯(约公元前496—前406)被誉为"戏剧艺术的荷马"。其作品反映了公元前5世纪中叶前后,雅典民主政治全盛时期的时代风貌,大力提倡民主精神,反对僭主专制。他的剧作不直接涉及当代政治问题,而是反映民主盛世自由民的思想意识及伦理观念。他写过120余部悲剧,现存的完整悲剧有7部。其中以希腊神话中关于忒拜王室故事为题材的《俄狄浦斯王》(公元前428)是索福克勒斯的代表作。俄狄浦斯的父亲忒拜王曾诱奸了佩洛珀斯的孩子克莱西普斯,作为惩罚,阿波罗禁止忒拜王拉伊俄斯有任何子嗣,若违此神谕,其子必将"杀父娶母"。俄狄浦斯的悲剧命运就是在竭力逃避这个神谕的行动中而逐渐应验了这个神谕的。他在婴儿时因生父拉伊俄斯知道他将杀父娶母而被抛弃,后被邻国科任托斯国王玻吕玻斯收养。长大后俄狄浦斯从神谕中知道自己将杀父娶母,就逃离科任托斯到忒拜城去。他在途中失手杀死了一个老人,此人正是他的生父。后来他破解了斯芬克司之谜,为忒拜人铲除了这个怪物,被推举为忒拜城的新国王,并娶了前王的王后。《俄狄浦斯王》的情节就从他到忒拜城16年后开始。此时,忒拜城遭到瘟疫,神示说,必须驱逐16年前杀害拉伊俄斯的凶手才能免除灾难。俄狄浦斯诅咒凶手，一定要找到他，把他放逐。最后真相大白，他最终没有逃脱"杀父娶母"的命运。其生母自尽而死，他也刺瞎双眼，自我流放异乡。

这是一部十分悲惨的剧作，主要表现的是个人意志与命运的冲突。俄狄浦斯诚实正直，意志坚强，热爱人民，努力为人民解除灾难，但灾难却降临到自己头上。他曾竭力抗争，却使他更快地陷于毁灭。他敢于正视现实，敢于承担责任，不逃避惩罚。这是一个理想的英雄，作者对他倾注了同情，以他的顽强意志和英雄行为鼓舞人们去面对厄运。但也通过他的毁灭宣扬了神力不可抗拒、人的意志在命运面前无能为力的思想。表现出雅典自由民面对正在萌发的社会危机的矛盾心理：一方面承认人的力量，歌颂英雄主义；另一方面又相信神力高于一切，认为命运是不可抗拒的。

索福克勒斯对希腊悲剧艺术的发展做出了巨大的贡献。他的创作标志着希腊悲剧已进入成熟阶段。他首先在悲剧中采用第三个演员，加强了戏剧对白与动作；他打破了"三联剧"的传统，使悲剧矛盾冲突尖锐，结构精巧紧凑，风格质朴明快，合唱词句优美，是希腊悲剧的典范。剧中的悲剧冲突、悲剧性格和悲剧效果集中表现了希腊悲剧的特点。这部剧作结构复杂，布局严密巧妙，一环扣一环。作者从追查凶手这件事入手，紧紧围绕俄狄浦斯"杀父娶母"的预言和寻找凶手这两条线索展开。采用倒叙的手法，把事情的原委通过两条线索的发展与交叉交代清楚，并逐渐把剧情推向高潮，产生了强烈的悲剧效果。

欧里庇得斯（约公元前485—前406）出身贵族，曾受智者学派哲学思想的影响，被誉为"舞台上的哲学家"。在希腊三大悲剧诗人中，他最富于民主精神，其创作更接近于现实。他的大部分作品是在内战期间写成的，相传他写了92部剧本，保存下来的有18部。作品广泛触及当时的社会矛盾，反映了雅典政治经济危机时的思想意识。他的创作标志着昔日英雄悲剧的结束，宣告了新型的社会问题剧已诞生。欧里庇得斯在古希腊戏剧史上具有划时代的意义。

欧里庇得斯对妇女命运非常关心，在他现存的18部剧作中，就有12部是以妇女问题为题材的。其中最优秀的当推《美狄亚》，堪称诗人剧作中最著名的一部。《美狄亚》取材于希腊阿耳戈英雄们的神话传说。美狄亚爱上了伊阿宋，她背离父兄，帮伊阿宋取得了金羊毛，并在杀死了自己的弟弟后与他一起离开家乡。他们在科任托斯暂居10年后，伊阿宋迷上了科任托斯国王的女儿，决定抛弃美狄亚，另娶公主为妻。《美狄亚》开场的时候，伊阿宋已经变心了，国王马上要把美狄亚驱逐出境。美狄亚决定报复，她杀死了国王和公主，又亲手杀死了自己的儿子，然后乘龙车离去。剧中的伊阿宋由一个勇敢的英雄变成了卑劣的小人，美狄亚则由一个多情的少女发展成为大胆反抗的妇人。欧里庇得斯同情妇女，为妇女地位的低下和命运的悲惨鸣不平，对男女不平等进行了批判。美狄亚强烈的反抗精神、极端的报复行为和悲剧命运具有深刻的社会意义。

欧里庇得斯对希腊悲剧的发展做出了重要的贡献。他坚持用写实手法来塑造人物，因而更接近于生活。更重要的是，他注重心理描写，以揭示人物内心世界为塑造形象的主要手法,开创了后来戏剧心理线索和情节线索二者结合的模式。此外,他的开场白、内心独白、音乐等技巧,对后世也产生了深远的影响。

人的意志与命运的冲突是古希腊悲剧中一个常见的主题。由于人与命运的冲突在很大程度上是人与外界环境的冲突,人的命运观念受社会背景的制约,因此,反映到三大悲剧诗人的创作中,命运观念也随着社会的发展而发生变化。埃斯库罗斯深信命运的存在与不可抗拒,他把命运看作具体的神物,认为命运支配人的一切,包括支配神。但有时也强调人的意志力。他笔下的命运通常都站在正义事业一边,带有惩恶扬善、主持公道的性质。索福克勒斯也相信命运,但命运在他的心目中不是具体的神物,而是一种不可捉摸的神秘力量。命运虽然是不可抗拒的,命运有时也是不合理的,甚至是邪恶的。但他强调人应该向不合理的命运提出抗议,进行斗争,以表现坚强意志在精神上的胜利。欧里庇得斯对命运的存在表示怀疑,而且也不再相信命运。他认为人的命运取决于自己的行为,强调普通人应该而且能够主宰自己的命运。

二、古希腊喜剧

古希腊喜剧的兴起比悲剧晚,它是雅典奴隶主民主制危机时期的产物。古希腊喜剧多为政治讽刺剧和社会问题剧。它取材于当代的现实生活,对人们普遍关心的重大社会政治问题发表意见。因而,比之古希腊悲剧具有更强的现实性和政治倾向性。古希腊喜剧的情节荒诞离奇,风格幽默滑稽,人物形象及台词动作夸张粗俗,表演形式轻松,但却表达了严肃的主题。

古希腊喜剧的发展分古典时期的旧喜剧、中期喜剧和希腊化时期的新喜剧3个阶段。旧喜剧指公元前5世纪在雅典上演的喜剧作品。此时雅典城邦还处于兴盛时期,人民有民主权利,诗人敢于批评政治,主要作品是政治讽刺剧,以阿里斯托芬为代表。他是唯一有完整作品传世的旧喜剧诗人。中期喜剧指旧喜剧向新喜剧转折的中期阶段(公元前400—前323)。这时雅典民主制开始衰落,诗人逐渐放弃政治讽刺剧,更多地选择市民生活中的讽刺对象。一般认为,阿里斯托芬后期的作品《公民大会妇女》(前392)和《财神》(前388)具有中期喜剧的某些特点。新喜剧指"希腊化"时期的喜剧。这一时期,希腊沦为马其顿帝国的属地。新喜剧不谈政治,以描写爱情故事和家庭关系为主要内容,又称世态喜剧。米南德是新喜剧的代表。

阿里斯托芬(约公元前446—前385)是古希腊杰出的喜剧诗人,被誉为"喜剧之父"。他生于小土地所有者的家庭,其喜剧代表了自耕农的思想和立场。他从这一立场出发来表现雅典奴隶主民主制衰落时期的社会生活和政治斗争。他的喜剧触及当时几乎所有重大政治问题和社会问题。他一共写了44部喜剧,流传至今的有11部。

阿里斯托芬关心战争与和平问题,他反对内战,主张和平。《阿卡奈人》(前425)就是反战喜剧中最著名的一部。剧中描写农民狄开俄波利斯厌恶战争,私下与斯巴达人单独媾和,遭到一群阿卡奈人的反对。他就向大家讲了议和的道理,认为战争是由相互争利引起的，不全是斯巴达人的过错，战争只对少数政治野心家和将领有利。最后狄开俄波利斯兴高采烈地赴宴归来，主战的将领却身负重伤。全剧由一系列闹剧场面组成，但每一个场面都包含着严肃的思想，表达了人们要求和平的强烈愿望。

《鸟》(前414)是流传至今唯一以神话幻想为题材的喜剧作品。剧中描写林间飞鸟建立了一个理想的社会——"云中鹧鸪国"。在这里大家都是平等的，没有压迫与奴役，天神也不能随便乱跑。很快，人间兴起了"鸟热"，人们模仿鸟的行为，拿鸟名做人名，有一万多人要来这里过鸟的生活，最后，就连宙斯也交出了王权。《鸟》中反映的自由平等思想是欧洲文学中最早的乌托邦思想的表现，这种思想是由于对现实的不满而产生的。诗人一方面批判雅典社会的种种恶行败德，一方面提出理想的社会制度。《鸟》是诗人最优秀的作品。

阿里斯托芬的喜剧紧密地联系现实，而他所采取的手法则是极其夸张的。诗人的想象力非常丰富，常常用虚构、离奇、荒诞的情节，漫画式的形象来反映生活的本质，在嬉笑怒骂中表现严肃的主题。他笔下的人物与生活中的人物有一定距离，但本质是真实的。他善于运用民间语言加强喜剧效果，语言诙谐、生动，既有粗俗的插科打诨，也有优美的抒情诗歌。他的剧作结构较松散，人物类型化，缺少个性特征。

第二章 中古文学

欧洲历史上的中世纪以公元476年西罗马帝国灭亡为起点,至17世纪中叶英国资产阶级革命前夕结束,前后共经历了大约12个世纪。这段历史又可分为初期(5至11世纪)、中期(12至14世纪)和后期(15至17世纪中叶)三个阶段。初期是封建社会的形成时期,中期是封建社会的繁荣时期,后期是封建社会衰落和资本主义产生的时期。就文学史而言,中古文学主要指的是前两个阶段的文学,后期一般称为文艺复兴时期文学。

第一节 概 述

一、历史文化背景

2世纪末至3世纪末,奴隶制的罗马帝国爆发了全国的经济和政治危机,促发了奴隶以及其他贫苦人民的多次起义。罗马帝国日益衰弱,加上北方蛮族的不断侵扰,西罗马帝国终于在公元476年灭亡。

西罗马帝国灭亡于蛮族入侵。以日耳曼人为主体的蛮族,原先是生活在多瑙河以北、北海和波罗的海以南、莱茵河以东、维斯杜拉河以西之间的广大地区。据史书记载,3世纪时,日耳曼人已经结成了东哥特人、西哥特人、法兰克人、盎格鲁人、撒克逊人等诸多部落联盟。4世纪后半期,日耳曼人各部落联盟由于人口迅速增长,迫切需要寻找新的居住地,于是便大规模地向罗马帝国境内移动,史称"民族大迁徙"(376—568)。最终日耳曼人摧毁了罗马帝国。

日耳曼人征服罗马各地后,军事贵族和亲兵们分得大量土地,成为新的地主。原来的奴隶开始向新主人缴纳赋税并服劳役,于是这些先前的奴隶和隶农以及贫困破产的自由民,形成了封建社会中最底层的受压迫的农奴。西欧逐渐完成了由氏族社会向封建社会的过渡。

自5世纪起,日耳曼人在罗马帝国的废墟上建立起一系列的王国,其中以法兰克王国(481—814)最为强大,存在时间最长。在查理大帝统治时期(768—814),法兰克王国被建成囊括西欧大部分地区的"查理曼帝国"。后查理大帝的三个孙子之间发生内战,843年将帝国一分为三,初步形成欧洲大陆三个主要国家的疆域:东法兰克王国(后来的德意志)、西法兰克王国(后来的法兰西)和意大利。法兰克王国的建立,标志着封建制度在欧洲正式形成。

日耳曼人的野蛮入侵使古希腊罗马文化遗产大受摧残,只有基督教文化比较完整地保存下来,并对来自蛮荒之地的日耳曼人产生了深刻影响。日耳曼人以及东欧斯拉夫人所建立的王国先后都接受了基督教。在封建制度形成的过程中,蛮族文化与基督教文化得到进一步的融合,新的统治者也利用基督教作为统治的工具。教会采取愚民政策,极力宣扬禁欲主义和出世思想,认为人应该放弃追求世俗欢乐的欲念,听从命运的安排,把希望寄托于来世。所以,原来在罗马帝国时期为奴隶主统治服务的基督教,到了中世纪很自然地变成了封建主统治的重要工具,成为封建制度的精神支柱。基督教在意识形态方面的统治,不可避免地影响了整个文化领域。一切学术科学都成了神学的奴婢,一切文学艺术都染上了宗教色彩。

二、中古文学概况

中古文学在经历了欧洲封建制度形成和发展的漫长历史进程中,在多种文明和文化的碰撞中,形成了多元并存的局面,主要包括教会文学、骑士文学、英雄史诗和谣曲、市民文学等文学形式。作为特定时期的文学,它们都不可避免地带有中世纪的时代烙印。

中古文学的突出特征是宗教色彩、民间文学色彩及其开创性。基督教文化的主导地位使中古文学深受其影响,不仅教会文学,即使具有民间色彩的英雄史诗和城市文学也具有不同程度的宗教色彩。但这些民间文学在一定程度上继承了古代文化精神,肯定现世生活,具有较强的反封建意义。中古文学在艺术表现手法上有了进一步的开拓,象征、寓意、梦幻、哲理、现实描写、浪漫抒情乃至动物故事等流行一时。

随着历史和文学的演进,中古文学不断发展和成熟起来,终于在13世纪末14世纪初诞生了自己最杰出的代表——意大利诗人但丁。

教会文学 又称僧侣文学,在中世纪欧洲长期盛行并占据统治地位。主要指的是当时的教士和修士写的文学作品,使用的文字主要是拉丁文(天主教势力区)、希腊文和斯拉夫文(东正教势力区)。教会文学的体裁有圣经故事、圣徒传、祷告文、赞美诗、圣徒言行录、梦幻故事、宗教叙事诗、宗教剧等。文学题材大多取材于《圣经》,描写上帝万能、圣母奇迹、圣徒布道和信徒苦修等。创作目的主要是宣传基督教教义、禁欲主义和来世思想。主要功用是维护封建主和教会势力的统治。教会文学脱离现实生活,缺乏深刻的思想性和真实性,但是也有一些下级教士或非僧侣界的人所写的作品,虽然采用了教会文学的某种体裁,内容却表现了进步的思想。如14世纪英国穷教士朗格兰的长诗《农夫彼尔斯的幻想》,反映的就是广大农民的情绪。教会文学在艺术上多采用梦幻故事的形式和象征寓意的手法,并将这些艺术形式和手法发展到了成熟阶段,对后世产生了影响。

骑士文学 所谓骑士就是封建领主的武装侍从。在封建制度形成的过程中,封建领主为了获得更多的资源和土地养了很多的武士。骑士为主人打仗,得到一些奖赏从而成为小封建主。开始的时候骑士的地位比较低,后来在多次十字军东征中,骑士的地位大大提高,并形成了固定的骑士阶层。骑士酷爱荣誉,把为自己心爱的贵妇人去冒险并获得胜利视为最大的荣耀,并形成了"忠君、护教、行侠"的"骑士精神"。骑士文学反映了大量的骑士与贵妇人之间的"典雅的爱情",肯定对现世生活和对幸福的追求。这对于中世纪的禁欲主义和来世思想是一个极大的冲击,显示出较强的反教会色彩。

骑士文学盛行于11至13世纪西欧封建制度巩固繁荣的时期,以法国的成就最高。其基本内容是描写骑士爱情和他们的冒险,宣扬和美化骑士精神。形式主要有骑士抒情诗和骑士叙事诗。

骑士抒情诗的中心是法国南部的普罗旺斯。作者多是封建主和骑士,也有少数下层出身的人。他们的抒情诗咏唱对贵妇人的爱慕和崇拜,最常见的形式有牧歌、破晓歌、夜歌、怨歌等。其中以"破晓歌"最为著名,叙述骑士和贵妇人在破晓时分依依惜别的情景。骑士抒情诗写的是现世的生活,抒发了个人之爱,注意心理描写,语言形象生动,富于音乐性。在普罗旺斯抒情诗的影响下,法国北部、德国和意大利的抒情诗也逐渐发展和流行起来。它为文艺复兴时期抒情诗的发展奠定了基础。

骑士叙事诗又称骑士传奇,其中心在法国北部。骑士叙事诗一般都比较长,内容是写骑士对贵妇人的爱情,写他们为获得荣誉和博得贵妇人的青睐、除妖驱魔、降龙伏虎,经历各种冒险的事迹。有时也写他们为了护教而征讨异教徒。他们的行动是为了爱情、荣誉或宗教,表现出的一种冒险游侠的精神。骑士叙事诗不同于英雄史诗,它没有历史事实根据,而是出自诗人的虚构,有的取自民间传说,有的取材于古希腊、古罗马故事。骑士传奇可以按题材分为3个系统。

一是古代系统。根据古希腊罗马文学的作品改写而成,但作品中的英雄则具有中古骑士的爱情观和荣誉观。如《亚历山大传奇》《特洛伊传奇》《埃涅阿斯传奇》等。

二是不列颠系统。主要写不列颠亚瑟王和他的圆桌骑士的故事。亚瑟被描写成封建社会中一个有作为的君王。他在卡美罗特城堡中的大厅里,设有一张巨大的圆桌,周围设有一百个座位,凡是建有赫赫功勋的骑士均可占一席位,从而引出了许多骑士冒险行侠的壮举。这类作品数量很多,是发展得最充分、最典型的骑士叙事诗。这些作品对后来的英国文学乃至欧洲文学产生过较大的影响。《特里斯丹和伊瑟》是流传最广的骑士叙事诗。作品取材于不列颠凯尔特人的传说,主要写马尔克国王派外甥特里斯丹到爱尔兰为他迎娶公主伊瑟。伊瑟的母亲给伊瑟和马尔克准备了一种喝了便能永远相爱的魔汤。但是,特里斯丹和伊瑟在归途中误饮了魔汤,两人产生了不可遏制的爱情。伊瑟同马尔克结了婚,但一心爱着特里斯丹。马尔克对他们进行种种迫害,始终未能制止他们的爱情,最后两个情人悲惨地死去。诗中歌颂了真挚的爱情,用象征的手法歌颂了爱情不可抗拒的力量,对封建的婚姻和礼教提出了抗议。

三是拜占庭系统。根据与拜占庭的历史和传说有关的故事写成,其中最重要的作品是法国的《奥卡森和尼柯莱特》。叙事诗采用散韵结合的文体,描写了贵族子弟奥卡森违背父亲的意志,不顾保家卫国、抵抗外敌的骑士责任,与女俘尼柯莱特相爱,经过斗争、逃亡、漂流终成眷属的故事。作品反映出骑士精神的衰落，表现出反封建思想的萌芽。

骑士叙事诗虚构成分较多，往往以一两个主人公的冒险经历组织成一个长篇故事。作品情节生动，注意细节描写、人物刻画和心理描写。这些艺术特点使其初步具备了近代长篇小说的规模，对欧洲长篇小说的形成和发展有较大的影响。

英雄史诗和谣曲　中世纪出现的英雄史诗和谣曲，是在民间文学的基础上发展起来的。英雄史诗依据其内容和产生的时间，一般分为早期英雄史诗和后期英雄史诗两种。

早期英雄史诗形成于中世纪初期，是氏族社会末期各部落人民的口头创作和集体智慧的结晶。这类史诗反映的是民族大迁徙时期，即封建制度确立以前的氏族部落的生活和历史事件，赞美部落英雄的丰功伟绩以及与自然作斗争的英雄业绩，表现了浓郁的群体意识和英雄主义精神。史诗具有较多的神话因素、多神教成分和异教色彩。其中著名的有盎格鲁-撒克逊人的《贝奥武甫》、日耳曼的《希尔德布兰特之歌》、芬兰的《卡列瓦拉》（又名《英雄国》）、冰岛的"埃达"（诗歌的汇集）和"萨迦"（意为"话语"，即叙事文学）等。

《贝奥武甫》是流传至今最完整的一部早期英雄史诗。它成书于7世纪至8世纪，用古英语写成，共3182行，分上、下两篇，反映的是6世纪盎格鲁-撒克逊人在欧洲大陆时的生活。上篇《鹿厅》讲述的是瑞典南部耶阿特族青年贝奥武甫率领14名勇士渡海到丹麦，帮助丹麦王斩除巨怪和巨怪母亲的故事。下篇《屠龙》讲述的是贝奥武甫回国后当了国王，维持和平达50年之久。这时看守宝藏的火龙因失窃了金杯向族人报复，贝奥武甫不顾自己年迈体弱，率领民众迎战火龙。他在杀死火龙之后自己也身受重伤，临终前把火龙洞的宝物分给人民。史诗刻画了一个见义勇为、英勇无畏、大公无私、勇于自我牺牲的氏族英雄形象，体现出氏族社会末期人民关于英雄的理想。史诗中既有历史成分，也有传说因素。诗中人物性格鲜明，结构严谨，层次清晰，语言富于形象性。

后期英雄史诗产生于中世纪中期，是封建制度发展以后的产物。史诗一般都以一定的历史事实为基础，经过民间歌手的传唱流传开来，再经过诗人的艺术加工，于12至13世纪形成。史诗的中心主题是爱国主义。诗中的主人公大多是封建社会的英雄人物。他们英勇善战，具有忠君爱国的特点，体现了封建关系中人民理想的爱国英雄形象。有的作品还出现了英明强大、能够统一和治理国家的理想君主的形象。诗中的神话因素大大减少，英雄的业绩也往往与宗教因素结合在一起，甚至有些英雄的事迹是表现为与异教的斗争。最著名的史诗有法国的《罗兰之歌》（1080?）、西班牙的《熙德之歌》（1140?）、德国的《尼伯龙根之歌》（1200?）和俄罗斯的《伊戈尔远征记》（1185—1187）等。

《罗兰之歌》是后期英雄史诗中最有代表性的作品。全诗4002行，用罗曼方言写成。史诗取材于法兰克历史,以查理大帝778年远征西班牙的史实为基础加工而成,内容大致分为三个部分。第一部分写查理大帝远征西班牙已历时7年,只剩下信奉伊斯兰教的萨拉哥撒还未征服。萨拉哥撒王马尔西勒为了让查理大帝退兵,佯装归依基督教,遣使求和。查理大帝决定遣使受降,并采纳了罗兰的建议,派罗兰的继父加奈隆前往谈判。但是加奈隆认为这是罗兰在害他,他决心伺机报复。在谈判中,他和敌人勾结设下毒计:在查理大帝归国途中袭击他的殿后部队。第二部分写加奈隆回报查理大帝,说马尔西勒的臣服是实情,于是查理大帝决定班师回国,并接受加奈隆的建议由罗兰率领2万精兵作为后卫部队。当罗兰的率部行至荆棘谷时,遭到10万敌人的伏击。罗兰率军英勇迎战,终因寡不敌众,全军覆没,罗兰英勇战死。临终前,他吹响了号角通知查理大帝。查理大帝回师歼灭敌人,厚葬殉难将士。第三部分写查理大帝回国后将卖国贼加奈隆处死,并惩罚了30个为加奈隆辩护的贵族。

《罗兰之歌》的主题是爱国主义。爱国思想在罗兰身上得到集中体现。他英武刚毅,忠君爱国,把保卫"可爱的法兰西"当作自己的天职。他面对强敌毫不畏惧,表现出非凡的英雄气概。他忠于查理大帝,他的忠君思想是和爱国思想紧密联系在一起的。加奈隆是贪生怕死、背叛祖国和君主、残害忠良的反面角色,通过这一形象更加衬托出罗兰的高尚情操。史诗中的查理大帝正义仁慈、英明勇武,是一个能保卫祖国,又能制服封建主叛乱的理想的君主形象,反映了当时人民的理想和愿望。在艺术上,史诗的情节单纯集中,结构紧凑,主题突出,人物性格鲜明生动。诗中惯用重叠和对比的手法,风格粗犷朴素,保留了民间创作的艺术特色。

《熙德之歌》是西班牙反抗并战胜阿拉伯侵略者的史诗。《尼伯龙根之歌》与《罗兰之歌》和《熙德之歌》不同,缺乏民族意识和爱国思想,主要写封建主之间的亲情与复仇。《伊戈尔远征记》是根据1185年罗斯王公伊戈尔一次失败的远征的史实写成的。

中世纪的谣曲与英雄史诗相比,更多地反映出人民的愿望和他们对自己喜爱的英雄人物的赞颂,具有明显的平民意识。最著名的有英国的"罗宾汉谣曲"。内容主要写绿林好汉罗宾汉和他的伙伴们反对封建主、僧侣、官吏,为社会正义而斗争的故事。他们劫富济贫,哪里有压迫人民的现象,哪里就有罗宾汉兄弟出现。谣曲热情地歌颂了他们的机智、勇敢等品质,故事性强,富于抒情性,在当时非常流行,对后世有较大影响。

市民文学 市民文学也称城市文学,是从11世纪随着城市的出现和市民的形成而产生的文学。它大多是民间创作,直接取材于现实,反映市民的审美情趣,强调"机智"和"乐观"。传统的道德范畴标准如崇高与渺小、忠诚与背叛、诚实和阴险在世俗文化中被颠覆,作品融讽刺、风趣、现实性于一体。其主要体裁有韵文故事、讽刺故事诗、抒情诗和市民戏剧。

韵文故事是一种诗体小故事,从民间歌谣发展而来。它主要采用滑稽幽默的方法嘲弄现实生活,尤其教士是经常被嘲笑的对象,充分表现出市民文学反教会的倾向。著名的有法国的《驴的遗嘱》《农民医生》《农民舌战天堂》和德国的《神父阿米斯》等。

　　市民文学的最高成就是寓言讽刺叙事诗，代表作品是《列那狐传奇》。《列那狐传奇》产生于12世纪70年代到13世纪中叶，包括27组故事。作品以动物寓人，以动物世界寓人类现实，通过动物间的斗争来反映城市内部各种人的矛盾冲突。其中，狮子代表君主，骆驼代表教皇，伊桑格兰狼代表贵族大臣，鸡、兔、鸟代表下层人民，列那狐则是典型的市民。列那狐最主要的品质是机智、狡猾，性格上带有两面性。一方面它借助智慧捉弄、嘲笑甚至击败比自己强大的敌人；另一方面它也不是正面人物，它总是欺压比自己弱小的动物，为了利益可以抛弃善良的念头。作者对这个形象有同情，有讽刺，有赞美，也有嘲笑。《列那狐传奇》译本流传非常广泛，对欧洲的幽默讽刺文学和寓言文学都有深远影响。

　　13世纪之后出现的市民抒情诗也是市民文学的重要组成部分。最著名的诗人是法国的吕特博夫（1230？—1285？）和维庸（1431？—1463？）。吕特博夫所留下的作品有宗教诗歌和个人抒情诗。代表作有《吕特博夫的穷困》《吕特博夫的婚姻》《吕特博夫怨歌行》《吕特博夫之死》。诗歌袒露自己悲苦情怀的同时也反映人民的日常生活。维庸是位具有非凡诗才但是生活放荡不羁、行为怪诞荒唐的诗人。他在人生中所体味的苦难、挣扎、放纵和渴求都记载于他的《小遗言集》和《大遗言集》中。因其对自我内心和灵魂隐秘的表现而成为法国纯粹抒情诗的开创者。

　　中世纪的市民剧是建立在宗教奇迹剧、神秘剧基础之上而形成的。其主要剧种有道德剧、傻子剧和笑剧。道德剧以宣扬市民伦理道德为主要内容，以拟人化的观念劝善惩恶；傻子剧以装疯卖傻的舞台形象讽刺教士和贵族，以拙藏智；笑剧作为最受市民欢迎的剧种最富现实意义，也最自由活泼，常以制造强烈的滑稽效果达到讽刺目的。最有名的笑剧是法国的《巴特兰律师》。

　　中世纪虽然以教会文化为主流，却又形成了中古文学现象多元并存的局面。这种非主流的文学现象主要包括：英雄叙事诗、骑士文学和市民文学。英雄叙事诗主要由蛮族从北方带来和欧洲近代各民族在形成过程中涌现的英雄谣曲组成，渗透着个人英雄主义、世俗英雄业绩和质朴的生活气息。骑士文学具有其特殊性，在抒情诗和叙事诗中就已经确立了个人中心、爱情至上、女性崇拜、渴望幸福、面向世俗生活的基本主题。市民文学以中古市民人生价值作为基本导向，肯定生活、积极入世、注重写实、大胆讽刺，充分体现了世俗特色。中古文学的多元化还突出表现在有新世纪第一位诗人和中世纪最后一位天才诗人之称的但丁，其作品《神曲》之所以能够成为新旧世纪之交的一部具有纪念碑意义的不朽著作，是因为它将生命历程和宗教热情、人文思想和民族意识、历史传统和现实精神、古典遗产和基督教文化和谐地铸成一体。

第二节 但 丁

一、生平与创作

但丁·阿里盖利(1265—1321)是意大利第一位民族诗人,是中世纪欧洲文学的巅峰。但丁的重大意义在于他介于中古与文艺复兴之间,是站在旧世纪终结与新世纪开端的门槛上的文学巨人。因此,他的创作具有两重性和由此产生的矛盾性。

但丁诞生在意大利佛罗伦萨一个没落贵族家庭。早年师从著名学者拉蒂尼,在导师的指导下对古希腊的神话和史诗、中古的传奇、普罗旺斯的抒情诗以及天文、地理、历史绘画、音乐、建筑、政治、哲学、伦理和神学都进行了广博的研究,可谓博古通今。这为他日后的创作奠定了坚实的基础。但丁的一生及其创作与两件事密切相关。第一件是但丁在少年时期的一次宴会上结识了他的终生至爱贝雅特丽齐。不幸的是,不仅两人的恋情没有结果,贝雅特丽齐还于1290年去世。1292到1293年间,但丁把给贝雅特丽齐写的情诗整理成诗集《新生》,以表达爱慕与哀思。在诗中,但丁把贝雅特丽齐看成是上帝派来拯救自己灵魂的天使。这种理想化的象征形象也延续到了后来的《神曲》中。第二件事是因为政治党派斗争,1302年但丁被放逐,终生没有能够再回到家乡,最后客死他乡。但丁所生活的意大利是世界上资本主义生产关系产生最早的国家。早在13世纪末意大利北部的佛罗伦萨、米兰、威尼斯等城市就已经成为重要的经济中心,商业手工业相当发达。但同时新旧经济关系的矛盾和政治斗争也十分错综复杂。在佛罗伦萨,封建贵族党派基白林派支持皇帝,新兴市民政党归尔夫党支持教皇。归尔夫党后来又分裂为黑党、白党。但丁家族本来就是归尔夫党的成员,但丁从青年时代就积极参加归尔夫党的政治活动。在党派分裂后,因为积极主张佛罗伦萨的独立自由、反对教皇干涉而成为白党成员,并在1300年被选为执政官。1302年,黑党在教皇帮助下取胜,但丁被逐出城邦,开始了近20年的流放生活。在流亡期间他创作了哲学神学论著《飨宴》(1304—1307)、语言诗学论著《论俗语》(1304—1305)、政治学论著《帝制论》(1309),以及他最伟大的作品《神曲》。《神曲》大约是在1307年但丁流亡生活最痛苦的时期开始创作的。流放生活对于但丁来讲自然是凄惨悲痛的,但同时也正是因为流亡才让诗人能够走遍祖国各地,博览世态人情。从而他能够站在一个承上启下的位置上把这个时代所有相互矛盾的文化因素进行融会,并将西方文化带入一个新的文化层次。因此,但丁和他的《神曲》在欧洲文学史上成为一个巍然耸立的丰碑。

二、《神曲》

《神曲》原名《喜剧》。但丁认为《神曲》以悲哀的地狱开始,以光明的天堂结束,寓意着以痛苦始,以欢乐终的艺术精神,因此可称为喜剧。在薄伽丘给作品冠以"神"名之后,后世称为"神的喜剧"。

诗人采用中古梦幻文学的形式,根据基督教宇宙三界的观念,描写了梦游三界的历程。全诗分《地狱》《炼狱》《天堂》3部,每部33歌,加上序曲共100歌,计14233行。作品通过但丁的自述,从1300年复活节那天的凌晨写起,诗人在黑暗的森林里迷了路。黎明时分,他正要爬上一座小山时遇见了3只野兽:豹子、狮子和狼。正在危急时刻,古罗马的伟大诗人维吉尔出现了,他受但丁的恋人贝雅特丽齐之托来解救但丁,并带领但丁游历了地狱和炼狱,然后贝雅特丽齐带领他游历了天堂。

全诗的情节充满寓意,内容复杂丰富。按照但丁的说法,《神曲》的主题主要从两方面理解。第一,从字面意义论,整部作品写的是"亡灵的遭遇",即人死后在三界当中的情况。第二,如果从寓言意义上看,则"其主题是人"。但丁作为文化转型时期的代表,在他身上既不可避免地带有所谓的字面意义,即中世纪神学的烙印,又必然表现出其丰富的寓意,即人学特征。因此,《神曲》实际上是一部以神学宗教意识作为形式而把人学内涵作为本质的作品。这本身就意味着新旧两个时代的思想杂然并存并且矛盾统一。

《神曲》的思想内容　　首先是《神曲》的宗教性。作为中世纪最后一位重要的诗人,但丁无可否认地扎根于基督教文化当中,并用基督教文化灌溉他的诗歌之花。从结构框架上看,《神曲》结构框架的原则就是基督教传统象征式的。地狱、炼狱、天堂三部曲的设置直接取材于基督教文化。但丁充分借鉴了《圣经》及后世基督教关于地狱、天堂的传说,兼采用罗马天主教信条中对炼狱的说明构造了一个庞大而复杂的宇宙框架。地狱和炼狱主体部分是根据基督徒所犯的7种罪:骄傲、忌妒、愤怒、怠惰、贪财、贪食、贪色安排的。但丁将他笔下的灵魂按各自所犯罪行的轻重分别发配到由浅到深的地狱层和由低到高的炼狱层中。从作品的思想观念上看,《神曲》也传达着基督教的宗教意识。基督教的核心是上帝观,它不仅承认宇宙的终极本源是上帝,而且将上帝看成是宇宙间唯一的、最高的主宰。但丁接受了基督教神学观念,整部《神曲》,自始至终都贯穿着上帝是万物之源和宇宙的最高主宰的观念。《神曲》中的但丁,从黑暗的森林起步,以光明的天堂作结,其间经历了地狱和炼狱。这一过程与基督教经典所描述的"原罪—审判—救赎"的人类过程是一致的。尽管但丁否认人的本质是原罪,但他却承认人处于罪恶的深渊,其最终归宿是天堂,从地狱到天堂凭借的是对上帝的信仰。他让象征理性的维吉尔引导自己游历地狱与炼狱,而让象征爱的贝雅特丽齐引导自己游历天堂,同时又将上帝看作爱的精神之源。这就是说,他认为理性只能使人辨别真善美,认识假恶丑,而人的提升与超越,则必须依靠爱与信仰。在作品中,他还按基督教观念安排灵魂所处的地狱位置。他将那些尽管博学多才但却因为生于耶稣之前而未信仰基督教的古代圣贤的亡魂,那些不信仰基督教的邪教徒的亡魂,那些违反与上帝约定的亡魂,以及那些为了爱情而犯罪的所谓纵欲者等,都安排在地狱中;而将那些生前遵循上帝的约定,虔诚地信仰上帝而终身奉善者、博爱者的亡魂,信仰上帝的哲学家、神学家和为信仰而战死者的亡魂,以及天使、圣灵,都安放在天堂中。

其次是《神曲》的人学内涵。但丁早年就是一个个性解放的倡导者。他所汲取的古希腊文化养分和佛罗伦萨自由主义的文化氛围等，都决定了但丁从来都不是禁欲主义者。他缺少基督徒的忍耐和节制，也缺少上帝那种完全抛弃自我的献身精神。他仅仅是一个诗人，一个为了爱情刻骨铭心，对政治饱含热情，对民族命运关之切，对整个人类爱之深的诗人。他始终执著地思考和探索着民族、国家及人类的出路，并把这种对现实的满腔忧愤之情注入了他的《神曲》。因此，诗人虽然是在宗教世界中宣泄着自己积郁已久的愤恨，但却不可能脱离"人"的主题。但丁笔下的上帝，是一个为了人的存在，一个造福于人的存在。而且这个"上帝"在代表了基督教的爱与信仰的同时，又代表了人间的爱与正义。但丁是按照宗教观念里的形象制造了作品中的地狱层。在《地狱篇》里，地狱的入口就写着：你们走进这里的，把一切希望捐弃吧！地狱形象和宗教观念中一样阴森恐怖，一样有各种骇人的刑罚。唯一不同的是但丁把那些刑罚都用在了现实生活中难以受到惩罚的恶人身上，他特别把那些在当下社会中作恶的人放在地狱的下层。如在第八层受罪的是诱奸者、阿谀者、贪官污吏、买卖圣职者、伪君子、窃贼、劝人作恶者、挑拨离间者、伪造和诬告者以及罗马教皇等。在第九层受罪的是谋杀族亲、卖主求荣、背信弃义、叛党叛国的一切叛徒，这里是永久的冰湖，他们受的是最严酷的惩罚。在《神曲》中，罪恶的审判标准显然与基督教不同，对现实人生是非善恶的评判依照的是但丁本人的标准。最典型的表现就是但丁对待世俗爱情的态度。在地狱第二层，但丁把一批违反禁欲教条的人放入其中接受惩罚，但是诗人在面对"爱情的罪恶"时，心里充满异样的感觉。在看到两个到了地狱仍然因为相爱而互相缠绕的灵魂时，但丁竟然激动得难以自制，几乎因为怜悯而昏晕。此时的但丁已然脱掉了神学的外衣，完全显露出他世俗感情的本体。可以说，这是但丁在利用上帝的权威所实行的人间审判，在上帝的权威背后隐藏的是世俗原则和人性角度。

《神曲》的人学内涵还表现在两个主要的人物形象即维吉尔和贝雅特丽齐身上。但丁出于对维吉尔的崇拜和热爱，把他作为地狱和炼狱的向导，并予以极高的赞美。他赋予这位古罗马诗人以崇高的使命，以他象征智慧和理性，带领自己游历地狱和炼狱，象征着诗人对于知识的推崇，并把知识视为通往至善至美的天堂的向导。但丁以理性和智慧作为人获得现世精神生活提升的引导是迥异于中世纪传统的。贝雅特丽齐这一象征形象的人学色彩更为浓厚。她引导但丁游历天国，最后见到上帝，象征人通过爱的途径认识最高真理和至善，获得永生的幸福。贝雅特丽齐既是但丁少年之爱的感情积淀，也是他精神自救的宗教信仰的象征，是世俗之爱和信仰之爱二者的结合体。贝雅特丽齐的形象所包含的自然爱欲的成分表明，但丁的救赎之路不仅指向宗教，更指向尘世。尽管贝雅特丽齐早逝之后，这种感情很大程度上已上升为一种精神之爱，但仍然属于一种世俗男女之爱。通过这两个人物的象征意味，人们清楚地看到但丁为人类精神危机所寻求的最终途径，即人智和爱的完美结合。但丁所设计的这一人类模式，是对人的本质的探索，也是但丁区别于基督教诗人的重要标志。

《神曲》的艺术特色　　第一，构思严谨，结构完整。《神曲》全书分 3 部，每部有 33 歌，加上序曲共 100 歌。每部篇幅大致相等，结构匀称。地狱分 9 层，加上外围共 10 层。炼狱主体是 7 层，另有外围和地上乐园，总数是 10 层。天堂也是 10 层。

第二，象征手法。在《神曲》中，象征的手法俯拾皆是。黑暗的森林象征邪恶的世界，豹、狮、狼分别象征淫欲、傲慢和贪婪。维吉尔象征理性，贝雅特丽齐象征爱。数字也具有象征意义，如："三"象征"三位一体"，"十"象征"完美""完善"，"七"象征"上帝的七灵"等。甚至故事结构、情节、题目、典故、引言，处处是象征，因此也处处是玄机。虽不免艰涩但富于哲理，充满寓意。

第三，虚构与写实结合。《神曲》的内容本来是虚构的，人死后的三界、灵魂等都是作者的想象而非真实的现实生活。但是一方面，作品创造性地写出了地狱、炼狱和天堂的具体形状和身处其中人的境况。比如，地狱中人如何接受惩罚，炼狱中灵魂如何修炼等，写得十分详细具体。因此作品虽然光怪陆离却又让人感觉真实可信。另一方面，作品涉及了当时最敏感的社会和政治问题，故事素材和人物形象大多来自现实，具有很强的现实意义。

第四，人物形象丰富多彩。但丁在作品中塑造了众多的人物，往往着墨不多却栩栩如生、性格鲜明，如贪婪残暴的教皇、刚强不屈的法利那、温柔多情的弗兰采斯加，尤其是热情奔放、渴望知识的但丁本人的形象最为突出。

第五，俗语写作。《神曲》摒弃了中世纪惯用的拉丁语，用意大利俗语写成，并借用了法语和拉丁语的丰富词汇进行创造，为意大利民族语言的成熟做出突出贡献。

第三章　文艺复兴时期文学

文艺复兴是 14 至 16 世纪先后发生在欧洲许多国家的一场资产阶级思想文化运动。这场运动发端于意大利，随后波及英、法、德、西班牙等西欧国家。在这场运动中产生的人文主义文学占据其中的主导地位。

第一节　概　　述

一、文艺复兴和人文主义

13 世纪末和 14 世纪初开始，意大利的一些滨海城市如佛罗伦萨等地，陆续出现了资本主义生产关系的萌芽。新兴资产阶级不仅要用商品经济取代自然经济以求得自身的发展，而且还要求用一种新的思想文化体系来反对封建的和宗教的精神禁锢，为资本主义的发展扫清道路。这种社会历史原因，从根本上导致了文艺复兴运动的产生。

另外，诸种文化的融合、碰撞，则是导致文艺复兴新文化产生的更独特和直接的原因。在十字军东征的过程中，西方人原以传播基督教为战争目标的情况，受到了异质的非基督教文化的剧烈冲击；固有的文化也不断遭到来自底层的民间文化、新兴的市民文化的侵蚀和改变。特别是古代希腊罗马文化被重新发现，对文艺复兴运动的产生具有直接的推动作用。1453 年，土耳其人攻打拜占庭，在毁坏大量古代文化典籍的情况下，却意外地让西方人发现了一个被埋没多少个世纪的光辉灿烂的古代文化。古希腊罗马优秀的文化典籍中包含着与中世纪宗教文化完全不同的人文精神，正符合新兴资产阶级的要求。一时间，收集、整理、研究古代希腊罗马文化形成热潮。

总之，文艺复兴是新兴资产阶级以人文主义为中心思想，借助古代希腊文化中反映现实生活的文艺、朴素的唯物主义哲学和自然科学，以世俗的形式反对封建制度和宗教势力所进行的思想解放运动和思想文化运动。这一时期，古希腊罗马文化重新受到重视，当时新兴的资产阶级思想家掀起了研究古代文化的热潮。他们打着"回到希腊去"的旗号，声称要把久被淹没的古典文化"复兴"起来，"文艺复兴"因此得名。但资产阶级的目的不是要重建奴隶制的旧文化，而是要摆脱封建思想的桎梏，建立起适应资本主义生产关系的新的意识形态。

人文主义是文艺复兴时期资产阶级反封建斗争的思想武器，也是这一时期资产阶级进步文学的中心思想。它的斗争锋芒是针对中世纪封建主义世界观，特别是天主教会的宗教世界观。针对教会的神主宰宇宙的思想，人文主义者提出人是宇宙的中心的思想。其核心就在于对"人"的肯定。具体来说，首先，以人反对神，宣扬人性反对神性神权。人文主义修正了神权至高无上的思想，将人置于"宇宙的精华、万物的灵长"之至尊地位。人是以理性为本质、品质崇高、求知欲旺盛且可以创造一切的生命，完全能够取上帝而代之。由此，应该看重人的价值、尊严和力量。其次，提倡科学，反对蒙昧主义，人文主义者重视人的聪明才智，反对教会的愚民政策。他们提出"知识是快乐的源泉""知识就是力量"的口号，强调理性就是"人的天性"。再次，以个性解放反对禁欲主义。针对教会一直以压抑现世享乐的欲望从而获得来世幸福的期许，人文主义者提出了"个性解放"的口号，指出现世幸福高于一切，人生目的就是追求个人自由和幸福，以对抗教会的禁欲主义。最后，主张统一，反对封建割据。由于文艺复兴运动的发动者是新兴的资产阶级，所以他们针对当时封建诸侯割据，战乱不休，对资本主义的发展构成了严重阻碍的情况，提出了"拥护中央集权，反对封建割据"的现实政治要求，从而为资本主义的发展提供统一的国内市场，其直接的政治体现就是建立起中央集权的、以民族为基础的统一国家。

二、人文主义文学在欧洲各国的发展状况

文艺复兴时期，欧洲文学呈现出多元的态势，人文主义文学、民间文学和封建文学并存。而人文主义文学势头强劲，占据了主导地位。它的巨大成就带来了欧洲文学史上一个新的繁荣时期，成为继古希腊文学以来欧洲文学的又一次高峰，同时也成为欧洲近代文学的开端。人文主义文学最早出现在意大利，随后在法国、英国和西班牙得到发展，并取得了巨大成就，其中英国文学最有代表性。

意大利文学　意大利是文艺复兴运动的发源地，早在但丁的创作中，人文主义思想就得到了初步显现。在他之后，彼特拉克和薄伽丘的创作将欧洲文学带入文艺复兴运动的大潮中。

彼特拉克（1304—1374）被誉为"人文主义之父"。其抒情诗集《歌集》主要歌咏对劳拉的爱情，表现了以现世幸福为中心的爱情观。《歌集》的形式，以十四行诗为主，为后来欧洲抒情诗开辟了一条新的道路。

薄伽丘（1313—1375）的杰作是《十日谈》。该作以反对禁欲主义为主要思想。首先，作品鲜明地表现了反教会、教权的思想，揭露了教士们在宗教外衣掩盖下的种种荒唐丑恶的行径和伪善的品性。作者从自然道德观出发，对僧侣生活的违反人性予以谴责。其次，有些故事热情赞美人性，表达了崇尚爱情、肯定世俗生活的思想，宣扬了个性解放的主张。最后，作品赞美商人、手工业者的聪明、勇敢，肯定了新兴资产阶级的生活态度。小说在结构上采用了框形结构，设计10个为逃避黑死病而住在乡间的男女青年，每人每天讲一个故事，10天共讲100个故事。这种形式对欧洲后来的小说影响很大。

15世纪以后，意大利的人文主义文学一度繁荣，但总的成就不如早期。

法国文学　法国在16世纪建立了统一的民族国家，成为西欧最大的君主国。法国

的人文主义文学开始于15世纪末,16世纪取得了很高的成就。法国人文主义文学的显著特点是自始至终存在着贵族和平民两种倾向。前者以"七星诗社"的成员和蒙田为代表,后者以小说家拉伯雷为代表。

"七星诗社"指16世纪出现在法国的一个诗人团体。它由7位诗人组成,以研究古希腊罗马文学并从中受到教益为出发点,以革新法国诗歌形式,促进法兰西民族语言的统一为旨归。1549年,"七星诗社"的成员推举杜伯莱执笔发表了题为《保卫和发扬法兰西语言》的宣言,主张采用民族语言创作诗歌,废弃拉丁文写诗的传统。"七星诗社"成员强调向古希腊学习,轻视民众语言和民间创作形式,表现出脱离普通大众的贵族倾向。"七星诗社"的代表诗人是龙沙,他是法国近代第一位抒情诗人。龙沙(1524—1585)的诗歌创作继承了古希腊罗马文学的许多优秀传统,并通过他的爱情诗得以发扬光大。他是法国最早的采用法国民族语言而非拉丁文创作诗歌的民族诗人。

拉伯雷(1483?—1553)是法国人文主义文学平民倾向的杰出代表。他是文艺复兴时期学识渊博、多才多艺的巨人,对数理、医药、天文、考古、植物多有钻研,又因早年接受僧院教育,所以在哲学和文学领域也广有涉猎。拉伯雷的代表作为5卷集长篇小说《巨人传》。小说的情节滑稽可笑、荒诞不经,有的地方甚至流于粗俗,但小说的思想内涵却严肃深邃。小说赞美了人的世俗幸福追求,肯定了人文主义教育和知识对人精神发展的重要作用,全面展示了人文主义理想。通过两个巨人的见闻,无情地批判了封建教会的虚伪和封建国家的腐朽,也描写了封建内战给人们带来的深重灾难。通过巨人和周围人的行为和言论,表达了文艺复兴时期人文主义者对个性解放的追求,对平等、自由、理想社会的向往。

《巨人传》塑造了以格朗古杰、卡冈都亚和庞大固埃为代表的3代巨人形象,尤其是通过卡冈都亚和庞大固埃的形象表现了文艺复兴需要时代巨人的思想。作者描写卡冈都亚生下来就巨大无比,一顿饭要喝一万七千多匹母牛的奶,一件衣服需要用一万二千多尺布。3个巨人食量过人,饕餮好酒,纵情享乐、百无禁忌,体现了人追求肉体感官幸福、快乐,看重今生的崭新的人生观。

巨人具有许多优秀的品质。卡冈都业爱好和平,爱护民众。当他的国土遭遇外敌入侵时,他首先想到的是人民的利益,而非自己的统治。他还表现了对宗教权威的蔑视。巴黎圣母院是教会权威的象征,卡冈都亚却把巴黎圣母院的大钟摘下来挂在马脖子上当铃铛。他指出修道院生活违背人的天性,人应该自由发展,摆脱宗教神学的束缚。他为了答谢约翰修士在战争中对他的巨大帮助,决定建立一所"德廉美修道院"。这里的院规是"做你想做的事",禁令为:不许伪善者、讼棍、守财奴进入。庞大固埃对世界充满好奇,努力探索各种奥秘,他游历各地的动机就是要了解自然万物,探寻真理。

经过人文主义教育的卡冈都亚和庞大固埃知识渊博、充满智慧。卡冈都亚对庞大固埃的教育已经避免了当初他本人所走的弯路,不再接受经院哲学的教育,而是直接接受人文主义的、全面的综合性教育。他要求儿子掌握多种语言,钻研各种知识,学习自然科学,还要掌握诸般德能才艺,以便有益社会、造福民众。庞大固埃按照巨人父亲的教育思想成长。他历经艰险、寻找"神壶"的过程正是探索知识的过程。庞大固埃最终从"神壶"处得到的答案是"喝",恰与卡冈都亚出生之时的高声喊叫"要喝"相应和,他们要"喝"的是知识、真理和爱情。

西班牙文学 西班牙于15世纪末取得了反摩尔人统治斗争的胜利,实现了统一,但民族强盛有如昙花一现,16世纪中叶以后便开始衰落。因此,资本主义关系没有得到充分发展,人文主义文学的繁荣出现在16世纪后、17世纪初期,此前只是流浪汉小说和骑士文学畸形繁荣。

流浪汉小说是欧洲近代小说的一种模式,作为一种新型小说,它最早产生于16世纪的西班牙。它基本上取材于现实生活,特别是城市平民生活。主人公大多为无业游民,作品在描写他们不幸命运的同时,也描写了其为生活所迫而进行的欺骗、偷盗和各种恶作剧,表现了不幸者的消极反抗情绪。在布局谋篇上,以主人公活动为线索,按主人公活动的足迹,通过主人公的亲身经历和所见所闻来安排各种生活场景。西班牙16世纪最著名的流浪汉小说是无名氏的《小癞子》。

西班牙人文主义文学的杰出作家是塞万提斯。

这一时期,西班牙戏剧一度繁荣。洛佩·德·维加(1562—1635)是西班牙戏剧的奠基者,被誉为"西班牙戏剧之父"。维加的戏剧创作主题多样,他写得最多的是袍剑剧,这类剧作表现的多为生机勃勃、健康自然的爱情同封建保守势力的对抗。维加成就最高的作品则是表现社会政治问题的戏剧,揭露暴君罪恶,歌颂开明君主,成为这类戏剧的基本主题。《羊泉村》是维加的代表作,以1476年羊泉村村民武装反抗领主压迫并取得胜利的史实为题材。剧本揭露了封建主的残暴,歌颂了农民为维护自己的权利而进行的正义斗争。戏剧的战斗性和民主性十分鲜明。

英国文学 英国是文艺复兴时期人文主义文学持续时间最长、取得成就最高的国家。14世纪,英国就已经出现人文主义文学。最早的作家是乔叟(1340?—1400)。他的代表作《坎特伯雷故事集》(1387—1400)受薄伽丘《十日谈》影响,以一批从伦敦到坎特伯雷去朝圣的香客旅行为线索,以每人讲一个故事的形式把24个故事组成了有机的整体,较全面地反映了14世纪英国的社会生活,揭露了封建统治者尤其是教会的腐败无耻,肯定了对世俗爱情的追求。

15世纪末,一批新的人文主义学者登上文坛。托马斯·莫尔(1478—1535)的主要著作《乌托邦》(1516)是一部对话体幻想小说,这部作品成为欧洲空想社会主义最初的重要著作之一。

16世纪,英国人文主义文学进入繁盛期,尤以戏剧成就最为突出。在莎士比亚之前,出现了一批所谓"大学才子派"的剧作家。"大学才子派"剧作家是16世纪后期在英国出现的一批人文主义剧作家。他们大都受过大学教育,具有人文主义思想,学识渊博,在戏剧创作上颇有创新。在他们的努力下,剧本写作、舞台演出、观众群体都已成熟。"大学才子派"中出现最早的是牛津大学毕业生约翰·李利(1554—1606)、罗伯特·格林(1558—1592)。年龄最小、贡献最大的是克里斯托弗·马洛(1564—1593),他被视为莎士比亚的先驱。他的杰作《浮士德博士的悲剧》借用了德国民间故事中关于魔术师浮士德把灵魂卖给魔鬼的题材,但作者侧重于浮士德对知识的追求,塑造了追求知识的时代巨人的形象。

莎士比亚是文艺复兴时期最伟大的人文主义作家。

三、人文主义文学的基本特征

首先,以人文主义思想为内容,具有鲜明的反封建、反教会色彩。文艺复兴时期的资产阶级作家以人文主义为武器,对封建贵族和僧侣上层的恶行败德严加抨击,对宗教禁欲主义和封建道德进行嘲讽批判,尽管这种批判一般都限于道德方面,但在资产阶级反封建斗争中起过积极的推动作用。

其次,注重创作手法的写实性。自然科学的发展和对古希腊罗马文学的研究,特别是作家们参加了反封建、反教会的实际斗争,促进了文学中的现实主义的发展。作家们把文艺比作反映现实的镜子,自觉地运用现实主义方法进行写作,对社会现实有广泛的反映,同时又具有浓厚的浪漫主义色彩,创造出许多个性鲜明的典型形象。

最后,表现民族意识的觉醒与民族性的追求。这一时期是欧洲主要国家的民族文学诞生的时期。随着统一的民族国家的形成,反映民族生活,赋予民族色彩,使用民族语言的民族文学先后建立起来。有的国家还产生了本国文学最杰出的代表,他们从民间传说和语言中汲取营养,又借鉴了古典和外国的文学成就,加以革新改造,从而为本民族的语言和文学的发展奠定了基础。

第二节 塞万提斯

一、生平与创作

米盖尔·台·塞万提斯·萨阿维德拉(1547—1616)是西班牙文艺复兴时期人文主义文学的代表、杰出的现实主义小说家,他使西班牙文学最早具有世界意义。

塞万提斯出生于西班牙马德里附近的一座小城阿尔卡拉·德·埃纳雷斯,父亲聊以行医为业,家境清寒,后来全家迁居马德里。

塞万提斯受教短暂,但较有文学天赋且热爱写作。大概在16世纪60年代中期,他写了一首水平不高的诗作,献给国王菲利普以悼念刚刚去世的夫人伊莎贝尔王后,获得嘉许。1569年,塞万提斯因惹祸而意外得福,获得了一位远房亲戚、红衣主教胡里奥·阿克夸维瓦的保护,充当了他的侍从。他趁机游历意大利,接触到意大利的文学与艺术,受到人文主义的影响。1571年,他作为一名士兵参加了对土耳其的雷邦多海战,身负重伤,左臂残废。1575年,受过多次嘉奖的塞万提斯携带多封推荐信,满怀对未来的美好憧憬,乘船回国。不幸的是,船在海上遭遇土耳其海盗的袭击,塞万提斯被劫持到了阿尔及尔,度过5年的非人生活。直到1580年,家人才在西班牙三位一体会教士的帮助下,凑足赎金将塞万提斯赎回。

回国后,塞万提斯陷入生活困境,为了生活,他尝试从事文学写作,其间,他还做过无敌舰队的粮油征购员和收税员。由于各种原因,命途坎坷的塞万提斯屡次被关进监狱,虽经事实证明他清白无辜,很快就获释,但监狱生活使他看到了社会的黑暗和人民的不幸,他的著名作品《堂吉诃德》就是在狱中酝酿成熟的。1605年,《堂吉诃德》上卷出版,立刻获得了空前成功,一年之内再版七次。

1614年,一个化名为阿隆索·费尔南德斯·德·阿维利亚内达的人伪造了《堂吉诃德》续集出版,伪作肆意歪曲原作,并对作者进行恶毒攻击。塞万提斯以卓越的才华迅速完成下卷,并于1615年出版。1616年4月22日,塞万提斯在马德里病逝。

短篇小说集《惩恶扬善故事集》(1613)是仅次于《堂吉诃德》的又一部力作,是塞万提斯丰富想象力的延伸,具有鲜明的塞万提斯风格。该作品包括12个短篇,内容基本上可分为两类:一类以历史或现实生活为依据,描写了动人的爱情故事和曲折离奇的冒险经历;另一类主要采用西班牙流浪汉小说的写法,偏重于揭露和讽刺现实。

二、《堂吉诃德》

根据塞万提斯写作该小说的目的来看,《堂吉诃德》(1605—1615)是一部讽刺灭亡了的骑士制度的长篇小说。作者写作的本意是"要世人厌恶荒诞的骑士小说",并"把骑士小说那一套扫除干净",但作品展现出的广阔社会画面和表现的丰富思想早已超越了这一界限。

小说分上下两卷,写了堂吉诃德三次行侠冒险的经历。拉·曼却地方的一个穷乡绅迷恋骑士小说而产生妄想,宣称自己是英勇的骑士堂吉诃德·台·拉·曼却。他将家里的一匹瘦弱不堪的老马命名为"驽辛难得"作为坐骑,又将邻村的一个牧猪女想象为心目中理想的贵妇人,趁家人不备,于黎明时分悄悄离家,孤身一人游侠冒险。他决计锄强扶弱,为民众抱打不平,结果受伤而归。堂吉诃德壮志未酬,心有不甘,很快就说服了村中的一个贫苦农民桑丘·潘沙为自己的侍从,再次出游。堂吉诃德一路上不断将现实幻化成骑士小说中经常出现的场面,结果非但没有实现抱负,反倒不断受挫。执迷不悟的堂吉诃德几次险些丢掉性命,后来被村人救护回家。第二卷描写堂吉诃德第3次行侠冒险,又吃了不少苦头,弄得遍体鳞伤。直到他的邻居参孙假扮成骑士将他打败,罚他一年之内不许出门行侠,他才垂头丧气返回村中。堂吉诃德回家后不久就卧病在床,临终时终于悟到骑士小说的罪恶,嘱外甥女不准嫁给读骑士小说的人。

小说通过堂吉诃德3次行侠冒险的经历巧妙地将资本主义刚刚兴起阶段的西班牙社会纳入人们的视野。作者以史诗般的手笔,描绘了16世纪末、17世纪初西班牙社会的广阔生活画面。这里有上层统治者豪华奢侈的生活场景;有官僚统治集团的贪赃枉法、草菅人命的罪恶行径;有西班牙当权者对内残酷镇压民众、对外挑起侵略战争的暴力事实;有下层人民度日如年,艰难生存的情形;有广大普通百姓失却人身自由、无端成为暴君手下牺牲品的惨相;更有侠盗无法忍受这个"可恶的时代",揭竿反抗这个罪恶社会的悲壮情景。堂吉诃德虽然受骑士小说毒害,幻想自己成为游侠骑士,但他怀抱改造罪恶现实、创造自由、平等世界的热望,要扫尽人间不平,实现理想。作家借堂吉诃德貌似空幻无实的梦想与苦难中的西班牙社会现实进行鲜明的对照,突显了现实社会的罪恶,也表达了作者对理想社会的向往。

作品主人公堂吉诃德是一个患"游侠狂想症"的人文主义者形象,这就使这个形象具有了喜剧与悲剧的双重因素。

首先,堂吉诃德身上具有许多喜剧人物的因素。他荒唐自信,盲目模仿骑士小说中的骑士行为,从而把风车当作巨人、把旅店当作城堡、把理发师的铜盆当作魔法师的头盔、把苦役犯当作受迫害的骑士、把赶路的贵妇人当作落难的公主等。这个荒唐可笑的形象,体现出脱离实际、把幻想当现实的性格特征。堂吉诃德的戏剧性源于他对骑士小说的迷恋。作者写他深受骑士小说的毒害,因而成了一个疯癫可笑的"骑士",并通过对堂吉诃德喜剧式的性格描写,对西班牙当时盛行的低劣荒唐的骑士小说进行了强有力的讽刺。

其次,堂吉诃德又是一个充满悲剧精神的人物。堂吉诃德不是一个单纯的喜剧性角色,他所崇信的骑士道,与中世纪骑士效忠领主、为封建贵族效命的精神特征有本质上的差别。他行侠的目的是消除社会的罪恶,为被压迫者伸张正义。不仅如此,他还以非凡的勇气和百折不挠的精神来实现自己的理想,有为理想献身的精神。尽管他常被打败,吃尽了苦头,但他从不气馁,从不动摇,始终坚信自己理想的正义性。因此,他的荒唐行为又体现了不怕牺牲勇敢无畏的斗争精神,在他的滑稽可笑中隐含着崇高和伟大。然而,他的理想和实现理想的行为并不被世人所理解,他们嘲笑甚至打击堂吉诃德的正义行动,使他备受磨难,其行为又具有浓厚的悲剧意味。

最后,堂吉诃德还是人文主义思想的直接传播者。当他远离骑士道、头脑清醒时,常会语出惊人,思想深刻,见解不凡,他的议论中包含着进步的人义主义思想。他反对封建贵族的门第观念,认为人的贵贱不在于地位和血统,而在于品德的高低;他看重自由,热爱自由,认为自由是人的权利;他反对压迫,主张平等,认为人压迫人、强者欺凌弱者的现象,都是世上非正义的事情;他向往太古盛世的"黄金时代",因为那时的人类是幸福的,普遍平等而无私有观念。他身上闪耀着人文主义思想的光辉。但是,他的人文主义进步思想不能为当时的人们所接受,甚至像他的冒险行侠行为一样被人们视为可笑的幻想。

桑丘·潘沙是与堂吉诃德既对立又互为补充的形象,他们主仆二人无论是外表特征还是内在性格都形成了鲜明的对照。在两人结伴冒险游历的过程中,堂吉诃德怀着崇高的理想,但有时却神志昏乱。而桑丘却讲求实际,甚至有些目光短浅,狭隘自私,但随着情节的发展,这些弱点逐渐消失,相反,西班牙农民的机智、善良和乐观精神却在他身上绽放出光彩。他语言生动丰富,对现实有正确的判断力,对友谊十分忠诚。在跟随堂吉诃德游侠的过程中,他的眼界不断扩大,思想性格也在发生着变化。就任"海岛总督"期间,他秉公断案、执法如山、爱憎分明、光明磊落。虽然他和堂吉诃德的出身、性格差别巨大,但他们从不同侧面代表了人类所具有的善良正义的思想感情。

《堂吉诃德》在艺术上取得了很高的成就。首先,在创作手法上,作品巧妙运用讽刺艺术,采取对比、夸张等手法塑造人物形象,突出人物个性。如堂吉诃德和桑丘·潘沙主仆二人,外表上就构成鲜明的对比:一高一矮、一胖一瘦、一老一壮,一个哭丧脸、一个笑眯眯。从性情精神方面来看也是如此:堂吉诃德沉醉于幻想世界,桑丘讲求实际;堂吉诃德谈话儒雅深刻,桑丘通俗浅白;堂吉诃德喜用典故,桑丘好举谚语等。这种对比突出了二人身份、受教育程度、性情,尤其是人生目标的差异,使读者能够更加强烈地感受到作品赋予形象的深刻蕴意。在体现堂吉诃德对骑士小说的沉迷和他对理想的执著追求等方面,作者采用夸张的手法,在看似荒诞不经的情节背后,却透露出深刻的真实。

其次,作者利用骑士小说的模式,进行了巧妙的替换,将骑士小说的训诫改造成人文主义思想的宣传。作品用堂吉诃德种种荒唐的行侠冒险行为戏拟骑士小说中骑士的"壮举",特别是对骑士们行侠的目的进行了彻底的置换。更为重要的,是作者借用骑士小说中骑士各处游走而构成情节展开基本线索,将西班牙社会生活的方方面面串联起来,并且汲取流浪汉小说的结构方式,以主仆二人的游侠历程为主线,辅之以各自独立又与主题联系密切的故事,从而加深了作品主题表现的深度和广度。

在欧洲近代小说中,《堂吉诃德》首次塑造了人物典型。它标志着西班牙古典文艺的高峰,塞万提斯不愧为欧洲近代现实主义小说的先驱。

第三节 莎士比亚

一、生平与创作

威廉·莎士比亚(1564—1616)是欧洲文艺复兴时期的巨人,世界戏剧史上的泰斗。

莎士比亚于1564年4月23日出生于英国中部斯特拉福镇一个商人家庭。14岁时,因父亲经营不善,家境渐衰而辍学。1588年,莎士比亚离开故乡,只身前往伦敦。关于莎士比亚前往伦敦的原因,历来说法不一。比较可信的理由可能是,家道中落以及首都伦敦对渴望发展的年轻人产生的巨大吸引力。伦敦剧团一年一度到斯特拉福巡回演出,激起了他对戏剧艺术的浓厚兴趣。在莎士比亚看来,伦敦不仅是一个谋生糊口的理想场所,也是一个满足他戏剧兴趣的神往之地。

据说莎士比亚初到伦敦时,曾从事戏院马厩里的看马人、剧场里的清洁夫和舞台上的临时演员等职业。生活的磨炼也开阔了他的眼界,加深了他对社会的认识。1590年,莎士比亚开始戏剧创作。凭借着自己的勤奋和努力,也凭借着自己非凡的才华,他在剧坛逐渐崭露头角,成为令"大学才子派"惊惧的人物。从 1592 年 3 月 3 日起,他的历史剧《亨利六世》在伦敦最大的剧场——玫瑰剧场上演,成为这个季节最走红的节目。从此,他的声名日渐显赫,成为英国剧坛上的大剧作家。1616 年 4 月 23 日,莎士比亚在故乡去世。

莎士比亚一生创作诗体戏剧 37 部,长诗 2 首,十四行诗 154 首。两首著名的长诗是《维纳斯与阿都尼》(1593)、《鲁克丽斯受辱记》(1594)。诗歌中成就最高的是十四行诗。

在莎士比亚的创作中,最能代表他艺术成就的还是戏剧。他的戏剧一般被分为历史剧、喜剧、悲剧和传奇剧几种。这些作品的创作,大致可分早、中、晚 3 个时期。

历史剧和喜剧时期(1590—1600)　这一时期,英国正值伊丽莎白女王统治时期。由于完成了民族统一,封建的中央集权得到巩固,社会安定,经济走向繁荣。尤其是 1588 年,英国击败了西班牙的"无敌舰队",民族意识和爱国热情空前高涨。到了 90 年代,伊丽莎白统治进入极盛时期,人们对社会前途更是充满信心,人文主义者也不例外。莎士比亚写历史剧,以此反映英国历史通过曲折道路走向民族统一、走向中央集权的必然趋势,他塑造了一系列理想君主的形象,用以表达自己的爱国热情和对开明君主制的向往。他写喜剧和诗歌,热情讴歌青年男女大胆冲破封建羁绊和传统习惯势力,为争取恋爱自由、婚姻幸福而进行的不懈斗争,基调是乐观、激越、明朗的。

莎士比亚一生共写了 10 部历史剧。除《亨利八世》写于他逝世前 3 年以外,其余 9 部都写于早期。英国现代著名莎学研究者钱伯尔斯认为,在莎士比亚 10 部历史剧中,如果把《约翰王》和《亨利八世》去除掉,其余 8 个剧本正好构成两个"四部曲":《理查二世》《亨利四世》上下和《亨利五世》是写金雀花王朝家族的;另一个四部曲为《亨利六世》上中下和《理查三世》,是写兰开斯特和约克两大家族的"红白玫瑰战争"的。

莎士比亚的历史剧,全部是书写的英国历史。他善于借英国史上最具有戏剧性的镜头,从封建时代错综复杂的斗争中,寻找对于当代具有政治意义的历史教训。他认为戏剧的任务就是反映人生,反映时代。他利用历史剧指点时事、表达理想,以达到借古喻今、借古鉴今的目的。因此,他的历史剧充满时代气息,既形象地再现了古代的社会生活,又生动地反映了当代的风土人情。所以,他的历史剧被誉为"时代的缩影"。

莎士比亚历史剧的代表作是《亨利四世》和《亨利五世》。莎士比亚笔下的理想君主是亨利五世,他即位前称哈尔太子。这是一个通过道德净化而转变的形象。他身上所表现出的"勇""智""德",符合资产阶级心目中开明君主的要求,是莎士比亚理想中的国王。剧作家从人文主义立场出发,认为英明的、人道的君王所领导的君主政体,便是民族统一、国家富强的重要保证。他通过亨利五世的形象,表达了人文主义者的政治观点和道德理想。

莎士比亚早期创作了10部喜剧。最早的喜剧故事情节生动有趣，但艺术上还比较粗糙，过于借助"误会""巧合"等流于俗套的喜剧手法，思想性还不强。《仲夏夜之梦》（1596）标志着莎士比亚喜剧创作高峰期的到来。

莎士比亚的喜剧，不同于以往的喜剧，虽然也对时弊和人性的缺失进行针砭和讽刺，但主要表达的则是人文主义的正面理想。作品歌颂美好、忠贞的爱情，赞美纯洁、忠诚的友谊，颂扬人性中的仁爱无私精神和机智勇敢的品行，尤其是热烈地赞美女性的仁善、美丽、聪明和智慧。剧中理想主义色彩极浓，表现出作家对前途充满乐观精神。"爱"是莎士比亚喜剧的基本主题。喜剧围绕着由爱引起的冲突展开，表现了爱所具有的神奇力量，体现了爱在人类心灵中所引起的种种微妙变化，最终给沉浸于爱的世界的人们以幸福和圆满的结局。

莎士比亚的喜剧常常情节繁复交织，但主线鲜明。其他线索与剧作的主要情节线索相辅相成，每条线索既各自独立，又相互联系紧密。《第十二夜》围绕着爱情主题安排了多条情节线索，全剧以爱情冲突展开，爱情在剧中表现得盘根错节。《仲夏夜之梦》《温莎的风流娘儿们》《威尼斯商人》等，都安排了3条以上的故事情节线索，显示了莎士比亚驾驭喜剧情节的水平已经成熟。

在莎士比亚的喜剧中，《威尼斯商人》（1596—1597）、《仲夏夜之梦》（1598—1599）、《皆大欢喜》（1599—1600）、《第十二夜》（1599—1600）、《无事生非》（1958—1599）这几部较为出名。其中，《威尼斯商人》浪漫主义色彩较浓，同时社会讽刺意味也较为强烈。

第一，作品以激越的感情、欢快的情调，热情讴歌无私的友谊、忠实的爱情和自由的婚姻。作品通过青年男女争取爱情自由、婚姻自主的斗争而后获得圆满结局的情节，热情歌颂人文主义战胜封建主义的生活原则和道德理想，表达了人文主义反封建、反教会的禁欲主义，要求思想解放和个性自由的进步思想。

第二，《威尼斯商人》还形象地表现了商业资本与高利贷资本的冲突，基督教同其他宗教的冲突，人道主义原则和社会律法之间的冲突。剧作以代表人文主义道德原则和生活理想的人物战胜了贪婪、狠毒、奸诈、吝啬等恶劣品质化身的夏洛克作为结局。

《威尼斯商人》塑造了许多栩栩如生的人物，最突出的是夏洛克的形象。

夏洛克是一个狡猾、贪婪、吝啬、嗜钱如命的高利贷者，代表着高利贷资本在与商业资本的斗争中渐趋衰败，同时他又是一个被歧视与被侮辱的犹太人，报复心理成为他的独特个性。开始，夏洛克对安东尼奥怀恨在心，主要由于对方打击了他的生意买卖。但是，随着喜剧冲突的逐步发展，这个高利贷者逐步让位给他的另一个身份——受侮辱的犹太人。莎士比亚充分反映了犹太民族在基督教社会里遭受歧视、凌辱的不平之心。但他对安东尼奥的仇恨，除了基督教教徒对犹太教教徒的迫害与凌辱引发的原因外，更重要的是，他要作为一个高利贷资本家除掉商业资本家安东尼奥的威胁。因而，他的主要性格反映了早期资产者唯利是图的本质。马克思、恩格斯经常引用夏洛克的形象去说明资产阶级的这一特征。

这一时期创作的《罗密欧与朱丽叶》(1594)是一部充满诗意的悲剧,反映的是人文主义者的爱情、理想与封建传统观念和势力之间的矛盾和冲突。剧作在情节上虽属悲剧,却洋溢着积极向上的乐观主义气氛,实际是一首青春与爱情的赞歌。主人公以生命为代价,获得了爱情、理想的胜利,消除了家族的世代仇怨,从而使得悲剧充满了喜剧作品才有的对生活的热爱、对幸福的向往和对未来的信心。

悲剧时期(1601—1607) 这一时期的英国王政经历了一次剧烈的动荡。伊丽莎白女王逝世(1603),詹姆斯一世执掌王权,社会各种矛盾激化。王权与资产阶级之间的联盟开始解体,资产阶级与君主专制的矛盾日益尖锐,资产阶级开始酝酿革命。莎士比亚更深切地认识到人文主义理想与资本原始积累时期的冷酷现实的激烈冲突,并开始思考人文主义理想是否能够实现的问题。于是,他在创作中,开始以悲剧的形式揭露黑暗现实,提出社会问题。

莎士比亚的悲剧,揭示了正在兴起的资本主义社会关系的内在矛盾,抨击资本主义利益原则的邪恶性质,展现出广大劳动人民的痛苦。在此基础上,剧作既通过国家、社会的大问题,也通过个人爱情、婚姻、友谊等小问题,全面反映了人文主义理想所受到的罪恶势力的破坏与摧残。为了增强作品震撼人心的力量,莎士比亚塑造了那些在冷酷的、罪恶当道的社会中勇敢无畏、单枪匹马奋战的英雄。他们明知斗争中善恶力量的悬殊,但仍要坚守正义的阵地、张扬善和仁爱。他们的奋战往往以悲剧告终,遭遇与恶的力量同归于尽的命运。他们的牺牲换来的是正义和道德的胜利,是人们对邪恶势力的清醒认识和痛恶。莎士比亚将悲剧主人公置于两种社会力量的冲突和斗争中,一方面突出社会力量的尖锐对立,另一方面体现社会环境与人物性格的冲突。不仅如此,悲剧更加突出了人物内心的尖锐斗争,剧作在展现外部广阔世界的同时,开始注意反映人物内在的心灵世界。

在艺术上,随着剧作批判力量的明显增强,莎士比亚悲剧风格也发生了巨大的变化,基调沉郁、悲怆、愤激。剧作对现实的反映更加深刻,感染力更强,也更具有震撼观众和读者心弦的力量。莎士比亚悲剧也采用了多条情节线索并进的结构,一出戏中包含多个繁复交错的故事,从而构成了一个广阔丰富的世界。此外,他的悲剧之中已经掺杂进喜剧的成分,具有悲喜交织、突出悲剧色彩的艺术效果。

这个时期,莎士比亚共创作4部喜剧和7部悲剧。其不朽的"四大悲剧"——《哈姆莱特》《奥赛罗》《李尔王》《麦克白》都创作于这一时期。在莎士比亚所有的戏剧中,思想内容最深刻、反映时代最广泛、主人公性格最复杂、争论最多,也为人们评价最高者,当推《哈姆莱特》。

《奥赛罗》(1604)的主人公奥赛罗与苔丝狄蒙娜都是人文主义者的正面形象。奥赛罗有着光明磊落的军人品格,心地单纯,容易受骗。苔丝狄蒙娜是纯洁爱情的化身,她对奥赛罗的爱不存在任何种族偏见,她也不顾年龄上的差别和社会身份的不同,毅然与他私奔。他们之间的爱情被人文主义者视为建立在资产阶级人性基础上的最理想、最纯洁的爱情。伊阿古是剧作家塑造的一个资本原始积累时期野心家、阴谋家的形象，一个十足的利己主义者和伪善者。他靠着伪装的善良，欺骗他人，竟赢得了"诚实的伊阿古"的美誉，一个又一个善良人被他欺骗和陷害，终于导致奥赛罗受骗上当，做出愚蠢的事情。作者把奥赛罗的高尚正直、苔丝狄蒙娜的善良单纯与伊阿古的卑鄙狡诈做了鲜明的对比，表明善良和正义在那种尔虞我诈、损人利己的社会是无法存在下去的。

《李尔王》(1605)从剖析社会组织中最基本的家庭细胞入手，形象地说明了当时社会风气和人际关系。莎士比亚通过李尔的家庭悲剧和葛罗斯特的家庭悲剧，揭示了极端利己主义。莎士比亚在剧中塑造了体现人文主义理想的人物考狄莉亚，考狄莉亚深爱父亲，但她实事求是，决不用谎言欺骗父亲。她非常看重自己的人格，这也是人文主义者以人为中心的世界观的具体表现，她认为作为万物灵长的人，在任何时候都要保持人的尊严，绝不能为了达到自私的目的而采取卑鄙无耻的手段。作者把考狄莉亚作为理想的化身，但是这样美好的人物却遭到恶势力的摧残。悲剧以此反映了人文主义理想在这种社会中的难以实现，同时也从侧面反映出文艺复兴初期对个人欲望的大肆张扬所带来的弊端，以及由此导致的社会道德的沦丧。

《麦克白》(1606)是一出关于野心家的悲剧。剧作强调了野心之危害，集中描写了一个从个人野心开始到犯罪直至成为众叛亲离的暴君形象。作为悲剧主人公，麦克白开始时并不是一个简单的犯罪者。莎士比亚所表现的矛盾要复杂得多：既有代表正面力量的麦克德夫与麦克白夫妇犯罪团伙的斗争，又有存在于麦克白内心的犯罪、迟疑、追悔、无可奈何、道义谴责、不愿堕落和进一步堕落等多种思想感情交织的斗争。人们从麦克白的行为中，看到的不仅是一个人的堕落，更是那个社会个人野心的可憎和可怕。

《雅典的泰门》(1607)直接揭露了世态炎凉、趋炎附势的社会，批判了金钱主宰一切、决定一切的丑恶现实。作品中泰门发泄自己对人类的憎恶，实际上反映了莎士比亚人文主义理想的幻灭。

1602至1604年，莎士比亚连续写出3部悲喜剧：《特罗伊勒斯和克瑞西达》《终成眷属》《一报还一报》。这些作品虽有喜剧结尾，但弥漫在早期喜剧中的欢乐情绪已经消失。如《一报还一报》，大臣安哲鲁替维也纳公爵摄政，他为满足自己的淫欲，号称整顿国法，却不惜破坏国法，他外表道貌岸然，骨子里却肮脏卑鄙。虽然他后来遭到惩处，但这种结局完全是作者的一厢情愿。

传奇剧时期(1608—1613)　这是莎士比亚创作的最后一个时期。此时，他一方面坚持人文主义立场，真实地再现生活，暴露封建专制王权的种种罪恶，描写人文主义理想与现实之间的尖锐矛盾。另一方面，他的创作不再按照悲剧式的线索，使两种社会势力的冲突达到不可调和的结局，而是通过神话式的幻想，借助于超自然的力量，使美好善良的事物取得胜利。与此同时，又对恶势力采取宽恕和解的办法，使其经过道德上的新生达到改邪归正。这就形成了莎士比亚这一时期传奇剧的主要特征。此外,莎士比亚作为人文主义戏剧大师,在传奇剧中还表现出对未来的希望,作品中洋溢着浪漫主义色彩和对未来的乐观精神。当然,其中还包含着乌托邦想象的成分。

莎士比亚的传奇剧有《辛白林》(1609)、《冬天的故事》(1610)和《暴风雨》(1611)。《暴风雨》描写的是米兰公爵普罗斯丕罗的社会地位失而复得的经过。这是一个富于传奇色彩的故事,但同时应该看到,故事中包含着现实生活的写照。莎士比亚通过描写现实生活中王公贵族间的争权夺势、狼狈为奸等,揭露了封建统治者的罪恶。在剧本的传奇性情节部分里,莎士比亚主要写了普罗斯丕罗同安东尼奥、亚朗莎之间冲突的调解和统一。从事实本身看,他们之间的冲突是对抗性的,主人公悲剧结局难以改变,莎士比亚却借助幻想写出神话式的情节,把冲突化解了,把主人公的悲剧结局改成戏剧性的,作家在这里表现的是宽恕与和解的主题。

二、《哈姆莱特》

《哈姆莱特》(1601)是莎士比亚悲剧的代表作。剧中丹麦王子为父复仇的故事取材于12世纪末的丹麦。在莎士比亚之前,这个故事多次被改编成流行的复仇剧,莎士比亚的《哈姆莱特》则在内容和形式上推陈出新,成为欧洲戏剧史上的奇观。

《哈姆莱特》的剧情发生在古代的丹麦,正在德国威登堡大学读书的丹麦王子哈姆莱特回国为父奔丧,却赶上叔父克劳迪斯登基成为新王,并娶了先王的寡妻,也就是哈姆莱特的母亲,一系列的突然变故使他陷入忧郁之中。深夜出现的父王鬼魂向哈姆莱特诉说被克劳迪斯用毒药害死的过程,并要求他为自己复仇。哈姆莱特震惊和悲痛之余,几近疯狂,他决定用装疯来试探对手,隐藏自己。新王派哈姆莱特的老同学前去试探,御前大臣波洛涅斯为了讨好新王,也让自己的女儿奥菲利亚以恋人的身份前去探望,都被哈姆雷特识破。哈姆莱特用戏中戏证实了鬼魂的话,在克劳迪斯祈祷时,原本有机会杀掉他,但出于宗教的考虑,没有动手,而哈姆莱特在与母亲谈话时,发现帷幕后有人在偷听,动手时却将大臣波洛涅斯误杀。奥菲利亚因恋爱失败以及父亲被杀受到刺激,精神失常溺水而死。克劳迪斯已经把哈姆莱特视为对手,派他出使英国,想借英国国王之手除掉他,其阴谋被哈姆莱特识破。克劳迪斯又挑起波洛涅斯的儿子、奥菲利亚的哥哥雷欧提斯对哈姆雷特的仇恨,怂恿他们决斗,并准备毒剑、真剑和毒酒三重陷阱置哈姆莱特于死地。在决斗时,哈姆莱特被雷欧提斯的毒剑刺中,被真剑所伤的雷欧提斯在死前揭露了克劳迪斯的阴谋,王后误喝毒酒而死,哈姆莱特临死前刺死克劳迪斯,为父亲报了仇。

哈姆莱特是文艺复兴时期人文主义者的典型形象。他是丹麦王子,在文艺复兴时期人文主义和宗教改革运动的中心德国威登堡大学读书。他接受到新思想的洗礼,对世界和人生都曾抱有美好的看法。他称赞人是宇宙的精华,万物的灵长。他心目中的父王正是这样的一个"人"的典范。他是仪表堂堂的丹麦王子,符合人文主义对人的理想要求,他的恋人奥菲利亚美丽纯真。所以,他眼中世界是美好的,人与人之间的关系是和谐的。但是,现实突发的一系列重大变故,使他的人文主义信念发生了根本的动摇,他曾相信的人性善变成了人性恶,他也由快乐王子变成了忧郁王子。

但忧郁并不是哈姆莱特的天性,而是人文主义理想与罪恶现实之间产生矛盾而呈现出的一种精神状态。他斥责母亲对父亲的背叛,接受了父王鬼魂的嘱托并准备报仇,但对现实的观察使他很快就从克劳迪斯的个人罪恶中看到了更深广的问题。杀死一个克劳狄斯并不能解决所有的问题,整个时代是颠倒混乱的,他的责任是要完成重整乾坤的任务。他陷入深刻的思考中,也因此造成了行动上的延宕,错过了复仇机会。最后他杀死了篡位者,完成了为父报仇的任务,但最终与敌人同归于尽,没有完成重整乾坤的责任。哈姆莱特的悲剧是人文主义者的悲剧,其原因一是他所处时代的封建势力还很强大,对手奸诈毒辣,二是他不相信暴力,脱离群众,孤军奋战,因此他的悲剧也是时代的悲剧。

作为一个理想破灭的人文主义者,哈姆莱特在复仇行动上的犹豫,显示了他所代表的人文主义思想与封建势力之间力量的悬殊。在强大的封建势力面前,他无法胜任"重整乾坤"、改造社会的历史重任,因而他的复仇以及悲剧具有深刻的社会意义。不仅如此,哈姆莱特还是一个深沉的思想家,当他从人文主义的立场考察并思考现实时就发现,人并不像人文主义者所颂扬的那样圣洁。相反,当人失去理性规范的制约后,会受到情欲的摆布,人与人之间的关系也会失去自然和谐,从而造成社会的混乱。理性与信仰的缺失,使人变得禽兽不如。究竟如何拯救人,改变人类的混乱状况,这些难以一时、一地、一人解决的巨大问题使哈姆莱特陷入深深的忧郁和痛苦之中。哈姆莱特的延宕实际上是欧洲文艺复兴晚期信仰失落时人文主义者进退两难的矛盾心理的象征性表述。哈姆莱特对人性的深沉思考,也成为近代以来欧洲文学关于人的问题思索的一个开端。

在艺术上,《哈姆莱特》代表了莎士比亚戏剧的最高成就。

首先,在结构方面,《哈姆莱特》突出地表现了莎士比亚戏剧情节生动性和丰富性的特点。莎剧情节一般都是多层次多线索的,两条或两条以上的情节线索,或平行发展或交错推进,不仅有巨大的包容性,而且也产生强烈的戏剧效果。剧中除哈姆莱特复仇的线索外,还有雷欧提斯和挪威王子小福丁布拉斯的复仇线索。其中哈姆莱特的复仇为主线,其他为副线,3条线索相互穿插和衬托,而又主次分明。他们起到了互成对比、激化矛盾的作用,使戏剧场面不断转换,推进情节矛盾,逐渐走向高潮,产生激动人心的艺术效果,共同表现全剧的主题。

其次,在人物塑造方面,《哈姆莱特》着重通过内心矛盾冲突的描写揭示人物的内在性格。哈姆莱特是世界文学史上一个极富魅力的典型,这种魅力的产生在很大程度上依赖于形象心理蕴涵的丰富性。哈姆莱特的内心冲突是随着为父复仇的戏剧情节逐步展开并激化的,而复仇的外在冲突又逐渐让位于内心冲突,从而揭示出其犹豫延宕的本质特性。"有一千个读者,就有一千个哈姆莱特",正说明了这个形象内在世界的丰富和复杂。出于展示人物心灵世界和刻画人物性格的需要,莎士比亚十分善于运用内心独白的艺术手段。哈姆莱特多次的内心独白,尤其是"生存还是毁灭"的自问,充分表达出了他对社会与人生、生与死、爱与恨、理想与现实等方面的哲学探索,披露出他内心的矛盾、苦闷、迷惘和恐惧等多方面的情愫,有效地刻画了人物性格,也推动了剧情的发展。

最后,为了使人物形象达到丰富性和个性化的有机结合,莎士比亚还成功地把对比手法用于人物塑造。作品中出现了一系列鲜明的形象,如同为君王的老哈姆莱特和克劳狄斯之间形成对比,前者"相貌优雅""仪表卓越",如同"天神"一般;后者"诡诈阴险""卑鄙无耻",是"一个冒充国王的丑角、一个盗国窃位的扒手"。哈姆莱特、雷欧提斯和福丁布拉斯,同样肩负着"为父复仇"的责任,但雷欧提斯动机狭隘,行动鲁莽,福丁布拉斯目标恍惚,稍遇劝阻,就改弦易辙,只有哈姆莱特志向远大,意志坚强,虽然行动犹豫,但思虑细致周密。通过对比,人物的性格特色更加鲜明突出。

在语言上,莎士比亚表现出大师的风范。他将无韵诗体与散文、有韵的诗句、抒情歌谣等融为一体,丰富多样,生动传神,它们不仅构成了莎士比亚戏剧艺术大厦的基石,更加强了英语语言的表现力。

第四章　17世纪文学

17世纪欧洲文学是文艺复兴人文主义文学向启蒙文学过渡的重要中介与桥梁,主要包括英国资产阶级革命文学或称清教徒文学,法国古典主义文学,以及巴洛克文学。

第一节　概　　述

17世纪,欧洲社会整体处于封建专制的强盛时期,但在英国,资本主义获得高度发展,新兴资产阶级与封建统治者的斗争日趋激烈,终于酿成了40年代爆发的资产阶级革命。这场革命标志着欧洲封建的中世纪的终结和近代史的开端。革命后,英国的资本主义成为整个欧洲历史发展的领军。17世纪的法国,虽然资产阶级发展也比较迅速,但封建王权的力量十分强大,建立了当时欧洲最强大的君主专制国家。国王分别利用封建主和新兴资产阶级的政治和经济力量服务于自己的统治,采取比较和缓的统治,客观上给资产阶级的发展创造了比较宽松的环境,国家暂时得到了安定。在这种情况下,遵循理性与秩序的思想得到了较充分的发展。

意大利、西班牙和德国等其他国家的封建统治仍然固若金汤,封建势力与天主教势力沆瀣一气。虽然文艺复兴时期这些国家的资本主义获得了一定的发展,但到了17世纪,曾经在意识形态领域取得重大成果的新思想、新文化已经消散。政治和经济的滞后也导致文化和文学领域一片肃杀,成果零落。

纵观17世纪欧洲文学的成就,主要体现在英国资产阶级革命文学和法国古典主义文学两种文学上。此外,巴洛克文学在当时也有一定影响。

一、巴洛克文学

"巴洛克"(baroque)的词源为葡萄牙语的barocco,特指形状不规则且不完美的珍珠,后被用来形容首先出现在意大利的一种崇尚装饰与雕琢的建筑。这种风格在当时一些国家的文学创作中也有所体现,这种文学在内容上偏重表现宗教狂热、对尘世的绝望,情绪为夸张的悲观和颓丧,用词华丽,堆叠辞藻,作品结构框架宏阔,叙述风格扑朔迷离。巴洛克风格在文艺复兴运动结束之后的17世纪一度普遍流行,人们从许多作家的创作中都能嗅到巴洛克的味道。巴洛克文学中成就较高的是西班牙的剧作家卡尔德隆,他的剧作《人生如梦》比较充分地体现了巴洛克文学的特点。

二、英国资产阶级革命文学

1642年,英国资产阶级以宗教革命的名义发动了对封建专制王朝的战争。1649

年,新兴的资产阶级政权宣布成立共和国,斯图亚特王朝被推翻。可是,新政权并没有保住革命的成果,由于害怕民众进一步的民主要求,他们与流亡国外的贵族妥协,最终建立了君主立宪制国家。

约翰·弥尔顿(1608—1674)是资产阶级革命期间资产阶级革命文学最杰出的代表。英国资产阶级革命爆发后,还是一个青年学子的弥尔顿毅然加入了革命队伍,并成为其中重要的宣传员。他写了许多政论文章和小册子宣传革命,同欧洲封建反动同盟的势力作斗争,立场坚定。由于劳累,弥尔顿视力严重受损,以至于双目失明。王政复辟时期,弥尔顿遭到了复辟政府的迫害,但他仍然坚持自己的革命立场,而且还通过文学创作曲折地表达他对资产阶级革命坚定不移的态度。

弥尔顿著名的3部作品分别为长诗《失乐园》《复乐园》和诗剧《力士参孙》,它们都以《圣经》为题材。

《失乐园》(1667)取材于《旧约·创世记》,主要叙述堕落天使卢西弗率军反抗上帝被打入地狱,成为魔鬼撒旦后,寻找机会报复上帝。他前往上帝在地上建造的伊甸乐园,设法引诱人类始祖亚当和夏娃违背禁约,偷食禁果,最终造成人类始祖的犯罪。上帝将人类始祖逐出伊甸园,并给予人类和撒旦相应的惩罚。长诗在塑造魔鬼撒旦时常常出现矛盾对立的态度,由于弥尔顿清教徒的身份,对上帝绝对的忠诚就成为他不可动摇的立场,但是,在诗句中仍然能够感受到诗人对撒旦形象的肯定态度。所以,撒旦具有双重性,这种双重性正体现出了英国资产阶级革命者的进步和局限。从他身上可以看到资产阶级革命者顽强的战斗精神和英勇气概,虽然被上帝打入地狱,但仍旧毫不妥协地同上帝斗争,这与以弥尔顿为代表的资产阶级革命斗士在形势十分不利的情况下仍不屈服、坚持斗争的品格完全一致,从中体现出了诗人对革命的坚定立场。当然,撒旦的骄傲、专断和欺骗等行为也受到了诗人毫不留情的批判,这反映了弥尔顿对资产阶级革命失败根由的深刻反思。长诗对亚当、夏娃的描写也矛盾重重。他们无法克制对禁果的强烈欲望,实际上是人类对知识与自由强烈渴求的形象化写照。但同时诗人又通过他们无法克制自己的行为,表明由于理性的力量薄弱和欲望的力量强大,致使人类遭受重创。诗人在创作中认真总结了革命失败的教训,并在特殊历史时期通过文学形式加以表达。

长诗《复乐园》(1671)取材于《圣经·新约全书》,写耶稣在旷野绝食40天后被恶魔试探、抗拒诱惑的故事。耶稣抵制住了撒旦在物质和精神上对他的诱惑和恐吓,表明他立场的坚定、意志的坚强,表达了弥尔顿在革命危难时期仍然坚定不移地进行斗争的态度。长诗通过耶稣抗拒撒旦取得成功的结局,表明了诗人对革命必胜的信心。

诗剧《力士参孙》(1671)取材于《旧约·士师记》,却对原作进行了大幅度的改造。剧作着重表现了参孙在身陷囹圄、双目失明的情况下"忍耐"精神的发展过程。参孙和弥尔顿有诸多相似之处:二人都双目失明,但身残志坚。外在表现上,二人均处在黑暗的世界;从内心来看,他们都表现了身处逆境而不沮丧,等待时机继续战斗的思想感情。可以说,参孙在这里成了弥尔顿的自我写照。

约翰·班扬(1628—1687)是与弥尔顿同时代的另一位著名的清教徒作家,讽喻小说《天路历程》(1684)是其代表作。小说虽然宣扬了清教思想,但其深刻性和价值则主要体现在作者描绘出一幅讽刺揭露王政复辟时期风尚的图画。其中"名利场"一节对当时社会为争名逐利而背叛道德、丧尽人伦的种种罪恶现象进行了淋漓尽致的展示,批判尤为深刻。

三、法国古典主义文学

17世纪,法国的封建君主专制统治达到高峰期。国王一方面代表封建统治者进行专制统治,另一方面又利用新兴资产阶级的力量,打击大贵族的割据势力。城市资产阶级由于自身的发展需要有统一的国内市场而支持王权,但在王权对城市资产阶级行使专政权力时,则又起而斗争。这种错综复杂的既斗争又联合的关系,在16世纪已经出现,到17世纪更加明显。

17世纪欧洲文学的成就主要在法国。古典主义成为法国文学的主流,同时还影响了欧洲其他国家文学的发展。古典主义文学是君主专制政治的产物,它为君主专制政体服务,并受君主专制政体的严格监督。它是绝对王权用来加强中央集权的思想工具。

除了君主专制的制约外,古典主义的产生还与哲学中的唯理主义关系密切。笛卡儿开创了唯理主义哲学,在方法论上,他认为科学认识必须符合"明白与确切"的标准,并把这一方法论运用到美学上。他主张应该创设一些严格、稳定的规则,以使艺术体现理性的标准。在对人的认识上,笛卡儿把"灵"与"肉"截然对立起来,认为对于与"肉"相关的情,必须以"理性"和"意志"加以双重的控制。其运用到艺术创作中,则应以理性来抑制感情的冲动。古典主义文学形成重视理智、规则和标准,要求结构明晰、逻辑性强等特点,与笛卡儿的唯理主义的影响有直接关系。

古典主义因崇奉古希腊罗马文学而得名。它是法国封建王权和资产阶级相妥协的产物,以笛卡儿的唯理主义哲学为基础,强调理性原则,认为在文学创作中应该遵循理性。作品多从古希腊罗马神话、历史和传说选取创作素材,突出体现规范、严整、简练、明晰、崇尚理性的特征。最有代表性的就是戏剧创作中的"三一律"原则。

古典主义文学的特征　首先,在政治上拥护王权,维护国家民族的利益。古典主义要求作家为专制政体服务,把歌颂国王、维护国家利益作为自己的神圣天职。

其次,古典主义文学表现为对理性的绝对遵从。古典主义者或写理智对感情的胜利,或对丧失理性、情欲泛滥的人物加以谴责,或对不合理性的封建思想、风俗礼教加以嘲笑。这反映了资产阶级对自身发展的要求和对王权的妥协。

最后,古典主义文学模仿古人、重视创作规则。古典主义者大力提倡向古代学习,注意从古希腊、罗马文学和历史中选取创作题材,借用古代形象来塑造当代人心目中理想的英雄人物。不止如此,古典主义者还把古代文学作品所体现的创作原则看做任何时代都必须遵从和模仿的规范。

在古典主义戏剧的创作规则中,影响最大的是"三一律"。"三一律"要求一部剧本只能有一个情节线索,剧情只能发生在同一地点,时间不准超过一昼夜,即 24 小时。"三一律"使法国古典主义戏剧具有了明晰、精练、紧凑的优点,但对戏剧创作也构成一种束缚,使得古典主义戏剧过分拘泥于形式,不够真实和自然,尤其与现实距离较远。直到 18 世纪以后,"三一律"受到浪漫主义作家的反对,才被打破。

古典主义文学创作 古典主义文学成就表现在许多方面,但以戏剧成就最高,寓言和文艺理论次之。古典主义戏剧创作成就分别表现在喜剧和悲剧两大方面。喜剧以莫里哀的创作为代表,悲剧成就主要体现在高乃依和拉辛的创作中。

高乃依(1606—1684)是法国古典主义悲剧的创始人,在他所有的悲剧创作中,《熙德》(1636)最有代表性。该剧以西班牙作家卡斯特罗的喜剧《熙德的青年时代》为题材,进行了大胆的改造。主要表现了男主人公罗狄克与女主人公施曼娜在义务与爱情、理智与感情之间的矛盾与冲突,宣扬了国家民族利益高于一切的思想。剧作情节向人们暗示:一个人只有得到理性的控制而非盲目服从感情的摆布,才有可能获得生活的幸福。《熙德》是古典主义的第一部典范作品,也是古典主义戏剧的奠基作,但高乃依没有完全遵从"三一律"的创作原则。在地点的安排上,《熙德》服从于戏剧情节和人物心理的需要而设置了两个场景,一个是王宫,另一个是施曼娜的家。结果,高乃依和《熙德》遭到了古典主义者的严厉批评。

拉辛(1639—1699)是古典主义悲剧的第二个代表作家。在表现理性与感情的冲突方面,他与高乃依有很大的不同。他的代表作是《安德洛玛刻》(1667),作品通过古代希腊的故事,塑造了为满足情欲而置国家利益和个人义务于不顾的人物,通过展现他们放任情欲的行为谴责贵族阶级的情欲横流。拉辛通过情欲淹没理性的人物的悲惨结局,来强调理性的重要。另一部重要悲剧《费德尔》(1677)的女主人公费德尔王后爱上了国王前妻之子,发现王子另有所爱,便加害于他,最后悔恨交加而自杀。费德尔也是一个滥施情欲、缺乏理性的人物。拉辛的创作使法国古典主义悲剧走向成熟。他严格地按照"三一律"的创作法规写作悲剧,戏剧结构严整,矛盾冲突集中,人物性格鲜明。

让·德·拉封丹(1621—1695)是古典主义诗人,其主要成就是创作出 12 卷本的《寓言诗》(1668—1694)。作品内容庞杂,素材来源广泛,他将寓言这种曾经不入主流的边缘文学形式引入纯粹的文学范畴。拉封丹对传统寓言进行了大胆改造,采用诗歌体式创作寓言,将叙事想象引入其中。他的《寓言诗》借动物世界表现人类世界,具有很强的现实性。

尼古拉·布瓦洛(1636—1711)是法国古典主义文学理论的集大成者,他总结了许多古典主义作家的创作经验,结合封建王朝对文学提出的一系列要求,采用诗体创作了理论著作《诗的艺术》(1674),其中明确提出了古典主义的美学原则:奉行理性、模仿古代、遵循不同体裁的写作规则。该作品成为古典主义的艺术法典,布瓦洛也被称为法国古典主义的立法者。

第二节 莫里哀

一、生平与创作

莫里哀(1622—1673)是法国古典主义喜剧的杰出代表,原名让·巴蒂斯特·波克兰。他以艺名莫里哀闻名后世。虽然作为宫廷装饰商的父亲可以给他提供大富大贵的生活,但对戏剧的忘情痴迷,使莫里哀毅然选择以戏剧为业,以戏剧为生。1643年,他不顾时人的偏见、家人的反对,与女演员玛德莱娜·贝雅尔组织剧团,名为"光耀剧团"。从1645年起,光耀剧团一直在外省巡回演出,长达13年之久。流浪演出过程中,莫里哀历经坎坷,但他也通过这段经历理解了人民的生活和艺术趣味,熟悉了法国社会,从而确定了日后戏剧创作对贵族和教会的批判态度。这期间,他广泛接触了法国传统的民间闹剧和流行一时的意大利即兴喜剧,从中获得了许多创作经验。

1658年,莫里哀和他的剧团在鲁昂城得到了国王路易十四的弟弟的保护,命运出现了转机。当年10月,在保护人的斡旋之下,剧团回到了巴黎,并取得前往卢浮宫为路易十四演出的机会。他们演出了比较拿手的闹剧《多情的医生》,受到国王的赏识。从此,莫里哀和他的剧团就留在了巴黎,获得准许在小波旁剧场演出。

莫里哀回到巴黎后,经过一年对戏剧创作的调整,对巴黎世风、现实的观察,终于在1659年推出回巴黎后演出的第一个剧目《可笑的女才子》。剧作通过两个青年向一对资产者出身又竭力模仿贵族习气的外省女子求婚时发生的笑话,嘲讽贵族沙龙文学咬文嚼字、故作风雅的恶习,批判的矛头直接指向了封建贵族。

1662年,莫里哀创作5幕诗体剧《妇人学堂》。剧本批判了修道院教育和封建夫权思想,具有鲜明的现实主义精神。这部喜剧标志着法国古典主义喜剧的形成。剧本的成功使莫里哀获得了国王的年金,但也使他备受攻讦。为回应恶毒的攻击者,莫里哀写出《妇人学堂的批评》《凡尔赛宫即兴》,公开宣称自己的艺术主张:戏剧是为广大的普通观众服务,而非专属于上层少数人,评价戏剧优劣,应该看它是否能够打动观众,而不是符合规则与否,文学体裁没有高下之分,喜剧的目的在于表现当下人们的缺点。

1664年,莫里哀完成了代表作《伪君子》,此后他的喜剧作品如井喷一般涌现,其中《唐璜》(1665)和《恨世者》(1666)揭露了封建贵族的罪恶。有关唐璜的传说出自西班牙,后经意大利传到法国。莫里哀对这个故事进行了改造,写成5幕散文剧《唐璜》。在剧中,唐璜开始时迷恋女色,疯狂地追逐女性,没有任何道德约束,可是后来,他却将自己装扮成虔诚的宗教信徒,这使他真正成为恶贯满盈的罪人,因此受到上天的惩罚。这出戏在许多方面突破了古典主义戏剧的创作法规,背景多次变换,神奇性和现实性相结合,悲剧与喜剧因素混杂,人物性格不受观念的支配。该剧成为莫里哀创作中现实主义精神最强的一部。

莫里哀另有一些作品以批判资产者的恶习为主要内容,5幕散文剧《吝啬鬼》

（1668）即为这个方面的代表作。《吝啬鬼》借用古罗马剧作家普劳图斯的《一坛黄金》的题材，但已经注入了新的精神。剧作通过高利贷者阿巴贡贪婪吝啬、嗜钱如命的丑陋荒唐的行径，揭示了拜金主义的罪恶，揭露了资本主义发展初期被金钱扭曲的人性。阿巴贡与儿女之间的矛盾，反映了对金钱的贪欲破坏了道德人伦，破坏了生活的和谐幸福。虽然莫里哀时代的法国还没有完全形成金钱控制的社会局面，但剧作家却以卓越的预见性反映了物欲对人性、人与人之间关系的扭曲，意义深远。

剧中主人公阿巴贡是一个典型的吝啬鬼形象，剧作家对他所代表的资产者爱财如命的性格特点刻画得淋漓尽致。剧作集中表现了阿巴贡性格中最主要的特征——吝啬，全部情节围绕着他的吝啬展开。

首先，阿巴贡所有言行都围绕着金钱进行。他只崇拜金钱，对封建门第、名誉、爱情和亲情都一律轻视。他与儿女的关系由金钱支配。对儿女婚事，他不考虑他们幸福与否，只关注他们能否"糟蹋"他的钱财，所以他决定让女儿与有钱的老头结婚，让儿子娶上富有的寡妇，自己则不花一分钱娶一个穷姑娘做续妻。在以前欧洲文学中以如此高度来揭露资产阶级拜金主义者并不多见。其次，阿巴贡吝啬的特点表现了资本原始积累时期资产者的特征。他把搜刮来的钱埋藏起来，装穷，以掩饰自己的富有。在生活上，他吝啬到极点，对人对己都竭尽克扣之能事。最后，他的吝啬与其贪得无厌地掠夺占有财富的冲动密不可分。他想方设法以高利放债，手段狡猾而毒辣，他不顾债务人需要钱时的迫切心情，竟然以破铜烂铁充抵部分借款，使每个到他那里告贷的人都被他结结实实搜刮一把。

阿巴贡具有资本主义发展初期资产者的敛财方式和活动特点，是欧洲文学史上著名的吝啬鬼形象。他的名字已经成为吝啬鬼的代名词。

莫里哀晚年的喜剧创作越来越鲜明地表现出作家的民主主义立场。在艺术上，他再度将民间笑剧的手法运用到喜剧中来。《史嘉本的诡计》（1671）是莫里哀表现民主主义倾向的著名喜剧。剧中的主人公史嘉本是一个仆人，但在聪明才智方面却远远超过主人，这个形象与《伪君子》中的女仆桃丽娜相应和，显示出莫里哀一以贯之的"人民的朋友"的身份和立场。

莫里哀的最后一部喜剧是《无病呻吟》（1673）。当时的莫里哀已经病入膏肓，但他坚持登台演出，结果倒在了舞台上，几小时后去世。

二、《伪君子》

《伪君子》（1664—1669）是莫里哀最优秀的喜剧作品，也是世界喜剧舞台上常演不衰的经典剧目。

1664年5月，应国王路易十四的要求，莫里哀写成3幕诗体剧《答丢夫或骗子》，作为献给凡尔赛宫游园会的剧目。剧情使高级教士们坐立不安，演出结束后，他们立即向国王指控莫里哀借该剧"否定宗教"，因此必须立即禁演此剧。路易十四迫于教会的强大压力,只好颁发禁演令。此后,莫里哀几次修改剧本,将3幕修改为5幕,剧名也改成《伪君子》,又几次给国王递交《陈情表》,直到1669年,路易十四与罗马教皇克雷芒九世缔结"教会和平条约",《伪君子》才最终获准公演。《伪君子》的上演表明莫里哀同教会势力的斗争取得了胜利。

没落贵族答丢夫流落巴黎,为寻出路,他装扮成虔诚的天主教徒,骗得商人奥尔贡及其母亲的信任,借机前往奥尔贡家,伺机捞得更多的好处。奥尔贡家的女仆桃丽娜与奥尔贡的家人刚见到答丢夫,就识破了他伪善的嘴脸,但奥尔贡拒不听从劝告,仍旧执迷不悟,不仅宣布将答丢夫纳为东床快婿,并且告知他关于自己的一件十分重要的政治秘密。当儿子控诉答丢夫调戏继母一事时,奥尔贡竟剥夺了儿子的财产继承权,转与答丢夫。当奥尔贡亲眼见到答丢夫的丑恶嘴脸时,答丢夫立刻暴露出真相,欲将奥尔贡一家置于死地。所幸国王明察秋毫,早已掌握答丢夫的情况,将他绳之以法,且赦免了奥尔贡一家。

《伪君子》通过塑造伪装成虔诚的天主教徒的恶人答丢夫的形象,揭露了法国天主教会和贵族社会成员的伪善面目,充分揭示出宗教的欺骗性和危害性。17世纪的法国,"圣体会"横行,其成员常常以人们的"良心导师"的身份混入那些虔诚的教民家庭。他们披着宗教的外衣,干的却是诈骗财产、霸占教民妻女、刺探秘密等可耻的勾当。答丢夫的所作所为与这些伪善的宗教骗子的行径一致。他们仿佛感到自己被揭开伪装暴露在光天化日之下一样,因此无法容忍《伪君子》的公演。

《伪君子》还揭示了骗子共同的欺骗手段,即掌握人们内心最希望得到的东西,满足人最强烈的欲望,从而达到目的。如果说,莫里哀创作《伪君子》时的现实针对性十分明确,那么,后来的时代,人们虽然对宗教已经失却了奥尔贡般的虔诚,但伪君子答丢夫的骗术依然能在不同的时代和地域大行其道,就是因为后续的答丢夫们行使的是他们先辈同样的欺骗手段。因此,只要人们心怀获得"世人尊敬的东西"的欲望,《伪君子》就永远具有警醒世人的意义。

伪君子答丢夫是全剧的中心人物,他是伪善的化身,集中体现了伪善的恶习,具有高度的概括意义。首先,他善于把"世人尊敬的东西"当作工具,骗取人们的信任,作为达到卑鄙目的的跳板,这是一切伪善者的共同手段。在剧中,莫里哀把答丢夫写成一个以虔诚信士身份出现的宗教骗子。作品一方面指明当时人们对于宗教的糊涂观念,只看重外在,不注意实质;另一方面又通过答丢夫的形象戳穿了教士们的假面,暴露出他们的真实面目,从而使人们认识到答丢夫的罪恶行径恰恰代表了那些利用宗教招摇撞骗的教士们的本质。

其次,答丢夫作为伪善者的丑恶嘴脸是通过他"贪食、贪财、贪色"的行径暴露出来的。答丢夫自诩奉行禁欲主义的苦行僧人,实际上却是个大吃大喝、红光满面的酒色之徒。他表面上对奥尔贡赠与自己的钱财不屑一顾,实际上却处心积虑地图谋奥尔贡的家产。表面上他为不慎捏死一只跳蚤而痛苦不已、追悔不迭,实际上却不惜置奥尔贡一家于死地而后快。更具嘲讽意味的是,他连袒肩露臂的女仆都不敢注目,却又肆无忌惮地调戏欧米尔。他见桃丽娜时掏出手帕，用教训的口吻说："把你的双乳遮起来，我不便看见。因为这种东西，看了灵魂会受伤，能够引起不洁的念头。"一语道破了他肮脏虚伪的内心世界。

最后，答丢夫的伪善具有巨大的危害性。当他的恶行败露后，他立刻暴露出狰狞的面目，利用种种手段，企图将奥尔贡一家置于死地。奥尔贡一家险遭不幸，是对伪善者危害性的一个形象的注解。

由于答丢夫高度地概括了伪君子的本质特征，所以他在西方语言中又成为"伪君子"的代名词。

奥尔贡是一个痴愚的资产者形象。他的身上表现出17世纪法国上层资产者思想保守、顽固不化的一面。狂热的宗教信仰使他丧失了辨别真假的能力，他的一意孤行险些拖累他的全家遭难。作者以他的受害告诫人们保持清醒的头脑，不要盲目迷信，以免上当。

女仆桃丽娜在剧中起着重要作用。她最先以清醒的头脑、敏锐的目光、准确的判断识破了答丢夫的真面目，并率领全家人与答丢夫的伪善作斗争，设计唤醒神魂颠倒的奥尔贡。她虽然身为女仆，但聪明、智慧、勇敢都远在主人之上。这个形象的塑造是莫里哀民主主义思想的直接体现。

国王在剧中并未出场，但他作为明察秋毫、处事果断、赏罚分明的英明国王形象已经得到彰显。剧作家有意设计国王明断是非的结尾，意在歌颂路易十四，既体现了古典主义戏剧歌颂王权的宗旨，也表达了莫里哀对路易十四长期以来庇护自己的感激之情。

在艺术上，《伪君子》首先基本符合古典主义的要求，比如戏剧采用韵文诗体，分为5幕，完全遵从三一律的创作法规，人物性格扁平、概念化。通常说来，古典主义作家笔下的人物性格多为片面、静止的，缺乏内在的复杂性，也极少发展变化。莫里哀笔下的人物形象也多是如此，比如阿巴贡的吝啬，答丢夫的伪善，从一开始就得到鲜明的体现，在剧情的发展中也始终是这种单一性格的体现。这样的人物形象能够给观众留下十分深刻的印象。莫里哀在遵从"三一律"的过程中，使固定的规则化为戏剧的优势，戏剧要求结构严谨、矛盾冲突集中尖锐，莫里哀设计了一个十分独特的开场，首先将人物关系呈现出来，再通过众人的议论突显出答丢夫的形象，虽然他还没有出场，却已经让观众对他有了清醒的认识。从第三幕开始，答丢夫出场后的种种表现就是为了验证观众对他已经形成的看法。歌德称这个开场为"现存最伟大和最好的开场"。

其次，《伪君子》在一定程度上突破了古典主义喜剧的严格界限，已经带有明显的悲剧意味。整出戏始终是正不压邪，恶人处处紧逼进攻，善良人步步后退设防，直到无法解脱的境地。如果没有国王"恩赦"的奇迹发生，悲剧的结局实在无可挽回。这种悲剧色彩加深了作品的批判力量。这个悲剧因素的介入，不仅加强了对伪善丑恶的讽刺，更揭露了伪善的凶狠残忍，指明了伪善对人们的危害。

此外，《伪君子》还吸收了各种民间戏剧、笑剧、闹剧、风俗喜剧、传奇喜剧等手法，增强了喜剧的艺术效果，使喜剧突破了古典喜剧的模式，走向近代喜剧。

第五章 18世纪文学

第一节 概述

启蒙文学是18世纪欧洲文学最令人瞩目的成就,是启蒙运动的产物。启蒙运动中涌现出许多著名的思想家,如法国的伏尔泰、狄德罗、卢梭以及德国的莱辛、歌德和席勒等。他们努力通过文学的方式来表达新的理念和思想,创造了多种新的文学体裁,如哲理小说、书信体小说、对话体小说、抒情小说以及正剧(即莱辛的"市民悲剧"和狄德罗的"严肃喜剧")等。

一、启蒙运动

启蒙运动是18世纪欧洲资产阶级继文艺复兴运动后掀起的又一次反封建、反教会的思想革命运动。它是在资本主义经济发展、广大人民反封建斗争高涨的历史条件下,在自然科学和唯物主义哲学取得伟大成就的影响下产生的。

启蒙的含义是"启迪"和"照亮"的意思。是指当时的启蒙思想家提倡用近代的科学文化启迪人们的理性和智慧,照亮愚昧、落后、黑暗的封建社会,消除教会和贵族所散布的迷信与偏见。他们认为宗教迷信和专制政治是封建制度罪恶的集中表现,他们高扬自由和平等两面旗帜,把理性作为反对封建制度的理论武器。他们用自然神论或无神论否定基督教的神权和宗教偶像,以"自然法则"和"天赋人权"理论反对封建专制统治和贵族特权,其最终目的是推翻封建主义的统治。

启蒙思想最早出现于英国。英国在17世纪中期的清教革命后建立了资产阶级政权,又通过产业革命在18世纪中叶成为世界上第一个工业国。受英国经验鼓舞的法国,在18世纪初就出现了贝尔(1647—1705)和梅叶(1664—1729)等启蒙思想家先驱。其后孟德斯鸠、伏尔泰等一批启蒙思想家的出现,以及由此而形成的声势浩大的启蒙运动,直接为1789年的法国大革命做好了思想准备,使其成为欧洲资产阶级反对封建制度的一次比较彻底的革命。

可见,启蒙运动不仅是文艺复兴时期人文主义反封建反教会斗争的继续和发展,而且带有更加明显和强烈的政治革命性质。它更加注重提倡理性,要求破除宗教迷信,摧毁宗教偶像,反对贵族特权,主张法律面前人人平等,进而推翻封建统治,建立合乎资产阶级理想的社会。

启蒙思想家认为,消灭了封建制度以后,人类将建立一个理想的社会,那将是一个自由平等、普遍幸福的王国,也就是他们所说的"理性王国"。可见,启蒙运动不仅仅是一场文化运动,更是一场反封建、反教会的思想革命运动。

但是,启蒙思想家们并没有超出时代的限制,他们过分强调思想意识的作用,把启蒙教化看作改造社会的基本途径。他们提出的许多社会政治理论,如社会契约论、"返回自然"等学说,虽有其反封建的进步意义,但并不能揭露封建制度的反动本质。

18世纪的欧洲各国,因历史条件不同所面临的启蒙任务也各不相同。如德国资本主义在18世纪有所发展,但封建割据造成国家四分五裂,因此,建立统一的民族国家和民族文化是德国启蒙思想家的当务之急。

二、启蒙文学的发展概况

启蒙运动作为欧洲一场广泛的思想革命运动,也影响到文学的发展。许多启蒙思想家直接进行文学创作,把文学作为宣传启蒙思想、批判封建制度的有力工具。但是,由于18世纪欧洲各国的历史、政治、经济状况的不同,启蒙所面临的任务不同,所以其文学发展的路径和状况也各不相同。

英国文学 散文是18世纪初期英国文坛出现的一新型文体。它随着政治生活的活跃和城市的发展,以及大批报纸和刊物的产生而出现。散文具有道德启蒙、温和讽刺的性质,其兴盛为现实主义小说的发展开辟了道路。此后,小说在文坛上迅速繁荣并成为18世纪英国文学的主要成就。

丹尼尔·笛福(1600—1731)是英国现代小说的先驱。1719年发表的长篇小说《鲁滨逊漂流记》,标志着英国现实主义小说的诞生。笛福也因此成为18世纪英国现实主义小说的奠基人。

《鲁滨逊漂流记》是根据英格兰水手塞尔柯克在海外荒岛的真实经历为原型创作的。小说主人公鲁滨逊不安于父母的安排,为开创自己的生活赴海外经商。他先在巴西经营种植园,又冒着更大风险去非洲进行奴隶贸易,不幸海上遇险,孤身流落荒岛。他克服消极和恐惧情绪,运用智慧与恶劣的自然进行斗争,在28年的时间里建立起海岛家园,最后成功返回英国。作者笔下的鲁滨逊是靠机智和个人奋斗致富的主人公,他在与自然的斗争中充满了活力和创造,体现了启蒙时期即资本主义上升时期资产阶级的创业精神,所以,鲁滨逊也因此成为欧洲文学史上最早的一个资产者形象。

乔纳森·斯威夫特(1667—1745)出生于爱尔兰,他的著名作品是4卷本的讽刺小说《格列佛游记》(1726)。小说假托船长格列佛的口气,叙述4次航海经历所到过的四个国家。他首先抵达的是居民身高只有六英寸的小人国,这里党派倾轧,战火连绵不断。接着来到的是居民身高犹如铁塔的大人国,该国国王利用理智、公理和仁慈来治理国家。然后来到飞岛国,描写了压榨殖民地人民的统治者和脱离实际而充满幻想的伪科学家。最后来到慧骃国,理性而诚实的慧骃与贪婪好斗的耶胡形成鲜明对照。作者通过这种幻想旅行的方式,把艺术虚构和现实讽刺巧妙地结合在一起,对英国资本主义制度的各个方面都进行了深刻的揭露和辛辣的嘲笑,表现出高度的讽刺艺术技巧。

菲尔丁(1707—1754)是18世纪英国最杰出的小说家,也是18世纪欧洲成就最大的现实主义小说家。他的小说突破了资产阶级家庭生活的狭小空间,反映了英国社会中许多重要现象。

《约瑟·安德鲁传》(1742)是菲尔丁模仿塞万提斯的风格而写成的第一部小说。在这部小说的序言中,他把自己的小说称为"散文滑稽史诗",意思是用散文来写普通人的喜剧性故事。《大伟人江奈生魏尔德传》(1743)取材于真人真事,描写强盗头目魏尔德的劣迹,但他模仿当时传记作家歌功颂德的笔调,为反面人物立传,是一部极富战斗性的政治讽刺小说。

《阿米莉娅》(1751)是菲尔丁最后一部也是他最钟爱的一部小说,其中融入了作家很多真实的个人生活体验。出身于富贵人家的阿米莉娅自愿嫁给穷军官布斯上尉,婚后的苦难遭遇构成了小说的主要内容。这部作品的情调灰暗沉重,不同于他以前的作品,很少滑稽幽默的喜剧成分,在内容与形式上更接近于19世纪批判现实主义的作品。

《汤姆·琼斯》(1749)是菲尔丁的代表作,也是18世纪英国现实主义小说的最高成就的标志。小说的主人公汤姆·琼斯是个来历不明的私生子,被乡绅奥尔华绥收养。他爱上了乡绅威士特恩的独生女索菲娅,但遭到奥尔华绥的外甥布立非的中伤而被逐出家门。索菲娅因父亲逼她与布立非成婚而离家出走。两人分别在去伦敦途中经历了种种险情。最后,布立非的诡计被揭穿,汤姆身世真相大白,原来他与布立非是同母异父的关系,也是奥尔华绥的外甥。最后有情人终成眷属。小说通过汤姆与索菲娅争取婚姻自由的经历,描绘了从乡村到城市,从底层到上流社会的一幅幅丰富多彩的生活画面。菲尔丁的小说创作为19世纪英国现实主义小说奠定了基础,萨克雷、狄更斯等人的创作都深受其影响。

塞缪尔·理查逊(1689—1761)是英国感伤主义小说的创始人。他在18世纪中期创作了一批书信体小说,主要写家庭生活中的爱情与婚姻问题,注重对人物感情和心理进行分析。其中《帕美勒》(1740—1741)和《克拉丽莎》(1747—1748)曾流行于当时的英国和欧洲。小说取材于日常生活,以小资产阶级妇女的悲欢离合为主要描写内容,通过生动的爱情故事,颂扬平民的优秀品格,揭露贵族的放荡行径。其创作开启了书信体小说的先河。

感伤主义是18世纪后半期出现在英国的一个文学流派,是软弱的中小资产阶级情绪在文学上的反应。他们面对产业革命后的社会现实,感到自己的生活和地位不稳,虽然不满贵族和资产者的暴虐,却不理解社会变革的原因。他们由对理性社会失望转为崇尚感情,在创作上强调感情的力量,着力描写人物的不幸和痛苦,以引起读者的同情和怜悯。感伤主义的小说家主要是劳伦斯·斯特恩(1713—1768)和奥利佛·格尔德斯密斯(1730—1774)。感伤主义得名于斯特恩的代表作《感伤旅行》。格尔德斯密斯的代表作是《威克菲牧师传》。感伤主义后来流传到法、德、俄等国,为后来浪漫主义文学的形成作了准备。

简·奥斯丁(1775—1817)是18世纪末19世纪初英国文坛上具有承上启下作用的小说家。她以女性特有的细致入微手法和活泼风趣文字,展示了女性的爱情、婚姻和家庭生活,代表作有《理智与情感》(1811)、《傲慢与偏见》(1813)等。

布莱克和彭斯是18世纪英国诗歌中占有重要地位的诗人。

威廉·布莱克(1757—1827)既是诗人也是画家,其诗歌具有鲜明的民主立场。抒情诗集《天真之歌》(1789)和《经验之歌》(1794)赞颂自然的欢乐,描写生活的不幸与痛苦。其创作打破古典主义的束缚,是英国浪漫主义诗歌的先驱。

罗伯特·彭斯(1759—1796)出生在英格兰一个贫苦的佃农家庭,受苏格兰的民间文学和歌谣的哺育而成长。其诗歌的主要内容是歌颂大自然和纯真的爱情。他最早创作的《友谊地久天长》已成为深受全世界人们喜爱的经典歌曲。

法国文学 18世纪初期古典主义仍然占据法国文坛,但是,从18世纪20年代开始,启蒙文学逐渐成为当时法国文学的主流。早期的启蒙文学作家主要是孟德斯鸠和伏尔泰。18世纪中叶法国启蒙运动发展到成熟阶段,代表作家是狄德罗和卢梭。

查理·路易·德·瑟贡达·孟德斯鸠(1689—1755)是法国第一个启蒙作家,其主要文学作品是书信体讽刺小说《波斯人信札》。书中以法王路易十四和奥尔良公爵摄政时期两个旅法的波斯青年与家人通信的形式,评述法国的政治、宗教、社会等问题,对封建专制制度和上流社会的腐朽生活给予嘲讽和批判。小说没有完整的情节结构,也没有人物性格的深入刻画,主要是通过一些零星的形象、片段的画面、短篇的故事和寓言来表现作者的思想。《波斯人信札》是法国启蒙文学的第一部重要文学作品和最早的一部哲理小说。

哲理小说是法国启蒙思想家利用文学,来宣传自己关于社会生活、宗教制度、政治体制等方面的看法而创造的一种新的文学表现方式。伏尔泰将哲理小说的创作提到了一个新的高度。

伏尔泰(1694—1778)是法国启蒙运动的领袖。他出生于一个法官家庭,父亲想培养他做法官,他却立志要成为一名诗人。伏尔泰一生热爱戏剧,第一部悲剧《俄狄浦斯王》是他被囚禁在巴士底监狱期间创作的。该剧于1718年在巴黎初次上演成功,使诗人名声大振。此后,伏尔泰积极从事戏剧创作,写有剧本50多部。他希望成为继高乃依和拉辛之后戏剧领域不朽的悲剧诗人。但哲理小说却成为其创作中最有价值的成就,代表作有《查第格或命运》(1747)、《老实人或乐观主义》(1759)和《天真汉》(1767),其中最出色的哲理小说是《老实人或乐观主义》。

老实人是德国男爵的养子,曾经天真地相信哲学家邦格罗斯关于世界上的一切都是尽善尽美的乐观主义说教。他爱上了男爵的女儿居内贡小姐,却遭到贵族偏见极深的男爵的反对并被逐出家门。从此流浪到欧洲各地,处处看到的是封建专制统治的腐败和天主教会的罪恶。导师邦格罗斯一生灾难重重,先是染上梅毒,接着遭到宗教裁判所的火刑,后又被卖为奴。居内贡小姐在战乱中沦为一个相貌奇丑的洗衣妇。历尽苦难的老实人终于认识到邦格罗斯的乐观主义的毒害。他在成为有钱人后,不仅接济了落难的男爵,还娶了容颜不再的居内贡小姐。小说既讽刺了贵族的生活和思想观念,也讽刺了邦格罗斯的盲目乐观主义。

伏尔泰以宣传启蒙思想为目的,其小说并不注重人物性格的刻画和人物生活环境的描写,而是善于通过讽刺性的人物形象和荒诞离奇而带有寓意的情节,揭露和讽刺现实,表现某种深刻的哲理。伏尔泰的哲理小说继承了拉伯雷的反讽、讽刺、幽默传统,又吸取了英国斯威夫特的手法,将现实的题材、辛辣的讽刺、轻松的诙谐与嬉笑怒骂结合在一起,形成了其哲理小说的独特风格。

狄德罗(1713—1784)是法国启蒙运动中"百科全书派"的领袖,他主持《百科全书》的编纂并以此作为毕生的事业。狄德罗在美学和文学理论方面也颇有造诣。他非常重视戏剧,尝试建立一种新的戏剧体裁,主张戏剧要打破悲剧与喜剧的严格界限,用散文形式表现普通人的日常生活,称之为"严肃喜剧",即所谓的"正剧"。《私生子》(1757)和《一家之主》(1758)是其戏剧理论的创作实践,但这两部"正剧"的艺术成就并不高。代表他文学成就的是 3 部哲理小说《修女》(1796)、《宿命论者雅克和他的主人》(1796)、《拉摩的侄儿》(1823)。

对话体小说《拉摩的侄儿》是狄德罗最重要的文学作品。拉摩是当时一位著名的音乐家,他的侄儿是一个落魄文人,是一个性格复杂而矛盾的人物,他知识丰富,才华出众,但却玩世不恭,寡廉鲜耻。他洞悉贵族社会的真相,看透了利己主义是这个社会人们所奉行的准则,因而自甘堕落,只求酒足饭饱。拉摩的侄儿是时代和社会的产物,他的自白控诉了封建制度的黑暗,也揭示了正在成长中的资本主义社会的心理特征。小说作者通过与拉摩的侄儿的对话把这个落魄文人的形象刻画得栩栩如生。

让·雅克·卢梭(1712—1778)是法国启蒙运动中最具有民主倾向的作家,具有多方面的创作成就。他最早发表的两篇论文《论科学与艺术》(1749)、《论人类不平等的起源和基础》(1755)中所表现出的叛逆思想,奠定了他在欧洲思想史上的崇高地位。卢梭在政治名著《社会契约论》(1762)中强调人生而自由平等,天赋人权不容剥夺,提出用社会契约学说解决国家的起源和本质问题。这一学说成为资产阶级推翻封建专制的强大思想武器。哲理小说《爱弥儿》主要讨论儿童的教育问题,在世界近代教育史上占有重要位置。他提出的"返回自然"的口号对后来的浪漫主义文学产生了重大影响。自传体小说《忏悔录》(1782,1789)通过作家坎坷的一生控诉封建专制对人的迫害和腐蚀,其中所表现出的真诚和坦率更是史无前例、惊世骇俗。

书信体小说《新爱洛伊丝》(1761)通过贵族小姐尤丽和年轻的家庭教师圣·普乐的恋爱悲剧,肯定了感情在文学中的地位。小说歌颂优美的大自然,描写崇尚自我的感情,对浪漫主义思潮的产生有着巨大影响。

加隆·德·博马舍(1732—1799)的主要成就是戏剧创作,代表作是以费加罗为主人公的几部喜剧。其中《塞维勒的理发师》(1772年写作,1775年演出)和《费加罗的婚礼》(1778年写作,1784年演出)鲜明地反映了法国大革命前夕紧张激烈的阶级斗争。前一部主要写理发师费加罗帮助少女罗丝娜摆脱老医生的纠缠而与伯爵终成眷属的故事。后一部则写费加罗设计教训伯爵,最终和女仆苏珊娜结婚。费加罗机智、敏感,富有斗争精神和乐观精神,集中体现了第三等级的特征,对伯爵的胜利就是第三等级对封建贵族的胜利。博马舍通过戏剧把法国大革命前夕紧张的阶级矛盾搬上了舞台。

德国文学 德国启蒙文学的发展以1840年为界分为两个阶段。前一阶段启蒙文学的主要内容是在古典主义原则下进行戏剧改革,代表人物是高特舍特(1700—1766)。后一阶段即启蒙运动的高潮时期,德国民族文学开始走向繁荣,代表作家是莱辛。

高特荷德·埃夫拉姆·莱辛(1729—1781)是德国启蒙运动最主要的代表人物,是德国民族文学的奠基人。他以自己的美学理论、戏剧理论和戏剧实践为德国启蒙文学的发展开辟了道路。莱辛重要的美学著作是《拉奥孔,或论画与诗的界限》(1766),戏剧理论著作是《汉堡剧评》,其中心内容是论述如何建立德国民族戏剧的问题。莱辛特别重视戏剧的教育作用,主张创造德国的民族戏剧,大力提倡写"市民悲剧",即表现市民阶级的思想感情和不幸遭遇。他的戏剧创作有喜剧、悲剧和诗体剧等,其中悲剧《爱米丽雅·迦绿蒂》是莱辛的代表作,被认为是德国第一部市民悲剧。该剧故事发生在15世纪的意大利,主要描写了公爵为强占平民少女爱米丽雅,在她结婚那天,派人杀死了新郎并把她抢到宫中,爱米丽雅的父亲为保全女儿的贞洁,忍痛将其杀死。悲剧揭露和控诉了以公爵为代表的专制君主的荒淫和暴虐,歌颂了作为市民道德化身的爱米丽雅及其父亲不屈的反抗精神,但这种以戕害自身进行的反抗表现出资产阶级市民的软弱。莱辛的美学理论和戏剧创作对歌德、席勒等文学大家都产生了很大影响。

18世纪70—80年代出现的"狂飙突进"运动是德国启蒙运动的继续和发展,是德国文学史上第一次全国性的文学运动,因克林格尔的剧本《狂飙突进》(1776)而得名。

约翰·高特夫利特·赫尔德(1744—1803)是"狂飙突进"运动的理论家和精神领袖。他的许多著作对德国文学界产生了巨人影响。1770年赫尔德与歌德在斯特拉斯堡相见,标志着"狂飙突进"运动的开始。参加这一运动的多是青年作家,他们强调文学的民族性,要求发扬文学的民族风格,反对封建束缚,强调天才,强烈要求个性解放。他们还接受卢梭的"返回自然"思想的影响,歌颂理想化的大自然和淳朴的人民。"狂飙突进"运动标志着德国文学进入繁荣时期,形成了德国文学史上空前的反封建斗争的高潮。年轻的歌德和席勒是"狂飙突进"运动的代表作家,他们分别发表书信体小说《少年维特之烦恼》和剧本《强盗》,体现出强烈的"狂飙突进"精神。

约翰·克里斯多夫·弗里德里希·席勒(1759—1805)是18世纪德国的杰出诗人和戏剧家,德国民族文学的伟大代表之一。他在"狂飙突进"运动的后期进入文坛,早期剧作《强盗》(1780)以反抗暴政、争取自由为主题。代表作《阴谋与爱情》(1783)通过斐迪南与路易斯的爱情悲剧,反映平民与贵族之间的矛盾和冲突。席勒还是著名的文学理论家和美学家,他在美学著作《美育书简》(1795)中提出用美育方式改造社会的主张,在《论素朴的诗与感伤的诗》(1795)中首次提出并区分了现实主义和浪漫主义两种基本创作方法。

席勒和歌德于1794年相识,从此开始了合作的10年,形成了德国18世纪文学的魏玛古典时期。在此期间歌德创作了小说《威廉·迈斯特的学习时代》、叙事诗《赫尔曼与窦绿苔》和《浮士德》(第一部)。席勒创作了大型历史剧《华伦斯坦》《威廉·退尔》等戏剧作品,其主题是努力唤起民族意识,号召民族统一。

歌德和席勒的创作把德国古典文学推向了一个新的高峰。

三、启蒙文学的基本特征

启蒙文学首先具有鲜明的倾向性和教诲性。启蒙作家往往就是启蒙思想家,他们强调文学的社会功能,特别重视文学作品在批判封建制度、批判宗教迷信与提高人民道德素养方面的意义。启蒙文学的批判锋芒非常明确,战斗性较强。有些作品通过对社会政治理想图画的描绘,唤醒人们对理性王国的向往。

其次,启蒙文学具有民主性。当时的资产阶级文学家正在为争取第三等级的文学地位而斗争,力图使文学作品能为广大人民所接受。他们反对文学的宫廷倾向,主张文学面向广大平民,着重描写平民的日常生活,采用大众喜闻乐见的艺术形式和表现技巧。资产者形象和下层人民的形象成为作品的正面主人公。

最后,启蒙作家更强调真实性。他们不像文艺复兴时期许多作家那样借用传统的题材来反映现实生活,而是直接取材于现实,在日常的生活细节中来表现现实生活中人与人之间的关系。他们不仅反映生活,具体的描绘生活,而且对生活进行分析和议论,但不注意塑造个性鲜明的艺术形象,因而作品哲理性较强而文学性较弱。

第二节 歌 德

一、生平与创作

约翰·沃尔夫冈·歌德(1749—1832)是18世纪末19世纪初德国伟大的诗人、作家和思想家。他的文学与德国唯心主义哲学都是德国古典时期最重要的辉煌成就。他的创作奠定了德国文学在世界文学中的地位。

歌德出生于法兰克福市一个富裕市民家庭,父亲从事法律事务,母亲是当时法兰克福市长的女儿。1765年,他遵从父亲的意见,前往莱比锡大学就读法律,但他对法律并不感兴趣,而是在宫廷文学和古典主义的影响下,自学文学、绘画和自然科学并创作诗歌和戏剧。1768年因病退学回到家乡。两年后歌德又进入斯特拉斯堡大学继续学习,这段求学时光对他有着重要影响。斯特拉斯堡是德国"狂飙突进"运动的策源地,他在结识"狂飙突进"运动的领袖赫尔德和一批青年作家后,开始摆脱宫廷文学和古典主义的束缚,转向抒情诗创作。

1771年,获得法学博士学位的歌德,回到家乡的法院工作。但未来的作家对这份职业并没有投入太多的热情,而是把主要的精力都放在文学创作上,写出了一批体现"狂飙突进"精神的优秀作品。在第一部历史剧《铁手骑士格兹·封·伯利欣根》和未完成的诗剧《普罗米修斯》中,他热情赞颂了钟爱自由的勇士格兹和提坦神普罗米修斯。但真正让歌德名声大震的是书信体小说《少年维特之烦恼》(1774)。这是他根据自己的一段情感经历,又综合了其他一些见闻而写成的小说,也是歌德青年时期最重要的作品。

青年艺术家维特因厌恶城市生活来到一个风景宜人的偏僻山村进行艺术写生。美丽的大自然和纯朴的人际关系使他被压抑的心情得以释放。在一次舞会上他认识了当地一位法官的女儿绿蒂,一见钟情后其爱慕与日俱增,然而,绿蒂已与阿尔伯特订婚。为摆脱痛苦,维特离开乡村到一个公使馆做秘书,但腐败虚伪的官场和再一次的情感经历使他不堪忍受。抑制不住的爱意使他重新回到已经结婚的绿蒂身边,结果心情更加抑郁,最后他失魂落魄的游走在旷野里,用自杀的方式结束了生命。

维特是18世纪德国进步青年的典型形象。他思维敏捷,才华出众,热情奔放,渴望自由。他崇拜大自然,热爱纯朴的村民和天真的儿童,向往人的自然天性能得到解放。但围绕着他的环境却是一个腐朽、顽固、庸俗、鄙陋的社会,他因与周围的现实格格不入而孤独愁闷。他把贤淑、善良的绿蒂看作质朴纯真的人的自然本性的体现,寄予了全部的热情和无限的崇拜。然而绿蒂也跳不出平庸生活的圈子,宁肯服从礼俗而牺牲爱情。这就使维特陷入绝望的境地,他以自杀对社会进行的反抗是孤独而消极的,也是他憎恨社会又找不到出路的必然结果。小说通过维特与周围环境的矛盾,对当时德国的丑恶现实进行了深刻的批判。

这部作品突出地表达了德国进步青年的情绪,一出版就受到了青年们的狂热欢迎,不仅在德国风行一时,而且很快就被译成欧洲各国文字,成为德国文学中第一部具有世界影响的作品。

1775年11月歌德应邀到魏玛公国主持政务。此后的10年时间他将全部精力都投入政治生活,想做出一番事业,却郁郁不得志。1786年,歌德决定摆脱繁杂的政务前往意大利旅居,意大利之行使歌德决心弃政从文。他批判性地回顾了自己过去,放弃狂飙式的幻想,开始转入"古典"主义。诗剧《伊菲革尼亚在陶里斯》(1786)的发表是这一转变的标志。剧本取材于古希腊,女主人公用自己高贵的德行和真诚的感情打动国王,体现了歌德以纯洁人性消除邪恶,以道德感化打动统治者,完成社会改良的思想,体现了他的人道主义理想。

与此同时,恢复创作热情的歌德还完成了一些他早已动手的作品,其中重要的如

《埃格蒙特》(1789)、《托夸多·塔索》以及《浮士德》的部分场景。

1794年,歌德与席勒相遇。在此后的10余年里,两人密切合作,互相鼓励,写出了许多优秀作品,把德国民族文学提高到全欧的先进水平,奠定了德国文学在世界文学中的地位。他们不仅合作了许多作品,而且还各自完成了一些重要作品。歌德写出了《威廉·迈斯特的学习时代》(1795—1796)、《赫尔曼与窦绿苔》(1797)和《浮士德》的第一部等,这是他又一个新的创作丰收期。

进入19世纪以后,欧洲与世界都发生了很大的变化。科学技术突飞猛进,文化交流空前频繁。歌德努力接受新事物,他曾以极大的兴趣研究阿拉伯、印度和中国的文学与哲学,并写出大量诗歌,后来收集为《西东合集》。这是歌德最重要的诗作,共收长短不等、题材各异的诗歌250多首,歌唱人生与爱情等,有的偏重叙事,有的偏重抒情,有的富于哲理,有的带有讽喻色彩。

晚年的歌德以惊人的毅力埋头写作,完成了一些重要作品如长篇小说《威廉·迈斯特的漫游时代》(1820—1829)、《亲和力》(1809)、自传《诗与真》(1811—1830)、《意大利游记》(1816—1829)、《出征法国》(1822)以及诗剧《浮士德》。

《威廉·迈斯特》(包括《学习时代》和《漫游时代》)是在歌德全部创作中地位仅次于《浮士德》的重要作品。他从1776年着手写作,到1829年完成,其过程贯穿了歌德一生的几个重要时期。这是一部描写一个人成长发展过程的教育小说,主人公威廉·迈斯特是富商之子,他不满周围平庸狭隘的市民生活,希望从事有意义的工作,实现远大的抱负。他离开家庭,到处漫游,渴望个性的协调发展。后来他认识到人应该对社会有益,决定把医生作为职业。威廉·迈斯特是德国进步的青年形象,他的漫长的生活经历反映了德国进步人士对社会理想的探索。

歌德不仅是一位天才的诗人、作家和思想家,还是一位颇有建树的自然科学研究者。他精心研究过建筑学、矿物学、颜色学和光学,写下了许多关于自然现象的文章。他的博学与多识,为他赢得了"最后一位文艺复兴式伟大作家"的称誉。

1832年,歌德与黑格尔相继辞世,标志着德国一个时代的谢幕。

二、《浮士德》

《浮士德》是歌德的代表作。浮士德是16世纪德国民间传说中的人物,他出身于农民家庭,四处漫游做工,在糊口为生的过程中学会了行骗,他冒充博士头衔,以算命和巫术为生。他死后不久,德国出版了许多关于其传说的民间故事书。文艺复兴时期英国戏剧家马洛据此创作了剧本《浮士德博士的悲剧》。德国民族戏剧的奠基者莱辛曾打算以此为题材进行创作,可惜未能如愿。歌德很早就对这个题材产生兴趣,从1775年开始创作直到1831年完成,前后跨度长达60年,是诗人用一生心血完成的一部杰作,被认为是一部史诗性的巨著。

《浮士德》以诗剧的形式写成,共分两部。全剧没有首尾连接的情节,以浮士德的思想发展为线索，写他探索真理的一生。

"天上序幕"是全剧的开端，主要描写天帝与魔鬼靡菲斯特发生了一场关于人的争论，争论的中心是关于人生意义的问题。天帝肯定人的理智，认为人在探索中虽不免会犯错误，但最终会走向正途，找到真理。魔鬼则否定人生，认为人是经受不住诱惑的，最终必将堕落而走入歧途。为此，他们将赌注押在浮士德身上，这样就引出了浮士德在追求探索过程中经历的5个悲剧阶段。

浮士德是一个年过半百的学者，在阴暗的书斋里度过了大半生，虽博览群书，钻研中世纪的各种学问，但到头来却发现这些书本知识毫无用处，他为此深感苦恼，甚至想自杀。复活节的钟声打断了他求死的念头，他走出书斋来到城郊，充满生机的大自然和自由愉快的人群，使他决心走出书斋，投身社会。因此，他与魔鬼订立契约，赌注是只要魔鬼能够彻底满足他的欲望与享受，使他说出"你真美啊，请停一停！"时，浮士德的灵魂就必须交由魔鬼控制。

魔鬼先把浮士德带到莱比锡的一家酒馆，浮士德对这种荒唐生活感到厌恶，于是魔鬼借用魔法让他返老还童，然后带他来到德国的一个小镇，帮助他得到了少女玛甘泪的爱情。玛甘泪为了与浮士德幽会，无意中让母亲服用过量的安眠药而死去，哥哥也因反对她与浮士德的结合在决斗中死于浮士德的剑下。未婚生子的玛甘泪害怕社会舆论压力而溺死了婴儿，被判死刑。当玛甘泪陷入苦难时，浮士德却在与魔女狂欢，当他得知玛甘泪的遭遇，赶到监狱去搭救时，精神失常的她甘愿承受上天的惩罚而不肯越狱。

浮士德的爱情悲剧使他决定放弃个人感官的满足，转向更高政治追求。于是魔鬼把他带到神圣罗马帝国的宫廷，当时帝国正面临严重的财政危机。浮士德在魔鬼的建议下大量印发纸币，这种荒唐的做法居然使王朝渡过难关。但懒政的皇帝只求寻欢作乐，竟异想天开地提出要见希腊古代美女海伦，魔鬼设法招来海伦的幻影，不料却引起浮士德的嫉妒，在爆炸引起的混乱中，魔鬼背着昏迷不醒的浮士德回到书斋。

对美丽的海伦仍念念不忘的浮士德，在学生瓦格纳制造出的小人"荷蒙古鲁士"的引导下来到古希腊，终于与海伦结合并生下儿子欧福良，但欧福良的夭折使海伦悲痛欲绝，随即在浮士德的怀抱中消失，只留下白色的长袍和面纱。浮士德对美的追求也以悲剧结束。

浮士德从虚幻的世界重新回到现实中，因帮助皇帝镇压叛乱而得到一片海边封地。浮士德便命令魔鬼发动群众移山填海，企图创造一个人间乐园，此时的浮士德已是双目失明的百岁老人。魔鬼召集死灵来为他挖掘墓穴，当他听到铁锹挖地的声音，认为是造福人类的伟大事业正在进行，他被脑海中浮现出的场景所感动，禁不住满意地说出："你真美啊，请停一停！"接着倒地而死。他的灵魂被天帝派来的天使接到了天堂，在那里，浮士德见到已成为圣女的玛甘泪。

《浮士德》通过主人公在人生道路上所经历的5个阶段，即对知识悲剧、生活悲剧、政治悲剧、美的悲剧和事业悲剧的追求，集中展示了浮士德形象所具有的性格特点：既受生命本能欲望的驱使,沉迷于对名利、权势、地位和女人等现实欲望的追求,又能摆脱诱惑,勇于超越自我,不断向更高的目标奋进。浮士德形象表现出的这种灵与肉的矛盾,非常鲜明地体现了普通人所具有的两重性特征,实质上这也是人类自身复杂性的体现。可见,浮士德首先是普通人类的代表。

但是,浮士德在赌赛中取胜以及灵魂的得救,主要是由于他自强不息、积极进取、勇于探索的精神,也就是所谓的浮士德精神。可见,浮士德又是一种积极进取精神的代表,是一个自强不息的探索者形象。歌德对浮士德人生经历的描写,实际上是对自文艺复兴以来至启蒙运动时期欧洲历史的概括。浮士德走出书斋以后,从小世界到大世界,从对个人感官享受的否定,发展到对政治的追求,对古典美的追求和改造大自然的事业追求,其思想境界不断开阔,体现了资产阶级思想家的觉醒过程。歌德在浮士德形象中所概括的历史经验,实际上是资产阶级进步人士思想探索的历程,体现了从文艺复兴、宗教改革、启蒙运动的反封建精神。因而,浮士德又是处在上升时期的欧洲资产阶级优秀知识分子形象的概括。

歌德对浮士德形象的描写,是以浮士德与靡菲斯特的辩证关系为基础的。浮士德不断地寻求真善美,体现了肯定的精神。而靡菲斯特一再通过诱惑使浮士德堕落,是恶的代表,体现了否定的精神。但他的主观作恶在客观上却具有造善的功能,即从反面推动浮士德从错误中摸索到正途,促成了浮士德不断向上向善,引导浮士德最终找到了人生的真谛。这样,靡菲斯特又成为浮士德前进道路上不可缺少的动力。

《浮士德》最重要的艺术特点就在于大量使用象征、典故与比喻,从人物原型、故事模式到文学意象,贯穿全书,几乎无处不在。在艺术形式上也不拘一格,它基本上是一部以诗体写成的戏剧,既具有戏剧与诗歌的特点,又拓宽了戏剧的表现力。它的诗体与格律多种多样,既有古希腊无韵的自由体颂歌和哀歌,也有德国的民歌体;既有古希腊悲剧的诗韵,也有北欧古典的长短格无韵诗,全剧结束时的"神秘合唱"更丰富了这部诗剧的寓言意味。

诗剧还善于运用矛盾对比的方法来安排场面,配置人物。整部诗剧以浮士德为中心,其他的人物如靡菲斯特、玛甘泪、瓦格纳、海伦等都与他形成对比。场面的安排上如阴暗的书斋与春光明媚的城郊的对比,古代帝国宫廷的奢侈腐败与海边开拓领地的自由平等的映衬等,构成黑暗与光明、卑劣与崇高、混乱与和谐的对应关系。

《浮士德》是德国文学史上,也是世界文学史上一笔珍贵的遗产。它激励着后人锐意开拓,或从事社会实践,或进行文学写作。从文学史方面来看,仅在20世纪,就至少有像托马斯·曼的《浮士德博士》、布尔加科夫的《大师和玛格丽特》等优秀的作品在它的基础上再创作出来的,这也是《浮士德》作为经典的意义。

第六章　19世纪文学（上）

浪漫主义是18世纪末兴起于欧洲,19世纪上半叶盛行欧美各国的文学思潮,并在一些国家形成文艺运动,进而影响整个文化、艺术领域。浪漫主义思潮是法国大革命和欧洲民主、民族解放运动高涨时期的产物。

第一节　概　　述

一、浪漫主义产生的背景

18世纪席卷全欧的启蒙运动以及随后爆发的1789年的法国大革命,不仅彻底摧毁了法国的封建专制制度,同时也强烈冲击和震撼着欧洲各国的封建秩序,极大地推动了欧洲民主、民族革命运动的发展,掀起一股强劲的解放自我、弘扬自我和表现自我的社会思潮。然而,法国大革命胜利之后的社会现实,却无情宣告了启蒙运动理想的破灭,人们看到的不是启蒙思想家和革命家给人们许诺的什么自由、平等、博爱,而是日益加剧的贫富差距和社会矛盾。呈现在人们面前的不是永久的幸福与和平,而是连绵不断的战争和流血。人们摆脱了一种形式的封建专制,迎来的却是拿破仑的军事独裁。面对这一社会现实,人们普遍产生一种哀怨忧伤和失望不满的社会情绪,以表现自我、抒发主观情感为主要特征的浪漫主义就是上述自我崇拜、自我哀怜的社会文化心理在文学上的反映。

浪漫主义与当时欧洲一些国家的政治时局有着一定关系。19世纪前30年,法国政治领域出现了资产阶级自由主义思潮,该思潮反对政治的、社会的和宗教的束缚,主张保证个人的自由和独立性,要求国家保证个人的人身、信仰、言论、职业、经营、选举、集会等自由。贡斯当和斯达尔夫人的自由主义论著、作品和文学活动直接影响到浪漫主义文学的创作,为浪漫主义文学提供了理论基础。自由主义思潮中强调的个人独立、极端自由成为19世纪浪漫主义文学的核心。19世纪浪漫主义文学中的"世纪病""个人反抗"等主题,都是在自由主义思潮的影响下产生的。

浪漫主义文学运动的兴起,也同这一时期流行的空想社会主义思潮和德国古典哲学(包括美学)具有密切的联系。空想社会主义的主要代表人物有法国的圣西门、傅立叶和英国的欧文。他们从小资产阶级的立场出发,抨击资本主义制度,提出消灭阶级对立的方案,并企图以个人的空想计划代替社会斗争,实现人类的解放。他们所宣扬的天才论,崇尚个人品德和才能,以及对未来美好蓝图的描绘,对浪漫主义文学产生了一定影响。

德国古典哲学为浪漫主义文学奠定了哲学基础。它的基调是唯心主义，突出"自我"，夸大主观的作用，强调天才、灵感和主观能动性，甚至宣扬宗教和神秘主义。如费希特的"自我"学说为浪漫主义文学所提倡的表现自我打下了理论基础，谢林的自然哲学成为浪漫主义崇拜大自然的来源。总之，它一方面提高了人的尊严感，唤起了民族的觉醒，促进了对美、崇高、悲剧、创作自由、天才等美学范畴的重视和研究，对浪漫主义文学起到积极的影响；另一方面，它所宣扬的宗教和神秘主义，认为"自我"高于一切的观点，对浪漫主义文学也产生了消极的影响。

在文学传统上浪漫主义与18世纪启蒙文学，特别是感伤主义文学有紧密联系。德国的"狂飙突进"运动被认为是浪漫主义的前奏。而由英国兴起的感伤主义则被称之为前浪漫主义。

二、浪漫主义文学的基本特征

作为一个具有共同社会历史背景和哲学理论基础的文艺流派，欧洲浪漫主义文学具有以下特征。

第一，强调主观情感，注重抒发自我，推崇想象力。主观性是浪漫主义文学最突出、最本质的特征。浪漫派作家都认为古典主义所宣扬的理性对文艺创作是一种束缚，于是强调创作自由，把情感和想象提到首要的地位。浪漫主义作家在创作中抒发自我感情时，可以在作品中驰骋想象、尽情发挥，天上人间无所不写。

第二，热爱大自然，赞美大自然。出于对资本主义物质文明和城市工业化的厌恶，浪漫主义作家响应卢梭的"返回自然"的口号，着力描绘自然景物，描绘山岭、湖泊、海洋和森林，抒发作家对大自然的感受。在他们的笔下，充满了对城市文明的诅咒，城市生活的丑恶、庸俗卑下只是为了衬托大自然的美和崇高，他们以此寄托对自由的理想，例如英国湖畔派的诗歌、普希金的《茨冈》《致大海》等。

第三，重视民间文学，提出"回到中世纪"的口号。民间文学不受古典主义的清规戒律的束缚，想象丰富、情感真挚、表达方式自由、语言通俗等特点正符合浪漫主义的理想追求。此外，中世纪民间文学充分体现了各国民族的文化传统，为广大群众所喜闻乐见，有助于唤起民族的觉醒。因此，在浪漫派作家的倡导下，民间文学对革新当时文学的内容和形式都起了重大作用。

第四，夸张的手法、强烈的对比、离奇的情节。这是浪漫主义文学在艺术形式和表现手法上最鲜明的特点。浪漫主义反对古典主义的因袭陈规、压制个性，否定艺术家遵循任何原则。法国浪漫主义代表作家雨果在《〈克伦威尔〉序言》中提出了著名的美丑对照原则："丑就在美的旁边，畸形靠近着优美，崇高的背后藏着粗俗，善与恶并存，黑暗与光明相共。"因此强烈的对比，离奇的情节，鲜明夸张的人物形象，神话色彩以及奇特的异域情调和平凡的日常景象的交织、对照，都构成了浪漫主义文学艺术上的鲜明特征。

三、浪漫主义在欧美各国的发展概况

浪漫主义文学思潮最早出现在德国,后在英、法、俄、美等国流行,余波所及20世纪世界文学范畴。

德国文学 德国是浪漫主义文学思潮的理论策源地。18世纪后期19世纪初,英、法已经完成资产阶级革命,资本主义飞速发展,而德国却仍旧在封建割据状态中挣扎,封建势力不甘退出历史舞台,压制国内进步思想,资产阶级、市民阶层相对软弱。因而,德国浪漫主义文学反封建的精神不强。德国的政治经济虽然落后,但哲学却很发达,尤其是唯心主义哲学,涌现了如尼采、黑格尔、谢林等一批大家。他们崇尚主观和精神生活,直接影响到文学,导致德国浪漫主义文学中唯心主义思想和宗教印痕比较深刻。

德国浪漫主义文学在发展过程中先后形成3个中心。其早期代表被称为"耶拿派",主要人物是理论家施莱格尔兄弟,代表诗人有诺瓦利斯(1772—1801)和蒂克(1773—1853)。他们的活动中心是耶拿,理论宣传阵地是1798年创办的《雅典娜神殿》,在这份杂志上他们提出了浪漫主义主张。他们对"狂飙突进"有所继承,但反封建的战斗精神要比狂飙精神弱。诺瓦利斯的代表作《夜的颂歌》为悼念早亡的未婚妻索菲而作,全诗充满神秘气氛。蒂克的贡献主要在民间文学方面,著有《民间童话集》,代表作《金发的艾克贝尔特》有浓厚的神秘色彩。他的艺术童话对安徒生很有影响。

德国浪漫派的另一个中心是"海德堡"派。该派的中心人物有阿尔尼姆(1781—1838)和布伦塔诺(1778—1842)。海德堡派的贡献主要在于收集和整理德国民间文学。他们两个人合作出版了民歌集《儿童的奇异号角》(1806—1808)。雅各布·格林(1785—1863)和威廉·格林(1786—1859)在收集童话方面做出了很大贡献。两兄弟编成的《儿童与家庭童话集》中有许多名篇,如《灰姑娘》《白雪公主》《青蛙王子》《睡美人》等。

德国浪漫主义文学的第三个中心在柏林。代表人物有霍夫曼和沙米索。霍夫曼(1776—1822)的代表作《小查克斯》以怪诞离奇的故事,对19世纪德国的现实进行了讽刺鞭挞。沙米索(1781—1838)是抒情诗人兼小说家,代表作《彼得·史雷米尔奇异的故事》(1814)揭露了金钱的罪恶,表现出对资本主义的批判精神。他的创作风格近似霍夫曼,充满了神秘、怪诞的色彩。

海涅(1797—1856)是德国浪漫主义代表作家,后来转向现实主义文学创作。他在青年时代特别推崇奥古斯特·威廉·施莱格尔,但后来在《论浪漫派》一文中对当时风行的浪漫派给予了嘲讽。《德国——一个冬天的童话》(1844)是海涅的代表作,长诗对德国的检查制度、封建制度、教会等进行无情揭露和批判,对社会革命作出预言。作品具有浪漫主义和现实主义相结合的风格,运用夸张、讽刺、想象、比喻的手法,结合民间文学的传统,进行叙事和抒情。

英国文学 英国浪漫主义文学有两组代表人物。首先开创浪漫主义潮流的是"湖

畔派"三诗人,包括华兹华斯(1770—1850)、柯勒律治(1772—1834)和骚塞(1774—1843)。他们厌恶资本主义文明和冷酷的金钱关系,远离都市,隐居在英国西北部的昆布兰湖区和格拉斯米尔湖区,写了很多缅怀中世纪和赞美宗法制农村生活和湖区风光的诗作,故被称为"湖畔派"。1798年华兹华斯和柯勒律治将各自诗歌中的一部分合编成《抒情歌谣集》,成为"湖畔派"的代表作。华兹华斯在1800年为诗集再版写的序言和1815年自己单册写的序言,被合称为英国浪漫主义诗歌的美学宣言书。

华兹华斯是"湖畔派"中成就最高的诗人,1843年被授予"桂冠诗人"的称号。他在《抒情歌谣集·序》中给诗的定义是"诗是强烈情感的自然流露。"他的主张有力地推动了英国诗歌创作和浪漫主义文学的发展。

到19世纪,民主运动和民族解放运动大规模兴起,在革命精神的影响下,第二代浪漫主义诗人登上诗坛,代表人物有拜伦、雪莱、济慈。他们以磅礴的气势冲击文坛,很快成为英国文学的主流。在诗歌内容上,他们比较关注社会重大问题,反对"神圣同盟",支持民主革命和民族解放运动,政治倾向性十分明确,在文学史上被称为"撒旦派"或"恶魔派"。

波西·比希·雪莱(1792—1822)出身贵族,大学期间即具有自由思想与批判精神,1811年因发表《无神论的必然性》被牛津大学开除。1813年完成第一首长诗《麦布女王》,表达他的政治和哲学观点,诗中流露出的对社会强烈的批判性,使得统治者十分不满。诗人被迫于1818年离开英国漂泊,最后定居意大利。

1819年雪莱创作完成了一系列富有战斗激情的诗作,诗剧《解放了的普罗米修斯》、政治长诗《"虐政"的假面游行》《给英国人民的歌》是其中的代表。雪莱的抒情诗中有一类描写自然景物的短诗,广为流传的名篇有《西风颂》《致云雀》《云》等。《西风颂》中充满乐观、豪迈、奔放的革命激情。诗人盛赞猎猎的西风的威力,借西风的强劲来比喻革命的威力,用西风传播种子来比喻革命思想的传播。"如果冬天来了,春天还会远吗?"即出自此诗,充分表现了诗人寄希望于未来的革命乐观主义精神。

约翰·济慈(1795—1821)是稍晚于拜伦、雪莱的优秀浪漫主义诗人。他短暂的一生给世人留下了许多优美的诗篇。他的叙事诗代表有《伊莎贝拉》(1819)和《圣阿格尼斯节前夕》(1819),两者都采用中世纪的题材,表现诗人热爱自由、追求美好生活的理想。济慈著名的抒情诗有《夜莺颂》《希腊古瓮颂》《秋颂》等颂诗,体现出诗人对大自然和美好事物的独特感受,想象丰富,形象动人,如一幅幅优美的风景画,具有浓厚的唯美倾向。

英国的浪漫主义文学创作除了诗歌外,还有历史小说。瓦尔特·司各特(1771—1832)是欧洲历史小说的创始人。他出生在苏格兰,自幼喜爱苏格兰民间歌谣和历史故事,在民间文化的氛围中长大,早期创作诗歌,1814年转向历史小说创作。代表作《艾凡赫》以撒克逊贵族后裔艾凡赫的冒险经历为线索,生动展示了12世纪末英国错综复杂的社会状况,成功地塑造了绿林好汉罗宾汉的形象。司各特的历史小说既有浓厚的浪漫主义色彩,又有强烈的现实主义因素,对欧洲后世小说家产生过重要影响。

法国文学 法国浪漫主义兴起于19世纪初。夏多布里昂(1768—1848)是法国浪漫主义文学的先驱之一。他出身没落贵族,对法国大革命采取旁观态度且具有怀疑色彩,后参加1792年的贵族叛乱,受伤后逃到英国,其创作带有明显的贵族倾向。《基督教真谛》(1802)开创浪漫主义文学对异国情调和"废墟美"描绘的先河,收入其中的中篇小说《阿达拉》和《勒内》颇有代表性。前者写女主人公在信仰和爱情两难的抉择中,为了信仰,选择服毒自杀,她的爱人最后也皈依基督教。后者写出身贵族的勒内,在时代氛围中,性格孤僻、忧郁,与周围环境极不相容,终日在遐想中试图排遣他的忧郁,在孤独的漂泊中让年轻的生命慢慢消逝。勒内是文学史上第一个"世纪病"患者形象。他的孤独、忧郁是大革命后很多贵族青年感到前途渺茫而产生的一种茫然情绪,作品具有浓郁的诗情和忧伤情调。

斯达尔夫人(1766—1817)是法国浪漫主义文学的又一先驱。拿破仑执政期间,她流亡德国,写出《论文学》(1800)、《德意志论》(1810)等论著。她猛烈抨击矫饰做作的贵族沙龙文学和束缚创作个性的古典主义法则,传播浪漫主义。她的代表作品是带有自传性质的小说《黛尔菲娜》(1802)和《柯丽娜》(1807)。这两部小说通过富有才情、品格高尚的女主人公的悲剧命运谴责了传统道德与宗教偏见,进步意义十分明显。

乔治·桑(1804—1876)是法国重要的浪漫主义女作家,原名杜邦,自幼住在乡村,喜读卢梭的作品,对大自然有着浓郁的情感。她的小说分为爱情婚姻小说、社会小说和田园小说3大类。早期小说主要以女性的家庭婚姻生活为主题。40年代,受空想社会主义的影响,转入社会小说创作,作品有《康素埃洛》(1843)和《安吉堡的磨工》(1845),后者直接揭示和批判资本主义的罪恶现实,宣扬普遍幸福和平等的空想社会主义思想。1848年欧洲革命失败后,乔治·桑政治理想破灭,重居乡村,专写田园小说,作品有《小法岱特》(1849)、《弃儿法朗莎》(1850)等。这部分作品主要描写自然淳朴的牧歌式乡村生活,赞美宁静的大自然,颂扬人与人之间的友爱真情。

缪塞(1810—1857)是一位才华横溢的浪漫主义作家,戏剧贡献较大,被称为法国的"莎士比亚"。戏剧有《罗朗萨斤》(1834)和系列喜剧《勿以爱情为戏》(1834)等。小说《一个世纪儿的忏悔》(1836)塑造了一个"世纪病"患者形象——阿克达夫。他出生、成长于拿破仑时代,自幼崇拜拿破仑,仰慕战功和向往轰轰烈烈的战争生活,但他成年后拿破仑垮台了,封建王朝重新执政。复辟王朝使他失去了理想、信仰,整日苦闷厌倦,无所追求,染上时代的忧郁症,在毫无意义的生活中打发时光、销蚀青春。

大仲马(1802—1870)是著名的浪漫主义小说家,以戏剧和通俗历史小说著称。小说《三个火枪手》(《三剑客》)(1844)以17世纪为背景,着重描写了宫廷内部的矛盾斗争,塑造了几位性格各异的火枪手形象。《基督山伯爵》(《基督山恩仇记》)(1844—1845)以复辟王朝和七月王朝为背景,描写了邓蒂斯报恩复仇的故事,展示出广阔的社会生活图景。他的小说以情节生动曲折、对话突出、戏剧性强、形象鲜明,赢得了世界范围内的广大读者,对后来的历史通俗小说影响很大。

俄国文学　俄国地处欧亚,幅员辽阔,气候严寒,政治、经济落后于西欧国家。沙皇实行专制统治,农民没有自由,成为地主庄园的农奴,沙皇彼得大帝曾经改革,但依旧落后。1812年拿破仑率军入侵,激起了俄国人民的民族意识,民主精神随之也被唤醒。一批深受西欧民主思潮影响的进步贵族青年组织了秘密团体,积极进行推翻沙皇统治的革命活动。1825年12月14日发动起义,拉开了俄国解放运动的序幕,起义被新沙皇尼古拉一世镇压,但激发了国民要求民主权利的意识,也促进了俄国浪漫主义文学的诞生。

茹科夫斯基(1783—1852)是俄国文学史上第一位抒情诗人。他曾任后来成为沙皇的亚历山大二世的教师,被称为宫廷诗人。他曾利用与沙皇的关系,帮助过十二月党人,以及普希金和莱蒙托夫。他的诗侧重内心、梦幻和对大自然的感受,常常取材民间流传的神话故事进行创作,很少涉及社会主题,带有一定的迷惘、朦胧的神秘色彩。诗歌语言优美、纯正,在抒发内心感受、表现技巧和韵律方面有大的革新,可以说是普希金的先驱。代表作《俄国军营的歌手》(1812)以歌颂俄国军民的爱国精神为主题,思想情调比较积极。

康·费·雷列耶夫(1795—1826)是十二月党人的代表诗人。1820年他发表《致宠臣》一诗,把批判矛头直指沙皇手下大权独揽的"宠臣"阿拉克切耶夫,揭露其罪恶,号召人们起来复仇。长诗《沃伊纳罗夫斯基》(1825)借历史人物沃伊纳罗夫斯基来反映十二月党人为祖国和自由的英勇献身精神。

普希金既是俄罗斯浪漫主义文学的集大成者,又是现实主义文学的开创者,他的《叶甫盖尼·奥涅金》塑造了俄国文学史上第一个"多余人"形象。"多余人"是19世纪俄国文学中贵族知识分子的一种典型。这些形象大多具有较高的文化修养,接受启蒙思想的影响,厌倦上流社会的生活,渴望有所作为,他们的出现是社会意识觉醒的一种体现。但是这一类形象往往以自我为中心,没有明确的生活目标,缺乏行动的能力和勇气,因此在社会上无所适从,结局是悲剧性的。从奥涅金到毕巧林、罗亭,再到奥勃洛摩夫,"多余人"形象经历了一个其先进性逐渐丧失的发展过程。

普希金的短篇小说《驿站长》开了俄国文学中描写"小人物"形象的先河。"小人物"是19世纪俄国文学中所塑造的一批生活在社会底层的、被欺凌被侮辱者的典型。他们官阶卑微,地位低下,生活困苦,但又逆来顺受,安分守己,性格懦弱,胆小怕事,因而成为"大人物"统治下的牺牲品。一批具有人道主义和民主主义思想的作家,通过这类形象的塑造,表达了他们对小人物的同情、怜悯,批判并鞭笞了沙皇专制制度。继普希金之后,果戈理、陀思妥耶夫斯基、契诃夫等,都在其创作中塑造了小人物形象。

米哈伊尔·尤里耶维奇·莱蒙托夫(1814—1841)是俄国优秀的浪漫主义作家。他的诗歌赞美自由,歌颂祖国,谴责专制农奴制,表达了进步贵族的民主革命思想,主要有《童僧》《恶魔》《诗人之死》等。长篇小说《当代英雄》(1840)是他的代表作,小说由

5部中篇构成,以主人公毕巧林的活动为主线连成一体。毕巧林既有贵族的恶习,又不随波逐流,以批判的眼光看待周围的环境和自己,他渴望有意义的生活,又找不到生活的目标,内心充满矛盾与痛苦,他是俄国文学史上第二个"多余人"形象。小说描绘了当时俄国社会的封建落后的图画,表现了反农奴制的思想,表达了作者对当代社会和那一代人的命运的看法。这是一部在社会内容和心理内容的描写上都十分出色的现实主义小说,开创了俄国小说心理描写的先河。

东欧文学　东欧各国波兰、捷克、斯洛伐克、匈牙利、罗马尼亚、保加利亚等长期处于外族的统治之下,人民不断进行抗争斗争。到19世纪,东欧的民族解放运动达到高潮,民族解放运动蓬勃发展,浪漫主义文学受时代感染,成为这一时期东欧各国文学的主潮,涌现出以波兰密茨凯维奇和匈牙利裴多菲为代表的一批浪漫主义作家。

亚当·密茨凯维奇(1798—1855)出生于波兰小贵族家庭。大学期间参加过"爱国者学会",后因从事革命活动被监禁,曾先后流亡俄国、德国、瑞士、意大利等地。叙事诗《塔杜施先生》(1832—1834)是他的代表作,被誉为波兰的民族史诗。长诗以1811至1812年的历史事件为背景,以贵族青年一代的恋爱为线索,反映了波兰人民在遭受亡国苦难之际,英勇地反抗俄国入侵者,争取民族独立和自由的斗争。

裴多菲·山陀尔(1823—1849)是匈牙利杰出的革命民主主义诗人。他出生于乡村贫困家庭,对底层人民的生活感受颇多。代表作长篇叙事诗《雅诺什勇士》(1844)通过对理想英雄的塑造,表达了匈牙利人民对自由的追求。诗人积极从事革命活动,写了一系列激情澎湃的政治诗、战斗诗。《自由与爱情》中的"生命诚可贵,爱情价更高,若为自由故,二者兼可抛",被人们广为传诵。

美国文学　1775年独立战争后,美国走上了自主发展的道路。经济、政治上的独立,使得美国人的民族意识高涨,反映在文学中,成就了美国的民族文学。到19世纪前半期,美国民族文学第一次呈现出繁荣局面。

19世纪前半期,美国文学以浪漫主义为主,主要表现新兴民族勇于开拓的进取精神,奠基者为欧文和库珀,他们的创作代表了美国早期浪漫主义文学的成就。华盛顿·欧文(1783—1859)被称为"美国文学之父"。《见闻札记》(1820)是其代表作,由散文、杂感、小说等组成。短篇小说《瑞普·凡·温克尔》是其中优秀之作,写农民的淳朴,富有乡土气息和浪漫情调。詹姆斯·库珀(1789—1851)有"美国司各特"之称,开拓了历史题材小说,还开拓了边疆传奇小说的写作。由《拓荒者》(1823)、《最后的莫希干人》(1826)、《大草原》(1827)、《探路人》(1840)和《杀鹿者》(1841)5部小说组成的《皮袜子故事集》是其最高成就,其中佼佼者为《最后的莫希干人》。主人公"皮袜子"是一个理想的美国民族精神的体现者,他善良诚实,同情弱小,又机智勇敢,憎恨强暴,表现出热爱自由、坚定乐观的精神。库珀还开创了美国文学中的航海冒险题材的写作。

19世纪30年代以后,浪漫主义进入新的发展阶段,更加注重对人的精神领域的探索,代表作家有爱伦·坡、霍桑、惠特曼、梅尔维尔等。爱伦·坡(1809—1849)是具有唯美倾向的诗人和小说家,艺术评论家。他出身演员家庭,提倡"为艺术而艺术",宣扬唯美主义、神秘主义。他的诗歌十分注重形式美,尤其刻意追求诗的音律,语调哀婉低回,履行了他的理论主张,《乌鸦》(1845)是其代表作。他还是侦探小说、恐怖小说、象征主义的先驱,侦探推理小说有《毛格街的谋杀案》(1841)、《失窃的信》(1845);恐怖小说有《厄舍古屋的倒塌》(1839)、《黑猫》(1843),体现出一种鬼怪神秘、阴森恐怖的哥特式风格。作为象征主义的先驱,他影响了波德莱尔,被认为是西方现代派文学的远祖。

纳撒尼尔·霍桑(1804—1864)是19世纪美国重要的浪漫主义小说家。他出生于新英格兰破落的贵族世家,严格的清教背景对他的创作产生深远的影响。霍桑的作品多以殖民地时期新英格兰地区的生活为背景,最能代表他的思想与艺术的是几部长篇小说:《红字》(1850)、《带有七个尖角阁的房子》(1851)、《福谷传奇》(1852)和《玉石雕像》(1860)。代表作《红字》以新英格兰殖民地为背景,以有夫之妇白兰和牧师丁梅斯代尔的爱情为线索,抨击宗教对人性的压抑和摧残。小说揭示了人如何面对罪恶的问题,因为人人都是有罪的。霍桑说:"内在的世界一旦净化,外在世界游荡着的许多罪恶都会自行消失。"作者给出的启示是,人应该坦诚勇敢地面对自己犯的罪,然后虔诚赎罪,最终达到心灵的净化。作品显示出霍桑擅长对人物进行细腻的心理描写的艺术风格。

沃尔特·惠特曼(1819—1892)是19世纪美国最重要的民主诗人。他的《草叶集》(1855—1892)是美国浪漫主义文学的高峰,草叶是民主的象征,也是自由、生命力、发展的象征。《草叶集》贯穿全诗集的主题是歌唱自我、民主、自由,代表诗篇有《自我之歌》《啊,我的船长》,诗作大胆应用了自由体诗的新形式。他的诗作对后来的"垮掉的一代"很有影响。

赫尔曼·梅尔维尔(1819—1891)是19世纪美国伟大的小说家、散文家和诗人之一,是文学史上与霍桑齐名的作家。长篇小说《白鲸》是他的代表作,也是他航海生活的写照与总结。作品主要描写捕鲸工人的艰难生活,在对资本主义罪恶进行批判的同时,也体现出生态平衡、海洋保护的主题,以及人性的善恶、人的困境等一些现代命题。

第二节 拜 伦

一、生平与创作

乔治·戈登·拜伦(1788—1824)是19世纪英国和欧洲浪漫主义文学的代表作家。他诞生于英国一个古老的贵族家庭,父亲放荡挥霍,后来离家出走,他自幼和母亲住在苏格兰,生活拮据。10岁时继承伯父的爵位和祖传领地,生活改观,得以在哈罗公学和剑桥大学接受教育。上大学时,拜伦对历史、哲学和文学很感兴趣,接触到法国启蒙思想,开始写诗。1809年,拜伦出版第一部诗集《懒散的时刻》,抒发他对现实以及上流社会的不满情绪,遭到保守文人的恶意攻击,为了反攻,拜伦发表双韵体长诗《英国诗人和苏格兰评论家》,批判"湖畔派"诗人的作品,讽刺他们保守的美学原则。这首长诗反映了拜伦杰出的讽刺才能,也表现出他对保守势力毫不妥协的战斗精神。

1809年,拜伦大学毕业,承袭贵族院议员职位。同年,拜伦游历南欧,先后访问葡萄牙、西班牙、阿尔巴尼亚、希腊等地,广泛接触了各国社会,增长了见识。两年后回国,发表以旅行经历为题材的长诗《恰尔德·哈洛尔德游记》第1和第2章,一举成名。归国后,拜伦积极介入社会政治,他站在人道主义立场,在国会发表演说,坚决反对暴力政策,发表著名诗篇《〈制压破坏机器法案〉制订者颂》,痛斥政府迫害工人的罪行,指出一切立法机关、警察、军队都是为统治集团利益服务的,并在诗中描绘出立法者的丑恶嘴脸,拜伦的演说和诗歌使众议员对他产生不满和仇视。拜伦深深地感到失望和孤独,心情异常苦闷,便开始致力写作组诗《东方叙事诗》,表达自己的忧愤之情。

《东方叙事诗》是拜伦在1813至1816年创作的以东方故事为题材的富有浪漫主义色彩的一组传奇诗,包括《异教徒》《阿比道斯的新娘》《海盗》《莱拉》《柯林斯的围攻》和《巴里·西娜》等。在这些诗篇中,诗人集中塑造了一系列"拜伦式英雄"的形象。他们的共同特征是高傲、孤独、倔强,个性独特,蔑视文明,反抗现存社会制度,敢于和罪恶社会进行毫不妥协的斗争。其中《海盗》的主人公康拉德就很有代表性,他才智出众,本可以有一番作为,但社会没有给他提供发展的机会,迫使他当了海盗,向社会报复。康拉德并不是一个杀人不眨眼的强盗,而是一个勇敢的叛逆者,他心地善良,富有同情心,对爱情坚贞不渝,与罪恶的社会势不两立。拜伦通过这类人物,表示自己对社会绝不妥协的反抗精神。《东方叙事诗》大多情节离奇,情绪激烈,叙事和抒情相结合,背景一般是大海、原野、古堡等,充满异国情调,风格恣肆狂放、潇洒自如。

1815年拜伦仓促结婚,但婚后发现妻子是一个虚伪、偏见很深的女子,一年后离婚。由于他对资产阶级政府的谴责态度,以及他对整个上流社会的鄙视,反动势力便利用这次离婚事件对他大肆攻击,迫使诗人在1816年离开英国,再未回归。

拜伦出国后曾在瑞士短期居住,在这里遇到雪莱并成为好友。雪莱的坚定信念影响了拜伦,于是他写了若干反映革命斗争的著名短诗,如《锡隆的囚徒》《普罗米修斯》《卢德分子之歌》等。与此同时,诗人完成了《恰尔德·哈洛尔德游记》第3章,还写了代表诗人个人反叛高峰的作品《曼弗雷德》。

1817年,拜伦来到尚处于奥地利占领之下的意大利,并与烧炭党人取得联系,积极参加他们的活动。诗人在这一阶段情绪高涨,苦闷心理得到缓解,创作上也进入新阶段。他先后写出《恰尔德·哈洛尔德游记》第4章,诗剧《马利诺·法利哀洛》和《该隐》,讽刺诗《别波》《审判的幻景》和《青铜世纪》,诗体小说《唐璜》(未完成)等。

烧炭党人起义失败,十分苦恼的拜伦离开意大利前往正处于反抗土耳其侵略战斗中的希腊,受到希腊军民的热情欢迎。诗人在这块土地上大展身手,用自己的财产武装了500名士兵,每天亲自操练,他的勇敢精神受到军队将士的普遍尊敬。最后拜伦在一次骑马出巡时淋雨受寒,得了热病,于1824年逝世,希腊临时政府宣布他的逝世为国丧,全国哀悼3天。

拜伦在短短的一生中,从资产阶级民主主义思想出发,先是反抗英国统治阶级,流亡异国后又与各国侵略者进行战斗,他站在被压迫者一边,为遭受践踏的劳苦大众鸣不平。为了自由独立,他奋斗一生,死而后已。

《恰尔德·哈洛尔德游记》是拜伦的代表作之一。长诗共4章,4700多行,记录了诗人两次游历欧洲的见闻和感受,既反映和评价了19世纪初英国的现实生活与欧洲的重大历史事件,又抒发了诗人反对封建统治,反对外族侵略,歌颂民族解放斗争,追求独立自由的感情。

恰尔德·哈洛尔德是一个贵族社会的叛逆者形象。他厌倦了那种花天酒地、空虚无聊的生活,便决心出游。但在旅途中,无论是意大利的旖旎风光、希腊罗马的文化古迹,还是各国人民的反侵略斗争,都让这位"忧郁的流浪者"漠然处之,无动于衷。哈洛尔德是一个孤独的旅行家,悲观的个人主义者,他既不想与上流社会为伍,也不愿同人民群众往来,更没有一个明确的理想和追求,因此只能空怀自由思想,深陷孤独绝望之中,是"拜伦式英雄"的雏形。他代表着拜伦思想中消极的一面,也反映了一些资产阶级民主知识分子既不满现实,却又找不到出路的思想特征。抒情主人公和哈洛尔德形成鲜明对比。他精力充沛,感情热烈,既是观察家,又是评论家,对各种历史事件、现实斗争,都作出积极的评论。他常常激烈地抨击英国现实以及欧洲各国的反动统治,谴责侵略者,歌颂那些为自由独立而奋斗的国家和人民。他是诗人思想中积极、进步一面的体现,反映了诗人的资产阶级民主倾向和革命热情。

哈洛尔德和抒情主人公在诗中既对立,又互相补充,互相渗透。从长诗第3章开始,哈洛尔德出现得越来越少,抒情主人公的形象越来越鲜明,这也可以看出拜伦思想的发展。

二、《唐璜》

长篇叙事诗《唐璜》是诗人浪漫主义诗歌代表作。全诗约1.6万行,诗人原计划写25歌,但当他刚写完16歌和17歌一部分时,就前往希腊参战,而未能写完。诗作的主人公唐璜出生于西班牙的贵族家庭,16岁时因受到贵妇朱丽亚的诱惑而与她发生关系,闹得满城风雨,不得不离开故乡西班牙,到欧洲旅行。船只航行到意大利途中遇险,被海盗美丽的女儿海黛相救,两情相悦而同居。正当两人举行隆重婚礼之际,相传死去的海盗突然归来,把唐璜作为奴隶,掳往土耳其的君士坦丁堡,被卖入苏丹后宫,供王妃享乐。他逃出后参加攻打土耳其的俄国军队,因作战勇敢,而被派往彼得堡向女王卡萨琳报捷,深得女王宠幸。后来他又作为外交使节被派往英国,长诗至此中断。按照作者计划,唐璜还要去德国、法国,最后要死在法国大革命的战场上。

诗作的同名主人公唐璜本是中世纪西班牙民间传说中放荡好色的登徒子。在此之前的不少欧洲文学作品,如莫里哀的喜剧《唐璜》、普希金的悲剧《石客》中,他都曾作为被讽刺对象在作品中出现。这部叙事诗中,拜伦虽然也写了他许多风流韵事,但作者着力强调和侧重的却是他性格中美好善良的一面,极力挖掘他性格中的积极因素,把他写成18世纪末的一个天真、善良、勇敢、热情,热爱自由,厌恶虚伪的贵族青年。他顺从人的自然本性而生活,不愿同上流社会同流合污,无视贵族资产阶级社会的传统习俗和虚伪道德,勇于反抗压迫和奴役,极力追求个人的自由和个性解放。他性格中消极的一面则是玩世不恭、任性放纵、意志薄弱、随波逐流,缺乏明确的生活目标,带有这一形象原始性格的痕迹。这是一个在生活的磨炼中不断发展成熟的贵族知识分子形象,在他身上带有作者自身的影子。

《唐璜》是一部辛辣的社会讽刺杰作,作品通过唐璜在希腊、土耳其以及俄、德、英等国一系列的游历、漂泊、冒险的经历,反映19世纪初欧洲各国广阔的社会现实,深刻批判封建专制制度、"神圣同盟"等欧洲反动势力以及资本主义的金钱统治。

诗作对封建专制制度及其统治之下的种种社会黑暗和丑恶的揭露批判淋漓尽致,十分深刻。从宫廷阴谋、后宫淫乱、封建邦国之间的血战,到封建统治阶级上流社会的荒淫伪善、腐败的社会风习,无不在作者的批判之列。矛头所向上至封建君王、王公贵妇、大臣将军,下至一般的封建主及其爪牙,都被作者讥讽得体无完肤。他抨击英国统治者残酷镇压群众集会,把不断发动战争、侵略他国的俄、普鲁士等国称作海盗和"最凶的野兽",尖锐揭露和抨击"神圣同盟"等欧洲反动势力。

热爱自由、反抗压迫不仅是拜伦一生创作的主旋律,亦是贯穿这部诗作的基本格调。作者十分同情被压迫民族和人民的命运和处境,支持和鼓励希腊人民为了自由独立而进行斗争。拜伦声称随时准备做一名战士,最终,他实践了自己的人生诺言,亲赴希腊前线,与希腊人民并肩作战,把生命献给了希腊人民争取自由独立的革命事业。从而为自己动荡的一生以及这部未竟之作续写出一个悲壮而完美的结局。

《唐璜》在艺术上很有特色。首先,它最突出的特点是辛辣的讽刺,拜伦自称《唐璜》为"讽刺史诗"。他在长诗中使用了夸张、变形、对比、反语、谐谑等手法,针对主人公活动的18世纪末以及19世纪初之"各国社会的可笑方面",展示出辛辣的讽刺艺术才能。

其次,作品富于浪漫传奇色彩。离奇的故事、异域的情调与层出不穷的戏剧性场面所营造的传奇性氛围,使得诗人对现实的描绘充满了浓郁的浪漫传奇色彩。诸如海上遇险遭遇人吃人的惨剧、海岛上享受爱情的欢愉、土耳其宫闱内的欲海风波等。

再次,诗作具有浓烈的抒情性。优美而略带感伤的抒情性,无处不在、统贯全篇。有的含蓄,有的奔放,有的"水到渠成",和谐自然,有的如高山飞瀑,可独立成篇。比如,《哀希腊》是《唐璜》中的最著名的抒情插曲,它表露了作者对希腊人命运的同情,不仅鼓舞了希腊的民族解放斗争,而且也给予了命运相近的国家和民族以极大的鼓舞和激励。

此外,《唐璜》采用了兼叙兼议的表现手法,即在第三人称的叙述中插入第一人称的谈话,这种插笔具有两种性质,一是讽刺性的,一是抒情性的。这种在叙事语境下的议论与抒情使得长诗既有浓烈的现实主义成分,又有感人的浪漫主义情怀。

最后,《唐璜》还在格律、诗歌语言等方面进行创新,它是英国诗歌史上运用口语体取得最高成就的诗篇。拜伦创造性地借鉴了意大利滑稽史诗所用的"八行三韵体",语言明白而晓畅,简约而具体。诗句广采口语词汇,变化灵活,轻快自然,常常警句迭出,妙语连珠。

第三节 雨 果

一、生平与创作

维克多·雨果(1802—1885)是法国浪漫主义文学的旗手和领袖。他一生几乎经历了整个19世纪,在诗歌、小说、戏剧、政论创作方面都取得了重大成就。19世纪法国风云变幻的现实在他的作品中留下了鲜明的印记,这些作品对后世法国文学的发展产生了深远影响。

1802年2月26日雨果生于贝尚松城的一个军人家庭,他父亲是拿破仑手下的一名将军,母亲是波旁王朝的拥护者和虔诚的天主教徒。雨果自幼敏而好学,酷爱文学,十二三岁就写下成千上万行诗歌和几部戏剧作品,走上了文学道路。

早期创作阶段(1820—1827) 青年时期雨果受母亲的影响,无论政治思想、文学观念都比较保守。政治上倾向保皇主义立场,文学上受夏多布里昂影响,他还与人创办《文学保守者》周刊,在《歌颂集》(1822)中歌颂君主政体和天主教,反对资产阶级革命,作者因此获得路易十八的年俸和荣誉勋章。1824年后雨果目睹复辟王朝变本加厉地推行反动专制政策,广大人民群众的不满与反抗情绪日益增长,政治态度开始向资产阶级自由主义转变。1826年,他与大仲马、缪塞等人组织"第二文社",文学创作也转向了进步的浪漫主义阵营。

中期创作阶段(1827—1848) 这是雨果浪漫主义创作的丰收期。1827年发表的浪漫主义剧本《克伦威尔》因不合表演要求而未能上演。但作者为剧本所撰写的序言却作为法国浪漫主义文学的宣言书轰动文坛。在《〈克伦威尔〉序言》中,作者宣告古典主义已经过时,主张摒弃古典主义的种种清规戒律,学习吸收人民群众的语言自由创作,同时提出艺术上丑恶滑稽和典雅高尚相结合的美学原则。序言的发表奠定了雨果在浪漫主义文学运动中的旗手和领袖地位。此后,他又连续创作了浪漫主义剧本《欧那尼》和长篇小说《巴黎圣母院》,进一步丰富了浪漫主义文学创作,给他赢来广泛的文学声誉。剧本《欧那尼》(1830)以16世纪西班牙为背景,主要叙述一个贵族出身的强盗,为父报仇、反对国王的故事,表现了反对封建暴君的进步主题,反映出七月革命前夕人民高涨的反封建情绪。在艺术上,剧本完全打破了"三一律"的限制,地点随意变换,大量采用奇情剧的手法,充满浪漫的奇异构想。围绕它的上演,浪漫主义与古典主义阵营之间进行了一场决战。《欧那尼》的上演成功,标志着浪漫主义彻底战胜了古典主义。

这一时期雨果创作了大量的浪漫主义作品。1832年上演的剧本《逍遥王》因对16世纪法国国王弗朗索瓦一世及其宫廷荒淫的揭露,对现实起到影射批判作用,首演一场后即被禁演。1834年,雨果发表的中篇小说《克洛德·格》,叙述失业工人克洛德·格为了妻儿去偷窃面包而被捕,在狱中他不断受到典狱长迫害,最终愤而杀了典狱长。小说提出了穷人因贫困而犯罪的问题,主张以道德教育解决社会问题,这部小说可以说是《悲惨世界》的前奏。30年代,雨果还先后出版了诗集《秋叶集》(1831)、《微明之歌》(1835)、《心声集》(1837)、《光与影》(1840)等,这些诗集除描写个人情爱、田园生活、自然风光和人民疾苦外,还直接触及社会政治斗争,作者预言波旁王朝的覆灭,讴歌七月革命和献身革命的英雄。

七月革命后,作为资产阶级自由主义者的雨果,迷惑于七月王朝外表的巩固强大,幻想能够调和社会各阶级的矛盾,导致了这一时期他与七月王朝的妥协,七月王朝对他也极力笼络,1841年他被选入法兰西学士院,在授衔演说中,他明确表示拥护君主立宪政体。1845年路易·菲力普又封他为法兰西世卿,成为贵族院议员。由于雨果在政治上的妥协态度,他在文坛上的影响有所下降,反映他这一时期思想状态的剧本《卫戍官》1843年首演失败后,作家在创作上沉默了近十年之久。直到1848年6月革命特别是1851年拿破仑第三政变后,雨果的创作才进入一个新阶段。

后期创作阶段(1848—1885) 1848年的革命使雨果的世界观由资产阶级自由主义向共和主义立场转变。当二月革命和六月工人起义爆发之际,对它的深刻意义雨果并不理解,甚至还有误解,但他却清醒地感到法国资产阶级政权的日益反动。因此1851年12月路易·波拿巴发动政变复辟帝制时,雨果坚定地加入了共和党人组织的反政变起义。起义失败,统治者残酷镇压迫害起义者,雨果不得不逃亡国外,开始了为时19年的漫长流亡生活。

流亡期间,雨果又恢复了旺盛的创作力,连续写作了许多谴责窃国殃民的拿破仑三世的作品。1852年他发表了抨击拿破仑三世的政治讽刺小册子《小拿破仑》,写作了《一桩罪恶史》(1877)。次年,又发表了重要的政治讽刺诗集《惩罚集》,诗集以谴责拿破仑三世的政变为中心题材,不仅抨击拿破仑三世及其所依靠的反动政治集团,嘲讽斥责那些出卖民主利益的反动资产阶级和卖身求荣、为虎作伥的新闻界人士和天主教士,而且抒发自己不甘屈服、坚信正义光明终将战胜邪恶黑暗的乐观信念。作为一个爱国作家,他对祖国被盗窃蹂躏的切肤之痛和愤慨之情,洋溢于字里行间。

流亡生活困难重重,但雨果的精神生活却十分丰富,文学创作硕果累累。随着作者社会阅历的增加,文坛风尚的转变,雨果创作中批判现实主义色彩日益浓厚,逐渐成为他创作的主调。雨果先后完成并出版了3部长篇社会小说《悲惨世界》(1862)、《海上劳工》(1866)和《笑面人》(1869)。

1870年普法战争爆发,拿破仑三世垮台,雨果返回祖国,受到巴黎人民的热烈欢迎。当普鲁士军队围困巴黎时,雨果不仅报名参加国民自卫军,而且捐款买了两门大炮送给他们。1871年巴黎公社起义,一开始雨果对这次起义很不理解,认为国难当头,不应该发生内战。但起义失败,统治者残酷镇压公社社员时,雨果却挺身而出为公社社员辩护,要求赦免公社社员,宣布把他在比利时的居所作为公社社员避难之所。

1872年发表的《凶年集》以时间为序,反映了雨果在此期间的心理感受和情绪,其中谴责普军侵略暴行,激励人民爱国热情的文字是这部诗集中最精彩的篇章。

1874年,雨果出版了集中体现他晚年人道主义思想的长篇历史小说《九三年》。作品主要叙述1793年共和国军队镇压旺岱反革命叛乱的故事。共和军司令官郭文在抓获叛乱的贵族首领朗德纳克后,认为朗德纳克是因救大火中的孩子而被捕的,所以私自放他逃走,自己留在地牢中。共和军政委西穆尔登按革命法纪处死了郭文,在郭文人头落地之际,他也开枪自杀。小说在热情歌颂为共和国英勇战斗献身的英雄时,也宣扬了"在绝对正确的革命之上,还有一个绝对正确的人道主义"的错误观念,反映出作者人道主义的局限性。

晚年雨果还发表了抒情叙事诗集《历代传说》(1859—1883),这是人们公认的世界文学中优美的抒情叙事诗作之一。

1885年5月18日雨果逝世,被隆重安放在先贤祠。送葬行列由两百多万群众组成,一个文学家受到如此隆重的国葬,这是人民对他们所喜爱崇敬的作家的历史评价。

雨果是一位高龄多产作家。他的一生历经坎坷,在政治上曾有过动摇不定的晦暗岁月,但总的来说他的世界观基本上是资产阶级民主主义的。文学创作上,他前半生是法国浪漫主义的最卓越的代表作家,以其文论和创作奠定了法国浪漫主义文学的实绩。后半生又顺应文学潮流接受了现实主义的创作方法。贯穿他一生创作的主导思想是人道主义,他的人道主义思想随着作家对社会人生问题认识的加深和创作的成熟也有一个发展变化过程。在他30年代初创作的《巴黎圣母院》中,他的人道主义的进步性表现为对封建专制王朝、天主教会黑暗势力的批判,对劳动人民苦难的同情,同时作者还极力夸大爱和美的感化力量,其人道主义思想也在此初露端倪。此后他的思想不断发展,人道主义的进步性和局限性在60年代初出版的《悲惨世界》中,也越来越明显突出。作者从人道主义出发,批判资产阶级法律的残酷性,同情关注劳动人民的苦难,歌颂共和主义者的英勇斗争;同时也幻想以仁爱感化、开办慈善事业来解决社会矛盾,为拯救社会指明一条出路。在70年代发表的《九三年》中,作者肯定法国大革命,赞扬为共和国献身的英雄,同时又把以仁慈宽恕为中心的人道主义置于"绝对正确的革命"之上。在人道主义进步思想光辉充分显现的同时,其软弱妥协、不切实际甚至落后的一面也前所未有地暴露出来,这些局限是受当时社会历史条件的限制而难以避免的。

《悲惨世界》是雨果现实主义文学的代表作。作者从1848年动笔,到1862年出版,历时十几年之久。小说共分5部：第1部芳汀，第2部珂赛特，第3部马吕斯，第4部卜吕梅街的儿女情和圣丹尼街的英雄血，第5部冉阿让。贯穿整部小说的中心人物是冉阿让。

小说首先从人道主义出发，对劳动人民的苦难命运表示关注和同情。作者在小说的序言中明确指出："本世纪的三个问题是，贫穷使男子潦倒，饥饿使妇女堕落，黑暗使儿童羸弱。"作品正是从这三个方面展开情节，通过冉阿让、芳汀和珂赛特三个不同人物命运的描写，展示了一幅下层穷苦人民"悲惨世界"的图景。

其次，小说对资本主义社会的法律进行了猛烈批判。作者在小说里深刻揭示出在资本主义社会中穷人所以遭受迫害，是因为政权掌握在资产阶级手中，资产阶级法律是维护统治阶级秩序，维护有钱有势者利益的法律，法庭不过是"一个拼凑罪状的地方"，法官、检查员、警察则是统治阶级奴役人民、草菅人命的工具。在资产阶级法庭、法律、执法人员面前，遭受迫害的不仅仅是冉阿让一人，而是广大劳动人民群众。资产阶级法律的代表和体现者就是沙威，他充分体现了资产阶级法律的冷酷、残忍、毫无人道和反人民的本质。

最后，小说对共和主义英雄和巴黎人民起义进行热情赞颂。在小说的最后两部中，作者以大量篇幅描写了1832年巴黎人民举行街垒起义的场面。以热烈的言辞歌颂共和主义英雄推翻七月王朝为自由而献身的英勇斗争。作品成功塑造了安灼拉、马白夫、伽弗洛什老少三辈共和主义英雄的形象，在描写共和主义者英勇斗争的篇章中，洋溢着一种庄严悲壮的气氛。作者赋予这次起义正义的性质，把它看成人民为恢复自身权利的伟大革命，并极力赞颂共和主义英雄，体现出雨果的革命民主主义思想。通过安灼拉的演说，表达了作者对未来的向往，那是一个阳光灿烂，没有黑暗、愚昧、肉刑，处处都是友爱、和谐、光明、欢乐和生机的新世界。

此外，小说还宣扬了作者企图以道德感化、开办慈善事业解决社会矛盾的人道主义理想。作者把仁爱作为社会生活的最高准则和人类社会追求的终极目标，卞福汝主教即作者塑造的仁爱的化身。生活上他自甘清寒淡泊，把主教府邸让给医院，把薪俸用来救济穷人，补贴教员，他反对暴力刑罚，主张以仁爱宽恕待人。冉阿让在以沙威为代表的现实社会法律即"低级法律"的迫害下，由一个善良诚实的人变成一个凶狠粗暴的莽汉，而在卞福汝主教为代表的仁爱即"高级法律"的感化下，则由一个凶狠粗暴、一心报复社会的人变成一个仁慈大度的人，而冉阿让又以德报怨，放沙威逃走，感化了沙威，使沙威天良复苏。通过这些描写作者企图给人们指出一条以道德感化解决社会矛盾的途径。以上这些描述反映出空想社会主义学说对雨果的影响，但这些只是作者一种美好的主观愿望，在现实社会中显然是不可能实现的。

在《悲惨世界》中，作者同情关注劳动人民的苦难，批判资本主义社会法律的反动，歌颂共和主义者的英勇斗争，反映了雨果人道主义的进步性；而他企图以道德感化、开办慈善事业解决社会矛盾的设想则是其人道主义局限性的表现。

二、《巴黎圣母院》

《巴黎圣母院》(1831)是雨果的第一部重要小说,也是他浪漫主义小说创作的代表作。小说的故事发生于15世纪的巴黎,女主人公爱斯梅哈尔达是个美丽的吉卜赛少女,以卖艺为生。巴黎圣母院的副主教克罗德·孚罗诺为她的美貌所动,指使外表奇丑畸形的敲钟人加西莫多半路劫持她,被国王的侍卫长弗比斯撞见,爱斯梅哈尔达从此爱上了弗比斯。一次他们约会时,克罗德妒火中烧,刺伤弗比斯后溜走,爱斯梅哈尔达却被宗教法庭以谋杀罪判处绞刑。行刑时加西莫多把她救入圣母院,日夜守护,并赶走了企图强行占有她的克罗德。宗教法庭扬言要打破教堂圣地的避难权,抓走爱斯梅哈尔达,巴黎的流浪汉和乞丐闻讯相救,遭到镇压。克罗德趁混乱从旁门把爱斯梅哈尔达带出圣母院,威逼她顺从自己,遭到拒绝,便把她交给官兵。爱斯梅哈尔达被送上绞架时,克罗德在塔楼上发出魔鬼般的狞笑,加西莫多把他推下塔楼,随后也在教堂里失踪。两年后,人们在一个地窖里发现他和爱斯梅哈尔达的尸骨。

《巴黎圣母院》虽然以15世纪的巴黎为背景,但作品写于1830年七月革命时期,与当时法国人民的反封建斗争有着密切的联系。小说有着强烈的反封建反教会的思想倾向,它不仅对路易十一统治下封建王朝的专制残暴予以猛烈批判,同时对天主教会的黑暗伪善也进行了深刻揭露。副主教克罗德是天主教会恶势力的代表,他表面上清心寡欲、道貌岸然,实际上内心淫邪毒辣。当他看到美丽的爱斯梅哈尔达时,内心多年来被极力压抑的情欲蠢动起来。从利己的愿望出发,他对爱斯梅哈尔达采取了"不得之则毁之"的态度,一方面费尽心机不择手段地想要得到她,同时又因企图落空十分残酷地把她送上绞架。在作品中狼狈为奸的封建专制政权和天主教反动势力正是借他的手造成了爱斯梅哈尔达的悲剧。作者一方面通过这一人物的刻画,批判了天主教恶势力对人民生活的危害作用,同时也描写了这一人物自身的矛盾,展示了宗教清规戒律的约束与人的本能欲求在他身上产生的激烈冲突,把他写成一个禁欲主义的牺牲品。

小说还对下层人民的悲惨生活命运表示深切同情,赞美这些"低贱者"美好的心灵和品德。爱斯梅哈尔达是一个封建制度下无辜遭受侮辱迫害的下层妇女形象和人性美的化身,她身处社会底层,但心地善良,富于同情心和反抗性格。她不计前嫌,给加西莫多在刑台喂水;为救穷诗人甘果瓦,自愿同他"结婚";她真诚爱着曾救过她的侍卫长弗比斯,而对克罗德的威胁利诱,她则坚贞不屈,宁为玉碎,不为瓦全,宁死也不屈从他的淫欲。在她身上外貌的美与心灵的美和谐地统一在一起,成为美的化身。

加西莫多则是另外一种类型的"低贱者"的代表。他外貌奇丑、驼背、跛足、独眼、声哑,但却心灵美好、性格善良、坚强勇敢、富于牺牲精神。爱斯梅哈尔达在刑台上给他喂水后,爱斯梅哈尔达内外如一的美唤醒了他多年沉睡的心灵和生命的活力。他对爱斯梅哈尔达"滴水之恩,涌泉相报",冒死把她从刑场救出,细心备至地关怀保护她,默默地爱着她,直至随她一同死去。他一旦认清克罗德的真实面目,便毫不容情地给他以惩罚。在这一人物身上,作者着意渲染了爱的感化力量和作用。

小说在描写下层人民苦难的同时,对于他们的反抗斗争精神也予以一定反映。小说精心描绘了"奇迹王朝"的流浪汉、乞丐攻打圣母院的场景,歌颂了人民群众反封建民主力量的觉醒。尽管他们最后失败了,但通过佛兰德使者的预言,表示出封建势力的灭亡,人民革命时代的必然到来,充分说明了作者政治态度转变后坚定的共和立场。

《巴黎圣母院》集中体现了雨果浪漫主义文学艺术的创作特点。

第一,运用"美丑对照"原则进行创作。雨果从哲学和美学的高度,运用了美与丑、善与恶强烈对照的艺术原则,编织惊心动魄的故事情节,塑造异乎寻常的人物,展现了光明与黑暗殊死搏斗的画面。对照艺术在《巴黎圣母院》中主要体现在情节、场景对照与人物形象对照两个方面。首先,在情节、场景方面,爱斯梅哈尔达被抢与被救、爱情幽会与被诬告判刑,以及被救入圣母院与被出卖杀害等悲喜的强烈对照;愚人节歌舞的喜剧性开场与被害徇情的悲剧性结局遥相呼应,封建宗教节日"主显节"的死气沉沉与贫民狂欢节"愚人节"的生气勃勃,以路易十一为代表的封建王朝的专制残暴与以克罗班为首的乞丐"奇迹王朝"的平等人道等强烈对照。小说情节场景的强烈对照,不仅使小说的布局结构显得紧凑、匀称,还有利于揭示社会斗争的复杂性,使小说富有紧张的戏剧性,扣人心弦。其次,人物形象的对照,是《巴黎圣母院》对照艺术的精髓,主要通过人物自身的对比以及对爱情的态度构成对比表现出来。比如,加西莫多外貌的丑陋和心灵的美好,弗比斯外表的潇洒和内心的丑恶,克罗德外表的道貌岸然和内心的邪恶自身形成强烈的对照。作家还通过爱斯梅哈尔达与弗比斯、克罗德、加西莫多、甘果瓦四个男性人物的相互关系的描写,形成彼此间的强烈对照,深刻揭示了人物的灵魂和本质。从弗比斯的虚情假意与爱斯梅哈尔达爱情真挚、克罗德的邪恶与爱斯梅哈尔达的美好、甘果瓦的懦弱无能与爱斯梅哈尔达的爱憎分明等相互对照中,雨果揭示了美与丑、善与恶、灵魂与躯体、情与欲之间的内在矛盾,体现了自己的爱情观点和美学思想。

第二,恢宏的史诗性质。《巴黎圣母院》以15世纪路易十一时代为背景,全面再现了一个历史时代的社会生活。小说描写了修道院、王宫、贵族府邸、贫民街区、监狱、刑场等宏阔场景;叙述了狂欢节、丐帮夜生活、法庭审判、教会阴谋、人民起义等重大事件;塑造了国王、主教、大法官、军官、士兵、神甫、诗人、乞丐头目、流浪汉等众多人物形象。画面丰富多彩,有对巴黎城市沿革、教堂建筑历史的全景式描绘,雄奇浩瀚;有对家庭、宗教、王公、贫民流浪汉生活及社会风俗的工笔描写,色彩斑斓;有对母女生离死别、爱情悲欢离合的深情刻画,丝丝入扣。全书是一幅包罗万象的中世纪法国社会全景图,显示了雨果深邃的历史视野、广博的历史知识和描绘宏大场面的高超艺术。

第三,曲折离奇、跌宕引人的情节。比如,加西莫多力大无比、当街抢人、烈日下受鞭刑暴晒示众、劫法场、一人保卫巴黎圣母院、摔死克罗德、殉情而死;爱斯梅哈尔达优美倾城的舞蹈、一句话救了甘果瓦的性命、给加西莫多喂水、受审受刑、对弗比斯的思念、对克罗德淫威的拒绝、死难;爱斯梅哈尔达与加西莫多两人死后尸骨一分开当即化为灰烬；乞丐王国攻打圣母院等。小说充分运用夸张、巧合、悬念等艺术手法，情节大起大落，出人意料，描写浓墨重彩，强烈感人，充分显示了雨果奇特的构思和想象力。

第四，精细的心理描写。小说运用心理描写刻画人物，表现人物心理变化的曲折过程，揭示行为的内在原因。比如，小说细腻地描写了人物心理变化的强烈起伏。克罗德对爱斯梅哈尔达的欲念，在宗教与现实、教规与情欲、灵魂与肉体之间苦苦挣扎的痛苦；对美的渴望，得不到美时的嫉恨，占有美时的邪恶，摧残美时的凶残。再如，小说描写了加西莫多受到爱斯梅哈尔达爱的滋润与感化后的心理变化，令人感叹嘘唏。加西莫多懂得了感恩、爱美，为了爱宁愿牺牲自己，为了爱，义无反顾地摧毁邪恶的克罗德，显示了无畏的英雄气概以及壮烈赴死的凄美情怀。

此外，《巴黎圣母院》在景物描写中，往往穿插激越的议论，通过这种直抒胸臆式的、政论式的议论，加深景物的历史内涵，增强小说的艺术感染力。小说最后，巴黎"晨钟齐鸣"，这种诗一般的描写，令读者深深地感受到《巴黎圣母院》深沉的诗意和浓郁的浪漫色彩。

第四节 普 希 金

一、生平与创作

亚历山大·谢尔盖耶维奇·普希金（1799—1837）是19世纪俄国浪漫主义文学的主要代表，同时也是俄国现实主义文学的奠基人。他以卓越的创作为俄国文学的发展作出许多开创性的贡献，为俄国文学的繁荣奠定了坚实的基础，因而在俄国文学史上占有光辉的地位，被誉为"俄国文学之父"。

普希金出生在莫斯科的一个贵族家庭，小时候由农奴出身的奶妈照料。奶妈纯朴、善良，熟悉民间故事和传说，这些都给普希金以很深的影响。1811年，他入皇村学校（贵族子弟学校）学习，受法国启蒙思想的熏陶，并和十二月党人接近。

在学生时代，他就开始写诗，曾受到老诗人杰尔查文的赏识。他的诗中有不少具有鲜明反暴政倾向的政治抒情诗，如《自由颂》（1817）、《童话》（1818）、《致恰达耶夫》（1818）、《乡村》（1819）等，表现了诗人追求资产阶级自由、平等的政治理想和反暴政的斗争精神。普希金的这些充满激情的诗，在社会上广为流传，引起极大反响。1820年，普希金被沙皇政府放逐到南俄。

在南俄期间，他写了一些浪漫主义抒情诗，如《囚徒》（1822）、《致大海》（1824）。此外还写了一组叙事长诗，即"南方诗篇"，包括《高加索俘虏》（1822）、《强盗兄弟》（1822）、《巴赫奇萨拉伊的泪泉》（1824）和《茨冈》（1824），其中《茨冈》是"南方诗篇"的代表作，也是诗人过渡到现实主义创作之前最后一部浪漫主义叙事诗。这首诗描述的是一个叛逆贵族青年阿乐哥同"窒息的城市、奴役的生活"发生冲突，茨冈（即吉卜赛）人自由自在的生活吸引了他。于是他和茨冈姑娘真妃儿结为夫妻，与茨冈人一起浪迹四方。两年后,真妃儿又爱上了别人,阿乐哥杀了妻子和她的情人,为茨冈人所唾弃的他,孤自一人留在草原上。长诗中最引人注目的是阿乐哥的形象,他对贵族窒息人灵魂的生活感到厌恶,希望融入普通人民随意自由的生活,但长期以来贵族生活对其心灵的腐蚀却使他无法完成这个转变。诗中的异域情调,两种生活环境的鲜明对比,特别是对其所肯定生活的理想化描写,都颇具典型的浪漫主义色彩。他所体现的俄国贵族青年寻求出路的心愿,则具有明显的现实主义成分。

1824年,由于与南俄总督发生冲突,诗人被送回父亲领地米哈依洛夫斯科耶村。这段时间,他过着幽禁的生活,冷静地面对现实思考人生,同时搜集、研究民间文化和历史,创作了现实主义历史剧《鲍里斯·戈都诺夫》(1825)。这个剧本借俄国历史上一次激烈的争夺皇位之战,指出专制制度的反人民实质,强调了只有人民才是历史命运的决定性力量。这一思想,有很强的现实针对性,因为这时正是十二月党人运动的关键时刻,而他们失败的致命原因就是脱离人民。1826年即十二月党人运动失败的第二年,新沙皇为了笼络人心,把诗人召回莫斯科。普希金对新沙皇抱有幻想,但仍旧怀念十二月党人。

1830年9月,他到波尔金诺村住了3个月,此即普希金创作最有收获的季节,即俄国文学史上著名的"波尔金诺的秋天"。他以别尔金为笔名,完成短篇小说集《别尔金小说集》,还有4个小悲剧,近30首抒情诗,并完成了诗体长篇小说《叶甫盖尼·奥涅金》。《驿站长》是《别尔金小说集》中最有代表性的作品。它描写驿站长维林和女儿杜尼亚相依为命,女儿被一骠骑兵军官拐去后,维林失去了唯一的依靠,感到孤单、凄凉。他历尽千辛万苦来到彼得堡,找到女儿住所,却被骠骑兵军官赶走,回去不久,他就在孤苦无望中死去。作品谴责贵族统治的自私、冷酷,对维林的不幸表示了深切的同情。作品塑造了俄国文学史上第一个"小人物"维林的形象,开创了俄国文学描写"小人物"的传统。

30年代,是普希金创作大丰收的时期。他创作了童话诗《渔夫和金鱼的故事》(1833)、叙事长诗《青铜骑士》(1833)、短篇小说《黑桃皇后》(1834)、中篇小说《杜布洛夫斯基》(1835)、长篇小说《上尉的女儿》(1837)等,此外还写了一些文学论文,创办了《现代人》杂志。

《上尉的女儿》是一部历史小说。描写的故事发生在18世纪70年代的一个冬天。贵族青年军官格利涅夫到边防炮台就职,在暴风雪中遇到普加乔夫,他送给普加乔夫一件兔皮袄御寒。格利涅夫到炮台任职后,与炮台司令的女儿玛丽娅相爱。后来,炮台被普加乔夫的起义军攻下,司令夫妇被处死,格利涅夫、玛丽娅也被起义军俘虏。普加乔夫念旧情,释放了格利涅夫,并成全了他和玛丽娅的婚姻。普加乔夫起义失败,格利涅夫因与普加乔夫的关系被捕,后由于玛丽娅谒见女皇求情而获释。这部小说描写了普加乔夫农民起义的众多场面,较真实地表现了农民起义的意义。小说一反贵族社会对普加乔夫的一贯污蔑、丑化,表现了这位农民起义领袖热爱自由、英勇机智、坚定乐观、宁死不屈等优秀品质和他与人民的血肉联系,揭示出普加乔夫起义的深厚的社会基础。

普希金于1831年2月和一位19岁的少女娜·尼·冈察洛娃结婚。婚后他携妻到彼得堡,重入外交部任职。这时沙皇当局和上流社会以其妻经常出入宫廷和交际场所为口实,肆意诽谤普希金,损害他的名誉,并怂恿法国波旁王朝的亡命之徒丹特士侮辱他,引起决斗。普希金在1837年2月8日与丹特士决斗中受重伤,两天后逝世。普希金是俄罗斯最伟大的民族诗人。他生活在俄国贵族革命时期,同那时代的贵族先进分子十二月党人有过密切的联系。他以自己卓越的作品,开创了俄国文学史上的新时代。

二、《叶甫盖尼·奥涅金》

诗体长篇小说《叶甫盖尼·奥涅金》(1823—1831)是普希金的主要代表作,被认为是俄国文学史上第一部经典性的现实主义杰作。

小说主人公叶甫盖尼·奥涅金是彼得堡的贵族青年。他自幼受贵族化教育和贵族文明的熏陶,言谈机敏、举止潇洒,但同一般贵族青年一样,他也醉心于打扮,热衷于酒宴、舞场、剧场等上流社会的社交生活。后来,他厌倦了这种生活,为继承叔父的遗产来到乡下,在乡间他曾经进行一些改革,没有成功。他和刚从德国归来的贵族青年连斯基成为挚友,海阔天空、无所不谈,并结识了连斯基的未婚妻奥尔加和她的姐姐达吉亚娜。交往中达吉亚娜对他产生诚挚热烈的爱情,书写长信向他求爱,却遭到他的拒绝。后来他又恶作剧般地在舞会上调戏了达吉亚娜的妹妹奥尔加,引起了他与好友连斯基的决斗,致使连斯基死亡。事后,他非常内疚痛苦,远走他乡。多年后,他从国外旅行归来,在彼得堡一盛大舞会上,遇见了已成为贵妇人的达吉亚娜。这时的奥涅金和当年判若两人,他狂热地追求达吉亚娜,遭到了拒绝。

奥涅金是俄国文学史上第一个"多余人"形象。他是19世纪20年代俄国贵族青年中的佼佼者。他钻研过亚当·斯密的经济学著作《国富论》,研读过卢梭的社会政治学著作《社会契约论》,他还非常喜欢拜伦那些讴歌自由与个性解放的诗歌。西欧这些进步文化思想的影响使他看清自己原来所沉醉、所迷恋的贵族社会灯红酒绿的生活毫无意义和价值,悔恨自己白白地蹉跎了大好年华。他烦闷、痛苦,对贵族社会的庸俗、空虚感到不满,与周围人格格不入。他想认真读书,从事写作,又搞农事改革,希望西欧的资本主义出现于俄国。这一切说明,奥涅金在精神上,远远高于那些贵族社会中的庸人之上,是开始觉醒的贵族青年一代的典型。

但是,奥涅金并没有完全摆脱贵族传统道德的影响,他对社会的厌恶只能停留在精神上和思想上,因为,贵族的教育,使他毫无实际工作的能力。他缺乏毅力,没有恒心,不管是写作、读书或农事改革,他都浅尝辄止,半途而废。长期的贵族生活,使他远离人民,更不关心人民,还缺少对抗习惯势力的勇气。逢场作戏的贵族习俗,使他无法理解真挚的爱情和忠诚的友谊,因此拒绝了达吉亚娜的求爱,损伤了一颗纯洁的心。后来他又毫无理由地捉弄朋友,戏弄达吉亚娜的妹妹奥尔加,制造了与好友连斯基决斗的悲剧。由此可见,这个贵族社会的土壤培植起来的青年,对生活缺乏实感,不了解自己,不了解别人,不了解自己处身之中的环境,找不到自己生活中的位置,性格极其复杂和矛盾。他既不会站在政府方面,也不能站到人民方面,是一个"多余人"。小说通过这个形象,既反映了俄国贵族社会的腐朽和堕落,也揭示了"多余人"形象的致命弱点。

小说中的女主人公达吉亚娜,是普希金心目中的理想贵族妇女形象。诗人称她为"灵魂上的俄罗斯人"。在这一形象中,包含着诗人对人民的理解,体现着诗人创作的高度人民性。诗人把达吉亚娜美好的品德和性情同人民的影响联系在一起,从俄罗斯普通人民身上,她学得了纯朴、善良;从大自然中,她领悟了生命应该而且必须自由、舒展;从俄罗斯民间传说里,她养成了沉醉于美好的幻想;充满自由思想的西欧浪漫主义小说,教会了她对理想的真诚、执著。这一切都使她在精神上高于周围的人们,对地主庄园的生活难以承受。这时她遇到奥涅金,并从直觉感到奥涅金对眼前这种生活和自己有同样强烈的不满。她克服了少女的羞怯,不顾传统规范的约束,直率地向奥涅金表达爱恋之情,却遭到拒绝。后来她违背心愿嫁给一个年老的将军,并且拒绝了奥涅金的狂热追求,因为她清醒地意识到奥涅金并不能帮助自己走向理想的生活,反而会摧毁自己内心这块最后的理想天地。这正反映出她性格的优美,虽然这种性格美带有柔弱的悲剧色彩。

作品的思想意义体现在:小说以彼得堡和外省乡村为背景,广泛而生动地展现了19世纪初俄国社会生活画面,深刻揭示了上流社会贵族生活的罪恶。他们有的荒淫无耻,互相倾轧,投机钻营,猎取金钱和权势;有的庸俗浅薄,下流透顶,附庸风雅,侈谈什么法国文明;有的花天酒地荡尽家产,经济衰微。乡村地主们也同样是腐朽没落、粗俗无耻的寄生虫。这一切都表明贵族阶级已经走向没落、衰亡。同时,小说通过奥涅金这个"多余人"的形象,既批判了专制的沙皇农奴制度,也指出了他们远离人民、脱离实际的致命弱点。"多余人"是特定历史条件下的产物,他们都是贵族知识分子,对社会具有一定的批判和否定作用,但最终一事无成,是典型的悲剧性人物,不是改造社会的力量。作品通过达吉亚娜的形象的塑造,赞美了纯洁、善良、真诚等优美的品德,批判了沙皇专制制度对人类社会美的亵渎。小说对农奴的悲惨生活也进行了一定的描写,表现了作者人道主义的同情。

《叶甫盖尼·奥涅金》在艺术上具有鲜明的现实主义特色,具体表现在以下3个方面:

人物与环境的典型性。奥涅金作为"多余人"形象是时代的产物,他体现了19世纪20年代俄国贵族青年知识分子的典型特征。他们不满现实、追求理想;但又脱离实际,远离人民,一事无成。这正是十二月党人和先进贵族的特点,也是十二月党人运动失败的根本原因。而达吉亚娜优美性格的形成,正是人民和时代的进步思想的影响,和大自然以及俄罗斯民间土壤的培育。由此可见,性格的优美与环境的健康、风尚进步有关;而性格的缺陷,也和社会及时代的弊端紧密相连。

鲜明的对比手法。小说中的人物形成鲜明的对比。如奥涅金的冷漠与连斯基的热烈浪漫,奥涅金的感情虚假与达吉亚娜的感情诚挚,达吉亚娜平凡的外貌和优美的精神世界与奥尔加娇艳的外表和空虚的内心世界等,都构成了鲜明的对比,从而使人物性格显得更加突出。

诗体小说的独特体裁。这是一部诗体长篇小说。一方面,它具有一般长篇小说,尤其是现实主义长篇的典型特色。另一方面,它又用诗歌的凝练笔法,使形象、景物、场面的描写都具有诗的意境。同时,还有许多抒情插笔,使这种体裁更加完美。

第七章 19世纪文学(中)

19世纪30年代,现实主义作为文学思潮首先在西欧的法、英等国出现,以后波及俄国、北欧和美国等地,成为19世纪欧美文学的主流,也造就了近代欧美文学的高峰。现实主义文学是西欧资本主义制度确立和发展时期的产物。

第一节 概 述

一、现实主义文学产生的背景

资本主义的产生是人类历史上的一场巨大变革。资产阶级作为一个新兴阶级,自文艺复兴以来,历经几个世纪,在与封建势力的斗争中力量不断壮大。1789年法国大革命后,两个阶级之间经过几次反复的较量,终于在1830年爆发"七月革命",推翻了波旁复辟王朝,法国资产阶级的统治地位最终得以确立。1832年英国实行了议会改革,英国资产阶级的统治地位得到了进一步巩固。这两大政治事件,是西欧资本主义制度确立的标志。欧洲各国在英、法资本主义势力的影响下,相继经历了从封建制度向资本主义制度的历史性过渡。这种特定的社会政治经济形势,是现实主义文学形成与发展的决定性因素。

工业革命是现实主义得以形成和发展的又一个主要条件。19世纪中叶,英国工业革命的成功和法、荷等国工业革命开展并逐步取得成功,极大地改变了人们的生活方式和生存观念。日益庞大的市民阶层和一大批文学读者日益增长的阅读需求,使文学创作能够作为职业发展并生存下来,因而也造就了近代意义上的职业作家。这些作家关注读者的理想和愿望,反映他们的生活,描绘他们追求物质财富的艰难历程和心灵上遭遇的种种挫折、扭曲。这就使文学带上了强烈的市民趣味,使浪漫主义风花雪月般的想象让位于阴暗污浊现状的客观叙述。

自然科学与哲学从另一方面促进了现实主义文学的产生。伴随着工业革命的历史进程,自然科学得到了长足发展,突出的是细胞学说、能量转化学说和进化论三大成就。自然科学的成就打开了人们的视野,增强了人类征服自然的信心,从而也鼓舞和促进了人们去研究社会,寻找社会矛盾产生的原因及解决方法。作家们也借用自然科学的思维方式和科学成果进行文学创作。自然科学的成就改变了人类对世界的看法,也带来了哲学观念的更新。黑格尔的辩证法、费尔巴哈的"人本学说"和孔德的实证哲学等都是19世纪现实主义文学的理论基础。此外,揭露资本主义社会贫富不均现象,主张社会改良的法国空想社会主义,也催化了现实主义的分析批判精神。

19世纪现实主义文学思潮的形成,有其自身的历史继承性。现实主义的文艺理论肇始于古希腊学者的模仿说。亚里士多德提出了"诗比历史更真实"的观点,对现实主义文艺作出了朴素而有力的论证。文艺复兴时的人文主义作家继承与发扬了这种原始形态的现实主义。18世纪启蒙作家强烈的社会批判精神,人物的刻画和细节描绘的技巧,被19世纪现实主义文学继承并发扬光大。19世纪初的浪漫主义文学的心理描写、历史题材的处理及大自然的细致描摹等,都被19世纪现实主义文学所借鉴。

二、现实主义文学的基本特征

19世纪现实主义文学思潮是在特定的社会历史背景和精神文化条件下产生的。因此,尽管它流行的范围很广,形成的时间也有先后,但在思想与艺术上都有一些共同的基本特征。

思想特征 首先,现实主义把文学作为分析与研究社会的手段,为人们提供了特定时代丰富多彩的社会历史画面,具有很高的认识价值。19世纪自然科学和历史科学的成就,改变了人们的思维方式,科学主义成为一种时代风尚。作家们都以研究与分析社会为己任,把广阔真实地反映时代的风俗史作为文学创作的最高理想。其次,现实主义以人道主义思想为基本的价值取向。现实主义作家倡导"自由""平等""博爱"的人道主义理想,要求维护人的尊严与价值,对由金钱滋生出的社会的恶德败行作了深刻的揭露和批判,并对下层人民的苦难表示同情,希望统治阶级以仁爱为怀,改善与被压迫者之间的关系。最后,现实主义文学还普遍关心社会文明发展进程中人的生存处境问题,主要反映了西方资本主义历史进程中出现的种种弊病,揭露了资本主义条件下人的异化,表现出深度意义上的人道主义精神。

艺术特征 首先,现实主义文学强调客观真实地反映生活,注重细节的真实。现实主义作家认为,应该按照生活本来的样子去反映生活,使作品的文本内容与现实生活内容具有同构性,从而使文学具有科学真理的精确性。为了使创作达到真实的艺术效果,他们反对在作品中直露地表现"自我",而要求作者的思想与情感在具体的情节描写与人物塑造中自然而然地流露出来。为了达到细节的真实,他们常常进行实地考察,收集大量准确无误的事实材料。其次,现实主义文学重视人与社会环境关系的描写,塑造典型环境中的典型性格。现实主义作家认为人是社会环境的产物,主张从人物所处的社会历史环境中刻画人物性格,真实地揭示人物和事件的内在联系。他们提倡通过对典型环境中的典型性格形成过程的描写,全面真实地展示现实生活及其本质特征,反映整个时代的风貌。现实主义文学在人物塑造方面大大超越了以前的西方文学传统,为世界文学史创造出一系列不朽的典型形象。

三、现实主义文学的发展

现实主义形成于19世纪30年代的欧洲,总体上可分为前后两个时期:19世纪30

年代到 60 年代为前期,其中心在法、英等国;60 年代以后,其中心逐渐转移到俄国、北欧和美国等地。

法国文学 法国是欧洲现实主义文学的发源地。三四十年代的法国现实主义文学以描写封建贵族与新兴资产阶级的矛盾,以及资产阶级内部矛盾为主,在强烈地批判和揭露现实的同时,也流露出对封建时代的依恋之情。斯丹达尔和巴尔扎克是法国现实主义文学的奠基人。斯丹达尔的长篇小说《红与黑》(1830)实践了现实主义创作原则,标志着现实主义文学的形成。巴尔扎克的《人间喜剧》使现实主义从理论到创作都臻于完善,代表了西欧现实主义文学的最高成就。

普罗佩斯·梅里美(1803—1870)是一位品格独特的现实主义作家,创作有诗歌、戏剧和历史小说,但以中短篇小说最为著名。他喜欢写异国题材,塑造纯朴真诚而又彪悍粗犷的人物,擅长表现反现代道德文明的主题。他的小说在冷峻的叙述中蕴含着激情,比较著名的作品有《高龙巴》(1840)和《卡门》(1845)。代表作《卡门》塑造了个性鲜明的女性形象卡门,她真诚坦率又放荡不羁,蔑视任何法律和道德的规范,表现出对个性自由的绝对追求。小说以女主人公的"绝对自由"否定了资本主义文明。

居斯塔夫·福楼拜(1821—1880)生于法国诺曼底卢昂的医生世家。童年在父亲医院里度过,医院环境培养了他细致观察与剖析事物的习惯。少年时代曾赴巴黎求学,1846 年后定居卢昂,埋头写作,直到生命最后时刻。1857 年,福楼拜出版长篇小说《包法利夫人》,轰动文坛。但作品受到当局指控,罪名是败坏道德,毁谤宗教。此后,他一度转入古代题材创作,于 1862 年发表长篇小说《萨朗波》。1870 年发表的长篇小说《情感教育》,仍然以现实生活为题材。福楼拜的代表作《包法利夫人》,副标题是"外省风俗"。这部小说以 1837 至 1846 年间的外省生活为背景,着重描写了女主角爱玛的人生经历,以及她由于追求不正当的"爱情"而最终导致自杀的悲剧命运。首先,少女时代在修道院所受的禁欲主义教育使爱玛脱离了现实的爱情生活,却刺激了她对虚幻爱情的渴望,为她后来的悲剧生活埋下了种子。其次,社会的堕落风气、小地主罗道尔夫、律师秘书赖昂的勾引,商人和高利贷者的迫害,共同把爱玛推进了悲剧的深渊。爱玛的丈夫、平庸的包法利也是造成她对生活失望,并最终走向自杀的原因之一。福楼拜对爱玛追求虚幻的"爱情"虽然有所批判,但对她的不幸也给予了深切的同情。作者通过爱玛的悲剧,充分展现了法国七月王朝时期外省的人情风俗和世态炎凉。

小仲马(1824—1895)是出色的小说家和戏剧家,他的名作《茶花女》(1848)通过玛格丽特短暂而悲惨的一生,赞美了真诚而纯洁的爱情,揭露了资本主义社会对妇女的蹂躏和摧残。1852 年,作者将其改编为同名话剧,获得成功。从此,他专事戏剧创作,《金钱问题》《私生子》和《放荡的父亲》等 20 多部剧本多以爱情、婚姻为题材,从独特的角度提出妇女地位和私生子命运等问题。

英国文学 英国是欧洲资本主义发展最早最快的国家,劳资矛盾也最尖锐。1838 年至 1848 年爆发了为实现《人民宪章》而进行的具有广泛社会基础的工人运动,被称为"宪章运动"。在运动中出现的文学被称为"宪章派文学"。当时全国各地的工人组织创办了许多报刊,一批诗人以报刊为载体发表各种文学作品,尤其是诗歌反映了工人的呼声,推动运动向前发展。这些诗歌政治倾向明确,语言晓畅,充满激情,流传广,影响大。代表诗人主要有琼斯(1819—1869)和林顿(1812—1897)。同时,于30年代产生,到四五十年代达到繁荣的英国现实主义文学也较多地表现了劳资矛盾以及"小人物"的悲惨命运和苦难生活,人道主义和改良主义色彩特别浓厚。以狄更斯、萨克雷、勃朗特姐妹和盖斯凯尔夫人等为代表的一批杰出小说家,他们的创作集中反映了上述英国现实主义文学的特点。

威廉·梅克比斯·萨克雷(1811—1863)善于描写社会中、上等阶层人与人之间风雅而又虚伪的关系。他的作品忠实于生活,细腻地刻画人物的情绪状态,并以生动风趣的叙述、描写、对话及评论吸引读者,情节丰富而生动。著有《名利场》(1848)和《纽克姆一家》(1855)等。代表作《名利场》以19世纪20年代为背景,主要描写两个生活态度截然不同的妇女的命运,一个是穷画匠的女儿蓓基·夏泼,另一个是有钱人家的小姐爱米丽亚。蓓基·夏泼冷酷而自私,利用一切人往上爬,迎合上流社会的道德标准,为达到目的不择手段。小说通过这个人物写出了资本主义金钱社会是一个冷酷自私、趋炎附势、尔虞我诈、弱肉强食的名利场。小说还写出了上层社会那些貌似风雅的绅士们伪善、卑劣的精神世界。小说的副标题"没有主人公的小说",正说明在这个被金钱权势挤压下的名利场中正面人物的丧失,金钱才是真正的主人公。小说夹叙夹议,风格幽默而哀婉。

勃朗特姐妹的小说也是颇为引人注目的。夏洛蒂·勃朗特(1816—1855)以长篇小说《简·爱》(1847)享誉文坛。艾米莉·勃朗特(1818—1848)的早期诗作富于哲理及神秘色彩,格调清新,代表作《呼啸山庄》(1847)是一部充满浪漫和怪诞色彩的小说。安妮·勃朗特(1820—1849)的《艾格尼斯·格雷》(1847)也独具特色。夏洛蒂·勃朗特在代表作《简·爱》中塑造了敢于冲破年龄、门第和传统观念束缚,去追求真正爱情的女性形象。作品采用自叙和回忆的形式,让主人公直接向读者讲述童年的苦难、慈善学校的冷酷,使人有身临其境之感。小说中人物感情跌宕起伏,颇具吸引力。

盖斯凯尔夫人(1810—1865)曾随丈夫在宪章运动的中心城市曼彻斯特传教,对产业工人的生活和思想有较多的了解。她的小说大多以工人生活为题材,代表作《玛丽·巴顿》(1848)是世界文学史上第一部正面描写工人生活和斗争的长篇小说。书中描写了经济萧条时期工人与资本家的矛盾冲突,对工人的不幸深表同情,但又用基督教的方式解决劳资双方的冲突,在各自都悔悟了之后互相宽恕,互相谅解,重新合作。

俄国文学 俄国现实主义文学形成于19世纪30年代,五六十年代不断发展,七八十年代达到鼎盛阶段。俄国的资本主义发展大大落后于西欧,19世纪上半期,俄国还处在沙皇专制统治下的封建农奴制社会,资本主义只是萌芽。因此,俄国现实主义文学始终和蓬勃开展的俄国人民解放运动紧密联系,其批判锋芒直指封建农奴制及其残余,并表现出推翻封建制度的政治要求,直到后期,对资本主义的批判才逐渐加强。

尼古拉·瓦西里耶维奇·果戈理(1809—1852)是俄国著名的戏剧家和小说家,其创作确立并开拓了俄国"自然派"文学的新时期。"自然派"是俄国现实主义文学的别称,是指19世纪40年代俄国文坛上出现的以果戈理为代表的一批现实主义作家。他们的创作真实地反映生活,揭露了农奴制的腐朽黑暗,描写下层人们的苦难命运,表达了劳动人民要求变革社会的愿望。别林斯基从理论上论证了自然派文学批判现实的创作倾向。

果戈理继承并发展了普希金开创的现实主义传统,短篇小说集《彼得堡的故事》(1835)集中描写彼得堡的官场生活,其中最脍炙人口的是《外套》。小说通过九等文官阿卡基·阿卡基耶维奇因新外套被强盗抢走受到惊吓与呵斥并悲伤而死的故事,深化了由普希金开创的"小人物"主题,表现了果戈理同情被侮辱、被损害者的人道主义精神和民主主义思想。讽刺喜剧《钦差大臣》(1836)真实展现了俄国官僚社会的种种丑态,成为俄国戏剧发展史上的重要里程碑。长篇小说《死魂灵》(1842)是果戈理的代表作,通过描写投机家乞乞科夫向外省5个农奴主购买已经死亡但在户口册上并未注销的死农奴的故事,刻画了农奴主的群像,反映了农奴制度的腐败和没落。其中塑造的泼留希金是世界文学史上著名的吝啬鬼和守财奴形象。

维萨里昂·格里戈里耶维奇·别林斯基(1811—1848)是革命民主主义批评家,他以《论俄国中篇小说和果戈理君的中篇小说》(1835)、《一八四六年俄国文学一瞥》(1847)、《一八四七年俄国文学一瞥》(1848)等一系列论文,从革命民主主义的观点出发,在理论上阐发和捍卫了果戈理的现实主义传统。别林斯基认为,果戈理的"自然派"小说,真实地描写和批判了俄国农奴制社会的黑暗与腐朽,表达了劳动人民要求变革社会的愿望。

赫尔岑(1812—1870)是俄国进步作家和思想家。他的文学作品主要有长篇小说《谁之罪?》(1846)和回忆录《往事与随想》等。《谁之罪?》通过对别尔托夫等形象的塑造,准确地概括了19世纪40年代俄国不同类型的青年的精神面貌和悲剧命运。

伊凡·亚历山大罗维奇·冈察洛夫(1812—1891)是重要的现实主义作家,他的代表作《奥勃洛摩夫》塑造了俄国文学史上最后一个"多余人"奥勃洛摩夫的形象。奥勃洛摩夫是一个受过良好教育、头脑聪明的贵族青年,但他优柔寡断,好空想而懒惰成性,没有实际活动的能力。他总是整天躺在床上或沙发里昏睡,甚至做梦也在睡觉,最后也在睡梦中死去。奥勃洛摩夫的形象概括了19世纪俄国社会的停滞、落后和腐朽,说明贵族知识分子在50年代后的俄国已丧失了进步性,预示了俄国文学中"新人"的形象将取代"多余人"的形象。

伊凡·谢尔盖耶维奇·屠格涅夫(1818—1883)是俄国的语言艺术大师,在诗歌、戏剧、散文创作方面均有极高的成就。早年以短篇小说集《猎人笔记》(1847—1852)名震文坛。50至70年代,他创作的6部长篇小说,不仅具有很高的艺术价值,而且编年史般地记录了俄国社会的风貌。《罗亭》(1856)成功地塑造了"语言的巨人、行动的侏儒"的罗亭形象,为俄国"多余人"增添了新的成员。《贵族之家》(1859)讲述了贵族青年拉夫列茨基和丽莎的恋爱悲剧,是俄罗斯贵族的一曲忧郁的挽歌。《前夜》(1860)首次在俄国文学中塑造了"新人"——平民知识分子的形象。主人公英沙洛夫是保加利亚青年志士,为民族独立而英勇斗争的革命者。《父与子》(1862)塑造了平民知识分子巴扎洛夫的形象,他不仅具有新人的朝气和斗志,也有平民知识分子的偏激、粗鲁等弱点。此外,《烟》(1867)和《处女地》(1878)都反映了作家对俄国社会的深入思考。

尼古拉·加夫里诺维奇·车尔尼雪夫斯基(1828—1889)是杰出的思想家和文学家。他的代表作有:美学著作《艺术对现实的审美关系》(1855)、文学批评著作《俄国文学果戈理时期概观》(1856)、长篇小说《怎么办?》(1863)等。《怎么办?》中塑造了罗普霍夫、拉赫美托夫等"新人"形象。"新人"指的是19世纪中叶在俄国文学中出现的具有民主主义思想倾向的平民知识分子形象。这些形象尽管个性相异,但大多出身平民,具有坚定的意志、明确的理想,以及实干精神和自我牺牲精神。

亚·奥斯特洛夫斯基(1823—1886)是俄国戏剧家,被称为"俄罗斯民族戏剧之父"。他的著名戏剧《大雷雨》(1860)塑造了卡杰琳娜这一俄罗斯文学中十分动人的妇女形象。她热爱自由、勇敢争取生活权利的性格,与黑暗的封建宗法社会的道德观念形成了尖锐的矛盾冲突。她的悲剧是对"黑暗王国"的控诉与抗议。

尼古拉·阿列克塞耶维奇·涅克拉索夫(1821—1878)是19世纪中期俄国革命民主主义诗人,主要作品有《诗人与公民》《严寒,通红的鼻子》(1864)、《俄罗斯妇女》等。代表作长诗《在俄罗斯谁能过好日子》(1863—1876)大量吸取了民歌表现手法,以童话的形式真实地反映了农奴制改革后俄国农村的贫穷与落后,揭露了农奴制改革的欺骗性,号召人民起来为幸福的未来而斗争。

七八十年代,陀思妥耶夫斯基和列夫·托尔斯泰完成了他们的代表作,把俄国现实主义文学推向高峰。

其他国家文学 德国是西欧资本主义发展较晚的国家。德国早期现实主义文学以批判封建君主专制和诸侯割据为主,同时也批判自由资本主义时期社会的弊病。格奥尔格·毕希纳(1813—1837)是德国早期现实主义文学的重要作家,其创作以戏剧为主,代表作《丹东之死》。格·维尔特(1822—1856)是德国工人运动中涌现出来的工人诗人。他的诗歌饱含着对无产阶级的苦难和不幸的深切同情,传达了劳动人民的心声,并号召他们起来斗争,迎接光明的未来。他的诗有民歌风格,幽默、讽刺、夸张等手法交替使用,通俗易懂。《刚十八岁》(1845—1846)、《铸炮者》(1845)和《我愿做一名警察总监》(1848)等都是他的著名作品。

戈特弗里德·凯勒(1819—1890)是瑞士的德语作家,长篇小说《绿衣亨利》(1855)是他的代表作。主人公绿衣亨利在经历了种种曲折后返回故城,与人民相结合,受到了人们的尊重。小说反映了广阔的社会生活,具有浓郁的乡土气息。凯勒的中短篇小说创作也成就突出,著有《塞尔特维拉的人们》(1856—1874)和《苏黎世中篇小说集》(1877)等。

北欧现实主义文学形成于19世纪四五十年代。汉斯·克里斯汀·安徒生(1805—1875)是丹麦也是世界著名童话作家。他的童话作品立足于现实,既以真挚的笔触热烈歌颂劳动人民,同情不幸的穷人,又愤怒鞭挞残暴、贪婪、愚蠢的统治者和剥削者,批判社会的黑暗,体现了现实主义和民主主义精神。《卖火柴的小女孩》《丑小鸭》《看门人的儿子》等,既写出了社会中贫富的对立和穷苦人的悲惨遭遇,又以美丽的幻想表达善良而美好的愿望。《皇帝的新装》《园丁和主人》等辛辣地讽刺了统治者的无知与骄横。

美国的现实主义文学形成较晚,但在50年代的废奴文学中,已蕴含了现实主义因素。废奴文学以反对美国南方的蓄奴制和反映黑人悲惨生活为主要内容。理查·希尔德烈斯(1807—1865)的《白奴》(1836)和哈里叶特·比彻·斯托夫人(1811—1896)的《汤姆叔叔的小屋》(1852)是废奴文学的代表。《汤姆叔叔的小屋》描写了逆来顺受的老黑奴汤姆的不幸命运,从而把南方蓄奴制的罪恶公之于天下。这部小说把美国的废奴运动推向了高潮。

第二节 斯丹达尔

一、生平与创作

斯丹达尔(又译司汤达,1783—1842)原名亨利·玛利·贝尔。1783年1月23日,贝尔出生于法国东南部格勒诺布尔市一个中产阶级家庭。父亲是个思想守旧的律师,母亲是意大利人后裔,能阅读但丁和阿里奥斯托的原著。贝尔7岁丧母,具有启蒙思想的外祖父加尼翁大夫培养了他对唯物主义和古代文学的兴趣。贝尔13岁进当地市中心学校接受近代科学和资产阶级思想教育,尤其是在数学教师雅各宾党人格罗的教导下,他对数学产生浓厚的兴趣,对他日后的现实主义创作产生深远影响。

1799年11月,贝尔来到巴黎,本准备投考著名的综合工科大学,但却意外卷入了革命洪流,从此开始传奇式的一生。1800年,他随拿破仑大军进入意人利米兰。1802年,贝尔离开部队来到巴黎,专心钻研哲学和文学,对人文主义者拉伯雷、莎士比亚,古典主义散文家拉布吕耶尔,启蒙哲学家和作家爱尔维修、孔狄亚克、卢梭等的作品产生浓厚的兴趣,但很快便对卢梭的文风产生反感。1806年贝尔重返部队,直到1814年,一直随拿破仑大军征战欧陆,先后到过德国、奥地利,目睹莫斯科的熊熊大火。他的笔名斯丹达尔就是取自普鲁士一个小镇的名字,拿破仑的赫赫战功给他留下了难以忘怀的印象,成为他心目中的英雄。

帝国垮台以后,贝尔侨居米兰,开始创作生涯。先后发表《海顿、莫扎特、梅塔斯塔斯的生平》(1815)、《意大利绘画史》(1817)和游记《罗马、那不勒斯和佛罗伦萨》(1817)。游记出版时,第一次署上了"斯丹达尔"这个笔名。侨居米兰期间,作者与意大利浪漫派和烧炭党人来往甚密。1821年意大利革命受挫，斯丹达尔受到奥地利政府的警告，被迫离开米兰回到巴黎。

从1821年至1830年"七月革命"前，斯丹达尔居住在巴黎，并曾两次旅游英国，在英国报刊上发表批评雨果、夏多布里昂等法国浪漫派的文章。同时，出版《论爱情》（1822）、《罗西尼的生平》（1823）和《罗马漫游》（1829）等。

当时法国文坛正发生古典主义与浪漫主义之争，斯丹达尔著文为浪漫派辩护，抨击守旧的古典主义。之后，他把文章汇成小册子，以《拉辛与莎士比亚》书名出版（1823—1825），这部论著被后世称为现实主义的宣言书。接着，他出版第一部小说《阿尔芒斯》（1827），后又出版代表作《红与黑》（1830）。

1831年作者被任命为教皇管辖下海滨小城契维塔维基亚领事，从此开始了处境最艰难但也是创作丰收的十年。长篇小说《巴马修道院》（1839）、《吕西安·娄凡》（未完成）、《拉米埃尔》，自传体小说《亨利·布吕拉》《自我主义者回忆》，以及大量中短篇小说（后收入《意大利遗事》），都创作于该时期。《巴马修道院》得到巴尔扎克高度赞扬。1841年年底，斯丹达尔回巴黎休假。翌年3月20日，他从巴黎外交部出来时摔了一跤，跌倒在地，从此与世长辞。按照作者遗愿，在他的墓碑上用意大利文写着："阿里果（即法文的亨利）·贝尔米兰人，写作过，恋爱过，生活过"。

斯丹达尔在文学发展史上最主要的贡献是开创了现实主义的道路和杰出的心理描写。他坚决反对19世纪作家受古典主义"三一律"的束缚，强调文学创作应直面人生，敢于描写人物的激情和心灵激动。他的几部长篇就是通过主人公短暂的一生来反映整个时代，以及民主力量的上升。《阿尔芒斯》通过贵族男女青年的爱情故事反映了复辟时期贵族的精神状态，指出这个没落颓废的阶级已无力挽回昔日的荣光。历史小说《巴马修道院》的立足点仍然是现实。读者通过历史故事可以看到现实中的黑暗、罪恶以及下层人们的精神和热情。

斯丹达尔的心理描写是激动的心灵和外表的冷漠，内在抒情和外在"生硬"的统一。这种手法，既是作者"自爱"的表现，也是理性的思维方式。是通过认识自己从而认识他人乃至"整个人类心灵"的独特艺术手法。他在《阿尔芒斯》中出色地运用了"内心独白"，不仅展现了奥克塔夫奇特的内心痛苦，还以曲折入微的手法，刻画了阿尔芒斯纯洁心灵的复杂变化。《红与黑》《巴马修道院》等作品中对于连、德·瑞那夫人、法布利斯等人物的爱情描写，更是入木三分，动人心弦。他笔下人物的激情，基本上是一种分析性的心理描写，但又有某些现代的因素，正是这一杰出的心理描写，他被称为"近代小说之父"。

斯丹达尔由于对意大利情有独钟和深刻了解，成了一名富于意大利气质的法国作家。当他跟随拿破仑大军第一次来到米兰时，米兰人民欢迎法国革命军队的热烈气氛给他留下深刻印象，后来，米兰人民的这种喜悦情景，经作者艺术加工，写进了《巴马修道院》。同时，意大利文艺复兴时期流传下来的优良文化传统，辉煌的文学艺术遗产,以及这里的自然风光、淳朴的风土人情,都给他以强烈感受。短篇小说集《意大利遗事》和长篇小说《巴马修道院》,栩栩如生地展现了这个国家的"精神、天才、风尚和灵魂"。

斯丹达尔还塑造了一些"意大利性格"的人物形象,他们都具有追求纯洁爱情,不慕虚荣,不受封建礼教束缚的特征。收在《意大利遗事》中的《卡斯特罗女修道院院长》(1839),通过一个出身名门望族的女主人公与强盗儿子的悲剧故事,歌颂了男女青年的真挚爱情,抨击了等级观念,暴露了宗教伪善。《瓦尼娜·瓦尼尼》(1829)描写的是罗马贵族少女瓦尼娜·瓦尼尼和烧炭党人的爱情悲剧,作者热情歌颂了烧炭党人彼耶特卢的爱国激情。《巴马修道院》中的法布利斯,大胆、果断、富于冒险精神,全凭"激情"行事,吉娜更是一座"热情的宝山",蕴藏着最优美女性感情的"泉源和琼玉"。斯丹达尔总是以满腔的热情来赞扬那些富于激情,不受封建礼教束缚,不求虚荣,追求纯洁爱情的人物,因为他们寄托着作者的理想。

在语言风格上,斯丹达尔既反对古典主义的扭捏作态,也反对夏多布里昂、雨果等作家的华丽辞藻,他所主张的是纯净、自然、动人、天真。在写《巴马修道院》时,他习惯于每天早晨读两三页《民法》,帮助自己掌握恰当的语调,他相信这种朴素的文风经得起历史考验。

二、《红与黑》

《红与黑》是斯丹达尔的代表作,也是法国现实主义的奠基作。小说描写法国弗朗什—孔泰省的维里埃尔城木匠的儿子于连·索雷尔聪颖好学,自幼受启蒙思想熏陶,具有反抗精神。19岁那年,进市长德·瑞那府上当家庭教师,因与市长夫人有暧昧关系,被迫离开小城,进了贝尚松神学院学习。后又因院内党派斗争不得不离开省城来到巴黎,给德·拉·莫尔侯爵当私人秘书。他因才华出众,颇受侯爵赏识,并博得他女儿玛蒂尔德的好感。正当他沉醉在30岁即可当上司令的美梦时,市长夫人的揭发信,使一切希望成了泡影,在气愤之下,他试图枪杀夫人。事后,得知德·瑞那夫人的揭发信是在忏悔教士强迫下写的,他痛悔不已。在监狱里,他不愿申诉,而且拒绝接待探监的玛蒂尔德,只希望与德·瑞那夫人相处。最后,他上了断头台。

小说原取名《于连》,出版时改为更具象征意义的《红与黑》,至少包含两层含义。第一,"红"象征着拿破仑时代,法国资产阶级革命的热血和丰功伟绩;"黑"意味着复辟时期的王朝和教会的黑暗统治。第二,于连作为一个有抱负、有才华的平民青年,他曾想通过穿上拿破仑军队士兵的红色军装踏入社会,但在复辟时期,平民子弟立功于战场,跃升将军的愿望已无法实现。同时,于连又目睹了圣职人员的荣耀,萌发了通过披上教士的黑袍跻身上流社会的念头,并曾身体力行地为之奋斗。但于连本质上是纯真、善良的,所以他没有一直"黑"下去,而是在经过了风雨以后,最终悬崖勒马。

这部作品是19世纪法国社会的风俗画,全面地展现了当时法国从小城到省城直至京城的贵族、教会、资产者和平民的精神面貌和心理状态,具有丰富的社会内容。

《红与黑》描绘了王政复辟时期激烈的政治斗争,具有强烈的政治倾向。

作者对侯爵府第的描写,广泛地展现了复辟王朝时期贵族社会的画面。莫尔侯爵是一个重要人物,他上通宫廷,得到国王恩宠;下连省城和小城,是贝尚松最富有的地主。他与国外反动势力勾结,企图引狼入室。作品中描写的黑会,他是主谋者之一;黑会提出用暗杀或大屠杀的手段来维持政权,最后一致同意让神圣同盟进行军事干预,复辟王朝的卖国面目于此暴露无遗。他又与反动教会势力有着密切联系,与神学院里的福来力主教同属于反动的耶稣教派。此外,他的府邸又是巴黎上流社会活动中心,在这里经常出入的是高门望族、阔绰世家和王政时期国外回来的保王党,正是这些人,试图对人民实行暴虐的统治。

作品对神学院的种种描写,是作者对传统宗教及其罪恶的绝妙讽刺,神学院和教区内充满着阴谋及钩心斗角。于连因为是天主教会彼拉神父的心腹,便成了另一派的眼中钉,受到种种打击和迫害。

作者对外省小城的描写很富讽刺意味。德·瑞那市长是王政复辟时期的贵族典型,他兼有贵族的狂妄和资产者的贪得无厌,虽然出身贵族世家,他却已意识到实业的重要,在拿破仑时代就办起了工厂。王政时期,他因镇压革命有功当上市长,对金钱的迷恋泯灭了他的天良,他发现夫人与于连有暧昧关系,本想一休了之,但转念一想,妻子是一笔可观财产的继承人,便忍气吞声。贫民收养所所长哇列诺靠吸贫民的血飞黄腾达,步步高升,从所长、市长、省长,直到封为男爵。

《红与黑》的突出成就是塑造了主人公于连的形象。于连是个性格复杂的人物,他经历了反抗—妥协—反抗的变化过程。初出茅庐的于连,虽说也羡慕贵族的豪华生活,看到圣职人员的荣耀也曾产生过仰慕之心,但由于他出身卑微,又受过谢朗神父和拿破仑退休军医的熏陶,有较多的平民意识和自尊心。他不仅不愿接受别人的恩赐,无法忍受市长的训斥和蔑视,还敢于提出请假,并以占有市长夫人作为报复。在贝尚松神学院期间的所作所为是于连在野心和虚伪道路上迈出的第一步。神学院内的党派斗争、猜忌和尔虞我诈,使于连逐渐地认识到社会的丑恶,并决心忍辱负重,用两面派手法对抗社会。进入巴黎以后,于连的内心矛盾斗争更为激烈。为了往上爬,他煞费苦心博得侯爵小姐的爱情;为了讨得主子的欢心,甚至参加黑会,出卖灵魂。仕途的顺利,侯爵的重用,女人的青睐,使他愿为给他勋章的政府肝脑涂地。但是,于连不可能彻底出卖灵魂,在"阴谋伪善的中心",他仍然保持了一定的清醒。他深知,侯爵的"器重"只不过把他当做一只好玩的"长毛猎狗"。通过监狱中的反省,他终于认清了社会的本质,最后以死表明了与上流社会决裂的决心。

于连是法国复辟时期小资产阶级知识分子个人奋斗的典型,但他既不同于只求温饱的青年,也不属于甘愿出卖灵魂、最终与上流社会同流合污的一类。他是有理想、有抱负、不满现状、要求民主平等、富有反抗精神的"理想型"青年。因此,于连也是"性格分裂"的人物,是一个自尊、自爱、勇敢、真诚而又自卑、怯懦、虚伪的矛盾统一体。于连的一生都在追求,曾以不凡的勇气、激情、自尊和胆量与命运进行抗争。但他不是命运的宠儿,每一次努力都在即将达到胜利彼岸时成为泡影。于连的悲剧告诉人们:在复辟时期,一个有进取心的平民青年,试图通过个人奋斗跻身上流社会,却又不愿厚颜无耻地讨好主子,丧尽天良地利用他人的鲜血来染红自己的肩章,最终只能成为上流社会的"局外人"。

《红与黑》的艺术成就首先表现为:情节从传统封闭结构向现代开放结构过度。作品以于连一生的仕途、爱情为发展线索,重点描写了他在小城、省城、巴黎和监狱4个场景,形成了主干明显、疏密得当的结构。《红与黑》已摆脱了纯粹按照"时间的延续"安排情节的格局,向着"空间"长篇小说过渡。作品所表现的是1830年这样一个"特定时代"的"空间"的"心灵变化",而时间、地点的迅速变换,人物的忽隐忽现,对话的紧张而不连贯等,更增添了作品的现代因素。

其次,塑造了众多性格鲜明的人物。作品除了塑造于连这个不朽的艺术形象之外,还以巨大的艺术力量展现了众多既有个性又有某一类型性格的人物。德·瑞那市长的利欲熏心而又迂腐可笑、哇列诺的飞扬跋扈、老索雷尔市侩习气,都跃然纸上。市长夫人作为3个孩子的母亲,在封建和宗教观念的恐惧、挣扎中度过她跟于连的爱情期。而浪漫、任性的侯爵小姐,则大胆,疯狂,反复无常,追求的是不同寻常、富有刺激的爱情。

最后,对人物行为的深刻心理分析,是《红与黑》的主要艺术魅力所在。斯丹达尔具有数学家那样的天才能力,能准确无误地刻画出男女主人公的细致心理变化及其发展过程,尤其是他们的爱情心理变化。于连一生的追求,他的爱恨情仇,就始终伴随着深刻、细腻的心理描写。心理描写成就了小说中的人物性格。

第三节 巴尔扎克

一、生平与创作

奥诺雷·德·巴尔扎克(1799—1850)是法国19世纪最重要的作家,其代表作《人间喜剧》是人类文化宝库中的瑰宝。1799年5月22日,巴尔扎克生于法国古城图尔。他的父亲出身农民,靠个人奋斗逐渐发迹,母亲出生于巴黎富裕的资产阶级家庭。巴尔扎克自幼进寄宿学校和教会学校,过着极其严格的幽禁生活,很少与家人见面。1814年,巴尔扎克随全家迁往巴黎,他仍然进寄宿学校读书,1816年9月中学毕业。他的母亲希望他成为公证人,巴尔扎克于是先后进入诉讼代理人和公证人的事务所做见习生。其间,他在法律系攻读过。在事务所,他看到了许多家庭悲剧和"不受惩罚的罪行",这些成为他以后创作的素材。

1818年4月,巴尔扎克离开事务所,住到一间阁楼里从事文学创作。1820年5月,巴尔扎克当着全家和朋友们朗读他的诗剧《克伦威尔》,遭到失败。于是他改行写小说,他在四五年间写出了40部小说。这些神怪小说虽然难登大雅之堂,但巴尔扎克借此学会了怎样写对话、人物、结构。小说创作未能改善巴尔扎克的经济状况,于是他想到做生意,他出版莫里哀和拉封丹的作品,办印刷厂、铸字厂,结果债台高筑。痛定思痛的巴尔扎克重新投入写作,决心用笔来完成拿破仑用剑没有完成的事业。

1829至1835年是《人间喜剧》创作的第一阶段。1829年发表的《舒昂党人》是巴尔扎克严肃文学创作的开始。为了创作《舒昂党人》,他事先曾实地调查搜集材料,这种一反青年时期的写作路径,符合现实主义的写作要求。随后的创作转向正面描写当代生活和社会风俗。主要作品有短篇《高布赛克》(1830)、中篇小说《苏镇舞会》(1830)、长篇小说《驴皮记》(1831)、《欧也妮·葛朗台》(1833)和《高老头》等。《欧也妮·葛朗台》通过葛朗台一家的故事,形象地描绘了资本主义社会里人与人之间赤裸裸的利害关系和冷酷的现金交易。作者无情地揭去了温情脉脉的面纱,披露出资本主义社会里夫妻、兄弟、儿女、亲戚、朋友间的人际关系。老葛朗台是一个通过政权更迭大发横财的暴发户,既是大革命后得势的资产阶级的代表,又是复辟王朝时期游刃有余的大财主,他积聚财富的历史充满了血腥味。他既是大土地所有者,又是一个金融资本家,他的得势反映了复辟王朝时期土地、金融资产阶级主宰一切的社会现实。巴尔扎克写出了法国大革命以后资产阶级暴发户的发家过程,揭示了在新的历史条件下资产阶级聚敛财富的特点。葛朗台的形象是对资产阶级金钱拜物教的生动写照。

长篇小说《驴皮记》(1831)是一部哲理小说。小说借用古代东方的故事,以抨击一掷千金,纵情声色的享乐生活。人的欲望满足一次,驴皮就缩小一分,生命就向死亡迈了一步。歌德认为这是一部新型的小说,高尔基也对生动地再现银行家宴会场面的大手笔赞扬备至。

大概在1833年创作《乡村医生》时,巴尔扎克初次有了将所有的作品结集,构筑为一座文学大厦的想法。

1835至1842年是《人间喜剧》创作的第二阶段。至此,巴尔扎克写出了70多部作品,《人间喜剧》的框架已基本构成。主要有:中篇《古物陈列室》(1836—1839)、长篇《赛查·皮罗托盛衰记》(1837)、《纽沁根银行》(1838)、《幻灭》(1837—1843)等。《幻灭》展现了新闻界和文坛的种种黑幕,塑造了一个年轻野心家吕西安的形象,还生动地再现了资本主义自由竞争惊心动魄的一幕:大资本家如何狡猾狠毒地吞并了善良老实的发明家大卫的印刷厂。

巴尔扎克在1841年发表的《人间喜剧·前言》中阐述了自己的文学主张,认为但丁的《神曲》给了他以直接启示。

1842至1848年是《人间喜剧》创作的第三阶段。这一阶段巴尔扎克更加关心当代生活,七月王朝的现实成为他批判的主要对象。《贝姨》(1846)写出了七月王朝时期资产阶级的荒淫无度、道德堕落,于洛男爵是淫欲的化身,这个早年立过军功的资产阶级英雄人物,如今变得像公猪那样可鄙,暴发户克勒维尔则是表面上高唱伦理道德,暗地里男盗女娼的流氓恶棍。《邦斯舅舅》(1847)描写了两个音乐家的悲惨遭遇,穷苦的邦斯收藏了不少精美的艺术品,遭到一伙歹徒的暗算,以致丧命。《农民》(1844—1853)再现了复辟时期农村激烈的阶级斗争,反映了资产者怎样在农村取代贵族的过程,展示了当时农村的历史发展面貌。

巴尔扎克的一生都在勤奋的写作中度过,经常工作18小时,只睡5小时。艰苦的工作和沉重的债务负担,使巴尔扎克感到身心交瘁。他希望能够找一个有钱的寡妇结婚,以改善自己的处境。1832年,巴尔扎克开始与乌克兰女地主韩斯卡通信,从此交往日深。但直到1850年年初,她才同意嫁给巴尔扎克,巴尔扎克拖着病体,来到乌克兰举行婚礼,返回巴黎后,他四肢肿胀,腿部又患坏疽,于8月19日辞世。

二、《人间喜剧》

《人间喜剧》由90多部中长短篇小说组成,主要反映了19世纪上半期法国社会的历史现实。巴尔扎克将《人间喜剧》分为3部分:"风俗研究""哲学研究"和"分析研究"。其中"风俗研究"是最重要、作品最多的一部分。它又分成6个场景:私人生活场景、外省生活场景、巴黎生活场景、军事生活场景、政治生活场景和乡村生活场景。作者说,这6个场景"构成了这个社会的通史"。"哲学研究"是探讨道德腐化的根源,"分析研究"意在从人类的自然法则出发分析社会的不合理状态。

首先,《人间喜剧》反映了资产阶级取代贵族阶级的罪恶发家史。巴尔扎克用编年史的方式几乎逐年地把上升的资产阶级在1816至1848年这一时期对贵族社会日甚一日的冲击描写出来。其次,《人间喜剧》反映了贵族阶级的没落衰亡史。巴尔扎克描写了贵族社会在1815年以后企图重整旗鼓,尽力恢复旧日法国生活方式,但却在庸俗的、满身铜臭的暴发户的逼攻下逐渐灭亡,或者被暴发户所腐化。最后,《人间喜剧》描写了一幕幕围绕着争夺金钱而展开的惨剧,创作了一部金钱统治一切的社会风俗史。另外,《人间喜剧》也描写了底层人物,尤其塑造了共和主义的英雄克雷斯蒂安(《幻灭》),并把这个政治上的死对头看作未来真正的人。在创作中摆脱自己的政治观点,无疑是巴尔扎克的现实主义的胜利,当然,巴尔扎克对贵族阶级的同情,对天主教作用的大力鼓吹,维护现存社会的立场,在他的作品中时有流露,或多或少削弱了作品的批判意义。

《人间喜剧》在艺术上也取得了巨大成就,这集中表现在对典型的塑造上。他创作出各个阶层的人物,在《人间喜剧》中出现的2000多个人物中,性格鲜明的典型有数十个。巴尔扎克把环境看作人物性格形成的土壤,还把环境描写同人物的心理变化和精神状态糅合在一起;把精细的外貌描写和性格化的对话结合起来。巴尔扎克用高度集中和概括的手法刻画了典型性格,如高老头的父爱、葛朗台的吝啬、贝姨的嫉妒、于洛的淫欲、克拉埃斯的科学癖、邦斯的收藏癖等,都鲜明突出,这些形象千差万别,但彼此绝不雷同。巴尔扎克塑造人物还有一个独创的手法,就是"人物再现法",即在《人间喜剧》中,不同小说中的人物反复出现,以表现他们的性格发展和不同生活阶段,最后形成这个人物的整体形象。如拉斯蒂涅在《高老头》中还是一个涉世不深、良心未泯的大学生,但到《纽沁根银行》里,他已是银行家投机生意的得力助手,之后他得到伯爵封号,当上部长。这种手法能使各种作品联结起来,也使《人间喜剧》形成一个艺术整体。

巴尔扎克在小说结构和叙述方面也进行了富有成效的探索。他的小说有序幕、展开、高潮、结尾,往往冲突激烈,戏剧性很强。

由于巴尔扎克在小说方面的卓越建树,他被尊为法国现代小说之父。

三、《高老头》

《高老头》(1834—1835)是巴尔扎克的著名作品。这部小说在思想内容上深刻地反映了复辟时期的法国社会,暴露了金钱的罪恶作用,在艺术上也是他创作的一个高峰。

故事发生在1819年末至1820年初的巴黎。在偏僻街区的伏盖公寓,聚集了各种人物。落魄的高老头为两个女儿还债而被榨干了钱袋。穷大学生拉斯蒂涅羡慕上流社会的奢侈生活,一心想向上爬。苦役监逃犯伏脱冷企图利用泰伊番小姐的婚姻大赚一笔,他的秘密被老小姐米旭诺和波阿莱使计探知,被警察逮捕归案,此时,拉斯蒂涅的表姐鲍赛昂子爵夫人情场失意,举行了告别上流社会的盛大舞会。高老头受到女儿的催逼而中风,在痛苦中死去,只有拉斯蒂涅为他料理后事。

《高老头》淋漓尽致地揭露了金钱的统治作用和拜金主义的种种罪恶。这在高老头和他的两个女儿的故事中得到集中的表现。高老头是个在饥荒年代投机牟取暴利而后发家的面粉商人,妻子去世后,他把自己的全部感情都放在两个女儿身上。他给每个女儿80万法郎的陪嫁,让仰慕贵族的大女儿成了雷斯托伯爵夫人,喜欢金钱的小女儿当了银行家纽沁根的太太。最初他在女儿家里受到座上宾待遇,随着他的钱财日益减少,他的地位也就每况愈下,最后竟被闭门不纳。他的遭遇表现了社会的世态炎凉,社会教育和社会风气败坏了高老头两个女儿的心灵。高老头有钱的时候,她们喊他好爸爸,他没有多少钱了,她们便怕别人看出父女关系。等到她们榨干了他的钱袋,他便像被挤干了汁水的柠檬一样被扔掉。高老头临终时渴望见到女儿一面,她们却推辞不来,高老头终于明白过来,她们爱的只是他的钱,只有钱能买到一切,买到女儿。高老头是拜金主义的牺牲品,他死前的长篇独白是一份深沉有力的控诉书,是对现实社会赤裸裸的金钱关系发出的愤怒谴责。巴尔扎克细致描写了高老头的父爱,衬托出金钱败坏人心到了何等触目惊心的地步。

《高老头》从不同角度写出政治野心家的成长过程,揭露了统治阶层的卑鄙丑恶,抨击了资产阶级的道德原则。

拉斯蒂涅是复辟时期青年野心家的典型。他是外省小贵族的子弟,不愿埋头读书,更不愿顺着社会阶梯一步步攀登,而是羡慕挥金如土的生活。他在鲍赛昂子爵夫人那里接受了社会教育的第一课:"你越没有心肝,越高升得快。你得不留情地打击人家,叫人家怕你。只能把男男女女当做驿马,把它们骑得筋疲力尽,到了站上丢下来,这样你就能达到欲望的最高峰。"她还指点他要把自己的真实感情隐藏起来,以追求一个贵妇作为踏入上流社会的钥匙。伏脱冷给他上了第二课:"要弄大钱,就要大刀阔斧地干,要不就完事大吉。"伏脱冷的邪恶唆教使拉斯蒂涅往社会这个名利场的泥坑深陷了一步。最后,鲍赛昂子爵夫人退出上流社会,使他看到上流社会根本不讲什么感情,只讲金钱和个人利益。高老头之死使他看到两对女儿女婿的无情无义和这个社会寡廉鲜耻,终于完成了他社会教育的最后一课。在埋葬高老头的同时,他也埋葬了年轻人的最后一滴眼泪,勇猛地投入社会的罪恶深渊。

伏脱冷的身份是在逃苦役犯,实际上是政客和野心家的另一种典型。他深谙这个社会的黑暗内幕,用愤愤不平的语言揭露出来:"雄才大略是少有的,遍地风行的是腐化堕落。""凡是浑身污泥而坐在车上的都是正人君子,浑身污泥而搬着两条腿走路的都是小人流氓。扒窃随便一件什么东西,你就给牵到法院广场上去示众,大家拿你当把戏看。偷上一百万,交际场中就说你大贤大德。"这种抨击可谓一针见血,道出了真相。但这种愤愤不平不是站在反对社会的立场上的,而是一个不得意的野心家自怨自艾的言辞。为了千方百计要爬上去,他研究了法网上哪儿有漏洞可钻,利用自己对这个社会政治经济关系的了解,干的是大买卖。他羡慕那些心毒手狠的奴隶贩子,幻想10年之内能挣到三四百万。他信奉的是不择手段向上爬的原则,他的哲学体现了占统治地位的恶的观念。

《高老头》还通过鲍赛昂子爵夫人情场失意的描写,显示了复辟时期贵族被资产者取代的历史过程。鲍赛昂子爵夫人是贵族社会的领袖,她的客厅是资产阶级妇女梦寐以求的地方,能够在那里露面,其他地方都可以通行无阻。然而,她的情夫阿瞿达侯爵为了娶上暴发户的女儿,得到20万法郎利息的陪嫁,竟然抛弃了她。这个意味深长的结局说明资产阶级暴发户终于用金钱打败了世代簪缨的贵族。巴尔扎克带着深深的同情,为正在衰亡的贵族唱了一曲忧郁的挽歌。

《高老头》在人物塑造、心理描写、情节结构等方面达到了很高的成就。

为了塑造人物,巴尔扎克首先描写下层人物的活动舞台"伏盖公寓"。它坐落在偏僻角落,外表恶俗不堪,屋内陈设和四周氛围阴森可怖。各层居室分出等级,如同一个小社会。这些环境描写属于风俗描写的一部分,是巴黎下层生活的缩影。它与小说人物的生活、思想、行动有着密切的联系。

小说的几个主要人物性格鲜明。伏脱冷是《人间喜剧》中最有性格魅力的人物之一,他具有强盗首领那种蛮横、气势逼人和坚强的毅力。作者对他的身体、言语、动作的细节描写,给人健壮、粗野、冷酷、狡猾的印象,活脱脱一个胆大包天的"鬼上当"。

拉斯蒂涅的刻画方法与伏脱冷不同,巴尔扎克运用了心理描写的方法记录了他作为野心家的形成过程。他同社会接触的过程中,接受的是罪恶的教育,逐渐由热情的幻想家变成冷静的挑战者。巴尔扎克不断描绘这个从外省来到巴黎的青年在与新环境接触时的所思所想,以精细的心理描写刻画了这个年轻野心家的心理变化。

塑造高老头的手法又有不同。在高老头身上有着不择手段牟取暴利的一面,然而,他被"爱"迷住了双眼。直到临终前他才领悟到金钱在维系家庭关系上的重要作用。巴尔扎克无疑借鉴了莎士比亚笔下李尔王对两个女儿的深情和她们对父亲无情无义的情节,两人都年老体弱,后来都呼天抢地咒骂女儿。他们共同的错误是将权力(王位或金钱)交给了别人而又企图继续享受"权力"所带来的尊严,所不同的是,李尔王的形象是悲惨的帝王,而高老头是愚蠢的资产者,巴尔扎克更为强调金钱的罪恶。

作品中不仅主要人物性格突出,而且次要人物也跃然纸上。伏盖太太的见钱眼开和猥琐浅薄,米旭诺的阴险和鬼鬼祟祟,写得都很生动,各有特色。

《高老头》通过高里奥、拉斯蒂涅、伏脱冷和德·鲍赛昂子爵夫人这4条人生线索的交错穿插来组织情节,其中拉斯蒂涅起着穿针引线的作用。全书跌宕起伏,一气呵成,十分紧凑。另外,这部小说第一次运用了人物再现的手法,具有特殊意义。

第四节 狄更斯

一、生平与创作

查尔斯·狄更斯(1812—1870)是19世纪英国杰出的小说家。他的创作反映了19世纪英国的人情世态和社会风貌,具有强烈的人道主义思想,代表了19世纪英国文学的最高成就。

1812年,狄更斯生于英国朴次茅斯一个小职员家庭。父亲聪明活跃,待人热情,很会讲故事,虽然收入不多,却喜欢挥霍,以致债台高筑,最后竟被关进债务人监狱。狄更斯12岁时,就被送进一家皮鞋油厂当童工,这使他形成了对下层人民,特别是贫苦儿童的深切关注。

狄更斯16岁时到律师事务所当抄写员,20岁成为新闻记者。在当新闻记者期间,他陆续写了一些有关伦敦社会生活的速写。1837年,长篇小说《匹克威克外传》的出版,使他成为英国最著名的作家之一。

狄更斯的创作可分为3个时期。

第一时期(1836—1841) 在此期间,狄更斯接连发表了《匹克威克外传》(1836—1837)、《奥列佛·推斯特》(1838)、《老古玩店》(1841)等5部长篇小说。《匹克威克外传》是狄更斯的成名作。小说以退休商人匹克威克先生以及他的几个朋友的游历为线索展开情节,反映了当时英国广泛的社会生活。小说以乐观主义和现实主义精神,描写匹克威克以及他的仆人山姆·韦勒,获得读者的热烈欢迎。《奥列佛·推斯特》是该时期的一部重要作品,通过主人公奥列佛的生活和成长经历,塑造了他创作的第一个儿童形象。这一时期作者正处于青春勃发时期,事业蒸蒸日上,对社会的认识、对人性的探索还不够深刻。他把生活看做是善与恶之间的斗争,同时认为恶是个别现象,并且最终为善所战胜,在创作中表现为乐观向上的基调,在艺术方面受流浪汉小说的影响比较突出。他的小说结构还比较松散,人物塑造方面有待进一步圆熟,但狄更斯的幽默风格,从一开始就表现十分突出。

第二时期(1842—1858) 1842年,狄更斯首次访问美国,这次访问对其思想的发展有着较大影响。他不再把恶看做个别现象,而是把它与整个社会特别是政治与法律体制联系起来。他仍然相信善、强调善,但已开始认识到善不一定总是能战胜恶。这一时期的作品,总的基调仍是乐观的,不过其中已露出一丝悲凉之音。在艺术上,这一时期的小说已经成熟,作者完整的风格已经确立。由于作品冷峻的一面有所加强,小说的幽默感受到一定的削弱。流浪汉小说的形式已基本被抛弃。

这一时期狄更斯创作了《马丁·瞿述维》(1844)、《董贝父子》(1848)、《大卫·科波菲尔》(1850)、《荒凉山庄》(1853)、《艰难时世》(1854)、《小杜丽》(1857)等6部长篇小说,以及短篇小说集《圣诞故事集》(1843—1848)、特写集《访美札记》(1842)等。《大卫·科波菲尔》是狄更斯最喜爱的作品,带有一定的自传性质。小说主人公大卫是个孤儿,在姨婆贝茜的抚养下长大成人,最后成为著名作家。小说描写了大卫如何通过挫折与教训,走上正确的人生道路的过程。《荒凉山庄》批判了当时英国的法律机器与法律制度。《艰难时世》通过资本家庞得贝与罢工工人的冲突与对立,反映了当时日益尖锐的劳资矛盾,但更重要的是批判了当时弥漫整个英国的功利主义和见物不见人的现象,呼吁人性、情感、想象和对人的重视。

第三时期(1858—1870) 这一时期共创作了《双城记》(1859)、《远大前程》(1860—1863)、《我们共同的朋友》(1865)、《艾德温·德鲁德的秘密》(1870)4部长篇小说,最后一部没有完成。由于对社会黑暗的认识进一步加深,加上年龄的增长,婚姻爱情生活上的不幸,狄更斯思想中抑郁的一面有所增强,反映在创作中,乐观的基调大大削弱。小说中还常常出现一些与过去、死亡、衰败联系在一起的意象,给小说增添了冷峻的色调。

狄更斯小说的思想内容是丰富而复杂的,但有一条红线贯穿其中,那就是人道主义。作者从人道主义出发,批判了维多利亚时代的英国资本主义社会,提倡与弘扬宽恕、博爱之类的伦理道德,并对人性做了广泛而深入的探索。人性是狄更斯人道主义的基础与出发点。宽恕、爱、和解等道德信条是狄更斯人道主义思想的主要内容。而社会批判则是狄更斯从人道主义出发对社会进行观察和评价的结果。

二、《双城记》

《双城记》是狄更斯的代表作。小说以法国大革命为背景,以巴黎和伦敦作为故事的发生地。法国贵族厄弗里蒙地侯爵兄弟为了霸占一农妇,几乎虐杀这个农妇全家。医生梅尼特写信向朝廷告发此事,却反被侯爵兄弟关进巴士底狱达18年之久。获释后,神智失常的医生被女儿露茜接回伦敦,在女儿的精心护理和照顾下逐渐复活。出于对女儿的感激,梅尼特明知露茜的追求者代尔那是厄弗里蒙地侯爵的侄儿,仍然同意她嫁给代尔那。法国大革命后,代尔那在法国被捕,受到梅尼特过去的仆人得伐石夫妇的控告,被革命法庭判处死刑。露茜带着女儿和父亲一起去巴黎,营救代尔那未果,自身还成了被复仇者追逐的对象。深爱着露茜的卡尔登,相貌与代尔那极为相似,冒名顶替救出了代尔那。露茜一家在希望中返回英国。

梅尼特医生是小说的主要人物,人道主义的典型。青年时的梅尼特医生正直高尚。他目睹了厄弗里蒙地侯爵兄弟虐杀农民的惨案,为了求得良心的安宁,写信向朝廷告发,反而被侯爵兄弟关进巴士底狱。在狱中,他用血水写下一份文件,控告并永远地诅咒厄弗里蒙地侯爵兄弟及这家族的每一个人。长期的监禁使他丧失了理智,出狱后,在女儿的照料下,医生恢复了理智,精神也产生了升华。他明知代尔那是厄弗里蒙地家族的后代,可是为了女儿的幸福,仍同意了他们的婚事。因为他有了新的信仰,要为爱、为别人的幸福而活着。法国大革命中,他一面营救女婿,一面一视同仁地为监狱中所有的人看病,包括囚犯和看守。这时,他已成为仁爱与宽恕的化身。

卡尔登是小说的另一个重要人物。他聪明,有才气,然而不善钻营,缺乏在当时社会必不可少的"精明",因而默默无闻。卡尔登有美好的情感,但社会注重的却是金钱与成功。卡尔登厌恶这个社会,然而无法逃避它,更无法改变它,他只好借酒消愁,自暴自弃,放荡不羁,玩世不恭。对露茜的爱使本性善良的卡尔登获得了精神上的新生。出于"大爱无私"的崇高境界,他主动退出了情场的角逐,并发誓要为了露茜一家人的幸福不惜牺牲。最后,他替代尔那上了断头台,把利他主义发展到顶峰。

厄弗里蒙地侯爵是反动贵族的典型。他视下层人民为草芥,作恶毫无顾忌。为了满足自己的淫欲,他害死了农妇一家5口人。他弟弟乘坐的马车压死一个农民的孩子,却反而责怪孩子的父母没把孩子管好,惊吓了他,甚至开枪打死了孩子的父亲。他顽固坚持贵族特权,为了防止侄儿代尔那做出有损家族利益的事,他甚至想把侄儿投进监狱。只是因为这时他已失宠,计划才未能实现。最后他死于革命党人之手。

得伐石太太是革命群众的代表。她就是被侯爵兄弟虐杀的农民的小妹妹,由于这样的出身,她与贵族阶级有着不共戴天的仇恨。革命前,她一面与丈夫得伐石经营小酒铺,一面积极参加革命活动,带领妇女用编织的办法把政府和贵族的罪恶记录下来。革命爆发时,她积极参与了攻打巴士底狱的战斗。革命胜利后,她积极投入了巩固胜利成果的斗争,同时执著地向厄弗里蒙地家族的后代代尔那及其家人复仇。她不仅要杀死早已放弃贵族特权的代尔那,而且要杀死他的妻子和女儿,甚至连坐过巴士底狱的梅尼特,也不愿放过。她最后在与露茜的女仆普洛斯的扭打中,被自己的手枪打死。这表明,作者同情她的遭遇,赋予她坚定、冷峻的性格,但从人道主义思想出发,否定了作为革命者的得伐石太太,因为她那残忍的复仇大大超过了必要的程度。

《双城记》是描写历史的小说,但处理的却是现实问题,思想内容很深刻。作者深切地感受到当时英国社会矛盾的尖锐、贫富的悬殊,下层群众中普遍存在着的愤懑与不满,与大革命前的法国相类似。他担心英国爆发像法国大革命那样的革命,警告英国统治者提防发生类似法国大革命的悲剧。

小说通过厄弗里蒙地侯爵兄弟的荒淫、奢侈、残暴,梅尼特医生和得伐石太太一家的苦难遭遇,雄辩地说明,法国大革命的爆发是贵族阶级的腐朽、残忍、飞扬跋扈的结果,是下层人民长期仇恨的总爆发,从而肯定了法国大革命的正义性。

作者虽然肯定了法国大革命的必然性与正义性,却反对革命暴力和大规模的群众运动。在作者看来,大规模的群众运动是可怕的,运动中的群众是疯狂的、盲目的、丧失理智的。在小说中,他通过大量的描写表达了这一观点,如法庭审判的场面,在法庭审判中,群众对法庭的每一个判决都做出狂热的反应,对被判有罪者恨不得咬掉他一身肉,对被判无罪者也恨不得亲掉他一身肉,而不管被判者究竟是否有罪。在这种氛围下,哪里还有正义和公正。作者认为,革命的目的是消灭罪恶,而暴力本身也是罪恶,暴力并不能改造社会,反而伤害了无辜。正因如此,作者对贵族和革命的领导者们都做了否定的描写。

狄更斯宣扬的是仁爱、宽恕。因此,他塑造了梅尼特、代尔那、卡尔登、露茜、劳雷等一系列道德高尚的人物,作为人们学习的榜样。人道主义是他评价人物和各种现象的基本出发点。

《双城记》在艺术上取得了很高的成就。首先,小说采用典型的多元整一结构,严谨有序。小说由5个叙事单元组成:梅尼特一家的故事;得伐石夫妇的故事;厄弗里蒙地家族的故事;卡尔登的生活与献身;克朗丘的生活与经历。5个单元之间虽有紧密联系,但并不互相包含或隶属,而是互相独立、平行发展的。每个单元都有自己的开端、发展、高潮、结尾,还有自己独立的意义。另一方面,5个单元又是整一的。从结构的角度看,这种整一主要是由人物、情节和线索3种因素形成的。例如,厄弗里蒙地侯爵兄弟的作恶造成了梅尼特一家生活轨迹的变化,造成了得伐石夫妇对他们家族的复仇,而这又造成了得伐石夫妇和梅尼特一家的矛盾,并把卡尔登、克朗丘等人卷入其中。卡尔登为了露茜的幸福,移花接木,使代尔那得以出逃,从而把小说推向高潮。

其次,成功地运用了悬念与象征的艺术手法。小说中有许多大大小小的悬念,如梅尼特与厄弗里蒙地家族的关系以及他在狱中写下的那份文件,如克朗丘的盗墓。在小说中,随着主要悬念的逐渐解开,过去的事件也一件件被翻起,情节一步步向前发展。到梅尼特医生被关进巴士底狱的原因与经过被彻底揭出,情节也就急转直下。最后,以卡尔登的从容就义收束全书。

最后,小说不仅采用了一些象征性的标题,如"复活""金线"等,还有不少细节描写采用了象征手法,以暗示某种意象或预兆,渲染气氛,例如得伐石太太"编织罪恶"的描写。小说第5章对流淌在圣安东尼区的狭窄街道上的酒的描写是著名的。酒是红的,它染红了地面,染红了前来喝酒的人的手、脸、脚,以及他们的衣服与鞋子。一个高大的戏谑家,"用手指蘸起酒浸过的污泥在墙上涂了一个大字——血"。这里的象征意味是明显的,鲜红的酒象征着鲜红的血,它暗示着法国大革命即将到来,象征着狂暴的群众运动即将开始。

第五节　陀思妥耶夫斯基

一、生平与创作

费多尔·米哈伊洛维奇·陀思妥耶夫斯基(1821—1881)是19世纪下半叶俄国最富天才、最有个性,也最有争议的一位作家。1821年,陀思妥耶夫斯基出生在莫斯科。他的父亲是玛利亚济贫医院的一个普通医官,1828年取得了贵族身份,后来购置了两块不大的田庄。医院的生活留给他的最深的印象是疾病和贫穷,田庄的生活使他得以对俄国的农民有所了解,而家庭所处的市民环境又使他真正接触了19世纪俄国的平民生活。1838年,他进入彼得堡军事工程学院,1843年毕业后到工程局绘图处工作,一年后辞职专事文学创作。

40年代是陀氏创作生涯的第一阶段,作家后来创作的一系列重大的主题,如"小人物""被侮辱与被损害的""两重人格"以及"幻想家"等,都在这个时期的作品中形成。1846年,陀思妥耶夫斯基完成的处女作《穷人》发展了"小人物"主题。主人公杰符什金是年老而失业的公务员,他收留了孤苦无依的少女瓦莲卡,虽然生活困难,但他节衣缩食,对瓦莲卡的爱使他感到自己还是一个有用之人。虽然他无法改变自己和少女的悲惨命运,但其天性中的善良、美好的品质彰显出他未被泯灭的人性和对幸福生活的向往。杰符什金形象体现出作者的人道主义思想,他继承并深化了由普希金和果戈理描写"小人物"的主题。包括别林斯基在内的俄国革命民主主义者给予极高的评价,誉之为"新的果戈理"。但陀思妥耶夫斯基作品的意义并不止于此,因为在人们普遍关注陀氏作品中社会意义的时候,作家本人心里却已经开始了他对"人"的进一步的探索,看到了人性的复杂。

中篇小说《两重人格》(1846)精细深刻地描绘了人物内在本性和精神状态的矛盾变化,而把性格形成的社会环境置于次要的地位。浓重的幻觉想象和对病态心理和性格分裂的描绘,显示了作家有着侧重主观表现的艺术能力。"两重人格"的主题,在陀氏后来的创作中,特别是几部长篇小说反复出现。中篇小说《女房东》(1847)、《白夜》(1848)、《脆弱的心》(1848)等作品则不同程度地体现了"幻想家"这一主题。

1847年,陀思妥耶夫斯基参加了当时俄国著名的彼特拉舍夫斯基小组活动,并且是积极的成员之一。1849年4月沙皇政府逮捕了该小组成员。在经过长达八个月的审讯和精心策划的假死刑闹剧后,陀思妥耶夫斯基被剥夺贵族身份,判处苦役,期满后充军西伯利亚。先后10年的苦役和军营生活,一方面丰富了作家的生活知识,使他得以积累大量文学素材,对社会的观察和对人生的思考更趋深刻,富于哲理。但另一方面,流放生活使他远离俄国社会生活中心,再加上癫痫病发作日趋频繁,造成精神上的抑郁,使他思想中固有的消极因素有了发展。

陀思妥耶夫斯基于60年代重返文坛,获准重新发表作品,并于年底返回彼得堡。中篇小说《舅舅的梦》(1859)、《斯捷潘奇科沃村及其居民》(1859),长篇小说《被欺凌与被侮辱的》(1861)、《死屋手记》(1860—1862),特写集《冬天记的夏天印象》(1863)等相继问世,使他逐渐恢复了文学界的声誉。《死屋手记》假托犯杀妻罪的贵族流放犯戈良契科夫的口吻,述说了在狱中10年的见闻。"死屋"内关押着250个囚犯,每个人都有人性的善与恶,但狱中的酷吏却滥用他能对另一个人施以肉体惩罚的权力,创造出种种惨无人道的用刑方法。《被欺凌与被侮辱的》是作家完成的第一部长篇小说,小说中描写的两个家庭的悲剧都是由卑鄙无耻但又道貌岸然的瓦尔科夫斯基公爵制造的。

60年代也是陀思妥耶夫斯基思想成熟的时期。这个时期,陀氏兄弟先后创办《时报》《时代》两份大型综合性杂志。不仅发表文学作品,同时也发表了一系列论文,阐述自己的文艺思想和政治主张。

1864年发表的中篇小说《地下室手记》,在陀思妥耶夫斯基的创作中具有特殊意义。它不仅是"社会哲理小说",更是一部心理分析小说。作品的第一部分《地下室》纯粹由主人公的议论构成,时间是当下。第二部分《漫话潮雪》则补叙了主人公青年时代的几段经历。一个彼得堡的小文官,因强烈的自卑而产生的力图维持体面和自尊的欲望左右着他的行动。他在生活中却处处碰壁,最后缩回到自己心灵的"地下室"里,对社会上流行的一切"真理""原则"展开激烈的抨击。小说突出地体现了个人、个性与群体、一般的冲突,显示了"人的生存"主题。

1866年,陀思妥耶夫斯基与安娜·斯涅特金娜结识,使他逐渐从亲人丧亡、破产、孤独的精神状态摆脱出来。这一年,他完成了长篇小说《罪与罚》和脍炙人口的中篇小说《赌徒》。陀思妥耶夫斯基小说艺术的许多特点,在《罪与罚》中得到了综合。在其后的十多年里,他发表了另外四部重要的长篇小说《白痴》(1868)、《群魔》(1871—1872)、《少年》(1875)和《卡拉马佐夫兄弟》(1879—1880)。1873年,作家被聘为《公民》杂志主编,并在该杂志发表《作家日记》。1876年开始又单独发行《作家日记》,直到他逝世。《作家日记》中主要是时事评论、文学评论、特写和回忆录,但也有一部分中短篇小说。

《白痴》是一部十分出色的长篇小说。在情节的层次上围绕着女主人公娜斯塔西娅·费利波夫娜演绎了一个惊心动魄的悲剧故事。娜斯塔西娅因父母早亡被地主托茨基收养,长成后成了他的情妇。后来,另谋新欢的托茨基出75000卢布将她推给叶潘钦将军的秘书甘尼亚。将军早就垂涎娜斯塔西娅的美貌,爱钱如命的甘尼亚则求之不得。后来商人罗果静出资10万卢布得到娜斯塔西娅。生活的经历让她既感到对这一批伪君子的憎恨,但又深深意识到自己已经陷入堕落的深渊,对自己抱着一种"自虐"的心理。于是她不愿接受梅什金公爵的帮助,宁肯随富商罗果静(象征魔鬼)而去。在小说的结尾,娜斯塔西娅被罗果静杀害,"美"在罪恶中毁灭了。梅什金公爵是小说中的正面人物,他自幼父母双亡,被送到瑞士疗养,性格纯朴,心地善良,与贵族社会格格不入,他爱娜斯塔西娅,但却没有能力搭救她。最后梅什金公爵与他的"兄弟"罗果静实现了和解,变成了真正的白痴。

长篇小说《群魔》引起激烈的争论。这部作品塑造了众多的人物形象,对于沙皇政府的官僚、贵族以及当时的自由主义和虚无主义,做了深刻有力的揭示。主人公之一斯捷潘·韦尔霍文斯基是典型的理想主义者、自由主义者。他早年在国外受教育,曾为进步刊物撰稿,在大学任教,最后一事无成,沦落为斯塔夫罗金的家庭教师。尼古拉·斯塔夫罗金是个有着双重性格的恶魔,聪明绝顶又心灵空虚,最后以自杀为结局。斯捷潘·韦尔霍文斯基的儿子彼得·韦尔霍文斯基是另一个恶魔,他和他的"五人小组"策划实施的一系列恐怖行为,表现了虚无主义的极大危害,同时也体现了作者清醒的批判意识和伟大的预言能力。

《卡拉马佐夫兄弟》是陀思妥耶夫斯基的最后一部长篇小说,也是他创作的总结。它几乎囊括了作家曾经开拓过的所有主题,诸如"幻想家""两重人格""被侮辱与被欺凌的""超人""强权""偶合家庭",以至东正教的"赎罪观念"等。卡拉马佐夫一家是一个典型的"偶合家庭"。父亲费奥多尔·巴甫洛维奇·卡拉马佐夫是俄罗斯一种病态而又恶毒的灵魂的代表,好色淫虐,无恶不作。长子德米特里是一个复杂的性格,既有放纵自然欲望的一面,但又不失灵性。为了和父亲争夺情妇格鲁申卡,他扬言弑父。他在心底还有着一丝人的尊严,也常常思考着人间的种种苦难,有时也意识到自己本性的卑劣。所以当父亲被杀之后,他却由此产生了一种受苦和赎罪意识,虽然他并没有弑父,却愿意接受这个罪名,用苦难净化自己,以达到精神的"复活"。次子伊凡推崇理智,是一个冷静的无神论者,对现实社会有清醒认识。他不相信人要接受苦难的理论,但也没有改变这个世界的信心。书中"宗教大法官"的故事,就是用来说明他的思想的一个隐喻:他不能相信基督再降临的奇迹,宗教大法官的原则是暴力和奴役,人间只是权力者"为所欲为"的场所。伊凡虽然不是弑父的凶手,但斯麦尔佳科夫的弑父却是从他那里得到了暗示,所以他是思想上的凶手。案发后,他内心极为痛苦,最后精神失常。小弟弟阿辽沙,是作者笔下的理想人物。这是一个凭直觉就能发现生活中问题的人,但他并不是圣徒类型的人,而是一个同样有着七情六欲的正常人,有着入世的欲望。私生子斯麦尔佳科夫是恶的典型。他灵魂卑劣,没有信仰,没有原则,完全听命于自己欲望的支配。为了得到3000卢布,不惜杀害老卡拉马佐夫即自己的生父。小说通过这样一个"偶合家庭"的内部关系,写出了一个社会的缩影,同时也对不同类型的人进行了无情的解剖。

陀思妥耶夫斯基侧重主观内在心理和意识的写法,对后来的小说创作有着十分重大的影响。20世纪许多现代派作家都把他看作自己的祖师。

二、《罪与罚》

《罪与罚》是陀氏的代表作，小说的情节并不复杂。有两条线索：马尔美拉多夫一家的悲惨遭遇和拉斯柯尔尼科夫的凶杀案件。

故事发生于彼得堡的贫民区。马尔美拉多夫本是一个秉性善良的小公务员，因缺乏在险恶人世生存的能力而被辞退，又因无力养家而沉沦在小酒馆里。大女儿索尼娅为养活众多弟妹而身陷火坑，妻子卡捷琳娜是个受过良好教育的女子，婚后曾有过对生活的美好憧憬。但马尔美拉多夫醉酒横死街头，使整个家庭很快坠入社会底层，身患重病的卡捷琳娜悲惨地结束了生命。马尔美拉多夫一家是社会底层人民悲惨命运的写照。

拉斯柯尔尼科夫是一个正在就读法律的穷大学生，靠母亲和妹妹从拮据的生活费中节省下来的钱维持生活，因交不起学费而辍学，也因没钱交房租而躲避房东。这时他遇见了因失业而陷入绝望的马尔美拉多夫，并在他醉酒死后将身边仅有的一点钱接济了孤儿寡母。不愿任人宰割的他正经历着一场痛苦而激烈的思想斗争，决定用实验来证明自己是一个不平凡的人。他杀死了放高利贷的老太婆，慌乱中又杀死了老太婆的妹妹，但事发后他却病倒了，几天不省人事，病情好转后，内心却处于更痛苦的矛盾和冲突中，母亲和妹妹的探望更增加了他内心的愧疚。律师卢仁想骗娶拉斯柯尔尼科夫的妹妹未成而怀恨在心，企图诬陷索尼娅偷钱，其无耻行为被拉斯柯尔尼科夫当众揭穿，索尼娅十分感激他。杀人事件尽管没露痕迹，但拉斯柯尔尼科夫却无法摆脱内心的恐惧，他怀着痛苦的心情找到索尼娅，在她的宗教思想的感召下，向警方自首。拉斯柯尼科夫被判八年苦役，索尼娅也来到西伯利亚与他相聚。他们决定以忏悔的心情承受一切苦难，获得精神上的新生。

《罪与罚》的思想内容深刻而复杂，虽然主要情节是围绕主人公拉斯柯尔尼科夫的"哲学"展开的，而且作品里有大量的社会画面的描写，但更偏重的是小说的思想主题。其中对人性的探索关系着当时尚未完全流行的社会思潮：一是关于超人哲学等问题的探讨，二是对人的行为中潜意识的考察。与上述相关的是权力问题。拉斯柯尔尼科夫在生活中看到，一个人一旦掌握了权力，就会超越社会一般行为准则和是非标准，因此，在权力的层面上并不存在通常的道德或人性标准。这两个问题可以说是作者对社会不公平现象的一种抗议，是对社会中弱肉强食现象的艺术描绘。

马尔美拉多夫一家是社会底层人们悲惨命运的写照。马尔美拉多夫本是一个小公务员，秉性善良却缺乏在险恶人世生存的能力，被辞退后无力养家，只能眼看女儿索尼娅身陷火坑。他沉沦在小酒馆里，终至横死街头。卡捷琳娜·伊凡诺夫娜是一个受过良好教育的女子，嫁给马尔美拉多夫之后曾有过憧憬，但很快便堕入社会底层，悲惨地结束了生命。拉斯柯尔尼科夫一家是另一种情况，他们在困顿中竭力想保持原有的体面，结果是陷入更惨的境地。与他们相对照的是像卢仁这样的表面上并不逾越社会规范却在进行巧取豪夺的奸诈之徒,以及无视任何社会权威,肆意作恶的斯维德里加伊洛夫。

《罪与罚》的思想内容深刻而复杂。其中对人性的探索关系着当时尚未完全流行的社会思潮。一是关于"超人哲学"和"权力真理"等论题的探讨,再就是对人的行为中"潜意识"的考察。

与上述相关的是"权力"问题。拉斯柯尔尼科夫在生活中看到,在人群中"谁智力强、精神旺、谁就是他们的统治者。谁胆大妄为,谁就被认为是对的,谁对许多事情抱蔑视态度,谁就是立法者,谁比所有的人更胆大妄为,谁就比所有的人更正确"。所以一个人一旦掌握了权力,就超越了社会一般行为准则和是非标准。在权力的层面上,并不存在通常的道德或人性标准。

这两个问题可以说是作者对社会不公平的一种抗议,是对社会中"弱肉强食"现象的艺术描绘。陀思妥耶夫斯基19岁触及了社会犯罪的根源,只是没有找到能解决这种不合理现象的办法,最后只能求助于宗教赎罪思想。但也正因为如此,他的小说表现出强烈的"复调"色彩。巴赫金认为陀思妥耶夫斯基创造了一种全新的艺术思维类型——复调型的艺术思维。

复调小说是一种小说结构样式,是由众多的似乎平等的声音的对话构成的。例如,在《罪与罚》里,几乎所有的重要主人公都有他自己的声音,拉斯柯尔尼科夫的"超人哲学",女主人公索尼娅的"正教观念",预审员波尔菲里的"生活求实和法律的观念",卢仁的极端个人主义,列别佳特尼科夫的"利己主义"等等……如果从说话人的角度来考察他们的议论,几乎每一种声音都是振振有词的。显得好像是众多的地位平等的意识,连同它们各自的世界,结合在某个统一的事件中,相互对话却不发生融合。"复调理论"已被越来越多的人认可。"复调"形成的根源在于作家没有能在小说里解决他揭示的问题,甚至连提出一个稍稍合理的办法也做不到,于是在小说里产生的这种很特别的现象。似乎书中的人物都各自表明了自己的立场和态度,但始终叫人说不清正确的结论在哪里。

《罪与罚》的情节是围绕着主人公拉斯柯尔尼科夫的"哲学"开展的。

主人公拉斯柯尔尼科夫是一个具有双重人格的人物形象,其人格的两面具有不可调和性。他既是心地善良,乐于助人的穷大学生,一个有天赋和正义感的青年,同时,其性格有病态的孤僻,有时甚至冷漠无情,麻木到了毫无人性的地步,为了证明自己是一个不平凡的人,竟然可以去行凶杀人。在他身上两种截然不同的性格在交替变化。拉斯柯尔尼科夫根据自己对现实的观察和思考,创造了这样一种理论:人可以分为两类,不平凡的人和平凡的人,前者能推动这个世界,而且为了达到自己的目的,可以不择手段,为所欲为,甚至杀人犯罪;后者是平庸的芸芸众生,是被前者驱使的工具。拉斯柯尔尼科夫决定通过犯罪来测试一下自己是否属于不平凡的人之列。然而,小说真实地揭示了拉斯柯尔尼科夫的理论内核。这种理论尽管也是对社会不公的一种抗议,却是无政府主义的抗议。他不仅不能使主人公获得梦寐以求的穷人的生存权,反而肯定了少数人奴役和掠夺他人的权利。小说深刻地写出了这种理论的必然破产，指出了他的极端个人主义的实质。拉斯柯尔尼科夫得到的最高的审判不是来自法庭，而是来自内心的道德审判，最严厉的惩罚不是苦役，而是良心的惩罚。

作者对这一理论的批判始终停留在伦理道德、宗教思想的基点上，并把拉斯柯尔尼科夫的犯罪行为归结为主人公抛弃了对上帝的信仰。作者把索尼娅看作是人类苦难的象征，在她身上体现了虔诚信仰上帝，通过苦难净化灵魂的思想。拉斯柯尔尼科夫的精神新生来自索尼娅的影响和信仰的感召。

陀思妥耶夫斯基19岁就触及了社会犯罪的根源，只是没有找到能解决这种不合理现象的办法，最后只能求助于宗教赎罪思想。

《罪与罚》突出的艺术特点是人物心理的刻画。作品中有许多章节都有关于心理、意识，甚至是"潜意识"的描绘。不仅如此，作家还设计了不少梦境和幻觉的场面来衬托潜在意识的过程。

拉斯柯尔尼科夫杀人前做的噩梦就是一个例子。他梦见了他的童年，和父亲一起看一群醉汉活活将一头老马作践至死。这个梦预示着种种后来要发生的灾难或罪行，他不仅预感到即将发生的一个血淋淋的事实，还感到了心头的重压。醒来后却又正好在街上遇见放高利贷的老太婆阿廖娜的异母妹妹丽扎韦塔，知道她次日晚七点不会在家，于是决定行动。杀人之后，他还做了一个奇特的梦，梦见自己又走到了作案现场。他拿出斧头猛击老太婆的天灵盖，老太婆却坐着发笑。他越用足力气砍，老太婆笑得越厉害。他狂奔逃命，发现四周都是交头接耳望着他的人，他的心揪紧了，两脚挪不动了，觉得无路可逃。这一梦境描写重现了主人公杀人犯罪时的心理体验，也充分反映出罪犯的恐惧心理和精神失常。

书末写斯维德里加依洛夫自杀之前的梦境和幻觉，把这个性格十分矛盾的人物的内心写得出神入化，是又一个突出的例子。

斯维德里加依洛夫在最后企图欺骗杜尼雅、向她"求爱"失败之后，终于彻底绝望，在一个风雨交加的清晨开枪自杀。自杀前他在一个旅馆的蹩脚的房间里，不断做噩梦。他原以为会见到玛尔法·彼得罗夫娜（被他害死的妻子）的鬼魂，但他梦见了自己做过的更可怕的罪行，强奸幼女。这个被他强奸的幼女投河自杀了，河水引起他关于罪行的联想，斯维德里加依洛夫怎么也逃避不了"水"的惩罚！强奸幼女的可怕罪行由心灵的幽暗的地下室搬上了意识的顶层，极其严重的罪恶折磨着斯维德里加依洛夫，不断将这一"湿淋淋"的罪证推到他面前，逼他忏悔。但他的罪恶实在太深重了，无论怎样的善行都无法使他获得心灵的平安。他没有信仰，极力抗拒上帝的处罚，企图把罪责推到那个5岁的女孩身上。这段梦境的描写，充分显示了陀思妥耶夫斯基心理分析的深度和高超的艺术技巧。

《罪与罚》给作家带来了极大的声誉，是最能代表作家思想特点和艺术风格的一部杰作。

第八章 19世纪文学(下)

19世纪后期的欧美文学呈现出多元的态势。在现实主义文学统领文学主要潮流的同时,无产阶级文学也伴随着无产阶级的发展壮大而成长起来;自然主义、唯美主义和前期象征主义等文学流派也各领风骚,使19世纪后期的欧美文坛呈现出壮观的景象。

第一节 概　述

一、文学多元的时代背景

19世纪后期,欧美各资本主义国家纷纷进入垄断阶段。社会财富高度集中,一方面集中在少数金融资本家手中,一方面集中在资本主义发展较早或资本主义发展较迅猛的国家。财富分配的不平衡造成了多种社会矛盾,在国家内部,体现为大资产阶级内部、大资产阶级和中小资产阶级之间的矛盾、资产阶级和无产阶级之间的矛盾;在国家之间,体现为后起的资本主义国家对已经发展起来的资本主义国家提出重新分配财富和殖民地的要求,最终导致帝国主义国家之间战争的爆发。

大工业的发展、垄断资本的形成所带来的重重危机,使得西方传统文化也受到了前所未有的冲击。理性主义开始动摇,取而代之的是表达人类内在感性冲动和自由发展欲望的现代资本主义人文主义文化的出现。叔本华宣扬意志是世界万物的本源。尼采提出"权力意志""超人"哲学,认为弱肉强食是一切生物的本质。柏格森指出,人只能靠直觉、本能和感情来认识事物的实质。弗洛伊德又将人的社会活动和思想归结为潜意识特别是性意识的产物。

同时,孔德创立了实证主义哲学。实证主义哲学信仰客观、排斥主体,宣称对生活采取"纯科学"的、静观的态度;主张用事实代替理论;认为自然与社会等同,主张用自然科学的方法研究社会。法国文艺理论家泰纳将孔德的实证主义哲学运用于文艺理论领域,提出"种族、环境和时代"是对人产生影响的3大要素。他开启了用生物学规律解释社会现实的新思路。

二、多元文学的发展概况

(一) 现实主义文学

现实主义文学仍然是19世纪后期文学的主导潮流。但与19世纪中期相比,后期的现实主义文学发生了一些变化。有些作家继续沿袭现实主义的传统,揭露金钱主宰的社会中人类物欲的膨胀、道德的沦丧、精神家园的丧失等。但作家们表现社会生活的范围在扩大,已经不再囿于城市而扩展到乡村,不再局限于资本主义发达的国家而扩展到封建专制统治的国家。作家们不再只停留在对社会罪恶现象的观察、描述上,而是表现为对罪恶产生根由的追问和对解决问题途径的探寻。

19世纪后期,欧美现实主义文学已经从西欧和俄罗斯扩展到更多的国家,表现内容也与各国社会状况的特点紧密相连。对于长期处于外族统治下的东欧各弱小国家和民族来说,关注社会问题,反映民生疾苦,揭露统治者的腐败和罪恶,就成为现实主义文学的主要内容。北欧资本主义发展较晚,社会问题比较集中地体现出来,法律问题、传统与现代的关系问题、民族性问题、道德原则和利益追求的冲突问题,还包括新型经济形态下的妇女地位和家庭关系问题等,都成为现实主义作家创作表现的中心问题。

这个时期的现实主义文学对人类心灵世界的关注进一步加强。作家创作采用心理描写的手法大大增加,甚至在某些作家那里,通过人物心灵世界的展现间接反映社会人生已经在创作中占据主导地位。陀思妥耶夫斯基的创作多为探索人类灵魂的奥秘;而托尔斯泰创作的一大特点即为"心灵的辩证法";命运观念、神秘主义也渗透到文学创作中,如哈代的"性格与环境小说"等,使现实主义文学在新的发展阶段具有了新的意味。

法国文学　法国现实主义文学继承了巴尔扎克和福楼拜的优长,取得了进一步的发展。一些作家的创作中还带有自然主义文学影响的印记。

居伊·德·莫泊桑(1850—1893)是世界著名短篇小说家,被法朗士称为"短篇小说之王"。在创作上曾得到福楼拜的认真指教,也受到左拉和巴尔扎克的影响。1880年,莫泊桑成为左拉在梅塘别墅组织的自然主义作家集会的成员,并参与了这些作家以1870年普法战争为题材创作短篇小说集的活动。在以《梅塘晚会》为题的小说集中,莫泊桑发表了第一篇成功的作品《羊脂球》而一举成名。他一生写有300多篇中短篇小说和6部长篇,长篇以《一生》和《漂亮朋友》为代表。在《漂亮朋友》中,莫泊桑塑造了一个从下级军官的地位不择手段向上爬、最终成为政界和新闻界要员、取得成功的野心家杜洛阿的形象。他的成功和社会地位反映了法国第二共和国时期那些道貌岸然的上流社会成员发达的因由,也揭露了法国当权者的种种罪恶。小说的社会批判性强。

中短篇小说体现了莫泊桑文学创作的最高成就。这些作品题材丰富、形式多样,所表现的社会生活可以拼贴成法国19世纪中后期完整的政治、风俗画面。

首先,表现普法战争成为莫泊桑中短篇小说的重要题材。在这类作品中,莫泊桑着力描写了法国普通民众以自己的微薄之力维护国家利益、民族尊严的可贵品德,表现出强烈的爱国主义精神,也揭露了敌人的残暴,更暴露了法国当权者的腐败、上流社会体面人士的怯懦、自私。作者从独特的角度揭示出法国战败的原因。成名作《羊脂球》是这一题材的佳作,故事情节在旅行马车上和旅馆中展开,十名身份各异的旅客代表了法国社会各个阶层的人们,面对的一个重大考验是如何应对普鲁士军官的无礼要求。出身妓女的羊脂球身上体现出诸多高尚的品质,相反,那些高贵者却虚伪、龌龊、自私自利,暴露了他们丑恶的灵魂。《菲菲小姐》《米隆老爹》《两个朋友》等,也都从不同侧面反映了法国人民的爱国行为。

其次,描写小职员的生活,展现他们的精神世界。作为曾经身为小职员的作者,莫泊桑非常熟悉他们的生活状态,他们的情感世界,于是,在他笔下,一个个栩栩如生的中小资产者形象破茧而出。《我的叔叔于勒》中寒酸、无奈又为生活所迫不免势利的菲利普夫妇,《项链》中生活窘困却向往本不属于自己的上流社会生活、从而饱尝更多艰辛的路瓦栽夫妇,都会让人产生鄙夷、同情的复杂感情,体会到小资产者实现理想生活而不得的痛苦。

最后,以诺曼底农村生活为背景,描写在美丽的农村自然风光映衬下,广大农民的淳朴、愚昧以及悲惨处境,也成为莫泊桑中短篇小说的重要内容。《西蒙的爸爸》描写了善良仁慈的铁匠;《绳子的故事》描述一个诚实的乡下人因受诬陷不能取信于世人以致郁闷而死的不幸遭遇,反映出资本主义社会只相信尔虞我诈的变态心理。

在艺术上,莫泊桑的小说文字简洁、结构严密,用具有代表性的片段为读者勾连出完整的生活画面,节省了很多篇幅。作品以平淡的口气叙述故事,却能够唤起读者复杂的情绪。语言朴素无华,却字字珠玑,以最恰当的文字和描述方式展开故事内容。他的优秀短篇小说不仅是法国文学,而且也是世界文学中的精品。

阿尔封斯·都德(1840—1897)在理论上曾受左拉的自然主义影响,但他的创作基本是现实主义的。都德具有多方面的创作成就,写有13部长篇、4部短篇小说集和1个剧本,其代表作是长篇自传体小说《小东西》。他的短篇小说集《月曜故事集》中的《最后一课》和《柏林之围》以普法战争为题材,表现了人民强烈的爱国感情。

英国文学 19世纪最后30年的英国发生了很大变化,农业危机和工业危机日益加深,阶级矛盾日趋尖锐。这时期的英国批判现实主义作家的思想矛盾和精神危机日趋明显,在揭露社会的广度方面不及前期,但在心理描写的深度、精确性和多样性方面则超过前期。这一时期,英国文坛出现了一大批小说家、诗人和剧作家,其中在70年代就成名的作家有梅瑞迪斯、巴特勒和哈代。乔治·梅瑞狄斯(1828—1909)写过9部诗集,但他的主要成就是小说。1879年发表的《利己主义者》确立了他在文坛上的地位。其他的小说还有《喜剧人的悲剧》《十字路口的戴安娜》《奇特的婚姻》等。塞缪尔·巴特勒(1835—1902)有两部传世作品,其中的讽刺性作品《埃瑞璜》(1872)以反讽手法讽刺了政治与社会各方面的弊端与恶俗,被称为19世纪乌托邦小说的杰作。

哈代是最重要的现实主义作家,他的小说描写资本主义入侵英国农村后社会各方面的变化,真实反映了贫苦农民破产的过程。剧作家萧伯纳在由《鳏夫的房产》《好求者》《华伦夫人的职业》3个剧本组成的《不愉快的戏剧集》(1892—1894)中尖锐地提出社会问题,发表新颖思想,对改革英国现代戏剧做出了贡献。爱尔兰女作家埃及尔·丽莲·伏尼契(1864—1960)创作《牛虻》(1894)和《中断的友谊》等作品,歌颂了19世纪意大利爱国者为祖国的统一和独立而进行的斗争。

德国文学 德国现实主义出现较晚。台奥多尔·冯塔纳(1819—1898)是德国文学史上现实主义文学的真正创始人,其代表作长篇小说《艾菲·布利斯特》(1895)通过女主人公艾菲的婚姻悲剧,批判了普鲁士贵族社会道德习俗的虚伪,揭露传统道德已丧失对人内心的指导作用。由冯塔纳所开创的德国现实主义道路在90年代后被亨利希·曼和托马斯·曼等作家所继承。

盖尔哈特·霍普特曼(1862—1946)写过40多部剧本,也写过小说和诗歌。其作品有现实主义、浪漫主义、象征主义等类型,《织工》是其现实主义的代表作。作品以1844年西里西亚织工起义为背景,展开了职工们与警察和资本家的冲突,赞扬了工人的英勇斗争。

中欧和南欧文学 19世纪后半期,中欧、东南欧现实主义文学以反对外族压迫、争取民族解放和复兴,暴露统治者的罪恶和腐朽,反映劳动人民特别是农民的疾苦并号召他们起来反抗为主要内容。波兰作家显克微支(1846—1916)的小说《你往何处去》(1896)描写暴君尼禄时代的社会和基督教徒殉道的故事。显克微支因这部小说荣获1905年度诺贝尔文学奖。

挪威文学在19世纪后期成就突出,易卜生和比昂逊的戏剧创作带动挪威和北欧成为欧洲现实主义文学的重镇。比昂逊(1832—1910)在戏剧创作上与易卜生齐名,创作了多部作品如《挑战的手套》《报纸主编》等。代表作品《破产》描写银行家用欺骗手段侵吞农民存款使农民家破人亡的故事。曾获1903年度诺贝尔文学奖。

俄国文学 俄国是19世纪后期现实主义文学成就最高的国家。从50年代到90年代,俄国文学进入最辉煌的阶段,出现了众多重量级文学大家。

与其他国家相比,俄国文学和社会发展的联系十分紧密。以车尔尼雪夫斯基和杜勃罗留波夫为代表的革命民主主义批评家主张文学应成为"生活的教科书",对作家们的创作具有理论指导意义。随着时代的发展变化,文学主人公形象由"多余人"转向"新人",它反映的是贵族知识分子被平民知识分子取代的社会现实。列夫·托尔斯泰将俄国现实主义文学推向了高峰。

契诃夫(1860—1904)是19世纪后期著名的短篇小说巨匠。七八十年代的创作显示出简洁幽默的特色,随着写作的进展,悒郁和忧伤的情绪渐渐弥漫在作品中。此时的重要作品有《小公务员之死》(1883)、《变色龙》(1884)、《哀伤》(1885)、《苦恼》(1886)等。90年代的短篇代表作《套中人》(1898)塑造了希腊语教员别里科夫这个"套中人"的形象。他害怕一切新生事物,畏惧一切权威,性格古怪,想方设法同外界隔绝,以获得安全感。表面上看,别里科夫似在想方设法维护反动统治的利益,实际上作者通过他的惊恐和不安反映出沙皇专制统治的残暴和对人的摧残。别里科夫成为这种罪恶制度的牺牲品。《姚内奇》(1898)则讲述了一个年轻医生由充满生机变得暮气沉沉的故事,表现了知识分子如何被毁灭的主题。

总的来看,契诃夫的短篇小说表现出几个方面的特色。首先,他的小说多选取普通生活中的平常事。作品通过人物对话和细节的朴素描绘,自然而然地反映社会现象背后的善恶是非,揭示出生活的本质,从而达到见微知著的艺术效果。

其次,契诃夫在短篇小说中采取不动声色的叙述态度。不论作者对所述故事及故事中的人物持肯定或否定、赞扬或批判、同情或憎恶的立场,他都能够做到含而不露,客观冷峻,不轻易发表议论,通过作品本身提供给读者判断依据。作者的主观态度完全融入冷静客观的艺术描写之中。

最后,契诃夫的小说没有大篇幅的景物描写。作品少见曲折离奇的情节,缺少变化剧烈的戏剧性冲突,语言简洁,不加缀饰。但人物性格特点却通过个性化语言得到了突出体现。

有人称契诃夫开创了专属于他的叙述类型,名之曰:情境小说和生活流小说。

契诃夫还是一位杰出的戏剧大师,他的著名戏剧有《海鸥》(1896)、《万尼亚舅舅》(1897)、《三姐妹》(1900)等。其中最著名的是《樱桃园》(1903),以象征贵族社会的樱桃园的出卖,反映了资本主义的迅速发展导致俄国传统的贵族庄园制崩溃的现实。契诃夫的戏剧充满平淡的生活,灰色的人物,不连贯的对话,停顿和伤感。剧情无高潮,无强烈的外在冲突,旨在展示灵魂的角逐,呈现出散文化、内向化的风格。这种风格对20世纪西方戏剧产生了深远的影响。

美国文学 1865年,南北战争结束,美国实现统一。资本主义发展迅速,垄断化程度加剧,社会矛盾更加尖锐。很多作家的民主自由理想破灭了,他们的创作表达了对社会矛盾的感悟和剖析。美国现实主义文学的杰出代表是马克·吐温。

杰克·伦敦(1876—1916)是19世纪后期美国杰出的现实主义作家。《荒野的呼唤》(1903)、《白牙》(1906)等借动物题材反映人类社会"肉搏"的残酷现实。《铁蹄》(1908)描写了工人阶级对资产阶级的斗争。代表作品《马丁·伊登》(1909)通过马丁的人生悲剧批判了资产阶级虚伪的道德。

欧·亨利(1862—1910)是美国优秀的短篇小说家,被评论界誉为美国短篇小说之父,共创作300多个短篇。他的小说基本上以描写小市民的生活为主。在他的笔下,那些小人物虽然生活维艰却相濡以沫、用微弱的温暖消融人间的寒冷,具有动人的艺术魅力。有代表性的小说如《麦琪的礼物》《最后一片藤叶》。欧·亨利小说构思巧妙,情节在意料之中,结局却往往出人意料之外,耐人寻味,这种独特的艺术表现手法被称为"欧·亨利笔法"。

(二) 自然主义文学

19世纪60年代,自然主义在龚古尔兄弟的首倡下诞生于法国文坛。后来,左拉高举自然主义旗帜,在他的麾下聚集了一批自然主义文学的爱好者,从而在法国掀起了自然主义文学运动,进而影响到远及美国和日本等世界各地。

自然主义在思想上受到实证主义、遗传学说和生理学等哲学和科学的深刻影响。

它强调真实,主张文学应完整地再现自然;强调客观性,要求作家消失在作品的背后,避免主观情感的流露,只需记录事实;突出科学性,认为文学创作就是对人的科学研究和科学实验;主张作家运用生理学、遗传学理论及其实验方法从事写作,描写也要达到一种科学式的精准。虽然自然主义无视人的社会属性,过于强调人的生物性,但它从人的自然属性的角度来认识人性,有益于人类对自身复杂性的把握。自然主义文学将人的形象从理性的殿堂拉回到生物世界,表明自然主义已经突破了理性主义文学描写人的既有领域,进入非理性区域,成为传统理性主义文化与现代非理性主义文化链条上的中间环节。

埃德蒙·龚古尔(1822—1896)和茹尔·龚古尔(1830—1870)两兄弟从19世纪50年代开始共同从事文学创作和历史研究,60年代在文坛崭露头角。代表作《翟米尼·拉赛特》(1865)对下层生活的展示、对小人物命运的关注、文献式的忠实风格,对人物行为所做的病理生理解释,都体现了自然主义的特色。

爱弥尔·左拉(1840—1902)是法国著名的自然主义小说家和理论家。在理论上,他大力提倡自然主义创作,主张作家应该像实验室的科学研究者那样,分析人的生理本能,观察研究写作对象,记录事实,不做社会政治的、道德与美学的评价。因此,作家应该完全超越于政治之上。但在创作中,左拉没有完全实践其理论主张,随着创作的发展,其现实主义倾向越加明显。左拉早年创作的小说《黛蕾丝·拉甘》(1867)是自然主义成分最明显的一部作品,男女主人公的社会属性在这里几乎被淡化到了极限。作者以客观的态度、实验家实验的手法,通过主人公的动物性因素的展示,来证明人在本能的驱使下,会给自身和他人造成多么大的伤害。

从1868年起,左拉着手创作多卷集的长篇巨著《卢贡-马卡尔家族》。经过25年的辛勤劳动,这部包括了20部长篇小说的社会史诗终于完成。《卢贡-马卡尔家族》书写了第二帝国兴亡的整整20年的历史,反映了法国政治(《卢贡家族的家运》)、军事(《崩溃》)、经济(《妇女乐园》《金钱》)、宗教(《莫雷教士的过失》)和工农生活(《小酒店》《萌芽》)等各方面的状况,呈现出一幅丰富多彩的社会画面。在很多场合,左拉对他所描写的对象并非完全无动于衷。他同情劳动者的痛苦,对爱国士兵表示赞许,颂扬他们抵御外侮的勇敢精神;而对第二帝国的统治者、资产阶级暴发户、外国侵略者,则给予无情的鞭挞,表现了作家开阔的文学视野。

描写工人生活的小说《小酒店》(1882)、《萌芽》(1885)是左拉优秀的作品。《小酒店》描写了工人们的贫困生活,但没有揭示造成工人贫困的根源。《萌芽》描写了遭受资本家残酷剥削的煤矿工人具有了阶级觉悟,展开了与资本家的斗争。在法国文学史上,《萌芽》首次将无产阶级作为一个有觉悟、有组织的整体力量来表现,并表现了他们对资本家的反抗斗争。小说的现实主义成分大大增强,已经超越了作者自然主义理论的界限。1894年,德雷福斯事件发生,左拉毅然发表致共和国总统的公开信《我控诉》,由此招来反动当局的迫害。左拉作为一个为社会正义而斗争的民主战士,受到了人民的尊敬。

(三) 前期象征主义文学

象征主义于19世纪70年代崛起于法国。在此之前,夏尔·波德莱尔(1821—1867)在吸取浪漫主义精华的基础上,开启了象征主义的先河,成为现代主义文学的先驱,其代表作是诗集《恶之花》。波德莱尔首次将大都会的生活带进了诗歌王国。在他的笔下,城市的烦嚣和污秽成了最触目惊心的景象。同时,诗人还表现了浮躁喧嚣的都市生活背景下小资产阶级青年压抑苦闷的精神世界。丑恶的事物成为诗作热衷于描写和表现的意象。在艺术上,《恶之花》成为诗歌发展史上的转折点,标志着诗歌从浪漫主义向象征主义的转变。

在波德莱尔之后,法国一批苦闷彷徨、愤世嫉俗而又情感纤细、才思敏捷的青年,将诗歌创作重心转向寻求内在世界的真实,形成了象征主义流派。

象征主义是现代主义文学中产生最早、影响最大、波及面最广的文学流派。象征主义者认为,现实世界是虚幻的,只有内心感受才是真实和美的。诗歌应该摆脱描写外界事物的倾向,努力写出"内心的真实"。但内心的感受也必须借助于具体的形象才能表达,因此诗人应当用物质的可感性表现隐蔽的内心世界。象征主义注重联想和暗示,讲究诗歌的神秘性、音乐性以及"通感"手法。代表诗人有魏尔伦、兰波、马拉美等。

保尔·魏尔伦(1844—1896)最成熟的作品是《无言罗曼斯》(1874)。诗作风格朴实、语言流畅而富于韵律,情绪忧郁低沉。诗人对人生的感受、诗作情绪的流露均通过音乐性和暗示性得到体现。阿尔多尔·兰波(1854—1891)被称为象征派怪杰。他15岁即写出著名诗作《元音》,在这首惊世之作中,诗人演奏了一首"感觉交响乐"。元音字母不但有了颜色,还带有音响、气味和动作,同时作用于人们的视觉、嗅觉、听觉和感觉,客观上实践了波德莱尔提出的"通感"的创作理论。斯蒂芬·马拉美(1842—1898)是象征派的泰斗。他认为诗人的任务在于以奇异的手法揭示平凡事物背后的"绝对世界",故而在创作中追求艺术技巧的高超,甚至达到晦涩难解的地步。代表作为《牧神的午后》(1876)。

(四) 唯美主义文学

唯美主义文学是19世纪中期起源于法国、后兴盛于英国的文学流派。唯美主义者为了标榜不与丑恶的现实为伍,提出"为艺术而艺术"的口号。他们宣扬真正的艺术和资产阶级生活制度相抵触,和资产阶级虚伪道德相对立。因而艺术不应反映生活,无须顾及道德,艺术要追求的只有诉诸感觉和印象的形式。唯美主义作品多以爱情和欢乐为基本主题,以消遣度日的特权人物为主人公;讲究辞藻、韵律,重视静物的描写,以造成视觉、听觉的美感。

早在1832年,法国诗人戈蒂耶就在《〈莫班小姐〉序言》中明确提出了"为艺术而艺术"的主张,被公认为唯美主义的"始作俑者"。王尔德(1854—1900)是英国唯美主义文学的代表作家。代表作小说《道林·格雷的画像》以独特的构思反映了作家的唯美主义观点,也体现了作家理论和创作之间的矛盾。作品主人公的美貌被画家定格在画面上,获得了永久的生命力。作者由此表达了对永恒的艺术美的肯定,但当写到主人公以美貌作诱饵犯罪、堕落的情节时,又反映了作者对这种行为的谴责。

(五) 巴黎公社文学

19世纪30至40年代,欧洲出现了萌芽状态的无产阶级文学,如法国工人诗歌、英国宪章派文学、德国的革命诗歌等。这一时期成就最大的是巴黎公社文学,包括公社诞生前后约20年间公社社员的大量文学创作。它是巴黎公社革命的直接产物,是早期无产阶级文学的继续和发展。

巴黎公社文学的代表有诗人欧仁·鲍狄埃、让·巴蒂斯特·克莱芒、路易丝·米歇尔等。鲍狄埃(1816—1887)的诗作《国际歌》是一首格调高昂的政治抒情诗。诗作以昂扬的战斗激情,表现了无产阶级担当历史、改变历史、创造历史的豪迈气概和坚定信心。诗篇充溢着无产阶级要解放全人类的不可摧毁的精神力量。

第二节 哈 代

一、生平与创作

托马斯·哈代(1840—1928)是19世纪最后30年间英国最伟大的现实主义作家。他的故乡是英国西南部的乡村道赛特郡。这个几乎没有受到近代工业影响的田园乡村,日后成为哈代创作的主要背景。

哈代的主要文学成就,是一套以故乡道赛特郡及其附近为背景的小说,称"性格与环境小说",其中所有长篇小说和中篇小说的情节,几乎总是在同一个地方展开,这地方即为作家出生和生活的乡村,位于英国西南部各郡境内。在他的作品中,这个地区得到一个假定的名字"威塞克斯",因此,哈代的作品被称为"威塞克斯小说"。它们包括《绿荫下》(1872)、《远离尘嚣》(1874)、《还乡》(1878)、《卡斯特桥市长》(1885)、《德伯家的苔丝》(1887)和《无名的裘德》(1895)等。

哈代的小说主要反映英国资本主义高度发展给偏远农村社会带来的深刻变化。作者密切注视这种变化所造成的种种灾难,深切同情广大农民在资本主义入侵后所遭遇的不幸命运,对宗法制乡村生活的被毁弃表现了愤怒的情绪。《远离尘嚣》就表明资本主义利己主义哲学已经侵入了远离尘嚣的偏远乡村。宗法社会人与人的关系正在被资产阶级的生活原则所取代。在后来的作品中,他在揭露现代资本主义造成宗法制乡村悲剧频发的罪恶时,也控诉了因袭下来的保守虚伪的道德观念对善良人幸福生活的破坏。但哈代既不能认识到心目中美好的家长制农村社会消亡的真正根源,也找不到社会未来的真正出路,作品蒙上一层浓重的悲观主义、神秘主义的阴影。

《还乡》是哈代的重要小说,作者通过游苔莎和克林的思想和行为,表现了对传统与现代冲突的矛盾态度。他既留恋传统乡村淳朴自然的生活氛围,又肯定克林回家乡用现代知识武装农民的做法;既谴责游苔莎违背乡村传统道德的私奔行为,又认为她有追求幸福生活的权利。哈代认为,在支配人生活的强大命运面前,人是软弱无力的。宿命色彩和悲观主义气氛在作品中更加浓厚。

哈代在90年代创作的小说《德伯家的苔丝》和《无名的裘德》开始关注威塞克斯破产农民的悲剧人生,并对这种悲剧的内在根源进行探索。《无名的裘德》对现存社会制度下不合理的教育制度和婚姻制度进行了控诉,社会批判色彩鲜明。裘德有才华、有理想,但由于出生于农民,是个贫穷的石匠,在资本主义社会就无法实现雄心壮志。小说进一步指出了社会道德、法律、婚姻等陈规陋习的桎梏如何扼杀了人们的自由意志和愿望。裘德曾在婚姻上铸成错误,后来与情投意合的表妹同居,遭到社会舆论的肆意围攻。哈代在这里大胆地冲破了社会习俗的束缚,坦率地描写了在志同道合基础上的男女自由结合。

由于哈代的一系列优秀小说触犯了资产阶级一向视为神圣的事物,遭到反动保守势力的恶毒诽谤和攻击。哈代不得不放弃小说,再转向诗歌创作。哈代晚年创作的史诗剧《列王》(1904—1908),用史诗和抒情诗的形式描写1805至1815年间以英国为首的欧洲联军对拿破仑的战争。作者在剧中更明确和系统地发挥了他在小说中反复阐明的思想,即人世间的一切活动全凭宇宙主宰的摆布,即使如拿破仑也不例外。史诗剧批判战争罪恶,谴责"列王"的残酷无道,对人类未来寄予希望,凝聚着作者对社会发展问题的多年思索,可以说是哈代全部创作的一个艺术总结。

二、《德伯家的苔丝》

《德伯家的苔丝》是哈代的代表作,也是欧洲现实主义文学的优秀作品之一。它描写了农家女子苔丝短促而不幸的一生。

小说描写了苔丝一家的遭遇,形象地反映了19世纪末英国资本主义入侵农村后广大农民命运的悲剧性转变。他们失去了土地,不得不改变原来的生活方式。苔丝为了一家人的生存,被迫按照父母的意愿到所谓的本家那里找活干,成为一个雇佣劳动者,从此,她不断遭受到本家的残酷剥削。同时,传统观念也强烈地压迫着她,使她难以逃脱。在小说中,亚雷对苔丝更多地表现为人身压迫,克莱则体现为道德和精神的折磨。作为新型资产阶级代表的亚雷,体现的是资本主义社会的权力和罪恶。而克莱虽然具有"自由思想",有一定的进步性,但他的自由资产者的身份有名无实,他并没有真正摆脱旧道德、旧传统、旧生活观念的束缚。当他了解到苔丝过去的遭遇时,就不自觉地充当了旧道德的忠实维护者。苔丝能够反抗亚雷的肉体压迫,却无法避免克莱在精神上的打击和迫害,因此,克莱与亚雷都成为苔丝悲剧的直接制造者。小说通过对苔丝无辜受害的描绘,对资产主义社会及其法律、道德和虚伪的宗教进行了有力的揭露和愤怒的控诉。

小说塑造得最成功的形象是苔丝,作品的副标题"一个纯洁的女人"就十分清楚地体现出作者对苔丝同情、肯定的态度。作者从人道主义立场塑造苔丝,对资产阶级道德做了尖锐的批判。

第一,苔丝具有劳动妇女的美好品质:坚强、勤劳而富于反抗性。自食其力的尊严感和意志,使她在困难和磨难面前表现得无比坚强。她对资产阶级及其虚伪的道德充满憎恶,并不断与它作斗争。她不慕虚荣,从不稀罕贵族的祖先。她爱克莱,主要是因为他思想开明,心地善良,可以倾心相与。她对宗教的反抗也表现得大胆而坚决。

第二,苔丝生活在新旧交替时代,出生在一个没落小贵族世家的农民家庭。残存于农民身上的某些旧道德观念和宿命观点,都对她的思想意识产生影响。她把人生的苦难归结为命运作祟,所以常常陷入自卑自叹和悲观失望之中,这也体现出作家的悲观宿命论。

苔丝的灵魂是纯洁的,道德是高尚的,但在资产阶级道德面前,她却被看成是伤风败俗的典型,受到残酷无情的迫害。她本是一个受害者,可是在陈腐无聊的世俗偏见中却被看成是奸淫罪人。哈代的观点和社会偏见尖锐对立,他通过苔丝的形象对当时虚伪的道德标准严加抨击。他坚持道德的纯洁在于心灵的纯洁,不在于一时的过错,因此称苔丝是"一个纯洁的女人"并将此作为作品的副标题。

可是,美丽、高尚和纯洁的苔丝却偏偏要遭到不可避免的毁灭。作家把苔丝的悲剧首先归因于社会。19世纪下半叶,随着资本主义经营农业的迅速发展,威塞克斯这个英国最后的宗法制农村,已经到了它最后的悲剧阶段。这个阶段最重要的特征就是农民由于经济结构的改变而引起经济上的彻底崩溃。那些自食其力的占有少量土地和生产工具的农民,都不得不随之破产。作为农民出身的苔丝,她的毁灭就是这个历史过程的象征和缩影。苔丝的毁灭代表着破产后的威塞克斯农民的悲惨命运,她的人生悲剧反映出威塞克斯农民在寻求出路过程中遭到的各种各样的灾难。

此外,在哈代看来,神秘莫测的命运也是导致苔丝不幸命运的重要因素。在强大无比的宇宙威力面前,人是渺小的。人在同环境冲突中,软弱无力,受命运的支配。在哈代的笔下,苔丝的一生都充满着偶然性和命定的色彩,它们交互扭结在一起,形成一股巨大的力量,制约着苔丝的人生。这些看似偶然的因素却形成一种必然的趋势,将她推向悲剧的结局。同时,还有一些神秘的力量在起作用,将苔丝置于悲剧境地。这些无疑都体现了作者浓厚的宿命论色彩。

在艺术上,哈代塑造了具有多重意蕴的人物形象,他们血肉丰满、性格复杂多样,体现了作家对人性本质的把握和深刻理解。小说中的苔丝在亚雷面前是刚烈的,而在克莱面前又是温柔的;在困难面前表现出难以想象的承受力,而在强大的命运面前却脆弱无助。在克莱的心目中,她是天使;当真实的苔丝出现在他面前时,仿佛又变成了魔鬼。她的外表被男人视为欲望的源头,而她的内心又是无比的纯洁。此外,亚雷的形象不是一味呈现为恶,克莱的形象也不是一味呈现为善。他们都成为哈代小说创作中成功的艺术形象。

《德伯家的苔丝》中有大量的自然景色的描写。这些景色在作品中已经不单是人物活动的背景,而是与人物的思想感情、命运紧密相连,并成为小说中不可忽视的情境。如苔丝遭到亚雷奸污之夜,山谷中弥漫着浓浓的雾气。被克莱抛弃的苔丝前往燧石山投奔工友玛丽安,燧石山的景色单调、冷酷、僵硬,与苔丝所身处的人类社会不谋而合。这种赋予自然景物以人类情感的写作方式,已经体现在哈代多部小说的创作中,成为他一以贯之的写作风格。

此外,小说对人物心理描写的分量大大增加。这使哈代的创作与英国传统现实主义作家相比,更增加了文学现代性的色彩。

第三节 列夫·托尔斯泰

一、生平与创作

列夫·尼古拉耶维奇·托尔斯泰(1828—1910)是19世纪俄国批判现实主义文学的杰出代表,是世界上公认的最伟大的小说家之一。

托尔斯泰于1828年9月9日诞生于土拉省雅斯纳雅·波良纳的一个古老的贵族家庭。他父母早亡,在姑母和家庭教师的教养下长大。他一生的大半时间是在自己的庄园中度过的。1844年他入喀山大学东方语文系学习,次年转入法学系。大学期间受卢梭和伏尔泰启蒙思想的影响,对农奴制社会和学校教育不满,于1847年退学回家,开始进行农事改革。农事改革失败后,于1851年自愿随兄长到高加索服兵役,军务之余,开始进行文学创作。

50年代的农奴制危机和社会动荡促使托尔斯泰去探索解决贵族与农民矛盾的途径。他的自传体小说《童年》(1852)、《少年》(1854)、《青年》(1857)三部曲,通过贵族青年尼古林卡性格的形成过程,揭露了贵族生活方式对人的恶劣影响,同时又宣扬用道德上的"自我修养"来克服外界影响的思想。三部曲细腻地描写了人物性格发展的各个阶段,表现出作者深刻的心理分析才能。

《塞瓦斯托波尔故事集》(1855—1856)是根据作者参加塞瓦斯托波尔战役写成的。小说把贵族军官和普通士兵加以对照,揭露贵族军官的贪婪、虚荣和追求名利,歌颂下级军官和士兵作战的英勇,表现了作者的民主主义思想倾向。1855年,托尔斯泰到了彼得堡,进入文学界,翌年退役,致力于文学活动。《一个地主的早晨》(1856)首次表现了作者对农民问题的探索。小说写青年地主聂赫留朵夫在自己领地上进行农事改革及失败的故事。它的积极意义在于描绘了农民贫困的真实图景,揭示了地主与农民之间的尖锐对立。

1857年,托尔斯泰出国旅行,访问了法、德、意、瑞士诸国。根据在瑞士的见闻,写成短篇小说《琉森》(1857),谴责资产阶级所标榜的"文明""自由""平等"的虚伪和金钱至上的原则。1859年,托尔斯泰回到故乡的庄园,开始创办学校,把教育视为社会改良的重要途径。1860年至1861年,托尔斯泰再度出国,到德、法、英、意和比利时做教育考察,回国后,创办了教育杂志《雅斯纳雅·波良纳》。1861年的农奴制改革给农民带来的是地主和资产者的双重压迫。托尔斯泰认为"农奴制改革法令"是毫无用处的空话。改革后他担任了和平调解人,在调解农民和地主之间的纠纷时尽力维护农民的利益。1863年,他的中篇小说《哥萨克》发表。主人公奥列宁厌倦了贵族生活方式,到高加索山民中去追求纯朴自由的生活,最后又回到了贵族社会。作者把哥萨克人的纯朴生活与贵族的享乐生活加以对照,首次提出贵族"平民化"的问题。

此后,托尔斯泰停止办学,潜心研究历史和从事文学创作。他企图在历史和道德的研究中找到解决社会问题的答案。1863年至1869年,他写出了长篇历史小说,《战争与和平》。小说以1812年俄国的卫国战争为中心,反映了1805年至1820年的重大历史事件。以包尔康斯基、罗斯托夫、别索霍夫、库拉金四个贵族家庭的纪事为线索,从战争与和平两个方面来表现俄罗斯人民同拿破仑侵略者、俄国社会制度同人民意愿之间的矛盾,肯定了俄国人民在战争中伟大的历史作用,赞扬了他们的爱国热情和积极的乐观主义精神。小说结构宏伟,布局严整,塑造了安德烈、彼埃尔、娜达莎等众多性格迥异、血肉丰满的人物形象。上至沙皇、大臣、将帅、贵族,下至工人、士兵、农民近600个人物,广泛地展示了当时俄国社会的政治生活及人们的道德精神面貌。作品表现了鲜明的民族风格和无与伦比的写作技巧,其中许多精彩篇章和场面,使人叹为观止。心理描写、肖像刻画、景物描绘等,都表现出极高的造诣。另外,小说在体裁方面进行了革新,结合了小说和史诗的特点,成为一部具有史诗性质的长篇历史巨著。

70年代是俄国社会急剧变化的年代,历史变动的特点在长篇小说《安娜·卡列尼娜》(1873—1877)中得到了精确而深刻的反映。小说通过安娜追求爱情自由和列文探索社会出路两条平行发展的情节线索,形象地反映了俄国社会的历史变迁,表达了作者对理想社会、理想人生的苦苦探求。小说以史诗性的笔调描写了资本主义冲击下俄国社会生活和人的内心世界的躁动不安,展现了"一切都翻了个身,一切都刚刚开始安排"的时代特点。

安娜是一个追求个性解放的贵族妇女,一个被虚伪道德所束缚和扼杀的悲剧人物。她的悲剧是她的性格与社会环境发生冲突的必然结果。造成安娜爱情悲剧的内在原因是她独特的个性。安娜不屈从于她认为不合理的社会环境,敢于追求所向往的幸福生活。她感情强烈而真挚,内心世界深刻而丰富,而这美好的素质却一直被封建婚姻束缚着,这种牢狱般的生活窒息了她隐伏的爱情。和渥伦斯基的相遇,唤起了她那长期受压抑的处于沉睡状态的爱的激情,她看到了生命的新的意义。在卡列宁与渥伦斯基的对比中,她再也无法同卡列宁生活下去,她的天性决定了她无法欺骗自己,不能过那种虚伪的生活,这是一条毁灭的路,然而她义无反顾地走下去。她对爱情自由的执著追求,体现了贵族妇女追求个性解放的要求,具有反封建性质。造成安娜爱情悲剧的外在因素,是虚伪的上流社会和冷酷的官僚世界。安娜之所以不能见容于上流社会,不是由于她爱上了丈夫以外的男子,而是由于她竟然敢于公开这种爱情。这种行为本身就是对上流社会的一种挑战。上流社会不能容忍安娜公开与丈夫决裂的不"体面"行为,对她进行了严厉的惩罚。在失去了一切之后,安娜生活中唯一的安慰便是渥伦斯基的爱情了。而渥伦斯基不可能为了安娜同上流社会决裂,也不能理解安娜的爱情和悲苦心境。爱情的破裂使安娜失去了生存的精神依托,上流社会通过渥伦斯基的手杀死了她。托尔斯泰以惊人的艺术力量描写了安娜自杀前的绝望和醒悟,她看透了那个社会和那个社会的人。临死前,她恨恨地说:"全是虚伪,全是欺骗,全是罪恶。"安娜毫不留恋地用生命向那个罪恶的社会提出了强烈的抗议和控诉,她的悲剧从根本上说,是由那个罪恶的社会造成的。

托尔斯泰一方面揭示了造成安娜悲剧的社会原因,愤怒地谴责了压抑她、摧残她并造成她惨死的社会政治、法律、道德、宗教势力,对安娜的不幸寄予深切同情;另一方面又对她的道德原则和所选择的生活道路有所谴责,表现了他世界观的矛盾性。

列文是一个带有自传性的精神探索者形象。他是俄国农奴制改革后资本主义迅速发展条件下力图保持宗法制关系的开明地主。他有自己的生活信念和行为准则,经常用批判的眼光评价现实社会和人们的生活原则。他反对城市文明和资本主义生产关系,对受资本主义势力侵袭下的俄国社会深感不满与不安,把建立宗法制社会作为解决现实矛盾的方法,力图维持和巩固贵族地主的经济地位。他想以富裕代替贫穷,以利害互相调和的办法解决农民与地主间的对立,但改革的失败使他看不到自己生命的意义。最后,他在农民弗克尼奇身上领悟到,生活的意义在于"为上帝、为灵魂活着",要不断进行"道德自我完善","爱人如己",感到"上帝"就在自己心中。列文的探索道路在很大程度上反映了作者当时的思想和生活体验,表现了他的悲观主义、不抵抗主义和向"精神"呼吁。

《安娜·卡列尼娜》在艺术上取得了很大成就。

第一,小说具有出色的心理描写,通过"心灵的辩证法"描写人物的外部特征和内心话语揭示其内心世界。"心灵的辩证法"是车尔尼雪夫斯基对托尔斯泰早期自传性小说的评价,他认为托尔斯泰最注意的是一些情感和思想怎样发展成别的情感和思想,最感兴趣的是心理过程本身。小说注重于描述人物心理活动和变化的过程,并力求达到对人物心理的多层次展示。

第二,小说的结构独特,谋篇布局缜密严谨。安娜的爱情悲剧和列文的精神探索两条主线既平行发展,又有机地联结成自然而严整的拱形结构。

70年代末80年代初,在剧烈的社会变革影响下,托尔斯泰进行着紧张的哲学、宗教、道德和伦理方面的探索。1879年至1889年,他写成了《忏悔录》,这是他世界观转变的标志。此后,他逐渐改变了自己的生活方式,亲自参加体力劳动,尽力帮助贫苦农民,但他内心依然痛苦,因为他无法使富人结束寄生生活。托尔斯泰世界观转变后,文艺观也随之改变,他认为,过去的文艺都是为了满足有闲阶级,而不是为了人民。他开始创作一些戏剧、小说、民间故事、政论文章,宣传自己的学说。主要有剧本《黑暗的势力》(1886)、《教育的果实》(1890)、《活尸》(1891);中篇小说《伊凡·伊里奇之死》(1886)、《克莱采奏鸣曲》(1887—1889)等优秀作品。这时期的创作一方面对社会的种种罪恶进行了尖锐批判,另一方面表达了作者世界观转变后的思想观点。

1891年至1892年间,俄国发生了大饥荒,托尔斯泰参加了赈济贫民的工作。事后写了《关于饥荒的通信》,驳斥了贵族资产阶级对人民的诽谤。此后,他写成了《艺术论》(1897),完成了杰作《复活》(1889—1899)。1900年托尔斯泰被选为科学院文学部名誉院士,同年写的《不许杀人》一文,对帝国主义列强镇压中国的义和团起义进行了严厉的谴责。在随后写的《爱国主义与政府》《我们时代的奴役》等文章中,他对沙俄反动的政治制度进行了猛烈的抨击。1901年,宗教院公布了开除托尔斯泰教籍的决议。

托尔斯泰晚年一直致力于"平民化",努力从事体力劳动,生活俭朴,并希望放弃私有财产和贵族特权,因而与家里人的矛盾越来越尖锐。1910年,82岁的托尔斯泰为了摆脱贵族生活而离家出走,途中得病,11月20日病逝于阿斯达普沃车站。

托尔斯泰出身贵族,但他有自己的人生准则。他同情和接近人民,执著地追寻着消除贫富差距的方法,认真地思考祖国以及人类的命运问题。他通过文学创作对现存的制度和现实生活中一切虚伪、荒谬与不人道、不道德的东西进行了无情的、彻底的揭露和批判,同时宣扬悔罪、拯救灵魂、禁欲主义、"勿以暴力抗恶""道德自我完善"等观点,表达一种属于托尔斯泰自己的宗教"博爱"思想,人们称之为"托尔斯泰主义"。

二、《复活》

《复活》是托尔斯泰的代表作,它是一部以真人真事为题材写成的小说。他原想写一部道德心理小说,但在写作过程中,构思发生很大变化。他参加1891年至1892年的赈灾工作后,体会到农民与地主之间有一条巨大鸿沟,农民的贫困是由土地私有制造成的。因此,他把注意力全部集中在对现存制度的揭露上,使它成为一部具有深刻的社会内容和鲜明的政治倾向的作品。

小说对地主资产阶级社会进行了全面而无情的批判。作者用辛辣的讽刺手法揭露法庭的草菅人命,法律的反人民本质;谴责了官方教会的伪善和欺骗,揭露了宗教仪式的欺骗性;揭示了地主和农民矛盾,指出农民赤贫的原因是土地私有制。但是,托尔斯泰是用宗法制农民的观点进行批判的。小说充满了矛盾:一方面反映了农民对土地的强烈要求,另一方面也反映了他们阶级的、历史的局限性和不彻底性。《复活》是一面反映俄国农民在革命中各种矛盾状况的镜子。

《复活》塑造了聂赫留朵夫和玛丝洛娃两个丰满而又复杂的形象。他们的命运和生活道路是19世纪末俄国社会生活的某些本质方面的艺术概括。

聂赫留朵夫是一个"忏悔贵族"的典型。青年时期单纯善良,追求真挚的爱情。但是贵族家庭养成了他的种种恶习,贵族社会和沙俄军队放荡腐败的生活风气使他堕落为自私自利者。他诱奸了玛丝洛娃,随后又抛弃她。10年后,当他在法庭上看到玛丝洛娃时,意识到自己是造成她堕落和不幸的罪魁祸首。他决心向玛丝洛娃赎罪,并决心和她结婚。在为玛丝洛娃申冤上诉的过程中,他广泛接触了社会各阶层,进一步认识了社会的弊病。通过访问贫苦农民,他认识了土地私有制的不合理。在出入法庭和监狱的过程中,他看到人民是无辜的受害者,认识到人民的苦难是地主阶级和专制社会造成的。他的思想开始升华,从地主阶级立场转到宗法制农民的立场。上诉失败后,他放弃财产和贵族生活随玛丝洛娃去西伯利亚。最后他在《福音书》中找到了消灭罪恶的办法,那就是在上帝面前永远承认自己有罪,要宽恕一切人,照上帝的意志为人类的幸福而工作。作者认为聂赫留朵夫获得了精神上的"复活",他的"复活"是"精神的人"的胜利。这一形象集中地体现了托尔斯泰主义的"勿以暴力抗恶"和"道德自我完善"的思想。

玛丝洛娃是一个被侮辱与被损害的下层妇女的典型。少女时代,她是个天真、纯洁、乐观的姑娘,但是,严酷的现实粉碎了她的美好幻想。聂赫留朵夫对她的玷污和遗弃是她悲剧命运的开始。凄风苦雨的黑夜,她淋在雨里等候聂赫留朵夫乘坐的列车,两种处境鲜明的对照,使她开始意识到自己同他之间隔着一道鸿沟。被地主婆赶出庄园后,她流离失所,走投无路,堕入青楼,成为社会的牺牲品。她对聂赫留朵夫的怒斥,表达了一个受尽凌辱的妇女对贵族社会的控诉和抗议。聂赫留朵夫的转变使她重新看到了人身上的善,在监狱中和难友们患难与共,使她逐渐恢复了正常的生活信念。她开始把自身不幸的遭遇和底层劳苦群众的命运联结起来,她的爱憎荣辱观念也变得和被压迫的底层人民相同,她放弃旧的恶习,内心有了对新生活的热切渴望。西蒙松等革命者为解除人们的苦难而甘愿牺牲的精神,深深地感动了她,促使她迅速向新生的道路上迈进。她最终在精神上得到"复活"。

此外,《复活》中还描写了革命者的形象。托尔斯泰对革命者的态度是矛盾的:他肯定革命者对沙皇制度的批判和他们的社会平等思想、自我献身精神和他们的优秀品质,但否定革命者的暴力手段和革命行动。他力图将革命者写成接近自己学说的理想人物,即托尔斯泰式的人道主义者、改良主义者。

《复活》在艺术上取得了很高的成就。小说以单线的情节线索描绘了广阔的社会生活,通过聂赫留朵夫为玛丝洛娃上诉、奔走求情,最终去西伯利亚,广泛而深入地描写了俄国社会、展现了一幅幅生动的社会生活画面。

小说在描绘艺术画面和人物形象时,大量使用了对比手法。无论景物对比、人物对比、贫富对比等等,都能鲜明地暴露社会的矛盾对立,突出表现人民群众的苦难,从而加强作品的批判力量。

小说对人物的心理刻画细致入微。能深入各种人物的内心世界,抓住瞬间的思想感情的变化,用"心灵的辩证法"表现人物内心思想感情的矛盾和斗争,展现其辩证的发展过程。这也是托尔斯泰在许多小说中都运用的独特的心理描写方法。它不仅注重心理发展变化的结果,而且注意表现这一变化的全过程。这种方法贯穿他创作的始终。

小说很重视细节的描写,包括对人物的外貌和生活环境的描绘。这些描写虽然着墨不多,却使形象显得异常鲜明。作品往往利用细节描写适时地对统治阶级及其代表人物进行讽刺,在描写这些人物的外貌、内心、言行时,经常带着讽刺的笔调。

第四节 易 卜 生

一、生平和创作

亨利克·易卜生(1828—1906)是19世纪挪威杰出的戏剧家,欧洲近代戏剧的创始人。他深刻的思想性融入戏剧形式,使欧洲戏剧由近代向现代过渡,因而他被称为"现代戏剧之父"。

易卜生出生于挪威东南海岸斯基恩城一个富裕木材商人家庭。8岁时家道中落,他体会到了时世嬗变和人情冷暖,性情也变得羞怯自卑、过度敏感。初习写作,易卜生创作了一些歌颂民族独立的爱国诗篇,如《给马扎儿》《醒醒吧,斯堪的纳维亚人》等。这个时期,笼罩整个欧洲的高亢的政治热情影响着易卜生,他决定在戏剧创作领域进行一番尝试,用无韵诗体来写戏剧。1848至1849年间,易卜生第一次进行戏剧创作,写出3幕诗剧《凯替莱恩》。他对历史人物进行了文学改造,将这个被史学家指斥为"残忍的坏蛋"的人物塑造成一个敢于反抗顽固旧势力的英雄。《凯替莱恩》作为诗,读来朗朗上口,但由于剧情中心理分析的成分太多,而不宜上演。很快,他的第二部戏剧《勇士坟》(1850)在奥斯陆剧院上演,获得了极大的成功。翌年,他被一位倡导挪威文化的进步人士介绍,前往卑尔根剧院任编剧和舞台主任。剧院规定易卜生每年写出一部新剧,这在客观上促使他的创作才能不断发展。此后的易卜生几乎每年都有成功的剧作问世。他根据挪威中世纪历史和民间传说故事,创作了一系列浪漫主义剧本,但剧作已经具有了现代色彩。其间,易卜生受到德国戏剧评论家赫尔曼·赫第纳的影响,戏剧理念逐渐明朗,形成了戏剧不只娱乐观众,更要具有社会意义、体现深刻的思想的观念。

1857年,易卜生被奥斯陆的"挪威剧院"聘为经理。出于爱国主义和民族解放思想,易卜生和几个志同道合的朋友为创立挪威民族戏剧进行了十分艰辛的努力。1864年,易卜生出国前往法国、意大利等国,直到1891年。在国外期间,易卜生创作了大量剧本,为挪威文学的繁荣和发展作出了巨大贡献。在意大利居留期内,他写下两部重要的哲理诗剧《布朗德》(1866)、《培尔·金特》(1867)。它们表明易卜生的创作开始从浪漫主义向现实主义转变。

《布朗德》取材于现实,描写挪威进步的资产阶级知识分子在实现理想、探索未来的过程中与统治势力之间的尖锐矛盾和对立。布朗德就是这类人的代表,为了实现理想,他意志坚强、从不退缩,付出了失去妻儿的巨大代价。但由于他的理想与现实相距甚远，不为群众接受，他最终失败。

《培尔·金特》的同名主人公概括了当时挪威小资产阶级的特点。他和布朗德完全相反，没有理想，贪图享乐，卑微空虚，对生活一味迁就，屈服于冷酷的现实。在易卜生笔下，布朗德是目光坚定、理想高远的古代挪威人的形象，培尔·金特则是现代挪威庸碌无为、随俗浮沉的小市民形象的代表。

这一时期，易卜生的创作大都采用挪威古代英雄传奇、民歌民谣、神话传说等素材加工改编而成。他为了使戏剧服务于社会，在对古代传统题材进行改编加工时，往往借古喻今，注入时代内容。

1868年，易卜生侨居德国，他的创作也进入了一个新的阶段。《青年同盟》（1869）是易卜生以散文体创作社会问题剧的开始，此后，他进入"社会问题剧"的创作阶段。在这个时期内，他发表了一系列著名的"社会问题剧"：《社会支柱》（1877）、《玩偶之家》（1879）、《群鬼》（1881）和《人民公敌》（1882）。它们触及资产阶级社会生活的各个方面，如法律、宗教、道德、婚姻、家庭，乃至政党和国家体制。这些"社会问题剧"的特点表现在：以日常生活为素材，从多方面剖析社会问题，层层揭开，使矛盾突出，启发观众思考，从而引导人们起来改革社会弊端。在这里，作家通过许多平凡人物如医生、牧师、律师、新闻记者、公务员、家庭妇女等多种形象，从政治生活或家庭生活等不同角度反映社会。

《社会支柱》是一部对挪威的政治和社会生活进行揭露和批判的剧作，暴露了商人博尼克所代表的整个上流社会人士的本质：唯利是图、虚伪自私。这个自称为"社会支柱"的要人，实际上却是个诱奸妇女、造谣撒谎的无耻之徒。

《人民公敌》在揭露资产阶级所谓民主、自由本质时更为一针见血。剧中的斯多克芒医生是个坚持真理、坚持科学、锋芒毕露的人物。他的哥哥、市长彼得则与他相反，唯利是图、不择手段。彼得这类资产阶级政客把民主和自由作为图谋私利、损害群众利益、迫害真理与正义的工具。

《群鬼》的女主人公海伦·阿尔文太太的性格和家庭情况与《玩偶之家》的娜拉截然不同，她温柔懦弱，深受传统思想影响。当她认识到家庭生活的不幸时，没有勇敢地争取自己的生活，而是维护家庭表面的体面，结果葬送了个人和家庭生活的幸福。剧作家企图通过另一种典型来揭露资产阶级家庭生活的实质。本剧从另一个角度巧妙地提出妇女解放的问题，回答了那些反对娜拉出走的人们，让他们看看忍气吞声的妇女会有什么样的结果：屈从旧传统的妇女，最终只能成为这种传统的牺牲品。

在国外旅居期间，易卜生还完成了《野鸭》（1884）、《罗斯默庄》（1886）、《海上夫人》（1888）、《海达·加布勒》（1890）等作品。《野鸭》是他创作的分水岭，从这部剧作开始，他的创作更趋于内倾性的自我分析风格。1891年，易卜生夫妇回到祖国，在首都奥斯陆定居下来。此后，易卜生创作出一系列戏剧，如《建筑师》（1892）、《小艾友夫》（1894）、《约翰·盖勃吕尔·博克曼》（1896）、《当我们死人醒来的时候》（1899）。易卜生这一阶段的创作从探讨社会问题转向分析知识分子的心理状态和个人主义的幻灭，与此前作品相比，更偏重于人物内心和精神世界的剖析，更富于诗人的幻想，更善于用象征主义手法，悲观情绪较重。

1906年5月23日，易卜生与世长辞，终年78岁。挪威政府为这位戏剧大师举行了隆重的国葬。

二、《玩偶之家》

《玩偶之家》是易卜生"社会问题剧"的代表作。

易卜生在七八十年代创作了多部以恋爱、婚姻和家庭为题材的剧本，在这类作品中批判了挪威资产阶级的虚伪和堕落，谴责了不合理的社会制度在婚姻和家庭方面的罪恶，把妇女解放视为迫切需要解决的社会问题。在易卜生之前，较少作家触及这个敏感而重大的问题，因此它的意义尤为重大。

《玩偶之家》以易卜生的一个朋友劳拉的故事为原型创作而成，但作家在其中融进了更深、更广的社会内容。剧本主要讲述一对夫妻由和睦转为决裂的故事。女主人公娜拉与海尔茂结婚8年，有3个可爱的孩子。圣诞节前夕，她快乐地忙碌着，丈夫也即将从银行职员提升为经理。一天晚上，娜拉与前来拜访的同学林丹夫人交谈中提到，几年前为了治好丈夫的病自己曾假冒父亲的签名借了一笔钱。在海尔茂病好之后，她想尽办法已还清这笔债务，继后来访的银行职员柯洛克斯泰正是她借款的经手人。他请求娜拉替自己向海尔茂求情保住自己在银行的职位，并以假冒签名借款一事相要挟。娜拉意识到自己的生活正面临危机，决定牺牲自己来维护丈夫的名誉。她不希望丈夫知道此事，而且相信丈夫会像此前他曾许诺过的那样尽全力保护自己。但是当海尔茂通过柯洛克斯泰的信知道这个秘密后，不仅一味责备娜拉，甚至要剥夺她教育儿女的权利。后来经过林丹太太对柯洛克斯泰的劝说使危机得以解除，海尔茂对娜拉的态度也大为转变。但事实让娜拉看清了丈夫的自私和虚伪，她不愿再做玩偶，而要做一个真正的人，决定离家出走。

易卜生通过娜拉逐渐觉醒的过程，深刻揭露出资产阶级社会的法律、宗教、道德、爱情、婚姻等的虚伪和不合理。通过娜拉最后的出走，他提出了女性从男性的奴役下解放出来的问题。易卜生肯定了娜拉的出走具有进步的社会意义，在当时的妇女解放运动中起过积极的作用。

剧本揭露了资本主义制度下妇女在家庭中所处的从属地位，具有深远意义。而易卜生对戏剧结尾的处理，又使这种意义得到进一步提升。娜拉的爱情虽然破灭了，但她不脆弱，不屈从，而是毅然出走。因此这个形象的塑造比起原型来更高大、更集中、更具有典型性。

《玩偶之家》是一部典型的"社会问题剧"，易卜生在剧中提出了许多敏感而迫切需要解决的社会问题。

首先,妇女在家庭中的地位问题。从剧中娜拉和海尔茂的关系能够看出,海尔茂所代表的男权高于女性之上。虽然海尔茂口口声声称娜拉为"我的小鸟""小宝贝""小松鼠",甚至"我的孩子",并一再声称爱娜拉,但实际上他从未以平等的身份对待过妻子,女人在海尔茂所代表的男性权威面前不过是服从者。在经济上,她们没有独立权;在生活中,她们没有取得与丈夫平等的地位。因此,女性在社会上并没有建立起与男子平等的关系。那么,这种不平等用什么方法使妇女误以为进入了平等的时代,并使之真正获得妇女在家庭中应有的地位?这恐怕是易卜生在表面问题之后隐藏着的更深层的思考。

其次,拥有特权的资产阶级社会上层男性自私、虚伪的问题。作家在此主要通过资本主义社会成功男性海尔茂的形象来揭露其本质。娜拉伪造保人签字暴露之前,海尔茂对她海誓山盟,可是,当娜拉为了他而触犯律法的行为给他带来麻烦后,他立即便暴露出了本来面目。在开除柯洛克斯泰一事上,海尔茂的自私也得到充分地暴露。他解雇柯洛克斯泰的原因,一方面是对方与他是大学同学,对他的情况过于熟悉,影响他在其他人面前的威严;更重要的是,柯洛克斯泰在业务上能力高于他,对他是个非常大的威胁。

最后,女性如何争取平等权利的问题。伪造保人签字被丈夫知道后,娜拉终于认清了自己在丈夫心目中的地位、在家庭中的地位,决计离家出走。她终于认识到,女人不仅要为丈夫和孩子活着,还要为自己活着。"我对我自己的责任"似已成为妇女争取独立的一个宣言。在剧作结尾时,海尔茂恳请娜拉原谅自己,留下来,娜拉的回答是:等到丈夫"改变到咱们在一块儿过日子真正像夫妻"。由此可见,娜拉并不是要背叛家庭,而是要与没有平等关系的家庭决裂。作者通过娜拉反抗的举动强调,妇女只有争取到自己做人的权利,才有可能获得幸福的生活。

娜拉是觉醒中的资产阶级妇女形象。她出身中产阶级家庭,从小是父亲的宝贝女儿,结婚后又成为丈夫的玩偶。她热爱生活,但从不养尊处优,她的性格起初表现为无忧无虑、单纯任性。从剧作开始她瞒着丈夫偷吃杏仁饼干的细节,就体现出她十足的孩子气。但随着剧情的发展,娜拉的形象不断发生变化,最后出现在观众面前的是一位性格坚强、意志坚定、吃苦耐劳的女性。在借债为丈夫治病、伪造保人签字、靠自己的努力按期偿还债务,以及在债权人的要挟和丈夫的管制夹缝之间周旋的过程中,她表现得成熟、有主见。在还债的过程中,她能够吃苦受罪,这些显然才是娜拉真正的性格。

从品性方面看,娜拉是一位善良、诚恳的女性。她伪造保人签字是为了拯救丈夫的性命,对处于困境中的林丹太太,她竭尽全力给予帮助,即使是佣人和保姆,她也以平等关系相待。善良的心地使娜拉行为处事都有自己的道德标准,而这个标准又与无情的法律产生冲突。这种法律却是她的丈夫那样的人竭力维护的,是他们赖以生存的社会得以安定、平稳存在的保障。

在爱情观念上,娜拉爱情的最高理想就是为所爱的人舍弃一切,甚至生命。她主观地把她与海尔茂的相爱想象为这种理想的实现。她以对丈夫无条件、无保留的付出实践着爱情的理想。因此,当考虑到伪造保人签字一事将要威胁到丈夫的前程时,她宁愿承担全部罪名,甚至想到自杀。

娜拉的离家出走显示了她坚决摆脱玩偶之家的决心。她勇敢地关闭玩偶之家的大门,是思想上自觉向男性权威的宣战。

关于娜拉走后的命运问题,一直是评论家和读者非常关心、时常探讨的问题。其实,易卜生创作此剧的目的,不是要像社会学家那样提供解决问题的途径,而是要震撼人们的心灵,启迪人们思考。

海尔茂是作为男权社会的典型人物出现的。从男权社会的评价标准来看,他是一位优秀的男人,是个好丈夫、好父亲。但是,当生活出现困难、遇到重大考验时,他的自私、卑劣的品性便暴露无遗。他不耐烦林丹太太的打扰;对已经病入膏肓的至交好友软克医生没有丝毫的怜悯;妻子的所作所为对他的名誉、地位、利益构成威胁时,他就翻脸无情,根本不顾及妻子为他做出的牺牲。从本质而论,他既是男权既得利益的维护者,也是这种虚伪自私观念的体现者。

《玩偶之家》取得了很高的艺术成就。

第一,剧作避免选择重大题材,而是注意从日常生活入手,选择最贴近人们感觉的夫妻关系、家庭事务中出现的问题,作为表现主题的切入口。

第二,在戏剧情节结构方面,作家运用了"追溯法"。为打破戏剧体裁本身受时间和空间限制的局限,易卜生采取了由剧中人在谈话过程中随机交代戏剧前情的方式。这样结构剧情,既可以使观众迅速进入戏剧的关键环节,又使作品情节紧凑、避免冗长拖沓,还可以让作者在充裕的时间内从容塑造人物。易卜生在戏剧结构运用"追溯法",为以后剧作家的创作提供了成功的经验。

第三,作家创造性地将"讨论"引进戏剧。所谓"讨论"是以有争论性的问题作为构思剧情的中心,剧情的发展就是"讨论"展开的过程。因此剧中不断出现引起剧中人争论的问题,如娜拉冒名签字借款行不行,丈夫将妻子当成玩偶对不对,娜拉出走好不好等。面对这些讨论,观众也参与其中并陷入深深的思考。"讨论"不仅推动剧情发展,也使人物性格得到充分的展开。

第四,善于使用伏笔。剧作发展过程中的许多情节都不只是对前情的延续,更是对以后剧情的铺垫。剧作开始时,娜拉购置圣诞礼物归来,她为全家人都买了圣诞礼物,唯独没有她自己的。于是,在海尔茂的要求下,她提出要现金作为礼物,这一要求遭到丈夫亲切的、父亲般的指责,娜拉对此并无厌恶的反应。林丹太太初见柯洛克斯泰时神情惊慌,为后文交代二人的特殊关系埋下伏笔,也暗示观众二人之间"有故事"。这种技巧使戏剧高潮迭起,具有很强的戏剧效果。

第五节　马克·吐温

一、生平与创作

马克·吐温(1835—1910)是19世纪中后期美国成就卓著的现实主义作家,他以幽默的写作风格、大量方言土语的巧妙运用,增加了美国文学的独特韵味,为美国文学独立品格的形成做出了巨大的贡献。

马克·吐温原名塞缪尔·朗荷恩·克莱门斯,在密西西比河沿岸小城长大,他于1856年登上密西西比河上的轮船,由一名普通船员升任为心仪已久的领航员。密西西比河上的航运生涯和大河生活给他留下了难以磨灭的美好印象。当他成为一名作家时,他将领航时时常高声吆喝的mark twain(水深两浔)当作自己的笔名,以纪念那段难忘的时光,而密西西比河也成了他创作的灵感来源。1861年,美国爆发南北战争,密西西比河航运萧条,马克·吐温一度辗转颠沛,生活无着。后来,他前往弗吉尼亚城,再去旧金山,谋得《企业报》《晨报》记者和专栏作家一职。生活较为安定的同时,他的创作生涯也由此拉开序幕。

马克·吐温生性幽默,他的性格恰与当时美国西部流行的幽默小品风格相应和。当他开始写作时,他的作品便被赋予了浓郁的幽默诙谐的色彩。1865年,他根据当时民间流传较为广泛的传说,写出了第一篇幽默故事《卡列瓦拉县驰名的跳蛙》。两年后,该作与其他小说一起结成短篇小说集出版,从此,他正式步入作家行列。南北战争结束后,美国资本主义获得飞速发展,社会上"民主""平等""自由"的呼声极高。马克·吐温也深为这种"繁荣"欢欣鼓舞,因而创作中充满了诙谐、轻松、欢快的情调。尽管他的小说涉及了在美国已经渐渐突显出来的社会问题,如投机取巧的风气、迷信落后的习俗,特别是掩盖在自由平等背后的种族歧视、虚假民主等,但作家还没有看到这些表象掩盖下的是制度的罪恶,只将其看作社会发展中出现的一些小问题加以嘲讽。

《竞选州长》(1870)是一篇出色的讽刺美国"民主"竞选的欺骗性和丑恶的短篇小说。作者写第一人称的"我"在参加纽约州州长竞选过程中,不断遭到竞选对手的攻击陷害。被对方收买的报纸、舆论也大肆造谣生事,将本来正直、清白的"我"的名声糟蹋得一败涂地,最终"我"只得宣布退出竞选。作品在夸张性的情节中,暴露了美国"民主"选举的真相,指出它不过是愚弄人们的手段而已。同年发表的另一篇短篇作品《哥尔斯密的朋友再度出洋》讲述一个怀抱着梦想的中国农民艾颂喜在前往美国后遭遇盘剥、欺凌、侮辱及迫害以后,终于认识到了美国并非所有人的幸福乐园。作家通过幽默夹杂讽刺的笔法写出了非白人世界的人们对美国梦想的破灭。

从70年代到90年代,马克·吐温的创作进入了繁荣的阶段。这一时期,其文学作品的主题更加丰富,社会批判的范围获得了极大的拓展。他的目光更敏锐,已经透过社会表象探测到制度中存在的种种问题。讽刺性大大加强,幽默诙谐的文风渐被冷峻的嘲讽所取代。

1873年,马克·吐温与小说家华纳合作,写出了他的第一部长篇小说《镀金时代》。迅猛发展的美国资本主义经济蒙蔽了许多人的视听,历史学家、政治学家们热烈赞美美国黄金盛世。但马克·吐温却在作品中,毫不留情地剥开了虚假繁荣的外壳,暴露出金玉之下的污秽和腐败。在这个金钱主宰一切的社会里,所有人都以获取最大利益为人生目标,舍此别无所求。以塞拉斯上校为代表的小市民梦想依靠投机取巧发财致富;以参议员狄尔沃绥为代表的官员政客,表面上以国家利益为重,实际上却利用职权贪污受贿、营私舞弊。官员们构成了一个利益的关系网,互相包庇,鲸吞国家资源。作者由此揭示出美国社会存在的种种致命问题,也显示出了所谓"黄金时代"的真实本质。由于作品对当时社会真实的准确把握,后来美国的历史学家改用"镀金时代"来指称美国的这段历史。

1876年,马克·吐温发表了著名的儿童冒险小说《汤姆·索亚历险记》。小说描写少年汤姆和哈克对平淡、刻板的日常生活的厌倦,以及他们大胆且有些荒唐的冒险行为,将讽刺和批判的矛头指向了美国陈腐的学校教育制度、人们迷信落后的宗教观念,更揭示了弥漫全美国的虚伪庸俗的社会风气。80年代,马克·吐温完成了最有代表性的长篇小说《哈克贝利·费恩历险记》,其中所表现的批判种族歧视的主题,在后来的小说《傻瓜威尔逊》(1893)中再次得到了反映。女黑奴罗克珊娜为了避免儿子被主人卖掉、骨肉分离的痛苦,偷将白人主人的儿子与亲子调换。两个孩子在不同的环境中,养成了不同的习性。作者以近乎荒唐的情节,却反映了生活的真理:白人并非天生优越,黑人也并非天生愚昧,由此批判了"白人优越论"和种族歧视。

另外两部长篇小说《王子与贫儿》(1881)和《在亚瑟王朝廷里的康涅狄格州美国人》(1889)都是作家站在资产阶级民主主义立场上讽刺封建专制和教会罪恶的长篇小说。前者通过两个形貌酷似的孩子——王子爱德华、贫儿汤姆意外对换身份而发生命运改变的离奇故事,一方面抨击了封建专制制度,另一方面又申明了只有体察民众疾苦才能成为贤明君王的道理。后者幻想19世纪美国铁匠汉克·摩根梦游6世纪的英国,目睹了统治者种种专制、愚昧的行径,抨击了君主专制制度的落后和野蛮。

90年代,美国开始了对外殖民主义侵略。马克·吐温写出大量的游记、杂文和政论文章谴责殖民主义者对他国的罪恶行径,表达了对殖民地人民命运的关切,立场坚定地支持他们的反殖斗争。在国内,拜金主义对国人灵魂的侵蚀已经不可救药,但人们还以虚伪的谎言文过饰非。作者对这种受到拷问的道德品性已经彻底失去信心,曾经存在的民主幻想被现实粉碎,陷入了对人性悲观和绝望的痛苦之中。从此时期开始,在他的创作中,善意的嘲笑已经被辛辣的讽刺所取代,乐观的情怀已经替换成悲观的心境。

中篇小说《败坏了赫德莱堡的人》(1899)充分反映了马克·吐温晚年创作风格的转向。小说描写赫德莱堡镇19位首要公民在一袋假金币的诱惑下,再也无法掩饰其贪欲,撕下了"诚实""清高"的面纱。小说在暴露人性的卑劣、虚伪和贪欲方面,不仅达到了前所未有的高度,而且悲观的情绪也更加浓重。这种情绪在他去世前写的杂文《什么叫做人?》以及去世后发表的中篇小说《神秘的陌生人》中得到了充分体现。1910年4月21日,马克·吐温在纽约病逝。

二、《哈克贝利·费恩历险记》

《哈克贝利·费恩历险记》是马克·吐温最有代表性的长篇小说。作品接续《汤姆·索亚历险记》的情节,以密西西比河作为主要背景。十二三岁的白人少年哈克在与小伙伴汤姆·索亚意外获得了金币而从一个穷小子变成"有钱人"之后,被道格拉斯寡妇收养,但他不能忍受寡妇对他进行的文明教育,便想方设法回到了自己破烂不堪的家。他遇到许久未见的酒鬼父亲并遭到父亲的敲诈和毒打。为了能过上自由自在的生活,哈克制造了被淹死的假象,逃到了离家不远的荒凉的杰克逊岛,在岛上,他意外地遇到了逃奴吉姆,两人结伴而行,乘木筏沿密西西比河顺流而下,前往废奴区。一路上,他们历经千辛万苦,不断遇到恶人的侵袭,哈克自己也经历了对吉姆由防范、想告发,到喜爱、建立友谊,到最后敬重的思想感情的发展过程。与此同时,他们更感受到了大河的壮阔与纯美。当吉姆险些失去自由的时候,哈克采取了冒险的行动,最终使吉姆获得自由。

由于小说是以白人少年哈克为主人公,从他的视角来观察和描写生活,表达感受,所以有人认为这是一部典型的儿童文学作品。但从作品表达的思想来看,只有成人才能真正读懂其幽默风格包裹着的深刻内涵。

第一,小说表达了强烈的追求自由的思想。这种自由的追求不仅包含着一个孩子对管束他行动的父母的抗拒,也包含着自由的童年时代对充满道德约规的成人世界的反抗,更体现了自由奔放的大自然对受到严重污染的人类天性回归的呼唤。因此,自由的思想在小说中具有浓厚的政治、道义和哲学的色彩。哈克在陆地上找不到放松之处,只有回到密西西比河的木筏上,他才找到了幸福和快乐。在那里,他心情舒畅,行动自由,内心残存的文明社会教化的意念也在大河之上被荡涤干净。逃奴吉姆到了密西西比河上,就找到了安全,获得了自由。因此,在奋争到河上漂流的自由生活形式的同时,主人公的自由精神也在提升,作品的自由思想也获得越来越鲜明的体现。

第二,作品反映了作者反对种族歧视的民主立场。当哈克与吉姆相遇后,吉姆一直把哈克当作一个关心、爱护的伙伴,心心相印的朋友。虽然哈克受白人社会的教育,已经形成了只要黑奴逃跑,就有责任抓捕的观念,但当他认识到吉姆善良、勇敢的品德后,终于觉醒,抛弃了原有的错误念头,决定帮助吉姆争取自由。小说中哈克思想的转变,反映了深受白人社会污染的"畸形心灵"得到矫正,从而成为"健全的心灵"。这正是作家所追求的种族平等、人人自由的民主理想的体现。

此外,作品也反映了当时美国的一些社会现实。哈克与吉姆乘木筏经过的沿途陆地之上,到处都是鄙陋和罪恶,肮脏而混乱的乡镇,贫困而愚昧的居民,社会上拜金主义的盛行，盗匪遍布，"公爵"和"国王"一样的江湖骗子到处流窜欺诈。作者通过这些画面的展示，对资本发展迅猛、精神道德堕落的美国社会加以揭露和批判。

哈克是美国"文明社会"的叛逆者。在反叛文明社会、追求自由、民主的过程中，他的善良淳朴、正直无私和勇敢机智的性格得到充分表现。

第一，哈克厌恶陆地及其"文明"，渴望离开这块土地，回到大自然的怀抱。在哈克的周围，有各种各样热衷于追逐金钱的人，这使他十分反感。他厌恶小市民庸俗虚伪的生活，与那呆滞的社会规范格格不入。文明社会虚伪的规范礼仪严重地束缚人的身心，使人丧失了宝贵的自由，也使人失掉了自然的生气和生活的乐趣，这更使哈克无法容忍。他终于忍受不了死气沉沉的生活和文明的教化，从那个环境中逃了出来，去寻找自己理想中的自由生活。

第二，哈克在帮助吉姆获得自由的艰苦斗争中，叛逆性格进一步成长起来。在荒岛上邂逅吉姆后，哈克与吉姆相依为命，共渡难关。起初，哈克并没有把吉姆当作一个具有人的尊严的同伴来看待，他总是戏弄、取笑吉姆。后来，他逐渐认识到吉姆勤劳、诚实、善良的美好品质，克服了对他的偏见。在帮助吉姆获得自由的过程中，哈克的内心充满了矛盾和斗争。他生活在奴隶制的社会环境，社会、学校、家庭的种族歧视观点对他影响很深。他一度抵挡不住所谓良心的谴责，要写信告发吉姆的行踪。但是，回忆吉姆的种种好处后，他为自己的私心感到羞耻，把信撕掉，决心拼死也要救出吉姆。这标志着哈克与奴隶制观念彻底决裂。

吉姆是小说中另一位重要的人物形象。作家在他身上突出了不屈不挠地追求自由的精神，善良、诚实、忠于友谊的可贵品格。但同时，作家也没有回避吉姆的无知和迷信等弱点。在马克·吐温看来，吉姆的这些局限正来源于长期以来种族歧视对他的压制和扭曲。

《哈克贝利·费恩历险记》是马克·吐温现实主义艺术的高峰，集中反映了马克·吐温的创作特点。第一，作品出色地刻画儿童的心理。小说以孩子稚拙却真实的眼光观察世界，形成了夸张变形而又不失真实的现实景象；以孩子天真无邪、毫无遮掩的口吻来叙述，达到了意想不到的幽默讽刺效果。小说以哈克贝利的口吻讲故事，亲切感人，真实生动。

第二，作者将大量的似乎不登大雅之堂的方言口语写进作品，创造了一种迥异于欧洲优雅文学的语体风格。马克·吐温将黑人沙哑的拖腔，农场妇女浓重的鼻音，村里吹牛人刺耳的嗞嗞声等，带进了文学之中，使作品语言真实明快，流畅轻松。以至于后世许多作家在追寻美国文学的民族品格时，毫不犹豫地将马克·吐温称为美国文学之父。

第九章　20 世纪文学(上)

20 世纪的俄苏文学是世界文学的重要组成部分。由于本世纪俄国社会的独特性质和苏联的诞生与解体,俄苏文学经历了与欧美文学不同的发展道路。如果说欧美地区的现实主义文学受到了现代主义的强烈影响,吸收了现代主义的许多艺术技巧,那么苏联时代的现实主义文学则表现出回避现代主义,坚持 19 世纪文学的传统,并与浪漫主义发生了紧密联系。

本章重点介绍 20 世纪上半期俄苏文学和欧美地区基本运用现实主义手法创作的作家作品。

第一节　概　　述

一、20 世纪上半期的俄苏文学概况

19 世纪末,俄国经济处于快速增长的时期。同时,马克思主义和西方各种现代社会哲学思潮开始传播,欧洲优秀的艺术成果也越来越多地被介绍到了俄国,这为俄国文化的发展带来了新的推动力,并促成了新的文化高潮,即所谓"白银时代"的到来。

"白银时代"始于 1890 年。这个时期,现实主义文学依然繁荣,高尔基、蒲宁、库普林、安德烈耶夫等优秀作家为现实主义文学注入了新的活力。稍后,象征主义、未来主义、阿克梅派等各种流派纷纷登场,并出现了许多各具特色的作家,如巴尔蒙特、梅列日科夫斯基、勃洛克、别雷、阿赫玛托娃等,他们为俄国文学打开了一派新的天地。十月革命后至 20 年代,虽有大批作家流亡海外,但由于文艺政策比较宽松,国内文坛上依然涌动着各种文艺思潮,出现了"无产阶级文化协会""谢拉皮翁兄弟""列夫""山隘"和"拉普"等诸多的文学团体。像马雅可夫斯基、叶赛宁、扎米亚京、布尔加科夫这样的"现代派"作家,以及左琴科、普拉东诺夫这样的讽刺作家,都还能够创作。20 世纪 20 年代后期,"白银时代"的文化高潮逐渐风流云散。高尔基是"白银时代"著名的俄罗斯作家,其创作活动持续到十月革命后的苏联时代,是俄苏文学的代表作家。社会主义现实主义是十月革命后出现于苏联文坛的一种创作方法,主张真实地反映现实生活,从现实的革命发展中真实地、历史地、具体地描写现实,以高尔基的长篇小说《母亲》为代表。描写十月革命前后顿河地区哥萨克生活和命运的肖洛霍夫也是这一时期著名的俄苏作家,其代表作是长篇小说《静静的顿河》。

伊凡·亚历克塞维奇·蒲宁(1870—1953)的主要成就是中短篇小说。前期创作从不同角度表现了俄国的社会生活,主题深刻、风格独特,较重要的作品有:《乡村》

(1910)、《苏霍多尔》《伊格纳特》和《旧金山来的绅士》等。1920年起,他侨居法国。后期创作的基本主题是死亡、爱情和大自然,艺术成就很高,较重要的有:中篇小说《米佳的爱情》、自传体长篇小说《阿尔谢尼耶夫的一生》(1927—1933),以及短篇集《幽暗的林荫道》等。他于1933年获诺贝尔文学奖,是俄国文学史上第一位获得诺贝尔文学奖的作家。

安娜·安德烈耶夫娜·阿赫玛托娃(1889—1966)以抒情诗见长。诗作构思精巧,善于抒发女性的内心情感,语言富有音乐性,属于阿克梅派,主要有诗集《车前草》(1921)、《耶稣纪元》(1927)和组诗《安魂曲》(写于1934—1940年,发表于1987年)等。《安魂曲》抒发的是一个母亲在儿子无辜被捕后的痛苦心情,以及对错误政策的愤懑和对祖国的命运的担忧。后期有《没有主人公的叙事诗》(1962)等。

马雅可夫斯基(1893—1930)是未来主义诗人。早期诗歌除讽刺诗外,还有《穿裤子的云》(1915)等多首长诗。十月革命后,他创作了短诗《我们的进行曲》《革命颂》和《向左进行曲》等歌颂革命的作品。20年代,发表了讽刺官僚主义的诗篇《开会迷》(1922)、长诗《列宁》(1925)、讽刺喜剧《臭虫》和《澡堂》,以及长诗《好!》(1927)等,艺术上多有创新。

阿·托尔斯泰(1883—1945)的代表作《苦难的历程》三部曲(1921—1941),通过卡嘉、达莎、捷列金和罗欣等形象所经历的彷徨、探索和追求的历程,揭示了"失去了祖国而又重新得到了她"的主题。主要作品还有长篇历史小说《彼得大帝》(1929—1945)等。

法捷耶夫(1901—1956)的长篇小说《毁灭》(1927)真实地反映了国内战争时期远东游击队的战斗生活。卫国战争刚结束,他推出长篇小说《青年近卫军》(1945),成功地塑造了一系列爱国青年的形象。

30年代初至50年代初,"左"的倾向在苏联文坛占据了主导地位,再加上"社会主义现实主义"的提出和推行,"无冲突论"的泛滥,多姿多彩的文学局面不复存在。但是,肖洛霍夫、列昂诺夫、特瓦尔多夫斯基等作家仍然推出了自己的优秀作品。列昂诺夫(1899—1994)的长篇小说《俄罗斯森林》(1953)初步摆脱了"无冲突论"的束缚,描写了科学家维赫罗夫和学界骗子格拉齐安斯基的斗争,以对社会矛盾的揭露和对人生的哲理思考为作家赢得了声誉。

20世纪上半期的俄苏文学形成了自己独特的品格。

20世纪俄苏文学的与人民大众同呼吸共命运是其首要特征,具有强烈的社会责任感和使命感,如帕斯捷尔纳克和阿·托尔斯泰的创作,始终关注俄国知识分子的命运与历史作用。

在艺术探索方面,多种文学流派并存,竞相发展并迅速交替。现实主义小说、现代主义诗歌、先锋派作品荟萃文坛,各种流派都以其艺术独创性显示自己存在的价值。但在30年代以后"社会主义现实主义"被规定为苏联文学和文学批评的基本方法,严重阻碍了作家的创作自由,导致苏联文学中出现公式化、概念化泛滥的局面。

二、20世纪上半期的欧美各国文学概况

法国文学 法国的现实主义传统源远流长,然而,随着时代的巨大变化,社会生活日益现代化和复杂化,人们的审美需要呈现出多元化和趋新化,现实主义文学也有了很大变异。其主要特征有两点:一是开创了"长河小说"新体裁。罗曼·罗兰的《约翰·克里斯朵夫》、马丁·杜·伽尔的《蒂博一家》就是其代表。"长河小说"都是百万字以上的鸿篇巨制,比一般的长篇小说容量更大,展现的社会生活画卷更广泛。它们描写的往往是整整一代人或几代人的生活与精神面貌,再现的不仅是法国社会,而且是整个西欧社会的风貌和时代风云。因而作品具有史诗的壮阔性、历史的深刻性,反映现实生活的宏观性。二是心理描写向内心世界深化。现实主义文学在弘扬传统的基础上,又受到了意识流和精神分析学的影响,更加重视人内心生活的真实性。作品不再停留于对环境和人物的外表形貌进行细节描绘,而是向人物的心理深层开掘,内倾化的程度明显提高。即使是长篇小说,在真实社会历史背景铺垫的基础上,着重展现的也是主人公的内心世界。

罗曼·罗兰(1866—1944)是法国著名作家、伟大的人道主义者和社会活动家。自幼就钟爱音乐,有多方面的创作成就,除写有《群狼》(1898)、《丹东》(1900)、《罗伯斯庇尔》(1920)等多部戏剧外,还写有《贝多芬传》(1903)、《米开朗基罗传》(1906)、《托尔斯泰传》(1911)以及《甘地传》(1923)等多部著名人物传记。4卷本的长篇小说《欣悦的灵魂》(1922—1933)和10卷本的长篇小说《约翰·克里斯多夫》(1903—1912)都是法国"长河小说"的杰作,其中《约翰·克里斯多夫》是他的代表作。小说主人公约翰·克里斯多夫是平民音乐家,也是一位有着鲜明个人主义色彩的英雄,通过他一生反抗、失败、妥协的经历和遭遇,抨击了艺术因依附于金钱与权势而导致的虚伪与堕落。

安德烈·纪德(1869—1951)是著名小说家和剧作家。他时而蔑视一切传统道德,追求个人的绝对自由和享乐至上;时而又要求克己、约束和承担责任,是个忠诚的清教徒。《背德者》(1902)和《窄门》(1909)表现了这种矛盾心态。代表作《田园交响曲》(1919)通过一个新教牧师不由自主地爱上了自己收养的盲姑娘的故事,指责了神职人员为肉欲所惑而造成的可悲后果。《伪币制造者》(1925)是一部"连环小说",小说的中心人物爱德华是一个小说家,他也在写一部名为《伪币制造者》的书,通过他的日记记录了他构思的过程。这样,小说套小说,无开端也无终局,人物众多,情节复杂,几个故事同时发展,彼此没有联系。从某种程度上说,它是风靡50年代的"新小说"的先声。

马丁·杜·伽尔(1881—1958)是一位著名的小说家和剧作家。他的8卷本长篇小说《蒂博一家》(1922—1940)是大资产阶级的家庭史,反映了第一次世界大战期间法国资产阶级社会的矛盾和知识分子的心理状态,从人道主义立场反对战争,从不同角度以不同方式反映生活,用意识流手法刻画人物。

安德烈·马尔罗(1901—1976)是著名的小说家和评论家。他的小说以雄浑的气势和深邃的哲理见长。《征服者》(1928)和《人的命运》(1933)以中国的第一次国内革命战争为题材,前者描写了1925年震惊中外的省港大罢工,后者描写了1927年上海工人第三次武装起义和蒋介石制造的"四·一二"大屠杀。代表作《王家大道》(1930)的故事发生在柬埔寨古老的丛林庙宇中,从事探险活动的青年探险家培肯,为了摆脱死亡的纠缠,以超人的毅力,通过斗争、创造和破坏,证明了自身存在的价值。

英国文学 现实主义仍是20世纪上半期英国小说的主流。重要小说家有高尔斯华绥、毛姆、康拉德、吉卜林、劳伦斯、福斯特等。

约翰·高尔斯华绥(1867—1933)是英国20世纪杰出的现实主义作家。1906年,他因发表《有产业的人》获得成功,书中有他自己生活经历的影子。从此,他十分关注资产阶级家庭这一题材,经过20多年的努力,写成《福尔赛世家》(1906—1921)和《现代喜剧》(1926—1928)两组三部曲,并且在一生中的最后几年,写成又一部三部曲《尾声》。《福尔赛世家》包括《有产业的人》《骑虎》《出租》3部,揭示了英国资产阶级盛衰历史,是他最有影响的作品。高尔斯华绥注意情节发展与性格塑造的有机结合,特别强调塑造典型性格的重要意义。他的不少作品以英国资产阶级为主要描写对象,对资产阶级的家庭、婚姻、道德领域的钩心斗角、互相猜忌、幸灾乐祸的自私心理,做了深刻的揭露。

威廉·萨姆基特·毛姆(1874—1965)是英国著名的小说家和剧作家,也是拥有读者最多的作家之一。代表作有《人性的枷锁》(1915)、《月亮和六便士》(1919)、《寻欢作乐》(1930)、《刀锋》(1944)等。他的小说题材广泛,形象鲜明,风格朴实,情节曲折,颇具吸引力。

约瑟夫·康拉德(1857—1924)原籍波兰,后加入英国籍,从事航海20年。1895年发表了第一部小说,第二年因为健康原因放弃航海,全力从事创作。主要作品有《水仙号上的黑家伙》(1897)、《吉姆爷》(1900)和《黑暗的心灵》(1902),探讨道德与人的灵魂问题,包含着深刻的社会历史内容。

爱·摩·福斯特(1879—1970)是一个介于传统与现代之间的作家。他在政治上是自由主义,艺术上崇尚法国印象派和后期印象派,宗教上是无神论。1912年和1921年两次去印度。他指责英国资产阶级的虚伪性和局限性,强调"人与人之间的真诚关系",呼吁人们排除个性、种族、阶级的偏见与隔膜,寻求人类的共通之处。长篇小说《看得见风景的房间》(1908)写英国姑娘露茜与女伴漫游意大利,结识美国人乔治,最终与乔治结合、重游意大利的故事。《印度之行》(1924)揭露了英国殖民者与当地印度人之间的矛盾,被誉为"本世纪最后一部用英语写作的成功的传统小说"。

戴维·赫伯特·劳伦斯(1885—1930)是英国20世纪初期极具创作个性又引起颇多争议的著名作家。他一生共创作了10部长篇小说,还有一些诗歌,剧本和短篇小说。《儿子与情人》(1913)是他的成名作,带有自传性质。小说描写了特定环境下母子间和两性间的复杂、变态的心理,并对英国工业化物质文明和商业精神进行了批判。《虹》(1915)和《恋爱中的女人》(1920)是姐妹篇,主题是探索性爱的真谛。《虹》通过一家三代人的遭遇,描述了工业革命给传统的乡村带来的巨大变化,同时以巨大的热情和深度,探索有关性的心理问题。小说的结尾,主人公厄秀拉看到窗外的彩虹,它象征着空虚的现实和美好的未来。《虹》以丰富而深刻的思想内容,史诗般的画面,以及对两性关系严肃而充满热情的探索,成为英国现代小说的一部经典作品。

《恰特莱夫人的情人》(1928)是一部影响很大的小说,恰特莱夫人因为丈夫下身瘫痪失去生殖能力,而委身猎场工人,寻求爱的满足。小说里描写性爱的章节引起争论,但是劳伦斯的目的是暴露资本主义的物质文明对人性和生机的扼杀,歌颂性爱的神圣性和生命力。恰特莱拒绝离婚,要妻子"同别的男人生个孩子"继承家业,这暴露了寄生阶级道德的虚伪。作品运用了象征的手法,如以贵族家的大厅和工人的住宅区象征工业化的社会,以茂盛的树林象征充满生机的大自然等。

劳伦斯的作品社会批判和心理探索并重,对资本主义工业化对人性摧残的揭露有较高的认识价值,但是他将两性关系的和谐看成是解决问题的关键,未免有失偏颇。

德语国家文学 20世纪上半期德语国家的文学,现实主义仍然强劲有力,如德国的曼氏兄弟、黑塞、布莱希特、奥地利的茨威格等,都是杰出的现实主义作家。

亨利希·曼(1871—1950)热衷于探讨德国国民性的问题,讽刺小市民习气。《垃圾教授》(1905)是其代表作之一。主人公拉特是一位中学教师,不学无术,学生背地里叫他"垃圾教授",垃圾教授是那所学校的暴君,要求学生对他绝对服从。通过这个形象,作者抨击了德国的教育制度,揭露了德国资产阶级的虚伪与堕落。第一次世界大战爆发后,亨利希·曼创作了《臣仆》(1914)、《穷人》(1917)、《首脑》(1925),组成揭露批判德国帝国主义的"帝国三部曲",其中尤以《臣仆》艺术成就最高。

托马斯·曼(1875—1955)是亨利希·曼的弟弟,是德国批判现实主义文学的代表作家。长篇小说《布登勃洛克一家》(1901)的发表使他一举成名。小说的副标题为"一个家族的没落"。此后,他又陆续发表了《陛下》《威尼斯之死》《魔山》(1924)和《马里奥和魔术师》(1930)等作品。1933年希特勒上台后,他公开反对法西斯主义,遭到纳粹分子的威胁,被迫流亡瑞士和美国。流亡期间,他先后创作了《约瑟夫和他的兄弟们》四部曲(1933—1943)、《绿蒂在魏玛》(1939)、《浮士德博士》(1947)等杰作。托马斯·曼创作的基本主题是资本主义社会的衰败和没落。

《魔山》(1924)是他的长篇代表作之一。故事发生在瑞士阿尔卑斯山达沃斯村一所肺结核疗养院,也就是人们所说的"魔山"。刚刚大学毕业的汉斯·卡斯托尔普从汉堡到疗养院探望表兄,在山上逗留期间,他不幸被医生诊断患有肺结核病,于是在疗养院住了下来。小说通过汉斯的所见所闻,描绘了疗养院的病态环境以及其中形形色色的醉生梦死者的病态心理。汉斯初到魔山时还跟山下的世界保持联系,但是经历了表兄的死亡和爱情的波折以及思想的种种磨难之后,他很快就忘记了时间,与周围的人们一样浑浑噩噩、麻木不仁地混日子。经过长期的迷误,最后他领悟到"人为了善和爱就不应该让死亡统治自己",终于抛弃了等候死亡的思想,离开了疗养院。《魔山》以1904至1914年为背景,描写了20世纪初期流行的各种思潮,反映了作者对第一次世界大战前欧洲社会的分析与思考。

赫尔曼·黑塞(1877—1962)以发表批判德国教育制度的中篇小说《在轮下》(1906)大受欢迎。此后,黑塞在乡村过起隐居生活。第一次世界大战中,他因持反战立场而被诬为"叛国者"。1923年黑塞加入瑞士国籍。1927年发表的《荒原狼》最为著名。主人公哈里·哈勒尔是一位与周围环境格格不入的作家,终日沉湎于一个神不知鬼不觉的自我无意识王国之中,被社会视为不正常的人,所以被称为"荒原狼"。1942年黑塞发表寓言小说《玻璃球游戏》,反映了他对世界命运及艺术命运的思考,以及反对纳粹的思想。

斯蒂芬·茨威格(1881—1942)是驰名世界文坛的奥地利作家。第一次世界大战期间,茨威格写了反战剧本《耶利米》,还写了《三大师——巴尔扎克、狄更斯、陀思妥耶夫斯基》,为敌对国家的作家讴歌。1933年希特勒上台,奥地利的法西斯势力也在膨胀,茨威格遂于次年迁居伦敦。1942年,茨威格和妻子在巴西服毒自杀。他的主要作品有《马来狂人》(1922)、《一个陌生女人的来信》(1922)、《一个女人一生中的二十四小时》(1922)、《象棋的故事》(1941)等。茨威格的小说以善于描写人物复杂微妙的心理活动见长,笔触细腻,语言优美,富有艺术魅力。

贝托尔特·布莱希特(1898—1956)是德国剧作家、戏剧理论家。他最主要的文学成就是叙事剧(史诗剧)。布莱希特把戏剧分为两大类型:一类是戏剧式戏剧或亚里士多德式戏剧;一类是违反亚里士多德的标准而创作的戏剧,他把它称为史诗式戏剧。他创造了一种被称为"间离效果"(陌生化)的艺术方法——有意识地在角色、演员和观众之间制造感情上的距离。首先是要求演员与角色保持一定的距离,不要融进角色之中,而是高于角色、驾驭角色、表演角色。其次,通过舞台布置和演员表演,在观众与剧情之间制造适当距离,使观众用探讨、批判的态度看剧情,激发他们改变现实的愿望。他的叙事剧按体裁可分为3类:《措施》(1930)等为"教育剧";《四川好人》(1940)、《潘蒂拉老爷和他的男仆马狄》《阿图罗·魏的有限发迹》和《高加索灰阑记》(1945)等为"寓意剧";《大胆妈妈和她的孩子们》(1939)和《伽利略传》(1938—1947)等属于历史剧。

埃里希·玛利亚·雷马克(1898—1970)以长篇小说《西线无战事》(1929)轰动一时。该书以真实的笔触淋漓尽致地刻画了战争的残酷场景,毫不留情地揭开了战争的神圣面纱——为上帝、国王和祖国。主人公用第一人称叙述了8个士兵在前线的生活。主人公在1918年10月的某天死于前线,而这天司令部的战报只有简略的一句话:西线无战事。作者为此遭到纳粹迫害,被迫流亡海外。重要作品还有《凯旋门》(1946)、《生命的火花》(1952)、《黑色方尖碑》(1956)等。

美国文学 20世纪上半期美国的现实主义文学,继承了马克·吐温的传统,继续对资本主义社会的罪恶进行辛辣的讽刺和严正的批判,捍卫民主理想和自由精神。同时又受到社会主义思潮的影响,深入分析社会问题的根源,塑造劳动人民的崇高形象,产生了德莱塞、杰克·伦敦、刘易斯、赛珍珠、帕索斯、斯坦贝克等重要作家和一批优秀作品。

西奥多·德莱塞(1871—1945),美国杰出的现实主义小说家,擅长写大城市生活。在艺术上他抛开了弥漫于文学界的天真的乐观主义和温文尔雅的文风,对战后许多美国作家的创作产生了很大影响。主要作品有:《嘉莉妹妹》(1910)、《珍妮姑娘》(1911)、《天才》(1915)、《美国的悲剧》(1925),以及由《金融家》(1912)、《巨人》(1914)、《斯多噶》(1945)组成的"欲望三部曲"。

长篇小说《美国的悲剧》堪称德莱塞的代表作。主人公克莱德·格里菲思出生在美国社会下层的一个贫寒家庭,他早就想逃离家庭、奔向繁华世界。16岁的他找到了在一家大酒店担任侍应生的工作,在这个奢侈无度的"大染缸"初试放浪形骸的生活,他为漂亮肉感的霍丹斯吸引,被后者轻易玩弄于股掌之上。不久,因为在驾车郊游时轧死了一个小女孩而仓皇逃离。三年后,克莱德来到伯父的工厂里做事,担任一个部门的小主管。他与手下的女工、秀丽端庄的罗伯达坠入情网,罗伯达有了身孕,流产不成,催促克莱德尽快结婚。与此同时,克莱德机缘巧合地被千金小姐桑德拉垂青。克莱德狂热地迷恋着美貌富有的桑德拉,面对罗伯达的纠缠,他决定制造一起意外溺亡的事故。大比腾湖上,克莱德无法下手,船却意外翻倒,罗伯达沉入水底,案发后克莱德受到指控。时值当地换届选举,大比腾法官梅森和他的政敌贝尔纳普都决定利用该事件为己造势,加之报纸对命案的渲染,这一审判吸引了整个美国的关注,克莱德被判死刑,最终坐上电椅。克莱德的悲剧是美国社会的典型性悲剧,在社会等级分化严重、消费文化至上的物质主义时代,一个年轻人紧逐金色的"美国梦",却一步步沉沦的悲剧。

杰克·伦敦(1876—1916)深受尼采、马克思和达尔文的影响,相信超人哲学、斗争哲学和生存竞争学说。主要作品有《荒野的呼唤》(1903)、《海狼》(1904)、《铁蹄》(1908)等。代表作《马丁·伊登》(1909)描述出身贫穷的马丁·伊登靠个人奋斗成为著名作家的故事,有自传色彩。

辛克莱·刘易斯(1885—1951)是介于自然主义和迷惘的一代之间的作家。他的小说长于嘲讽美国社会盛行的市侩哲学和狭隘地方主义,风格粗犷,具有浓郁的乡土气息。代表作有《大街》(1920)和《巴比特》(1922)。1930年他成为美国文学史上第一位获得诺贝尔文学奖的作家,但以后的创作却令人失望。

赛珍珠(1892—1973)本名珀尔·布克,"赛珍珠"是她模仿清末名妓"赛金花"为自己起的中文名字。她出生于美国,但长期生活在中国。她在中国写出了长篇小说《大地》等小说,并最早将《水浒传》翻译成英文在西方出版。1934年赛珍珠告别了中国,回国定居。回国后她笔耕不辍,还积极参与美国人权和女权活动,致力于亚洲与西方的文化理解与交流。1938年,赛珍珠获得诺贝尔文学奖。其代表作是被誉为"中国农民生活史诗"的《大地上的房子》三部曲(1931—1935),包括《大地》《儿子们》《分家》。第一部《大地》(1931)讲述了一对农民夫妇奋斗发家的故事,比较真实地表现了中国农民淳朴勤劳的优良品质以及由传统文化造成的愚昧落后。作品还以独特的英语构词法和语法,努力重现汉语特有的光彩,展示了跨语言和跨文化的文学作品的特殊魅力。赛珍珠于1973年5月6日病逝,葬于宾夕法尼亚州普凯西的绿山农场。

第一次世界大战期间,一代美国青年曾经抱着把民主的旗帜插遍全球的理想去参战,结果神圣的战争不过是列强间的肮脏交易而已。他们觉得被国家欺骗了,信仰崩溃,本来和社会维系着的一切都被战争摧毁了,自我失去了生存基础,只能靠刺激和幻想来维护,于是,他们沉浸在艺术领域里,修补、慰藉受损的自我。这就是"迷惘的一代",代表作家有菲茨杰拉德、帕索斯、海明威等。

斯科特·菲茨杰拉德(1896—1940)的作品体现了青年一代"美国梦"的幻灭,代表作是《了不起的盖茨比》(1925)和《夜色温柔》(1934)。《了不起的盖茨比》是一部描述美国梦破灭的小说。盖茨比是个天真的美国青年,满怀对美好生活的热切希望,把一生都奉献给对自己初恋情人的思念,他把黛西看作美的化身、善的化身和人生幸福的化身。而实际生活中的黛西,不过是个满身铜臭的妇人,沉湎享乐,生活放荡,精神空虚。盖茨比把毕生的精力用于追求黛西,是盖茨比的伟大,也是他的悲剧。某种意义上,盖茨比心目中的黛西,本来就是一个幻影,黛西就象征了那种华而不实的美国梦。

多斯·帕索斯(1896—1970)是由迷惘转向激进的30年代作家。他在小说创作中引入电影的蒙太奇手法,以群体活动的全景描写代替个人为中心的情节,把虚构的故事和非虚构的事实报道糅合在一起,为叙事艺术的现代化作出重要贡献。他的代表作是《美国》三部曲(1930—1936):《北纬四十二度》《一九一九年》和《赚大钱》。《美国》描绘了20世纪初至20年代的美国生活全景图。

海明威的创作体现了"迷惘的一代"的精神状态并在后期创作中塑造出代表不可战胜精神的"硬汉"形象。

约翰·斯坦贝克(1902—1968)是带有自然主义色彩的作家。《人与鼠》(1937)取题于英国诗人彭斯的诗歌《献给老鼠》,描写流动农业工人乔治和朋友伦尼梦想得到一片属于自己的土地却未能实现的悲剧。《愤怒的葡萄》(1939)背景是美国大萧条时期破产农民向西迁移的历史。作家以深刻写实的笔触,在书中展现了当时美国农民在生死线上挣扎、反抗的情景,暗示不公正的待遇将使他们像发酵的葡萄那样愤怒起来。

杰罗姆·大卫·塞林格(1919—2010)是美国犹太作家。1951年,他的小说《麦田里的守望者》出版,轰动一时,在青少年中产生巨大影响。该书心理描写细致入微,大量使用口语和俚语,反映中产阶级子弟的苦闷、彷徨,暴露资本主义文明的虚伪和丑恶。

第二节 高 尔 基

一、生平与创作

马克西姆·高尔基(1868—1936)是著名的俄罗斯作家,苏联时期重要的文学活动家。他在诗歌、散文、戏剧等领域卓有建树,他的作品提出并回答了千百万人民群众关心的重大问题,体现了对国家和民族命运的深层思考。

高尔基原名阿历克赛·马克西莫维奇·彼什科夫,1868年3月16日出生于俄国伏尔加河畔的尼日尼·诺夫戈罗德。父母去世后,高尔基寄居在外祖父家。外祖父庸俗、吝啬、残暴,而且全家充满小市民习气,唯有外祖母对高尔基很好。高尔基10岁开始独立谋生,他拣过破烂,当过学徒和杂工,饱尝人间的苦难,了解底层生活。高尔基只上过两年小学,但他勤奋自学,阅读了大量的文学作品。1884年,16岁的高尔基到了喀山,他当过码头搬运工、面包师傅、杂货店伙计、园丁和守夜人等。与流浪汉的接触,使他更深刻地认识到资本主义制度的罪恶,这时他结识了民粹派知识分子和早期马克思主义者,参加秘密集会。

高尔基曾于1888年和1891年两次徒步漫游俄罗斯。他一边漫游,一边做苦工,四处流浪的生活使高尔基开阔了眼界、磨炼了意志、积累了素材。种种生活体验构成了他的平民意识和人道主义思想基础。1892年,高尔基在《高加索日报》上发表了第一篇短篇小说《马卡尔·楚德拉》,从此走上文学道路。他第一次使用"马克西姆·高尔基"这个笔名,意为"最大限度的痛苦"。1895年,高尔基到《萨马拉报》工作,开始了专业创作生涯。

高尔基的创作道路,可以分为3个时期:

前期创作(1892—1907) 这一时期的作品中浪漫主义和现实主义两种风格并存。他创作了一系列色彩鲜明、富于传奇风格的浪漫主义短篇小说,热情赞颂自由和积极进取的人生。这些作品艺术手法多种多样:在尖锐的冲突中刻画人物的性格,着重展示他们丰富的内心世界;经常用象征的形象和讽刺的手法;语言明快艳丽,常用韵文以增强节奏感等。主要有:《马卡尔·楚德拉》(1892)、《少女与死神》(1892)、《鹰之歌》(1895)等。《伊则吉尔老婆子》(1895)是高尔基早期浪漫主义作品的典范,由两个民间传说和一个生活故事组成。腊拉的传说谴责了极端个人主义者,同时表明被群众抛弃的孤独生活是可悲的惩罚。与腊拉相对立的是献身于人民大众的英雄丹柯,他以自己燃烧的心,把走投无路的部族同胞引出黑暗的森林沼泽。腊拉和丹柯分别代表两种生活哲学,在对待人民的态度上受到了考验。而伊则吉尔老婆子是连接两个故事的桥梁,她的一生体现了个人主义的危害。

高尔基在前期还创作了大量的现实主义短篇小说。这些作品有的揭露了资产阶级的残暴和伪善,有的描写小市民生活的空虚无聊,有的表达底层人民的痛苦生活和不满情绪。其中尤以描写流浪汉生活的作品最为出色，如《切尔卡什》(1895)。1900年，四卷本《短篇小说集》的出版，为高尔基在俄国和欧洲赢得广泛声誉。同年，他与列夫·托尔斯泰、契诃夫、布宁、安德烈耶夫等俄国作家相识。这些作品以传统的人与社会的冲突为主题，但主人公不是个人奋斗的英雄。高尔基把艺术目光投向形形色色的普通人，揭示了不公正的社会怎样无情地扼杀着人的美好天性，摧残着一颗颗善良的灵魂。在19世纪的俄国作家中，没有任何人能像高尔基那样深刻地了解下层人民的痛苦和期待。高尔基的创作，给当时的俄国文学带来了一股清新气息。

90年代末，他的创作从短篇小说转向广泛概括社会生活的大型作品。长篇小说《福马·高尔捷耶夫》(1899)以俄国资本主义的产生和形成为背景，塑造了形形色色的资本家典型，还描写了工人早期的工会活动。1905年高尔基参加革命起义，失败后受布尔什维克委托前往欧美，并在美国创作了剧本《敌人》和长篇小说《母亲》。描写人的觉醒，探索人性的完美，仍是他一以贯之的创作主题。这期间的主要作品有散文诗《海燕》(1901)，剧本《小市民》(1901)、《底层》(1902)蕴含着丰富的思想内容，是高尔基流浪汉题材作品的深化和总结。

中期创作(1907—1917) 高尔基在1906—1913年，被迫侨居意大利的卡普里岛。在此期间，他与列宁相识并多有来往，同时也创作了很多重要作品，他于1914年回国。中篇小说《忏悔》(1908)和《夏天》(1909)，体现了高尔基对俄罗斯的前途和出路的独立思考和探索。但其中的"造神论"思想，以及将社会主义与宗教结合在一起的意图，受到了列宁的批评。高尔基不承认造神论是错误的，致使他与列宁的分歧日渐加深。高尔基还写了一组揭露俄国小市民习气的作品，即中篇小说《奥古洛夫镇》(1910)和长篇小说《马特维·科热米亚金的一生》(1911)，高尔基将保守、自私、卑鄙、涣散、停滞为特征的小市民习性称之为"奥古洛夫习气"，视之为沙皇专制制度的产物和支柱。这组作品体现了高尔基对俄罗斯民族性格弱点的批判。

这期间他的重要作品还有《意大利童话》(1911—1913)、《罗斯游记》(1912—1916)，自传体三部曲之前两部《童年》(1914)、《在人间》(1916)。自传体三部曲属于高尔基最优秀的作品之列，高尔基通过阿廖沙的成长，向我们展示了主人公身处生活底层、不断寻找真理、寻求光明的精神历程，同时艺术地再现了当时俄国人民生活的社会环境。

后期创作(1918—1936) 十月革命后，高尔基积极投入各项文化组织活动，创办了多种杂志。1921年因肺疾复发，他接受列宁的建议再度出国疗养，直到1928年回国。在国内与国外期间的主要创作有：《我的大学》(1923，自传体三部曲之三)、长篇小说《阿尔达莫诺夫家的事业》(1925)和《克里姆·萨姆金的一生》(1925—1936)，还有一组剧本如《耶戈尔·布雷乔夫和别的人》(1931)，以及特写、政论集等。

长篇小说《阿尔达莫诺夫家的事业》表现了俄国资本主义产生、发展、灭亡和无产阶级从生活中的奴隶到社会主人的变化过程。

长篇巨著《克里姆·萨姆金的一生》是高尔基创作的最后一部长篇巨著。作品再现了革命前俄国社会生活的广阔图景,表现了各种思潮、学说、流派之间的冲突,是那一时代"俄罗斯精神生活的编年史"。小说艺术地描绘了19世纪70年代末期至1917年这个历史阶段俄国社会的变迁,副标题为"40年间"。小说多方面地表现了萨姆金的思维模式、人生态度、情感方式、价值观念,因此可以说,这部作品是萨姆金的心灵变迁史。高尔基出色地描绘了这种个人主义者、市侩知识分子的典型:自私渺小又目空一切,缺乏信仰又怀疑一切,孤芳自赏又才疏学浅,自视清高又灵魂空虚。"萨姆金习气"是这种性格的概括。

高尔基一生涉足的艺术领域很广,创作成果丰硕。其中包括:诗和散文诗40多篇,剧本20多部,中短篇和长篇小说180多篇(部),文论80多篇(部),特写和回忆录80多篇(部),政论190多篇,以及大量的书信等。创作成就最高的是小说、剧本和散文。高尔基的文学创作,是耸立在俄罗斯文学发展史上一座不朽的丰碑。

二、《母亲》

《母亲》是高尔基最有代表性的作品,在世界文学史上首次塑造了无产阶级革命者的英雄形象。该作品取材于1902年索尔莫沃地区的工人"五一"游行事件,但它又不局限于真人真事。高尔基总结了1905年革命的经验教训,经过典型性的艺术概括,创作了这部文学名著。

小说取名《母亲》,是因为它以劳动妇女彼拉盖娅·尼洛夫娜为小说的中心人物。尼洛夫娜是原铁链工厂工人符拉索夫的妻子,她像千百个妇女一样,被繁重的劳动和丈夫的殴打折磨成任凭命运摆布的人。老符拉索夫在酗酒中结束了生命,儿子巴威尔开始也像父亲一样对待生活,但是马克思主义理论的传播,使他走上了革命的道路,母亲也在儿子及其他同志们的帮助下逐渐接受革命的真理。在工厂的"沼地戈比"事件以后,母亲为了搭救儿子出狱,接受了散发传单的任务。"五一"游行时儿子高举旗帜走在队伍的最前列,在武装警察面前英勇不屈,这使母亲进一步懂得真理的力量,也使她更自觉地要求参加革命行动。儿子再次被捕,她便搬到城里尼古拉家里去,和其他战友一起战斗。她装扮成修道女、小市民或贩卖花边和织品的女商贩,带着传单奔走于俄国的市镇和乡村。小说结尾,母亲为了传送传单,不幸在车站被暗探围住,这时,英勇的母亲把传单散给车站上的群众,她庄严地宣称:"真理是用血的海洋也扑不灭的!"

《母亲》的问世,揭开了无产阶级文学的历史新纪元。小说共分两部,第一部重点写巴威尔·符拉索夫在马克思主义理论的指导下和革命实践中逐步成长的过程。第二部通过母亲彼拉盖雅·尼洛夫娜的精神觉醒,描写人民群众在革命运动中所显示的巨大力量。作品以1905年俄国革命中的工人运动为背景,集中描绘了攻读禁书、"沼地戈比"事件、"五一"游行、法庭斗争、车站被捕等中心情节。

《母亲》的创作成功,标志着高尔基在艺术反映现实的美学探索中,达到一个新的境界。《母亲》既有由于残酷的现实所激起的愤世嫉俗和批判激情,又有目睹旧生活秩序的动摇而引发出对未来的憧憬和浪漫主义感受。无论是揭示老一代工人的悲惨命运,还是再现新一代工人的觉醒,高尔基都力求在现实的发展进程中把握历史的真实。

巴威尔·符拉索夫从一个缺乏阶级意识的工人,成长为具有无产阶级觉悟的新人,每一个步履都洋溢着对未来的憧憬,对阶级力量和智慧的赞美。整部作品都在写人的成长,表现觉醒后的无产阶级革命者可以焕发出多么大的力量去完成他们的历史使命。符拉索夫的形象,不仅启迪人们憎恶旧社会,而且激发人们向往新生活。在高尔基笔下,无产阶级的社会理想被具体化为生动的艺术形象,无产阶级革命者的英雄形象。

这部小说的艺术构思,显示出传统与创新的密切结合。高尔基成功地运用了托尔斯泰写《复活》的结构模式。在描写老一代工人艰难的过去时,高尔基着墨甚少,高度凝练;而描写新一代工人的觉醒时,则浓墨重彩,酣畅淋漓。作品侧重从政治生活层面,表现他们心灵的复活历程以及人际关系的变化。然而高尔基的艺术视野,关注的又不是政治事件本身,而是处在历史事变中的人。因此,在《母亲》中,工人从事政治斗争的过程就是人的尊严的复归过程,就是树立新的人生价值观的过程,就是新的道德面貌的形成过程。

小说的叙事角度也富有现代性。《母亲》十分突出地建立起了尼洛夫娜的视点,使她的主体性得以强化,成为叙事的中心。作家调动了一切艺术手法,借助于她的眼神、面部表情、语言声调、用词方式、举止步态、心理情绪、与周围人的关系等诸多方面的变化,描绘了作品中一系列感人至深的场面。小说又通过她的观察,写儿子巴威尔的觉醒,写许许多多知识分子和农民的觉醒,写各种事件在她内心引起的反响。

第三节 肖洛霍夫

一、生平与创作

米哈伊尔·亚历山大罗维奇·肖洛霍夫(1905—1984)是俄罗斯苏联时期最杰出的作家之一。他以描写顿河哥萨克的生活和命运而闻名于世。

1905年,肖洛霍夫诞生在顿河岸维约申斯克镇克鲁日伊林村。他的母亲是当地哥萨克的女儿,父亲是从梁赞省迁居顿河的外来户。哥萨克原意为"脱离了本部落的人"。15世纪至17世纪有大批农奴不堪地主和沙皇的压迫,从俄罗斯内地逃到顿河草原落户,这些逃亡的农奴及其后代,便称为哥萨克。哥萨克集庄稼人和军人于一身,以"自由的人""勇敢的人"自居。肖洛霍夫从童年起就受到顿河人民生活方式和风俗习惯的熏陶。他喜欢顿河的景色,熟悉哥萨克的入营当兵和行军,以及按照自然日历安排的春耕秋收、割草捕鱼的日常生活。国内战争时期,肖洛霍夫曾参加征粮队,在草原上同匪帮作战,为在顿河建立苏维埃政权进行过斗争。少年时代的斗争经历和早熟的艺术才华把他引上了文学的道路。1924年他发表处女作、短篇小说《胎记》。1926年,他将发表的短篇小说结成《顿河故事》和《浅蓝色的原野》两个集子出版。

《顿河故事》引人注目的基调是被分为敌对双方的人们残酷的阶级斗争。肖洛霍夫把巨大的阶级斗争场面浓缩在人与人的关系上,通过家庭矛盾,通过父子、夫妻、兄弟之间的对立和冲突表现出来,就更加鲜明和突出地反映出时代变革的急遽和严酷。《死敌》(1926)中贫农叶菲莫不怕富农的威逼诱惑,坚定地维护贫农利益而被富农看成眼中钉"拔掉了"。《牧童》(1925)中牧童在报上揭发村中一个富农的女婿窃取了苏维埃主席的职位,把好地分给富人,发生牛瘟也不请兽医医治,牧童就被这个"主席"开枪打死了。《胎记》(1924)描写匪首柯舍沃依领着他的匪帮袭击村庄,他的18岁的儿子,红军骑兵连长尼古拉率领队伍追击匪帮。尼古拉弹尽而被匪首杀死,匪首看见胎记,才知道杀死的是自己的儿子,于是痛心疾首,开枪自杀。《看瓜田的人》(1925)描写担任村中战地法庭警卫队长的父亲,打死了同情红军俘虏的妻子,他的小儿子为了营救参加红军的哥哥,砍死了前来搜寻哥哥的父亲。

《顿河故事》已显露出肖洛霍夫善于写悲剧的某些特点,同时也表现出他特有的幽默和喜剧才能。肖洛霍夫正是以这些风格的短篇小说为基础,创作出闻名世界的悲剧史诗《静静的顿河》(1926—1940)。

1930年顿河地区根据联共(布)党的政策与要求,在广大农村消灭富农阶级,自上而下地开展了农业集体化运动。肖洛霍夫中断了《静静的顿河》的写作,深入农村了解这一运动的情况,并且写出长篇小说《被开垦的处女地》第一部(1932)。农业集体化运动以铲除农村的剥削和不平等制度为目标,虽然促进了生产力的发展,但也造成了农民阶层的某些牺牲。肖洛霍夫对这场运动的有些具体措施,如强迫命令、斗争扩大化、过左偏激等做法提出了异议。这在集体化刚刚兴起的时候,是很难能可贵的。事实上,《被开垦的处女地》不是农业集体化的颂歌,而是对集体化的不懈探索中出现的某些不足的总结和反思。这与肖洛霍夫敏锐的观察力和关心人民疾苦的原则立场是一致的。1960年发表的小说第二部,更是着重从人道主义精神审视这次社会改造的尝试。

1941年卫国战争爆发,肖洛霍夫作为战地记者走上前线。战争期间,作家写了大量的战地报道、特写和随笔。1942年,肖洛霍夫为纪念卫国战争一周年,发表了短篇小说《仇恨的科学》。

1956年和1957年之交,肖洛霍夫发表了短篇小说《一个人的遭遇》(又译《人的命运》)。小说讲述一个普通战士安德烈·索科洛夫的故事。他在卫国战争中经受了集中营生活的考验和亲人相继死亡的痛苦,在非人的环境里他保持了一个战士的高尚品质。战后,他收养了一个孤儿,两个人相依为命,继续生活下去。这篇小说是对苏联战士不可摧毁的坚毅精神的讴歌,但已不同于从前的玫瑰色的英雄主义,而是对于战争苦难的倾诉,是从人道主义的立场对战争、对既往历史的深入思考。通过主人公索科洛夫的遭遇和表现出的坚韧品格,深刻反映了法西斯侵略战争给千百万苏联人民造成的灾难以及苏联人民的爱国精神。这篇小说为处理战争题材的文学作品开辟了新道路,被称为当代俄罗斯军事文学新浪潮的开篇之作。

二、《静静的顿河》

《静静的顿河》是肖洛霍夫的代表作。作家自1925年秋开始创作,1928年出版第一部(第1、2、3卷),1929年出版第二部(第4、5卷),1932年出版第三部(第6卷),1937年至1940年完成最后一部(第7、8卷)。

第一部着重描写一次大战前后哥萨克社会的风土人情,展示剽悍尚武、不受羁绊的哥萨克精神,以及葛利高里与阿克西妮亚的爱情生活。第二部在二月革命、科尔尼洛夫叛乱、十月革命和国内战争等重大历史事件的衬托下,写葛利高里受到革命哥萨克的影响,但又在红军和白军之间摇摆。第三部描写1918年春至1919年5月间哥萨克地区出现的叛乱,葛利高里成为叛军的一员。第四部写白军被击溃,哥萨克叛乱被平息,阿克西妮亚被流弹打死,葛利高里在走投无路的情况下回到已建立苏维埃政权的家乡。

《静静的顿河》是哥萨克社会历史上的一面镜子,具有深刻的思想内容。它通过20世纪初20年的社会巨变,广泛、深刻、感人地表现了哥萨克的历史命运。作家在书中着重写的是:在旧政权和新政权、红军和白军、新世界和旧世界的斗争过程中,以葛利高里·麦列霍夫为代表的劳动哥萨克走向新生活的艰难曲折的历史道路。作品揭示出他们中许多人充满迷误和痛苦的悲剧命运,以及在两个时代急剧转变中丰富的哥萨克精神世界。

葛利高里是一个地道的哥萨克农民,时代的各种复杂因素、社会的尖锐矛盾和冲突都投影在他身上。曲折的生活道路和他一家在动荡年代的巨大变迁,是长篇小说的中心线索。1912年至1922年的历史事件,特别是1919年顿河哥萨克暴动,构成小说的情节基础。围绕着葛利高里和他一家充满痛苦的命运,小说还展现了阿斯塔霍夫、柯尔叔诺夫、柯晒沃依、李斯特尼茨基、莫霍夫等几个家庭的兴衰沉浮和众多人物的不同命运。葛利高里及其一家的命运,其他几个家庭的命运,哥萨克的命运和历史事件,复杂而紧密地交织在一起。

第一次世界大战前夕,哥萨克社会生活中已经潜伏着日益尖锐的阶级矛盾,贫富分化非常严重,但习俗的力量,"哥萨克的光荣",仍然维系着他们的生活秩序。第一次世界大战打破了哥萨克的平静生活。哥萨克在战争中的情绪和认识,先后发生了很大的变化。彭楚克在前线战壕里宣传布尔什维克对战争的看法,要士兵们掉转枪口,对准把他们送上战场来的沙皇政府,起来革命。布尔什维克的真理动摇了顿河哥萨克和葛利高里以前对沙皇、祖国、哥萨克军人天职的全部观念,尽管这种新的认识还很朦胧,然而旧的观念已经动摇。

当十月革命来临的时候,上过前线的劳动哥萨克几乎都站在革命的一边,成立了以波得捷尔珂夫为首的顿河哥萨克革命军事委员会。葛利高里是鞑靼村第一个参加红军的哥萨克。1919年春,在国内战争期间南方战线危急的时刻,哥萨克和苏维埃政权发生了冲突,顿河上游哥萨克起来暴动。肖洛霍夫认为暴动是红军对中农哥萨克采取过火行为所导致的。在这个事件中最悲惨的一幕是以波得捷尔珂夫为首的红军哥萨克远征队全部牺牲在受白军军官蒙蔽的哥萨克及其代表手里。

葛利高里在暴动以前和以后,在红军与白军之间摇摆不定,一直在探索自己应该走的正确道路。葛利高里是中农哥萨克的一个独特象征,他在歧路上的徘徊,是走上新生活的必不可少的蜕变。他和顿河哥萨克一起在1919年的暴动中反对苏维埃政权,然而他还有自己特殊的命运。他是鞑靼村哥萨克中最早的觉醒者,然而却又是他们中最迟的归来者。当哥萨克已经回到苏维埃政权方面来的时候,他还曾堕入匪帮一段时间,直到最后才回到苏维埃政权下的生活中来。葛利高里堕入匪帮,不仅深刻地说明客观形势的复杂,而且说明革命过程中某些政策执行者的过激做法,会使一个历史包袱过于沉重的优秀哥萨克在人生的迷途中走出多远。他在克服这种迷惘和彻底卸掉自己肩上的包袱时,又需要付出多么高昂的代价和做出多么重大的牺牲。

《静静的顿河》是一部气势雄浑的史诗性作品,在艺术上很成功。首先,作家的笔触伸向了广阔的空间,波澜壮阔的历史事件与丰富深邃的人物命运水乳交融。小说中人物众多,个性鲜明,男女主人公塑造得丰满而有深度。作者厚重的生活积累,使得作品的画面极为生动。关于哥萨克习俗细节的描写和民歌民谣的运用,又使得作品充满了顿河乡土气息。

其次,小说塑造人物形象极其成功。葛利高里的形象塑造得极为鲜明,他是一个典型的哥萨克青年,其悲剧首先是和历史因袭的重负联系在一起的。哥萨克在长期的历史发展中形成了热爱劳动、崇尚自由、粗犷善战的特质。在沙皇的愚民政策下,哥萨克阶层又保留着许多传统的生活特点和风俗习惯,并且有着一种盲目的优越感。在葛利高里身上,一方面可以看到哥萨克中下层人民的优秀品质,如勇敢善战、勤劳热情、诚实正直和富于同情心;另一方面他又受到哥萨克落后的传统和道德偏见的影响,盲目崇拜军人荣誉,把争取哥萨克人的生存权和自治权看得高于一切。正是这些因素,造成了他接受革命的艰难。他寻找中间道路的幻想在现实生活中一再碰壁,在不到五年的时间里,葛利高里两次参加红军,三次投入白军和叛军,同各种社会力量的代表人物都发生过冲突。葛利高里的矛盾和痛苦显然与他所属的那个特殊的群体和特定的时代不可分开。

葛利高里又是一个爱好思考,勤于探索的年轻人。他在寻求正确道路时思索中的迷惘和苦闷、悔恨和彷徨,他失去亲人后刺痛肺腑的悲伤,这许多的感受交织在一起,体现出时代的悲哀。葛利高里有敏锐的感觉和丰富的内心世界,他一生都在寻找真理和正义。作家在这里写出了葛利高里的"人的魅力",尽管他的探索是悲剧性的。

最后,肖洛霍夫不仅描写人物感情,而且善于描绘其复杂而细微的心理变化。阿克西妮亚是俄罗斯女性美的典型,她对葛利高里的爱情具有冲破一切阻碍的力量。在她的爱情里,有最温柔的女性的深情,有焕发青春的魅力,有想念的愁苦,有忧伤的恐惧,有对葛利高里内心世界深刻的理解。阿克西妮亚的爱情完全被笼罩在葛利高里的悲剧命运的氛围里,成为葛利高里悲剧命运的一部分,从而加深了葛利高里悲剧的社会意义。

娜塔莉亚在暴风雨中诅咒葛利高里,让上帝惩罚他。她由深爱葛利高里而痛苦,又由痛苦而愤怒和不平。可是在临死时,她对葛利高里深切、热烈的爱情一下子又放射出奇异的光辉。她要求婆婆在她死后给她穿上葛利高里喜欢的那条裙子,她为不能最后见到葛利高里而惋惜,她嘱咐儿子米沙特卡把她的吻和她的爱转达给葛利高里。

另外,肖洛霍夫描写人物,始终把他们置于社会生活之中,置于大自然的背景之中。在他的作品中,人、社会、自然和谐地构成一个统一体。人物心灵的变化,反映着历史事件的发展和社会生活的逻辑,而自然景物又随着人物心灵的变化而相应改变。葛利高里从红军复员回家的时候,坐牛车走过秋天的草原,他茫然的心情和草原的死寂相互辉映。当他再度和阿克西妮亚从村中出逃、阿克西妮亚中弹身亡的时候,葛利高里看见自己头顶上是一片黑色的天空和一轮耀眼的黑色太阳。葛利高里痛苦绝望的心态和心灵上无比巨大的震撼,相应地表现为艺术真实的至悲至美的极境。

第四节 海 明 威

一、生平与创作

厄内斯特·海明威(1899—1961)是美国著名作家,1954年诺贝尔文学奖获得者。他除了是一位伟大作家以外,还是一个富有传奇色彩的"英雄",其一生就是冒险的一生。1954年,还在获诺贝尔文学奖之前,他在非洲先后两次经历了飞机失事,甚至传出了他不幸罹难的消息,各地都在哀悼这位传奇人物。作家本人只好花了很长的时间,来品味报刊上关于自己的悼念文章。

海明威出生在芝加哥郊区的奥克帕克村。受家庭氛围的熏陶,他自幼就酷爱打猎、钓鱼和拳击运动。1917年他高中毕业后进入《堪萨斯城星报》当见习记者。1918年5月,他以红十字会救护队的司机身份来到意大利,参与了欧洲的第一次世界大战。6月8日,他在执行运输补给任务时身负重伤,在米兰的医院里疗养时,他爱上了护士阿格尼丝,却被拒绝。

1919年,他返回美国。在庆祝完他的21岁生日后不久,他就与母亲起了激烈争吵,并被赶出了家门。1921年9月,他与海德莉结婚,并与妻子一起住在巴黎,为加拿大的《多伦多星报》供稿。在巴黎,他结识了像庞德、格特鲁德·斯泰因等许多重要文人,在写作方面得到了他们的鼓励。

从1923年开始,海明威陆续出版了一些作品,包括小说集《三篇故事和十首诗》(1923)、《在我们的时代》(1925)、《没有女人的男人》(1927),小说《春潮》(1926)、《太阳照常升起》(1926)。这些作品基本上确立了海明威早期创作的主题与风格,即着意强调世界的残酷以及人们或痛苦或迷惘的命运。《太阳照常升起》是海明威的第一部长篇小说。它描写了第一次世界大战之后的一部分美国青年，不仅承受着战争带来的肉体创伤，也经受着战后的精神创伤。他们消极沉闷，生活空虚，或观看暴力，或使用暴力，毫无幸福可言。侨居巴黎的美国女作家斯泰因给这部小说写下的题词"你们是迷惘的一代"，即对战后西方一代青年的概括，也是对以海明威为代表的当时一批作家关注话题的概括。为此，评论界将《太阳照常升起》看作是"迷惘的一代"的宣言书。

在"迷惘的一代"作家中，最主要的有菲茨杰拉德、海明威以及多斯·帕索斯。正是由于他们的不懈努力，20世纪20年代成为美国文学史上最辉煌的长篇小说创作时期之一，这些作品，都极其生动形象地展现了战后的严重精神危机。菲茨杰拉德的作品更多的是关注"美国梦"在战后美国年轻人当中的幻灭，以及由此带来的苦闷与迷惘情绪。而海明威则由自身的经历出发，更多的是从反对战争的角度质疑西方的传统文明准则，以及由此而来的人的危机。

残酷的战争，给原本有理想有信念的人无情地撕开了世界的荒诞一面。海明威在这方面的代表作就是1929年发表的另一部长篇小说《永别了，武器》。这部作品是继《太阳照常升起》之后，揭示"迷惘的一代"的又一部力作。

《永别了，武器》依然以第一次世界大战为背景，但作品的很多情节直接取材于作家的亲身经历，并经作家之手做了艺术的加工和完善。

美国青年弗里德里克·亨利自愿来到意大利前线作救护队司机，后被提升为中尉。在一次战斗中，他因车队被敌人炮弹击中而身负重伤。在米兰医院疗养期间，他结识了来自英国的女护士凯瑟琳，凯瑟琳曾经历过男友在前线阵亡的痛苦且内心非常脆弱。但凯瑟琳在与亨利相识后，重新燃起了爱情。可是伤愈后的亨利必须返回部队，在几个月后的一次战线溃败中，亨利被意大利宪兵误认为奸细而遭逮捕。他跳河逃走，辗转回到米兰，找到凯瑟琳，希望告别战争，过一种平静生活。但没过几天，亨利的藏身之地又被发现，为摆脱追捕，他们只好偷渡到中立国瑞士。然而，历经生离死别痛苦的凯瑟琳不久却因难产而死，亨利被孤零零地抛弃在世上。

小说通过这段凄美的爱情故事，揭露了战争给人所带来的伤害。他们已经失去了一切，从理想和信念，到作为最后寄托的爱情，生活已完全失去了意义。小说在整体上采用了现实主义的创作手法，平实地叙述故事的内容。通过亨利被战争摧毁的生活，小说营造了浓郁的反战氛围，控诉了战争的罪恶。同时，小说在创作主题方面又带有明显的现代主义色彩，揭露文明世界的荒诞与无情，以及人在世界中的绝望与无处可逃。另外，《永别了，武器》让人印象深刻的还有"雨"等意象。小说里最多出现的就是下雨的情节，凯瑟琳也最害怕雨，因为她从雨中感觉到了死亡的气息。

海明威在20年代取得了很好的创作成绩，奠定了他在美国文坛的地位。然而，他的家庭生活却是一团糟：1927年他和妻子离了婚，他的父亲在第二年开枪自杀。

他在30年代仍然保持着很高的创作热情，到过非洲，借着战地记者的身份见证了西班牙内战。先后出版了关于斗牛的《死在午后》(1932)、小说集《赢者一无所有》(1933)、小说《有钱人和没钱人》(1937)、作品集《第五纵队和首辑四十九篇》(1938)。其中,有许多关于西班牙内战的作品,声誉最高的当数1940年出版的《丧钟为谁而鸣》。书中支援革命的美国志愿者乔登,虽然与海明威以往的主人公们一样厌恶战争,却终于还是坚定了为正义而战的信念,并英勇地献出了生命。

此后,海明威陷入了创作的低谷期。他更多的时候是居住在古巴,但人们并没有忘记他,只是对于他能否创作出好的作品,甚至对于他能否创作出新的作品都有了不小的质疑。1950年发表的小说《过河入林》遭受了评论界的猛烈批评,被普遍认为是一部江郎才尽之作。但是,1952年发表的《老人与海》改变了一切,一扫作家过去十年来所饱受的猜疑,同时,也是由于这部中篇小说的神奇魅力,海明威荣获了1954年诺贝尔文学奖。

由于健康状况日益糟糕,并且酗酒的恶习也愈来愈严重,海明威的生活和写作都不可避免地走向下坡路。1961年,他在抑郁的心情下举枪自尽,留下了多达数千页的未发表手稿。

二、《老人与海》

《老人与海》是海明威的代表作。从故事情节来看,作品的内容非常简单,主要人物是一个老人(圣地亚哥)和一个男孩(马诺林),但小说却用短短的篇幅讲述了老人出海打鱼的不平凡经历,意味隽永。

圣地亚哥已经连续84天没有钓到一条鱼。但他并没有因此气馁,而是等待好运气的到来,也就是等待能打到鱼的那一天的来临。在第85天的时候,他扬帆远航,终于在远海钓到了一条比他的船还要长的大马林鱼——这是一条他从未见过的大鱼。如愿以偿的老渔民经历了整整两天的海上鏖战之后,才制服了大鱼。经历磨难的老人准备凯旋,但在返回途中,他又遇到了更大更可怕的灾难,成群的鲨鱼轮番围攻来抢夺老人的战利品。在这场力量悬殊注定打不赢的战争中,老人明知不可而为之。在又经历了一天一夜的海上搏斗后,老人终于击退了鲨鱼,用小船拖着一副巨大的鱼骨架返回。精疲力竭的老人躺在茅草屋里脸朝下睡着了,在睡梦中他又遇见了狮子。

圣地亚哥是西方文学史上的不朽形象之一,他最鲜明地代表了海明威所创作的"硬汉"形象。"硬汉"形象是海明威自20年代以来的创作中其笔下所有男性主人公形象。他们所具有的性格特点是坚韧刚强,勇敢正直,面对苦难与折磨毫不惧怕,面对痛苦与死亡面不改色,表现出在肉体上可以被打败,但精神上绝不可以被击垮的崇高气概,如《在我们的时代》中的男主人公尼克·亚当斯、《打不败的人》中的斗牛士曼努埃尔、《五百万》中的拳击手杰克、《丧钟为谁而鸣》中的乔丹等。而《老人与海》中的圣地亚哥,则是"硬汉"形象的代表。在他所生活的世界里,结局注定是要走向衰亡。无论他曾经多么强壮,身体却依然无情地老去,但他坚持奋斗与抗争,他骄傲地说:"人不是为失败而生的,一个人可以被毁灭,但不能被打败。"正是基于这种悲壮感,他体现出了硬汉的价值,维持了人的尊严和人生的意义。可见,硬汉性格既是参加过两次世界大战和西班牙内战的海明威本人形象的集中概括,也是他对待人类命运的认知态度的体现。

《老人与海》是一部寓意深刻的具有象征意义的作品。

首先,老人圣地亚哥作为硬汉形象的代表,是人类精神的体现,马林鱼是人生理想的象征。老人与大鱼的关系是人类为追求美好生活理想而不懈奋斗精神的写照。其次,大海象征变幻无常的社会生活,鲨鱼象征无法摆脱的悲剧命运,狮子象征勇气和力量。老人与大海的关系以及与鲨鱼的搏斗是人类面对不可知的生活及其命运所表现出的一种积极抗争精神。这也是历经两次战争浩劫的西方世界的人们面对灾难和废墟,必须具有的一种态度。最后,已进入老年状态的圣地亚哥作为海明威笔下所有硬汉形象的代表,他在自然的王国里历经挫折而奋斗不息,正是创作上进入晚期的海明威在艺术的王国里奋力拼搏的象征。尽管圣地亚哥梦里的狮子可能不再是威猛的,但它却是男子汉威武气概的最好说明。可以说,《老人与海》正是海明威在艺术王国中历经失败后所钓到的一条"大鱼"。

《老人与海》是海明威艺术风格的体现,也是他关于"冰山原则"的巧妙运用。在《死在午后》中,海明威曾把写作比作冰山:"冰山在海里移动很是庄严宏伟,这是因为它只有八分之一露在水面上。"海明威的创作充分体现了简约、含蓄、凝练的"冰山原则"。他用语简洁、凝练,尽量避免描写,避免使用不必要的形容词,往往只是把人物的动作或简单的语言直接摆出来,即只把"八分之一"露出来。他让读者细细地品味这背后所蕴含的丰富的心理变化与思想感情,品味埋藏在底下的"八分之七"。正如人们可以通过老人圣地亚哥的形象,联想到作者笔下所有的硬汉形象一样。通过老人与大海和鱼的关系,人们可以联想到人类和自然的关系,甚至可以联想到海明威本人以及他的生活与创作的关系等。

第十章 20世纪文学(中)

20世纪上半期西方先后出现了总称为现代主义文学的各种不同的文学流派。它们自19世纪末产生,到20世纪中期的发展过程中,使西方文坛呈现出一派五彩缤纷的景象。现代主义文学主要有后期象征主义、表现主义、超现实主义、未来主义、意识流小说、存在主义文学等文学流派。

第一节 概 述

一、现代主义文学产生的背景

现代主义文学产生于19世纪后期欧美资本主义由自由竞争阶段向垄断资本主义过渡时期。伴随着资本主义的高速发展,西方社会各种矛盾日益激化,不断爆发政治、经济危机,社会更加动荡不安。同时,西方社会进入现代工业社会之后,科学技术突飞猛进,一方面极大地促进社会经济的发展和物质财富的增加,另一方面也使人在现代生产中的自由度降低、异化程度加深。面对高度发达的物质、科技文明和危机重重的社会现实,中、小资产阶级深感"物质"对人的沉重压力,忧虑动荡不安的社会生活给人带来的痛苦和灾难,而对现实、未来产生悲观情绪。先后爆发的两次世界大战,彻底摧毁了人们对理性、人道主义的崇拜和人类自我完善能力的信赖。传统的价值观念崩溃了,新的观念尚未建立,人们被抛入了精神的荒漠之中。孤独感、幻灭感、荒诞感、悲剧感成为现代意识的主要内容。现代主义文学正是这种畸形的社会现实以及现代人的精神状态在文学领域的反映。

19世纪末20世纪初盛行非理性主义思潮,如叔本华的"唯意志论"、尼采的"超人哲学"、柏格森的直觉主义,以及随后兴起的弗洛伊德的精神分析学、萨特的存在主义哲学等,则为现代主义文学提供了哲学基础与思想依据。

叔本华(1788—1860)作为"唯意志论"的倡导者,认为自然社会界毫无规律可言,世界是由一种盲目的非理性的荒唐意志统治的。这种意志即宇宙、社会和人的本质所在。在这个世界中,人都是利己的。人们的这种愿望和意志相互对立冲突,因其永远不能得到满足,而使人生充满不幸与痛苦。他的学说推动了19世纪末悲观主义思潮的出现。尼采(1844—1900)是叔本华之后颇有争议的一位德国哲学家。他以西方文明和传统道德反叛者的姿态出现,主张要对一切既定价值重新估价,倡导以酒神精神、强力意志面对悲剧现实和人生。人生的目的就在于发挥权力,超越自我,扩张自我。他认为强力意志充沛者即所谓的超人是历史的创造者,有权支配统治一般群众。他在哲学中轻视群众的贵族倾向与叔本华的"唯意志论"后来被德国法西斯所利用,成为其侵略扩张的思想理论依据。

柏格森(1859—1914)是法国直觉主义哲学的代表。他强调人的主观认识作用,认为世界最高的"实在"即非理性的"生命的冲动",唯一的现实即在粗糙的物质外衣下的"永恒的生命洪流"。人们只有靠直觉才能把握这一现实,认识真理,创造和欣赏美。他的哲学对于现代主义作家捕捉瞬间印象与幻觉,反映下意识的活动,采用直觉和自动联想的方法进行创作起到启迪作用。

弗洛伊德(1856—1939)本是奥地利心理学家、精神病学家,他从大量的精神现象研究入手,建立了精神分析学说。他把人的意识构成分为无意识(或潜意识)和意识两大组成部分,其中无意识是主要部分,主宰着人的活动,意识只是"冰山"一角。与此相应,他把人格分为3个复合层次:"本我""自我"和"超我"。"本我"是人心理能量的"储存所",其核心是性本能,它所遵循的是"快乐原则";"超我"代表的是制约人本能欲望的理性因素,如社会伦理道德观念等,它遵循的是"道德原则";而"自我"则属于"本我"和"超我"之间的中间层次,它是一种"现实化了的本能",所遵循的是"现实原则"。基于上述理论,弗洛伊德把文学看做是一种"白日梦"和人被压抑的本能愿望的升华。他的精神分析学说应用到文学批评领域后,形成心理分析学派,对现代主义文学揭示人隐秘的心理活动起到很大作用。此外,存在主义哲学也对现代主义文学产生了一定影响。

现代主义文学的产生也有其特定的文学渊源及条件。首先,它的出现是对以模仿说为基础的西方现实主义文学传统的一个反拨。古希腊文学以来的西方现实主义文学强调对客观世界的再现,发展到19世纪,文学的社会功能已被发挥到极致,文学作品的客观性因素被极度突出,同时文学的表现性功能也相应趋于萎缩。这时作家们自然把目光由对客观再现,逐渐转向对主观表现的反向追求,从而造成了19世纪末、20世纪初西方文学观念及其创作由再现客观到表现主观的方向性转移。其次,现代主义文学尽管以反传统为旗帜,但它的基因却隐含于传统文学之中,是西方文学自身发展的必然结果。19世纪后半期欧洲流行的自然主义小说偏重细节及人的生物本能描写的倾向,浪漫主义文学对理性的反叛、对人主体性的张扬以及着力表现人的主观精神的艺术追求,都不同程度地被现代主义文学所吸收,成为其重要的构成要素。帕尔纳斯派诗歌对完美形式的追求,"为艺术而艺术"的唯美主义主张,以及福楼拜文学创作客观化的方法也被现代主义文学所借鉴。此外,在艺术领域,印象派、抽象派、象征派绘画、音乐以及有机形式主义美学,也对现代主义文学的产生、发展有过重要影响。

二、现代主义文学的基本特征

现代主义文学作为一种与传统文学截然不同的新的思潮流派,具有以下基本特征。

(一) 以表现现代社会人的异化为基本主题。

在现代主义文学创作中,人的异化主题主要体现在:人与社会、人与人、人与自然、人与自我4种基本关系的扭曲、割裂和矛盾对立方面。

1. 在人与社会的关系上,现代主义文学从个人的角度全面反抗社会。这种对整个社会以及传统道德、价值观念全盘、彻底否定的倾向,使现代主义文学比传统文学具有更为激进的思想内涵。但它的虚无色彩及其毁灭性、破坏性,对读者产生的消极影响也不容低估。

2. 在人与人的关系上,现代主义文学揭示出一种人们彼此隔膜、倾轧、无法沟通的可怕图景,尖锐地揭示了资本主义社会人际关系方面的残酷现实。

3. 在人与自然的关系上,现代主义文学持以全面否定的态度。在现代派作家的创作中,大自然成为丑和恶的代表,处于和人对立的地位。同时,人也异化为物质的奴隶,变为"物"和"非人",人性、人格被极度扭曲。

4. 在人与自我的关系上,现代主义文学从非理性主义出发,持以不可知论的态度。现代派作家笔下的人物都试图在作品中"寻找自我",但却最终寻而不得,不知自己为何物,表现了现代人的迷失和异化。

(二) 把现代意识作为文学表现的主要内容,而现代意识的核心内容是所谓的危机感、荒诞感、孤独感、幻灭感等。这是现代人传统价值体系崩溃、失去信仰、无所依凭、身处物质世界对人的深重挤压之下,而产生的最具时代特色的现代社会"精神综合征"。它是现代文明危机、现代人精神危机在文学中的表现。

(三) 现代主义文学的艺术特色

1. 重在表现主观自我,挖掘、展示人的心灵世界,具有浓郁的非理性色彩和鲜明的主观性、内向性、表现性特征。现代主义作家创作的重点侧重于表现主观自我,作品中的客观世界也都是被作者主观"过滤"的世界。所以现代主义文学表现的主观主要是个体非理性的直觉、本能、潜意识和疯狂、梦幻、变态心理。因此,它往往在思想内涵上带有很强的朦胧性、随意性和晦涩性。

2. 善于使用象征、意识流、荒诞等表现手法,以及神话模式进行创作,追求艺术的深度。现代主义文学的象征是以具体的物象对事物加以整体性象征,象征手法的使用贯穿作品的始终,其象征具有整体性、主观性特征。意识流主要是以人物内心情感的流动历程结构作品,以人物的内心表白和自我感知来替代小说中的全能叙述者,从而使文学创作对人物心灵的刻画和表现上升到一个新层次。作品用荒诞的手法,即怪诞离奇的情节、人物和语言概括揭示事物的本质,表现现实生活的荒诞以及人们对现实的荒诞感受。许多作家还采用神话模式建构文本,从而使文学作品具有前所未有的历史文化和哲理的意蕴。

3. 大胆采用不合逻辑常规的表现形式,醉心于种种形式技巧的创新和实验。现代主义作品中,故事发生的时间、地点淡化、模糊不清,叙述角度不断变换,甚至有的作品不加标点符号,句子残缺,行列排列也极不规范。由于作家对形式技巧的刻意追求和实验,某些作品带有明显的形式主义倾向。

4. 现代主义文学还把"审丑""览丑"作为文学创作的目的和内容。他们刻意在作品中揭露丑恶,表现丑恶,展览丑恶,"以丑为美","发掘恶中之美"。作品把丑恶化作审美的对象,通过对丑恶的揭露抨击,表达对美的向往与追求。这样做自然有其合理性一面,但消极性也是不言而喻的。

三、多种文学流派及其主要特征

后期象征主义 出现于第一次世界大战后的西方,在20世纪20年代达到高潮,40年代渐近尾声的现代主义文学流派。它与前期象征主义之间有着一脉相承的血缘关系,但在新的社会历史条件下有进一步发展。

首先,"象征性"是后期象征主义最突出的特征,其象征完全不同于前期象征主义的感性象征,更多是一种理智的象征。

其次,广泛采用象征、暗示、隐喻、联想手法,创造一种扑朔迷离、朦胧恍惚的意境,来揭示人们隐秘难测的内心世界。后期象征主义主要强调诗歌的音乐性,主张追求诗歌的音乐效果。

英国诗人艾略特是后期象征主义的代表,其他重要诗人还有叶芝、瓦莱里、里尔克、勃洛克、庞德等人。

威廉·巴特勒·叶芝(1865—1939)是爱尔兰诗人。他的早期诗作带有唯美主义倾向和浪漫主义色彩,后期创作把现实主义、象征主义和哲理诗熔为一炉,形成自己独特的艺术风格,主要诗作有《茵尼斯弗利岛》(1890)、《库勒的野天鹅》(1919)、《1916年的复活节》(1921)、《驶向拜占庭》(1927)、《塔楼》(1928)等。《驶向拜占庭》以一位老人远渡重洋前往拜占庭追求永恒的精神生活为线索,表现了作者对资本主义物质文明的厌恶以及希冀凭借古代艺术使人的心灵得以陶冶净化、理性复归的愿望。诗作寓意丰富、富于哲理。他于1923年获诺贝尔文学奖。

保尔·瓦莱里(1871—1945)是法国后期象征主义的主要代表。他早年十分崇拜爱伦·坡和马拉美,并深受后者的影响。他主张诗歌创作应严格接受智慧而不是"灵感"或"无意识"的支配,认为诗歌的最大特点在于它的音乐性,因此,他的诗歌创作注重节奏韵律,偏好形而上的思考玄想,具有一种简略而深奥的风格。主要作品有诗作《旧诗集存》(1920)、《幻美集》(1922)、《海滨墓园》(1926)以及其他一些哲学、历史、政论、散文等作品。《海滨墓园》被公认为诗人创作的高峰之作和后期象征主义的经典作品。诗作的主体部分是写诗人在海滨墓园对人世沧桑与不朽的自然所做的哲理思考,表现出肯定现实、面向未来、积极向上的精神追求。

莱纳·马利亚·里尔克(1875—1926)是奥地利后期象征主义诗人。他的早期创作侧重于主观情感的抒发和内心世界的表现,语言具有音乐性,成名作《祈祷书》(1905)是这类诗歌的代表。1902年旅居巴黎后,受法国早期象征主义诗人波德莱尔、马拉美等人创作的影响,走上象征主义道路,主要作品有《新诗集》(1907)、《新诗续集》(1908)。其中短诗《豹》最为脍炙人口,诗作写一只笼中之豹眼里的世界,除了铁栏就是一片空白,表现了作者对世界的感受、自己与世界的关系以及在人生意义探索过程中的迷惘、孤独和苦闷情绪。在他后期迁居瑞士后创作的《杜伊诺哀歌》(1923)、《献给奥尔弗斯的十四行诗》等诗作中,进一步延续了《豹》所开拓的主题,表现世界充满痛苦、人生虚无、没有希望。

意象派是象征主义的变种,主要出现在 20 世纪初期的英美等国。美国诗人埃兹拉·庞德(1885—1972)是意象派诗歌的代表,其著名短诗《地铁车站》(1913)是一首典型的意象派诗歌。全诗只有两行,诗人采用"意象叠加"的技巧,给人以强烈的视觉与情感上的震撼。

意大利的隐逸派也是在象征主义影响下产生的一个现代诗派。主要代表诗人有翁加雷蒂(1888—1970)、夸西莫多(1901—1968)和蒙加莱(1896—1981)等。其中后两位诗人分别于 1959 年、1975 年获得诺贝尔文学奖。

梅特林克(1862—1949)是比利时剧作家,也是象征主义在戏剧创作方面的代表,其代表作《青鸟》通过蒂蒂尔兄妹四处寻找青鸟为邻居女孩治病的故事,表现了幸福就在于努力不懈的追求,你把幸福给予别人你也就会获得幸福的积极主题。象征手法贯穿整部作品,从剧名到情节、环境、地名,都有一定的象征意义。

表现主义 第一次世界大战前后盛行于欧美的一种现代主义文学流派,最早兴起于德国绘画界,传入文学领域后,引起强烈反响,由德国迅速波及奥地利、瑞典、捷克斯洛伐克、美国等欧美国家。

表现主义是一种渗透着现实和时代精神的文艺运动。它反对作家脱离现实生活,倡导文艺干预生活,改造世界,推动社会的发展;认为艺术的任务不是模仿或再现,而是创造和表现;主张不拘一格,博采众长,广泛借鉴不同艺术门类的表现手法,以增强作品的表现力。表现主义在创作上的特征是批判现实,否定传统,具有激烈的革命和反叛情绪,以表现主观为主导特征,具有鲜明的主观性和表现性特色。它常常采用象征、荒诞手法,以富有象征意义的故事、人物、环境或荒诞古怪的舞台形象,对社会人生进行整体性的把握和表现。

斯特林堡(1849—1912)是瑞典剧作家,也是表现主义的先驱。他的《鬼魂奏鸣曲》(1907)让木乃伊、鬼魂和活人同台表演,情节片段荒诞,场面光怪陆离,剧中人物抽象化、没有姓名和个性。该作品以象征、荒诞手法,把资本主义世界道德的沦丧、人与人之间的畸形关系的丑恶本相揭示得淋漓尽致。

尤金·奥尼尔(1888—1953)是美国著名剧作家,也是表现主义在戏剧创作方面的代表。他一生曾 4 次获得普利策奖,并于 1936 年获得诺贝尔文学奖。他的创作广泛汲取借鉴传统西方戏剧艺术的经验和现代的意识流、象征以及电影、绘画创作的方法技巧,熔现实主义、表现主义、象征主义于一炉,从而大大拓展了现代戏剧的表现领域。其主要剧作有《天边外》(1920)、《琼斯皇》(1920)、《毛猿》(1922)、《榆树下的欲望》(1925)等。《毛猿》是奥尼尔表现主义的代表作。主人公杨克是一艘远洋邮船上的司炉,每天像人猿一般被关在铁笼子中从事沉重的劳动。他想报复那些资本家阔佬,恢复自身的价值尊严,结果被捕入狱。他想投奔一个工人组织,却被当做奸细驱逐出去。最后,他只好跑到一个动物园与大猩猩为伍,结果被大猩猩捏死。作品表现了现代资本主义工业社会对工人产生的巨大压力以及"非人化"的现象,揭示了现代人在寻找自我、寻找归属过程中所面临的进退维谷的困境。

表现主义在小说创作上的代表是卡夫卡,其次还有恰佩克等。

卡列尔·恰佩克(1890—1938)是捷克斯洛伐克表现主义作家,除在戏剧方面有突出成就,在小说创作上也收获颇丰。小说创作方面的主要作品有:科幻小说《专制工厂》(1922)、《原子狂想》(1924)、《鲵鱼之乱》(1936)等。恰佩克对表现主义的主要贡献是把科幻题材引入表现主义创作,拓宽了表现主义创作的题材范围。

超现实主义 第一次世界大战后在法国兴起,并在两次世界大战期间流行于欧美各国的现代主义文学思潮和流派。超现实主义直接脱胎于第一次世界大战期间在欧美出现的一个现代主义文艺流派达达主义。

1922年,以布勒东为代表的7人从达达运动中分裂出去,于1924年10月成立"超现实主义研究会"。布勒东第一次发表《超现实主义宣言》,明确提出超现实主义的定义,并阐述了超现实主义的理论主张。稍后,纳维尔和贝雷又创办了《超现实主义革命》杂志,成为超现实主义的机关刊物。超现实主义由此宣告正式诞生,并在20年代中后期发展到顶峰。30年代发展势头减弱,但其余波直达70至80年代的欧美各国,并在美国衍生出"新超现实主义",对绘画、戏剧、电影、雕塑各个领域都产生了一定影响。

超现实主义受弗洛伊德的精神分析学、柏格森的直觉主义哲学的影响,对"梦幻"极为推崇,几近痴迷,认为梦幻可以使人摆脱现实生活强加在人身上的种种羁绊,把无意识、本能、幻觉、梦境作为创作的源泉,采用"自动写作法""梦境记录法""集体写作法"进行创作,并打破语法规范和逻辑制约,大胆进行"文字的自由连用"和"意象的随意并置和转换"等各种语言方面的"革命"实验,以追求一种新奇的语言效果。

安德烈·布勒东(1896—1966)是法国超现实主义的创始人、领袖、小说家和理论家。1919年他与苏波、阿拉贡创办《文学》杂志,参加达达运动,次年与苏波尝试使用"自动写作法"创作了超现实主义的第一部实验性的小说《磁场》。他曾先后发表过3篇《超现实主义宣言》(1924、1930、1942),从理论上对超现实主义的创作原则和主张进行阐述,同时组建了"超现实主义研究会",创办《超现实主义革命》杂志,为超现实主义文学的发展做出了杰出贡献。

《娜佳》(1928)是布勒东的代表作,也是一部极有典范性的超现实主义小说作品。小说以第一人称的口吻叙述自己和一个叫做娜佳的姑娘由结识、相恋到分手、最终姑娘发疯的故事。小说的女主人公娜佳是一位"马路天使",外表装扮和举止恶俗轻佻,但同时又十分坦诚、真实,富于情趣和人情味。在她身上既有一定的现实性,又有一种强烈的超现实色彩。她似乎能够通灵,她的话具有某种超常的预见力,似乎能够穿越于现实与超现实之间,贯通过去、现在和未来,与神秘世界交游。作者与她交往时感知到她的真实存在,但又由于她的超现实属性,而颇感疑虑,并由此反观自己,感到人生的飘忽渺茫。作者创作所遵循的并非形式逻辑,而是情感和思想的逻辑。小说不是以故事性、趣味性吸引读者,而是将自己在潜意识控制下连绵不断流动的思绪坦然相陈,以意蕴无穷、富有力度的情感思想力量征服读者。小说采用"自动写作法"写作,集中体现出超现实主义的语言特色。小说思绪的随意跳跃、叙事的不连贯、词语意象间的生硬组合,使小说显得松散、驳杂而又新奇,呈现出与众不同的特色,同时也在一定程度上增加了读者解读的难度。

除布勒东外,其他代表作家还有苏波(1897—1990)、阿拉贡(1897—1982)、艾吕雅(1895—1952)等。阿拉贡的长篇小说《巴黎的农民》(1924)也是人们公认的超现实主义代表作品。

未来主义 20世纪初出现于欧洲文坛,主要流行于意大利、俄国,并对英、法、德等国有一定影响的现代主义文学思潮。

未来主义是欧洲现代工业和科学技术高速发展的产物。它提倡"现代精神",崇拜和赞颂现代"机器文明"与物质文明、都市化的生活以及令人目眩的发展速度,主张作家反映新的社会现实,表现现代生活的"运动感",在现代城市的"动态"中去寻找美和创作的源泉。它同时还肯定战争和暴力,倡导作家描写和赞颂战争。它以虚无主义的态度全面否定一切旧的文化、文学遗产,号称要创造一种无论内容还是形式都是"新的、未来的艺术",为此而进行文学艺术内容与形式方面的大胆革新,极力强调直觉,主张以"类比""感应""凌乱的想象"取代理性和逻辑,以表现作家隐秘朦胧的内心感受,还在语言文字、音韵、格式方面进行改革,或不用标点符号,或取消形容词、副词,或者把诗行加以形象直观化的图案排列。

未来主义的主要代表是意大利的马里内蒂、法国的阿波里奈尔、俄国的马雅可夫斯基等。菲利波·托马索·马里内蒂(1876—1944)是未来主义文学的创始人和理论家。他先后发表《未来主义宣言》(1909)和《未来主义文学宣言》(1910),宣告了未来主义的诞生,并阐述了未来主义的理论主张。如发挥"自由不羁的想象""毁弃句法",消灭形容词、副词,在创作中引入"声响、重量和气味"三要素,并在剧本《他们来了》中对自己的理论进行了具体实践。该剧没有什么剧情和冲突,甚至也没有对话,人物只有一个管家和两个仆人,全剧的台词由一个管家对两个仆人所下的四道命令组成。剧作采用反戏剧的形式,通过桌椅的不断变化以及呈现出来的种种态势给观众以物体具有生命的感觉,并使之从中得到某种"神秘的启示"。阿波里奈尔(1880—1918)的诗歌创作既有传统因素,又有创新。他把诗歌创作与绘画、音乐、书法相结合,创立"立体未来主义"诗歌,并在诗体、格律上进行大胆改革,把诗行分行排列或拼作一定图案,从而创造出"图画诗"和"阶梯诗"的新形式。他的"图画诗"《被杀的和平鸽》把诗行拼作一只死去、滴血的和平鸽形状,表现反战和平的进步主题。马雅可夫斯基(1893—1930)是俄国未来主义的代表诗人,阿波里奈尔创造的"阶梯诗"形式在他的创作中得到进一步发展,其代表作是《穿裤子的云》(1913)。

意识流小说 20世纪20至40年代初,在英国形成并流行欧美各国的现代主义文学流派。

对意识流小说的产生影响最大的是詹姆斯、弗洛伊德、柏格森等人。美国实用主义哲学家、心理学家詹姆斯在《论内省心理学所忽略的几个问题》(1884)中把人的意识活动比作一条"流动"不断的"河",最早提出"意识流"这一概念。奥地利心理学家弗洛伊德进一步发展了詹姆斯的无意识理论,特别强调无意识或潜意识的重要性和支配地位,创立了意识结构"三层次说"。弗洛伊德对人的意识活动的探讨和深层次把握,对意识流小说创作提供了直接的理论支持。法国哲学家柏格森提出"空间时间"和"心理时间"的概念。詹姆斯的意识理论、弗洛伊德的精神分析学、柏格森的"时空观",三者相互支持、补充,为意识流小说的产生提供了思想理论基础。

意识流作家把表现人的心理真实和意识的流动作为文学创作的主要任务,主张"作家退出小说"、让小说人物直接面对读者,袒露自己的心灵世界,不受客观时间、空间的限制,以"心理时间"表现人物的思想意识活动和主观感受。在具体创作手法上,大量采用自由联想、内心独白、时序倒置等手法,表现人物多层次的意识活动,并且在词汇组合、句法安排等方面进行语言上的变异、创新以及叙述方式上的变革,从而使意识流小说具有一种全新的叙述形式和语体风格。

意识流小说的主要代表作家有普鲁斯特、乔伊斯、福克纳以及伍尔夫等人。

马塞尔·普鲁斯特(1871—1927)是法国意识流小说大师。他在中学学习期间即开始文学创作,后入巴黎大学攻读修辞学、哲学,曾听过柏格森的课。柏格森的哲学和弗洛伊德的精神分析学成为对他的一生创作影响最大的两大学说。他的主要文学成就是多卷本巨著《追忆逝水年华》(1913—1922)。小说由7部内容互有关联,而又各自独立成篇的作品组成,主线是一个人对自己已逝韶光的追忆和怀念。小说的叙述者"我"是一个富有、多才而又体质柔弱的青年,爱上了一位名叫阿尔贝蒂娜的女子,开始遭到拒绝。后来她对他态度好转,正当他们准备结婚时,姑娘又突然弃他而去。他四处寻找,得到的却是姑娘猝亡的消息。绝望之余他决定投身文学,写出他经历的悲、欢、苦、乐。小说的叙述者实际上是作者的化身。作品通过"我"的追忆,成功地描绘了20世纪初巴黎上层社会的风貌,刻画出众多的不同阶级阶层的人物形象。在艺术上,小说超越时空界限,但又不脱离"时间"这个主题。所述故事没有连贯性,中间常插入各种议论感想,甚至表面上离题万里的插叙。结构上没有开端、进展、高潮、结尾,然而所有事件无不围绕主人公的感受联想展开。作者善于精细深刻地描绘人物的心理,尤其是变态心理。作者善以曲折婉转的优美长句表达繁复的思想，语言也十分丰富、机警、传神，富于概括力和表现力。这部小说在创作上获得巨大成功，被人们誉为20世纪最伟大的杰作和现代主义文学最有代表性的作品之一。

詹姆斯·乔伊斯(1882—1941)是爱尔兰著名的意识流小说家。早年曾经浪游欧洲各国，先后从事过银行职员、教师等职业。1920年后，定居巴黎从事小说创作。自传体小说《青年艺术家的肖像》是他运用意识流手法创作的第一部小说。《芬尼根们的苏醒》(又译为《芬尼根的守灵夜》)是他的最后一部小说。《尤利西斯》(1922)是乔伊斯的成名作，也是他的代表作。小说主要描写的是三个居住在都柏林的爱尔兰人在1904年6月16日晨8点至次日凌晨2点45分之间将近19个小时的活动。其中的人物之一青年艺术家斯蒂芬·达德路斯，是一个虚无主义青年，在现实生活中对艺术和理想的追求使他屡受挫折，在精神上无所依托，想寻找一位精神上的父亲。另一位人物雷奥波尔·布鲁姆是一家报馆的广告承揽员，他平庸无能，性功能衰退，听任放荡的妻子在家中与别的男人私通，而自己在外面不停地游来荡去。11年前幼子夭折，使他的精神受到极大打击，他希望能够找到一个儿子，抚慰自己的精神创伤。一天孤独、苦闷的斯蒂芬与布鲁姆相遇，两人都找到了各自的精神寄托。布鲁姆的妻子莫莉是一个肉欲主义者，她的生活完全受性欲本能所支配，床笫之欢是她生活的全部内容，当布鲁姆深夜带着斯蒂芬回家时，她刚刚送走自己的情人。

《尤利西斯》的书名源自古希腊荷马史诗《奥德修纪》中的英雄奥德修斯，在结构写法上也多处模拟《奥德修纪》。小说中的三个主要人物布鲁姆、莫莉、斯蒂芬分别对应的是《奥德修纪》中的奥德修斯、珀涅罗帕和忒勒马科斯，但作品中的人物早已失去了荷马史诗中古代英雄的神圣光彩。作为现代奥德修斯的布鲁姆，既无古代英雄谋士的神勇智谋以及出生入死、曲折惊险的经历和磨难，也无奥德修斯返乡之后对纠缠妻子的求婚者痛快淋漓的雪耻和复仇。相反，他猥琐、庸俗、无聊，对妻子的不忠无可奈何，采取听之任之的态度。与珀涅罗帕相对应的莫莉也没有一丝古代女性的忠贞贤淑的大家风范，她不仅对丈夫毫无忠诚可言，而且沉溺肉欲，言行放荡。斯蒂芬也不像荷马史诗中的忒勒马科斯，他所寻找到的不是英雄父亲和温暖的家园，而是毫无男子气节的懦夫。通过对比，小说要表达的思想是：作品中的3个人物都是现代资本主义社会中平庸、猥琐、渺小、精神陷于矛盾分裂的凡夫俗子。作品通过对他们内心世界、精神生活以及潜意识活动的描绘，揭示了现代精神、人类文明的危机和没落。

弗吉尼亚·伍尔夫(1882—1941)是英国著名的意识流作家，出生于伦敦的一个文学世家，自幼在浓郁的文学艺术氛围中长大。1915年她发表论文《论现代小说》，提出了意识流小说创作的文学主张。1919年出版的短篇小说《墙上的斑点》，是她运用意识流手法进行创作的一次成功实践。此后，她先后出版的重要意识流小说有《雅各布的房间》(1922)、《达罗卫夫人》(1925)、《到灯塔去》(1927)以及《海浪》(1931)等。《海浪》是她的代表作。小说分别展示了6个人物自幼到老的内心独白以及对生、死的感悟。这6个人物代表了6种不同的意识类型,他们内心独白的语气不断变换,使他们的意识呈现出从幼稚到成熟以至衰老的不同阶段、不同状态。作者还用日出、日中、日落的时间更替,象征他们人生的不同阶段。这部小说与一般意识流小说的不同之处在于,它伴随着人物的生命之旅,同时展示的是6个人物意识流动的历程,由此而揭示的是人物意识活动的"交响乐"。

威廉·福克纳(1897—1962)是美国意识流小说创作的主要代表。他的创作受弗洛伊德的学说影响,着力挖掘和表现人潜意识中的性本能;同时,又接受柏格森的"心理时空"理论,采用"时序颠倒"的手法,揭示历史与现实的逻辑因果关系。主要作品有《喧哗与骚动》(1929)、《我弥留之际》(1930)、《押沙龙,押沙龙!》(1938)等。

《喧哗与骚动》是福克纳的代表作。故事发生在杰弗逊镇的一个旧贵族庄园主康普生家,主要描写庄园主康普生和他的四个子女的生活。小说共分4个部分,前三部分分别以意识流手法写康普生3个儿子的意识活动;第四部分从女黑奴迪尔西的角度叙述故事,结束全书。首先,这部作品运用"神话模式"构建故事。作品第三、一、四章的标题:"1928年4月6日""1928年4月7日""1928年4月8日",这三天正是基督受难日到复活节,第二章"1910年6月2日"又正是那一年基督圣体节的第8天。康普生家族历史上的这4天都与耶稣基督受难的4个主要日子有关。但具有反讽意味的是,在康普生家族的子孙身上,已经看不到基督殉身救世的神圣和庄严,他们的自私、猥琐、缺乏爱心和基督的教诲背道而驰,使作品具有一种浓郁的反讽意味。其次,小说成功采用了多角度叙述故事的方法。前三个部分,作者让班吉、昆丁、杰生分别"讲述"自己的故事,最后让迪尔西接下去讲述故事的剩余部分,使多角度叙述成为新的叙事方法。最后,意识流手法的使用极其成功,具有经典意义。在小说的第一章至第三章,作者分别以3个人物的思绪变化、意识流动来展开故事、刻画人物。叙述者的思绪不断跳跃、变化,这种变化一般都有某种起因或者说触发点,如看到某物、听到某事或某种声音、嗅到某种气味,因而浮想联翩,意绪如流。为使读者对人物思绪的跳跃变化有所把握,作者有时采取变换字体的方式提醒读者。据统计在"昆丁的部分"中,这种变换达200次之多,在"班吉的部分"也有100多次。

存在主义文学 20世纪30年代末期产生于法国,后流行欧美的现代主义文学流派。它以存在主义哲学为基础,以文学形式宣传存在主义哲学思想,宣扬世界荒谬、人生痛苦。代表作家是萨特、加缪和波伏娃。

阿尔伯特·加缪(1913—1960)是法国著名作家、哲学家,存在主义文学的代表人物,其成名作是中篇小说《局外人》。主人公莫尔索对周围世界十分淡漠,母亲的去世、女人的爱情以及杀人犯罪、被判处死刑等,他都能超然处之,表现出无所谓的态度,成为他生活于其中世界的一名局外人。小说揭示了人与社会、人与人之间关系的疏离与冷漠。随后,他开始写作哲学笔记《西西弗的神话》。长篇小说《鼠疫》(1947)是加缪的代表作,它以40年代突然发生在阿尔及利亚奥兰市的鼠疫为背景,描写了面对灾难时刻人们的各种态度：有人死去，有人绝望，有人醉生梦死，有人想逃走，还有人趁火打劫。只有里厄医生不顾个人安危，全身心投入抢救人们生命的工作中。尽管鼠疫神秘地消失，但并不意味着灾难的永远结束。小说的寓意性极强："鼠疫"作为灾难的象征，对人的威胁是永远存在的。但在厄运面前，人们不应消极、悲观，而应像里厄医生那样，做出一个英雄的"自由选择"，去实现人的尊严与价值。

1951年加缪发表哲学论文《反抗者》，引发他与萨特等人长达一年之久的论战，最终导致两人的决裂。此后他创作小说《堕落》(1954)并改编剧本《一件有趣的案件》。1957年，44岁的加缪荣获诺贝尔文学奖，成为该奖项历史上最年轻的获奖者之一。1960年他因一场车祸去世，年仅47岁。

第二节 艾 略 特

一、生平与创作

托马斯·斯特恩斯·艾略特(1888—1965)是20世纪西方最重要的现代主义诗人和对诗坛产生重大影响的文学评论家，后期象征主义的代表诗人。

1888年9月26日艾略特出生于美国中部密苏里州的圣路易斯城的一个加尔文教家庭。他的曾祖父17世纪时从英国移民到美国的波士顿，祖父从哈佛大学神学院毕业后，以"唯一神教"牧师的身份前往圣路易斯传教，并创办华盛顿大学，在1872年担任该校校长。父亲经商，母亲是个名门出身的才女，爱好文学，曾创作不少诗歌。艾略特自幼受到良好的教育和文学的熏陶。

1906年艾略特入哈佛大学攻读哲学，同时还学习法、德、拉丁和希腊等多种语言，广泛涉猎英、法、德、古希腊等国文学以及历史、宗教、东方文化和比较文学领域，受到著名的新人文主义者欧文·巴比特(1865—1933)以及桑塔亚那(1863—1952)的影响。在此期间开始诗歌创作。1910年获哈佛大学硕士学位后，前往法国巴黎大学学习哲学和文学，听柏格森的讲座，广泛接触到波德莱尔、马拉美、拉福格等人的象征主义诗作。1911年至1914年，他重返哈佛研修印度哲学和梵文。1914年赴英国牛津大学撰写博士论文《经验和知识的目的：布拉德雷的哲学》，并在英国结识美国诗人庞德。

从1914年起艾略特定居英国，为了生活他曾到一所中学任教，在劳埃德银行做职员，后来又到先锋派杂志《自我中心者》担任编辑。1922年至1939年，创办并主编具有国际影响的文学评论季刊《标准》，发表了许多颇有影响的书评和文论。1927年加入英国国教，不久又加入英国国籍。1948年艾略特因《四个四重奏》而获得该年度的诺贝尔文学奖。

艾略特的创作广泛吸收法国象征主义诗歌、意象派诗歌以及文艺复兴后期英国剧作家和玄学派诗歌的创作技巧经验，熔传统、现代于一炉，形成自己独特的文学观念和艺术风格，从而使西方诗坛为之改观。

艾略特的创作可以分为3个时期。早期从1909年开始发表作品到1922年发表《荒原》为止。这一时期的诗作大都收集在《诗集》(1919)、《诗集(1909—1925)》(1925)、《诗选》(1962)中,其中最重要的作品是《普鲁弗洛克的情歌》(1915)、《一位女士的画像》(1915)和《小老头》(1919)。《普鲁弗洛克的情歌》以内心独白的形式和讽刺的语调,叙述主人公普鲁弗洛克在10月伦敦的暮色黄昏中,前往一个沙龙途中的矛盾心理。他渴望爱情但又惧怕爱情、怕自己没有能力去恋爱;想见到情人,又怕女士太太们嫌他长相丑陋、怕恋爱中使情人露出丑态;厌恶这个世界,又不敢扰乱这个世界的秩序,对它无可奈何。诗作受法国象征派诗人拉福格的影响启迪,塑造了第一次世界大战前后一个平庸、怯懦、未老先衰、耽于自省的"迷惘的一代"青年的形象。这些诗作共同的特点是表现了第一次世界大战前后西方知识分子悲观、绝望、空虚、消极的思想情绪。

中期创作自1922年《荒原》问世至1927年加入英国国教为止。这一时期的主要成就除了代表作《荒原》外,还有《空心人》(1925)和一部未能写完的诗剧《力士斯威尼》(1924)。《空心人》被认为是揭示现代人生存状态的杰作。诗作从英国一个传统的焚烧稻草人(象征企图炸毁国会大厦的罪徒盖伊·福克斯)的纪念日(11月5日)写起,把精神空虚的现代人喻为"空心人"和"稻草人",并宣告这个世界将在"嘘的一声"中结束。诗作表现出浓厚的悲观绝望情绪。

从1927年开始到1945年发表《四个四重奏》为止是后期创作。这一时期的主要作品是《圣灰星期三》(1930)和《四个四重奏》(1935—1942)等。一般认为《圣灰星期三》的发表是诗人转向宗教的标志。"圣灰星期三"是指四旬斋的第一天,以纪念耶稣在荒野中成功抵抗住撒旦的诱惑而度过的40天。这天,教士要把灰撒在悔罪者的头上,以使其皈依上帝、虔诚悔罪。作品表现了作者迈出精神"荒原",在宗教中寻求安身立命之所的企图。《四个四重奏》由4首既各自独立、又相互之间具有密切关系的长诗组成。分为4个乐章,每一乐章又由5部分构成。每个乐章分别以一个地方为题,并用古希腊哲学家赫拉克利特宣称的构成世界的四大元素:气、土、水、火,作为象征。在这篇哲学宗教冥想诗中,诗人把追忆已逝的时光,探讨时间与永恒之间的关系作为全诗的基本主题。4个乐章相互对应、指涉,最终指向人如何获得上帝救赎。作品结构独特,意蕴丰富,节奏感强,象征、典故的运用十分纯熟。一些评论家包括艾略特自己都把它视为作者的顶峰之作,但影响不如《荒原》。

这一时期,艾略特的创作除了诗歌以外,在戏剧和文艺批评方面也有一定成就。他的主要剧作有诗剧《大教堂谋杀案》(1935)、《合家团聚》(1939)、《鸡尾酒会》(1950)以及《机要秘书》(1954)等。这些剧作大都以宣扬宗教教义为基本主题。

艾略特在文艺批评、文艺理论方面也取得了突出成就。他的主要文艺论著有《传统与个人才能》(1917)、《哈姆莱特和他的问题》(1919)、《批评的功能》(1923)、《诗歌的作用和批评的作用》(1933)等。艾略特所提出的"非个性化"理论、"客观对应物"理论以及他的批评风格对新批评派产生了重要影响。

此外,还有一些有关宗教和文化方面的论著,如《什么是基督教社会》(1940)、《关于文化的定义的札记》(1949)等。

艾略特自1952年起担任伦敦图书馆馆长,1965年1月4日在伦敦逝世。

二、《荒原》

《荒原》(1922)是艾略特的代表作。早在1914年前后诗人就开始不断地尝试,要创作一首不同寻常之作。1921年下半年诗人把他以前写的一些片段连在一起,又增添一些新的篇章和文字,始成诗稿,名为《他用不同的声音读警察报告》。诗作1922年10月在艾略特自己担任主编的《标准》杂志创刊号上发表,但很少有人能够读懂。后来诗人又给作品加了50多条注释,在美国出版后在社会上特别是青年中产生巨大反响,并给现代诗坛造成强烈的震撼,以致使西方诗坛为之改观。现在它已经被人们公认为现代主义诗歌的里程碑和经典之作。

《荒原》全诗共分5章。第一章"死者的葬仪",以几幅戏剧性的场景全面展示了第一次世界大战后西方人的荒原景观。四月,在英国本是春暖花开、万物萌生的季节,然而开篇第一句却是"四月是最残忍的一个月";因为冬天被雪所遮盖的荒原现在却露出它的本相,同时它还激起令人痛苦无望的记忆和欲望。接着诗人写一个没落的奥国贵族玛丽支离破碎的回忆中破灭的浪漫史,喻示西方文明的衰落。

第二章"对弈",标题取自英国剧作家托马斯·密特尔顿(1580—1627)的剧本《对弈》,而实际内容所指却是作家的另一个剧本《女人提防女人》。该剧中公爵爱上了卞安格,一个邻居帮他设计把卞安格的婆婆叫来下棋,在两个人对弈之际,公爵乘机诱奸了卞安格。因此,此章标题暗指性游戏。这一章重点写了两个场景:一个场景是在金碧辉煌的上流社会环境中一位贵夫人在百无聊赖地诉说她恶劣的心绪;另一个场景是在小酒馆里一个下层社会女子丽儿在和她的女伴谈论私情、怀孕、堕胎以及如何应付她退伍归来的丈夫。两个场景的描写揭示了现代西方女性精神的颓唐空虚以及生活、道德的堕落。

第三章"火诫",引用释迦牟尼以《火诫》对门徒的训诫,说明火是一种情欲之火,也是净化之火,可以毁灭人,也可以使人得到冶炼而达到涅槃境界;并以此反讽现代人放纵情欲,人欲横流。作者首先把泰晤士河畔往昔的诗情画意、歌声荡漾,与当今伦敦城中猥琐粗鄙的商贾、肮脏河面上漂流的空瓶、丝手帕、香烟头等加以对比。接着诗人通过先知铁瑞西斯所见,写一个女打字员与一个满脸疙瘩的青年有欲无情的关系。

第四章"水里的死亡",仅有10行,主要以象征情欲泛滥与死亡的"水"为中心意象,通过昔日腓尼基水手弗莱巴斯因情欲而葬身大海,揭示人欲横流必将给人带来灭亡。而现代社会中的人们依然纵欲如故,他们的死亡已势在难免。

第五章"雷霆的话",作者首先用3个"客观对应物"揭示荒原景象以及拯救的方式途径:耶稣复活后为拯救人类走出"荒原",走在去埃摩斯的途中;武士们为寻找圣杯走向"凶险之堂";东欧各国式微。走出荒原之路是十分艰难的,荒原上没有水,只有岩石,道路艰难而曲折,万物都在渴望着雨。这时雷霆代表上帝说了话:施舍、同情、克制。诗人暗示只有皈依上帝,才有可能获得拯救。但雷霆之后,荒原如故。

《荒原》采用神话模式进行创作。这种手法是作家有意识地把作品中的人物、故事与某个人们熟知的神话故事相平行、对应,从而对作品中的人物和故事或进行整体性象征或加以反讽式观照。诗作题目和许多象征受到魏士登《从仪式到神话》和弗雷泽《金枝》的启发和影响。

弗雷泽的《金枝》中神的复活和魏士登女士在《从祭仪到神话》中论述的繁殖仪式和圣杯传说为诗作提供了一个深层结构框架。"荒原"这一题目即来自于此。同时,作品中圣杯故事的影子还不时投射到一些人物和事件上,以致形成贯穿作品的主要线索,并鲜明地凸现出作品"荒原"与"拯救"的基本主题。

《荒原》的主要思想内容和象征意义　在"荒原"与"拯救"二者之中,作者侧重于对"荒原"景观痛楚的揭示和表现,以期给浑浑噩噩生活于这一荒原世界中的人们以振聋发聩的冲击和震撼。诗作的题目直喻西方社会缺乏生机、荒芜衰败的"荒原"状态。紧接着作者又通过题词中所写的那个几乎萎缩憔悴为空壳、生不如死、求死不得的西比尔,对"荒原"中人们的生存状况加以概括揭示。诗作从第一章到第四章都是作者对这一题目和题词意旨进一步的具体拓展和深化。到第五章作者才在充分揭示荒原景象的基础上,把重点转向宗教拯救,反映出第一次世界大战之后西方社会的"荒原"现实和处于"荒原"之中的人们空虚颓废、苦闷绝望的情绪,同时也体现出作者企图从宗教中寻求出路、以皈依宗教拯救西方社会的愿望。

《荒原》在艺术上也很成功。作者创造性地运用象征手法进行创作。作为后期象征主义的代表诗人,艾略特一方面继承了前期象征主义以"象征"揭示诗人内心感受的创作传统,一方面又有所创新发展。作品中的许多典故、意象本身就有象征意义。在《荒原》中不仅长诗的题目、各章的标题以及题词中的西比尔有一定的象征性,作品的神话学框架、作品的中心意象"荒原"以及"水"与"火"的意象、雷霆的意象,都有深刻的象征意义。可以毫不夸张地说,象征就是《荒原》的血脉和生命。

《荒原》有着独特的意象系列。作者极力倡导以"客观对应物"来表现诗人的内心感受和情感,而在《荒原》中,成功承担"客观对应物"作用的便是作者以大量的鲜明、新颖、奇特的意象组成的意象系列。诗作题目"荒原"本身就是一个具有整合性与直喻性的意象。它把全诗博杂的内容整合为一个整体,直喻西方社会荒芜衰败的情态。在作品的五章内容中,作者采用大量的意象表现枯萎、死亡对"荒原"意象加以具体展开,同时还在第二章和第三章用"水"和"火"的意象表现"情欲"。它们既可以给人带来生命,也可以使人死亡,而人欲横流、放纵情欲,正是造成"荒原"的根本原因所在。最后,作品以雷霆作为主要意象来表现宗教"拯救"。通过这一完整的意象系统,作者把作品置于一个严密的理性框架之内。

作品广征博引,大量用典。诗作共使用了7种不同的文字,并且至少引用了35个作家、56部古今作品的典故。作者除了自己在注释中所指出的近50条词句的出处外,还大量借用他人作品中的诗行、诗句,或引用、套用前人作品中的人物、事件和故事,然后独出机杼,巧加剪裁,使作品成为一个有机的艺术整体。作者用典,并非简单"集句",或是在原有基础上的重复,而是把它植入新的语境中,使之与现代生活体验相叠加、融和,既不脱原意,又超乎原意,而生成一种富有新意的意象。作者以此与作品所描写的现实或相互对应或加以反衬,从而使读者在一个宏阔的历史文化语境中对作品所描写的现代的人、物、事件的意义,对现代人的生存状态加以体味、咀嚼。比如,第一章对伦敦桥的描写,作者把现代都市人们为物欲和个人利益所驱,行色匆匆、川流不息涌过伦敦桥,与但丁地狱篇中对鬼魂涌向地狱的景象相叠加,表现的是诗人、现代人正在走向地狱、虽生犹死,如同失去灵魂的行尸走肉的心理感受。在作品第二章结尾写丽儿与同伴道别,引用的是莎士比亚的悲剧《哈姆莱特》中奥菲利亚告别人世前的一段话,奥菲利亚的单纯痴情与丽儿的纵欲堕落形成强烈对比。通过这种历史性的观照与反衬,作者对现代人进行深刻地反讽。在这一章中所引用的翡绿眉拉和迦太基女王狄多的典故,对贵夫人的描写也起到一种暗示和反讽的作用。

作品运用意识流手法。具有一定戏剧性的人物"我"的内心独白、自由联想以及时空错位的场景拼接,这些意识流手法的大量使用,使作品具有鲜明的意识流特色。诗作中的"我"并非直接抒发思想情感的诗人本人。他或是一个由"费迪南王子""骑士""渔王"等综合而成的贯穿全篇的戏剧性的人物,叙说心中的忧虑、苦闷、惊惧与绝望;或者是诸如"贵夫人""丽儿""女打字员"那样生活在"荒原"中的芸芸众生,毫无遮掩地袒露自己的情感思绪,展现自己的意识与下意识的活动。特别值得注意的是,作为先知铁瑞西斯的"我"的独白,尽管到"火诫"一章他才正式现身作品之中,然而此前他的声音却以不同的方式不断出现,并在某种程度上起到连接作品的作用。"我"的思绪在现实、过去、未来之间流连、徜徉,在追忆、想象与联想之间不断转换。循着这种人物思绪情感的发展逻辑,以及整部作品"荒原"与"拯救"的理性框架,诗人把一个个具有戏剧性的场景片段以时空错位的形式自由连接。现代与古代、文学与现实、神话与幻想种种画面拼贴在一起,看似凌乱无章,实则有一定的规律所循。

此外,作品在语言上还进行创新,大量采用悖论的修辞手法,以造成强烈而奇特的艺术效果。如四月本是阳光明媚、春暖花开的季节,出现在诗作中的却是"四月是最残忍的一个月"。水一方面给人们带来生命,一方面又可以导致人们死亡。作品中还有用死尸发芽、把死与生并置等创意构思。

第三节 卡 夫 卡

一、生平与创作

弗兰茨·卡夫卡(1883—1924)是表现主义代表作家,现代主义小说的鼻祖。他的创作对许多不同的现代文学流派都产生过重大影响,因而,被尊为"现代文学之父"。

1883年7月3日,卡夫卡出生于奥匈帝国统治下的布拉格的一个犹太商人家庭。他的父亲是一个百货商店老板,性情"专横有如暴君",他的母亲忧郁而好冥想。这样的家庭环境形成他既自卑又自尊、既懦弱又反抗的忧郁内向型性格。1901年卡夫卡入布拉格大学学习德国文学,后改学法律,1906年获法学博士学位。在大学学习期间卡夫卡就与布拉格的一些作家有密切交往,结识了马克斯·布洛德,并受其影响开始文学创作,曾随布洛德夫妇游历了意大利、法国、瑞士和德国等地。以后他又接触到存在主义先驱克尔凯郭尔的哲学著作,以及中国的老庄哲学,受到一定影响。卡夫卡毕业后曾在保险公司任职多年,1922年因病离职,1924年6月3日病逝于维也纳附近的一家疗养院。

卡夫卡是在极度的痛苦、忧郁、苦闷、恐惧和孤独中,终其一生的。使他最早而且持久地尝到痛苦体验的是他的父亲。其父的蛮横暴躁、专制权威对他形成巨大威压,使他终生都生活在难以摆脱的恐惧和痛苦之中,他甚至产生过自杀的想法。在他的《美国》《审判》《城堡》《变形记》等作品中,我们不难看到暴君似的父亲形象或作为专制父亲的象征。

他一生没有结果的爱情婚姻也给他造成巨大的压抑和苦闷。卡夫卡一生曾交过两次女朋友,订过三次婚,但由于他的性格、健康和其他方面的原因,他又屡次解除婚约,以至于孤身抱憾而终。

卡夫卡的痛苦不仅在家庭、婚姻,而且还来自周围的生存环境。他说:"在巴尔扎克的手杖上刻着'我能够摧毁一切障碍';在我的手杖上则刻着,'一切障碍都能够摧毁我'。"卡夫卡在此喊出的不仅是他个人的苦闷和痛苦,而且也是时代的和整整一代人的心声。痛苦同时也是历史老人赐给卡夫卡的一笔丰厚的精神财富,他把这些人生的惨痛体验,抒发为文,于是就有了他一系列的为人称道的小说作品。

卡夫卡的小说创作包括3个部分。第一部分是发表过的短篇小说,如《判决》(1912)、《变形记》(1912)、《司炉》(1913,后改为《美国》第一章)、《在流放营》(1914)、《乡村医生》(1917)、《饥饿艺术家》(1922)、《骑桶者》(1921)等。第二部分是生前未曾发表的短篇小说,如《一场斗争的描述》《乡村教师》《地洞》等约34篇作品。第三部分是未曾写完的长篇小说《美国》《审判》《城堡》等。此外,《给父亲的信》也十分著名。

马克斯·布洛德对其作品的出版做出很大贡献。卡夫卡早年在其影响下开始创作,他们一直保持了20多年真挚的友谊。卡夫卡从事创作并非为了出名,所以大部分作品生前都没有发表,死后留下遗书要求布洛德把全部文字资料烧毁。但布洛德觉得这些作品是人类一笔宝贵的精神财富,所以投入很大精力把它们整理出版。布洛德主编的《卡夫卡全集》(1950—1958),包括他创作的所有小说和日记、书信,共分9卷。其中只有1卷为生前发表的作品,其余8卷均为未发表之作。

卡夫卡一生创作中成就最大的是3部未写完的长篇小说《美国》《审判》《城堡》和短篇小说《变形记》。

《美国》(1912—1914)是卡夫卡写的第一部长篇小说。小说的大致内容是写一位16岁的少年卡尔·罗斯曼,生活在德国一个绅士之家。他受一位中年女仆诱惑,和她生下一个私生子,因而受到父母严惩,被放逐到美国。到美国后,一个有钱的绅士自称是他的舅舅,收养了他。后来他结识的一个名叫克拉拉的小姐主动投入其怀抱,继而却又莫名其妙地大声呼叫。他又因午夜迟归而触犯绅士的家规,被驱逐出来。"西方饭店"一个女厨师长怜悯他,给他在饭店找到一个开电梯的工作。在这里他与一个名叫苔莱丝的姑娘同病相怜,产生感情,却又蒙冤被老板以擅离职守的罪名解雇。随后,他还曾当过两个流氓和一个烟花女子的仆役;受雇作为技术工人,随火车在美洲大陆奔波⋯⋯小说写到这里中止。卡夫卡并未到过美国,小说中卡尔流浪所经历的美国社会,并不具有具体、写实的特色,而是一个虚拟的具有整体象征意义的世界。作者借此所表现的是社会与人的尖锐冲突和对立。生活在这个邪恶而又无助的世界中的卡尔,不管他怎样努力,总是被生活捉弄和欺骗,直至最后走向死亡而毁灭。卡尔和家长的对立、生活中遭遇的一次次挫折以及早亡的结局都与作者有许多相似之处。小说中的卡尔无异于艺术化了的卡夫卡。

《审判》(1914—1918)的主人公约瑟夫·K是某个银行的襄理。一个早上刚刚起床,准备迎接他的30岁诞辰,突然两个警察进来宣布逮捕他。他们并未将他关进牢房,他仍然可以照常生活、上班、自由行动,却时时感到无形的巨大压力。他决心把这一冤案搞个水落石出,于是到处奔走申诉。10天后他被传唤出庭,法庭上他极力申明自己无罪,但毫无效果。后来他又找律师、法院的画师、谷物商等寻求帮助,但都爱莫能助。他去找牧师,牧师晓谕他:真理是有的,但通往真理的道路障碍重重,这些障碍难以逾越,人只有服从上帝的安排。最后,他还没有弄清楚自己到底犯了什么罪,就在一个晚上被两名穿黑衣、戴大礼帽的人架走,毫无反抗地被处死在一个碎石场的悬崖下面。小说中的K莫名其妙蒙冤,想洗雪自己,但不管他怎样努力都无济于事,也无法找到最高裁判机构申诉冤屈,最终仍被无辜处死。通过这一荒诞故事,作者揭示了奥匈帝国官僚制度腐朽专制的本质特征。在这个社会中,一个人要抗拒整个庞大的官僚机构,当然是无能为力的,失败也在所难免。作品的主题思想在于表现人与社会的对立冲突,社会或周围环境异己力量的强大,个人的渺小、孤独、无助,以及人与社会抗争中不可避免的失败和悲剧结局。这一主题在《美国》中就已经有所表现,在此又有了进一步发展。小说还把荒诞离奇的故事叙述与对现实本质的深刻揭露相结合,亦即现象的荒诞与本质的真实相结合,使作品显露出明显的"卡夫卡式"风格。

1922年创作、1929年出版的《城堡》是卡夫卡的最后一部长篇小说。许多评论家认为它最具"卡夫卡式"的写作特色。小说叙述在一个冬天的早晨,主人公K为能在城堡附近的村里安家落户而向不远的山丘上的城堡走去,但他一直走到天黑,却未能靠近城堡。于是,他自称城堡的土地测量员先在村中一个客栈里住下。次日,他找了一个名叫巴纳巴斯的人作向导继续向城堡进发,走了一天依然没有到达城堡。城堡里明知他不是土地测量员,却给他派来两个助手,而且城堡的"X部部长"克拉姆叫巴纳巴斯给他送来一封信,告知他巴纳巴斯以后将承担他与城堡之间的通讯、联系任务。为了能够接近克拉姆,K还勾引克拉姆的情妇弗里达。后来他住进一个"贵宾招待所",又把那里的一位"大人物"看作克拉姆,实际上他不过是克拉姆的一个秘书。K急切地等待着巴纳巴斯的消息,但巴纳巴斯的妹妹却说他哥哥从未见过克拉姆,也不知道谁是克拉姆。最后,克拉姆的一个秘书前来告知K,让他把弗里达交出来,实际上此时弗里达早已不知去向,K与城堡的一切联系至此都已断绝。小说到这里情节终止。

《城堡》是一个有关现代人在荒诞世界中生存状态的寓言。作品中的K不仅是作者、犹太人,而且更是整个现代人的象征。他千方百计想进入城堡,获得在村中合法居住的权利,终而不得,喻示着人们寻找身份认同与精神家园、渴望安居乐业、融入公众社会,却求而不得的痛苦和迷惘,表现了人与社会冲突对立、现代人精神危机的主题。

"城堡"究竟有何寓意?学术界至今争论不已,未有定论。有的把城堡视作类如父权的绝对权威或敌对的异己力量;有的认为其专制统治象征着"整个世界秩序"或"奥匈帝国官僚制度";有人把城堡看作难以企及难得谋面的上帝,或者可望而不可即的真理;也有人把它视为犹太人难以回归的家园;甚至有人从实证的角度认为城堡就是作者父亲的出生地沃塞克。

小说具有强烈的荒诞虚幻色彩。主人公K来自一个遥远、陌生、神秘的地方。他自称是土地测量员,但又拿不出任何证明,城堡明知他不是土地测量员,却给他派了两名助手协助他工作。事实上,他也从来没有开始土地测量工作。他所前往的城堡,是一个实存的世界,但却可望而不可即,它是国家官僚制度的象征。城堡中的CC伯爵以及那位克拉姆部长谁也没有见过,但其权威却无时无处不在。K想尽一切办法接近克拉姆,最终依然毫无所获。村中的人都说见过克拉姆,但他们对他的描述却又各不相同。这些都是如此的荒诞不经,然而又十分恰当、深刻地揭示出生活的本质,它表现出人生的孤独以及与世界隔阂对立的生存状态。

小说采用漫画夸张式的手法写人状物,叙述故事。小说写到一个城堡官员索尔蒂尼,办公室里的案宗像柱子般堆积成山,遮蔽住四壁。由于人们要经常从中抽取或放置文件,这些文件柱便不断倒塌,发出轰响之声。这种不断倒塌轰响的声音便成为他的办公室的特征。还有信使巴纳巴斯为了得到送信的差事,常常整天动也不动坐在那些官员们面前,可谁也不注意他,他传递的信件是某天一个文书心血来潮从桌下一大堆文件中抽出交给他的。在城堡前的小村子里,每天有无数官员下来办事,路上跑的马车多得排成长龙。这些漫画夸张手法的成功使用,突出了事物的本质特点,同时也使作品别具一番魅力。

二、《变形记》

卡夫卡在西方国家的巨大声誉是和他的短篇小说《变形记》紧密联系在一起的。《变形记》是卡夫卡的主要代表作,也是一篇典范的表现主义小说。

小说叙述有一天早晨,旅行推销员格里高尔从不安的睡梦中醒来,发现自己躺在床上变成了一只巨大的甲虫。他的生理习性也随之发生了变化,但同时又保持着人的心理。他变形之后父亲主张把他关在屋里严加看管,只有善良的妹妹怀着几分恐惧照料他的饮食起居。由于他的变形,全家也遭到惨重灾难。家计日见窘迫,父亲只得到银行里去当杂役,妹妹到商店去站柜台。为了生计家里人挤住在一起,招租了三个房客,但当房客发现格里高尔丑陋的身体后,便愤然宣布退租,不付分文房钱。终于全家人越来越觉得他累赘多余,后来连妹妹也对他失去同情和耐心。最终,格里高尔也厌恶了自己,绝食而死。他死后,一家3口庆幸终于告别了过去,怀着欣慰快乐的心情去郊游。

小说通过主人公变成甲虫的荒诞故事,深刻揭示出资本主义社会中人的"异化"现象。人的异化是与资本主义生产方式与生俱来的普遍现象,马克思在《资本论》中曾通过资本主义社会商品生产过程的分析,揭示了人是如何被自己的劳动产品所支配,劳动产品如何变成一种异化的力量。人与人的关系异化为一种冷冰冰的物的关系,从而对资本主义社会普遍存在的异化现象进行深刻的理论阐释。作为文学家的卡夫卡基于对生活的敏锐观察和体悟,对社会上的异化问题也做出了自己独特而深刻的理解和把握,并最早以文学的形式进行了成功的艺术表现。《变形记》中的旅行推销员格里高尔一觉醒来,发现自己变成了一只甲虫,看似荒诞不经,实际上却揭示了资本主义社会生活的本质真实:外在的物的世界和异己的环境对人的挤压,如何使人失去自我、沦为"非人"。

小说所揭示的主人公格里高尔工作生活的环境,是一个十分冷漠、无情的"物"的世界。他为老板工作是因为父亲破产,欠老板的债无法归还,这就决定了他在公司中的地位。他不能像其他人那样享受充足的睡眠,也不敢把怨气向老板发泄,只能背着生活的重负、忍受着种种难以言说的屈辱,勤勉地工作。他与老板之间没有人情的温暖,只有冷冰冰的"物"的关系和"债务""雇佣"的关系。格里高尔与老板之间的上下级关系如此,与同事之间的关系也十分险恶,充满陷阱,他和客户之间,更是"萍水相逢",不可能有深厚的交情,永远不会变成知己朋友。格里高尔在"变形"之前与家中人的关系尽管小说未作交代,但通过他肩挑全家的生活重担,为家人含辛茹苦地工作,一旦变成甲虫,便被家人遗弃,便不难做出推测。格里高尔所生活的环境的的确确是一个没有人情温暖、没有理解关怀的冷冰冰的"物"的世界。在这个世界中,人际间的情感交流被

"物"的"金钱"方面的关系所取代。人的自由属性被资本主义生产关系所具有的铁的法则所扭曲。生活其中的格里高尔,感受不到人际交往中人情的温暖,没有思想活动的自由。作为人本质的东西,自由的天性、思考的自由等早已被剥夺殆尽,实际上他早已变成了一个"非人"。以此看来,他形式上的"变形",只不过是对他"非人"实质的最后确认而已。作品的主要价值也正在于通过格里高尔的"变形"故事,对资本主义社会中具有普遍意义的人的异化现象作出深刻的艺术揭示。

《变形记》具有现代主义与现实主义相交融的特色。这主要体现为小说创作中现实与虚幻的有机结合、总体荒诞与细节真实的有机结合。这既是这部小说创作艺术上最突出的特色,同时也是"卡夫卡式"小说风格的典型体现。人变形为甲虫,这是何等荒诞,按照生活常理简直不可想象!然而只要读者接受了作者预设的这一虚幻的故事事件,就会发现随后作者所叙述的一切又都是十分"真实可信"。

作者通过细节,十分真实、细腻、生动地描绘出"甲虫"的形状和外貌特征,随后进一步展开描写格里高尔变成"甲虫"以后的种种生理习性。例如,他变形以后,妹妹拿来他最喜欢吃的牛奶、面包,看到这些食物,"他险些儿要高兴得笑出声来",然而随即就发现自己不仅吃东西很困难,而且也不再喜欢牛奶。后来,妹妹拿来许多种其他食物,有半腐烂的蔬菜、吃剩下的肉骨头、陈面包,以及不能食用的乳酪,马上他狼吞虎咽起来,而那些"新鲜的食物却一点也不给他以好感,他甚至都忍受不了那种气味"。这些描写对于既具有人的心理和生活习惯,又因变形为甲虫而具有了甲虫生活习性的格里高尔来说,都是十分真实的,并符合特定的艺术真实。

作者把荒诞的故事和真实的细节描写有机地结合起来,以荒诞的手法构建故事,表现人的异化主题,又以真实的细节描写增强故事的"可信性"和艺术吸引力。"真实"与"荒诞"手法的配合可谓十分巧妙,浑然天成。同时,在小说中,作者对现实的真实描写与虚幻的情景设置也是有机相融的,在对现实的描写中有着虚幻,虚幻的故事情景中又渗透出现实。格里高尔作为旅行推销员长年累月地奔波,经常会遇到的种种烦恼。不定时而且低劣的伙食,同事飞短流长的闲话、中伤等,无不是现实生活的真实写照。在这种非人状态下生存,又与虫何异!如此看来,这种人变虫的虚幻又具有了某种真实的含义。这种真实与虚幻的巧妙结合,使作品收到一种似真似幻、亦真亦幻的独特的审美效果。

现代主义与现实主义的交融还体现在,小说采用寓意和象征的手法,表达作者对社会人生的理解和体悟,构建作品的意义世界,同时也不拒斥现实主义小说创作的人物塑造、编织故事的艺术传统。尽管小说文本的故事并不复杂生动,读者却可以从字里行间看出作者对小说故事叙述的精心周到、刻意关照。小说详细叙述了主人公变成甲虫以后的经历和遭遇,以及最终结果,故事的每一个重要环节、人物的每一个重要行动都有必要的交代。如主人公从事旅行推销员职业是因为父亲破产,欠公司老板的债务难以偿还。同时也是因为这一原因,别的推销员可以睡好觉后才去上班,而他则必须起早贪黑,不停奔波。他"变形"后没有准时上班,公司经理便派人来察看,是因为公司经理怀疑他贪污了现款。作者一开始就点明了格里高尔肩负着全家人的生活重担,因此,主人公变形以后全家人的生计问题,作者也做了必要的细致交代。甚至最后他的死也写得有因有果,清楚明白。前面作者写了他不再饮食,因而就有了他后来的衰弱;前面写到父亲用苹果打他,并且深陷于背中,后面作者就写到他背上的烂苹果和背部发炎的地方。同时,作者还写了亲人对他的厌弃,以及他"消灭自己的决心"。这些都是作者对主人公的死所做的精心铺垫和交代。可以说这部小说除了主人公"变形"的情节之外,其他一切几乎都可以说是十分入情入理,令人可信的,而且故事有头有尾、前后照应,呈现出一种严密的封闭式结构。

此外,尽管作者并不倾心于人物的性格刻画和塑造,但对人物的身份、职业、家庭、生活习惯和爱好,以及从事旅行推销员职业的缘由,也都做了一定的交代。从人物的活动中,可以清晰地感受到他的谨小慎微、任劳任怨、勤勤恳恳、心地善良等性格特征。与传统现实主义的人物刻画、故事编织艺术不同的是,作者并不以此为旨归,而是以其为手段,为表现作品深刻的寓意和象征性的思想内涵服务。

第四节 萨 特

一、生平与创作

让-保罗·萨特(1905—1980)是法国20世纪最重要的存在主义作家兼思想家。他关于存在主义的阐述与创作,虽然哲理味道过浓,却仍然是20世纪最宝贵的精神财富。1955年他曾访问中国,并写下《我对新中国的观感》一文。

1905年6月萨特出生于巴黎,幼年丧父,由外祖父代为抚养。19岁进入巴黎高师学习哲学,结识了西蒙娜·波伏娃。1934年,他得到机会前往德国柏林进修,师从现象学的奠基者胡塞尔,先后在德国法兰西学院和弗莱堡大学研究现象学和存在主义哲学。在胡塞尔、海德格尔等思想家的影响下,萨特逐渐形成了自己的哲学思想。有趣的是,萨特不只是通过哲学论著的形式申述思想,还同时投身于文学创作,以期把自己的思想更感性地展现出来。1936年,他写作了哲学论文《论想象》和《自我的超越》,同时也发表了小说《墙》(1937)、《卧室》《床笫秘事》以及《恶心》等。

1936年的西班牙内战是促使萨特创作成熟的第一个重要事件。短篇小说《墙》就是以西班牙内战为背景,写3个囚犯临刑前一夜的内心活动和不同表现。面对死亡,年轻的儒昂尖声喊叫,面部扭曲,浑身瘫软,惊恐万状。"我"(伊比埃塔)和国际纵队的战士汤姆主观上都是不怕死的,但本能恐惧使汤姆小便失禁,"我"则在冰冷的地牢里汗流浃背。

第二天黎明,他们把汤姆和儒昂拖出去枪毙了。而只要"我"说出拉蒙·格里斯的下落,就可以获释。"我"决定要嘲弄他们,便告诉他们格里斯藏在公墓里。尽管实际上"我"根本就不知道他藏在哪里,但就是为了等着看到他们一无所获气愤回来时的模样,为着享受想象他们徒劳地在墓穴里寻找所带来的快乐。

最能体现"自由选择"主题的是,"我"却没有料到,格里斯当真就藏在墓地里,因为他不想连累任何人,不愿藏在任何人的家里,格里斯采取了抵抗,被法西斯残忍地杀害了。这真出乎"我"的意料,原来自己到头来竟然也被嘲弄了,于是,"我"疯狂地笑了起来。之前,在死亡的冲击下,"我"只余下这一个小小的想法期待实现,"我"进行了"自由选择",却仍然遭遇了逆转或颠覆。

"我"终于发现,生与死之间就如一"墙"之隔,"我"获得了自由。其实不是本意,却成了"我"自由选择的结果。可见,"墙"在这里是一个重要的象征,表明存在的无可逃避。无论儒昂怎样恐惧与痛苦,无论汤姆怎样回避,死亡作为存在的终结或命运(从而也是存在的一部分)终究都要来到他们身上。哪怕是"我"(伊比埃塔),以为可以借着死亡的名义向存在潇洒地告别,也躲不过他自己已存在着的命运。就像萨特自己关于《墙》所说的,"因为一切逃避都被大写的墙阻拦;逃避存在,依然存在。存在无所不包,人须臾不可离"。

《墙》是萨特得到好评的第一篇文学作品,但真正让萨特得到普遍认可的还是1938年发表的日记体长篇小说《恶心》。

作品透过叙述者罗冈丹的日记展现了他苦闷的内心世界。罗冈丹的苦闷就在于始终感觉不到自己的真实存在。他正在研究法国大革命时期的贵族罗尔邦,却感觉到这种单纯的研究把自己变成了"为了罗尔邦"的存在,而不再是自己。意识到了自己身上这种以及其他种种"为他人"的存在,意识到了其他人和事物的种种"为他人"的存在,让罗冈丹感到了恶心。他惊见了世界的偶然与荒诞性质,一度让他打算中止对罗尔邦的研究。但通过进一步的精神历练,他终于明白写作还是自己必须坚持的,只不过不再是写作单纯的历史书,而是借着写作展现自己的生活和存在。萨特由于这部作品而被誉为"法国的卡夫卡",罗冈丹也成为第一个萨特式人物。

1939年2月,萨特出版短篇小说集《墙》,其中包括短篇《房间》《艾罗斯特拉特》《密友》《一个工厂主的童年》和此前发表过的《墙》。

同年6月萨特应征入伍,随后成为德军的俘虏,1941年获释。这场战争以及在战争中的经历,极大地影响了他。1943至1949年,这是萨特最重要的思想时期,也是创作最多产的时期。在这段时间里,他发表了《存在与虚无》(1943),创作了剧本《苍蝇》(1943)、《禁闭》(1944)、《死无葬身之地》(1946)、《恭顺的妓女》(1946)和《脏手》(1948)等。戏剧是萨特文学创作的另一个重要成就,也同样体现了他的自由观,突出了萨特哲学里的几个重要主题,譬如对真诚作弊和他人注视的揭示,对自由在于选择的强调等。

多卷体长篇小说《自由之路》(1945—1949)是萨特最具代表性的存在主义小说,由《理性的时代》(1945)、《延缓》(1945)和《心灵之死》(1949)三部曲组成。作品以第二次世界大战初期的法国为背景,刻画了一群法国青年在经历种种犹豫和迷茫以后的自由选择。其中哲学教师马蒂厄经历与感受了爱情、战争和日常生活的荒诞后,从无所作为转变为积极介入生活,为支持正义事业、获得自由和幸福而奋起反抗荒诞的命运。通过他的曲折经历和心理体验表明,面对战争,个人无能为力,但是个人可以在英雄和懦夫之间做出选择。

1945年10月,萨特参与筹办的《现代》杂志出版第一期。在发刊词以及随后发表在这份刊物上的《什么是文学》等文章中,萨特集中阐述了"介入"的文学写作原则。他指出,作家只要是在写作,无论是随笔还是小说,不管所谈论的是个人的情感还是社会的制度,终究只能涉及"自由"这个题材。作家必须通过写作,把自己、把别人引向反思地存在(而非自发地、直接地存在)。唯其如此,作家才是介入的作家。

50年代以后的萨特,常以社会活动家的身份活跃在国际、国内的政治舞台上,坚持反对帝国主义和殖民主义的立场,支持各国人民的民族解放运动,其文学创作数量逐渐减少,除写有剧本《魔鬼与上帝》(1951)、《涅克拉索夫》(1956)、《特洛亚妇女》(1966)等,没有再创作小说。

《辩证理性批判》(1960)的发表,标志着萨特思想的新阶段。他对《存在与虚无》里的许多重要范畴作了校正,在仍然保留自由主体的同时更多地关联起社会、历史层面的实际内容,重点突出"实践"的作用。

萨特一生著作甚丰,其他重要著作还有《文字生涯》(1964),研究作家福楼拜的《家中的低能儿》(未完成)等。1964年,萨特因其成就被授予诺贝尔文学奖,但他发表了一份声明拒绝领奖。70年代,萨特双目濒于失明,但他仍然积极支持工人罢工和学生运动,抗议法国政府对左派报纸的压制。1980年4月15日晚,萨特因肺气肿病逝,终年75岁。他的一生总是站在进步的正义的一面,创作了50多部体裁多样、思想深邃的作品,在世界文学史和思想史上占有极其重要的地位。

二、《禁闭》

《禁闭》(又译《隔离审讯》等)是萨特的一部重要戏剧,创作于1943年年底和1944年年初,在1944年5月27日首演。尽管距离首演已逾80年,它仍然是法国现代剧的保留剧目,足见这部戏剧的魅力及影响力。

《禁闭》中的加尔森、伊奈司和埃司泰乐都是已死的鬼魂。3人一起住在地狱的一个房间里。他们以前没有见过面,没有任何可能的关系,而且来自不同的地方。

初在地狱相遇时,他们每个人都试图掩饰自己的过失。伊奈司只是轻描淡写地说自己的死是由于煤气中毒,埃司泰乐把自己说成是一个忠贞却不幸的妻子,加尔森把自己塑造成一个敢于直面强势的和平主义者。实际上,加尔森生活放荡,对家庭不负责任,他想逃避兵役,却被抓作为逃兵处决了。伊奈司是造成3个人(包括她自己在内)非正常死亡的罪魁祸首。她是同性恋,爱上了表弟的女友弗洛朗斯,由于嫉妒造成了表弟的死,绝望的弗洛朗斯打开了煤气,与伊奈司一同死于中毒。埃司泰乐则是由于宁愿选择与自己不爱的老人继续生活,而溺死了与情人的私生子,出于绝望,她的情人开枪自杀。

但这还只是3个人相互折磨的开始。随后,伊奈司想要获得埃司泰乐的爱情,而埃司泰乐却只爱男人,更愿意从加尔森身上找到成就感。这样,加尔森尽管并不愿意介入这种复杂的关系,只想静静地待着(徒劳地"整理"他自己的过去),却不由自主地成为伊奈司所仇恨的对象。她明知道加尔森最想要的就是有人能够说他并不胆小,哪怕只是像埃司泰乐那样口头上说说,却还是要坚决地告诉加尔森是个贪生怕死的小人,以此来折磨加尔森以及埃司泰乐。而加尔森也因此体会到了"原来这就是地狱","他人就是地狱"。

"他人就是地狱"是这部戏剧里最有震撼力的一句台词。只要仍然像加尔森这样不敢面对自己的真实存在,仍然对他人有所期待,那么他人就注定要成为地狱,只要能够面对自己,真切地体会自己的自由存在,就能找到存在的意义,与他人形成一种更为本真的关系。萨特设置这一幕发生在地狱里的故事,是想通过荒诞的形式指明自由对于每个人的重要性,指明以行动改变生存状况的重要性。如果不行动,不找到自己的自由所在,那么就如同是情愿待在地狱里,自愿下地狱。

存在主义戏剧一般都是"境遇剧",即设置一个封闭式的环境,总是直接地进入戏剧冲突,而较少作更多的铺垫,让环境支配人物,让人物在特定环境中选择自己的行动,造就自己的本质。冲突往往在两个层面上展开,一是人物与外部环境之间的冲突,二是人物内心的冲突。作家往往把重心放在第二个层面上,突出人在困境中进行"自由选择"的主题,这种戏剧就是"境遇剧",又名"自由剧"。极端的境遇往往能最大限度地拷问人物,逼迫其"自由选择"的展开。《禁闭》的"地狱"就是其中一种极端境遇,也极好地象征了这种存在主义的观念。它一方面指过于依附他人的人注定只能生活在地狱里,另一方面指这样的人实际上就已是死人。《禁闭》是"境遇剧"的代表作,其思想意义在于通过这一幕发生在地狱里的故事,延续了"自由选择"的主题。

《禁闭》的艺术特色很明显。首先,构思奇特,故事发生的场景被限定在所谓的"地狱"中,"一间第三帝国时期风格的客厅",剧中人是3个死后相聚在一起的鬼魂。其次,成功地渲染了地狱境遇的极端特点。室内没有任何刑具,"只看见一尊铜像,不灭的灯,没有床,这里无所谓睡眠",为剧中人永无休止的互相监视预设了条件,其实这是人最无法忍受的惩罚。最后,戏剧的象征性。作品从舞台设计、人物关系、矛盾冲突,甚至人物台词都具有某种象征性寓意。尤其是全剧的关键性台词"他人就是地狱",其深刻的象征性表现为一种广泛的哲理而成为名言。

第十一章　20世纪文学(下)

20世纪下半期的西方文坛呈现出文学的多元化倾向,从宏观角度看,主要呈现为后现代主义和现实主义两大主流,此外还出现了一些新的创作倾向和文艺思潮,如女性主义文学、后殖民文学和少数族裔作家文学等,使西方文学的发展更加丰富多彩。

第一节　概　　述

一、20世纪下半期文学产生的背景

第二次世界大战结束后,世界政治、经济和文化都发生了巨大而深刻的变化。

以美国为首的西方资本主义国家和以苏联为首的社会主义阵营迅速进入冷战状态并在意识形态领域长期对峙和斗争。作为战败国的德国,在战后分为联邦德国和民主德国,其经济发展和意识形态也呈现出明显对立。长期深受西方列强殖民统治与经济掠夺的亚非拉地区纷纷走上民族独立发展的道路。20世纪60年代,美国出兵越南,法国爆发左翼学生运动。进入70年代以后,社会思潮影响下的社会运动逐渐转移到关注性别、族裔和多元文化等方面的问题。80年代,苏联和东欧各国的社会矛盾激化,90年代初,苏联解体,柏林墙倒塌,东欧社会主义国家发生巨变。冷战的结束并不意味着和平时代的到来,90年代爆发了海湾战争、科索沃战争以及愈演愈烈的中东冲突,使全球面临国际恐怖主义和宗教极端主义的新威胁。

战后科学技术的进步和应用促进了社会经济结构和生活结构的变化,促使西方社会开始由工业社会向后工业社会转变。信息技术的快速发展,促进了高新技术特别是信息技术及其产业的迅猛发展。互联网的普及应用和网络时代的到来,导致运输和通信成本大幅度降低,整个世界经济空前紧密地联系在一起,世界各国经济呈现相互依赖、相互竞争的态势,全球化成为时代特征。

战后的世界进程既为20世纪下半期文学提供了丰富的创作题材,也给作家们提供了新的表现主题。战后的非理性主义哲学思潮如存在主义、现象学、结构主义等思想,直接影响着荒诞派戏剧和黑色幽默作家的世界观和文艺观,使他们的创作体现出强烈的哲理反思意味。以解构一切为根本精神、追求多元、差异和不确定性的各种后现代主义学说,为后现代主义文学创作提供了思想基础,也为当代世界文坛的多元发展营造了文化氛围。多种文学流派和思潮的发展,使西方文学进一步走向多元化,多元性越来越成为西方文学的主要特征之一。20世纪后半期欧美文学的这种多元化特征,主要体现在后现代主义和现实主义的融合共通之中。

后现代主义和现实主义作为20世纪下半期文坛的主要思潮,既有各自的独立路径,又在发展过程中出现交叉和影响,即后现代主义在描写内容方面逐渐向现实主义回归,而现实主义则不断吸收后现代主义的某些观念和手法。

二、20世纪下半期的主要文学思潮

后现代主义是20世纪下半期占据西方文坛主流的各种文学思潮的总称,是西方各主要国家进入后工业化社会的产物,主要受存在主义哲学和现象学以及结构主义语言学等的影响。它与20世纪上半期的现代主义文学既有密切联系,又有重要区别,可以说是对现代主义文学的延续和超越。

后现代主义自20世纪中期出现,到70年代达到高潮,主要包括荒诞派戏剧、新小说派、"黑色幽默"等。

荒诞派戏剧 20世纪50年代初期出现于法国的一个文学流派。它在内容上表现世界不可理喻,人生荒诞不经。艺术手法上打破传统的戏剧结构,用不合逻辑的情节、性格破碎的人物形象、机械重复的戏剧动作和枯燥乏味的语言表现世界荒诞的根本主题。50年代后期流行到英、美等国,逐渐发展成为二战之后西方最有影响的戏剧流派。代表人物有法国的尤奈斯库(1909—1994)、贝克特阿达莫夫(1908—1986)、热奈(1910—1986),英国的品特(1930—2008)和美国的阿尔比(1928—2016)。

尤金·尤奈斯库是荒诞派戏剧的最重要作家之一,其剧作有《秃头歌女》(1949)、《椅子》(1959)、《犀牛》(1958)等。《秃头歌女》运用各种荒诞手法,通过史密斯夫妇乏味无聊的日常生活,表现人与人之间的难以沟通和人生的非理性。

新小说派 20世纪50年代兴起于法国,60年代蜚声西欧、美国、日本及东欧的文学流派。它既没有严密的组织,又没有统一的文学主张。其出现以罗伯-格里耶(1922—2008)1953年发表的小说《橡皮》为标志,随后涌现出了一大批优秀的作家作品。新小说派作家认为,世界是荒诞的、虚无的和不真实的,以描写故事情节和塑造人物形象为主的传统小说已无法表达现代人多变的内心世界。他们主张作家应该"毅然决然地站在物之外",原封不动地照搬荒诞世界里的存在,不赋予它任何意义与感情色彩。新小说派摒弃情节和人物,拼贴散乱的片段,以物代人,创立纯粹写物的风格,倡导读者参与创作,重建小说的人物与情节。这个以反对传统小说创作倾向的流派又称反小说派或拒绝派。

新小说派的主要代表作家有克洛德·西蒙(1913—2005)和阿兰·罗伯-格里耶。前者有"新小说派之父"之称,代表作是《佛兰德公路》,后者是新小说派的旗手,其代表作是《窥视者》。西蒙于1985年荣获诺贝尔文学奖。

"黑色幽默" 20世纪60年代兴起于美国的小说流派中成就卓然,最有影响的一支,在思想上受存在主义哲学思想影响。"黑色幽默"小说善于使用喜剧形式表现悲剧内容,其主要特征是揭示了许多惊心动魄的悲惨景象,却由于人物本身的边缘或局外人的姿态而丝毫没有悲剧感,使人哭笑不得。

约瑟夫·海勒(1923—1999)是美国"黑色幽默"小说的代表作家。他的主要作品有《第二十二条军规》(1961)、《出事了》(1974)、《像高尔德一样好》(1979)、《上帝知道》(1984)、《画画这个》(1988)、《最后一幕》(1994)等多部小说。他在辞世前还完成了《老年艺术家画像》并最终于2000年出版。

《第二十二条军规》是约瑟夫·海勒的代表作,小说以第二次世界大战期间驻扎在皮亚诺扎岛上的一支美国飞行大队为背景,描写飞行员尤索林因厌恶战争要求复员回国,但是第二十二条军规却使他无法实现自己的愿望。第二十二条军规规定,空军军官如果完成规定的飞行次数就可以回国,但是,如果上司命令继续飞行,你必须执行,否则就是违背军规。第二十二条军规还规定,一切精神失常的人都可以不完成规定的飞行次数,会立即被遣送回国,但一切停止飞行的申请必须由本人提出,如果你能够提出停飞的申请,则证明你并没有疯,还必须执行飞行任务。这样,参战者无法摆脱第二十二条军规,只有等到战争结束或本人死亡。这部作品很快为作家赢得了极高的声誉。

作为"黑色幽默"的典范之作,《第二十二条军规》表面上揭露美国军队的黑暗和种种不人道的规定,但它的真正含义却很深刻:所谓"第二十二条军规"并非具体的某一军规,而是所有军规背后的"军规"。它无处不在,凌驾于一切之上,被要求无条件地遵守,尽管通常它总会采取逻辑的形式,然而在这逻辑的背后,却是完全违背逻辑(疯子如何能够自己请求)或不讲逻辑(他们能做任何事情,是由于他们有权利做任何事情)的内容,这就是小说所揭示现实的荒诞之处。人们处于这样的天罗地网中,任何想摆脱的努力都无济于事。军队运行机制的荒诞,也正是整个社会机制的缩影。《军规》所描写的虽然是战争的题材,却更具普遍意义,即揭示的是整个西方社会的荒诞。

现实主义文学在20世纪下半期继续发展并出现新的特征。由于受到时代风云变幻和世界重大事件的影响,如美苏两大阵营的长期对峙和冷战、社会主义资本主义经济模式的竞争、社会生活和价值体系的变化等,使得战后现实主义文学在内容上力求反映时代变革,在艺术创作上则注重形式的创新,因而呈现出多种形态,形成一种既不同于传统现实主义,又与现代主义有别的"新现实主义",较有代表性的如魔幻现实主义等。

魔幻现实主义 拉丁美洲小说创作中的一个流派,发端于20世纪三四十年代,到60年代成为拉美小说的主潮。代表作家有危地马拉的阿斯图里亚斯(1899—1974)、古巴的卡彭铁尔(1904—1980)、墨西哥的鲁尔弗(1918—1986)和哥伦比亚的加西亚·马尔克斯及其《百年孤独》。魔幻现实主义小说家大多具有强烈的使命感,他们在创作中表现拉美人民苦难的历史,揭露黑暗现实,抨击本国独裁政治和外国侵略势力,探索民族的出路和未来。在艺术上,通过带有原始色彩的魔幻般的知觉感受、通过不同的文化观念折射现实,经常引入大量超自然因素如幻觉、梦境甚至鬼魂等形象展现现实的神奇色彩,不断表现生活现实的目的。鲁尔弗的《佩德罗·帕莫拉》是魔幻现实主义小说的重要作品,它通过描写主人公劣迹昭著的一生,揭露了地主庄园制的罪恶和黑暗。小说打破正常的时空观念,突破生与死的界限,将现实与梦幻、意识与潜意识交织在一起,构筑了一个虚假相间、真假难辨的艺术世界。

女性主义文学 20世纪下半期,随着西方女权主义运动的蓬勃兴起和迅猛发展,女性的社会地位得到明显提升,一大批颇有才华的女性作家脱颖而出,她们自觉从女性立场出发,认真思考女性在社会中的身份和角色问题,并以女性所特有的细腻笔触,敏锐地表现知识女性的生存困境和迷惘。英国女性文学的代表多丽丝·莱辛(1919—2013)被誉为是继伍尔夫之后英国最优秀的女性作家,其五部曲《暴力的孩子们》(1952—1969)和《金色笔记》(1962)描写女性和政治,内容涉及种族歧视、阶级冲突以及情感纠葛,表现出明显的现实主义倾向。她于2007年获得诺贝尔文学奖。美国文坛不仅出现了许多女性作家,还产生了一批杰出的女性主义批评家和文论家,其中最有代表性的是以多产作家著称的乔伊斯·卡罗尔·欧茨(1938—)。她自1963年出版首部短篇小说集《北门边》,一直笔耕不辍,已发表长篇小说40多部,在涉及暴力、凶杀情节的代表性作品如《人间乐园》(1967)、《他们》(1969)、《奇境》(1971)等。作者进入人物的灵魂深处,着力刻画其心理感受,被评论家称为心理现实主义。在德国、奥地利也涌现出女性作家的创作群体,她们的创作活动已引起世界文坛的关注。德国犹太女作家奈莉·萨克斯(1891—1970)通过诗歌创作着重表现犹太民族命运,于1966年荣获诺贝尔文学奖。另一位德国女诗人塔赫·米勒(1953—)荣获2009年度诺贝尔文学奖,成为继1996年度诺贝尔文学奖的波兰女诗人维斯瓦娃·申博尔斯卡(1923—2012)之后,又一名以诗歌摘取文学桂冠的女性。奥地利女作家埃尔弗丽德·耶利内克(1946—)的《女钢琴师》等作品主要以妇女和儿童为题材,表现爱情、婚姻、家庭、教育等主题,荣获2004年度诺贝尔文学奖。

后殖民文学 第二次世界大战后,随着后殖民主义理论的兴起,与此相关的后殖民主义文学及其作家开始出现在西方文坛,其关注的重点是反思被殖民国家在文化、语言、知识和文化霸权等方面受到殖民者的影响和渗透,追寻民族文化传统成为后殖民文学的显著特征,与此相关的是少数族裔文学的兴起。战后英美文坛上异军突起的非裔、亚裔、印第安裔等少数族裔的作家,以极富特色的素材和表现手法为英美文学创作注入活力,其中石黑一雄和奈保尔成就突出。石黑一雄(1954—)出生于日本长崎,1960年移居英国,自1983年开始发表小说,主要作品有《群山淡景》(1983)、《浮世画家》(1986)和《长日将尽》(1989)等,他在2017年获得诺贝尔文学奖。英裔印度作家奈保尔因其创作成就突出荣获2001年度诺贝尔文学奖。

三、20世纪下半期各国文学概况

(一) 俄苏文学

20世纪下半期的俄苏文学呈现出复杂性和多样性的特点,形象地反映了其历史进程中巨大而深刻的变化。20世纪50年代初,苏联政局发生巨大变化,文坛上思想活跃,出现了历时近10年的"解冻文学"思潮。"解冻文学"思潮是以爱伦堡(1891—1967)的中篇小说《解冻》(1954—1956)命名的。小说通过描写伏尔加河沿岸一家工厂的厂长茹拉夫廖夫这个"官僚主义者"典型,反映了苏联社会的不正常现象,小说以写冰雪消融、解冻时节来临结束。于是"解冻"成了这个时期文学界的象征,由此发端的干预生活、写阴暗面、表现重大的社会政治问题、关注人物命运的创作倾向,被称为"解冻文学"思潮。它是对"无冲突论"的反拨,促进了文学对人物命运和重大社会问题的关注。

在"解冻文学"思潮的推动下,出现了一大批优秀作品。其中有两部小说引起了轰动效应:帕斯捷尔纳克(1890—1960)的《日瓦戈医生》(1957)和索尔仁尼琴(1918—2008)的《伊凡·杰尼索维奇的一天》(1962),前者受到了批判和禁绝,后者则一度受到热情的赞扬。特瓦尔多夫斯基(1910—1971)曾以长诗《瓦西里·焦尔金》(1941—1945)名动文坛,"解冻"后创作的《山外青山天外天》(1953—1960)、《焦尔金游地府》(1962)等,表现出强烈的反思意识。

50年代中期,"前线一代"作家登上文坛,他们以真实地描写战地生活而被称为"战壕真实派",代表作家有邦达列夫(1924—2020)、巴克拉诺夫(1923—2009)和贝科夫(1924—2003)等。他们根据自己的切身体验描绘普通士兵和下级军官们在战场上的遭遇和真实感受,挖掘主人公丰富的内心世界。这些小说大都描写范围较小(军用地图上的"一寸土"),时间跨度不长(往往只有一昼夜),但对战地环境、战争气氛描写得非常逼真。它们克服了此前战争文学中弥漫着的粉饰现实的倾向,尽力突出战壕真实,渲染战争的残酷,突出普通人在战争中的不幸。

60年代至70年代,一些作家将"战壕真实"与"司令部真实"结合起来,对战争过程进行广阔的全景性描写,于是出现了叙述战争的长篇巨著——所谓"全景小说"。西蒙诺夫(1915—1980)的战争三部曲《生者与死者》(1959)、《军人不是天生的》(1964)和《最后一个夏天》(1971),堪称"全景文学"的代表作。这些作品既写前沿阵地浴血搏斗的士兵,也写运筹帷幄、决胜千里的高级指挥员,力求反映战争或战役的全貌,对历史事件进行综合概括,表现出当代人对历史事件的规律性认识。这类作品人物众多,背景开阔,多用复式结构,多层次、多线索,形成了气势磅礴的历史画卷。

60年代中期至80年代初的文坛上还涌现出一批道德题材的优秀作品。特里丰诺夫(1925—1981)最为人们称道的作品有《交换》(1969)、《滨河街公寓》(1976)等。这些作品在看似平淡的家庭婚姻关系和日常生活琐事中开掘出丰富的道德哲理的内涵。另外,艾特玛托夫的《白轮船》(1970)、《一日长于百年》(1980),邦达列夫的《岸》(1975)、《选择》(1980),阿斯塔菲耶夫的《鱼王》(1972—1975)等作品,往往从人的价值与生存的意义、人类的前途与命运等哲学命题入手,思考世界面临的紧迫问题,表现了道德探索的深度和广度。拉斯普京(1937—)的小说以浓厚的西伯利亚乡土气息和对人与传统主题的深刻开掘而著称文坛。他的成名作是中篇小说《为玛丽娅借钱》(1967)，此后他接连发表了《最后的期限》(1970)、《活着，可要记住》(1974)、《告别马焦拉》(1976)等重要作品。

80年代中期以后，随着书刊审查制度的废除和苏联解体，各种文学思潮再次获得了自由竞争的条件。一方面，扎米亚京、格罗斯曼、布罗茨基、索尔仁尼琴和纳博科夫等人的禁书陆续"回归"。另一方面，出现了一大批现代主义或后现代主义的作家作品。老作家马卡宁(1937—2017)创作了一批关注现实、同时具有强烈的后现代主义色彩的小说，其中《审讯桌》(1993)和《地下人或当代英雄》(1998)赢得了广泛的赞誉。维克多·佩列文(1962—　)、弗拉基米尔·索罗金(1955—　)是最负盛名的后现代主义作家，前者以《夏伯阳与虚空》(1996)、《百事一代》(1999)驰名，后者则以《玛丽娜的第三十次爱情》(1995)和《蓝色脂肪》(1999)引起轰动。

(二) 欧美文学

法国文学　法国是后现代主义文学的发源地，在继荒诞派戏剧和新小说之后，文学出现向传统回归的倾向，多数作家在描写现实生活的基础上，吸取现代主义的表现手法，形成一种新的创作风格，其中玛格丽特·杜拉斯(1914—1996)的创作最有代表性。小说《情人》(1984)回忆作者青年时代的初恋，充满异国情调。

英国文学　第二次世界大战后的英国文坛上首先出现的是"愤怒的青年"，他们用创作表达对社会现状的愤怒和不满，开创了战后戏剧创作新局面的是约翰·奥斯本(1929—1994)，其代表作是《愤怒的回顾》(1956)。另一位代表是哈罗德·品特(1930—2008)，其《生日晚会》(1958)和《回家》(1965)等剧作揭示了被表面平静的日常生活所遮掩的剧烈冲突，因思想的深刻而荣获2005年度诺贝尔文学奖。小说领域的代表作家是《蝇王》(1954)的作者威廉·戈尔丁(1911—1993)，其小说以现实主义手法，叙述了一个普遍存在的荒诞神话，通过揭示当代人类的生存状况，对人性善恶的根本问题进行了探索。他因此荣获1983年度诺贝尔文学奖。战后英国文坛，女性作家队伍迅速壮大，出现了以多丽丝·莱辛为代表的一批女性作家。少数族裔小说家在80年代异军突起，如石黑一雄和奈保尔等。

德国文学　战后的联邦德国文坛上，最早出现的文学被称作废墟文学。这种文学主要是描写小人物在战争中和战后的命运，出现了许多比较有影响的社团和作家。海因里希·伯尔(1917—1985)敢于直面政治和社会问题，运用各种现代艺术手段描写出时代特征，荣获1972年度诺贝尔文学奖。如《列车正点到达》(1949)描述了战争的残酷和荒谬，对纳粹和战争进行了批判。《九点半打台球》(1959)用一个建筑师的家族史反映出半个世纪德国社会的演变。君特·格拉斯(1927—2015)的作品以反纳粹为主题，解剖了德国的民族性，荣获1999年度诺贝尔文学奖，其主要作品有《铁皮鼓》(1959)、《猫与鼠》(1961)和《狗年月》(1963)，三部作品又合称为"但泽三部曲"，是一幅描绘德国生活的画卷。50年代的民主德国文坛主要强调社会主义现实主义创作方法。70年代中期与联邦德国文学开始接近,安娜·西格斯(1900—1983)以描述二战时期的道德体验而知名,主要作品有长篇小说《第七个十字架》(1939)和短篇小说《海地三女性》(1980)。1990年10月的德国统一对社会产生了深远影响,不仅出现了一批转折文学作家,同时移民背景的作家也显示出其独特的观察视角,最有代表性的是获得2009年度诺贝尔文学奖的女作家赫塔·米勒。

美国文学 50年代美国文坛上最早出现的是被称之为"垮掉的一代"的一批青年作家,他们出生于战前经济大萧条年代,对冷战后的孤独、异化的生存状态表示不满,故意嘲弄和破坏传统的道德规范,其代表人物是金斯伯格(1926—1997),其长诗《嚎叫》(1955)以极度张扬的方式表达对社会的抗议。另一位代表人物是凯鲁亚克(1922—1969),他的《在路上》(1957)以写实的手法记述了"垮掉的一代"放荡不羁的生活方式。

阿瑟·密勒(1915—2005)是美国戏剧创作方面的杰出代表,他以高度的社会责任感批评了"美国梦"的虚幻和商业文化对普通民众价值观的负面影响,其剧作《推销员之死》成功表现了现代人的悲剧。

战后美国犹太小说取得突破性进展,艾萨克·巴什维斯·辛格(1904—1991)是美国著名的犹太裔小说家,也是一位用意第绪文写作的作家。他一生创作了各种类型的作品有30多部,其中最有代表性的是表现波兰犹太人的命运、涉及犹太信仰和生活的长篇小说《鲁布林的魔术家》(1959),主要写一个生性好色的犹太浪子如何改邪归正成为圣人的故事。辛格的短篇小说集如《傻瓜吉姆佩尔》(1953)等也写得非常出色,体现出作者对犹太人和整个人类命运与生存现状的人道主义思考,他于1978年获得诺贝尔文学奖。菲利普·罗斯(1933—2018)是新一代犹太小说家的杰出代表,他的《美国牧歌》(1997)反思动荡不安的60年代,深刻考察了老一辈犹太人和年轻一代之间的鸿沟,以及产生冲突对立的社会政治原因

索尔·贝娄也是一位多产的犹太作家。他的创作在采用现实主义方法的同时,也吸收了现代主义小说的一些表现技巧,在艺术上取得了非常高的成就。

60年代的美国文坛除以约瑟夫·海勒为代表的黑色幽默文学外,还有一批先锋作家力图突破传统小说模式,在人物、情节和叙述等方面对小说形式进行实验,创作出不追求反映客观现实生活,而以讲述作品自身故事为主的"元小说"。代表作家是纳博科夫(1899—1977),长篇小说《洛丽塔》具有明显的后现代主义小说的特点。

约翰·厄普代克(1932—2009)是战后美国杰出的现实主义小说家,也是一位集多种成就于一身的著名作家,他的代表作是"兔子系列"小说(1960—1990),由《兔子,跑吧》《兔子回家》《兔子富了》和《兔子安息》四部作品组成。该系列小说创作历时30年,塑造出众多性格鲜明的人物,特别是通过讲述一个绰号为"兔子"的普通美国人哈里的生活遭遇,展示了美国中产阶级的生活画面。

战后美国少数族裔文学发展迅速,尤其是非裔文学成就突出,在四五十年代,以拉尔夫·艾里森为代表的一批作家崛起,创作出《土生子》(1940)、《看不见的人》(1952)

等经典之作。70年代以后非裔文学进入一个新的发展阶段，涌现出一大批作家，其中最著名的是托妮·莫里森（1931—2019），其代表作《最蓝的眼睛》（1970）、《宠儿》（1987）等以现实生活为基础，深入人物的内心世界，描写了黑人尤其是黑人女性的情感生活与事业追求，歌颂了她们在逆境中奋斗的顽强意志。她于1993年获得诺贝尔文学奖，也是第一位获此奖项的黑人女作家。20世纪末，一批新现实主义作家群体崛起，他们通过对传统真实观和叙述模式的革新，在新的历史条件下丰富和发展了现实主义。

第二节 贝 克 特

一、生平与创作

塞缪尔·贝克特（1906—1989）是荒诞派戏剧的代表作家。他在小说和戏剧方面都做出了重要的探索，堪称后现代文学的先驱者，是20世纪最重要的作家之一。

贝克特于1906年出生于爱尔兰的都柏林，他的童年是非常幸福的，在学校里也是一个尖子生，在学习与运动方面都很优秀。大学在都柏林三一学院度过，并在1927年取得法语与意大利语学士学位。随后在巴黎教了两年英语，期间结识了同样也来自爱尔兰的意识流小说大师乔伊斯等，并发表了他的第一篇文章《但丁···布鲁诺·维柯··乔伊斯》。之后，他回到三一学院任法语讲师，在1931年辞职前往德国，不久又回到巴黎。

1933年，由于亲友（特别是父亲）相继因病去世，贝克特备受打击。他在伦敦度过了1934年和1935年，期间还接受了心理治疗，然后又一次前往德国，在结束半年的旅行后回到爱尔兰待了半年，从此就永久地定居在法国。

1942年，由于所参加的抵抗运动组织遭遇破坏，他不得不逃到普罗旺斯的偏僻村庄里躲藏，并开始创作小说《瓦特》。1946年返回巴黎后，因没有固定的收入，贝克特的生活一直很拮据，但却是他创作最多产的时期。主要作品有小说《梅西埃和卡米耶》，小说"三部曲"《莫洛伊》《马龙之死》《不可命名的》，剧本《自由》《等待戈多》。

在小说创作方面，贝克特十分推崇乔伊斯，却也有心要突破乔伊斯的写作范式，摆脱"主体化"写作，"三部曲"就是他在这方面比较明晰的尝试。《莫洛伊》由两部分构成，分别是莫洛伊和莫兰这两位作家的自我叙述。第一部分是莫洛伊要寻找母亲，但直至最后也不知道莫洛伊究竟是怎样的一个人，家庭情况如何，性格如何，以及为什么要寻找母亲；第二部分是莫兰在寻找失踪了的莫洛伊，莫兰作为理性与意识的象征仿佛是在寻找作为非理性与潜意识象征的莫洛伊。《马龙之死》主要写处在弥留之际的作家马龙在努力地继续表述，在静候死神来临的同时完全以一种无意识的方式，不停歇地做着自白。《不可命名的》仍然是一个叙述者在无意识且无休止地在表述（或曰写作），他试图通过表述找回他自己，弄清楚自己的身份，却始终未能如愿。在这些小说里，行为或语言都不能找到所想找到的，却又不能遏制自己要去找的意愿。这也是贝克特的小说创作观,即说不出什么就是写作所要写的,却又必须要写作。

之后,贝克特在剧本方面的代表作还有《终局》(1957)、《克拉普的最后一盘磁带》(1958)、《啊美好的日子!》(1961)等,均获好评。同时,他还开始执导戏剧,尤其是1975年在柏林席勒剧院执导《等待戈多》,并亲自把剧本译作德文。

贝克特是一位锐意革新的作家。他的小说尤其是"三部曲"享有"反小说"之称。他的剧本尤其是《等待戈多》享有"反戏剧"之称。同样令人称道的,是他在语言(尤其是法语)方面的驾驭能力。1969年,贝克特因其成就荣膺诺贝尔文学奖。

二、《等待戈多》

《等待戈多》是作家最负盛名的剧作,也是荒诞派戏剧的经典之作。

剧本的构思极为奇特,全剧只有两幕,但没有情节。两个流浪汉弗拉第米尔和爱斯特拉冈在荒野路旁的枯树下等待他们的戈多。他们不时地做着闻臭靴子或检查帽子之类的无聊事情,进行着毫无意义毫无内容的交谈,且常常夹杂着沉默。黄昏的时候,有一个男孩来说戈多今天不来了。这是第一幕,而第二幕差不多就是第一幕的重复。他们玩着扔帽子的游戏。这里也没有行动,他们只是在等待。时间在流逝,昨天的树上今天已长出了几片叶子,波卓已瞎,幸运儿已哑,但这两个流浪汉仍然只是在等待他们的戈多。没有情节的展开可言,只是消磨等待时间的语言和动作有了些许的变化,却同样都是没有意义。他们不仅个性模糊,性格破碎,就连用以相互对答与交谈的语言都多半是支离破碎的。对白根本就没有起着反映性格特征的作用,常常是一个在说这个问题,另一个想着的是别的事情,有时即便是同一个人在说话,也常常毫无逻辑。

《等待戈多》在艺术上对传统有不少突破。作者显然找到了"荒诞"这种艺术形式表达自己的深刻思想,但是这部戏剧有着很强的喜剧性潜能。弗拉第米尔与爱斯特拉冈这一对主角虽然性格模糊破碎,却仍然表现出带有荒诞性对比的特点。弗拉第米尔很敏感,很容易激动,爱斯特拉冈则睡意怵怵,烦闷得很。弗拉第米尔总还有些严肃地想着《圣经》里的故事,爱斯特拉冈却不停地开着略有些淫邪的玩笑。弗拉第米尔不停地给胡萝卜,爱斯特拉冈则是不停地要。相比之下,弗拉第米尔总是更积极,更主动,更警觉地想着戈多究竟是来还是不来的事,而爱斯特拉冈则显得更困顿、懒惰一些,总爱说着与身体有关的猥琐语言。

在贝克特亲自执导的版本里,更加突出了这两个流浪汉的对比。他选择瘦高的演员来扮演弗拉第米尔,挑出矮胖的演员扮演爱斯特拉冈。他让弗拉第米尔总是抬头向上看,而爱斯特拉冈则常常耷拉着脑袋向下看。这种对比是戏剧通常为了逗乐而使用的组合技巧,确实也多少营造了幽默的氛围。但是,由于这种喜剧性的潜能缺乏情节的支持而不曾展开,观众对于乐趣的期待虽然早早地被调动起来,却始终处于悬而未决的状态,一直到最后,喜剧的效果仍然处于被抑制状态。爱斯特拉冈想上吊却很滑稽地掉下了裤子,观众感到了笑意,却又由于被主角那些无助无聊的生存状态所深深触动,不能够做到畅快地笑出来。

贝克特选择"悲喜剧"作为《等待戈多》的副标题,就是由于这里既有闹剧的成分,却也含有那透露着人类生存困境信息的深深痛苦。他很看重这种压抑的意味,以及与这压抑相关的各个细节。《等待戈多》第一次公演时,爱斯特拉冈的扮演者有所顾虑,并没有让裤子完全掉下去,这激起了作家的强烈不满。他在1953年1月9日写给导演的信里说:"裤子得完全掉到脚踝那里。你会觉得这很愚蠢,而我却觉得实在重要"。

这种既有对比又相互需要的特点,还表现在波卓与幸运儿这个组合里。波卓与幸运儿之间有着更大的差别,他们是主人与奴仆的关系。波卓用一根绳子拴在幸运儿的脖子上牵着他走。幸运儿手上身上满满当当的,拎着一只很重的旅行箱,一条折叠凳,一只食品篮子,胳膊底下还夹着一件大衣,而波卓只是手里拿着一根鞭子。可是他们相互需要的程度却也更高,尤其是在第二幕里,当波卓已瞎而幸运儿已哑的时候。

除却用对比的手法表现喜剧性的潜能以外,戏剧还成功地运用了荒诞离奇、没有逻辑的语言,对白莫名其妙,表示人与人之间的难以沟通。幸运儿的长篇独白是这部戏中的精彩内容。按照贝克特本人的意见,这篇滔滔不绝、让听者把握不到任何明确内容的发言约略还是有内在节奏的。他将其分成5个部分,第一个部分是关于"麻木的天",第二和第三部分是关于"逐渐萎缩的人",第四和第五部分是关于"满是石头的大地",即从天到人再到地。这篇独白由于没有停顿,内容庞杂,让人不知其所言何物,所取得的实际效果是,两个流浪汉以及波卓都被他的这番发言激怒了,提出抗议。这是整部戏里所有人都很激动的唯一场景。弗拉第米尔甚至还抢走了幸运儿的帽子,想从帽子里面找到秘密。而波卓又夺过了帽子,扔到地上使劲地踩,叫嚷着:"这样,他就不会再思考了!"

剧本突出的是一种"等待意识"。整部戏剧富有极强的象征意味。两个流浪汉在徒劳地等待戈多,心情的焦虑不安,"生活"的无聊沉闷,期望等待的总是延宕他的到来。这一切都真确地概括了人类的生存状况,即世界的荒诞与人生的痛苦,象征了现代西方人渴望改变自己的处境,但又难以实现的无可奈何的心理。

至于戈多是什么,有没有戈多,戈多是否真的要来,两个流浪汉并不清楚。他们想要离开,却又害怕"戈多"的惩罚。事实上,"戈多"并不存在于他们之外,而是存在于他们内心,是他们极度空虚的心灵所需求的一个外化物。明知"戈多"不会来,还要痛苦无奈地等待下去,这是信仰危机时代一种悲剧式人生态度的体现。

第三节 加西亚·马尔克斯

一、生平与创作

加西亚·马尔克斯(1927—2014)是拉丁美洲"魔幻现实主义小说"最杰出的代表,也是20世纪世界文坛最优秀的作家之一。

1927年3月6日,马尔克斯出生在哥伦比亚濒临大西洋的小镇阿拉卡塔卡。在作家日后的许多重要作品(尤其是《百年孤独》)里,阿拉卡塔卡化身为"马孔多",是《枯枝败叶》的家园,也是奥雷连诺·布恩蒂亚上校的家园。他8岁时随父母离开了阿拉卡塔卡,12岁时来到首都波哥大,并就读教会学校。1947年,他进入波哥大大学攻读法律,却钟爱写作,尤其受到卡夫卡和福克纳的影响。1948年,保守党与自由党爆发内战,马尔克斯开始在报社当记者,对时局和国家前途有了更多的了解和更深的关怀。

1955年,他的中篇小说《枯枝败叶》颇得好评,从此开始了他的不平凡的写作生涯。这篇小说带有明显的"福克纳"的痕迹,由"我""妈妈"和"外祖父"交叉叙述,以参加一场葬礼为契机,展示了马孔多小镇近20年来的社会变化。死亡、疾病、革命、正义感等话题,还有奥雷连诺上校的名字以及香蕉开发大潮,或隐或显地都出现在这部作品里。

1961年发表的中篇小说《没有人给他写信的上校》虽然没有发生在马孔多,却与之有着内在的联系。年迈多病的上校,当年曾翻山越岭给奥雷连诺上校送去军需,却未能阻止他签署停战协议。他与战友们只好各自寻找安身之处,政府答应发放的"退伍补助金"只是空头支票。这位上校每个星期五都在等待与"退伍补助金"有关的来信,但答复都是"没有人给上校写信"。更糟糕的是,他的儿子最近又在斗鸡场上被杀。老年凄凉的上校夫妻,原本要好好照看儿子留下来的斗鸡,却连自己的食粮都不能保证。虽然儿子的伙伴都伸出了援手,但上校生活的窘迫与心情的忧郁、孤独却是无法改变的。

同年发表的长篇小说《恶时辰》仍然继续着"革命结束以后"的主题。故事的地点仍然是《没有人给他写信的上校》里的那个小镇。新来的镇长本想在镇子上搞出一番作为,却还是渐渐地消沉。奥雷连诺上校仍然像幽灵一样,把名字留在这里。真正让马尔克斯声名鹊起的是长篇小说《百年孤独》(1967),他完整地讲述了马孔多小镇与布恩蒂亚家族百年间的沧桑命运。

1975年出版的长篇小说《族长的没落》以多人称独白的方式塑造了尼卡诺尔这样一位"孤独的"老独裁者。"孤独"是马尔克斯一贯钟爱的主题,这位独裁者的孤独在于人格被权力所异化。1981年发表的中篇小说《一桩事先张扬的凶杀案》也引起了不小的轰动。由于别人的新娘在情急时的一句敷衍的话,使圣地亚哥·纳赛尔遭遇了无妄之灾,竟在众目睽睽之下被残忍地杀死。凶手是那位新娘的两个兄弟,他们坚信自己的所作所为是正当的。

1982年,加西亚·马尔克斯因其成就荣获诺贝尔文学奖。

此后,他的创作热情仍然高涨,先后创作了长篇小说《霍乱时期的爱情》(1985)、《迷宫中的将军》(1989)、《爱情和其他魔鬼》(1994)。《霍乱时期的爱情》结合了爱情与孤独两个主题,讲述一个男人与一个女人之间的故事。他们年轻的时候没有结成良缘,时光蹉跎至老年,仍然备感艰难。《迷宫中的将军》展现的是拉丁美洲伟大解放者玻利瓦尔的晚年生活,作者没有把他简单地塑造成一个高高在上的伟人,而是一个心情孤独的老人。他希望彻底实现统一大业,却终于拗不过无情的命运,心有余而力不足。

他把这种困境称作"迷宫",希望走出这迷宫,最终未能如愿,撒手人寰。

二、《百年孤独》

《百年孤独》是马尔克斯的代表作,也是拉丁美洲魔幻现实主义文学的代表作。

从18岁起,加西亚·马尔克斯就在构思一本题名为《家》的小说,讲述关于布恩迪亚家族的故事,不过这个写作计划却一再搁浅。率先问世的是一篇篇偶尔走动着布恩迪亚家族幽灵的中短篇,如《枯枝败叶》《没有人给他写信的上校》等,而《百年孤独》的发表则标志着计划的最终完成。这部作品和作者以前的许多作品一样,故事发生在虚构的马孔多小镇,描述了布恩迪亚家族7代人的坎坷命运和马孔多小镇的百年兴衰史。

年轻的阿卡迪奥·布恩迪亚与妻子乌苏拉是马孔多的开创者,他们是表兄妹。很久以前,布恩迪亚的叔叔与乌苏拉的姑姑结婚,生下一个长猪尾巴的儿子。乌苏拉害怕近亲结合会重蹈前辈的覆辙,婚后坚决不与丈夫同房。布恩迪亚因此而遭到邻居的嘲笑,他一怒之下杀死后者。但他从此被死者的鬼魂困扰,只好举家外迁。经过长途跋涉,他们和跟随的几户村民最后定居在地名为马孔多的地方。起初这里完全与世隔绝,后来随着与外界联系通道的发现,马孔多逐渐繁盛起来,变成一个热闹的村镇。不久,吉普赛人带来了外部世界的文明,也带来了纷扰和困惑。逐渐人丁兴旺的小镇失去了原先的安宁和谐。吉普赛首领麦尔加德斯用科学幻想引布恩迪亚进入文明的大门,后来却又神秘地淹死了自己。布恩迪亚的科学实验没有结果,又失去了朋友,于是在孤独中发了疯,他被家人捆在院中的大栗树下,半个多世纪后才死去。乌苏拉是这个家族中最长寿的女人,活了100多岁,目睹了全家及马孔多的历史沧桑。他们的小儿子奥雷良诺上校发动了32次起义都以失败告终,最后因厌倦战争回到家中,以制作小金鱼打发余生。布恩迪亚家族不断繁衍,几代同堂。第六代布恩迪亚与姑妈乱伦,生下了一个长猪尾巴的孩子,第二天孩子被蚂蚁活活吃掉。一阵飓风袭来,马贡多从地球上永远消失了。

小说人物众多,内容复杂,情节离奇,手法新颖。通过描写马孔多的小镇由兴起到消失的全过程,展示了移民拓荒、殖民掠夺、独立革命、党派斗争、连年内战、外国势力入侵、新工业兴起等历史变迁。这些内容堪称拉丁美洲社会发展的真实写照,反映了愚昧与文明并存的现实,揭露和批判了外国殖民主义者对哥伦比亚和拉丁美洲人民的政治压迫与经济掠夺。小说反映的是作者对拉美民族的历史和生存状态深刻而独到的思考。

《百年孤独》的主题是孤独。所谓孤独,既指个体性情上的孤独,也指群体精神上的孤独。在作家笔下,布恩迪亚家族的每个成员都是孤独的,尽管他们相貌各异、肤色不同,但其眼神中透出的是一种家族特有的孤独神情。个体的孤独,造成了普遍的愚昧、落后、保守。面对外来文明的冲击,人们抛弃了传统的价值观念、宗教信仰和文化习俗,痴狂地执着于贪欲、情欲的追求和满足。因个体孤独而产生的冷漠与绝望,使家族里充满了怪异的疯狂和激情的乱伦,毁灭是其必然的结局。孤独的产生既有家族内在的原因,也是外部势力影响的结果。布恩迪亚家族的道路是拉美人民苦难经历的曲折反应,其历史也是拉丁美洲的历史缩影。马尔克斯通过《百年孤独》大胆暴露人们普遍具有的落后、不健康的心理,面对不断变化的世界表现出强烈的危机感。

加西亚·马尔克斯是拉美"魔幻现实主义"的最杰出代表。他成功地结合了魔幻与现实,用魔幻的成分丰富了现实,却并未因此减损现实,因此,魔幻现实主义是这篇小说的主要艺术特色。神奇的细节、离奇的叙述所达到的效果是把现实里的"现实因素"放大,以一种魔幻的方式突出了现实本身。一方面,处处都有富于魔幻色彩的内容,其中最生动的有梅尔加德斯幽灵的不断出现;雷贝卡的到来导致了马孔多的人们长达数月的失眠;俏姑娘雷麦黛斯裹着床单升天;广场屠杀以后那长达4年11个月零两天的大雨等。另一方面,这些高超的写作技巧并非纯然为技巧而使然,而总是含有一种现实的关怀,始终把现实与历史纳入其中。马孔多人从原始进入文明,气愤地参加内战,承受资本主义残酷掠夺的压迫(尤其是香蕉园的开发),遭遇无情的屠杀。这些都是拉丁美洲历史进程的真实写照。

《百年孤独》这部小说有以下几个特点。

首先,独特的叙事手法。小说里有两种主要的时间叙事,一是线性的现实时间,即从创建马孔多的第一代开始,一直讲到第七代。二是循环的魔幻时间,既每一代的布恩迪亚都在以某种方式重复着前辈人的言行。而最能体现循环之魔幻特点的是吉普赛首领留下的羊皮手稿,它记录了布恩迪亚家族的兴亡史。等到第七代奥布恩迪亚破解了手稿的内容时,马孔多便被飓风从地面上一扫而光。这两种时间一为前进,一为回转,两者的结合使得小说的叙事颇有张力。

其次,环形结构的采用。从大的方面看,马孔多从无到有,再从有到无,百年之中,从起点回到起点。布恩迪亚家族的先人,曾因近亲结合生下一个带尾巴的孩子,这才导致了老布恩迪亚的出走和马孔多的建立。但第六代奥雷良诺·布恩迪亚与姑妈阿玛兰特·乌苏拉的乱伦后生出家族的最后一代,也是一个长尾巴的孩子。社会的发展,家族的变迁,都在画着一个个圆形的轨迹。从小的方面看,布恩迪亚家族中的每一个人的精神历程都是一个圆。他们都是自幼就孤独冷漠,长大后都试图以各自的方式突破孤独的怪圈,但激烈的行动总是归于挫败后的沮丧。他们又以不同的方式,一个个地陷入更深沉的孤独之中。几代人的命运竟是如此的相似,这种环形结构传达出巨大的沧桑和悲凉,从而引发读者对拉丁美洲百年孤独的历史和现实原因的思考。

最后,象征和暗示手法的大量运用。它使这部小说的寓意表现得更加深刻。如俏姑娘雷麦黛斯象征着美,她的升天象征了美的消失;带猪尾巴的孩子象征了生活现实中的某些畸形事物等。小说中关于健忘症的描写最具象征意义。马孔多全村人集体患上了健忘症,忘记了一切,连桌子、床、奶牛等最常见的和最熟悉的东西都叫不出名字来。这暗示了以马孔多人为代表的现代人,忘记了赖以生存的文化根源和传统。

作者马尔克斯通过关于布恩蒂亚家族的黑色寓言故事,以语言游戏的方式把拉丁美洲的历史放进马孔多这个小镇里,讲述了拉丁美洲对自由、民主与富强的渴望以及孜孜不倦的追求。可以说,马尔克斯成功地结合了魔幻与现实,用魔幻的成分丰富了现实,却并未因此减损现实。这正是《百年孤独》重要的思想和艺术价值之所在。

第四节　索尔·贝娄

索尔·贝娄(1915—2005)是美国犹太裔作家,犹太文学的代表人物。在美国当代文坛上,被认为是继福克纳和海明威之后最主要的小说家。贝娄曾经3次获得美国全国图书奖,1次普利策奖,并于1976年获得了诺贝尔文学奖。

一、生平与创作

1915年,贝娄出生于加拿大魁北克省的拉辛城,在蒙特利尔市近郊的犹太人聚集区长大。贝娄的父母是从俄国移居来美的犹太商人。贝娄深受母亲的影响,自幼立志成为一名杰出的学者,这也影响了他后来走上了作家和学者的道路。1924年,贝娄和全家人一起搬到了美国芝加哥的洪堡公园,贝娄因而也成为美国的第一代犹太人,而芝加哥则被认为是贝娄的第二故乡。贝娄毕业于芝加哥的图雷高中后,于1933年考入芝加哥大学,两年后他转去伊利诺伊州埃文斯顿的西北大学,在那里跟随著名的麦尔维尔教授从事古人类学研究。1937年,贝娄在西北大学毕业时,不仅拿到了文学学士学位,还在人类文化学和社会学方面取得了优秀成绩。同年,贝娄去了麦迪逊的威斯康星大学攻读硕士学位,研究人类文化学,但不久后离开学校,开始了他的写作生涯。贝娄去纽约之后,写出了长篇小说《晃来晃去的人》(1944)的初稿。

从1938年开始,除了担任了一段时间的编辑和记者,还有第二次世界大战期间曾在海上服役之外,贝娄大部分时间是一边在大学任教,一边从事他的写作事业。其中,从1948年到1950年,贝娄到欧洲游历并在巴黎进行了一段时间的写作,后来又回到了纽约。作为一名学者,贝娄先后在美国的明尼苏达大学、纽约大学、普林斯顿大学、波多黎各大学和芝加哥大学任教。作为一名作家,贝娄从长篇小说《晃来晃去的人》开始引起文坛的注意,但是直到1947年长篇小说《受害者》问世,他的创作仍褒贬不一、备受争议。直到让他登上文学历史舞台的长篇小说《奥吉·马奇历险记》(1953)的发表,因该书获得了美国国家图书奖,贝娄才在文坛上占据了一席之地。

随后,贝娄又出版了《只争朝夕》(1956)、《雨王汉德森》(1959)。1964年出版的小说《赫索格》使贝娄第二次获得美国国家图书奖。第三次让贝娄获得美国国家图书奖的作品是小说《塞勒姆先生的行星》(1970)。继后《洪堡的礼物》(1975)获得了普利策小说奖。20世纪80年代,贝娄又发表了小说《院长的十二月》(1981)、《更多的人死于心碎》(1987)、《偷窃》(1989)。除小说之外,贝娄还出版了一些其他作品,如剧本《最后的分析》(1965)、游记《耶路撒冷去来》(1976)、散文集《集腋成裘》(1994)等。虽然贝娄著述颇丰,但他被读者和学界最为看重的还是他的小说创作。

二、《赫索格》

长篇小说《赫索格》是贝娄的代表作之一,是他中期创作的成果。作品以一位大学教授赫索格为主人公,描写他由于受到妻子出轨、好友背叛、婚姻失败等种种打击,陷入了精神极度苦闷的一段生活经历。小说以此反映了以主人公为代表的美国中产阶级知识分子,在现代社会遭遇的迷惘、郁闷和人生的不如意。实际上,这部小说和作家贝娄的亲身经历有关。贝娄与第二任妻子分居1年后,发现妻子背着他和他们共同的好友杰克·路德维格私通,这件事如同晴天霹雳,使贝娄陷入了生活和精神危机,随后贝娄写出了长篇小说《赫索格》。这部小说主人公的经历和当时贝娄的情况如出一辙,贝娄也由此创作出了赫索格这样一位文学史上经典的、自我嘲讽的、非传统英雄式的人物形象。

《赫索格》的故事发生于20世纪60年代。小说一开始,主人公赫索格已经47岁了,他是美国纽约一所大学的历史学教授,结婚两次,离婚两次,育有一儿一女。小说从赫索格第二次离婚开始讲起。他非常宠爱他的第二任妻子玛德琳,但是玛德琳却无情地提出了离婚,因为她爱上了别人,而这个别人竟然是赫索格和玛德琳共同的好朋友和邻居——格斯贝奇。赫索格十分信任格斯贝奇还帮他找了工作,但是暗地里背着赫索格私通的玛德琳和格斯贝奇,对此没有丝毫的感激和愧疚。因此赫索格不仅被迫离婚,还失去了他心爱的女儿琼妮。赫索格无法承受巨大的打击,陷入了精神危机。他一边开始给各种各样的人写信,但是写完后却不寄出;一边开始回忆和反省自己走到今天这一步的人生历程。虽然差点被婚姻家庭的失败击垮,但是赫索格离婚后遇到了一位花店的女店主雷蒙娜。雷蒙娜对赫索格一见钟情,她用善解人意、博学有趣打动了赫索格。两人开始约会,但是赫索格却在雷蒙娜越来越主动中退缩了。他忽然离开纽约,去一位以前关系非常密切,几乎有同居打算的老朋友家做客。但是在看到老朋友和她的丈夫度蜜月中还在给他准备丰盛的晚餐后,他却不辞而别,匆匆返回了纽约。第二天又若无其事地继续和雷蒙娜约会。

后来,赫索格又突然不告而别,乘飞机去了芝加哥。他先去老房子拿到了他父亲留下的手枪,然后带着枪潜入了前妻玛德琳的住所。赫索格本来一是想看看他日夜思念的女儿琼妮,二是想用手枪结果了背叛他的玛德琳和格斯贝奇。但是,当赫索格碰巧看到了格斯贝奇正在耐心温柔地、像一位爸爸那样给自己的女儿洗澡时,他感动得没有开枪杀死格斯贝奇而是悄悄离开了。第二天,赫索格通过朋友接到了女儿琼妮,他想开车带她出去游玩,但是他的车途中遭遇了车祸,赫索格受了伤,警察处理事故时发现他身上携带着没有执照的上了子弹的手枪。之后在警局,玛德琳接走了他们的女儿,赫索格被哥哥威利保释出来。威利让赫索格去家里做客,并建议他住院疗养一段时间。赫索格拒绝了哥哥的好意,他回到了之前为了玛德琳而购买的已经闲置多时的乡下大房子里,打算隐居一段时间,不和外界交往,让大自然抚慰他受伤的心灵。但是,当雷蒙娜得知赫索格来了这里,雷蒙娜说她马上赶来见他。赫索格这次没有逃避,他让人打扫房间,准备饭菜。现在赫索格不再神经质地写信,也不对任何人发出任何信息,他为雷蒙娜采了鲜花,等待她的到来,小说至此结束。

《赫索格》这部小说的主题一个是反映美国中产阶级知识分子在现代社会中的迷茫和苦闷。主人公赫索格在工作上是一位事业有成、受人尊敬的大学教授。他学富五车,专业精深,研究主攻思想史方向,发表了好几篇学界知名的论文和一本著名的论著《浪漫主义和基督教》,表面看起来功成名就,令人艳羡。然而赫索格的婚姻家庭生活却命运多舛,不如人意。作品开篇就是赫索格的内心独白:"要是我真的疯了,也没什么,我不在乎,摩西·赫索格心里想。"但实际上,赫索格非常在乎,因为第二次离婚几乎让他精神崩溃。赫索格周围的一些人也认为他疯了,因为他精神恍惚,举止失常,成天忙着给天底下的每一个人写信。赫索格写给亲人、写给朋友、写给认识的人、写给陌生人、写给报纸杂志、写给知名人士、写给总统先生、写给自己、写给上帝,最后甚至写给已经死了的人。但是赫索格写了这么多信,却一封也没有寄出去,他无论走到哪里,都带着一个手提行李箱,用来装他写的所有的信。作品描写了赫索格的迷惘和郁闷无人理解也无人想听。他不知道如何排解婚姻家庭生活的失败带给他的打击,只得写信发泄心中的苦闷。但是这并没有把赫索格从绝望的深渊中解救出来。

揭示现代西方文明进程中的人道主义危机是小说《赫索格》的另一个主题。赫索格崇拜理性,尊重人性,敬畏生命,推崇人道主义,而且身体力行。但是现实生活的残酷却击垮了他的理想主义。随着小说的展开,赫索格在遇到了他的第二任妻子玛德琳之后,他深深地爱上了这个女人。为了讨玛德琳欢心,赫索格甚至辞去了体面的教职,还用他在父亲那里继承的两万元遗产,在风景优美的村子里买了一幢很大的房子。但是赫索格的妻子玛德琳并不爱他,也不支持他的事业。玛德琳觉得丈夫只是个碌碌无为的教书匠,让赫索格辞职是希望他做出一番大事业。但是赫索格隐居式的潜心研究的现状让她更加不满意,因为玛德琳认为自己年轻又能干、聪明又貌美,不应该在这样偏僻的小地方埋没天分。她要去读完自己的斯拉夫语的研究生课程,这使得赫索格才安顿下来了一年,就又要回到大城市,去芝加哥重新谋职。这次赫索格不仅要为了妻子折腾而付出代价,而且因为玛德琳还要求为他们的邻居兼好友格斯贝奇也在芝加哥找一份新工作而努力。尽管困难重重,但赫索格为了玛德琳一一照办。可是来到芝加哥一年后,玛德琳却坚决要和赫索格离婚。虽然赫索格和妻子说自己非常爱她,也不舍得和女儿分开,但是玛德琳却对他说从没有爱过他,而且以后也绝不会爱他。玛德琳正是因为和格斯贝奇有私情,才决意和赫索格离婚,作为最亲密的爱人和最信任的朋友——玛德琳和格斯贝奇,他们二人的冷酷自私、忘恩负义和恩将仇报,把赫索格的人道主义理想在现实的面前撕得粉碎。

赫索格是西方现代知识分子的典型形象,也是一位极具自我嘲讽和反讽意味的人物。他是一位工作勤恳、事业有成的高级知识分子,但他在婚姻家庭生活上却屡屡受挫,一败涂地。作为一名大学教授,赫索格可谓人中龙凤、知识精英。他在学术上德高望重,他的论文被认为是学界的权威之作,还被翻译成法文和德文向外传播。他的学术著作虽然早年不为人注意,但是后来却受到了年轻一代历史学家的推崇,在多处被列为必读书目,且被奉为是新史学的楷模。但是他的两次婚姻都失败了,他有时冷落了妻子,对子女的教育也没有上心,因而在家庭生活方面一直不顺,最终被第二次离婚搞得差点精神失常。赫索格的失败代表了作家贝娄对现实生活中以他为代表的所谓功成名就的社会上层人士的讽刺,也有对自己的类似的亲身经历的自嘲。赫索格是一位"非传统英雄式的主角",他的精神危机也是一种时代病,具有普遍性和永恒性,是当时社会许多知识分子状态的真实写照。

《赫索格》这部小说的艺术特点之一是采用了对比的手法。虽然小说的故事和人物一开始是沉重压抑和毫无希望的,展示了现代社会道德沦丧、人心不古的一面,但是作家贝娄仍然相信人性之善,相信人类会有美好的未来。因而贝娄让赫索格在面临绝境几乎疯狂之后,进入了"柳暗花明又一村"的第三段恋情。第二次离婚后的赫索格游走在精神崩溃的边缘,但在遇到了一位上过他夜校课程的女学生,一位看起来30多岁的花店女老板雷蒙娜之后,他燃起了重新生活的勇气,开始和雷蒙娜约会。雷蒙娜在继承花店时刚刚获得了哥伦比亚大学艺术史的学位,她具有良好的教育背景,见多识广,通情达理,对看起来稳重正经的赫索格一见钟情,主动出击。赫索格被雷蒙娜迷住了,和她发生了性关系;可他害怕雷蒙娜有进一步的打算,因为他看出雷蒙娜不是只想做他的情人,而是要和他组建家庭,经历了两次婚姻家庭生活失败的赫索格,还是心有余悸。赫索格又经历人生的大起大落之后,才接纳了生命中新出现的这段感情。

小说的艺术特点之二是独特的意识流手法的使用。《赫索格》通过意识流的手法,叙述了主人公赫索格的纷繁杂乱、天马行空的心理活动,把相关的大量回忆、感觉、联想、推测、意念和说理混合在一起呈现出来。作家贝娄的这种意识流不同于以往其他作家的那些难以理解、晦涩艰深的意识流,而是一种较为清晰、易于把握的意识流动的描写。这样的艺术处理,一方面写出了主人公赫索格的思维混乱但他力图理清思路;另一方面,也揭示出赫索格混乱的思维恰恰是信仰失落、精神迷茫、道德混乱的西方现代社会在小说中的化身和投射。这使得整部小说既具有现实主义的写实风格,又具有现代派的艺术创作手法。

小说《赫索格》艺术特点之三是它对"信"的独特使用。作品一开始就提到了精神崩溃的赫索格成天写信,整部小说他一共给50多人写了50多封信。用赫索格自己的话来说,他几乎把信件撒满整个世界。现实社会如同一张网,赫索格说他写信是在织网,他几乎把全部心思都放在这种织网工作上了,而作家则是通过赫索格把现实和书写这两张网连接起来。这样一方面可以灵活地通过赫索格的"信"大书特书对西方现代文明的种种不满和看法,另一方面用现代艺术手法激活了文学史上古老传统的书信体叙事模式。同时"把写信这种直接内心独白和用第三人称写的间接内心独白交织在一起,再加上内心交谈等手法",都赋予了书信体文学新的艺术活力,从而使小说获得了成功。

第五节 奈 保 尔

维迪亚达·苏莱普拉萨德·奈保尔(1932—2018)是20世纪印度裔英国作家,也是一位享誉世界的移民小说家。奈保尔曾获得过英国的毛姆奖、布克奖、大卫·柯恩文学奖,以色列的耶路撒冷文学奖,以及2001年度的诺贝尔文学奖等多个奖项。

一、生平与创作

奈保尔1932年出生于西印度群岛的特立尼达,属于印度的婆罗门家庭。他的祖父是契约劳工,在1880年从印度北部来到特立尼达。他的父亲自学成才后,在特立尼达的英语《卫报》找到工作,成为一名记者。因此,奈保尔随父亲和家人搬去了特立尼达的首府西班牙港。奈保尔的父亲是一位英国文学迷,还是一位壮志未酬的不知名的作家,他把自己未完成的作家梦寄托在奈保尔的身上,从孩子幼年起就培养奈保尔的文学兴趣。奈保尔去英国求学后他又不断地写信叮嘱和激励,终于推动奈保尔走上了作家这条路。奈保尔儿时成长的特立尼达乡下有印度移民后裔的社区,那里保存了印度的传统宗教、文化与习俗。

据记载,儿时的奈保尔在乡下的甘蔗田里观看根据印度史诗《罗摩衍那》改编的露天剧《罗姆利拉》,其中焚烧魔王模拟像的高潮场面让他久久难以忘怀。但是,奈保尔在离开乡下来到西班牙港之后,他就和印度文化渐行渐远了。1950年奈保尔因为学习成绩优异,获得了特立尼达政府奖学金,从而可以去英国牛津大学求学,他选择的专业是英国文学。大学毕业后,奈保尔成为自由撰稿人,为《新政治家》杂志写专栏,还担任过英国广播公司"加勒比之声"栏目的主持人。1955年,奈保尔结婚并定居伦敦,开始了文学创作。

奈保尔的创作体裁广泛,包括长篇小说、中短篇小说集、游记、散文随笔集和历史著作等。他的创作主要分为小说和游记两大类别。

奈保尔的小说创作可以分为早、中、晚3个时期。

早期的小说以加勒比地区的特立尼达为创作背景,主要描写了印度移民的奋斗与挣扎,殖民地生活的困惑与无奈,小说具有喜剧色彩和幽默风格。1957年,奈保尔的第一部小说《神秘按摩师》(1957)出版后获得了广泛的好评,这部作品也标志着奈保尔的创作进入了他擅长的长篇小说领域。其后,奈保尔又出版了《埃尔维拉的选举权》(1958)、《米格尔街》(1959)、《毕司沃斯先生的房子》(1961)、《斯通先生和骑士伙伴》

(1963)。这些作品确立了奈保尔作为幽默家和街头生活作家的地位。

中期的小说创作以1967年两部作品的发表为标志,一部是《岛上的旗帜》,另一部是《模仿者》。这两部作品都揭示了殖民主义对西印度群岛本土人在各个方面的影响,以及这些人在后殖民地新的政治、经济、文化环境中的矛盾、失落和茫然。另外,这一阶段的主要作品还有《在一个自由国度》(1971)、《游击队员》(1975)、《河湾》(1979)等。这些作品和早年奈保尔的小说相比,在题材、主题、艺术等方面都发生了很大的转变。作品基调不再轻松幽默而是转向了沉重和揭露,呈现出更加重视现实主义的写作风格。

后期的小说创作始于长篇小说《发现中心》的发表。这一阶段,奈保尔继续探索作品新的主题和艺术。他开始更多地转向自我、关照自身,写作更多地渲染个人的际遇和文风。《发现中心》就是一部自传体小说。在这部作品中,奈保尔回顾了他30多年的创作生涯,追溯他的写作缘起和经历、所失与所得,以纪实和自传的形式,对自己大半生的创作生活进行了剖析与评价。这一时期还有《抵达之谜》(1989)、《世间之路》(1994)、《浮生》(2001)和《魔种》(2004)等小说问世。

除了小说创作,奈保尔的游记在文坛上也具有重要的地位。奈保尔的第一部游记《中间通道》(1962)是一部关于加勒比地区的游记。此作也开启了他四处游历、考察世界、描摹众生的游记创作历程。之后奈保尔游历的范围扩大,他的足迹遍布南美、北美、亚洲和非洲各国。奈保尔的游记主要描写第三世界国家,还有他的母国印度。比如在非洲游历后,奈保尔写出了游记《刚果日记》(1980)。在中东旅行之后,奈保尔创作了描绘伊斯兰世界的游记《在信仰者中间》(1981)与《超越信仰》(1998)等,其中以学界公认的"印度三部曲"最为著名。

游记类作品是奈保尔创作的另一种类型,其代表作是"印度三部曲"具体指的是《幽暗国度》(1964)、《印度:受伤的文明》(1979)和《印度:百万叛变的今天》(1990)这3部游记,创作时间长达26年,记录了奈保尔以归国游子的视角3次游历母国印度的所见所闻、所思所想。

《幽暗国度》是"印度三部曲"的第一部,源于1962年奈保尔第一次踏上他的母国印度国土的一番游历,两年后该书出版。在此之前,奈保尔对印度的了解都来自特立尼达的生活和父亲的讲述。带着回归母国的激动和寻根文化的心情,奈保尔来到了印度,但是眼前的一切让他大失所望、愤怒震惊。在第一部游记中,奈保尔无情地揭露了印度的贫穷、肮脏、混乱与落后。如印度人在光天化日、众目睽睽下随地大小便,等车的旅客在路旁的排水沟当众如厕,清晨的河畔无数人在河边排泄后光着屁股清洗,而旁边就是鱼市,大量的排泄物堆在路边、漂在河上,印度人竟然熟视无睹。卫生条件的简陋和卫生意识的缺乏,让受过西方教育的奈保尔难以置信。除此之外,奈保尔还尖锐地批判了印度的种姓制度弊端、缺乏历史意识和拙劣地模仿殖民者等问题。他指出:"公共卫生牵涉种姓阶级制度;种姓阶级制度造成印度人的麻木不仁、欠缺效率和无可救药的内斗;内斗使印度积弱不振;积弱不振导致列强入侵,印度沦为殖民地。"

《印度：受伤的文明》是"印度三部曲"的第二部。这部游记的创作背景正值20世纪印度举世瞩目的"紧急状态"时期。印度从1974年陷入政治、经济双重危机。1975年6月12日,英吉拉·甘地因在大选中作弊被起诉,被反对派强烈要求下台,印度陷入混乱。甘地夫人于6月26日劝告印度总统F. A. 艾哈迈德根据印度宪法,宣布实行紧急状态,以此缓解国家的紧张局势。虽然甘地夫人在此期间颁布了一些有效措施,但是她的独裁,她儿子的强制推行"绝育运动"、暴力拆除贫民窟,都让她失去民心,导致她在1977年下台。在甘地夫人下台前夕,代总统B. D.贾蒂解除了印度持续了21个月的"紧急状态"。1975年奈保尔应美国出版商之邀,在《纽约书评》、伦敦出版商的支持下,第二次前往印度游记。这一次奈保尔克制住了自己的义愤填膺,不再一味地指责,而是从文化和历史的深处挖掘母国印度愚昧、消极和发展停滞的原因,同时如"社会评论员"般冷静地指出了印度国家的问题和印度文明的危机。游记的开始描写了印度的维加雅那加王国遗址,曾经的辉煌现已变成了废墟。奈保尔从中看到了印度的侵略和征服史,他认为"史书历数着战争、征伐和劫掠,却没有关注智识的枯竭"。奈保尔指出印度始终沉浸在自己辉煌的历史和浓厚的宗教中,厚古薄今、蒙蔽智识、麻痹痛苦,从而对今日现实中的穷困与落后无动于衷。

　　《印度：百万叛变的今天》是"印度三部曲"的第三部。这一次的游记,奈保尔采用了全新的写法,他通过大量采访印度当地人进行创作。创作视角不仅有自己作为旁观者的角度,还有母国本土人当局者的视角,从而可以更加全面、深刻地认识和理解印度。同时把口述史和旅行写作两种艺术形式结合起来,也使得这部游记获得了新颖的形式,达到了新的高度。奈保尔这时领悟到真实的印度并非他所想象的,而是他们正在经历的印度。游记写到奈保尔刚一到孟买,就感受到印度变化的气息。接下来在奈保尔的四处采访中,他不住地感慨印度真的变了。它不再是以前那个古老稳固的国家,而是正在经历着"百万叛变"。奈保尔笔下的"百万叛变"不是指印度遍地都是战争和叛乱,而是印度今日背离了父辈、祖辈狭窄道路的人们开始期望和希冀更多的东西,并且采取了实际行动,如马哈拉施特拉人发动的区域本土化运动,反对种姓制度的佩里雅尔运动,农民起义的纳萨尔派运动等。在这些所谓叛变运动的推动下,印度终于不再停滞不前。虽然"百万叛变"各有不足之处,但是这些改革终究体现了印度社会的进步。

　　26年间,奈保尔一次又一次地走进印度,他对母国的认识愈发全面、理解愈加深刻、评论更加客观。从"印度三部曲"游记一开始对印度落后的不解和气愤,到冷静探究落后的根源,再到发现肯定印度的进步,奈保尔揭露了印度的许多问题,也书写了母国的改进与成长。虽然都是关于印度的游记,但是3部作品中作家的写作立场、对母国的态度、关注的重点各有所异。随着奈保尔对印度的了解和思考问题的不断深入,他的写作风格不断转变,从第一部的尖锐批判,到第二部的深刻反思,到第三部的冷静包容,书写方式也经历了由表象到本质、由主观到客观的转变。这些转变的原因,一方面是因为奈保尔所持文化立场的转变,他从西方文化立场转为东方文化立场;另一方面是因为奈保尔对自我文化身份认同的转变,他从寻根印度文化身份变为认同世界公民文化身份。

二、《河湾》

长篇小说《河湾》是奈保尔的重要代表作,出版于1979年,是奈保尔的重要代表作之一,体现了其创作深刻冷峻的现实主义风格,曾入选"20世纪百部最佳英语小说",也被认为是书写后殖民主义和第三世界国家的代表性文学作品。小说中的故事发生在20世纪60年代的一个河湾小镇,它属于非洲中部的一个刚刚摆脱了殖民统治的新成立国家。故事的主人公和叙事者叫萨林姆,小说以第一人称"我"的视角展开叙事,讲述了萨林姆从非洲东海岸到非洲腹地河湾小镇到英国伦敦,回到河湾小镇又离开的一段人生历程。萨林姆是一个没有家的人,一个漂泊的无根人,也是一代流亡知识分子的化身。

小说的主题之一是揭示在欧洲殖民者撤走后,处于后殖民时代的非洲新独立国家的动乱与困境。《河湾》主人公萨林姆的祖先是穆斯林,他们在几百年前从印度西北部移民到非洲东海岸。而这一带聚集了各地的移民,有印度人、波斯人、阿拉伯人、西班牙人等,从而杂糅成一种独特的与非洲内陆相比迥异的印度洋文化。萨林姆不仅受这些文化的影响,自幼还接受了殖民地的英式教育。他想去外面的世界闯荡,还想去英国读书和留学,但是他却误打误撞来到了非洲的内陆。萨林姆的导师纳扎努丁要把女儿嫁给他,并把自己在非洲中部的一个河湾小镇的店铺卖给萨林姆。萨林姆接手了店铺,但是他来到这儿不久,河湾小镇所在的国家独立了。这个新国家是共和国,但是整个国家治理无方,局势不稳,动荡不定,暴乱不止。萨林姆看到昔日殖民者的住宅被夷为平地,当地人用卫生间的马桶浸泡木薯,整个小镇经常处于打砸抢的无序之中。

小说的主题之二是展现移民面临的文化冲突和流亡人、边缘人的不幸际遇。《河湾》中的萨林姆,满怀希望在非洲中部的新共和国开始谋生,但是他在新共和国看不到稳定、文明和生活的任何希望。萨林姆因此被迫去了英国,去投奔已经在那边谋生的导师纳扎努丁和他的女儿。但是,伦敦的移民圈子也很复杂,充满了投机分子和行骗之辈,也让萨林姆没有文化归属感。等萨林姆再次回到河湾小镇,他的店铺已被国有化,国家托管人成了新主人,而他是店铺的经理。萨林姆这时被认为是外族人,处处受到监管和排挤。为了生计,萨林姆偷偷做起了违法的象牙和黄金生意,结果被人告发而关进了监狱。幸运的是他与地方专员的父亲相识,才得以获准坐船离开了这个混乱、无知、可怕的国度。

《河湾》最引人注目的艺术特色是象征手法的使用。在小说中,有两个鲜明的象征,一个是"大人物",另一个是"水葫芦"。"大人物"是非洲中部新近独立的一个国家的总统,尽管他穿着华贵、仪表堂堂、举手投足模仿戴高乐的风度,但是他"金玉其外,败絮其中",徒有其表而没有治理国家的本领。"大人物"好大喜功,斥巨资修建标志进步文明的"新领地"却无益于国家经济的发展;他搞个人崇拜,大量出版宣传他光辉思想的领袖语录却阻碍了国家政治的进步。在他的统治下,整个国家的政府腐败贪污,军队鱼肉百姓,民众生活疾苦。"大人物"就是后殖民时期极权主义统治的缩影与象征。

"水葫芦"的意象贯穿了《河湾》整部小说的始终。"水葫芦"是一种外来植物,突然出现在河的上游,一路疯长,势不可遏,一下子就长满了河道,缠住了汽船的螺桨,困住了两岸的居民。人们不断地清除"水葫芦",但是它们不断生长,怎么也消灭不净。实际上,小说中"水葫芦"的象征具有多层含义。一是象征着新生事物。共和国独立后的河湾小镇,大量的新事物涌入如同"水葫芦"的侵入,让当地人措手不及、无所适从。它象征当时的非洲人无力辨别和接受新事物,反而会被新事物困住了手脚。二是象征着历史的见证者。"水葫芦"见证了河湾小镇的历史变迁,见证了后殖民时代非洲第三世界国家人们生活的变化、动荡与不安。在极权主义统治下的人们,如同河湾中的"水葫芦"一样漫无目的地飘荡,看不到出路,也没有未来与希望。

东方文学

第一章 古代文学

古代东方文学主要包括亚洲和非洲的文学。亚非两洲是人类文化的发祥地,世界文明的摇篮。古代巴比伦、古代埃及、印度和中国四大文明古国就诞生在这块土地上。早在5000多年前,东方各民族的祖先已先后摆脱了茹毛饮血的野蛮状态,跨进了历史的文明阶段。较之古希腊罗马的海洋文化,东方各国是典型的内陆大河文化。黄河和长江流域、印度河和恒河流域、幼发拉底河和底格里斯河流域以及尼罗河和尼日尔河流域等,这些大河冲积的平原土地肥沃,便于精耕细作,因而产生了古老的农耕文明和安土重迁、封闭传统的文化心理。东方各民族勤劳智慧,也创造了许多闻名世界的古典文学名著。世界上最古老、最庞大的诗歌总集,人类最早和最长的史诗、最早的长篇小说,都相继出现在东方。这些具有艺术魅力的文学珍品,是东方各国人民留给世界的不朽遗产。

第一节 概 述

古代东方文学是指原始社会末期和奴隶社会时期文学。

古代时期,东方地区的奴隶制较原始,甚至尚未超出较为原始的家庭奴隶制的形式,所以无法从根本上彻底瓦解氏族制度的残余和古老的公社——家庭氏族和后来的农村公社。这种情况严重地阻碍了东方奴隶占有制度的进一步发展,使古代的东方社会在相当长的一段时间内发展得既缓慢又欠充分。另一方面,古代东方地区的专制政体也有明显的特征,即最高的政治权力完全掌握在专制君主——国王手中,在体制上是鲜明的东方专制主义。亚述、埃及、印度和波斯,无不如此。在巩固国王统治权力和威信的过程中,宗教发挥了很大的作用。祭司们竭力宣扬王权神授的谬说,把国王的命令说成神意的再现。许多国王由氏族贵族领袖转化而来。氏族贵族的统治势力异常强大和牢固,使古代东方不可能出现民主政体。在这样的社会历史条件下,古代东方文学的发展就出现了较西方古代文学独特的轨迹,形成了自己的文学特色。

一、古代文学特征

首先,古代东方文学具有鲜明的民间文学色彩。民间口头文学是东方各民族文学产生的重要源泉。由于年代久远,又缺少文字记载的手段和方法,这种文学很难完整地保存下来。现在能看到的少量作品,大都凭口耳相传,或在晚近期根据口头转述记载而成。其形式表现为劳动歌谣、民歌等。它们大都是劳动者在劳作和生活中为宣泄自己的情感而吟唱出来的,表达了劳动人民质朴自然的思想感情、愿望和要求。

在原始社会,由于人们思维不发达,知识水平低下,无法解释各种自然现象,普遍出现了万物有灵的神话传说和英雄故事。神话是关于神的故事,一般产生得早。传说是人和神的后代或部落早期英雄的故事,相对产生得较晚。东方各民族几乎都出现了各种大同小异的开天辟地神话、创世神话、大洪水神话等。由于人类有了理解和顺应自然规律的能力,有些神话的神开始具有人的形态,出现了人神同体或人神相似的现象,如在西亚两河流域产生的阿努和伊什妲尔的神话,在古代埃及产生的有关奥西里斯的神话,在巴勒斯坦产生的耶和华神话等。随着原始公社的解体,逐渐向奴隶制过渡的东方许多民族之间发生了氏族兼并等大规模战争,于是出现了史诗。在两河流域的古巴比伦产生了现存人类社会最早的完整史诗《吉尔伽美什》,在印度出现了两大史诗《摩诃婆罗多》和《罗摩衍那》。进入奴隶制社会以后,广大的奴隶和劳动者被剥夺了参与文化活动的机会和权力,社会上出现了专职文人。他们把过去流传在人们口头的文学作品进行加工整理,或是自己进行再创作,文学发展进入了新阶段。

其次,古代东方文学表现出强烈的宗教色彩。古代东方文学同宗教有着极为密切的关系。文学成为宗教的代言人,宗教成为文学的载体。流传至今的许多作品都有宗教思想的流露,如希伯来文学的代表作《旧约》与犹太思想密切相关,许多地方表现出对耶和华的崇拜;波斯古代诗文总集《阿维斯塔》就是波斯古教琐罗亚斯德教的经书;古代印度文学与吠陀教和婆罗门教思想息息相通,有的甚至直接宣传某种宗教教义。古代文学的许多文学形式,如赞美诗、抒情诗、咒文、祈祷文、忏悔诗,民间故事、寓言故事等,都成为宗教宣传的媒体。宗教对文学具有二重作用,一方面经僧侣或祭司之手使大量古代文学遗产得以保存并流传。另一方面由于祭司和僧侣力图把宗教变成适应自己统治需要的舆论工具,宗教思想在很大程度上抑制了文学创作的积极性。文学变成宗教宣传的艺术装饰品,许多古代流传下来的文学创作有失原来的风貌和文学性。

最后,古代东方文学体裁丰富,有多种源头。劳动歌谣、神话传说、民族史诗、宗教颂诗、爱情诗歌、民间故事、寓言等应有尽有,对后来世界文学各种体裁的形成和发展产生了深远的影响。古代东方文学的起源并非只有一个中心,因此古代东方文学和欧洲文学相比形成迥然不同的特点。四大文明古国的文学创作,最初在各自国家的土壤上独立发展起来,具有独特的民族传统风格,堪称独创的文学,并逐渐形成东亚、南亚、西亚北非三个中心。后来由于历史的演进,交通与贸易的拓展,东方各邻国之间有了接触与交流,并开始显示出融合的趋向。

二、古代文学概况

古代东方文学主要包括巴比伦文学、古埃及文学、古印度文学和希伯来文学。

巴比伦文学　　巴比伦位于美索布达米亚(即"两河之间的地带")南部,是古代两河流域文化的中心。它正处于底格里斯河和幼发拉底河的接近点上,由于自然条件优越,成为人类文明的发源地之一。早在公元前4000年左右,"美索布达米亚"地区开始从氏族社会末期向奴隶社会过渡。大约在公元前2800年(或更早些时候),苏美尔人建立了自己的王朝。大约到了公元前2350年,阿卡德人又建立了阿卡德王朝。他们继承了苏美尔人的文化并取得新的惊人成就。大约在公元前1900年,古巴比伦建立了奴隶制国家,国势盛极一时。著名的汉谟拉比王(前1792—前1750在位)统一了苏美尔和阿卡德。此时的巴比伦已成为西亚的经济文化中心之一。公元前1795年古巴比伦毁于赫梯人的入侵。继后,虽有加美特巴比伦和新巴比伦出现,但昔日的雄风已不再。至公元前539年,终于被波斯所灭。

在远古时期,苏美尔人和阿卡德人就创造了丰富的文化,并用楔形文字保存了不少文学作品。巴比伦文学是在继承苏美尔和阿卡德文学传统的基础上发展起来的,因此,通称苏美尔—巴比伦文学。大约在公元前4000年末,苏美尔—巴比伦就已有了用楔形文字记录下来的书面文学作品。通观苏美尔—巴比伦长达3000余年的文学发展,它虽属奴隶制社会的文学,但又不乏反映原始社会末期的内容。这些文学作品丰富多彩,主要有神话、传说、史诗、哀歌、赞歌、故事、格言、谚语、咒文等。这些作品从不同角度反映了当时人们对自然界的朴素了解与探索。其中诗歌和神话较发达。

巴比伦神话在继承苏美尔神话的基础上,有了较大的发展,形成了自己的神话世界,其中包括了宇宙生成、人类创造、长生不老、天命观等神话母题。最有代表性的是创世神话。它描写玛尔杜克从英雄升为主神,创造天地万物的壮举,赞美了光明战胜黑暗的正义性。《伊什妲尔下冥府》源于苏美尔神话《伊南娜下冥府》,通过女神伊什妲尔下降到冥府搭救丈夫的曲折故事,反映了古巴比伦人对四季变化和万物枯荣的自然现象有着自己特殊的探求和理解。

巴比伦的史诗传世的不多,《吉尔伽美什》是唯一的具有代表性的英雄史诗,达到了苏美尔—巴比伦文学的最高峰。《吉尔伽美什》约在公元前3000年初具雏形,是苏美尔、阿卡德人口头创作的汇编,在公元前11世纪尼布甲尼撒一世时由乌鲁克诗人写成。在世界文学史上的史诗中,目前它是最古老的。全诗由12块泥板组成,研究者多认为第12块泥板是后人增补的,共约3600行,现在复原后所能见到的约2000余行。

《吉尔伽美什》是古巴比伦神话故事的总汇,是两河流域早期文明的结晶,是世界上迄今发现最早的完整的英雄史诗,在世界古代文学史上具有特殊的意义。它不仅对后世西亚文学产生了一定的影响,而且间接影响到希腊神话、荷马史诗及希伯来的《旧约》等人类早期文学。

埃及文学 埃及是世界著名的、历史悠久的文明古国。在公元前4000年左右,尼罗河谷地就出现了一些奴隶制的城邦国家。公元前3300年左右,古埃及出现了写在纸草卷上的象形文字。上古埃及的许多文字作品都是写在纸草卷上保存下来的。作为世界上最古老的文学之一,古埃及文学内容丰富、题材多样,主要包括神话传说、诗歌、《亡灵书》和故事。

在上古埃及文学中,神话传说最久远,在最早出现的诸多创世神话中,描写太阳神"拉"开天辟地的神话最著名。混沌初开之际,"拉"在水神努的体内孕育成形,以蛋形花苞状升起在水面,显形为一轮太阳,大地便有了光和热。"拉"神创造天、地、日、月、星空和万物。后由于人类堕落犯罪,"拉"派女儿爱情之神赫托尔去毁灭人类,但又恐人类灭绝,就在她的必经之路上造出美酒之湖,使她饮后醉卧不醒,停止了毁灭人类的工作。这则神话既反映了古代埃及人对天地、人类和万物的出现心存美好的想象和理解,也表现了他们对大自然力量的崇拜。

在古埃及神话中,奥西里斯的神话流传广泛。奥西里斯是水和植物之神,是尼罗河、土地和丰收之神,也是耕作和文化的传播者。他被人民拥戴为王,却被其弟塞特所杀。奥西里斯的妻子伊西丝生下的遗腹子荷拉斯长大成人后,为父报仇,打败塞特,做了埃及国王。伊西丝历尽千辛万苦找回丈夫奥西里斯的尸体,大声恸哭,感动了太阳神,让奥西里斯复活,成为冥界之王。这个神话反映了氏族社会贵族间的权力之争,也宣扬"君权神授"的思想。

古埃及文学中另一种重要的文学体裁是诗歌。保存下来的主要有劳动歌谣、爱情诗、宗教诗和赞美诗等。其中劳动歌谣产生得最早,如《庄稼人的歌谣》《打谷人的歌谣》《撒谷人的歌谣》等。这类作品保存下来的不多,但却颇为真实地反映了当时奴隶们的生活、劳动和思想情趣。古埃及最著名的宗教哲理诗是《失望者和自己灵魂的谈话》。它不仅把死亡比拟为人的幸福,并且发出了反抗的呼声,被视为古代埃及诗歌中成就最高的诗篇之一。礼赞尼罗河的颂诗《尼罗河颂》是古埃及诗歌中的名篇。

《亡灵书》(又译为《死者之书》)是古埃及最有代表性的作品,是古埃及文学的汇编。

当时古埃及人想象人死后要经受地下王国的种种磨难,顺利通过这些考验,才能荣登上界,得到复活。因此,古埃及人十分重视尸体的保存和死后生活的指导。他们不仅将尸体制成木乃伊,还在古埃及所特有的纸草上,写下许多诗歌,置于石棺和陵墓中,指导死者对付地下王国的种种磨难。后人从金字塔和其他墓穴中,把这些指导死者生活的诗歌编辑成集,题名为《亡灵书》。《亡灵书》汇入了大量的神话诗、祷文诗、颂诗、歌谣、咒语等,内容驳杂。它的许多内容录自埃及古王国时期的"金字塔文"和中王国时期的"棺文"。其中有对当时的社会生活特别是一些宗教礼仪的描述,也有对冥界生活的想象。《亡灵书》反映了古埃及人企图将生命的荣华富贵延续到后世的幻想。

故事是古埃及文学创作的又一种主要体裁。现存柏林博物馆的《魔术师的故事》是古埃及流传下来的最早的一篇故事。它由"克拉福拉所讲的故事""保甫拉所讲的故事""豪尔代夫所讲的故事"组成。讲述者是第四王朝克胡甫王的3个王子,其内容均与魔术师有关。这些故事叙述的虽然是一些神奇的魔法,但从整个故事的情节和艺术形象来看,展示的都是当时统治者中一些王公贵族和祭司的实际生活,宣扬了埃及国王都是"拉神之子"的君权神授思想。中王国时期,埃及古代文学高度繁荣,史称古典文学时期。文学作品中的故事此时也有所增多，出现了《乡民与雇工》《遭难的水手》《撒奈哈特历险记》等故事名篇。《乡民与雇工》描写一个机智的农民巧于辞令而自救的故事，反映了中王国初期的社会矛盾，揭露了统治阶级的为非作歹，歌颂了一个普通农民反对掠夺与迫害的斗争精神。到了新王国时期，故事作品不仅数量多，情节更加离奇曲折，反映的社会生活面也更加广泛。这时期的主要故事有《厄运被注定的王子》与《昂普·瓦塔两兄弟》。前者描写人的自下而上愿望与神意及命运的冲突，后者则叙述了正义必定战胜邪恶的真理，显示了劳动者的机智与力量。

古埃及文学无论是在题材、体裁，还是艺术手段等方面，都对古希腊文学、罗马文学、中世纪阿拉伯文学等，产生过直接和间接的影响。

印度文学 古代印度文学是多种族和多民族的文学，古代印度文学共同使用的语言是梵语。古印度文学最早出现的诗体文献就是"吠陀"，它是知识、学问的意思。"吠陀"是古代印度婆罗门教的经书，是以人生与宗教为主题的较短的抒情诗。最初是印度人民世代口头流传的集体创作，后由掌握文化的婆罗门祭司编订成一些集子。主要包括《梨俱吠陀》《阿闼婆吠陀》《娑摩吠陀》《夜柔吠陀》等。它用比梵语更古老的吠陀语写成，记录了印度上古时期的巫术、宗教、祭祀、礼仪、风俗、哲学等内容。《梨俱吠陀》《阿闼婆吠陀》是上古诗歌的总集，所以最重要、最古老，也最有文学价值。

《梨俱吠陀》是一部诗歌总集，在世界文学中放射着光辉，好像中国上古诗歌的总集《诗经》一样。它编订年代在公元前1500年左右。全书有1017首诗，如果算上较晚出的11首共1028首。核心是颂神的赞歌。《梨俱吠陀》中每首诗都分成一些诗节，一个诗节就是一个"梨俱"。诗歌按内容可分为4类：反映上古人民生活的神话传说；对自然现象进行艺术加工的诗歌；描写社会现实的诗歌；有强烈生活气息的对话体诗。它分为对白和独白，可以在祭祀、巫术仪式或节日集会上表演，有一定的戏剧性。有的学者认为是印度戏曲的起源。

《阿闼婆吠陀》意为禳灾吠陀，它可能比《梨俱吠陀》定型时期要晚些。《阿闼婆吠陀》的诗大部分是用作咒语的。另一部分诗和散文是婆罗门脱离一般社会生活的作品。婆罗门的巫师作咒语使用的诗有些是禳灾求福的，有些是治病驱邪的。其中有一些含有清新活泼的气息，和生活有密切联系，包含着人民和自然灾害作斗争时的一些天真幻想。其思想虽然幼稚，但有必胜的信心，充满对生活的乐观情绪。

4部《吠陀本集》编订以后，为传授吠陀，各派陆续编订起来的著作都总称为吠陀文献，其中最早的是梵书。其中虽然充满神秘主义的枯燥说教，但也保存了一些反映时代面貌的神话传说。此外还有附于各派《梵书》之后的《森林书》和附于各派《森林书》后的《奥义书》等吠陀文献，以及佛教、耆那教文献中的一些文学内容等。它们丰富了印度古代文学的宝库。

印度史诗是用印度古代梵语写成的一种长卷的文学样式，是以书面形式记载保存下来的原始史诗，即口头史诗。它虽属于叙事诗的范畴，但却对印度古代文化史有非常重要的意义。因为它在漫长岁月的传承过程中融入了大量的神话、传说、故事、歌谣和谚语等,因此,印度史诗实质上就是一座民间文学收藏颇丰的宝库,是认识古代印度人民生活与斗争,欢乐与痛苦的百科全书。

印度史诗指的是《摩诃婆罗多》和《罗摩衍那》两部大史诗。它们都成书于公元前后几个世纪。《摩诃婆罗多》开始创作时比《罗摩衍那》要早,但最后成书比《罗摩衍那》要晚。《摩诃婆罗多》传说是广博仙人所作,《罗摩衍那》传说是蚁垤仙人所作。

《摩诃婆罗多》意即"伟大的婆罗多族的传说故事"。共分18篇,各种传统写本号称有100000颂之多(每颂是对句双行诗,译成汉语可译成4行)。《罗摩衍那》意即"罗摩漫游的故事"。共分7篇,各种传统本大约有24000颂。20世纪整理出的精校本在删掉重复的部分以后有18755颂。

印度古代学者对两大史诗《摩诃婆罗多》和《罗摩衍那》的文化定位有所不同,他们将前者称为"历史传说",而将后者称为"最初的诗"。《摩诃婆罗多》是一部以英雄史诗为核心的长诗,内容庞杂,《罗摩衍那》虽然也有插入成分,但人物和故事相对而言比较集中。《摩诃婆罗多》和《罗摩衍那》这两大史诗中英雄的品质都有一个共同点,即都具有强烈的宗教伦理色彩,以"正法"为规范。两大史诗的主要内容重在通过颂扬传说中的民族英雄的业绩,宣扬当时那些有识之士的生活理想。他们确认"正法、利益、爱欲和解脱"是人生的四大目的,肯定人类对利益和爱欲的追求,但认为这种追求应该符合正法,而人生的最终目的就是追求解脱。两大史诗凝聚着沉重的历史经验,凸显出印度古代有识之士对人类各种困惑的深刻洞察。印度古代的戏剧无论从内容到形式都对世界文学有重大贡献,代表了当时戏剧的最高水平。特别是其题材内容比古希腊描写神话传说题材的悲剧前进了一大步。

2世纪、3世纪,首陀罗迦的《小泥车》是一部描写现实的世态剧。暴君八腊王统治黑暗,其小舅蹲蹲儿企图霸占年轻貌美的妓女春军,但春军早已爱上穷商人善施。蹲蹲儿得不到春军的垂青,恼羞成怒,将她勒死在花园里,又恶人先告状,嫁祸于春军的情人善施图财害命。八腊王改判善施斩刑。在刑场,被僧人救活的春军及时赶到,揭穿蹲蹲儿残害妇女、诬陷好人的罪行,为善施申冤。此时起义军斩了八腊王,推翻了他的统治。善施被人民拥戴,做了皇帝,宣布春军为自由人。最终善施和春军结合。《小泥车》以善施儿子玩的小道具为名。这明显是反映现实斗争的"极作剧""社会剧"。

印度文论的成就也很突出。古代印度从公元后就开始有了文论著作,先后有《舞论》《诗镜》和《诗庄严论》等。《舞论》是早期戏剧之作的经验总结,它不仅是指舞蹈,重点指戏剧与表演,书名也可译为《剧论》。它规定了戏剧的形式,角色种类,演出的具体技巧和场地等要求。《诗镜》和《诗庄严论》重点讨论文体和修辞。

5世纪、6世纪,古印度出现了独步世界的故事文学《本生经》和《五卷书》等。7世纪后,伊斯兰民族的侵略使印度基本处于异族异教的统治之下。梵文走上追求辞藻华美、文风雕琢的道路,脱离了时代和人民逐渐衰亡。代之而起的是印地语、孟加拉语、乌尔都语、泰米尔语等地方语文学。

希伯来文学 希伯来文学是希伯来文化的重要组成部分。希伯来文化是希伯来民族在漫长的历史进程中，在广泛接受西亚的美索不达米亚文化和北非的埃及文化影响的基础上而创造的一种独特的文化。它不仅与古代印度、古代中国和古代希腊文化一起被誉为世界四大文化宝库，而且对西方近代文化的发展曾经产生了重大影响。它与古希腊文化并称"二希"，成为西方文化的两大书面源头之一。这个曾经创造过辉煌灿烂的古代文化并对人类社会发生过巨大影响的民族，也是一个饱经忧患、多灾多难的民族，更是一个具有开放性和创造性的民族。他们用古希伯来语创作了大量的文学作品，成为世界经典。

第二节　希伯来文学

一、希伯来文学产生的历史背景

古希伯来人属闪族（闪米特）的一支，公元前 3000 年左右游牧于幼发拉底河流域。公元前 2000 年左右，他们在亚伯拉罕的带领下向西迁移，然后越过幼发拉底河到达迦南（现在的巴勒斯坦地区），迦南人把入侵者称为"希伯来人"，意即"从河那边来的人"。

希伯来人各部落逐渐定居迦南，经过不断的分化与兼并，形成了南北两大部落联盟，南部称犹大部落，北部称以色列部落。他们与迦南人经过长期冲突后融合起来，主要从事农业生产。此后，希伯来人曾因饥荒迁入埃及，备受埃及法老的压迫和奴役。民族英雄摩西带领他们逃离埃及，在西奈沙漠中挣扎了 40 余年，但未能返回迦南摩西就去世了。其后约书亚率领希伯来人完成了重返迦南的任务。此时，来自地中海东岸岛屿的非利士人侵占了迦南的沿海地区，并将迦南改名为巴勒斯坦，意即"非利士人的土地"。希伯来人与非利士人之间展开了长期的战争。对外战争将希伯来各部落团结在一起，公元前 11 世纪至公元前 10 世纪之间，希伯来人建立了希伯来联合王国，以色列部落的英雄扫罗做了第一任国王。扫罗死后，犹大部落将领大卫登上王位，建都耶路撒冷，统一了犹大和以色列，驱逐了非利士人，控制了从腓尼基到埃及的通商大道，促进了商业繁荣。大卫的儿子所罗门统治时期是以色列——犹大王国的鼎盛时期。

所罗门死后，王子罗波安继位，北方的以色列于公元前 922 年宣布独立，统一的希伯来联合王国分裂为南北对峙的两个王国：北部以色列以撒玛利亚为京城，南部犹大以耶路撒冷为首都。以色列首先在公元前 722 年被亚述灭亡。犹大王国也于公元前 586 年被新巴比伦王尼布甲尼撒二世所灭，京城耶路撒冷被毁。其国王、贵族、军队、手工业者、建筑师、男女歌手及部分穷苦人民共五万多被俘虏到巴比伦，这就是历史上著名的"巴比伦之囚"事件。至此，独立的犹大王国已不复存在。此后的希伯来人被称为"犹太人"，即犹大国的遗民（这是由于雅各的后裔中有一个支派称"犹大"，故凡是犹大的后裔被叫做"犹太人"）。

希伯来人虽然被掳掠到巴比伦,但并没有被异族同化,他们依然保持自己的宗教信仰和生活习俗。公元前538年,波斯国王居鲁士攻占巴比伦城,允许犹太人返回巴勒斯坦重建耶路撒冷都城和圣殿,成为波斯的一个属国。公元前331年,马其顿国王亚历山大东征击败波斯帝国,耶路撒冷先后受到托勒密王朝和塞琉西王朝的统治。其间,犹太领袖马卡比曾领导人民多次起义,打击外来入侵者,并成功地摆脱了塞琉西王朝的控制而建立了自己的王国。公元前63年,罗马人攻占耶路撒冷,巴勒斯坦沦为罗马的一个行省。犹太人不满罗马人的统治多次进行反抗。66年再度爆发的最大一次起义,因力量悬殊于70年被罗马军队残酷镇压,许多犹太人被杀、被俘或出卖为奴。耶路撒冷再次毁于炮火,幸免于难的犹太人被迫再次逃离故土而流落他乡。从此,犹太人在整个古代史中完全丧失了独立性,再也没有复兴起来。

希伯来民族的历史是一部充满颠沛流离、动荡漂泊的离乱史。特别是"巴比伦之囚"事件后,犹太人一直在外族的奴役下过着仰人鼻息的亡国奴生活。民族的不幸遭遇,共同的心理感受使他们产生了一种"救世主"思想,祈求他能降临人世,引导他们摆脱异族异教的迫害和奴役。于是,笃信耶和华是宇宙唯一的主宰、坚信上帝将保佑灾难深重的犹太民族渡过难关并救助他们复兴犹太大王国的一神论犹太教思想在犹太人中间逐渐萌发起来。犹太教祭司制定了犹太教的教义和教规,并初步编纂出了犹太教的经典《旧约》。

但《旧约》并不是一本书,而是许多本书经过犹太教祭司搜集、整理、加工、编纂、汇集而成的一套书。它主要包括犹太民族自公元前12世纪到公元前2世纪在民间流传的口头和文字的重要资料。内容有民间流传的神话故事、历史传说、史诗、战歌、爱情诗、小说、戏剧、先知的训诫、国王制定的法律、编年史和祭司贵族制定的教规、信条等。

二、希伯来文学的基本内容

希伯来文学主要反映在希伯来民族文学和历史文化的总集《旧约》中,它共有39卷,可分为律法书、历史书、先知书和诗文集四个部分。

律法书 包括《创世记》《出埃及记》《利未记》《民数记》和《申命记》,相传它是希伯来民族的英雄摩西受命于天而写的,故又称为"摩西五经"。这部分成书最早,公元前444年就被确定下来。它的内容包括:希伯来民族的神话、希伯来人的始祖亚伯拉罕、雅各、摩西等人的传说以及犹太教所制定的教规教义。

《创世记》是文学性最强的一部,它主要汇集了希伯来民族的神话传说。神话是希伯来人最早的精神产品,主要保存在《创世记》前11章中,内容有上帝创造天地万物和人类、伊甸乐园、洪水方舟等神话故事。与其他民族的神话相比,希伯来文学中保存下来的神话较少,主要原因是他们所信仰的是一神体系,禁止多神崇拜。但是希伯来的神话故事却非常引人注目,因为作为西方文化的两大源头之一,它对西方文学产生了重大影响。

历史书 包括《约书亚记》《士师记》《撒母耳记》（上、下）、《列王记》（上、下）、《历代志》（上、下）、《以斯拉记》和《尼希米记》。主要记录以色列、犹大王国形成、发展和衰亡的历史，约在公元前300年成书。中间穿插很多传说、歌谣、文笔流利，故事生动，引人入胜，既是史书又是文学杰作。

《士师记》主要记载了约书亚去世后担当以色列各部落的12位领袖即"士师"的事迹。他们都是身兼审判官和军事长官、智勇双全的英雄，其中最为杰出的就是力士参孙。他是古代以色列人的领袖之一，有非凡的勇气和胆量。他的诞生和一生遭遇，不仅表现了他的勇武和力量的惊人，而且赞扬了他敢于反抗压迫者和战斗到底的精神。

《列王记》主要记述大卫之后，自所罗门继位到耶路撒冷圣殿被毁这个时期历代君王的事迹，其中突出记载了所罗门的事迹。他以精明果断的手段巩固自己的统治地位；他机智、聪明、断案如神，是一个英明、有远见的理想君王。他不求财富，不求福寿，追求智慧，体现了劳动人民的理想愿望。

先知书 其中著名的有《以赛亚书》《以西结书》《耶利米书》《阿摩司书》《哈巴谷书》等。所谓"先知"，是指由上帝选定被派往犹太民族中的使者，即先知先觉的社会思想家和改革家，被称为希伯来民族的精神领袖。他们大多生活在公元前8世纪到公元前3世纪，这正是该民族多灾多难的时期。他们愤怒谴责社会的不平等，奔走呼号，用诗歌和演说的方式唤醒群众，警告欺压者和统治者。

先知的作品被称为先知书，其中心内容是阐述犹太教教义，评议各种社会问题。指出违背神的旨意者必将会受到惩罚，劝告人们敬神守法，谴责社会弊端，预言希伯来人的吉凶祸福，记述自然与社会的奇闻逸事。先知大多都受到当权者的迫害，但他们为坚持真理而忍受折磨，其中以先知耶利米最有代表性。他因直言规谏而多次遭到监禁，最后被用乱石砸死，但他矢志不渝，为唤起犹太民族的觉醒而写下了流传千古的绝唱《耶利米哀歌》，抒写了他的爱国激情和忧患意识。

诗文集 主要是诗歌、小说和杂著。这部分是世界文学遗产中的珍品，最著名的有《诗篇》《雅歌》《耶利米哀歌》《约伯记》《路得记》《以斯帖记》《但以理书》等。这部分作品成书最晚，最迟的在公元后100年左右。

诗歌形式的篇章在希伯来文学中占有很大的比重。《诗篇》《雅歌》《耶利米哀歌》等是希伯来诗歌中的抒情诗杰作。《诗篇》是其中最大的诗歌集，共收录诗歌150首。其中许多诗歌是假托大卫王所作，因此又被称为"大卫的诗"。《诗篇》基本上是一部宗教性的诗歌选集，是犹太民族对耶和华的赞美诗集。在所有的抒情诗中，最引人注目的是《雅歌》和《耶利米哀歌》。

《雅歌》又称"歌中之歌"，是一组热情奔放的抒情歌集，约产生于公元前2世纪左右。主要内容是描写青年男女之间的爱情。全诗共分8章，描写一对青年男女相遇、相爱和相从的过程，表达了牧女舒拉密对自由、真挚爱情的热情向往与追求，洋溢着少女炽烈的感情。她不慕钱财地位，只希望找一位如意郎君。她不希望依从父母之命，也不需要媒妁之言。她追求的是在劳动和生活中建立起的自然萌发的爱情。

《雅歌》是民间创作,语言虽然朴素,但寓美于其中;象征、比喻多用日常生活中的事物。诗中大胆描写女子体态的美,新颖而有特色,描写爱情大胆直率,感情奔放。诗中大量描写了田园之美,凝聚着对大自然的深情挚爱,却通篇没有提到神。这样一篇难于寻觅到宗教气息的诗歌,在希伯来文学中显得异常清新自然,是世界抒情诗中的佳作。

《耶利米哀歌》简称《哀歌》,是最富有犹太民族特色的一首抒情长诗,相传为先知耶利米所作。他诞生与活动的时期正是希伯来人多灾多难的时期,即公元前7世纪末至前6世纪初。他常因直言统治者的罪恶、预言亡国而被捕。亡国是他的时代悲剧的高潮。《耶利米哀歌》共5章,写于犹太民族受到外敌入侵、国破家亡的时代。主题是凭吊犹大首都耶路撒冷的废墟。他以忧愤的情感追述耶路撒冷沦陷前后的情景,抒发出强烈的忧国忧民思绪。《耶利米哀歌》用严格的"贯顶体"和"气纳体"的韵律写成,是希伯来诗歌中格律最严整的作品。

《约伯记》约成书于公元前5世纪下半叶,可视为一部哲理诗剧,也是希伯来文学中最伟大的作品之一。上帝为了证实义人在困境中是否忠实,就允许撒旦对虔诚的约伯进行考验,使他在一天之内突然失去财产和儿女,他本人也全身长满了脓疮。面对人生的突变,约伯开始思考受难的原因。他的3个朋友前来看望,认为上帝对任何人的惩罚都是源于人自己的罪恶。约伯据理力争,认为受苦受难有时恰恰是上帝对人意志的考验。上帝突然在暴风雨中出现,肯定约伯是真正的义人并恢复了他的所有。诗剧的主旨虽在歌颂耶和华的权威,但也歌颂了约伯正直、坚贞的高贵品德。《约伯记》以"好人为什么受苦"为主题,探讨了人类悲剧命运的根源,表现出辩证探讨问题的哲学态度。《约伯记》独特的散文式的"序曲",曾影响了歌德的代表作《浮士德》的开篇"天上的序幕"。

希伯来文学中的小说产生于流亡之后,是希伯来文学光辉的结束。《路得记》是希伯来文学中最早出现的独立成篇的小说作品,大约成书于公元前5世纪。当时希伯来人从"巴比伦之囚"的困厄中被释放回来,新耶路撒冷城和新圣殿都已重建竣工。当时领导希伯来人的是以斯拉和尼希米,他们二人都有狭隘的民族主义思想,为了维护血统和宗教信仰的"纯洁",反对与外族通婚。《路得记》的作者(无名氏)则反对这个政策,他以"士师时代"的生活为题材,通过摩押女子路得两次同希伯来人结婚,结果家庭美满,左邻右舍无不称赞的动人故事,借古讽今,来宣扬民族间的友好、团结、互助,批判了狭隘的民族排他主义,表现一种和平主题。《路得记》最后甚至指出希伯来历史上最著名的国王大卫的亲生曾祖母就是摩押人路得,更有力地证明了不同血统的民族通婚是有利无害的。

摩押女子路得的形象深深地留在历代读者的心中。他们赞美她深情、忠实、勤劳、勇敢,同情她一个柔弱女子为了孤苦伶仃的婆婆心甘情愿离开自己的国土,迎着民族的偏见、敌视的眼光，踏上前途未卜的异国他乡的土地。路得孝敬婆婆是真心诚意的，她拥有善良的心地。她年轻可爱，贤惠勤劳，她的这些勇敢行为出于对丈夫真挚的爱情和忠诚。爱上路得的波阿斯是个深明大义、能够摒弃民族偏见的公正人物，他爱路得的单纯可爱，爱她的贤惠。他千方百计地帮助她，最后娶了她，表现了对路得赤诚的爱。他办事有条有理，不鲁莽。这篇故事比较真实地反映了古希伯来人的生活状况和民俗风情。两千多年来，《路得记》在犹太人的会堂中，每年的"五旬节"期间，向广大群众朗诵一次。"五旬节"又称"收获节"，是现在阳历的五月下旬，正是收割麦子的季节，路得在麦田中拾穗的情景，每年在人民脑海里浮现一次，深入人心。

《以斯帖记》是一篇带有传奇色彩的历史小说，约产生于公元前2世纪，它以波斯帝国统治时期为背景，描述被掳掠到巴比伦的希伯来少女以斯帖，以出众的美貌被波斯王亚哈随鲁立为王后。以斯帖的养父末底改因不肯向宰相哈曼跪拜而招嫉恨。哈曼阴谋杀死全国的犹太人，他令人建造了一个高五丈的绞架，企图首先处死末底改。为了拯救犹太人，以斯帖冒死闯入内殿，恳请国王率哈曼赴宴。在第二次宴席上，以斯帖向国王揭露了哈曼的阴谋，请求国王保护。闻言大怒的国王拂袖离席，哈曼俯身在王后的床榻上请求以斯帖饶命，被重返席间的国王认为是对王后的轻佻和不轨，就下令把哈曼放在绞架上处死，犹太人因此得救，末底改当上了宰相。

《以斯帖记》通篇宣扬了爱祖国爱人民的主题。希伯来人借用他们在波斯时代的传说故事，来加强、激励当时在叙利亚王安条克残酷统治压迫下的希伯来人矢志忠于本民族，英勇斗争，以增强胜利的信心。这是一篇没有宗教意味的小说，表达了作者爱国家爱民族的思想，号召人民团结起来斗争，争取胜利。小说女主人公以斯帖崇高爱国激情和机智沉着的品格，受到希伯来人的敬仰。

三、希伯来文学的主要特色

希伯来文学反映了古代希伯来民族的发展和历代王国兴亡的历史，体现了古希伯来民族一千多年的生活和精神面貌，描绘了它在原始氏族社会末期和奴隶制社会时期的社会现实。古希伯来民族生活在埃及、巴比伦、亚述、波斯、罗马等强国之间，不断遭到侵扰和磨难，遭到亡国的痛苦。这样一个多灾多难的民族，无论是民间，还是文人的作品，大多表现出深沉真挚的情感，具有很强的民族情绪。他们对上帝耶和华的敬畏和赞美以及由此而产生的情感化倾向，也是世界文学中少有的。

希伯来文学在艺术上的特色也十分明显。首先，它的题材广泛。早至开天辟地、万物伊始，晚至民族罹难、国人四散；上至上帝的权威，下至人类的尘世生活……上天入地，谈古论今。在这广阔的时空之中，希伯来文学描述了宇宙的形成、万物的起源，人类的繁衍、部族的残杀、王国的兴衰、上帝的戒律、摩西的伟业、亡国的惨景、智者的思虑、暴君的昏庸、民族的仇恨等。因此，希伯来文学如同希伯来民族的生存史和创业史，是一幅广阔的画卷。

其次，文学体裁多样。希伯来文学中的散文、神话、史诗、小说、戏剧、抒情诗、哲理诗、叙事诗、寓言、谚语等，成为后来世界文学发展中各种体裁的雏形，为各类文学的发展奠定了基础。

最后，想象丰富、人物众多、情感真挚。希伯来文学产生的时期，还是人类文学发展的初级阶段。它的很多成就反映了人类童年时代的思想状态。希伯来人的文学想象很丰富，对世界的主宰者上帝耶和华的描述、对世界形成的想象、对自然和神迹的波澜壮阔的抒写，无不表现出希伯来人卓越的文学才能。

此外，希伯来文学中刻画了众多性格鲜明的人物形象，有意志坚定的摩西、骁勇善战的大卫、智慧而富有的所罗门、悲壮的大力士参孙、温柔善良的路得、勇敢无私的以斯帖等。其中的很多人物都成为后世各国文学艺术形象的原型。

第三节 迦梨陀娑

一、生平与创作

迦梨陀娑（约350—472）是印度古代文学史上最杰出的诗人和剧作家。身前即已成为当时的"宫廷九宝"之一，身后其作品广为流传，享有世界声誉。1956年，世界和平理事会将他列为世界十大文化名人之一。

迦梨陀娑几乎和印度古代文学史上的所有作家一样，其生卒年月与生平活动，几乎一无所知，至今无定论。比较为大家所接受的是他生在笈多王朝（公元4至6世纪）。此外，有一些与他有关的传说。迦梨陀娑是个婆罗门的儿子，幼年父母双亡。他被一个牧羊人养大，后来同一位公主结婚。因为他出身卑微（牧羊人之子），公主以他为耻。他没有办法就去向女神迦梨祈祷，女神加恩赐给他智慧。于是他一变而成为大诗人大学者。因此人们称他为"迦梨陀娑"（迦梨女神的奴隶之意）。现在一般认为他是笈多王朝超日王的文艺"九宝"之一，是位宫廷诗人。但他能站在较为开明的立场进行创作，一面肯定笈多王朝的统治，一面也对人民抱有一定的同情。他的作品据传说很多，至今流传下来较为可靠的大约有5种：剧本《沙恭达罗》《优哩婆湿》，抒情诗《云使》，叙事诗《鸠摩罗出世》《罗怙世系》。《沙恭达罗》是代表作。

《云使》是一部长篇抒情诗，分为"前云"和"后云"两部分，共115颂。主要讲述玩忽职守的药叉被贬谪到南方的山中以后，由于已与爱妻分别数月，心中凄然。雨季北行的雨云更激起他的相思之情，他托雨云带去自己对爱妻的眷恋与爱意。诗人将抽象的情意概念化为可感的意象——"云"，并以此来表情达意，传递了自己的生命情怀，令人难忘。尤其在"后云"中，诗人用清新俊逸的笔调，绘声绘色地写出了小药叉向雨云描绘爱妻住地沿途的秀丽景色以及她的婀娜美丽，倾诉出了小药叉对远方妻子炽烈的相思之情。诗句中充满饱尝爱情甜蜜而痛苦离别的愁绪，极富艺术感染力。《云使》高超的艺术成就与奇特的想象，开创了一代新的诗风。因此，后继模仿者很多，曾一度出现了"信使诗热",主要有《风使》《月使》《鹦鹉使》《蜜蜂使》《天鹅使》《杜鹃使》《孔雀使》等。这些以自然现象或动物等为诗歌意象的表现方法,极大地丰富了印度古典诗歌的表现力和美学内涵。

迦梨陀娑在自己的作品里叙述印度的历史,加强民族自豪感,促进了国家的统一。作品歌颂了世代以武功统一天下、保卫国家的君主,同时也指责了那些荒淫无道、专横暴虐的昏君和各色各样的上层贵族和婆罗门。在他笔下也出现了下层被压迫的人物,有宫女、渔夫、手艺人。由于诗人的同情,这些人物往往被描写得机智、勇敢、善良,尤其他笔下的妇女形象,更突出反映了他的进步倾向。她们外貌美丽,内心世界丰富,性格突出,都能为自己的权利和幸福去努力和斗争,几乎达到了完美的程度。另外,他在作品中热情歌颂了美丽的大自然。诗人看到现实矛盾时,就把自然作为与现实对立的和谐、纯朴的理想境界加以描绘。他强调人性与自然的结合,认为只有在自然环境中成长起来的人才具有正直纯朴的品质。他的作品从总的倾向来看,既表达了人民的某些愿望,又不得不为帝王和神仙歌功颂德,在揭露现实矛盾最深刻之处,往往以神话为假托冲淡矛盾。

二、《沙恭达罗》

《沙恭达罗》的故事原型曾见于大史诗《摩诃婆罗多》中的《初篇》,也曾见于《莲花往事书》,但是故事原型情节都很简单,没有《沙恭达罗》完整。《沙恭达罗》不但情节更加完整,而且格外突出了男女爱情的主题,特别是对沙恭达罗的悲剧命运赋予一定的社会意义。作品表现出作者丰富的想象力,寄托了作者向往美好生活的思想。

国王豆扇陀出城打猎,担心惊扰修道仙人,只身潜入净修林。他偷看到净修女沙恭达罗的美貌,想占为己有,但他的权力控制不了净修林。沙恭达罗对他虽有好感,可是惧怕净修林的清规戒律,不敢贸然和他亲近(第一幕)。豆扇陀的随从看出了他的不良居心,并对他加以劝诫,但国王不听劝阻,假称保护净修林,再度进入净修林。天真的沙恭达罗,在他显示出国王的身份后当然有怀疑,但禁不住国王的诱惑,采用"干闼婆"的方式与之结合。国王如愿以偿,后来留下戒指作为认亲标记,就离开了。沙恭达罗由于对国王的眷恋之情,得罪了苦行仙人,受到诅咒。怀孕的沙恭达罗被迫去王宫认亲,不料在途中祭水时把戒指掉入水中,诅咒灵验。豆扇陀失去记忆,不肯相认。沙恭达罗大胆责骂他不念旧情,在国王不留、净修林不收而走投无路的情况下被天女接走。戒指被渔民打鱼时所获,献给国王。豆扇陀忆起前情,追念沙恭达罗。最后天帝对陀罗表示同情,约他上天平乱,归途认下母子。他们的儿子就是伟大的婆罗多。

沙恭达罗是个光彩夺目的形象,是作者心中理想女性的化身。她天真无瑕,温柔多情,刚烈勇敢,不忍凌辱。沙恭达罗在净修林这种远离尘世的美丽、恬静的自然环境里长大,热爱自然,秀色天成,非常纯真,完全不了解人世间的诡诈。她初见豆扇陀就产生了好感,听到他的甜言蜜语就产生了爱情。她非常聪慧,一再试探国王对爱情的态度,唯恐落到后宫三千粉黛的下场,始乱终弃的结局。她一旦以身相许,就以极大的勇气冲破净修林的清规戒律,不顾一切后果地用干闼婆的方式结了婚,以追求自由幸福的爱情生活。她因思念国王而遭到仙人的诅咒,国王不记前情。当她明白自己上当受骗时,谴责曾经信誓旦旦的国王是骗子,是卑鄙无耻的人,是一口盖着草的井。她有勇气谴责豆扇陀的负义,却没有勇气和他决绝。在天境相认时,她还为国王开脱,归因于仙人的诅咒。她虽不是个叛逆的女性,也绝不是一味屈从的女奴,而是个受侮辱迫害又有不满的善良的妇女典型。

国王豆扇陀是个矛盾的形象。他有二重性,既是个喜新厌旧、玩弄女性、始乱终弃的国王,又是个对沙恭达罗有真挚爱情的情种。实际上,作者对他既有美化又有讽喻,是通过歌颂与揭露相结合而塑造的一个形象。他爱沙恭达罗,不过是寻欢作乐,逢场作戏,是"厌恶了枣子的人想得到罗望子",所以一旦他的欲望得到满足,他就把山盟海誓抛到九霄云外去了。至于他被写成见到戒指不忘情于沙恭达罗,思念甚深,则明显有作者把自己对爱情和婚姻的理想,寄托到国王豆扇陀身上的痕迹。这种矛盾是作者无论如何书写也摆脱不掉的,读者虽然被豆扇陀的挚情所感,而实际上这样的封建君主是根本不存在的。

《沙恭达罗》在艺术上取得了很高的成就。

首先,婉而多讽,含而不露。国王始乱终弃,诗人不敢尽情揭露,以神话的方式即信物的丢失,为国王开脱。这是借助神话的形式对国王进行批判,显现了作者独特的艺术匠心。

其次,结构上的独特性。戏剧结构采取了现实情节与神话情节相结合,而以现实情节为主的方式。作品既展示了现实生活,揭露了矛盾,又寄托了作者的理想。情节安排很严谨,一环扣一环,把仙人诅咒应验、戒指失而复得作为重要环节。干闼婆结合的方式则进一步突出了爱情的主题,刻画了人物性格。

再次,剧本善于用不同的境界和手法来衬托刻画人物。净修林的环境更具有自然性,便于刻画沙恭达罗的单纯质朴。宫廷环境更具社会性,便于揭示豆扇陀的专横无理和荒淫无耻。仙界则摆脱了自然界和社会关系的束缚,便于表现作者的理想和愿望。

最后,语言优美、生动,表现人物感情贴切,描写景物带有浓郁的抒情性。沙恭达罗离别净修林时的矛盾感情表现得非常细腻。她既希望看到夫君,又对同伴和故居恋恋不舍,甚至花木鸟语无不牵扯她的肝肠。不同身份的人物持不同的语言,国王和神仙说雅语,妇女和丑角说俗语。即使妇女是皇后,丑角是婆罗门,也要说俗语。

《沙恭达罗》在印度有很多方言译本,里面的许多诗句,人们都能背诵,直到最近还有人用梵文上演。这个剧本在1791年被译成德文,歌德的杰作《浮士德》中之"舞台上序剧"就是受《沙恭达罗》剧序幕的影响。席勒曾写信给威廉·封·洪堡说:"在古代希腊,竟没有一部书能够在美妙的女性温柔方面,或者在美妙的爱情方面与《沙恭达罗》相比于万一。"

第二章 中古文学

中古东方文学是指亚非地区中古时期的文学,即亚非封建社会的文学。许多东方国家先后在2、3世纪至7、8世纪确立了自己的封建制度,一般较之欧洲封建社会出现的要早。但是,东方的中古时期极为漫长,封建专制统治和自然经济严重束缚了人们的思想。尽管如此,东方各国的古代文化还是发展到了各自的顶峰,文学、科学、艺术和哲学仍然处于世界的前列。随着军事扩张,商贸扩大,东方各民族文化开始向周边扩散,形成东亚、南亚、西亚北非3个文化圈。它们互相渗透,互相补充,使中古文学呈现出一派繁荣灿烂的局面。

第一节 概 述

一、中古文学特征

中古时期,东方各国家强调高度集权统治。强大的封建专制制度极大地限制了社会形态各方面的发展。农民不但受地主盘剥,还要直接向国家缴纳贡税,生活贫困,政治地位低下。自给自足的自然经济居于社会上的统治地位,限制了商品经济的发展,因此,手工业和商业得不到充分发展。异族入侵和野蛮统治,从客观上也束缚了先进国家的发展。上述种种原因造成了亚非地区经历了一个漫长的中古时期。

中古东方文学达到了空前的繁荣,在许多方面都取得了辉煌的成就。这一时期的文学主要表现出以下特征。

首先,中古东方文学创作空前繁荣,呈现出多民族文学共同兴旺的大好局面。其文学发展空间大大扩展,除埃及、巴比伦、希伯来的古代文学出现中断现象以外,印度文学在古代文学成就的基础上继续向前发展。与此同时,朝鲜、日本、越南、伊朗、阿拉伯等一系列新兴民族和国家都出现了较高水平的文学成就。

其次,各民族文学相互交流,互相影响,促成了东方中古文学的大发展。这种文学交流的大趋势主要表现在两方面。一是历史悠久、文学发达的国家,其文学作品流传、影响了周边国家的文学。如中国、印度、伊朗和阿拉伯国家的文学对邻近各民族都产生过深远的影响。二是各国人民齐心协力共同创造的文学财富,成为各国人民共有而且共享的遗产,如《卡里来和笛木乃》《一千零一夜》《古兰经》等。

最后,民间文学尤其发达,成为中古东方文学的重要组成部分。无论是民歌、民谣,还是民间故事、民间戏剧,在古代东方各国始终有较深广的群众基础,以至于影响了文人的创作。中古文学的民族史诗由神话传说和民歌民谣发展而来。小说的母体是民间故事、说唱文学和民间传奇等。这都表明,民间文学对民族文学的生成有着明显的影响作用。

二、中古文学概况

中古东方文学主要包括朝鲜、日本、越南、波斯、阿拉伯等国家和地区的文学。

日本文学　日本最早的书面文学开始出现是在奈良时期(710—793),代表作品有《古事记》《日本书纪》《风土记》《怀风藻》《万叶集》等。

《古事记》成书于712年,作为日本第一部文学作品,开拓了日本书面文学的创作天地。与《古事记》一起被日本文学界合称"记纪"的另一部重要作品《日本书纪》,被认为是模仿中国《汉书》等写成的日本编年体史书。与"记纪"同时出现的是《风土记》,根据中国把地方志都称为"风土记"而得名。这3部作品成书年代相近,几乎都把神话、传说、诗歌等集于一身,表现了日本当时的历史与生活。

这一时期,诗歌方面的主要成就包括成书于751年的《怀风藻》和稍后出现的《万叶集》。《怀风藻》是日本现存的最早的汉诗集。当时日本贵族文化水平提高,写作汉诗成为富于教养的标志。《怀风藻》中的汉诗,内容上多是表现宴会、游览等宫廷之作,诗风上受中国六朝和唐初的影响,几乎都是五言诗。由于其狭窄的宫廷视野和诗歌语言与形式的非民族性,《怀风藻》在日本文学中的地位远远不及《万叶集》。《万叶集》是日本的第一部和歌总集。为了与用汉字而写的诗歌——汉诗相区别,日本人将用大和文写的诗歌称为和歌。《万叶集》在日本文学史上的地位,相当于《诗经》在中国文学史上的地位。《万叶集》中的著名诗人包括柿本人麻吕(？—约708)、大伴旅人(665—731)和大伴家持(718—785)父子。最重要的是山上忆良(660—733),他的代表作《贫穷问答歌》开创了反映下层民众生活的新领域。

到了平安时期(794—1192),汉文文学继续发展。平安的早期,由于假名文字的出现,日本也出现了具有民族性的作品,如物语、散文等形式的作品。物语即虚构的文学作品。日本的物语文学主要分为两类:一个是以《伊势物语》为代表的围绕和歌为中心的"歌物语",另一个是以《竹取物语》为代表的富于传奇色彩的"传奇物语"。两者都是用假名文字写成,其中《竹取物语》明显受到唐传奇的影响。11世纪初产生的《源氏物语》是这一时期物语文学的最高成就。

镰仓时期(1192—1333)开始以后,日本先后出现了多种文学样式。由于局势的动荡,物语文学也出现了新的门类"军记物语",主要指从战争中汲取素材,反映新兴武士集团军事生活的叙事作品。军记物语的代表作是《平家物语》(1202—1221)。此外,日本初期的戏剧"能"和"狂言"也开始形成。

江户幕府于17世纪初创建。小说方面,井原西鹤(1642—1693)的"浮世草子"最有名。戏剧方面产生了净琉璃和歌舞伎,代表作家近松门左卫门(1653—1724)。俳句是江户时期诗歌方面的重要代表。一般俳句有3句,每句分别有5、7、5个音节。每首俳句共17个音节,是世界上最短小的诗歌。俳句的重要代表是被称为"俳圣"的松尾巴蕉(约1644—1694)。

朝鲜文学 朝鲜自古就受到中国文化和文学的多方面影响。统一的新罗时期受到唐代文学的辐射,汉文文学大兴。写作汉文诗成了当时文人抒情、叙事、写景、咏物的主要手段,出现了以崔致远为代表的一批汉文学家。崔致远(857—?)是统一新罗时期最重要的一位大诗人。他12岁曾到唐朝留学,接受了唐朝的先进文化,回国后长期不得志,只好隐居山中从事创作。其文集《桂苑笔耕》曾收入中国《四库全书》中,汉文诗中最优秀的作品是七律《陈情上太尉》、五言古诗《江南女》《古意》《寓兴》和《蜀葵花》等。他的作品讽刺了社会的黑暗和丑恶,对下层人民表现出深切的同情,表明了作者鲜明的爱憎情感和高尚的人格力量。他被公认为朝鲜汉文文学的奠基者,对后世影响深远。

高丽时期的汉文文学,尤其是汉诗占据文坛主流。被誉为"高丽文学双璧"的李奎报、李齐贤等一大批诗人将诗歌创作推向一个新高度。李奎报(1169—1241)保存下来的就有2000余首诗,其中写始祖东明王开国业绩的长篇叙事诗《东明王篇》,充满爱国主义思想和民族自豪感。《孀妪叹》《苦寒吟》《代农夫吟》等诗描述了农民的苦难生活,表现了诗人浓厚的人道主义思想。李齐贤(1288—1367)曾在中国居住20余年,一生写有大量诗词。其中《王祥碑》《题长安逆旅》《白沟》《金刚山二绝》《朴渊》等山水诗造诣颇深,借抒发对中国山水的留恋之情,流露出对祖国山河的热爱。

李朝前期,汉文诗和"禅说体"文学及传奇小说也得到了发展,其主要代表作家是金时习(1435—1493)。他所著《金鳌新话》是朝鲜文学史上第一部具有近代短篇小说因素的传奇集,具有承上启下的意义。李朝中期,汉文诗仍然是文人抒情言志的重要手段,国语文学出现繁荣局面。反映壬辰战争的小说《壬辰录》以反对日本侵略为题材,贯穿着强烈的爱国主义思想,表现出中朝两国人民的浓厚情感和传统友谊。金万重(1637—1692)的长篇小说《谢氏南征记》通过描写贵族家庭内部嫡庶矛盾,揭露了上层贵族政治上的危机和道德上的堕落。他的另一部长篇小说《九云梦》以书生杨少游的宦途得意和前世姻缘为线索,美化了士大夫的贵族生活。李朝后期贵族士大夫仍将汉文文学视为正统,而国语文学却愈来愈被普通平民所接受。尤其是以民间传说为基础的朝鲜国语小说,深受广大人民欢迎。其中以《春香传》《沈清传》最著名。《春香传》以民间传说为基础,重点描写了艺妓之女春香和贵族公子李梦龙之间的爱情纠葛,在歌颂男女主人公追求自由、平等、真挚爱情的同时,突出春香与封建官吏之间的矛盾冲突。《沈清传》是一部家庭伦理小说,写一位孝女的故事,成就远逊于《春香传》。

越南文学 受中国文化和文学影响很深的越南早期只有汉语书面文学。越南民族国家自939年建朝,历经3朝,至李朝(1009—1225)时才基本安定。开国皇帝李公蕴选择升龙(即河内)建都,下诏迁都。这个用了200余个汉字写成的《徙都升龙诏》是迄今尚存的最早的越南文学作品。13世纪末,越南开始出现用自己的民族文字字喃书写的文学。据传,用字喃撰写诗文的第一人是陈朝的阮诠,他善用字喃赋诗,是首先将唐代诗律运用于越南字喃诗的文人。

越南中古文学的最高成就是字喃长篇叙事诗《金云翘传》。这部堪称越南民族文学瑰宝的作品为阮攸(1765—1820)所作。他出生于诗书之家,颇有才华,曾两次奉命出使中国,写有大量汉语诗文。受当时中国流行的才子佳人小说《金云翘传》的影响,他将原作的章回小说体改编再创作为具有越南民族特色的六八体诗的形式,也名为《金云翘传》,又称《翘传》或《断肠新声》。诗中描述女主人公翠翘和书生金重一见钟情,私订终身。后金重奔丧回乡,翠翘老父与幼弟遭勾结官府的奸商谋害而入狱。翠翘无奈,卖身赎父,不幸沦为娼妓。她屡屡反抗,终未能摆脱悲剧命运,最后投江遇救,落发为尼。15年后翠翘才得以和金重团圆。阮攸借中国这对男女主人公悲欢离合的爱情故事,影射了越南黎朝末年、阮朝初年黑暗残酷的社会现实。翠翘的一生代表了当时广大妇女和被压迫人民的悲惨命运和痛苦遭遇。全篇充满了强烈的人道主义精神和深刻的现实主义因素,具有典型意义。

波斯文学 波斯古国素有"诗之国"的赞誉,中古时期波斯涌现出一批世界著名的诗人,他们以自己丰富多彩的创作使波斯文学能够立于世界文学之林。

第一位比较重要的诗人鲁达基(858—941)被称为波斯文学史上的"诗歌之父"。他一生写有很多的诗歌,但流传至今的仅有2000行左右。他灵活地运用颂体诗、抒情诗、叙事诗、四行诗等一切波斯诗歌的形式,充分表达了自己的充沛情感和人生态度。《暮年》一诗不仅是诗人个人一生经历的缩影,而且也是当时文人不幸命运的真实写照。菲尔多西(940—1020)是伊朗民族著名的英雄史诗《列王纪》(又名《王书》)的作者。这部史诗共计12万行,内容主要有神话传说、勇士故事和历史故事3大部分,描写了公元651年萨珊王朝灭亡以前传说中的兴衰大事。《列王纪》中有20余个精彩的故事,最主要的是4个悲剧故事。其中夏沃什的悲剧篇幅最长,人物描写也最出色。而苏赫拉布的悲剧则最出名。欧玛尔·海亚姆(1048—1132)是世界著名的四行诗诗人,也是著名的哲理诗人。四行诗译为"柔巴依",伊朗这种传统的诗歌形式与中国的绝句相类似,形式短小,便于抒情。海亚姆的四行诗很多,确切数字难以考定,其内容主要有3个方面,即探索宇宙人生的奥秘,剖析社会现象,揭露与抨击宗教神学。内扎米·甘泽维(1141—1209)是波斯文学史上著名的叙事诗大师,他的代表作诗集《五卷诗》堪称是东方文学的优秀之作,包括《密室之库》《霍斯陆与西琳》《蕾莉与马杰农》《七美人》《亚历山大故事》5部叙事诗。其中《蕾莉与马杰农》影响最大。它描写不同部族的男女主人公由于周围人的非议和责难,最后双双殉情而死的爱情悲剧,因此有"东方的《罗密欧与朱丽叶》"之称。萨迪(1208—1292)是波斯13世纪的大诗人,代表作是诗集《果园》和散文故事集《蔷薇园》。《果园》的内容带有更多的伊斯兰理想主义色彩,而《蔷薇园》则更多地表现了诗人对现实世界的理解。但两部作品都反映出作家强烈而深沉的人道主义思想。哈菲兹(1320—1390)是14世纪波斯著名的抒情诗人,在伊朗,其诗集的发行量仅次于《古兰经》。他是一位不倦追求自由思想的诗人,美酒和爱情是他讴歌的主要对象。在著名的《酒歌》中，诗人驰骋想象，发思古之幽情，叹今生之苦短，表达了渴望冲破现世秩序束缚，追求美好人生的迫切愿望。贾米(1414—1492)是中古波斯文学繁荣时期的最后一位大诗人，他效法萨迪写了《春园》；他师承内扎米写了《七宝座》，但表现了自己对人生与社会的认识。他的创作标志着持续了6个世纪之久的中古波斯文学黄金时代的终结。

阿拉伯文学　阿拉伯人将伊斯兰教创立以前的150余年的时期，称为"贾希利叶时期"，即蒙昧时期。当时的文学起源于口头创作，先有诗歌，后有散文。"悬诗"代表了蒙昧时期诗歌创作的最高成就。据说每年都要在麦加附近的欧卡兹集市上举行赛诗会，中选的诗以金粉汁书写在亚麻布上，高悬于"克尔白"天房，因而得名。最著名的悬诗诗人是乌鲁勒·盖斯(500—540)。其悬诗或描写凭吊某些遗址及与其相关的回忆和哀伤之情，或描写爱情冒险，或描写在游历时的所遇所感，或描写大自然的风光。他感慨爱情转瞬即逝，触景生情而写的"让我们停下来哭泣"，是人类直面死亡对爱的最伟大呐喊。盖斯的悬诗朴素自然，语言表达细腻，长期以来一直是阿拉伯诗歌的典范。

阿拉伯文学史上第一部成文的散文巨著是《古兰经》。《古兰经》由一种新奇美妙的文体写成。它既没有依照某种韵律，也没有以若干押韵的短节来表达一个意义，但又不是没有节奏和韵脚的散文，而是一部语言简洁生动，文辞流畅华美，至今仍被奉为阿拉伯文学典范的散文巨著。

继倭马亚王朝之后，阿拔斯王朝延续了500年之久。经济的发展，贸易的频繁，促使阿拉伯文化向域外学习，因此，无论是文学还是文化都呈现出繁荣的景象。阿拉伯文学进入一个蓬勃发展的黄金时代。这一时期的代表诗人有艾布·努瓦斯。代表作品有译著《卡里莱和笛木乃》《玛卡梅韵文故事》和《一千零一夜》等。

艾布·努瓦斯(762—813)虽家境贫寒，但他有强烈的求知欲。他学习《古兰经》和《圣训》，学习语言学，有极高的文化修养。他在游学过程中没有忘记对于青春快乐与自由的追求，并很快就融入青少年放纵享乐的潮流中。他的狂放不羁淋漓尽致地表现在他的饮酒诗里。酒被视为"治我疾病的良药"，有"酒里落不下忧愁"的妙用。对酒的熟悉与热爱，使努瓦斯在这类诗歌中表现出空前的创新才能。诗中赞美青春、爱情、美酒，其数量之多，风格之独特，是阿拉伯文坛古往今来的诗人所难比拟的。

《卡里莱和笛木乃》以动人的寓言使印度古代《五卷书》中的故事传遍亚洲、欧洲和非洲。其译者是伊本·穆格法(724—759)。他生活在倭马亚王朝与阿拔斯王朝交替的时代，对现实充满厌恶和不满，因此将改革时弊的改良主义思想充分表达在《卡里莱和笛木乃》这部译作中。全书以国王大布沙林和哲学家白得巴之间的交谈为主线，以白得巴为国王讲故事的形式进行道德说教，并阐释某种哲理。在这些故事中，除狮王身边侍从中的两只狐狸卡里莱和笛木乃以外，还出现了各种的鸟兽鱼虫等动物。穆格法借这些动物在自然界的生活遭遇，来影射自己在现实人类社会里的体验和感受，达到以理惩恶扬善，教人弃恶从善的目的。

《玛卡梅韵文故事》是用带韵的散文写的故事,具有说唱文学的性质。"玛卡麦"原意为"集会""聚会",引申为聚会场所讲述的故事,类似中国古代的"话本"和近代的"评书"。白迪阿·宰曼·赫迈扎尼(969—1007)是玛卡梅体故事的奠基人。他传世的故事有52篇,各篇故事内容各自独立,但有一个共同的主人公。他的作品因其情节幽默,并表现对社会的讽刺,而深受人民欢迎。玛卡梅体故事在发展中成为后世阿拉伯古典小说的雏形,后传到欧洲,产生了不小的影响。

诗人蒲绥里(1211—1296)也是此期有名的诗人,代表作《斗篷颂》。

第二节 紫 式 部

一、生平与创作

紫式部(约978—约1015)因《源氏物语》而享誉世界。《源氏物语》因出自女性之手,成为日本平安时期,乃至整个日本女性文学史上的扛鼎之作。紫式部以女性特有的细腻心理表白使《源氏物语》成为日本传统文学的集大成者,并成就了日本专门研究《源氏物语》的"源学"的形成。

紫式部何许人是日本"源学"中探讨的重要问题。据产生于平安朝末期的《宝物集》(约1198)卷4载:"紫式部以虚言作《源氏物语》,获罪坠入地狱。"学界普遍认为作者即紫式部,其本名不详。据说因其父曾官居朝廷"式部丞","式部大丞"而得名"式部"。她侍奉一条天皇中宫藤原彰子时,曾被称为藤式部。改称紫式部有多种说法,一说由于《源氏物语》又名《紫物语》之故,一说由于《源氏物语》中对主人公之一的源氏之妻"紫上"描写出色,另一说是因其居住在紫野云林院一带等。

紫式部出生于名门望族藤原世家。式部的家系历代为官,其父亲一度被重用为式部大丞。虽为官时已呈衰落之势,可是家风仍恪守书香门第之传统,文人辈出。其祖父、外祖父、父亲、叔父、兄长等,都是敕撰集歌人。父亲藤原为时兼长汉诗与和歌,对中国古典文学颇有研究,成为一条朝屈指可数的汉诗人。紫式部幼年丧母,和姐弟一起,由深谙文学的父亲养育成人。她天资聪慧,才学过人,其父曾叹息说,可惜她没生为男子,这是最大的不幸,没想到她竟然取得了男子难以企及的文学成就。

紫式部约在20岁时就嫁给了40有余、有数房妻妾的山城守藤原宣孝,婚后第二年生了女儿贤子。婚后第四个年头,宣孝病亡。据说年轻寡居的式部在抚养女儿贤子的不安与忧郁中开始写作这部物语。她写作的部分内容逐渐流传到式部的活动范围以外,人们开始认识到她体现在作品字里行间的卓越才华。不久,她应召入选宫中,侍奉藤原道长的女儿、一条天皇的中宫彰子。由于她通晓《日本书纪》,一条天皇称赞她,并让她向中宫讲授《白氏文集》。宫中的生活优越、平静,但又单调、乏味。这期间她根据在宫中的所见所闻和感受见解,继续从事《源氏物语》的写作,并完成书的主体部分。

她在宫中供职期间,还写了《紫式部日记》,以记述宫廷礼仪为中心,记录了宫中的见闻,流露出作者对现实的不安、忧愁和苦恼的心理。根据日记中的和歌曾被《后拾遗和歌集》(1086)及以后的敕撰集所收的情况分析,可以认定为紫式部所作。《紫式部日记》中有3处《源氏物语》为其所作的记载,可是否出自一人之手,历来多有争议。截至目前,尚无人用充分的材料证明《源氏物语》非紫式部所作。此外,她还著有《紫式部集》、和歌等。

二、《源氏物语》

《源氏物语》是一部卷帙浩繁的作品,成书于11世纪初,被认为是世界上最早出现的长篇小说。全书出场人物不下三四百人,其中以主人公光源氏五十余年的跌宕生活(出生、升迁、失意、荣华、晚年)为经,以数十个命运各异的贵族妇女为纬,织成一幅五光十色、绚烂多姿的画卷。

作品反映的是平安时期宫廷贵族及整个贵族生活的全貌。贵族凭借庄园制经济,从全国搜刮了大量的财富,过着极其奢侈、放纵的生活。他们为了争权夺利,巩固自己的特权地位玩弄阴险、肮脏的宫廷阴谋。在私生活方面他们披着文雅、风流的外衣沉湎于歌舞管弦和声色犬马的享乐之中。然而他们的精神世界却十分空虚,稍一失意,便悲观厌世。这种权势与爱欲,构成了大贵族们生活的二重奏,而纤弱虚无的情绪,则成为大贵族们精神生活的主调。

《源氏物语》共54卷(帖),约80多万字。前40卷写源氏50多年的一生。第41卷只有卷名,无本文,暗示源氏之死,第42—44卷是承前启后的过渡,最后10卷写源氏之子薰大将的情欲生活造成的悲剧。故事主要发生在宇治这个地方,所以又称"宇治十帖"。薰君与另一青年皇子争夺一个贵族少女浮舟,浮舟走投无路,欲投河自尽,但被救,于是落发为尼,了此残生。

《源氏物语》通过对源氏一生政治上的沉浮、毁誉以及他一生渔色追欢的描绘,展示了平安时期宫廷贵族错综复杂的权势之争、各贵族门第之间聚合离散、力量的消长。作品特别突出地揭露了宫廷大贵族糜烂的男女关系,真实地反映出8世纪末至12世纪平安时期上层贵族政治上的腐朽和精神上的堕落,揭示出整个平安贵族走向没落的必然命运。

作品中的主人公光源氏,是平安时期大贵族的典型。他是个庶出的皇子,出生不久,其母铜壶更衣虽然受到天皇宠爱,但地位低下,无权势背景,受其他妃嫔嫉妒与排挤,郁郁寡欢而死。稍长,他技艺精通,受到天皇(铜壶帝)的宠爱,被赐姓源氏。在12岁成人后,源氏娶左大臣女儿葵上为妻,自此有了政治靠山,担任了近卫中将。从17岁时起,他以美貌多情,逐走猎艳于裙钗之间,被他沾惹的多是中等贵族的女子或地位下降的大贵族女性。其中有家臣的年轻寡妇,有已故皇太子妃,也有作为政治牺牲品的皇帝女儿,有被他收养后纳为正妻的少女,也有作为父亲进阶垫脚石的女儿,不一而足。他21岁晋升为近卫大将,逐步在宫廷取得权势。但当其父让位给源氏之兄时,由于其是右大臣之女所生,左大臣及光源氏一派失势。再加上他与右大臣弟之女发生不正常关系,遭到排挤。他政治上失意,隐退到须磨,后到明石。两年后其兄退位,源氏和其后母(藤壶女妃)的私生子冷泉继位,他东山再起,不仅被赦免回家任内大臣,而且扶摇直上又做了太政大臣。他40岁时权势极盛,荣华绝顶,修建了六条院大宅邸,将他过去结识过的十多个女性尽收其中,过着所谓的"风雅"生活。其兄(异母)退位的朱雀帝畏其权势将最小的女儿女三宫嫁给他。他周旋于她和正妻紫上之间,深感苦恼。女三宫又和他人生下一子,他联想到自己更加痛苦。后女三宫削发为尼,紫上心力交瘁而死,他不久也死去。后十卷写其子薰君之事。

源氏之死预示着"摄关"政治由盛及衰,以及整个平安贵族由于政治腐朽,精神空虚而必然没落的命运。主人公源氏的形象是被美化的,作者笔下的他是多情善良的美男子,而且用情专一,才能多样。紫式部由于贵族视野的局限,不可能从正面否定源氏这一贵族的代表人物。她身为宫廷女官,希望保住地位,升迁更好;但是她的臣仆地位,非正妻的身份,她冷静内向的性格,都使她心明眼亮。自然而然地她把同情倾注到同病相怜的贵族女性身上,特别是那些属于中等贵族的妇女身上。正因为如此,围绕光源氏周围的许多贵族妇女的形象才更加形象生动。人们也因此了解没有哪个时期的女性像平安时期的贵族妇女那样成为统治者最无情、最丑恶的斗争工具,成为最公开、最无耻的玩弄对象。这也是这部作品真挚动人的力量所在。《源氏物语》所刻画的这些妇女恍如一面镜子,既照见了贵族的丑恶嘴脸,也看到它们走向灭亡的必然命运。

这些贵族妇女,无论身份高贵的皇女、妃嫔,或是地位平庸的中等贵族家庭之女,在贵族一夫多妻的制度下,在当时特殊的婚姻习俗背景下——结婚不具备家庭形式,婚后除非男贵族愿将女方迎到家中,否则留守父母家中,生活充满怨恨和痛苦。她们生养在深闺宫闱之中,为乳母、侍女所围绕,不能与陌生男子相见,甚至不能与家中的成年男子相见。当时"见"与"相见"这个词就意味着男女之间的关系。男贵族要千方百计、捕风捉影地到处寻求他猎奇求爱的对象,往往要通过贵族妇女身边的侍女送来求爱的书信与和歌,而妇女为不失掉贵族妇女们所应具备的"高贵教养",无论是否愿意都必须用"和歌"作答。一旦两人关系确立,男贵族只能乘夜而去,趁未明而归。这种习俗,使男女贵族间的关系蒙上一层神秘色彩。在双方结合后,由于贵族不只保持对一个妇女的关系,结果她们只能在毫无幸福、自由,唯有嫉恨、懊恼的悲叹中度日。她们不是忍气吞声,郁闷了却残生,就是落发为尼,成为一个活着的死人。作品中《帚木卷》中构思了"夜雨品评"这一情节。一个梅雨淅沥的夜晚,源氏与其他贵公子们在宫中值宿,为排遣长夜的无聊,他们各自讲了自己的爱欲经历,发表了对贵族妇女的看法,既是贵族渔色猎艳的卑微心理的自我暴露,又是当时贵族妇女地位处境的真实写照。作者借源氏妻兄头中将之口,说出如下一段话:"如果其人出于高品之家,就会娇生惯养;唯有出于中品之家的女子,她们各自的性格,各自的风致,显露得很清楚,其间优劣,千差万别;至于下品之家的女子,则不足污耳了。"寥寥数语把当时贵族女性的悲惨处境暴露无遗。

她们通通不过是源氏等贵族男性爱欲享乐的牺牲品。

源氏第一个结识的妇女是空蝉，她是年老地方官伊予介的后妻，其子纪伊守是源氏家臣。一次源氏为"躲灾"到纪伊守家中，窥见空蝉，闯入其内室。以后源氏不能忘情于空蝉，可是空蝉考虑到身为人妻的地位，克制了自己的恋情，不再给源氏可乘之机。但空蝉对身份高贵而又年轻貌美的贵公子的钟情又抱有"恨不相逢未嫁时"的矛盾心理。源氏万般纠缠却受到严拒，这种感情只不过是他以后泛爱主义的最初流露，却给空蝉留下终生的痛苦。

至于寡妇六条御息所，她在 16 岁进宫，做了前太子妃。20 岁时前太子死去，她孀居,24 岁时与源氏结识，当时源氏只 17 岁。最初她不肯轻易俯就，一旦委身于源氏，就把全部爱情倾注其身，增加了她的懊恼与痛苦。一次坐车外出与源氏正妻葵上争路，受到羞辱，愤恨不已，特别是当她听说世间传说她出于嫉妒怨恨，经常"生魂"出壳，到源氏所钟爱的女子身旁去作祟时，她感到无地自容。为铲除和源氏相识造成的痛苦，她宁愿陪伴做"斋宫"的女儿到遥远的伊势去。她 36 岁时回京，不久重病而死，死前还落发为尼。临终前她将自己的女儿托付给源氏，悲叹地恳求源氏不要触动她的孤女，不要像折磨她那样，再折磨她的女儿，话说得异常沉痛。这是作者对妇女悲惨命运最深刻的认识。

藤壶中宫是先帝的女儿,13 岁入宫，做了源氏父亲铜壶帝的妃子。那时源氏 8 岁，自幼就听说藤壶的姿容，酷肖亡母，从而就对她产生了恋慕之情。源氏 18 岁趁藤壶出宫养病，买通侍女，与其发生了暧昧关系，藤壶当即怀孕，生下的皇子后继承帝位，为冷泉帝。藤壶和源氏乱伦，冷泉帝出生，加之铜壶帝对她格外宠爱，使她内心充满苦恼与内疚。铜壶帝死后，源氏又来纠缠，她既需要源氏做她所生之子的后盾，又惧怕纠缠，透露隐私。苦恼之余，她削发为尼以断绝源氏对她的疯狂纠缠。藤壶各方面都很圆满，但作为上层贵族妇女的她也难逃脱普通贵族妇女的共同命运。在男贵族恣情纵欲的行为面前，她也只能是个任人摆布的可怜虫。矛盾的思想折磨着她，逼她走上最后一条出家为尼的解脱之路。

上层贵妇女三宫是门阀政治婚姻的牺牲者的典型。她是源氏异母兄朱雀帝的女儿。朱雀帝退位后准备出家，对女儿的婚事委决不下，在"择婚"问题上迟疑不决。他想把她嫁给冷泉帝，但冷泉帝身边已满额，其他求婚的贵公子门第还不够高贵，最后还是将女三宫嫁给权势显赫的源氏。此时他年已四十，而女三宫只有十四五。婚后几年，一向对女三宫有恋慕之情的柏木（源氏已故正妻葵上的侄儿），说服了女三宫的侍女，偷偷将他带到女三宫内室。面对这意外事件，女三宫只能为命运的捉弄感到深深悲哀。源氏发现私情，柏木恐惧抑郁而死。女三宫生下柏木的孩子后，感到源氏的冷淡，经常怀念她出了家的父亲朱雀帝。其父闻讯赶来，当夜亲手为她落了发，成为未死不活之人。当初源氏和藤壶私通，没有给他带来任何后果，反而使他地位日益荣耀，私生子冷泉帝得知出生秘密后，甚至要把帝位让给源氏。而女三宫与柏木私通，虽然她贵为内亲王,她在求爱面前完全不由自主,但还是由于她是妇女,就受到严厉的惩罚。

《源氏物语》中的所有贵族妇女,无一不受到男性贵族的侮辱。她们用"宿世业缘"的观念来麻痹自己,用"出家为尼"来否定自己,用"投河自尽"(后十帖女主人公浮舟)来表示消极反抗。事实上这部作品的真正价值,正在于塑造了这些妇女的形象,使人能透过这些妇女形象清楚地认识到平安朝整个贵族的腐朽、丑恶,具有深刻的批判精神。

《源氏物语》艺术特色有以下四个方面。第一,精细刻画人物形象,尤其注重用心理描写的方法表现出人物性格。作者不仅利用对话、梦境等手段来刻画主人公源氏,而且那些贵族妇女的内心活动也被刻画得淋漓尽致。第二,利用环境描写来渲染、烘托气氛,从而形成"王朝物语"所独具的人事与自然交融的浓郁的抒情性。第三,语言典雅、华丽、优美、丰富。文中大量插入抒情诗歌,如和歌、古代名歌、汉诗等,加强艺术感染力。第四,结构的缀联形式。全书54卷,每卷可独立成篇,但又连绵不断,将光源氏祖孙三代的生活片段缀联成一部生活史。这种特点反映了早期长篇小说的特点。

第三节 《一千零一夜》

《一千零一夜》是阿拉伯古代的民间故事集,堪称民间文学的一座丰碑。它集中体现了古代阿拉伯民族的文化精神,也是阿拉伯人民审美理想的集中展示。

《一千零一夜》是阿拉伯中古时期文学的最优秀作品,是一部著名的民间故事集。它曾被高尔基称为世界民间文学创作中"最壮丽的一座纪念碑",在世界文学史上享有极高的声誉。

《一千零一夜》是1704年法国人迦兰(1646—1715)将其译成法文时的名称。后来有人转译为更具异域色彩的《阿拉伯之夜》。许多英文译本也多以《阿拉伯之夜》命名。到了中国翻译者的笔下,《阿拉伯之夜》的书名又被转译为具有中国文化色彩、便于中国读者理解的《天方夜谭》。

《一千零一夜》成书的时间大约是在8、9世纪之交。16世纪,其早期形式是流传在波斯、印度、埃及、希腊、罗马、希伯来等地区,乃至中国的民间故事。在其成书过程中,主要有3个故事题材来源。第一是波斯和印度。《一千零一夜》的早期形式是波斯故事集《海沙尔·艾弗萨纳》,即《一千个故事》,它是成书过程中的核心和框架。据考证,《一千个故事》可能来自印度,是由梵文译成古波斯文,最后译成阿拉伯文的。第二是伊拉克,即以巴格达为中心的阿拔斯王朝(750—1256)时期流行的故事。第三是埃及,即马穆鲁克王朝(1250—1517)时期流行的故事。这些故事题材来源在成书过程中,不同程度地经过了阿拉伯人的消化和再创作,不仅深深地打上了阿拉伯帝国时代的烙印,而且反映了广大阿拉伯人民对周边国家和地区人民生活的了解和想象。《一千零一夜》最终成为阿拉伯民间文学的一座里程碑式的作品,说明阿拉伯人民勇于吸纳周边地区民间文学素材的气魄和胸怀。

一、思想内容

《一千零一夜》中的故事，就总体而言，字里行间充满了宣扬真善美，抨击假恶丑的民主精神，贯穿了正义战胜非正义、真理战胜谬误的人文主义精神。整个内容都在赞颂人民与邪恶势力斗争中所表现出的惊人智慧和才能，揭露了统治者贪婪丑恶的本质，热情讴歌了青年男女之间正当、纯洁的爱情，反映了广大人民普遍置身其中的艰苦环境，尤其是商人经商冒险的生活。全书洋溢着乐观通达、积极向上的时代气息。

《一千零一夜》的"引子"，即第一个故事《国王山鲁亚尔及其兄弟的故事》在全书具有重要意义。首先，该故事写宰相之女山鲁佐德为拯救无辜的穆斯林姐妹免遭国王的屠杀，不顾个人安危，自愿嫁给国王，连续讲了一千零一夜的故事，终于使国王悔悟，促使他放弃了残忍的报复行为。故事集也由此而得名，当然它实际上并没有这么多故事。其次，这个故事不仅在结构上有联结所有故事的作用，而且也是全书所有故事内容的一个纲。提纲挈领，纲举目张，全书的主题一目了然。国王山鲁亚尔残暴荒淫，草菅人命。勇敢的女性山鲁佐德挺身而出，以柔克刚。最后正义战胜非正义，善良战胜邪恶。山鲁佐德的胜利，表明阿拉伯人民的机智勇敢和鲜明的是非观念。

《一千零一夜》在上述大框架内，描写了很多的故事，主要有爱情婚姻、经商冒险、贫富悬殊、神魔幻化等主题，全面反映了中古阿拉伯社会的民族、宗教、理想等问题，堪称妙趣横生，动人心魄。

《一千零一夜》有关爱情自由、婚姻幸福的描写，占了很大的篇幅，不论写王子公主之恋，商人王妃之恋、穷人贵族之恋，还是写凡人仙人之恋，都十分引人入胜。不少故事的男女主人公突破了国家、民族、宗教、贫富、地位的界限，跨越了天上、地下、海洋、陆地、仙界、人间的障碍，大胆追求真爱。这些故事深刻反映了阿拉伯人民心目中正确、进步的爱情观，充分表达了青年男女之间有情人终成眷属的美好愿望。

在《一千零一夜》数不清的爱情故事里，《巴士拉银匠哈桑的故事》最出色。银匠哈桑偶然窥见仙女买那伦·瑟诺玉的美貌后，思念成疾，后来两人结为夫妻。当仙女瑟诺玉因思乡而携子飞回瓦格岛以后，哈桑为了寻找妻儿，闯过7道峡谷，渡过7片大海，越过7座高山，走过无人能生还的飞禽、走兽、鬼神地带，来到瓦格岛救出妻儿。而瑟诺玉也忠于爱情，顽强地承受了其父（神王）、其姐（女王）的无情折磨，最后毅然抛弃神仙世界的享乐生活，与哈桑重返人间。这个故事不仅表现了哈桑和仙女对爱情的执着追求，而且进一步写出了青年男女要实现爱情自由、婚姻自主的幸福理想，就必须勇敢地反抗各种压力，并同邪恶势力做坚决的抗争。这在当时的社会历史条件下是难能可贵的。

《一千零一夜》中另一类重要内容，是写了不少反映商人生活和海外冒险的故事。中古阿拉伯帝国横跨亚、非、欧，交通便利，城市繁华，商业繁荣，贸易发达。其首都巴格达是当时世界上著名的城市，以它为中心，阿拉伯商人和航海家积极从事扩展商贸活动。他们冒险远航，为利经商的精神，反映了发展时期的阿拉伯人渴望富有的普遍心理。

《一千零一夜》里这种题材的故事很多,最具代表性的当数《辛伯达航海旅行的故事》。辛伯达生于富商家庭,自幼就懂得经商赢利的道理。他幻想着航海旅行、冒险经商、发财致富,于是他成了积极发展海外贸易的商人。他先后7次航海旅行,远涉重洋,最远到达印度和中国。他每次归来都发了大财,"拥有的财产,比先父遗留下来的有过之而无不及"。但过不了多久,在发财的欲望、致富冲动的怂恿之下,他就又扬帆出海,开始了又一次的冒险旅行。虽然他每次远航都是那么惊心动魄,死里逃生,但他从不胆怯,而是相信自己能够驾驭生活,能够依靠自己的顽强毅力和超人智慧克服一切艰难险阻。也就是说没有什么困难能够阻挡他去冒险发财,哪怕有时只剩下他孤身一人。他坚信人的幸福与地位"是从千辛万难、惊险困苦的奋斗中得来的"道理,因此,他成了一个永不疲倦的冒险家。

书中辛伯达这一形象表现出的永不满足的顽强进取精神,如饥似渴地探索新知的思想,体现了中古阿拉伯帝国时代新兴商人创业的本质特征,在当时具有积极意义。辛伯达在不断积累物质财物的过程中,也积极探索新知识、探求新世界,开发新航路。这些精神面貌正是阿拉伯帝国上升时期朝气蓬勃时代的真实写照。

《一千零一夜》中还大量描写了生活在社会底层的脚夫、渔夫、理发匠、仆人等,并通过他们的生活境遇,反映广大人民的悲惨处境。与此相对照的是,书中也大量写了众多为富不仁的上层贵族和统治者。他们过着花天酒地、挥金如土的生活,故事对当时封建的阿拉伯社会贫富悬殊、财富不均的黑暗世道发出不平之鸣。不仅如此,有些故事还深刻地揭示出人民苦难的根源,批判的矛头直指统治者,甚至是哈里发。

中古时期的阿拉伯帝国版图不断在扩大,不断对外进行侵略和扩张的结果是耗费了大量的资金。原始资本积累进行缓慢,这势必造成贫富不均的现象。统治者歌舞升平,长期过骄奢淫逸的生活,而广大人民则生活在水深火热之中。《三个苹果的故事》中的老渔翁过着穷困潦倒的生活,却无人同情。《渔翁的故事》里的老渔翁,家中"景世萧条,生活困难",他终日"在死亡线上奔波",却依然"发觉衣食的来源已经断绝"。他终于明白了"衣食不是专靠劳力换来","这个人辛勤打鱼"却一无所得,"那个人坐享其成"却可以完全不劳动。《辛伯达航海旅行的故事》里的穷脚夫辛伯达,"以搬运糊口,境况窘迫,生活十分贫困"。他"疲于奔命,终日出卖劳力,生活越来越离奇,压在肩上的重担,总是有增无减"。这些生活在社会底层的穷人,生活真是苦不堪言。

与此形成鲜明对照的是,统治者、贵族"横征暴敛,刮削民脂民膏",过着穷奢极欲的生活。在《死神的故事》里,3个国王有的"骄傲自满,好大喜功",有的"尽情享受那些数不完、用不尽的财富",有的"非常权威非常暴戾"。不论他们生时怎样的骄横而不可一世,到头来死神都不会放过他们。这死神实际就是人民意愿的体现者,就是正义的化身。那些国王(哈里发)"在宫中囤积世间应有尽有的各种物品,专供自己挥霍、享乐之用"。据史载,825年,麦蒙哈里发和宰相的女儿结婚时,有一千颗硕大的珍珠,有珍珠和蓝宝石装饰的金席子,有200磅重的龙涎香香烛等。可见当时国戚王亲、显贵高官过着多么奢侈繁华的生活。

《一千零一夜》中还有不少描写神魔幻化的故事,其中不少篇目无论在思想还是艺术上都达到了很高的境界。《阿里巴巴和四十大盗》中的阿里巴巴虽然一贫如洗,偶然发现强盗藏匿赃物的山洞,靠着魔语"开门吧,芝麻芝麻!"获得了大批珍宝,但却不占为己有,表现了普通人民无私、机敏、勇敢的优秀品德。在《渔翁的故事》里,老渔夫打鱼时碰到了嗜血成性的魔鬼,但他利用自己的智慧,征服了魔鬼,并驱使它为自己服务,表现了人们要战胜一切妖魔鬼怪的大胆幻想。此外,《阿拉丁和神灯》中的神灯,一经擦拭就可以满足占有者的所有要求,令人耳目一新。在《巴格达窃贼》里,主人公虽然是个"贼",但他却利用飞毯获得自己的自由和幸福。《乌木马的故事》中能够载人自由飞翔的乌木马,最后为男主人公赢得了爱情。这些神魔幻化的故事,表现了古代阿拉伯人民企图以自己的力量战胜邪恶,获得幸福生活的迫切愿望。

《一千零一夜》的成书经历了近8个世纪的漫长时间。因为民间故事集必然要经受封建文人的润色与改造,所以书中不乏带有时代特色的、宗教局限性的落后思想。但正是因为书中洋溢着积极向上的民主性的精神,才使这部文学巨著成为全世界各族人喜闻乐见的作品,使广大读者得到审美享受。

《一千零一夜》的艺术成就在阿拉伯文学史上非常突出。在此书之前,诗歌和散文是阿拉伯文学的传统形式,也不大注重塑造人物。而《一千零一夜》不仅将民间故事这种文学体裁推向一个高峰,而且塑造了许多栩栩如生的人物形象,从而使这部文学名著得以广泛流传。

二、艺术成就

《一千零一夜》的艺术性很高。其中最重要的艺术特点是全书充满了浓郁的东方情调和大胆的浪漫幻想。而这种情调和幻想又有坚实的现实基础,因此全书形成一幅幅富有东方风情的现实与幻想相结合的五彩画卷。书中既有戴缠头的波斯商人,蒙面纱的阿拉伯女郎,威武的穆斯林战士,公正的以色列法官,沉湎酒色的哈里发,洋溢着麝香龙涎香气味的市场,店铺里闪闪发光的珍珠翡翠;也有海岛般的大鱼,遮住太阳的神魔,能吞大象的巨蟒,随意取物的马鞍袋,直飞天际的乌木马,载人遨游的飞毯,能创造奇迹的神灯,解救危难的魔戒等。它丰富生动的想象、大胆荒诞的夸张、曲折神奇的情节、人神魔兽的矛盾纠葛,将中世纪阿拉伯丰富的社会生活和光怪陆离、充满幻想的神话世界巧妙地融合在一起,营造出一个令人目不暇接的心想神往的世界。

《一千零一夜》的另一个重要的艺术特点是框架式结构全书的方法。全书以宰相之女山鲁佐德给国王讲故事开篇,将所有的故事都安排在这一个大框架之内,然后大故事套小故事,由一个故事引出另一个故事,层层叠套,上下衔接,前后呼应,形成一个连续不断又紧密相通的艺术整体。如《驼背的故事》引出4个枝节横生的小故事,这4个小故事又引出6个更小的故事,情节离奇,峰回路转,围绕中心,连续反应,回味无穷。每当夜幕降临,山鲁佐德就开始讲故事,故事渐入高潮,听者情绪也渐入佳境。正当故事讲到最精彩处,晨风吹起,东方露出了黎明的曙光。山鲁佐德戛然止声,令听者欲罢不忍,令读者爱不释手。这种框架式结构故事的方式,可以激发听者或读者的兴趣和想象力,增加美学韵味,充分体现了民间文学的色彩。

《一千零一夜》第三个艺术特色是诗文并茂、散韵结合的表现手法。全书以通俗易懂的白话为叙事写景的主要手段,并吸收了大量民间口语,使行文优美、流畅,充满日常生活气息。阿拉伯民族是个具有诗歌传统的民族,写诗唱诗、以诗写景状物,以诗抒情言志,全书在以白话文为主叙述过程中,常常穿插一些故事人物的吟歌和吟诗,总计1400余首。这些诗歌既抒发了人物强烈的内心感受,又进一步突出了所要强调的主题,使全书的故事更加生动感人。

《一千零一夜》以其独特的艺术魅力流传到世界各地。其故事内容对西方许多国家的文学、音乐、戏剧、绘画、雕刻等,都曾产生过影响。莎士比亚的戏剧《终成眷属》、莱辛的诗剧《智者纳旦》、塞万提斯的小说《堂吉诃德》等作品中,都能发现其影响的蛛丝马迹。其结构故事的方式可以在薄伽丘《十日谈》、乔叟的《坎特伯雷故事集》等作品中找到模仿的影子。《一千零一夜》里的典故、词语、故事等,更是成为许多国家人民耳熟能详的生活素材。

第四节 萨 迪

一、生平与创作

萨迪是(1208—1292)是中古时期波斯的伟大诗人,也是世界文学史上的骄傲,1958年被联合国作为世界四大文化名人之一,举行世界性的纪念活动。他阅历丰富,博学多识,具有深厚的人道主义思想。《蔷薇园》是萨迪的代表作,集中体现了诗人的思想观念和艺术成就。

萨迪在伊朗人民心目中享有崇高的地位,历来被称誉为"诗人"、诗人之"先知"。然而,有关萨迪生平的资料却留存很少。据说他创作丰富,写有诗歌与散文20余种,但至今只见部分抒情诗、几篇颂诗以及两部代表作《果园》和《蔷薇园》。下述关于诗人生平的介绍大多源于这两部著作中的有关自述以及他同时代人留下的只言片语。

萨迪生于今伊朗南部名城设拉子一个清贫的伊斯兰传教士家庭。早年父母去世,过着寄人篱下的孤儿生活,后因特殊机遇到巴格达最高学府尼扎米耶神学院学习。萨迪珍惜学习机会,学习刻苦努力,钻研《古兰经》,广泛涉猎古代哲学、史学和史学理论,受到阿拉伯和波斯文化的熏陶,并学会用波斯文和阿拉伯文创作优美的抒情诗,有"设拉子的黄莺"之称。此后因不满异族统治,他开始了长达30年的云游生涯,足迹遍及埃及、埃塞俄比亚、摩洛哥、印度、阿富汗和中国的喀什噶尔等广大地区。漫游期间,他以沿途说教和演讲维持生计,直至13世纪50年代,萨迪才结束漂泊生活返回故乡,潜心著述。1292年12月去世。

萨迪写的诗歌有颂歌、挽歌、哀歌、波斯歌、四行诗、对句、格言诗等多种形式。他将其中的抒情诗、颂歌和爱情诗编纂成抒情诗集《库里亚塔集》。萨迪的代表作《果园》(1257)和《蔷薇园》(1258)是两部宣传道德规范和行为准则的教育性作品。作品问世后,不胫而走,人们争相传抄刻印,一时洛阳纸贵。萨迪的抒情诗感情充沛、想象丰富,描写酷爱自然的情愫和对美好爱情的向往,被公认为波斯抒情诗的顶峰。

《果园》是萨迪结束流浪生涯而带给乡亲的赠礼,包括10章160个寓意深刻的故事,分述治国、行善、慈念、谦虚、知名、知足、教育、感恩和祈祷之道,内容广泛,大到治国安邦的方略和道德修养的规范,小至待人接物的礼节和生活起居的经验。诗歌行文流畅,是萨迪对理想世界向往的产物。这部书中充满着善良、纯洁、理想和赤诚,诗集中人生理想的表现、妙喻警言的运用闪烁着智慧的光芒。

萨迪的诗文以丰富的人生经验折射出广袤世界的人生之相,蕴涵着深刻的哲理色彩,表现出深厚的仁爱胸怀。同情弱小者,谴责压迫者的人道主义精神,是贯穿他整个创作的基本思想。其诗文人物刻画简明而生动,语言清新流畅,笔致轻快幽默,极富艺术感染力。

二、《蔷薇园》

香气四溢的蔷薇历来被波斯(今伊朗)人民所钟爱,它那绚丽的色彩,端庄典雅的姿态,象征着波斯人民对美好生活的向往和不屈不挠的高贵品德。萨迪把对波斯人民永恒的爱化作笔下一座姹紫嫣红的《蔷薇园》,使生机勃勃的满园春色永驻人间。

《蔷薇园》是一部散文集,全书共分八卷,没有一贯的故事情节和鲜明的人物形象。正文共写了277个小节,大多是每小节一个故事,彼此独立成篇,互不关联。前七卷由小故事组成,以散文描述为主,第八卷没有故事性描述,主要是些格言、箴言和谚语。全书没有曲折离奇的情节,也没有危言耸听的辞藻,只是在娓娓动听的叙述与以事喻理的教谕中,使人深受启发,感受到诗人对人民的挚爱,以及积极的探索精神。

第一卷《记帝王言行》,诗人描绘了不少封建统治者的形象。他按照自己的理想,以具体鲜明君王的言行为榜样,规劝统治者要仁慈行善,不要傲然视物,批判他们横征暴敛、纵情声色犬马的行为。诗人还出于对人民的尊敬,对人民的同情,以强烈的爱憎情感表达了人无贵贱高低之分互相平等的思想。这种人道主义思想是贯穿《蔷薇园》始终的核心思想。第二卷《记僧侣言行》,诗人对那些故意穿着破衣短衫,面色装成清瘦憔悴,表面上虔诚地信奉真主,实则自私虚伪,贪财好吃、行骗行窃的宗教骗子进行了婉而多讽的批判。第三卷《论知足常乐》,诗人根据自己的生活经验,评论了对权势、饥饿、节制、自尊、荣誉、劳动、金钱等所应采取的各种明智态度。目的主要是告诫人们要安贫乐道,与世无争,自尊自爱,辛勤劳动。第四卷《论寡言》,诗人批评了那种别人还未讲完,就侃侃而谈的插话者,讽刺了以朗诵诗章给盗贼首领歌功颂德地献媚取宠的诗人,同时也嘲笑了清真寺里嗓音古怪的可憎的传呼祈祷的宣礼师的厚颜无耻。第五卷《论青春与爱情》,诗人赞美了青春的年华,真诚的友谊,忠贞的爱情。在第十篇故事里,诗人以中古波斯一对热恋的情人的蕾莉和马杰农生死恋的故事为依据,说明"爱情没有燃烧你的心,你怎么会了解我这痛苦的心灵。"诗人深深懂得青春与爱情的巨大力量,才能写出这样动人的故事。第六卷《论老年昏愚》,诗人不仅写了昏愚衰落的老年人,也叙述了留恋尘世的老人。此外,诗人还记述了年迈老人以自己的丰富经验对年富力强者的忠告,母亲对不孝儿子的规劝,颇有教育意义。第七卷《论教育的功效》,诗人强调了教育的重要意义,甚至认为"诗人的打骂强过父亲的溺爱",并反复表达知识是最大财富的思想。但是诗人也指出,教育不是万能的,有天分的人经过自己的刻苦努力才能有所成就。第八卷《论交往之道》,诗人根据丰富的生活经验,以富有睿智与带有哲理性的格言、箴言、俗语等形式对人们进行谆谆教诲。

上述这些警世之言,不是诗人天生自有,也不是真主神赐,而是诗人仔细观察、积极探索、努力学习、勇于实践的结果。其本质是他对人民智慧的总结与升华。

《蔷薇园》最激动人心的力量就是那种深宏的人道主义思想。出于对下层人民的深切同情,诗人讴歌了他们自食其力的优秀品德,出于忧国忧民的考虑,他还一再告诫统治者要仁慈,不可残暴地欺压和剥削人民,并大胆揭露宗教上层人士的虚伪和欺骗人民的伎俩。当然我们也不能回避作品中流露出的诗人思想中的矛盾。他同情广大民众的呐喊是对统治者的警告,强调人民的力量是希望当权者能正视统治的基础。一位中古时期的作家能够有如此正确而进步的认识,是难能可贵的。

《蔷薇园》最大的艺术特色是题材摄取的广泛性。它虽然不是鸿篇巨制,但却包容了异常丰富的内容。从帝王豪华的宫廷到民间简陋的茅舍,从肃穆的清真大寺到熙攘的市集,从茫茫大海到广袤的内陆,从稠密的城市到无际的沙漠,都是诗人涉笔成趣之所在。在如此广阔的社会舞台上,诗人信手拈来,随意推出各种各样的角色:帝王与奴隶,商旅与学者,樵夫与渔民,艺人与僧侣,工人与盗贼,应有尽有。更有形形色色的希腊人、埃及人、中国人、印度人、叙利亚人、法兰克人、鞑靼人等不计其数。在如此形象生动的生活舞台上,诗人大处着笔,小处落墨,绘成一幅五光十色的大千世界的绚丽画图。

《蔷薇园》另一个突出的艺术特色是散韵结合,诗文并茂,寓哲理于形象思维的表达技巧。散文夹诗的文学形式为东方古典文学所共有,但是能够像《蔷薇园》一样,散文和韵文结合得如此和谐,相得益彰,实属罕见。书中绝大多数故事都由散文和诗歌两部分组成,或在散文故事的中间插入格言,或者在故事结尾缀以谚语,对所叙述的故事进行深入浅出的概括,将深刻的哲理蕴含其中,起到画龙点睛、深化主题思想的作用。

《蔷薇园》问世以后,立即引起巨大反响。人们争相传诵,顿时成为家喻户晓的至理名言。与萨迪同时代的一位宫廷学者姆吉杜丁·本·哈姆古利兹迪曾赞扬说:"要向著名的萨迪学习优秀的诗歌语言,他是学者的天房,他的心好似汩汩清泉。"同时代的另一位著名诗人哈吉·霍玛姆丁也不能不承认,"霍玛姆丁的语言优美流畅,但无奈设拉子人(指萨迪)更胜一筹"。

17世纪,《蔷薇园》作为最早翻译到欧洲的东方名著之一,引起西方文坛的注目。伟大的诗人歌德和普希金都是萨迪作品的崇拜者,现代评论家布拉斯基高度评价《蔷薇园》的成功,是由于诗人"生活经验的丰富"以及"在老年获得了真理"的缘故。

萨迪不仅到过中国的新疆地区,而且对中国古代文化非常熟悉、崇拜。《蔷薇园》中就多次提及中国瓷器在当时的珍贵价值,中国的绘画技艺异常高超,甚至古代波斯国王法里东也希望在他帐篷围子上有中国精美绝伦的刺绣等。诗人在《写作〈蔷薇园〉的缘由》中甚至表示,但愿他的蔷薇园能和中国的绘画媲美。他对中国的友好情谊并没有付诸东流,在诗人逝世仅半个世纪后,中国歌手就用波斯语演唱萨迪的抒情诗,用来欢迎到杭州访问的阿拉伯客人,可见他的作品在中国的广泛影响。到了明清之际,《蔷薇园》已经是中国穆斯林经院道德教育的既定教材,在穆斯林社会享有崇高声誉。

数百年来,《蔷薇园》不仅一直是波斯文学的典范,而且也成为世界文学中不可多得的艺术珍品,现已被译成几十种外国文字。他的名言"亚当子孙皆兄弟"已被联合国奉为阐述其宗旨的箴言。1952年,伊朗政府在萨迪的故乡设拉子的墓地,为他建了一座美丽的穆斯林式圆顶陵墓,并在市中心区为诗人树立了一尊塑像供人瞻仰。诗人高高地站在纪念碑上,披着僧衣,上身微微向前倾斜,沉思深邃的目光注视着碑前来往仰望的人群,那神情似乎是要重新回到人民中间。1958年,为纪念《蔷薇园》发表700周年,世界许多国家都举行了隆重的纪念活动。萨迪与他的《蔷薇园》将永远留在人们的记忆中。

第三章 近代文学

近代东方文学是指19世纪中期到20世纪初的文学,即亚非地区处于殖民地、半殖民地时期的文学。这个时期,西方各国用坚船利炮打开了东方古老国家的大门,东西方文化交流空前扩大。近代东方文学是过渡时期的文学,只有近百年的历史,发展不够成熟。

第一节 概 述

一、近代文学特征

东方近代文学虽然不像欧洲近代文学那样成就卓著,但是在一些国家和地区,尤其是日本和印度这两个受西方影响较早的国家取得了相当大的成就。总起来分析,东方近代文学在其发展进程中,主要表现出以下特征。

第一,具有鲜明的政治倾向性。大多数进步作品的中心内容广泛反映了东方各国人民同殖民主义、帝国主义和封建势力之间的矛盾,描写了人民的苦难和不幸,揭露了统治者的虚伪和丑恶,表现了人民群众的觉醒和斗争。

第二,在发展过程中受西方各种思潮的影响很大,一些国家文学社团林立、流派众多,变幻不定。这种现象在日本尤为突出,最有代表性。一些带有东方特色的现实主义、浪漫主义、自然主义、唯美主义等文艺思潮,你方唱罢我登场,在短促的时间内迅速流行又很快消失。文学创作表现出复杂性与多样性。

第三,作家数量剧增,作品数量很多,影响扩大,成果显著。这些变化在日本文学、印度文学、阿拉伯文学中都表现得很明显。职业作家开始出现,并表现出十分特殊的意义。这一方面说明作家与文学在现实生活中越来越起到重要作用,另一方面也说明作家已具有独立的政治和经济地位,有了独立的人格及精神世界。他们已经成为主动传递时代精神的先驱,对东方各民族的思想启蒙及社会变革起到了积极的催化作用。

第四,近代东方文学在亚洲各民族文学发展史上具有重大的承前启后的意义。东方近代文学无论内容还是形式都出现了许多可喜的变化。它打破了中古文学的某些陈规和传统的束缚,创造了一些新的文学样式,如日本的政治小说、私小说,朝鲜的新小说,印度的政治抒情诗等。内容也开始从脱离实际的古老而陈旧的题材转向描写平民的现实生活,反映重大的斗争,令人耳目一新。

二、近代文学概况

近代东方文学主要包括日本和印度的文学,它们是在西方文化的影响下发展起来的,但又深深植根于本民族的文化传统之中。其地位在东方文学的发展史上具有不可替代的继往开来的作用。

日本文学 1868年,明治维新后,在天皇制政权的大力扶植下,日本走上了近代资本主义道路,最初10年主要是输入西方资本主义文化的时期。最早出现的是一些用通俗文学形式介绍西方知识的读物。明治十年后出现了西方小说的翻译作品,目的是满足新兴资产者和人民群众渴望了解西方社会情况的愿望。这时的文坛呈现出一派多元发展、五彩缤纷的局面。

1885年出现了对整个日本近代文学具有指导作用的文艺理论著作《小说神髓》,作者坪内逍遥(1859—1935)。这部文学论著吸收了西方文学理论,阐述了小说的写作理论和其在文学中的重要地位,从而纠正了一向把小说视为清闲文学,难登大雅之堂的封建主义偏见。它主张"排除功利",提倡写实主义。坪内逍遥指出小说有两类,一是"全",一是"模写小说"。他提出的"小说的目的在于给人以娱乐"的口号,至今在日本文学中仍有一定市场。

继后出现的二叶亭四迷(1864—1909)的《浮云》(1889)和森鸥外(1869—1922)的《舞姬》(1890)。这两部作品在近代文学史上占有重要地位。他们二人的共同特点是受西欧或俄罗斯优秀作品的影响,特别是他们对西方文学有着深刻的理解。《浮云》和《舞姬》这两部作品都反映的是日本近代过程中知识分子的软弱性,他们虽然都针对明治时期的官僚机构进行反抗,但各不相同。《浮云》主人公内海文三虽然洁身自好,不肯与现实同流合污,但在行动上又迟疑不决,害怕斗争,产生苦恼,行动犹豫彷徨,是个多余的人,是受到天皇制迫害的形象。而《舞姬》中主人公虽然明确提出自我觉醒,但是最终未能由一个"极有独立思想"的资产阶级"浪子"发展成为"叛逆者",却走上妥协投降的道路,表现出"妥协者"的哀怨。

重要的文学团体有占据资产阶级文坛主导地位的"砚友社"文学集团。主要领导人是尾崎红叶(1867—1903),代表作品是《金色夜叉》。他们以赢得读者眼泪为宗旨,迎合了小市民的需要。但这些作家后期也有揭露社会黑暗面的作品。另一个重要文学团体是"文学界",代表人物有北村透谷(1868—1894)、岛崎藤村(1872—1943)等人。他们要求个性解放,创作以诗歌为主,倾向是浪漫主义的。最后由于无所适从,主张无法实现,北村透谷自杀而死。岛崎藤村也成为后来"自然主义文学运动"的最重要作家。与这群青年诗人有交往的有女作家樋口一叶(1872—1896),以写《青梅竹马》等短篇小说而著名。

1885年日本自然主义文学的产生。到1906年,自然主义文学风靡一时,说明日本近代文学已经成熟。这个时期出现的具有代表性的作家,也是比较有才能的作家主要有岛崎藤村、田山花袋(1872—1930)、德田秋声(1871—1943)、正宗白鸟(1879—1962)等人,岛崎藤村的代表作是《破戒》(1906),田山花袋的代表作是《棉被》(1907)。他们受西方19世纪下半期批判现实主义文学的影响,一改过去那种矫揉造作、热衷于浮词丽句的文风,着重对生活进行认真和严肃的摹写。他们在文学语言上彻底摒弃了文言文,而代之以明白晓畅的口语,从而对日本近代文学语言的形成与发展做出了很大贡献。由于广大文学青年把自然主义的理论当作当前最新的理论来接受,日本近代文学尽管已经成熟,但或多或少地受到自然主义的影响,削弱了对社会的批判性。与此同时,黑暗的现实社会又使他们思索探求,在继承浪漫主义所倡导的个性自由的精神鼓舞下,又创作出不满现实、揭露社会黑暗的具有鲜明现实主义倾向的文学作品。

20世纪第一个10年,日本自然派文学风行之后,日本近代文学出现分化,进入一个新的发展阶段。文坛先后出现了唯美派、白桦派和新思潮派等文学流派和团体。作为日本自然主义文学的对立,受欧洲唯美主义文学影响,日本出现了唯美主义思潮。他们以杂志《昴星》的创作为标志,主张艺术至上,追求文学技巧的完美,重视个人感觉,表现在官能享受中的快乐和精神满足。代表作家是永井荷风(1879—1959)和谷崎润一郎(1886—1956)等。

白桦派由围绕在同人文艺刊物《白桦》周围的作家组成。他们早期创作有理想主义倾向,多以表现自我、肯定自我为主。后期人道主义思想逐步加强,强调人的尊严和意志。代表作家主要有武者小路实笃(1885—1976)、志贺直哉(1883—1971)和有岛武郎(1878—1923)等。他们创作态度严肃,尊重个性自由,不愿受传统束缚,创作方法和表现形式上多有创新之处,对后世文学产生很深的影响。

新思潮派也称新现实主义,它是由文坛上的第三次、第四次《新思潮》杂志的同人所组成,代表作家是芥川龙之介(1892—1927)和菊池宽(1888—1948)等。作为文学流派,他们缺乏共同的文学主张,但他们都是东京大学文学青年,都崇拜夏目漱石,因此也有共同之处,例如他们否定自然主义纯写实的方法,也不追随白桦派的理想主义,更不在作品中像唯美主义作家那样表现颓废的美。他们关注现实,注重对平凡人日常生活和复杂心理的描写,并进行一定的批评和理性的解释。菊池宽的代表作独幕剧《父归》描写新的价值观与传统人情的冲突与调和,获得很大成功,被认为是近代现实主义戏剧中产生重要影响的剧作。

芥川龙之介是新思潮派作家中最富才华、最有成就的代表作家。他自幼受养父的文化熏陶,苦读英语和汉文,并以优异成绩进入东京帝国大学专攻英文。他既有厚重的文学功底,又有对生活艺术的细腻感受力和文学表现力。早期取材于历史故事的《罗生门》和《鼻子》成为他登上文坛的标志,并成为早期代表作。中期的中篇小说《地狱图》反映了作家心中艺术追求与现实约束间的矛盾和苦闷,是这一时期的代表作品。晚年自杀前发表的小说《河童》以寓言的方式,表达了作者对社会、人生的深刻观察与无情批判。这不仅是他晚年创作的高峰,也是他作品中最具代表性的一部。他的成就在一定程度上标志着日本近代文学的结束。

印度文学 早在17世纪,西方殖民主义者就开始侵入印度。经过长期的英法掠夺印度的战争,于19世纪中叶,英国殖民者完全占领了印度。从此印度沦为东方殖民地的典型国家。19世纪下半叶起印度的革命浪潮不断发展扩大,1905年在俄国革命影响下,具有明确民族意识的反对殖民主义性质的印度民族解放运动开始高涨。但是当时印度的文学落后于形势的发展,19世纪初在文坛上占统治地位的还是那些中古时期的封建宗教文学,形式古板,内容仍是神话传说和宗教故事,远离现实生活,完全不符合民族觉醒时期的社会要求,其根本原因是殖民者利用封建割据、民族矛盾、宗教矛盾使印度处于蒙昧状态。

19世纪50年代后,具有强烈反殖、反封建精神等新内容和新艺术形式的作品开始出现,其中特别突出的是孟加拉语文学。近代孟加拉文学创始人是般吉姆·查特吉(1838—1894),其代表作《阿难陀寺院》给他带来巨大声誉。另一位是萨拉特·查特吉(1876—1938),其代表作《斯里甘特》展示了20世纪初印度城乡社会的广阔画面。他们都和泰戈尔一样有名。孟加拉新文学运动不但首先发起,而且影响了印地语、乌尔都语和泰米尔语文学和其他地方语的文学。这种文学新气象虽然还不够成熟,爱国主义思想还不够强烈,常常表现出资产阶级奴化思想和妥协主张,往往借用历史题材和古典文学中的题材抒发新的感情,还不是真正的现实主义方法,但无论如何是新的方向。以泰戈尔为代表的进步文学,逐渐成为一股巨浪,增强了民主性和政治性。

近代印地语文学与民族解放运动紧密相连,代表是戏剧家、诗人帕拉登杜·赫利谢·金德尔(1850—1885)。他的独幕剧《按吠陀杀生不算杀生》嘲笑了封建统治的虚伪,《印度惨状》充满爱国主义精神。他被誉为"印度的月亮"。乌尔都语文学也涌现出不少优秀作家,其中迦利布(1797—1869)的诗歌为他赢得巨大声誉。伊克巴尔(1877—1938)的诗歌以其宗教性,使他成为著名的伊斯兰诗人和思想家。当然,印度近代其他许多地方语言文学中有许多作家和诗人走上文坛,只是影响不及上述作家而已。

第二节 夏目漱石

一、生平与创作

夏目漱石(1867—1916)是日本近代文学史上最杰出的代表作家之一。他以解剖人生的深邃目光、独特的写作风格和技巧,创造了伟大的漱石文学,拓宽了日本近代文学的表现领域,对日本后世文学产生了很大影响。

夏目漱石1867年2月9日生于江户(东京),原名夏目金之助。其父夏目小兵卫直克是幕府时代江户世袭的"名主"(街道行政官吏)。明治维新(1868)后,家庭日益衰落。漱石是家中最小的孩子,出生不久即被送给他人抚养。两岁时又成为另一名主盐原昌之助家的长子。由于养父母离异,大约9岁时才被领回自己的家,但直到21岁才恢复夏目原姓。幼年便离开父母并屡遭坎坷,欢乐的童年罩上诸多生活的阴影,与日后漱石形成倔强、孤独的性格不无关系。

1879年夏目入东京府立第一中学学习。1881年转学到汉学家三岛中洲主办的二松学堂接受传统的汉学教育,大量阅读了中国先秦诸子的著作和唐宋散文。于1888年升入本科,结识了日后成为著名诗人的正冈子规。两人畅谈汉诗、和歌,切磋俳句、俳文,结为终身挚友。1889年9月,夏目在子规的影响下,用汉文写了游记《木屑录》,并在序文中明确表示,"予有意于以文立身",署名为"漱石"。"漱石"取自中国《晋书》中孙楚的"枕流欲洗其耳,漱石欲砺其齿"句,意为勉励自己的道德文章要有定见。1890年考入东京帝国大学文学院英文科学习英国文学。

1893年大学毕业后,先后在东京高等师范学校、四国松山市松山中学和九州熊本市第五高等学校任教。1900年,他受日本文部省派遣,带职官费去英国留学。在伦敦的两年内,由于缺少同人交往与生活不习惯而心情抑郁,以致染上神经衰弱的痼疾。但是在思想认识和学术研究方面却收获不小。对金钱力量的切身体验与理解,使他日后的创作批判金钱社会异常深刻。对西方流行的心理学、社会学等新方法的研究,使之发表了探索文学本质的重要理论著作《文学论》(1907)、《文学评论》(1909)。1902年年底夏目漱石踏上归途,1903年起在东京帝国大学和第一高等学校任教。

漱石的文学生涯始于归国后为俳文杂志《杜鹃》写俳句和杂文,并初显才华。1905年他开始写小说,发表在《杜鹃》杂志上的连载小说《我是猫》引起轰动。1906年发表长篇小说《哥儿》又大受欢迎。1907年漱石辞去大学教师的学者生涯,专事写作,成为《朝日新闻》特约的专栏作家。在此后不到10年的时间里,他连续创作10多部长篇小说。但是由于积劳成疾,健康水平每况愈下,几乎每完成一部作品都要大病一场。1909年染上胃病后病情不断加剧,几次住院治疗,只要稍见好转,就又坚持创作,可是虚弱的身体再也承受不住了。1916年11月21日上午,他拼力写完小说《明暗》的第188节,为了不忘记明天继续写189节,他在新稿纸上记下"189"三个字。1916年12月9日下午6时病故,享年只有49岁。

漱石只有12年短暂的创作生涯,却为后人留下15部中长篇小说、7篇短篇小说、2部文艺理论著作,还有大量的小品文、评论、散文诗、短歌、俳句、汉诗、汉文、英文诗、书信、日记等。小说是漱石文学的主脉。通观其创作,基本上可分为3个阶段。

第一阶段是漱石身为业余作家,一面从事繁重的教学活动,一面进行小说创作的时期。第一部长篇小说《我是猫》使其成名,而第二部长篇小说则巩固了他在文坛的地位。《哥儿》是一部以自己的教育工作经验教训为基础,反映自我同社会冲突的现实主义杰作。这一时期主要是作家全面探索的时期,无论小说的艺术风格还是思想内涵,都表现出一种厚积薄发的激情。那些在注重东西方文化思想的基础上创作的多种体裁的小说,具有现实主义、浪漫主义和唯美主义等多种风格,表现了作者以极成熟的人生经验与深刻的社会思考,对日本近代社会进行反思后的强烈批判精神。作者在逐渐加深对社会本质认识的过程中坚定了自己的文学方向。

第二阶段是漱石辞去教职,以专业作家身份进行创作的时期。接连几部卓有成绩的长篇小说的出版,表现了他作为一名成熟作家持续的创作热情。漱石怀着紧张的心情写完走上专业作家之路的第一部小说《虞美人草》(1907)。翌年,漱石又写出长篇小说《矿工》。1908年至1910年,漱石完成了以描写知识分子爱情为主的3部长篇小说《三四郎》(1908)、《从此以后》(1909)和《门》(1910),合称为"三部曲"。《三四郎》中的主人公怀着对未来理想的憧憬从农村到东京求学。在和美称子相遇之后,他表现怯懦,美称子表现出"无意识的伪善",因此二人若即若离。最后美称子与他人结婚,他才发现自己是"迷途之羊",并感到理想的幻灭。三四郎受现代文明与女性的冲击所产生的困惑,正是当时知识分子不满现实而又找不到精神出路的反映,具有代表性。

《从此以后》写主人公代助3年前曾与好友平冈同时爱上姑娘三千代。出于义气,代助促成了平冈与三千代的婚姻。当再见到三千代时,代助发现自己仍深爱她,而三千代和平冈也无幸福可言。最后代助准备不顾社会、家庭的压力,和病重的三千代开始新生活。他这种迟到的觉醒,无力的反抗,表明日本近代强大的封建势力束缚了小资产者自由发展的思想。

《门》犹如《从此以后》的续篇,描写主人公宗助由于爱情的驱使,与好友安井的妻子阿米结合了,但他们从此也被亲友和社会抛弃了。虽然他们情爱深挚,多处漂泊,最后回到东京,但幸福并未能抹掉精神上的苦闷。作品反映了当时冲破封建束缚后的小资产阶级知识分子在精神上所遭受到的压抑和痛苦。

从《三四郎》经《从此以后》到《门》,这三部曲小说以爱情婚姻为切入点,悲观色彩越来越浓厚。如果三四郎的"失恋"还仅仅流露出一种淡淡的哀愁的话,那么代助追求"失而复得"爱情时的苦恼就更多,而宗助"得到爱情"后的痛苦则是无法解脱的。这种逐渐低沉、阴暗的创作基调和日本近代知识分子精神发展的历程相吻合。他们处于明治这个新旧交替的时代里,在封建势力还很强大的精神罗网中,走完了觉醒、反抗、失败的三部曲历程。这正是漱石看到知识分子不满现实,但又找不到出路后的复杂、矛盾、敏感的心理表现。

第三阶段是漱石患病仍坚持创作的时期,也是他创作的最后时期。由于疾病缠身,他身体日趋衰弱,一度辍笔。自1910年在修善寺养病以后,才慢慢拿起笔来。这次大病无疑对他的创作产生了影响。在克服了病痛和小女儿病故等悲痛之后,他写了第一部长篇小说《过了春分时节》(1912),小说重点不在于批判社会的黑暗现实,而企图通过心灵活动,表现近代知识分子精神苦闷的性格特征。《行人》(1912—1913)是漱石大病后的第二部长篇小说。书名取自《列子·天瑞篇》:"夫言死人为归人,则生人为行人矣。行而不知归,失家者也。"主人公一郎虽然是有地位的学者,但卓立于社会和家庭,最后怀疑妻子和弟弟有暧昧关系,这使他更加远离亲人,前途暗淡,真成了一位"行而不知归"的"失家"的"行人"。1914年,漱石完成了病愈后的第三部长篇小说《心》。

漱石在修善寺病愈后所写的《过了春分时节》《行人》和《心》三部小说,在艺术形式上都采取了几个短篇连缀起来结构成长篇小说的办法,内容上都描写了因爱情失败而孤独痛苦的人。主人公个个都有强烈的嫉妒心和利己主义。漱石为他们安排了一个比一个糟糕的前途,以此来表现自己强烈的爱憎情感和批判态度。正因为作品中的这些内在的逻辑联系,为区别他创作中期的《三四郎》《从此以后》和《门》这三部曲小说,《过了春分时节》《行人》和《心》这三部小说又被称为"后三部曲"。

漱石最后一部完成的长篇小说《道草》是1915年写就的。这部带有自传色彩的作品正如书名一样,表现了作者的真实苦恼和前途摇摆不定。1916年5月,漱石开始写他的未完之作《明暗》。这是一部描写爱情纠葛的长篇小说。小说因漱石病逝而未写完,终成憾事。

漱石后期的创作除艺术技巧日益娴熟,剖析社会的目光更加敏锐以外,更重要的是表现了作家所提倡的净化人思想的"则天去私"的理想境界。"则天去私"是漱石长期观察人生,批判利己主义的思想结晶,其中不乏中国传统文化影响的印迹。"则天去私"一词显然取自中国。"则"是效法、依据的意思,《诗经·小雅·鹿鸣》中有"君子是则是效",《论语·泰伯》有"唯天为大,唯尧则之"等。"天"有同于道家的"天",指自然自在之物,人的本性等。"去"是除去、摒弃的意思。"私"指自己的隐私,《吕氏春秋》有《去私》等。"则天去私"即是讲要遵循自然法则,顺其自然,去掉自己的私心。在作品中则要暴露人物心灵深处的利己主义,使其反思猛醒,以便进入真正的无我境界。这在现实中是难以实现的,作品中的描写只是作者理想的形象化而已。

夏目漱石是中国人民最熟悉的日本作家之一。1930年出版的《现代日本小说集》就收有鲁迅先生所译的漱石等人的小说。鲁迅先生在回忆自己当初是"怎么做起小说来"时,曾明确指出,漱石是他那时"最喜爱的作者"之一,直至逝世前不久,他仍在热心购读《漱石全集》。

二、《我是猫》

长篇讽刺小说《我是猫》发表于1905年,它不仅使夏目漱石从学者一跃登上明治时代群雄争踞的文坛而成为作家,而且决定了他的命运,为他赢得了不朽的文名。

小说中的猫是一只没有名字的野猫。被扔后,中学英语教员苦沙弥先生将它收养。这只猫每日悠闲自在,不逮老鼠,专以观察人为乐事,后因偷喝了主人的啤酒而掉进水缸淹死。小说没有统一完整的故事情节,只是通过猫在主人家生活两年中的所见所闻,细细描述了主人苦沙弥及其一家清贫、平庸的生活,大肆渲染苦沙弥的同学、朋友、学生,迷亭、寒月、东风、独仙等人在其家嬉笑怒骂地指斥社会、评判人生的高谈阔论;同时,也善意地讽刺了这些小资产阶级知识分子鄙夷世俗,但又卖弄诗文、故作风雅之态的闲适心理。小说中唯一称得上的重要并贯穿始终的冲突,是苦沙弥邻家金田小姐的婚事所引起的矛盾。

资本家金田的夫人想把女儿嫁给苦沙弥的朋友理学士寒月，就向苦沙弥打听情况。自命清高的苦沙弥见她摆出有钱人的臭架子，及她那令人反感的大鼻子，就对她进行了嘲笑，结果招来金田夫妇的肆意迫害。金田先是收买人在他屋外偷听、谩骂，后又唆使学生在他院里捣乱，搅得他坐卧不宁。金田又派人来劝他不要和有钱人作对，大夫给他执行催眠术，哲学家让他消极修养。结果他只好自己求得心理平衡，"可是我每天都在斗争着。虽然对手不出来，我一个人动了火也要算是斗争吧"。

小说集中描写了以苦沙弥为代表的一群生活在日本明治"文明开化"社会里的有闲而无钱的知识分子。他们对丑恶的资本主义制度不满，但又无可奈何，只好尽情地借古喻今，嘲讽世俗，以泄其愤，并打发无聊的闲暇时光。苦沙弥为人善良骨鲠，不求荣迁，安贫乐道。故意怠慢趾高气扬的金田夫人，竭力反对寒月娶金田的女儿等举动，表现出对权势、淫威一种本能的厌恶与憎恨，及对金钱的极端蔑视。可是他缺乏明确的生活目标和进取精神，虽然对不良现象不满，但又不知如何是好。因此，他只满足于即兴嘲讽时弊时语言的尖刻，面对资产阶级暴发户时的不屑一顾与轻蔑，结果和敌对势力斗争时因不知对象是谁而无用武之地，显得虚张声势，在谈笑风生中表现出迂阔和虚荣。丑恶的生存环境使他常为小事而大动肝火，以致苦闷无奈。苦沙弥这一形象不仅有某些自传成分，也是明治时期正直知识分子情绪的反映和他们的典型。

经常出入苦沙弥家的知识分子迷亭、寒月、东风、独仙等，和苦沙弥同样具有热爱知识、愤世嫉俗但又学疏才浅、软弱无能的特点。他们不愿与世俗同流合污，却又改变不了自己的个人处境。他们集聚在一起，显示自己的学识与聪明，企图表现自身价值，但在社会中又找不到生存的位置，因此显得可爱可敬，又可笑可悲。美学家迷亭性格比较开朗、机敏，说谎从容而不脸红，常以小聪明戏弄人，显得低级庸俗。理学士寒月虽平庸、木讷，研究课题远离现实，无人理解，但是他却不慕金钱权势，不做金田家的乘龙快婿。诗人东风常以自己的诗孤芳自赏，其实不过是附庸风雅之作，内容浮浅无聊。哲学家独仙淡泊寡欲，以宣扬"心的修养"等彻悟思想来麻痹众人。他们性格中的复杂性正是明治时期生存空间狭小的广大知识分子的真实写照。作家以亲身体验描摹他们的生活习性和心理状态，既有深切的同情，又有善意的讽刺，淋漓尽致地融合了作者和主人公休戚与共的苦闷与悲哀。作者对他们的态度是调侃的、揶揄的，有时流露出凄苦自嘲的味道，也深藏着自爱自怜的感情。正如漱石自己所说："比起嘲笑他们来，更嘲笑我自己，像我这样嬉笑怒骂是带有一种苦艾的余味的。"

小说对当时社会丑恶事物的鞭挞是有力的，揭露是彻底的，讽刺是辛辣的，尤其是通过金田老爷这一艺术形象无情地揭露了他"穷凶极恶，又贪又狠"的罪恶本质和拜金主义的社会风气。资本家金田老爷是明治时期靠高利贷起家的暴发户，他身兼3个公司的董事，拥有大量财产。他遵循"缺义理、缺人情、缺廉耻"的"三缺"为发财的"秘诀"，从而事业飞黄腾达。他是个"只要能赚钱，什么都干得出来"的"无法无天"的人。

小说没有枉费笔墨写金田老爷聚敛金钱的直接行为,而是通过其女儿婚事受挫一事写他的飞扬跋扈与强盗行径。金田老爷为女儿择婚有其功利目的。他看中理学士寒月,是因为不久的将来他可能获得博士学位,这种"钞票"与"学位"相结合的"美满姻缘"不仅可以提高其家庭的社会声望和地位,而且重要的是可以有更大金钱上的收益。因此,当这如意算盘被苦沙弥打乱之后,金田老爷这位"不把人当人看"的"实业家",就气急败坏地要给他一点苦头吃,教训教训他。于是金田买通车夫、厨子、马弁、无赖、破落书生等,利用一切手段围攻苦沙弥,摧残他的精神,使他不仅无法读书、备课,而且让他歇斯底里,最终屈服于金田的金钱与淫威之下。

此外,小说还对整个明治社会的黑暗和罪恶,以及反动统治的基础,进行了深刻的揭露与抨击。小说重点描写知识分子和资本家,但是对官吏、警察、侦探、特务等国家统治工具也进行了多方面的批判,反映了当时统治者剥夺人民的思想和行动自由、草菅人命和捕杀无辜等本质。小说还对侵略扩张的军国主义、脱离实际的教育制度等进行了嘲弄,从而使《我是猫》这部小说成为全面反映日本明治时期社会风貌的历史画卷。但是作者尚未发现变革社会的强大力量,虽然对现存社会表现出愤慨,觉得它黑暗无比,却又看不到光明,只感到个人力量软弱无力,无法变更社会,因此小说中流露出对前途的悲观和对未来的失望。

《我是猫》在艺术上特色鲜明。它并不注重故事情节的统一与完整,像海参一样无头无尾。作者原想在杂志上分回发表,只写前两回,然而小说一经发表,就在社会上引起很大反响。作者于是一回一回续写下去,直到第十一回,形成长篇。因此,小说除第一、二回结构较为完整外,整部作品无一定的结构,散文倾向很浓。作者没有预先构思,只是想写就写,因此,小说随时都可被截断,有一定的偶然性。由于它是由一只猫的所见所闻与品头论足结构成书的,所以又有一支主线贯穿始终。

全书开篇第一句就交代"我是猫,名字还没有",说明此书采用了第一人称的写法。但是第一人称的"我"不是人物形象或抒情主人公,而是动物形象"猫"。因此笔锋一转,叙述角度由人变成动物,令人耳目一新。这种特殊的视点,使读者能俯视人类灵魂的丑恶,对社会不良现象有客观的评价与认识。这只猫被人为地赋予了人的理智和思想感情,成为一只有人的心理、意识和猫的生理、形貌的高度人格化的猫。它能识字、会读报,喜怒哀乐、七情六欲、凡人的习性它应有尽有。这只猫观人所不能观、言人之所不能言,完全不受人的活动所限,而以旁观者的姿态看到人性的愚昧虚伪和自私自利,叙述显得客观真实,令人信服。小说主要通过猫的叙述,观察和感受推动和展开情节,从猫的出生开始,至它淹死结束。因为它实际是作者的代言人,所以猫的各种习性,并不妨碍它对事物做出鞭辟入里的评论,猫的诙谐语言也不影响作品本身的严肃性。

书中的猫是一只"掌握了通心术"的猫,是一只"奉天之命作脑力工作而出现于这个世界的古今独步的灵猫"。通过作者的出色描写,它成为书中重要的活灵活现的艺术形象。由于猫的颇具特色的描述,全书的语言具有一种与猫的身份、口吻相和谐的滑稽幽默的风格。它一本正经，侃侃而谈，既没有逻辑思维的局限，也不受时空概念的影响。猫的奇思怪想与人物的滑稽可笑相交织，洋溢着喜剧性的情趣。如它第一次看见人脸后议论说："本来应该有毛的那张脸，却是光溜溜的，简直像个开水壶"，"脸的中央还凸得多高，从那窟窿里面不时地喷出烟来"。小说结尾，猫在苦闷中认识到"人类最后的命运不外乎自杀"，临死前心里还喊着"三生有幸"，它在为能够早日离开这个"强权胜似公理"的不平等社会而庆幸。这种"通心术"和"灵性"的描写足见作家的匠心，及给予猫的典型意义。

小说中幽默讽刺的风格是作家继承了日本古典文学中"俳谐""狂言""落语"等传统的艺术表现形式的结果。他在辛辣地嘲笑人类社会和人类灵魂的污秽时，使人们在深刻的反省之余感到一种手足无措的狂喜。作品中充满漫不经心的戏谑笑谈，可是在调侃中不乏针砭时弊的愤怒，在油滑中深含着人生的感叹与悲哀。这种入木三分、新颖独特的嘲讽艺术，在日本近代文学史上罕见。

《我是猫》的风格留有作者学习汲取英国18世纪小说中讽刺艺术的痕迹，行文中也运用许多不同的汉语词汇、历史典故和格言成语。漱石的朋友、德国文学研究家藤代素人又曾指出，《我是猫》与德国作家霍夫曼（1776—1822）的未竟小说《雄猫穆尔的生活观》（1820）相似。但是漱石的弟子小宫丰隆等人证实，在藤代指出之前，漱石对《雄猫穆尔的生活观》一书一无所知。但无论如何，《我是猫》所表现出来的民族传统、民族风格和民族精神，不仅得到当时人民的认同，而且至今仍拥有广大读者。

第三节 泰 戈 尔

一、生平与创作

罗宾德拉纳特·泰戈尔（1861—1941）是印度近代伟大的诗人和作家，印度近代与甘地齐名的巨人之一，也是印度文学史上与迦梨陀娑齐名的两颗巨星之一。他于1913年获得诺贝尔文学奖，成为亚洲第一个获此殊荣的作家。

泰戈尔在他一生漫长的80年中，写有50多部诗集，12部中长篇小说，100多篇中短篇小说，20多部剧本。还有许多游记、书简、回忆录及有关文学、哲学、教育、宗教、社会方面的论文和专著。他还谱写了两千多首歌曲，绘有近两千幅画。

泰戈尔祖父是最早去英国访问的印度人之一，是19世纪梵社的重要支持者，积极参与反对偶像崇拜、种姓制度、寡妇自焚殉节等社会改革活动。泰戈尔父亲对吠陀和奥义书很有研究，是哲学家和宗教改革者。泰戈尔是子女14人中最小的一个。其大哥是诗人，又是介绍西方哲学的哲学家，五哥是音乐家、剧作家，姐姐是第一个用孟加拉语写长篇小说的女作家，泰戈尔就在这样扎根于印度教哲学思想土壤、深受西方文化影响、富有文学教养的家庭里，度过了童年。他进过东方学院、师范学院和孟加拉学院，但没有在学校里完成正规学习。他13岁时开始发表最初诗篇，17岁时按照父亲意愿去英国学法律，后改学英国文学，研究西方音乐，两年后回国专门从事文学活动。

泰戈尔的诗歌和小说主要反映了印度人民在殖民主义、封建制度双重压迫下要求改变自己命运的愿望，描写了他们的反抗和斗争，充满爱国主义和人道主义精神，同时又富有民族风格和民族特色，具有很高的艺术成就，深为人民所喜爱。他一生辛勤创作，给印度文学和世界文学宝库增加了宝贵的遗产。泰戈尔的文学创作主要分为3个时期。

前期创作 他从童年时代就开始写诗和剧本，1877年，他16岁时即发表第一首长诗《诗人的故事》并受到好评。1878年赴英国学习法律，对英国文学和音乐有浓厚兴趣，1880年提前回国。1881年他的第一个诗集《黄昏之歌》出版，从此开始了正式的创作生涯。特别是从1890年至1901年他在父亲的庄园里度过，广泛地接触了农村社会，目睹了英国殖民主义者的专横暴虐，封建地主的残酷剥削。他非常同情处境艰难的农民，开始积极探索社会。这一时期他虽然也创作了不少诗集和剧本，但最能代表他早期创作成就的是六七十篇短篇小说和一部故事诗。《故事诗集》主要取材于历史，重点歌颂了反对异族压迫和封建暴君统治的英雄业绩。部分作品反映了地主对农民的剥削和残害，如《两亩地》。短篇小说描写的社会范围很广，主要以反封建主义为主题，集中批判封建婚姻制度和种姓制度，表现妇女对生活的恐惧，如《摩诃摩耶》等。

中期创作 20世纪初至20年代，是他一生创作最丰富也是最重要的时期。作品广泛而深刻地反映了印度现实中最迫切的社会问题。优秀的代表作品是长篇小说《沉船》（1906）和《戈拉》（1910）。他这时期的诗集主要有《吉檀迦利》《新月集》《园丁集》《飞鸟集》等。它们都是含有哲理的宗教抒情诗集，其中《吉檀迦利》最具代表性，1913年获诺贝尔文学奖。

后期创作 20世纪20年代到40年代是泰戈尔创作的后期。由于印度劳动工人力量壮大，十月革命的影响，反殖反帝斗争的高涨，尤其是1930年访问苏联两星期，泰戈尔思想有了新的变化，创作了一些政治抒情诗。这些抒情诗大体可分为3类。一类是反战维护世界和平，如《非洲集》谴责殖民主义的野蛮掠夺，《敬礼佛陀的人》讽刺日本侵略军侵华，《忏悔》反对瓜分世界的《慕尼黑协定》。二类是揭露殖民主义社会和封建落后现象，如《劳动者》。三类是自我总结，如《生辰集》等，表现了诗人晚年很高的精神境界。此外，在后期他还创作了虽然富有哲理色彩但是仍具有比较明显的反抗斗争思想的象征剧《摩克多塔拉》（1925）和《红夹竹桃》（1926）等。

泰戈尔对中国怀有崇高的友谊，一贯强调印中两国人民团结友好合作的必要。他早在1881年就写了《死亡的贸易》一文，谴责英国向中国倾销鸦片毒害中国人民的罪行。1916年他在日本发表讲话抨击日本帝国主义侵略中国的行动。1924年他访问中国时，以及1937年日本发动侵华战争后，他屡次发表公开信、谈话和诗篇，斥责日本军国主义，支持和同情中国人民的正义斗争。泰戈尔的作品早在1915年就介绍到中国。中国作家郭沫若、郑振铎、冰心、徐志摩等人早期创作大多受过他的影响。

1913年《吉檀迦利》英译本出版,同年获诺贝尔文学奖。《吉檀迦利》是印度语"奉献"的意思。这部优秀的宗教抒情诗集,基于诗人宗教哲学的泛神论思想。诗人通过对神的礼赞,表达了美好的生活理想。诗人歌颂了具有悠久优秀文化的祖国大好河山,表现了自己的爱国热忱。诗中还热情描写了祖国那些爱和平、爱民主的劳动人民,流露出"泛爱"的人道主义理想。

　　短篇小说中《摩诃摩耶》的思想性很强。24岁的姑娘摩诃摩耶和男青年真诚相爱,但她的家庭却强迫她嫁给一个垂死的婆罗门,并在火葬场上举行婚礼。婚后第二天,她就成了寡妇,并被迫和丈夫一起火葬,只是突然出现狂风暴雨,才没被烧死,可是她美丽的脸庞上已有烧伤的疤痕。她逃到恋人家里,要他发誓永远不揭开她的面纱。一个月后的一个月夜,他终于忍耐不住地揭开面纱,她一言未语地转身离去。作者强烈谴责了封建包办婚姻的危害和寡妇殉葬制度的野蛮,表达了人们要求恋爱自由的迫切要求。

　　《沉船》是泰戈尔的代表作之一,小说情节曲折动人,富有传奇色彩。作品通过大学生罗梅西的曲折复杂的恋爱和婚姻故事的描述,揭示出封建婚姻制度与争取自由婚姻的青年男女之间的尖锐矛盾,有强烈的反封建倾向。男主人公罗梅西是印度近代知识分子的形象,他反封建但软弱、妥协,无力冲破束缚自己的封建罗网。小说明确指出青年男女如果不坚决反对封建婚姻制度,是得不到真正的恋爱自由和婚姻幸福的。

二、《戈拉》

　　《戈拉》写于1907—1909年,1910年正式出版,是泰戈尔最优秀的小说,也是印度近代现实主义文学的代表作之一,主要体现了泰戈尔反殖民主义反封建的创作倾向。

　　这部作品的中心人物戈拉是泰戈尔塑造的一个印度民族主义者和爱国主义者的典型。作为一位激烈的爱国知识分子,他有强烈的爱国心和民族壮志,从一个学校及附近一带孩子的头目,后来发展为印度爱国者协会主席、印度教青年教徒的领袖。戈拉坚信祖国一定会得到独立和自由,并采取积极的行动为之奋斗,他生活的唯一目标就是要解放祖国。他的一生,宁死不屈,正直不阿。他曾三次面对面地和英国殖民者进行了斗争,并被捕入狱,但绝不向英国殖民者低头。这种没有丝毫奴颜婢膝的品质是殖民地人民最可贵的品质。印度评论家S.K.班纳吉说:"戈拉就像是渴望自由、愤怒地为反抗自己社会和政治上的奴隶地位而斗争的印度心灵的化身。"

　　戈拉的性格是矛盾的。他持有宗教偏见,错误地认为造成印度一切灾难的根源是人民群众的愚昧无知,是由于知识分子脱离了群众以及忘记了印度的光荣历史,因此当前的任务是唤醒人民,使他们相信自己的力量,恢复对祖国的信仰,尊敬和热爱自己的祖国。他要达到这个目的,就必须无条件地遵守印度教的一切传统,因为只有这样,群众才不会忘记印度光荣的过去,才不会崇洋媚外,才不会失去自己的民族自信心。因此他为印度教的一切传统,包括种姓制度、偶像崇拜、妇女无权等落后反动传统辩护,并身体力行,严格遵守印度教的教规。他以复归传统种姓观念和教规以图振兴国家民族的做法是行不通的。这不仅造成他自己内心深刻的斗争,而且还造成他和自己亲人之间的矛盾。尤其在他爱上信奉梵教的姑娘苏查丽妲之后,他的内心更加矛盾、痛苦。最终,现实教育使他放弃了偏见,树立了为全印度人民造福的思想,戈拉终于认识到:印度人民要独立,就要同时反封建,就要冲破种姓制度的束缚,不分宗教信仰,团结一致才能战胜敌人。

《戈拉》的故事情节是在尖锐的矛盾冲突中展开的。他的爱国激情促使他和殖民主义者洋奴买办间不断发生冲突。他的宗教信仰也使他和他的亲属、他的内心、他的爱情不断发生矛盾。这些矛盾推动着故事向前发展。

泰戈尔通过《戈拉》这部作品歌颂了新印度教徒戈拉反对殖民主义压迫、热爱祖国的思想,歌颂了他对祖国必然获得自由的坚定信念,同时也批判了他仍维护种姓制度,遵守印度教各种腐朽传统的错误做法。泰戈尔通过戈拉的形象,表达了他自己反对殖民主义、反对复古主义和种姓制度的主张。

这部小说不但塑造了戈拉、苏查丽妲等形形色色的动人形象,在情节、布局、心理刻画和景物描写上也很有特色。

首先,人物对话富有论辩性。小说中无论是什么类型的人物,都以论争的方式表明自己的观点,以突出觉醒的知识分子对祖国和人民及各种社会问题的关心。其次,人物形象对比鲜明。由于人物间的相互对照,人物性格突出,主人公戈拉的形象也更真实、丰富。最后,优美的抒情格调。由于作家是个诗人,他的小说也更加具有诗的艺术感染力。小说将抒情性融于叙述和论辩之中,产生了更强烈的艺术效果。另外,小说心理描写也很成功,作者运用心理描写巧妙地暗示戈拉和苏查丽妲之间的爱情发生、发展、矛盾和痛苦。戈拉深爱苏查丽妲,但二人宗教信仰不同,不能结婚。在苏查丽妲姨妈要求他劝苏查丽妲遵守印度教教规,以便嫁给替她选择的对象时,戈拉心如刀割。但他用理智克制情感,写下古代梵典中训诫妇女的一席话。作者对戈拉当时的心情以及苏查丽妲见到这张纸条后的心理都有十分动人的描绘。

第四章　现代文学

东方现代文学是在近代东方文学的基础上发展起来的。如果说近代东方的历史是被西方奴役的历史，那么，现代东方的历史则是东方人民用自己的觉醒和抗争来结束西方殖民压迫的历史。东方现代文学是指第一次世界大战(1914—1918)，尤其是1917年十月革命前后到1945年第二次世界大战结束这一时期的文学。

第一节　概　　述

一、现代文学特征

现代东方文学在发展过程中表现出以下主要特征。

首先，反对侵略和压迫为各国文学的共同主题。面对西方列强的侵略和掠夺，东方各国人民承受着同样深重的灾难，经历着同样的血与火的洗礼。在文学领域，东方各国虽不曾像西方那样形成具有共同特征的文艺思潮，但大致相同的命运与共同的理想，使许多作家的作品表现出大致相近的思想倾向。他们描写社会现实，同情下层人民的悲惨生活，号召人民行动起来，为争取民族的独立和解放而斗争，在当时产生了巨大的影响。

其次，一些国家形成了有共同思想的文学社团，开展有组织的文学活动。日本以《文艺战线》为中心结成了日本无产阶级文艺联盟，涌现出一批杰出的作家和作品。朝鲜以"焰群社"为代表的新倾向派作家也相当活跃。印度成立了全印进步作家协会。这些无疑促进了东方现代文学的发展与繁荣。

最后，以现实主义为主的表现手法。当时的大多数作家都力求创作的真实，因此，许多有影响的作品都是以作家的亲身经历为素材而创作的。但有些作品也不乏西方现代派影响的痕迹，以日本川端康成为代表的一些东方作家，利用西方现代派的写作技巧创作了不少作品，标志着东方文学发展到一个新水平。

二、现代文学概况

就总体而言，现代东方文学在近代文学的基础上有了进一步的发展。但由于各国国情不同，其文学的发展水平也很不平衡。日本、印度、朝鲜、阿拉伯等国家和地区的文学发展速度很快，成就也比较高，其他各国的文学也在原有的基础上取得了长足的进步。

日本文学　现代日本文学的开始，是以无产阶级文学为先导的。受国际共产主义运动和俄苏文学的影响,留学法国归来的小牧近江(1894—1978)和金子洋文(1894—1985)于1921年创刊《播种人》杂志。在此刊物上发表文章的主要是有岛武郎(1878—1923)、江口涣(1887—1975)、平林初之辅(1892—1931)等。

《播种人》的创刊是日本无产阶级文学诞生的标志,因为它自觉选定了社会主义文学的方向。1923年11月,关东大地震的"天灾人祸"迫使《播种人》停刊。1924年6月,青野季吉、平林初之辅、小牧近江、金子洋文、前田河广一郎等13名《播种人》同人,又创办了宣传无产阶级文学运动的《文艺战线》。1925年11月,以《文艺战线》的同人为主,成立了无产阶级文学运动的统一战线组织"日本无产阶级文艺联盟"。1928年3月25日,对共产党表示支持的文学艺术家终于成立了"全日本无产者艺术联盟"(简称"纳普")。从此,"纳普"成为日本无产阶级文学运动的领导者,为无产阶级文学的成长壮大作出了贡献。1934年,"纳普"被迫解散,无产阶级文学遭到全面扼杀。但是,小林多喜二(1903—1933)、德永直(1899—1958)、中野重治(1902—1979)、宫本百合子(1899—1951)、佐多稻子(1904—1998)、村山知义(1901—1977)等一批无产阶级作家,以自己不朽的创作,将日本无产阶级文学推向高峰。

1924年,横光利一(1898—1947)、川端康成(1899—1972)、片冈铁兵(1894—1944)等14名年轻的同仁作家创办了《文艺时代》杂志。当时著名评论家千叶鬼雄(1878—1935)在读了《文艺时代》创刊号后,发表题为《新感觉派的诞生》(1924)的专论,对该派作家感觉之"新"进行了肯定。于是,新感觉派由此得名。新感觉派的文学创作在相当程度上接受了西方表现主义、达达主义、立体派、未来派等先锋艺术风格的影响,企图以新感觉、新认识、新表现来革新文学。该派中的横光利一、川端康成等还为文学史留下不少风格独具的作品。

朝鲜文学 现代朝鲜文学是从20世纪20年代到1945年赶走日本侵略者这一时期的文学。为反抗压迫,无产阶级左翼文学逐渐成为朝鲜现代文学的主流。20年代初朝鲜文坛出现了新倾向派作家。他们明确反对追求唯美情调的资产阶级文学,坚持在文学作品中反映人民的命运和祖国的前途。代表作家有崔曙海(1901—1932)、李相和(1901—1943)、赵明熙(1892—1942)等。1925年以新倾向派作家为基础,成立了"朝鲜无产阶级艺术同盟"(简称"卡普")。"卡普"时期出现了很多有影响的作品,其中最有代表性的当数李箕永的创作。

李箕永(1895—1984)是朝鲜无产阶级文学的创始人之一。在长达60年的创作中,李箕永始终坚持将文学与现实斗争、与人民大众紧密结合在一起,发挥了文学的战斗作用。他善于塑造正面人物,语言上具有朴实无华的乡土气息和民族色彩。长篇小说《故乡》是他的代表作,作品成功地塑造了革命知识分子金喜俊的形象,真实地反映了20年代朝鲜农村的阶级对立和农民的觉醒。

30年代,以"卡普"为核心的朝鲜进步作家遭到日本殖民者的迫害。但很快,抗日文学又在抗战斗争中发展起来。为适应斗争的需要,抗日文学形式多种多样,包括小说、诗歌、戏剧、故事等。这些创作在战时发挥了重要的作用。

印度文学　现代印度文学以现实主义小说为其繁荣的主要标志,除著名的作家普列姆昌德(1880—1936)以外,还有穆克吉·安纳德、克里山·钱达尔及乌尔都语诗人伊克巴尔。穆克吉·安纳德(1905—2004)代表作是《不可接触的贱民》。它从社会底层贱民们的悲惨遭遇揭示了印度社会生活的另一个侧面。克里山·钱达尔(1914—1977)早期的长篇小说《失败》以自己的生活经历为基础,通过两对青年的爱情悲剧,揭示了印度农村新旧思想的矛盾。伊克巴尔(1877—1938)有"东方诗人"和"生活诗人"之称,他以自己的诗歌表现了当时印度人民普遍的爱国主义的激情和反对殖民主义的斗争精神。

阿拉伯文学　阿拉伯地区的现代文学发展也很快。20至30年代产生了以纪伯伦(1883—1931)为代表的"叙美派"文学和以塔哈·侯赛因(1883—1973)为代表的"埃及现代派"文学。

"叙美派"又称"旅美派",这是旅居美洲的阿拉伯作家所组成的文学流派。黎巴嫩诗人纪伯伦是此派重要作家,代表作是散文诗集《先知》。"埃及现代派"是第一次世界大战后首先在埃及形成,以后扩大到叙利亚、黎巴嫩和伊拉克等国的现实主义文学流派。埃及作家塔哈·侯赛因是其卓越代表。他3岁失明,但勤奋学习,先后获两个博士学位,历任开罗大学文学院教授、院长、亚历山大大学校长、教育部艺术顾问、教育大臣。他的自传体小说《日子》被誉为阿拉伯地区现代文学的典范。

第二节　普列姆昌德

一、生平与创作

普列姆昌德是印度现代著名的现实主义作家,也是印度现代文学的奠基人,有印度"小说之王"的赞誉。他还是印度现代一位具有国际影响的作家,尤其是中国人民的朋友,始终支持中国人民的正义斗争。

普列姆昌德出生于印度北方那贝拿勒斯(现瓦腊纳西)北郊拉莫希村一个普通农民家庭。其家庭信奉印度教,种姓属于刹帝利的亚种姓。其父是邮政局职员,送他到镇上正规小学学习。其间他对文学产生了浓厚兴趣,在大量阅读作品的基础上,练习写作。17岁时结婚,父亲病逝后,他为分担家务,边学习边作辅导教师,中学毕业未能获取免费大学资格而任小学教师。22岁他在阿拉喀吧德师范学院进修时开始文学创作,一发不可收。

普列姆昌德一生用印地语和乌尔都语共创作了15部中、长篇小说(包括未完稿),300篇左右的短篇小说,近700篇论文或文章,还创作了其他作品如电影文学脚本和儿童文学作品等。其创作可以分成3个时期。

从1903年开始创作小说到1907年是他创作的初期,也可称之为步入文坛的尝试期。这一阶段他主要创作了处女作《圣地的奥秘》(1903—1905)、《伯勒玛》(1906)、《吉希娜》(1906)和《生气的王公夫人》(1907)。这4部中篇小说思想性和艺术性都显得比较稚嫩,主要反映的是社会现实问题,即使是描写历史的小说《生气的王公夫人》也借古喻今以振奋民族精神。这些作品开始触及印度当时社会的各种弊端,主要涉及封建的旧传统习俗以及印度教上层的胡作非为。作品中开始出现改革社会的人物形象,这是作者早期受"圣社"思想影响,主张在复兴印度古代文化优秀传统的基础上进行社会改革的结果。改良主义思想在这一时期的作品中有明显的反映。

这一时期的小说《伯勒玛》相对而言是一部较好的作品,1906年在《时代》杂志上发表。女主人公伯勒玛和从事社会改革活动的律师阿姆勒德订了婚,由于达那纳特从中破坏,保守的父亲解除了他们的婚约。在阿姆勒德与寡妇布尔娜结婚后,已嫁给达那纳特的伯勒玛仍深爱着阿姆勒德。达那纳特出于妒恨谋杀阿姆勒德,被早有防备的布尔娜击毙,她也被达那纳特的子弹击中。最后,伯勒玛和阿姆勒德终成眷属。这个故事结构虽有人为的痕迹,但情节基本符合逻辑。小说批判旧的婚姻制度,提倡男女自由恋爱,赞成寡妇改嫁,反映了反封建的中心思想,表明了作者正在形成的正确的人生观和成熟的创作思想。

1908年6月短篇小说集《新国的痛楚》的出版,标志着他的创作进入中期,直至1918年年底。这十年是普列姆昌德创作走向成熟期的准备阶段。这期间他除了写了一部中篇小说《恩赐》(1912)外,其余以短篇小说为主,约有70部。

《新国的痛楚》包括《世界上的无价之宝》《这是我的祖国》《对悲哀的奖赏》《谢克·默克穆尔》和《世俗的恋情和爱国热情》5篇小说。它的结集出版,不但在读者中引起强烈反响,受到当时文坛领袖马哈维尔·伯勒萨德·德维威迪的热情赞扬,但是却受到英国殖民当局的查禁。那些被称为"很能蛊惑人心的煽动性言论"主要就是指强烈的爱国主义思想。总之,《新国的痛楚》如同书名一样,反映了作者明显的对祖国对人民深沉的爱,这一思想主脉通过不同的艺术形式表现在其后的创作中。这一时期无论在思想性和艺术性都达到较高水平的小说当推《沙伦塔夫人》(1910)。这是一篇以印度中古历史为题材的作品,它刻画了一个勇敢、坚强的女性为了尊严和荣誉,可以抛弃一切。沙伦塔的丈夫本是独立小王国的王公。他曾经两次臣服于德里皇帝,虽然生活安稳了,但沙伦塔却认为这是耻辱。在她的激励下,王公回到自己的小王国继续过独立自主的生活。这种渴望独立自主,保持强烈自主的精神为皇帝所嫉恨与不容。因此,他们相继失掉了城池,损失了人马,在追兵逼近的危急关头,病魔缠身的王公,请求沙伦塔不要让他戴着手铐脚镣活着。就在敌人将要活捉王公的一瞬间,沙伦塔像闪电一样扑上去,将手中的宝剑刺进他的心窝,然后也刺进自己的胸膛。

沙伦塔不仅是个宁死不屈的巾帼英雄,更是印度独立自由的象征。她不愿臣服于宗主国,而要在独立的小王国中自由自在活着的行为,正是作者希望印度人不要甘为大英帝国殖民地臣民的表现。因为西方资本主义扩张时期,殖民国家对自己的殖民地也自称宗主国。古代一个女性可以为自己的尊严、荣誉、自由去战斗、牺牲,在强敌面前不屈不挠、视死如归,现代的印度人民更应勇敢地站立起来,为摆脱附属国的地位,同英国殖民主义者做殊死的斗争。小说鲜明的主题思想和精神与详略得当的故事结构和语言,使之成为普列姆昌德所有短篇小说的佳作。

1918年,长篇小说《服务院》的发表,标志着普列姆昌德的创作进入成熟期。从1918年到1936年近20年的时间内,他先后发表了长篇小说8部,中篇小说2部,短篇小说200余篇。无论从作品的数量和质量,从反映生活的深度和广度,还是从人物塑造和艺术特色上,都表明作者已确立了现实主义的创作方法并进入创作的高峰和高产期。他创作的长篇小说有《服务院》(1918)、《博爱新村》(《仁爱道院》,1922)、《战场》(《舞台》,1925)、《新生》(1926)、《贪污》(《一串项链》,1931)、《圣洁的土地》(1932)、《戈丹》(1936)、《圣战》(未完稿)。中篇小说有《妮摩拉》(1926)、《誓言》(1927)。著名短篇代表作有《如意树》(1927)、《割草的女人》(1929)、《可番布》(《裹尸布》,1936)等。

《服务院》是作者创作的第一部长篇小说,并使他在此领域获得巨大声誉。女主人公苏曼由于家境清贫嫁给一个不要嫁妆的小职员,一次参加晚会深夜回家被丈夫拒之门外,不久沦落红尘。一位从事社会改革的律师将她救出火坑,安置在寡妇院。因身份暴露她被迫离开,后来与妹妹一起生活,周围环境的歧视迫使她出走。最后她被送进律师兴办的"服务院",负责教育妓女所生女孩的工作。这是一部反映印度妇女悲惨命运的小说,是作家对以往短篇小说所涉及妇女问题的进一步深化与探索。

《博爱新村》是作者第一部以农村生活为题材的长篇小说。一个地主家庭中年轻的兄弟俩,在哥哥普列姆·辛格尔赴美留学期间,弟弟葛衍纳·辛格尔大学毕业回乡管理田产。他野心勃勃又贪婪成性,千方百计地压榨、剥削佃农,为夺取岳父遗产而投毒谋害,为鲸吞哥哥的财产而罗织罪名将其逐出家门,无所不用其极。接受了新思想的普列姆放弃产业,同情并帮助农民,想尽办法救助无辜被捕的农民,最后建立了"博爱新村",使农民过上了新生活。葛衍纳由于众叛亲离梦想破灭而投河自杀。普列姆昌德以广大农民代言人的身份,控诉了封建土地制度对农民的种种迫害,为受压迫被剥削的农民发出反抗的呐喊。这是作者前期反封建思想的延续。小说现实地描写了农村社会问题的残酷,又以建立"博爱新村"的方式进行调和。这明显说明作者的理想主义或改良主义思想是很明确的。

长篇小说《战场》表现了资本主义工业文明与印度传统农业文明之间的冲突,显而易见的结局使作品充满悲观主义色彩。中篇小说《妮摩拉》是继《服务院》之后,又一部以妇女问题为题材的作品。一个没有嫁妆的女子悲惨的命运,导致了另一个家庭悲剧。另一中篇《誓言》是早期中篇小说《伯勒玛》的改写。新作中人物命运与原作略有不同,表现了作家的思想矛盾与探索。短篇佳作《如意树》描写一对青年男女至死不渝的爱情故事。《割草的女人》描写女主人公以自己崇高的品德和自尊,使一个企图侮辱她的青年变得正直、善良的故事。《可番布》写种姓制度的摧残使主人公父子麻木不仁,失去人性,连买亲人裹尸布的钱都花完了。这些篇幅长短不一的小说有力揭露了印度社会的种种黑暗现实,淋漓尽致地表达了作者的爱憎情感。它们不仅仅让人们感受到印度人民的苦难生活,而且感受到作家宣扬人道主义的伟大灵魂。

二、《戈丹》

长篇小说《戈丹》(1936)是普列姆昌德的代表作。时至今日,读者和评论家一致认为《戈丹》是印地语文学中最优秀的小说,几乎没有一部作品可与《戈丹》媲美。

小说中的"戈丹"是"献牛"的意思。主人公何利原是个自耕农,有10来亩有耕种权的土地,他和妻子、儿女终年劳动,勉强可以温饱。他有个理想,就是买一头奶牛,因为它不仅可以供奶,而且还是吉祥和致富的象征。他赊购的奶牛被其弟希拉因嫉妒而毒死,他又不愿弟弟被拘捕,所以受到宗教祭司、"长老会"头人、警察及其他管事的多方敲诈勒索。后来何利又收留了未正式结婚而怀孕的儿媳裘妮娅,更引起轩然大波。他不断受到打击、迫害和掠夺,由自耕农降到半自耕农的地位,接着又成了雇工,后来竟至变相卖掉自己的小女儿。何利还梦想为孙子买头奶牛,拼命地做苦工,终于在刮热浪的一天晕倒在地里,结束了他悲惨的一生。而身后留下的20个安那也被婆罗门当作献牛(戈丹)的礼金搜刮而去,否则他的灵魂不能进入冥界。这部小说揭示了农村中尖锐的社会矛盾,塑造了何利这个典型人物,被认为是描写印度农村生活的一部史诗。

《戈丹》不仅是何利个人的苦难史,也是当时印度农村广大农民普遍的苦难史。在英国殖民主义统治下的印度农村,广大农民不仅政治上无独立自由可言,还深受封建主义的种种压迫。无论是地主老爷、村中头人、高利贷者、资本家、警察,还是警察局、法院、传统礼法、宗教桎梏,无一不是针对广大贫困农民的统治机器。他们不仅榨干了广大农民的汗水,还变相地夺去了他们的生命。小说揭露和批判了印度封建农村这些形形色色的压迫者和剥削者的丑恶嘴脸,以反映他们吃人的本质。小说借从城里回家的何利之子戈巴尔的口说出了作家的感受:"村里没有一个人不是愁眉苦脸的,仿佛他们的躯体内没有灵魂,只有痛苦,他们好像木偶似的跳来跳去;只知道干活、受苦,因为干活受苦是命中注定的。他们的一生没有任何希冀,没有任何志向,仿佛他们的生命的源泉已枯竭,靠源泉滋养的一片青春草木也同时萎谢了。"这种场景是当时印度广大封建农村的真实写照。

何利是印度封建农村中受苦农民的典型。他的遭遇代表了印度普通农民的悲惨命运。他勤劳善良,富有同情心,宁肯自己受损失,也不让别人吃亏。对什么事他都肯忍让。他终生受着地主和高利贷者的压迫和剥削,甚至变相卖女儿,至死也不明白自己受苦的原因。由于宗教思想的束缚,他还相信宿命论,认为"命中注定享福的才能享福"。他胆小怕事又很软弱,害怕地主和官府,无力反抗社会压迫,凡事逆来顺受。他一生梦想买一头奶牛,终未如愿,也毫无怨言。他的遭遇是印度广大农民贫苦生活的缩影。他的破产死亡是印度封建压迫和剥削的结果。作者借此无情鞭挞了农村统治者、地主、官吏、高利贷者、婆罗门祭司等无恶不作的罪恶行径。

《戈丹》反映了作者对社会问题探索精神，以及对社会的深刻理解。普列姆昌德已经认识到何利这个封建农村的农民之所以有这样的悲惨命运，是社会制度造成的。在小说描写中，何利必然的悲剧命运与周围富人对他的态度有直接的因果关系。作者逐渐地认识到要解脱广大农民的苦难生活，只依靠富人伸出仁慈之手，并办几个"服务院"与"仁爱道院"是不行的。作者借书中人物梅达之口说出："要砍倒一棵树，必须用斧头斩它的根，光是揪掉一片树叶是无济于事的。在有钱人里面，偶然也出现这样的人，他们抛却一切，虔心敬神，可是有钱人的统治还是照样巩固，一点不会动摇。"这表明作者对社会矛盾的认识深刻了许多，虽然他还没有找到改造社会、解决社会矛盾的正确途径，但《戈丹》中对社会弊病的探索已不同于以前创作中的改良主义主张，他已经看到了变革社会的曙光。

《戈丹》的巨大声誉不仅源于其深刻的思想性，而且与小说成熟的艺术风格也是分不开的。无论是全篇构思、人物塑造，还是运用气氛烘托，都有引人入胜的艺术效果。

首先，《戈丹》线索清晰，主次分明，纵横开阖，得心应手。小说以何利一生的悲惨遭遇为纵向主线，以相关的人和事为横向辅线，形成一个涉笔广泛、铺陈有序的平面场景，描写内容既深且广。小说既以农村为主线，又以城市为辅线，形成立体交织的巧妙安排，有离有合，时隐时现，描绘更为广阔的社会背景。这种构思不仅使小说情节起伏跌宕，扣人心弦，而且使关联人物命运的事件，一波未平，一波又起。从中不难发现作者独特的艺术匠心。

其次，《戈丹》的人物性格刻画手法多样，一改人物的类型化为人物的典型化。小说中的人物各有各的性格。为了达到这一目的，小说对人物内心世界的浮沉与矛盾，进行了多方面的揭示，用环境和气氛的渲染来叙写人物的行动，用符合人物性格和身份的对话来表现人物的情感。何利的不幸中有凄楚，也有忍耐；薄拉的不幸中有狭隘，也有无奈；戈巴尔的不幸中有痛苦，也有责任；丹妮娅的不幸中有抗争，也有屈从。人们看到的是性格化的人物，他们具有了典型意义。

长篇小说《戈丹》以其深刻的社会意义和独特的艺术魅力在印度文学界引起轰动，也使之有幸立于世界名著之林，成为经典。

第三节 纪 伯 伦

一、生平与创作

纪伯伦·哈利勒·纪伯伦（1883—1931）是阿拉伯"旅美派"文学的旗手、灵魂和领袖。他不仅是黎巴嫩近现代过渡时期最著名的诗人，而且也是一位出色的散文家和画家。他以丰富的文学创作表达了自己在东西方交错生活、不断批判现实的独立思考，成为一位成就高、影响大、令人向往的大作家。

纪伯伦生于黎巴嫩北部风光秀美的山村贝什里。当时的黎巴嫩作为叙利亚的一个行省受土耳其奥斯曼帝国统治，许多人因信仰和政治经济等原因纷纷逃离祖国，移民美洲。纪伯伦12岁时就随母亲和异父同母的哥哥及两个妹妹经埃及、法国到美国波士顿唐人街的贫民窟。15岁时他只身回黎巴嫩学习阿拉伯语言文学，1901年，他再次来到美国。此间，他的亲人因贫病相继去世，他与唯一活下来的大妹妹相依为命共度岁月。在他一生中，绘画曾受到过罗丹的指点，文艺思想曾受到威廉·布莱克的影响，哲学思想曾受到尼采的影响。这些铸成了他自己独特的艺术个性，使之成为具有世界影响的阿拉伯名人。

纪伯伦从1903年在美国阿拉伯文《侨民报》上发表散文开始创作，以1918年为界分为两个创作时期。前期创作主要用阿拉伯文，后期创作主要用英文。用阿拉伯文创作的作品主要有短篇文论集《草原姑娘》(1906)、《叛逆的灵魂》(1907)，中篇小说《折断的翅膀》(1911)、散文诗集《泪与美》(1913)等。用英文创作的作品主要有《疯人》(1918)、《先驱者》(1920)、《先知》(1923)、《沙与沫》(1926)、《人子耶稣》(1928)、《流浪者》(1932)、《先知园》(1933)等。从体裁上区分，前期作品主要是小说，后期作品主要是散文诗。从题材上分析，前期主要立足于阿拉伯民族的立场，反映社会现实问题，批判西方物质文明对阿拉伯社会的冲击，对阿拉伯民族有一种深刻的反省精神。后期则主要站在"人类一体"的立场上，跨越了东西方异质文化文明间的差异，思考人类所面临的普遍问题，如人与自然、生与死、人生的完善、生命的升华等问题。近30年的创作表明他从体恤祖国人民到关注整个人类的这样一个由民族主义走向世界主义的认识过程。

前期用阿拉伯文创作的中篇小说《折断的翅膀》，推动了阿拉伯小说的发展和繁荣。小说以男主人公"我"的视角描写我与贝鲁特富家女萨勒玛相爱无果的悲剧。萨勒玛遵从父命违心嫁给大主教平庸的侄子。婚后，"我"因人言可畏离去，她因未孕而备受欺侮。5年后，萨勒玛随着分娩时胎儿死去而离开人世。她犹如已折断翅膀的鸟儿无力飞上蓝天，只能将苦酒饮尽。小说比较注重刻画人物心理，情节并不复杂，叙述具有浓重的感情色彩和哲理。小说的象征意义在于萨勒玛的个人悲剧是民族悲剧的缩影，表现出作家强烈的忧国忧民的爱国情怀。

后期用英文创作的代表性作品《流浪者》是其晚年的作品，在他逝世后才发表。纪伯伦其他散文诗中，多少都染有西方象征主义的色彩，而《流浪者》却全然是现实主义风格。《疯人》基本是用现代寓言或哲理故事形式写成。《先驱者》形式也与前者相近。在辑录人生智慧格言体散文诗集《沙与沫》与《流浪者》中，后者由于是晚年之作尤显睿智、深刻。这实际上是一本寓言集，它从听众的角度记录了一位流浪老人讲述的52则寓言故事。这些寓言和《新约》福音书里耶稣讲道时所用的寓言、所做的比喻有类似之处，但却没有宗教意味。无论是对社会世态人情的评判，还是对现实生活入木三分的讽刺，都浓缩了对人生的高度概括，给人以启迪和遐想。

纪伯伦的作品自始至终贯穿着一种清新、隽永、令人深思的艺术风格。首先，他在创作上善于学习东西方先人的经验，但又注重表现形式上的创新，无论是叙事还是描写都表现出了浓郁的哲理性，拓展了人们的思维空间与逻辑的推理深度。其次，作品中表现出了丰富的想象力和激越的情感，让人能清晰地感受到作者以满腔热忱抒发的强烈的主观情绪。最后，无论是小说还是散文诗，都讲究对仗，音调铿锵，并以富于联想的比喻和拟人，新颖的意象和象征，带有音乐感的语言，表达自己的艺术追求。这种艺术特色被阿拉伯文坛称之为"纪伯伦风格"。

二、《先知》

散文诗集《先知》是纪伯伦的代表作，确立了他作为一个有世界声誉与影响的大作家的历史地位。

《先知》是历经人生风雨磨砺的一块里程碑。它的成书竟达20多年的时光。早在纪伯伦18岁于黎巴嫩求学时刻就开始写阿拉伯文的初稿，因觉得不够理想而未发表。两年后，他在美国波士顿曾将其中的片段读给母亲听，并受到赞扬，但母亲告诉他尚未到发表的时候。又过了10年，他定居美国写下《先知》的英文稿，此后5年间他5易其稿，直到他认为几近完美。1923年，《先知》由纽约一家名为"克那夫"的书店出版。他的"灵魂直到今天所孕育的优秀胎儿"终于分娩了。

纪伯伦创作《先知》的20多年，正值阿拉伯社会的转型期。面对陈腐的传统与西方文明的冲击，他自己的文化选择和价值取向都反映到对生命哲学的阐释中。而对这些所有问题的探讨，集中体现在他构思的"先知"三部曲中。其中包括探讨人与人关系的《先知》（1923）和人与自然关系的《先知园》（1931）以及因作者病逝而未完成的人与上帝关系的《先知之死》。从已发表的两部来分析，《先知园》显然是《先知》的续篇，是作家思想探索深度的又一个标志。

《先知》写一位名叫亚墨斯达法的先知，在阿法利斯城住了12年，深受当地人民的爱戴与尊敬。当他的故乡之船准备载其归去时，他应当地的女寓言家、富翁、教授、律师、法官、工人、农妇等各类人的要求，分别针对爱、婚姻、孩子、施与、饮食、工作、音乐、居家、衣服、买卖、罪与罚、法律、自由、理性与热情、苦痛、自知、教授、友谊、谈话、时光、善恶、祈祷、娱乐、美、宗教、死亡，共26个问题，说明了他自己的观点，阐发了人生真谛。最后他作了长篇临别赠言，登船离岸，扬帆乘风向东方驶去。《先知》这部呕心沥血之作，其睿智的东方之思被认为是"东方赠给西方的最好礼物"。

《先知》的思想内涵极其丰富，要想辨析清楚，必须要理解作者精心塑造的主人公形象。这是位超凡脱俗的东方智者，他被冠以阿拉伯先知的一个圣名——"艾勒-穆斯塔法"（即亚墨斯达法）。他全知全能，既是东方智慧的化身，作者思想和精神的忠实代言人，又是作者心目中的"超人"形象，能够引领人类脱离苦难的精神导师。他是"上帝的先知，至高的探索者"，是在民众"中间行走"的神灵。他有智慧教导人类清正廉洁，有能力阻遏邪恶对人类的侵蚀,是能和人民融为一体的"儿子和亲挚的爱者"。总之,他先知先觉,脑清目明,能力非凡,胆识超群,对民众充满悲天悯人之爱。这是纪伯伦对上帝精神的怀疑,又是他对人类价值的肯定,是他思想矛盾但又努力追求真理的形象化体现。

《先知》充满辩证的哲理精神。诗人表达的和谐与合一的思想核心,顺应了社会发展的时代潮流,反映出积极的人生理想,人们从中能够更全面更准确地看待和处理生活中所遇到的种种问题。在谈到宗教问题时,诗人认为信心和行为、信仰和事业都是不能分开的。要辩证统一地看待一个问题的两个方面,才能表现人生真谛。诗人清楚地看到了事物的两重性,即恶中有善、善恶相抑,理性和热情时常在心中决战。它们又互相依赖,热情需要理性的指导,理性需要热情升华。诗人冷静、稳定,但又不失激情地平衡了原来矛盾的两个侧面。

《先知》体现了东方人道主义者所能达到的最高和最新的思想境界。由于《先知》主要探讨的是人与人之间的关系问题,其中突出了对"爱"的探求。书中通过亚墨斯达法的口表述了对"爱"的实质的认识:"爱不占有,也不被占有。因为爱在爱中满足了。"这是一种人与人之间相互平等和尊重的爱,是一种忘我奉献精神的爱。爱不只是欢乐和享受,也是一种痛苦。这种对爱的认识贯穿《先知》的全篇。爱就是每一个人都需助他人达到他的目的,因为只有这样人们才可以希望达到自己善良的目的。爱不仅是一种感情,更重要的是人与人之间的一种属性。这种具有人类之爱特点的"爱"是无处不在的,无时不有的,因此也是无限的。

《先知》这部散文诗集篇幅有限而内涵无限,想象丰富而张弛有度,形象生动而哲理深邃,为阿拉伯文学的发展,开创了散文诗写作的道路。《先知》自从在美国出版以后,就引起了轰动,并先后被译成三四十种外国文字。1931年,《先知》就有了中文译本,从此一发不可收。纪伯伦和他的《先知》一起,在广袤的中国土地上找到了众多的知音。

第五章 当代文学

当代东方文学是指第二次世界大战结束以后的文学。在创造性地继承与发展东方文学优良传统的基础上,当代东方文学加强了现实性,并积极接受西方文化与文学的影响,努力形成独具特色的新的民族文学,并融合到世界文学的主潮中,成为当代世界文学的重要组成部分。

第一节 概 述

一、当代文学特征

当代东方文学由于各国的社会、政治、历史等情况各异,因此,其文学的发展与成就也各有不同。但整体上当代东方文学体现了一些较为一致的特征。

首先是鲜明的政治倾向。当代东方各国民族解放运动规模空前。无论是无产阶级文学,还是民族资产阶级文学,都具有鲜明的政治倾向,即反对殖民主义,赞颂人民反殖的英勇斗争。尤其是在印度及非洲许多国家,由于民族独立和种族歧视问题始终是一个重要问题,所以,进步作家将推翻殖民统治,为民族解放与国家繁荣而斗争作为创作的基本主题,甚至许多作家直接是反殖民主义的战士。

其次是世界各国之间的文学与文化交流日益频繁。当代东方文学也受到西方文化的多方面影响,特别是西方现代主义和后现代主义文学的影响最典型。日本战后文学有许多现代主义作品,如野间宏(1915—1965)的《阴暗的图画》就明显受到乔伊斯和普鲁斯特等的影响,采用了意识流手法。安部公房(1924—1993)的代表作《墙壁》和《砂女》也体现出现代派的表现技巧和卡夫卡的影响。印度文学中,20世纪五六十年代出现的新小说派,明显接受了西方存在主义的影响。在当代阿拉伯文学中,埃及著名作家陶菲格·哈基姆(1898—1987)的戏剧《爬树的人》《人有其食》等,都是深受西方荒诞派戏剧影响的代表作。非洲的尼日利亚戏剧家索因卡是诺贝尔文学奖获得者,他的有些作品则被称为贝克特式的荒诞佳作。

最后是鲜明的民族特色。当代东方文学的发展在积极走向世界文学的同时,又注意保持本民族文化与文学的特点。无论作品取材、人物塑造、艺术手法的运用,还是文学审美情趣、思想哲学观念,都表现出浓郁的民族特性。川端康成、三岛由纪夫享誉世界,都与其创作中着力展现的日本文学审美世界密切相关。塞内加尔著名女作家阿·索·法尔虽然用法语创作,曾荣获法国最高文学奖"龚古尔文学奖",但作品中所展示的也仍然是一个地地道道的黑非洲世界。

二、当代文学概况

日本文学 第二次世界大战以后,日本文坛上各类文学刊物犹如雨后春笋般地复刊或创刊,为战后文学繁荣准备了条件。最先发表作品的多是那些在文坛上久负盛名的作家。如志贺直哉的《灰色的月亮》(1946)、永井荷风的《舞女》(1946)、谷崎润一郎的《细雪》(上卷,1946)等。

50年代,日本文坛崛起了一批被称为第二次世界大战战后派的作家。这是相对于野间宏等早期战后派作家而言,并无十分明确的界定,主要是表明他们受到文坛承认要晚些时间而已。"战后派"是指第二次世界大战之后登上文坛的第一批新作家。他们以1946年创刊的《近代文学》杂志为中心,强调艺术至上,提倡文学独立于政治之外,主张作家不受政治党派和理论的束缚。野间宏(1915—1965)《阴暗的图画》(1946)被公认为"战后派"的先声。第二次世界大战战后派作家主要有三岛由纪夫(1925—1970)、大冈升平(1909—1988)、安部公房(1924—1993)、堀田善卫(1918—1998)等。50年代中期,当日本基本走出战败的阴影,而迈向安定和繁荣的道路之时,文坛上出现了"第三新人派"作家,这些作家一般比战后派作家要年轻。代表作家作品主要有小岛信夫(1915—2006)的《美国学校》(1954)、安冈章太郎(1920—2013)的《海边景色》(1959)、远藤周作(1923—1996)的《海和毒药》(1957)、吉行淳之介(1924—1994)的《骤雨》(1954)、庄野润三(1921—2009)的《游泳池旁小景》等。60年代至70年代,世界文学进入多元文化时期。代表作家作品有三浦哲郎(1931—2010)的获奖作品《在白夜里旅行的人们》(1985)、开高健(1930—1989)的《夏天的昏暗》(1972)、井上光晴(1926—1992)的《心灵善良的叛逆者》(1969—1973)、大江健三郎(1935—2023)的《个人的体验》(1964)和《万延元年的足球队》(1967)等。

印度文学 当代印度文学主流仍然是现实主义,进步作家的创作仍然是文坛的支柱,安纳德、克里山·钱达尔都在这个时期达到了高峰。孟加拉语作家达拉巽戈尔·班纳吉(1898—1971)以其长篇小说《群神》(1942)成为区域文学的重要开创者和代表作家,其代表作还有长篇小说《医疗所》(1953)等。还有女作家马哈斯维塔·黛薇(1926—2016)的小说《乔迪·孟达和他的箭》(1980)。印地语小说家雷努(1921—1977)也是区域文学的重要代表,"区域文学"名称即源于他1954年出版的长篇小说《肮脏的区域》。著名的英语作家主要有阿米塔夫·高希(1956—   ),代表作《理性之环》(1986)和"罂粟海"三部曲(2008—2015)等。此外,新小说派作为一种文学思潮流派从20世纪50年代初萌发到50年代末成熟,标志着印度当代文学开始走向世界。

阿拉伯文学 当代埃及是北非地区文学成就最高的国家。第二次世界大战以来,诗歌创作倾向自由诗和散文诗,清新而活泼,但是当代埃及文学仍以小说为主。阿卜杜·拉赫曼·谢尔卡维(1920—1987)的《土地》(1954)、《坦荡的心》(1956)、《农民》(1968)反映了不同时代农村的悲剧。尤素福·伊德里斯(1927—1991)被认为是埃及当代第一流作家。中篇小说《罪孽》(1959)、短篇小说集《风情院》(1978)等,均为代表作。真正为埃及文学带来世界声誉的,是被誉为埃及小说界"金字塔"的著名作家,1988年诺贝尔文学奖获得者纳吉布·马哈福兹。

黑非洲文学 黑非洲是指撒哈拉沙漠以南的广大非洲地区,包括东非、西非、赤道非洲和南部非洲大陆及诸岛。其口头文学传统古老而丰富,有谚语、格言、寓言、诗歌和各种叙事故事等。20世纪初叶,教会和黑非洲的知识分子开始对口头文学进行搜集整理,先后出版了一些神话故事集和传说故事集。1960年,由几内亚历史学家、文学家吉布里尔·塔姆希尔·尼亚奈(1932—)整理出版的《松迪亚塔》,无疑是黑非洲口头文学的优秀作品之一,具有较高的文献和文学价值。《松迪亚塔》是一部兼具神话色彩和文献价值的长篇英雄史诗,共18章。这部史诗反映了13世纪上半叶西非的社会政治生活和风土人情,具有浓厚的乡土气息和鲜明的浪漫主义色彩,表现了黑非洲民间艺人丰富的想象力和杰出的艺术才华。

黑非洲大多数国家或民族的书面文学产生较晚,一般是在19世纪以后。黑非洲书面文学的全面繁荣开始于20世纪初,到第二次世界大战结束后达到高潮。

莱·塞·桑戈尔(1906—2001)是塞内加尔的诗人、文艺理论家和政治活动家。1960年又被选为塞内加尔共和国第一任总统,此后一直担任这一职务,直至1980年退休。桑戈尔被誉为非洲现代诗歌的奠基人之一,他用法语写作,是"黑人性"文艺的主要倡导者。他的诗歌创作便是这种文学主张的具体体现。主要代表诗集《阴影之歌》(1945)和《黑色的祭品》(1948),表达了浓郁的爱国热情和对殖民主义的强烈不满。他还编辑出版了《黑人和马尔加什法语新诗选》,让-保罗·萨特为此书写了序。这部诗集在现代非洲诗歌发展史上占有重要地位。《埃塞俄比亚诗集》(1956)和《夜歌集》(1961)也是桑戈尔的著名诗集。前者以重大的社会政治事件为题材,洋溢着浓郁的民族感情,表达了诗人的自信。后者收录有诗人发表过的一些爱情诗,诗风大有变化,以描绘塞内加尔美丽的自然风光为主调,抒发了诗人对生活的热爱和对幸福的向往。其他诗集还有《热带雨季的信札》(1972)和《主要的哀歌》(1979)等。他的诗歌作品具有浪漫主义的色彩和浓郁的乡土气息;内容丰富,情感炽热,充满爱国主义精神。

桑贝内·乌斯曼(1923—2007)是塞内加尔著名的小说家。1956年发表了第一部长篇小说《黑人码头工》,开始显露头角,以后又相继发表了《祖国,我可爱的人民》(1957)、《神的儿女》(1957—1959)等长篇小说以及一些中、短篇作品,如《公民投票》(1964)、《汇票》(1965)和《哈拉》(1973)等。成名作《祖国,我可爱的人民》成功地塑造了一个有觉悟的非洲青年知识分子乌马尔·法伊的典型。代表作《神的儿女》反映的是铁路工人为反对种族歧视、争取平等待遇所进行的一次罢工斗争。这场罢工是在民族解放运动不断高涨的背景下展开的。作品以深厚的情感,细致地展现了广大工人在工会的领导下经过艰苦、曲折的斗争,终于取得罢工胜利的过程,并成功地塑造了杰出的工人领袖巴格尤戈的形象。这部作品的问世,显示了作家在思想上和艺术上的日臻成熟。

费丁南·奥约诺(1929——　)是喀麦隆小说家,曾在巴黎留学,主修法律和政治经济学。他的主要创作是3部长篇小说,即《家僮的一生》(1956)、《老黑人和奖章》(1956)和《欧洲的道路》(1960)。奥约诺把揭露殖民主义的罪恶当作自己的使命,试图用一种既幽默又哀婉的故事唤醒读者,使他们了解黑非洲人民在独立前夕所忍受的压迫,从一个比较特殊的角度来激起民族的觉醒意识。奥约诺的作品笔法细腻,情节动人,有较强的艺术感染力。

钦努阿·阿契贝(1930—2013),尼日利亚著名作家,使用英语写作,曾在国内外获得过多种文学奖,并曾被列入诺贝尔文学奖候选人名单。阿契贝的主要作品有长篇小说《瓦解》(1958)、《动荡》(1960)、《神箭》(1964)和《人民公仆》(1966),主要以尼日利亚独立前后伊博族人民的生活为题材,被称为"尼日利亚四部曲"。《人民公仆》是一部具有现实主义倾向的杰出小说,形象地反映了尼日利亚独立之后的各种社会矛盾,揭露了社会政治的腐败现象,辛辣地嘲讽了自称为"人民公仆"的政客官僚的贪污腐化,营私舞弊,表明了作者对社会和历史发展规律认识的日益深刻。除"四部曲"外,阿契贝的作品还包括诗集《当心啊,心灵的兄弟及其他》(1971)和《比夫拉的圣诞节及其他》(1973),短篇小说集《祭祖的蛋及其他》(1962)和《战火中的姑娘及其他》(1971)等。他的作品已被译成了30多种文字,在世界范围内有很大影响。

沃莱·索因卡(1934——　),尼日利亚的著名剧作家、诗人和小说家,用英语写作。1986年获诺贝尔文学奖。索因卡的文学活动涉及多种体裁,除戏剧创作外,还有诗歌、文学评论,以及长篇小说代表作《解释者》(1965,中译名《痴心与浊水》)等。

纳丁·戈迪默(1923—2014),南非著名的白人女作家,用英语写作。她出生在南非,生活在南非。50年代以来,她先后发表了10部长篇小说和200多篇短篇小说。种族隔离下的南非社会是她作品的主要背景。戈迪默以一个人道主义者的眼光,揭露南非种族隔离的不公正行为,表达了南非人民要求自由、平等与和平的愿望。因此她被许多南非黑人亲切地称为"我们的妈妈"。1991年戈迪默获得诺贝尔文学奖。瑞典科学院在"授奖词"中对她的评价是:"在一个对书籍和作家进行审查和迫害的警察国家,戈迪默在文学界争取言论自由方面长期的先驱作用,使她成为南非文坛的耆宿",称赞她以"壮丽的史诗般的作品,极大地造福了人类"。

戈迪默的重要作品有长篇小说《说谎的日子》(1953)、《陌生人的世界》(1958)、《爱的时节》(1963)、《已故的资产阶级世界》(1966)、《尊贵的客人》(1970)、《自然资源保护论者》(1974)、《伯格的女儿》(1979)、《朱利一家》(1981)、《大自然的运动》(1987)和《无人做伴》(1994)等。其中《陌生人的世界》是她50年代的重要作品。这部作品描写了一个英国人眼光下的南非社会。由于小说强烈的暴露性和巨大的真实性,很快便被南非当局禁止发行。《已故的资产阶级世界》是作者60年代的代表作。这部作品生动地描写了南非种族制度对人性的摧残。80年代后期的代表性作品《大自然的运动》以一位出生在南非,但自幼离开了南非,在非洲和欧美许多国家生活过的白人女性为主人公。她的生活经历,反映出作者设想的新南非的发展模式。这部作品表明了作者对南非未来和前途的关注与思考。

第二节 川端康成

一、生平与创作

川端康成(1899—1972)是日本现当代著名作家。他以自己丰富的作品,展示了东方现代独特的美的世界,并借此提高了日本文学的世界声誉。1968年因《雪国》《古都》《千只鹤》获诺贝尔文学奖。

川端康成1899年6月14日出生在大阪府三岛郡丰川村。其父川端荣吉是个藏书颇丰的医生,身体孱弱。在川端不满3岁时,父母相继因肺结核病故。7岁时,无比疼爱他的祖母也突然间去世,10岁时,他唯一的姐姐又突然病死。他15岁那年,久病缠身的祖父最后也匆匆弃他而去。从此他辗转寄住在几位远亲家中,逐渐形成了孤寂伤感的性格。

川端康成从小学时就养成读书的习惯,上中学后开始进行文学创作,并立志要当作家。至1917年考入东京的尖子学校——第一高等学校英文专业后,对文学的兴趣有增无减。这期间他在校友会文艺部发行的《校友会杂志》1919年6月号上,发表了第一篇可以称为小说的作品《千代》。虽然这篇小说更多的是作者本人感情生活的原本记录,还不够成熟,但却被他视为自己的处女作。1920年他考入东京帝国大学文学部。翌年,他和同人积极进行第六次复刊《新思潮》杂志的工作,并在该刊上发表了《招魂节一景》。这篇短篇小说把他推上日本文坛,从此他正式开始了创作生涯。

1924年3月川端康成大学毕业,成为专业作家。在以往近20年的求学生活里,他广泛涉猎了古今世界名著和日本名著,为他日后创作奠定了坚实的基础。在西方现代派文艺思潮的影响下,川端康成和横光利一等一些有才华的年轻作家创办了《文艺时代》杂志,发起"新感觉派"运动,并成为该派的重要理论支柱。这个文学派别的出现,实际上是第一次世界大战后欧洲文艺思潮流派在日本影响的反映。他们把文学孤立于社会发展之外,只求在文学技巧上进行革新。他们认为感觉是新奇的,只有通过主观的感觉才能接触到现实事物内部的真实性。他们在文学中探求的是所谓现实的核心,是为现实进行一次艺术加工,企图以此来逃避现实。他们作品特色是描摹瞬息间纤细的感觉,细致的心理刻画。后来川端倾向于"新心理主义",开始探索一条把西方现代派文学同日本古典传统结合起来的创作道路。川端为把新感觉派上升到理论的高度,写了《新进作家的新倾向解说》等论文。在思想上他深受佛教禅宗和虚无主义哲学影响。此时他发表的成名作《伊豆的舞女》(1926)已表现出他探索独特风格的开创精神。

30年代初,随着日本法西斯的日益猖獗,他的心态极其复杂矛盾,既没有同军国主义思潮合流,也没有公开抵制。在1935年至1945年这段日本现代史上最黑暗的10年中,他从东京移居古城镰仓,一方面他沉溺于《源氏物语》等古典文学名著里,一方面写了一些几乎与战争无关的作品。

1945年,日本宣布投降后,他一度陷入战败的哀愁与迷惘之中,但很快就振作起来,写了一些或多或少反映时代精神的作品。另外,战后他积极从事国际文学交流活动和国际和平运动。他担任日本笔会会长达17年之久(1948—1965)。自1958年开始,他又就任国际笔会副会长。曾获得歌德奖章(1959)、法国艺术文化勋章(1960)及日本的文化勋章(1961)等。1968年获得诺贝尔文学奖。

1972年4月16日,川端康成在盥洗室里口含煤气管自杀,终年73岁。他没有留下只字遗书。

川端康成的创作经历了58个春秋。总计写了100多部长篇、中篇和短篇小说,并写有许多散文、随笔、评论、演讲稿、杂文、诗歌、书信和日记等,是一位多产作家。他的创作,可分为早(战前)、中(战时)、晚(战后)3个时期。

早期创作 主要创作短篇小说,重要的有《招魂节一景》(1921)、《精通葬礼的人》(1923)、《十六岁的日记》(1925)、《伊豆的舞女》(1926)、《致父母的信》(1932)等。这些作品主要描写自身的经历,客观反映了下层妇女的悲惨遭遇,流露出孤寂、悲哀、感伤和忧郁的感情,其中,给他带来极大声誉的是《伊豆的舞女》。他以娴熟的技巧、细腻的笔触,描写了一个20岁的大学预科生和一个14岁的卖艺少女之间半带甘美半带苦涩的纯情。这种情窦初开的爱,天真无邪、如烟似雾、朦朦胧胧,令人神往陶醉。青年学生有感于少女纯朴情深的心灵美,及其家人凄楚的生活和备受歧视的遭遇,产生了一种发自心底的、同病相怜的悲哀与感伤。川端运用日本古典文学的传统美和表现这种美的传统技法,开拓全新创作道路的尝试,在这部小说中取得成功,对其以后创作影响很大。

中期创作 主要写小说,间或有散文、评论等。重要的有短篇小说集《花的圆舞曲》(1936)、《抒情歌》(1938),中篇名作《雪国》,及短篇小说《母亲的初恋》(1940)等。这些作品极少受到甚嚣尘上的战争文学的影响,但是虚无思想和悲哀情绪仍在发展,表现了作者超然的生活态度。代表作《雪国》为他带来终生的赞誉。

后期创作 他最大的文学成就是《舞姬》(1950)、《名人》(1951)、《山音》(1954)、《古都》(1961)、《千只鹤》(1952)、《睡美人》(1960)等中长篇小说。作品内容可以分为两类:一类思想基本健康,另一类颓废虚无色彩严重。《舞姬》写一个芭蕾舞演员在婚姻问题上的曲折经历和对舞蹈艺术的执着追求,表现了渴望民主自由、个性解放的女性积极的生活态度。《古都》写一对孪生姐妹,由于家境贫寒,出生后分别落在贫富不同的两户人家中。长大成人后,姐姐千重子被青年职工秀男所爱,秀男把织好的华丽腰带误送给相貌酷肖的妹妹苗子。秀男自觉同千重子身份相差悬殊,就转念于苗子。最后千重子找到亲妹妹苗子,邀到家中,苗子无法适应而加以回绝。小说通过这种悲欢离合的描写,反映了社会存在贫富的现象以及人情的冷暖,表现了一种人性的美和京都的自然美。《千只鹤》的故事梗概如下：主人公菊治有一次在宴会上遇见曾经是他父亲爱人的太田夫人，从此二人交往，致使太田夫人自杀。太田夫人的女儿文子把志野（即太田夫人）的遗物水壶送给菊治做纪念。菊治看到志野使用过的遗物，更加浮想联翩，文子故意把水壶打碎，菊治才从幻梦中惊醒，开始慕恋文子。《千只鹤》表现了一种背叛道德的美。这个作品中的一个人物雪子时常带着有千只鹤的花样的包袱，书名即由此而来，同时也使全篇增加了一种象征美。《睡美人》描写一个尚未完全丧失性机能的67岁的江口老人，5次到一家特殊的"旅馆"去爱抚6个因服药而熟睡的青年女子的经过。作品通过江口老人丰富、纤弱的心理变化，去捕捉他所追求的虚无的美。

《雪国》《千只鹤》《古都》3部作品，集中反映了川端创作的美学特征。他刻意追求的是美，是那种传统的自然美，非现实的虚幻美和颓废的官能美。自然美虽有目共睹，但川端不是做客观的写照，而是揉进主观色彩，善于对自然景物的色彩、线条和音响进行丰富的联想和比喻，加以艺术表现。至于虚幻美和官能美则对于川端另是一种特殊的美学情趣。尘世间，对他有吸引力的不是现实而是准现实的，不是人格的力量而是官能的性爱。虚幻美使他觉得美得空灵，官能美使他觉得美得实在，符合新感觉派中再感受的要旨。新感觉派的创作要领就是偏于直觉，表现主观感受，通过人物内心活动来反映现实生活。如果说，川端给日本文学带来什么新东西，做出什么贡献的话，用一句话加以概括，那就是作家本着现代日本人的感受，以哀婉的笔调，写出日本传统的美的新篇章。正如人们评论他荣获诺贝尔文学奖时所说"以其敏锐的感受，高超的叙事技巧，表现日本人的精神实质"。

二、《雪国》

《雪国》是川端康成的第一部中篇小说，也是他最著名的代表作。这部8万字的小说从1934年12月动笔创作到1948年12月完成定稿本，整整花了14年的心血，并且成为他荣获诺贝尔文学奖的作品之一。

小说以岛村三次从东京到雪国和艺伎驹子交往为情节的基本线索，描写了岛村、驹子、叶子及行男四人之间的感情纠葛。小说从岛村第二次去雪国写起。他在火车上看见一位美丽的叶子姑娘，正在护理一位名叫行男的病人回雪国。这使他回忆起第一次去雪国在温泉旅馆里结识的艺伎驹子，出于爱恋，驹子自愿委身于他。次日到达雪国，岛村见到驹子又勾起他对叶子的回忆。岛村虽然被叶子的纯洁的美吸引得梦萦魂牵，可是叶子却无动于衷，原来叶子心里爱慕行男。而身为行男未婚妻的驹子，却甘当艺伎赚钱为行男治病，但不是出于爱情，而是出于同情。岛村三次去雪国，面对驹子对他有增无减的爱恋，将它视为一种"单纯的徒劳"。当叶子坠身大火之后，岛村也准备和驹子分手回去。

小说以同情的笔调真实地描写了驹子这个生活在社会底层的艺伎所经历的悲剧命运，表现了她追求独立的人格和自由、探求人生价值的进取精神，对岛村一类有产者有所批判,但还不够。作者试图以艺术形象说明,世界上的一切都是虚幻的,人的一切努力都是徒劳的,流露出悲观情绪和虚无思想,从而给作品带来消极因素。

小说虽人物不多,只有岛村、驹子、叶子、行男四个,但作家仍惜墨如金,重点突出地描写了驹子和岛村。

驹子这个形象是作品主题的主要体现者,是首要的主人公。她是个出身卑微,但不甘沉沦,并富有生活理想的下层妇女的典型。这个在屈辱环境中成长的女性历尽人间的沧桑。她生在雪国农村,因生活所迫被卖到东京当陪酒侍女,被人赎出后很想做个舞蹈师傅,无奈"恩主"又去世了,她只好到三弦师傅家去学艺,并兼作陪酒侍女。最后她实在无路可走,只好当一名艺伎。她虽然有这样的生活经历,却没有湮没在纸醉金迷的花花世界里,而是默默承受着生活的不幸和压力,挣扎着生活下去,表现出异乎寻常的毅力和分外美好的心灵。小说主要从日常生活和渴望爱情两个方面来表现她的性格。

驹子从东京当侍女之前不久开始写日记,当时仅16岁,一直坚持不懈。为此,她克服了重重困难。开始时,因买不起日记本,只好记在廉价的杂记本上,"从本子上角到下角,写满了密密麻麻的小字"。即使当了艺伎也未辍止,"每次宴会回来,换上睡衣就记","每每写到一半就睡着了"。对于这些"不论什么都不加隐瞒地如实记载下来"的日记,她非常珍重,不仅不肯轻易拿给别人看,甚至表示要把它毁掉后再死去。因为"连自己读起来都觉得难为情"的日记,是她这些年来血泪生活的真实记录。她在能够自主的狭小天地里寻找仅有的一点点乐趣,可以看出她积极、认真的生活态度。

驹子还十分喜欢读小说,而且"从16岁时起就把读过的小说一一做了笔记,因此杂记本已有十册之多了"。她把在周围所能发现的妇女杂志和小说都读了,有时还能凭借记忆列举出不少鲜为人知的新作家姓名。虽然她所读的未必能有多少高尚、经典的文学作品,所记的也只不过是一些书籍的题目、作者及人物姓名,人物之间的关系等,但是处于艺伎这样的地位,能有如此的求知欲望和顽强生活的精神,确实难能可贵。

驹子擅长弹奏三弦琴,并且技高一筹,这是她勤学苦练的结果。出于对生活的热爱和求生的需要,在失去师傅的帮助以后,她面对大自然中的雪原、峡谷,一丝不苟地练习弹奏。"虽说多少有点基础,但独自靠谱文来练习复杂的曲子,甚至离开谱子还能弹拨自如,这无疑需要有坚强的意志和不懈的努力"。她多少年如一日地刻苦练琴,依靠的是坚强的意志。

驹子心地善良,当师傅有意将她嫁给儿子行男时,尽管他俩之间没有真正的爱情,可是,出于同情,她千方百计为行男治病,即使当艺伎也心甘情愿。她生活在泪水和屈辱之中,对生活、对未来仍抱有希望与憧憬。她要追求一种"正正经经的生活","想生活得干净些"。为此她才坚持写日记、读小说、练三弦琴,想多争取一点同命运抗争的力量,摆脱艺伎的处境,以便获得普通人起码的生活权利,恢复做人的地位。这反映出她不甘沉沦的生活态度。

驹子的性格在与岛村的爱情纠葛中得到进一步的完善、深化与升华。她虽然沦落风尘,但并不甘心长期忍受这种屈辱的生活,渴望能够觅得一个知音,享受普通女性应该得到的爱情幸福。所以当她见到与一般游客不同,还有一些感情和良知的岛村时,就把多年无以投报的炽热爱情全部地但又是委婉地倾注在他身上。这种爱的奉献是不掺有任何杂念的,是纯真坦荡的,甚至是不求回报的。但是她想得到爱自己所爱的正当权利,在那个社会、那个处境中是难以实现的。她所追求的实际是一种理想的、极致的、不存在的、虚幻的爱,是"一种爱的徒劳"。

驹子明知岛村有妻室,明知自己和他的关系不能久长,仍轻率地委身于他,这种苦涩的爱情,实际上是辛酸生活的一种病态反映。被种种不幸遭遇扭曲了灵魂的驹子,由所处的特殊环境造成了她复杂矛盾而又畸形变态的性格。她时而严肃认真,时而不拘形迹,时而热情纯真,时而粗野鄙俗。这些性格特征说明她是个在困惑中徘徊、在悲哀中向往、在沉沦中挣扎,想奋力自拔而无能为力的女性。正是驹子的可怜命运、可悲处境,可憎身份、可叹年华,才使她在追求爱情的热望中,表现出如此矛盾的复杂性格。驹子这个充满了活力的形象是日本下层妇女的真实写照。

岛村是个养尊处优、百无聊赖的有产者。他平日坐食祖产,无所事事,时常陷入莫名的悲哀之中。他在实际生活中把自己视为无意义的存在。雪国的风花雪月也不能弥补他精神上的空虚,只好企图从与女性的邂逅中得到某种心灵的慰藉。他已有妻室,却轻浮地享受着驹子的爱,同时又移情于叶子,完全把女人当作愉悦他灵魂的玩物。他这个悲观颓废的虚无主义者,始终就认为"生存本身就是一种徒劳",包括爱情在内。因此驹子对他的爱,被视为"徒劳",他对叶子的单相思,被视为"幻影",他成为生活中的弱者和追求中的失败者。岛村只不过"是映衬驹子的道具罢了",他的虚无被用来反衬驹子的充实,他的世故用来反映驹子的纯真。他是想象的幻影,驹子是实际的存在。在岛村这个艺术形象上,能够明显发现川端虚无思想的反映。

《雪国》是一部在艺术风格和表现手法上都颇具特色的艺术珍品。它对日本文学的传统美既有继承,又有创新,具有一种沁人心脾的艺术感染力。

首先,充满诗意的抒情性。《雪国》是断续写成的,所以并不像一般小说那样结构严密,情节曲折,而显得松散。小说的情节如山间小溪时断时续,在舒缓的发展中给人一种平淡无奇的印象。从这个意义上讲,它更像一篇抒情散文。正是在这样的气氛中流露出日本古典美的神韵,在轻描淡写的叙述中,传达出人物纤细短暂的感受和淡淡的哀愁,明显带有作者主观抒情色彩。小说还以描写季节景物的变化为表现人物情感美的手法,突出抒情性。无论是严冬的暴雪、深秋的初雪,还是早春的残雪,都融入了人物的思想感情和人物的精神。作品有一种浓厚的日本式的抒情趣味。

其次,日本传统与西方意识流的交融。《雪国》在继承日本文学传统的基础上,充分运用了西方现代派的"意识流"手法,以象征和暗示、自由联想等方式,来剖析人物的深层心理。《雪国》总体上按照事件发展的先后顺序,即岛村3次去雪国的经历进行布局谋篇。在全书11大段中,只有第3段是插叙岛村第一次去雪国的情景,其余各段基本上按时间顺序展开情节。但在某些局部又通过岛村的意识流动和自由联想展开故事,推动情节发展。这样适度地冲破事物发展的时间顺序,形成联想内容有节奏感的跳跃,扩大了小说的表现深度与范围,也不影响故事脉络的清晰。这样既可以保持日本文学传统的严谨格调和注重描写感知觉的特点,又弥补了一些西方意识流小说在逻辑上跳跃性过大的不足。小说开篇就写岛村坐在东京开往雪国的火车上,从玻璃窗的反射中看到叶子姑娘美丽的面容,联想起早已结识的雪国艺妓驹子,揭开了故事的序幕。紧接着又倒叙岛村第一次同驹子相遇的情景,形成一种朦胧的美感。

最后,运用多种手段塑造人物。《雪国》在刻画人物时,特别强调美是属于心灵的力量,因此重神而轻形。如描写驹子的情绪、精神和心灵世界,始终贯穿着悲哀的心绪。小说还以抒情的笔墨刻画了驹子的性格和命运,并在抒情的画面中穿插对纯真爱情热烈的颂赞,对美与爱的理想表示出向往,用以表现人物细腻丰富的心理。小说还运用"减笔"来描写人物。书中对岛村、叶子、行男介绍得都很简略,寥寥几笔,给人留下遐想无际的空间。尤其是行男在书中只露出一面,没有专门写他的语言,都是别人顺便提及,但是他与驹子的关系,与叶子的瓜葛,都对人物起着潜移默化的影响。

川端康成的创作无论是从思想倾向来说,还是就艺术表现而言,都可说是复杂的。他的大部分作品的思想感情基本健康,只有战后一部分作品具有明显的颓废色彩。他的创作一般并不表现重大的社会主题,也不深入开掘题材的社会意义。在创作特征上,他努力将日本文学传统和西方现代派的表现手法,巧妙而有机地结合起来,形成独特的艺术风格。尽管世人对他的作品评价褒贬不一,但他仍然是日本最受欢迎的现当代作家之一。他和他那些具有日本情趣的作品在世界上同样享有盛誉。

第三节 纳吉布·马哈福兹

一、生平与创作

纳吉布·马哈福兹(1911—2006)是当代阿拉伯文学的伟大作家。他不断进行艺术探索,为阿拉伯文学,也为世界文学留下了丰富的遗产。1988年因为他创造了"一种适应全人类的阿拉伯叙事体艺术"荣获诺贝尔文学奖,成为第一位获此殊荣的阿拉伯作家。

纳吉布·马哈福兹出生在开罗的贾马利亚区,在富于宗教和传统文化氛围的家庭中成长,性格内向,中学时代就爱好文学。1929年开始写作短篇小说,1934年毕业于开罗大学哲学系,1936年放弃当哲学教授的理想,选择了文学艺术作为他的终生事业。他长期在政府部门任职,从宗教基金部职员擢升到文化部文学顾问。1971年退休,进入《金字塔报》编委会,是国家文学艺术最高理事会小说组成员。1970年获国家文学荣誉奖,1988年荣获诺贝尔文学奖,诺贝尔评审委员会在颁奖词中这样评价他:"纳吉布·马哈福兹作为阿拉伯散文的一代宗师的地位无可争议。由于他在所属的文化领域的耕耘,中长篇小说和短篇小说的艺术技巧均已达到国际优秀标准。这是他融会贯通阿拉伯古典文学传统、欧洲文学的灵感和个人艺术才能的结果。"

纳吉布·马哈福兹辛勤笔耕了半个世纪,是阿拉伯公认的杰出小说家,被誉为阿拉伯小说史上的一座"金字塔"。迄今他已写了33部中长篇小说和10本短篇小说集,总发行量在百万册以上,他的名字在阿拉伯世界妇孺皆知、家喻户晓。从总体上看,马哈福兹的创作可分为3个阶段:历史小说阶段、现实主义小说阶段和现代主义哲理小说阶段。

第一,历史小说阶段。20世纪30年代末,马哈福兹开始以"小说的形式写古埃及史",从而开始了他创作的第一阶段。这个时期的埃及社会有两个显著特点:一是处于英国和土耳其人的双重统治下,社会极端黑暗;另一个是埃及民族主义和爱国主义运动如火如荼。"像古代埃及人一样收复失地",是举国上下全民族的首要任务。于是,马哈福兹的历史小说《命运的嘲弄》(1939)、《拉杜比丝》(1943)、《底比斯之战》(1944)应运而生。他在这些小说中借古喻今,试图用现代民族意识阐释历史事件,展现先民的光辉业绩,激发民族的爱国热情。

纳吉布·马哈福兹的历史小说结构紧凑、悬念迭起、结尾出人意料,虽有历史事件为依托,但是更多显示了小说家的艺术才华。它们以丰富的艺术想象突出了雄伟、壮丽的历史场面和人物性格,使作品富有色彩浓烈的浪漫风格。马哈福兹曾计划写许多历史题材小说,但后来只创作了3部,就感到这种题材的局限,并且他觉得通过这3部,就已经写尽了自己想要表达的主题。于是,随着时代的推移,为了更有力地发挥文学对社会变革的参与、促进作用,他决定由历史小说转向直接反映现实、批判现实的写实主义小说的创作。

第二,现实主义小说阶段。从40年代中期到50年代初期,马哈福兹主要创作现实主义小说。在此期间写作的社会风俗小说有:《新开罗》(1945)、《赫利市场》(1946)、《梅达格胡同》(1947)、《海市蜃楼》(1948)、《始与末》(1949)。这一部分小说主要写三四十年代开罗小资产阶级的生活,抨击了封建王朝的黑暗统治,表达了人们追求理想社会的愿望,赞美了年轻一代献身社会变革的精神,其社会意义及揭露力量都相当强。每部小说都贯穿一条冲突十分尖锐的情节线索,作家利用这个情节,通过一个街区、一个家庭或一个人的悲惨遭遇,表现当时整整一代人的社会悲剧,并进行了十分深刻的概括,作家因此蜚声文坛。但上述作品流露出消极、悲观情绪。《新开罗》叙述一个穷苦的大学毕业生马哈诸布不惜接受屈辱的条件与部长的情妇结婚,换取秘书职位,后来丑闻暴露,最终还是未能挤进上流社会,反而落得身败名裂的下场。《梅达格胡同》则通过英军占领下一条胡同里的一些善良、纯朴居民的美好生活如何遭到破坏,控诉了西方强权及其所谓的文明带给埃及人民的种种灾难。穷苦的女主人公哈米黛受骗卖身,成了英军士兵的玩物。她的未婚夫赚钱归来要救她出火坑,结果却被英军打死。《始与末》也是一部悲剧。小说以失去了父亲的兄妹4人与他们的寡母一家人在贫困中挣扎,渴望爬上更高的社会阶层开始,以弟弟得知自己上军校当军官全靠姐姐卖身所得的真相后,姐弟两人蒙羞、含恨自杀告终。《赫利市场》中的阿基夫则是个典型的弱者。他为了养家,辍学工作并牺牲了初恋。他默默爱着的邻女被兄弟捷足先登。他百般照顾的兄弟患肺病死去。他工作了8年仍是八等文官。生活虽对他吝啬无情,可他仍企盼转机,这朦胧的希冀支持他顽强地活下去。他的逆来顺受除个性的原因外,与他看透充满欺诈和不公的世道,又无力反抗有关。作者深入细致地挖掘了人物心理的多重矛盾和变化,人物的塑造十分成功。

纳吉布·马哈福兹这一时期的创作主要是探索中小资产阶级知识分子的命运和思想变化的轨迹,同时也再现了中小资产阶级生活的状态。他说:"我是一个中产阶级的作家。"他关心本阶级的生存状态和命运,对本阶级也"持以批判的态度"。关于这一主题的艺术探索,在1952年完成的巨型小说"三部曲"达到了高峰,作了完美的总结。这时期的小说创作是以现实主义为基调,改变了早期追求传奇效果的浪漫主义倾向,注重人物性格的刻画,揭示人物心理的变化,对细节、情节的运用要忠实于现实,符合现实生活的真实性,因而形成了凝重、客观的写实风格。在艺术构思上,不断扩大作品的容量,从单一情节的描述到多重情节的交织、演变,从单一人物为主人公到以多种人物群为对象的刻画,从数年的生活场景到数十年人间沧桑的变化,逐渐形成全景式的叙述格局。

纳吉布·马哈福兹是一位在艺术上不拘泥于某一艺术信条和风格的作家,他善于吸收、融化各种文学派别的风格,艺术视野开阔。虽然这一时期创作的是现实主义倾向的社会小说,但也利用自然主义的表现手法,意识流的心理分析手法以及隐喻、暗示、象征等艺术方法,呈现出多元化的艺术风格融合的倾向。

第三,现代主义哲理小说阶段。1952年埃及人民推翻了封建王朝的统治,给千百万人带来巨大的希望。当时马哈福兹手头还有7部小说的题材,但革命后他认为这些小说从创作目的看已经没必要了,自此停笔6年。现实的发展往往没有人们所希望的那样好,真正的社会主义和真正的民主并没有实现。马哈福兹又开始了新的思考,一个背负着民族、人类命运前途的作家,出于良心的敦促,又重新拿起了笔。这一次他要采用新的表现手法,来创作新的历史环境下的新小说。1959年一部"令人感到惊讶"的作品终于诞生了,这就是《我们街区的孩子们》。这是一部世间少有的奇书,作者的探索范围从阿拉伯世界扩展到整个人类,乃至延伸到整个宇宙。在这部书中,"亚当、夏娃、摩西、耶稣、穆罕默德,以及其他先知、使者,还有近代学者,都稍为改头换面地出现了"。它被称为一部"人类的精神史""人类的奋斗史"。《我们街区的孩子们》标志着他的创作又进入了一个新的阶段。

20世纪60年代,纳吉布·马哈福兹进一步进行新的尝试,吸收、运用现代派的手法,重视人物心态的描摹。作品有:《小偷与狗》(1961)、《鹌鹑与秋天》(1962)、《路》(1964)、《乞丐》(1965)、《尼罗河上的絮语》(1966)、《米拉玛拉》(1967)等。其中特别是《尼罗河上的絮语》,作家试图揭露想要逃避埃及当时现实的小资产阶级知识分子世界观中的矛盾。70年代后,作品中象征、寓意的意味更浓厚,融现代主义和现实主义为一体,进一步发掘民族遗产,探索具有民族特点的小说形式。主要作品有:《雨中情》(1973)、《卡尔纳克咖啡馆》(1974)、《我们区里的故事》(1975)、《夜之心》(1975)、《尊敬的阁下》(1975)、《平民史诗》(1977)、《爱的年代》(1980)、《续天方夜谭》(1982)、《还剩一小时》(1982)、《伊本·法杜玛游记》(1984)《生活于真理之中的人》(1985)等。其中《平民史诗》被视为作家这一阶段的代表作。整部小说由10个各自独立而又互相关联的故事组成,串联各个故事的主线是平民争取自由、平等、理想的幸福生活。第一代人阿舒尔是正直无私、助弱抑强的义士,但在平民们实现他们美好理想之前,阿舒尔就神秘失踪。以后的多少代人,有的沉沦,有的惨死,有的被害,都不能实现平民建立一个理想世界的愿望。直至第13代人拉比阿时,因为他善于教育、发动、团结平民,最终才通过奋斗,使平民们过上幸福生活。小说告诉人们一个真理:要取得幸福生活必须依靠自己的力量与行动,而不依赖于任何人。这部小说在思想上体现了作家追求自由、平等、博爱的理想世界的境界。同时,小说在艺术上也别具一格,一开始就以阿舒尔的失踪给读者留下悬念,使小说蒙上一层神秘的传奇色彩。在展开各个故事的过程中,马哈福兹用明快流畅的语言、构思精巧的情节、现代派的意识流、内心独白等手法赋予小说浓重的艺术感染力。上述特点充分证明了这位作家高超的艺术才华与创作的多样性、丰富性。

除了上述的中长篇小说,他的主要短篇小说集还有:《黑猫酒馆》《伞下》《无始无终的故事》《蜜月》《罪》《金字塔高地上的爱》《我见到了睡眠者所见》等。

综观纳吉布·马哈福兹的作品,可以看到他善于揭露、抨击封建社会、资本主义社会的腐朽没落,同情劳动人民,反对奴役与压迫。主人公多为中等阶层的小资产阶级。作品中反映了作者对理想世界的执著追求,后期常用象征手法,小说结构严谨,语言明快流畅,擅长描写环境和人物心理活动。马哈福兹立足于本民族文学传统,又积极吸收西方文学营养,他对民族叙事文学的不断探索、开拓和创新,是对埃及和阿拉伯现当代文学的重大贡献。他开创了埃及现当代小说的"马哈福兹时代",成为一代文学宗师。埃及评论家将他与狄更斯、巴尔扎克、托尔斯泰相提并论。法国东方学者雅克·热米写出长文盛赞他,德国的东方学者马尔丁推崇他为"埃及的歌德"。

二、《宫间街》三部曲

《宫间街》三部曲是纳吉布·马哈福兹在爆发"七月革命"的1952年完成的长篇巨著,是他创作第二时期的压轴之作,是作者引以为荣的代表作之一,被公认为阿拉伯长篇小说发展的里程碑。小说发表之初,以《宫间街》为名,1956年正式出版时,分为《宫间街》《思宫街》《甘露街》三部曲,翌年便获得国家文学奖。

"三部曲"是阿拉伯文学史上一部延续描写几代人的巨著,它描述了自1917年至1952年革命之前,一个埃及商人家庭三代人的不同生活和命运,从中反映出广阔的埃及生活画面和埃及现代史的风云变幻。小说出版后,受到了广大读者的热烈欢迎,被译成多种文字,并被改编为电影,搬上了银幕。在阿拉伯乃至世界文坛中均产生了深远的影响。它被认为是一部极为真实的历史画卷,一部难得的人情风俗史。马哈福兹被授予诺贝尔文学奖,主要也是因为"三部曲"取得的成功。

《宫间街》的主人公阿·杰瓦德是个商人。妻子艾米娜每夜等他回来,侍奉他睡下。他们有三个儿子和两个女儿。大儿子亚欣为前妻所生,碌碌无为,沉迷酒色。二儿子法赫米是投身1919年反英斗争的热血青年。小儿子凯马勒年幼,与英国兵交上朋友。法赫米中弹身亡,而亚欣得子。《思宫街》描写父亲悼念儿子,停止作乐5年。两个女儿先后嫁到贵族邵凯特家。大女儿争得独立持家的权利,看不惯妹妹洋式的生活,常闹得家庭不和。凯马勒中学毕业后,不听父训,私自投考师范,想教书育人。他爱上贵族小姐,但美梦难成。父亲与亚欣争夺女琴手,险些因心脏病丧命。《甘露街》描写二女儿丧夫失子,带女儿回到娘家。杰瓦德子孙满堂。孙子里德旺借贵族巴萨阿里的势力当上部长秘书。外孙蒙依姆进了法学院,成为狂热的兄弟会成员。艾哈迈德信仰马克思主义,大学毕业后在杂志社任职。生病的杰瓦德在一次空袭中离开人世。艾哈迈德爱上了工人之女苏珊,与之成婚。他与蒙依姆都因异端罪入狱。瘫痪在床的祖母命在旦夕。她的儿孙准备后事时又迎来一个小生命的降临。

第一代主人公阿·杰瓦德代表守旧的一代。他是开罗中产阶级中的一名富商,是一个唯我独尊的暴君式的家长,是全家人的意志的绝对主宰。在他的控制下,任何人都没有个人的身心自由和独自的个人意识。他对待妻子像对待仆人一样,妻子没有任何人身自由,任由他随意谩骂、训斥:"我是男人,令出必随……对你来说唯有服从。"对待子女,杰瓦德又将父亲的权力无限制扩大,他的子女们已经习惯于放弃自己的思想,服从于父亲的意志,不管他是对的还是错的。例如,次子法赫米在解放运动的感召下,积极投身于爱国斗争,他公然违抗了父亲的命令,参加学生运动。但事后,他又感到非常内疚,力图取得父亲的谅解,最终屈服于父权政治的威慑之下。在婚姻问题上,儿女们无权选择自己的恋爱对象,一切都只能由父亲决定。阿·杰瓦德表面上是个虔诚的伊斯兰教信徒,背地里却出入花街柳巷,沉溺于声色享乐。不过他虽然满脑子的封建道德观念,但在反帝爱国斗争中表露出起码的爱国心。他虽在家中任意妄为,但在社会上乐善好施、广结人缘。这个双重人格的主人公正是埃及革命前这一阶层人物的典型代表,具有普遍的社会意义。

第二代主要人物是凯马勒。他是作者精心刻画的"浮士德"式的精神斗士,是作家"思想的代言人"。他向往至诚的友情、憧憬纯洁的爱情、眷念温厚的亲情,永不倦怠地追求知识、真理。在他身上处处散发出人性的光辉及对人类生存现状的终极关怀精神。作者通过这一形象寄予了一种超越民族、国家界限的人类之爱及内心深处对人性的呼唤。年幼的凯马勒便不同寻常,他与驻扎在宫间街镇压群众游行的英国士兵朱伦成为好友。有一次,他与英国士兵一起唱歌跳舞,全家人都为他的安全担忧,而他们"就像一家人团聚的晚会那样,人人心中充满了愉快和欢乐,歌声在一片鼓掌声中结束了"。作家在此隐含的思想倾向不言而喻,即希望不同民族、国家的人"像一家人"一样不分彼此、和平共处。步入青年的凯马勒成为一名教师,他博览群书,追求科学,探索真理。这逐步使他陷入传统与革新、宗教与科学、现实与理想的矛盾深渊,出现了精神上的困惑和迷惘。此时阶级差异又粉碎了他的爱情美梦,"无所归属"的感受深深渗透了他的身心。凯马勒的思想矛盾实质就是如何以穆斯林的身份接受现代思潮的洗礼。他的心路历程也是作家自我精神探索经历的写照。

第三代人的代表人物是阿·杰瓦德的外孙艾哈迈德。他是三部曲中一个比较成熟的新人形象。他有明确的反帝反封建的目标,"希望能看到世界上所有的专制独裁的暴君一个个完蛋"。他否定宗教,相信科学,信仰马克思主义。虽然他出生于中产阶级家庭,但他同情劳苦大众,追求建立在男女平等基础上的爱情,并与工人出身的苏珊结婚。显然,这一形象代表了作者马哈福兹的理想和希望,和他对人生痛苦探索之后所期待的未来和追求的目标。

纳吉布·马哈福兹的"三部曲"是一种"家族小说"。作家自己曾指出,他写三部曲的目的是"为了分析与评论旧社会"。"三部曲"用家庭内部三代人的变化,描写封建传统势力的衰落和崩溃,民主力量的增长和发展,也再现了爱国运动的成长。第一代人只有朦胧的爱国思想;第二代人有明确的爱国意识,并且付诸行动,可又抱着幻想的浪漫情怀;第三代人把救国与政治改革、社会革命结合起来,艾哈迈德为建立一个新的社会制度而奋斗。

"三部曲"的艺术成就体现在以下几个方面。首先,"三部曲"是近百万言的长篇小说,但布局完整,结构独特精湛。三代人生活的场景构成它的轴心。每一部侧重写一代,每一代又有一个重点,主次分明,详略有致。时间在这部小说中起着至关重要的作用,是小说有机整体的灵魂。在时间的流逝中,人物的外形变化,地位及观念的转变,乃至房间的布置,都让人感到时代脉搏的跳动。"三部曲"以各自重点描写的一代人的居住地来命名,每部的结尾都有人死去和出生。社会内部的深刻变化便体现在这种生与死、新与旧的交替之中。全书结尾处两个外孙的被捕,预示着埃及的前途未卜。

其次,善于多角度地塑造人物性格,揭示人物内在复杂的人性底蕴。杰瓦德、凯马勒是性格矛盾的人物。法赫米也是如此,他严肃、热情,为国捐躯,可在关键时刻常常产生心理的羁绊,思想反复、犹豫,行动迟疑,内省精神强。作家还用对比的艺术手段强化人物性格的特点,杰瓦德的专横与艾米娜的温顺、法赫米的纯洁、高尚与亚欣的放荡、堕落,凯马勒的迟疑、徘徊与艾哈迈德的坚定、果断,蒙依姆的宗教狂热与艾哈迈德明确的政治信念等,从而绘画出性格各异、色彩缤纷的人物群像。

最后,小说还采用了现代小说的心理描写手法,开拓了人物内心世界,深化了人物性格。独白、对白交织的心理活动和心理分析的描写,潜意识、前意识的再现,都披露了人物复杂的内心世界和深刻的思想冲突。有时以第一人称描叙,有时又以第三人称表述,时而在情节中插入,时而又用整个章节完整地记叙,灵活多变的心理描写的手段,大大增强了作品的表现力,充实了作品的内涵。

"三部曲"没有直接描写埃及现代史上革命斗争的宏大画面,也没有编排悬念众多、勾人臆想的传奇性情节,只是写了日常生活。但它却融汇当代的政治、文化、宗教、思潮和风俗为一炉,表现出高度的时代性和深刻的思想性,从而成为马哈福兹的不朽之作。

第四节 库 切

J. M. 库切(1940—)是当代南非著名小说家、翻译家、文学评论家。库切因其创作精准地刻画了众多假面具下的人性本质,并将内容的多样性进行了深入的发挥而荣获2003年度诺贝尔文学奖。他和另一位诺贝尔文学奖得主戈迪默,被视为南非当代文坛的"双子星座"。

一、生平与创作

1940年,库切出生在南非开普敦的一个荷兰裔移民家庭。库切的祖上是17世纪来到非洲的荷兰殖民者。虽然库切在南非本土出生,但是他的父亲母亲在家里保留了浓厚的欧洲文化氛围。库切的父母在家里使用英语交流,阅读欧洲文学,播放欧洲音乐。因而库切的少年时代虽然在南非成长,但他从父母那里受到了欧洲文化的影响。库切曾在自传体小说《男孩》(1997)中回忆了这段让他难忘的时光。库切在小说中说到他儿时的梦想,是成为一位热爱西方文化的罗马天主教教徒。1961年,库切考入南非的开普敦大学,他选择攻读数学和英语两个方向。

大学毕业后的库切终于奔赴了他梦中的英国,找到了一份计算机程序员的工作,同时开始了自己的文学创作与研究。1965年,库切去美国求学深造,攻读博士学位,他选择的研究对象是爱尔兰作家塞缪尔·贝克特。博士毕业后,库切在美国工作了一段时间。1972年,库切回到了南非,任教于他毕业的开普敦大学。2002年,库切移居澳大利亚,加入澳洲籍,任职于阿德莱德大学。纵观库切至今的人生经历,他受到了多种文化的浸染,既有南非文化,又有欧洲文化、美国文化,还有澳洲文化。这既造成了库切身上文化的无根性和流散作家的特点,也成就了库切能够游走于不同文化之间的能力。他经过自己的亲身亲历努力思考人类的寻根和漂泊、文化的冲突与融合。

一般认为,库切登上文学舞台是以1974年发表长篇小说《幽暗之地》(1974)为标志的。这部小说彰显了殖民主义的主题,也奠定了库切后来小说不断深入地继续探讨这个问题的根基。3年后,库切出版长篇小说《内陆深处》(1977),讲述了一位殖民地女性的故事。1980年的长篇小说《等待野蛮人》具有一定的寓言风格,写的是帝国边境一个小镇的故事。随后的长篇小说《迈克尔·K的生活和时代》(1983)具有强烈的隐喻色彩,写了主人公 K 的故事。这个 K 和卡夫卡《城堡》中的 K 具有明显的互文性。这部小说获得了 1983 年的英国布克小说奖。长篇小说《福》(1986)是对笛福《鲁滨逊漂流记》的解构之作,库切通过一位女性的视角,重新讲述了经典文学中鲁滨逊和星期五的故事。到 20 世纪 90 年代,库切陆续发表了长篇小说《彼得堡的大师》(1994)和《耻》(1999),而后者被学界认为是体现了库切高超的写作与艺术水平的代表之作。《耻》再度摘得布克小说奖,也使库切成为有史以来第一位两次赢得布克奖的作家。进入 21 世纪,库切仍旧笔耕不辍,又发表了《伊丽莎白·科斯特洛:八堂课》(2003)、《慢人》(2005)、《耶稣的童年》(2013)、《耶稣的学生时代》(2019)和《耶稣之死》(2021)等作品。

二、《耻》

发表于 1999 年的长篇小说《耻》,获得了英国文学最高奖布克小说奖,还有英联邦作家奖,被美国全国书评家协会奖小说奖提名,被《纽约时报书评》评为年度最佳小说,同时引起了学界的广泛讨论与争鸣。

《耻》从故事内容来看,可以分为两个部分。第一部分讲述的是男主人公戴维·卢里(以下简称卢里)在城市中的生活。52 岁的卢里是南非开普技术大学的一位教授。他每周固定地与一位妓女索拉娅约会做爱,他们之间没有过多的交流。直到一天卢里偶然在街上遇到索拉娅带着自己的两个孩子,在此之后两人见面越来越尴尬。一个月之后索拉娅再也不和他见面了。卢里转而引诱他的一位女学生梅拉妮和她发生了性关系。事情暴露后,卢里虽然认错但拒绝公开忏悔,因此他被学校开除了教职。

第二部分讲述的是卢里在乡下的生活。失业后的卢里来到了他女儿露西的乡下农场。卢里不知如何与多年未见的女儿相处。他对女儿生活现状的不满和干涉使得二人相处更加不愉快。除此之外,来到农场的卢里不仅要被迫干一些他以前根本不需要干的粗活,还要和他以前根本瞧不上的人一起共事。突然一天,他们遭到农场附近的三个黑人的抢劫,露西还被三个黑人强奸,卢里则被打伤。事后,卢里执意让警察彻查此事,但是女儿露西迟迟不肯,而是选择了沉默。最后,抢劫和强奸一事被不了了之,露西发现自己因为被强暴而怀孕。但是露西要生下这个孩子,还准备成为这起强奸的幕后策划者黑人佩特鲁斯的第三个妻子。而卢里拿不出更好的办法,只得无奈地接受了这样的现实。

值得注意的是,库切小说《耻》中的"耻"无论是作为题目,还是作为小说的内容,都显示出复杂隐晦、引人深思的象征意味。实际上它具有多重内涵与指向。

首先,"耻"有"道德之耻"的内涵。小说中 52 岁的卢里结婚两次又离婚两次,育有一个女儿。他是一位体面的大学教授,却沉迷于性爱而不顾世俗道德的规定。他"急匆匆地同一个又一个女人乱搞。他和同事的妻子有染,去河边酒店或意大利俱乐部与游客寻欢,他和妓女睡觉"。小说一开篇讲的就是卢里热衷于每周和妓女索拉娅的做爱。但当卢里在街上偶然撞见索拉娅和她两个孩子后,他跟踪了索拉娅结果被她发现。从那以后,卢里和索拉娅做爱时总是幻觉她的两个孩子就在他们的身边看着。卢里受不了对家庭伦理道德的内疚,使二人相处越来越尴尬,索拉娅察觉后拒绝了再见卢里。

其次,"耻"还有"人性之耻"的指向。在索拉娅消失之后,卢里因无处发泄自己的性欲,他又和学校新来的女秘书发生了一夜情。然后他竟然瞄上了自己的女学生梅拉妮。作为学生的梅拉妮不愿和老师发生性关系,但是卢里极力引诱她并利用了自己作为老师的特权。老师有给学生打分的特权,可以掌握学生的成绩,进而影响学生的学业好坏和毕业与否。卢里运用自己的权力,给没有来上课的梅拉妮出勤成绩,甚至给没有交作业和参加考试的梅拉妮课程成绩。这些特权征服了梅拉妮,让她在卢里的淫威下乖乖地就范。当梅拉妮一开始拒绝留下过夜时,卢里没有任何道德愧疚,还毫无羞耻地向声称已经有男朋友的梅拉妮求欢。

但是很快二人关系暴露,卢里所在的学校专门成立委员会处理此事,要求卢里接受"心理咨询"。卢里承认自己有罪并愿意接受惩罚,但是委员会不依不饶,因为他们没有看到卢里为自己辩护而被他们说服就认了罪,因为卢里不愿描述如何与学生发生关系的细节,所以他们断定卢里认罪的态度不端正,要求卢里公开忏悔。这时卢里才意识到委员会要做的是超出法律允许范围的事,最终他因拒绝配合而被开除。在这段关系中,卢里没有意识到自己的行为违背了道德的律令,他还为自己的性欲找理由,认为这是男性的本能,不可抗拒。但是,他违背了师德,不但没有为学生的精神道德指引方向,反而让梅拉妮跌入了道德两难的深渊不能自拔。另外,委员会和小报媒体不关心二人关系的真相,只关注二人丑闻的细节。他们大书特书对卢里的批判,而对受害者梅拉妮没有丝毫的怜悯与同情。在此事件中,他们和卢里的道德越界都体现了"人性之耻"。

再次,"耻"又有"个人之耻"的内涵。卢里的女儿露西在乡下农场被3个黑人强暴,卢里也因此而受伤。事后卢里坚决要去报警,因为人们当有麻烦了报警是一个日常普遍的程序,特别在卢里这种对法治有着根深蒂固的观念的西方白人的眼里,这种行为再正常不过。但是女儿露西却坚决不同意,她对卢里说这是个人隐私,而且不关他事。这对卢里的打击更大,农场被抢窃和女儿被强暴本就让他觉得是受了奇耻大辱,现在女儿的话让他更加受伤和失去为父的尊严。在这里,卢里和女儿露西的悲惨遭遇是属于他们家的"个人之耻"。

最后,"耻"还有"历史之耻"的指向。在卢里的女儿露西的农场被3个黑人洗劫,露西被3人强奸之后,警察也来处理了此事。但是,卢里和露西看到警察对整个案子心知肚明却装作糊涂,他们的办案就是装模作样地走过场。所以,露西决定不做无用功也不再追究,她甚至还要生下孩子并嫁给强暴她的黑人。这一切的转变都源于后殖民时代南非土地上白人和黑人身份的调换,露西由雇主变为了雇员,卢里由老爷变为了工人,而原来受压迫的黑人重新成为主人。露西遭受的侮辱,是白人殖民者的后代要为祖辈的压迫所偿还的代价,即名誉和身体的双重受辱。这种耻辱打上了殖民者和被殖民者之间沉重历史的烙印,具有"历史之耻"的意味。

小说《耻》的思想丰富、内容复杂、讨论广泛,涉及多重主题。第一重主题是揭示种族隔离制度和殖民统治的贻害。小说揭示了新南非虽然解除了种族隔离,结束了殖民统治,但是殖民地人们由此受到的伤害很难痊愈,不同种族之间的敌视很难消除。因为南非在"白人共和国时期",对黑人采取了严酷的种族隔离制度。这一种族主义理论名义上是禁止白人与有色人种通婚,认为是破坏了上帝的安排。但在移民之初,因为白人女性和白人男性相比非常少,因而许多白人男性与当地黑人女性结合,这也造成了南非日后不计其数的有色人种。在种族隔离制度废除以前,这里的白人是国家的主人,而黑人受到了全面的压制。所以,露西作为遗留在此的白人女性,她受到了疯狂的报复。不仅农场被夺走,还被3个黑人强奸,其中还包括一个黑人男孩。露西发现这3个黑人并不是受性欲的驱使,而是把强奸当作黑人对白人的报复。《耻》想说的是,在历史的错误面前,人人都是受害者。

第二重主题是对白人优越性的反思和白人他者化的呈现。小说的男主人公卢里虽然是新南非的高级知识分子,但是他的思想还停留在殖民时代。他已经失去了老爷的身份,但是他还是从骨子里看不起农场的黑人,认为他们野蛮粗俗,称他们为"肮脏的猪猡"。作为一名亲历和了解历史的白人知识分子,卢里应该对殖民历史和种族隔离有更加清醒和客观的认知,但是他骨子里的白人优越感却总是不经意地流露出来。这其实代表了许多白人的心态,他们始终认为欧洲白人的殖民具有为非洲殖民地黑人去除野蛮,并带来文明的意义。但是新南非的白人已经由原来的权利主体沦为了边缘的他者,而黑人则由原先的他者开始建构自我。

第三重主题是反思伦理道德和进行自我救赎。小说《耻》中的卢里,一开始伦理道德观念淡漠,他四处寻欢作乐,寻欢的对象不加选择,包括妓女、他的同事,甚至还有他的学生。在梅拉妮的男友和父亲气势汹汹地向他兴师问罪后,他仍然不以为然、不思悔改。直到他亲身经历了一系列的耻辱事件,尤其在他的女儿被黑人强奸、他被黑人殴打之后,卢里才明白了自己的处境,才看到践踏伦理道德给人带来的创伤。这时的卢里开始真心地忏悔,进行自我救赎。他去受他引诱的女学生家里真诚地道歉,他去动物收容站做他以前认为低下的工作,他又回到乡下农场甘心去做黑人的助手,他放弃了对女儿露西人生的控制,尊重她的决定等。总之,他开始直面种族矛盾的现实,也决心在新南非扎根,开启人生新的一页。

小说《耻》的艺术特点与成就也体现在许多方面。一是象征手法的使用。小说的题目就极具象征色彩,"耻"在小说中的象征极为丰富。不仅指主人公卢里的不顾羞耻,还象征众人的不顾廉耻;不仅是现实中的耻辱之事,还象征小说中人物内心的耻辱之感;不仅是个人的耻辱经历,还象征南非殖民地的耻辱历史。

二是鲜明对比的手法。小说中的人物和故事构成了多组对比。大学教授卢里的年老衰败和女学生梅拉妮的青春活力形成对比,卢里的冲动好色和前妻的保守冷淡形成对比,卢里的自视清高和女儿露西的宽容务实形成对比,城市的有序和农村的混乱形成对比,白人的历史优越感和黑人报复的现状形成对比。这种种的对比,让人深刻体会到人与人、人与历史、历史与现实之间强烈的矛盾与冲突。

  三是采用了互文性手法。作家库切在《耻》中多次写到卢里的研究与写作。卢里一直在写作歌剧《拜伦在意大利》一书,他本来要写拜伦爱上了年轻美丽的特雷莎。但后来卢里又想写拜伦抛弃了变得又胖又老、疾病缠身的特雷莎。他迟迟无法进展,因为卢里也不愿面对自己的衰老和被抛弃的命运。小说还写到卢里喜欢华兹华斯诗歌的高雅,却在现实中用它给学生梅拉妮洗脑。一位 52 岁的男老师不顾道德地引诱一位 20 岁的女学生。年龄、地位悬殊的两人,仿佛纳博科夫的《洛丽塔》中对其男女主人公的设置。更加有互文色彩的是卢里在和梅拉妮约会时,经常幻觉梅拉妮是他的女儿。这种恋童癖和性扭曲和《洛丽塔》中的男主人公亨伯特对待洛丽塔如出一辙。还有作品《耻》中对于性爱和欲望的描写,颇有英国作家 D. H. 劳伦斯在其作品中讨论类似问题的风格。这些互文手法的使用,不仅丰富了作品的内容情节,激发了读者的联想,而且可以使我们从更多元的层面理解作品的深度和广度。

后　　记

经全国高等教育自学考试指导委员会同意,由文史类专业委员会负责高等教育自学考试《外国文学史》教材的审定工作。

《外国文学史》自学考试教材由天津师范大学孟昭毅教授担任主编。

参加本教材审稿讨论会并提出修改意见的有上海交通大学刘建军教授、北京大学张冰教授、南开大学王立新教授。全书由孟昭毅教授修改定稿。

编审人员付出了大量努力,在此一并表示感谢!

全国高等教育自学考试指导委员会
文史类专业委员会
2023 年 5 月

本书数字资源

请扫描下列二维码获取视频内容

西方文学

第 1—3 章

第 4—6 章

第 7—8 章

第 9—11 章

东方文学

第 1—5 章